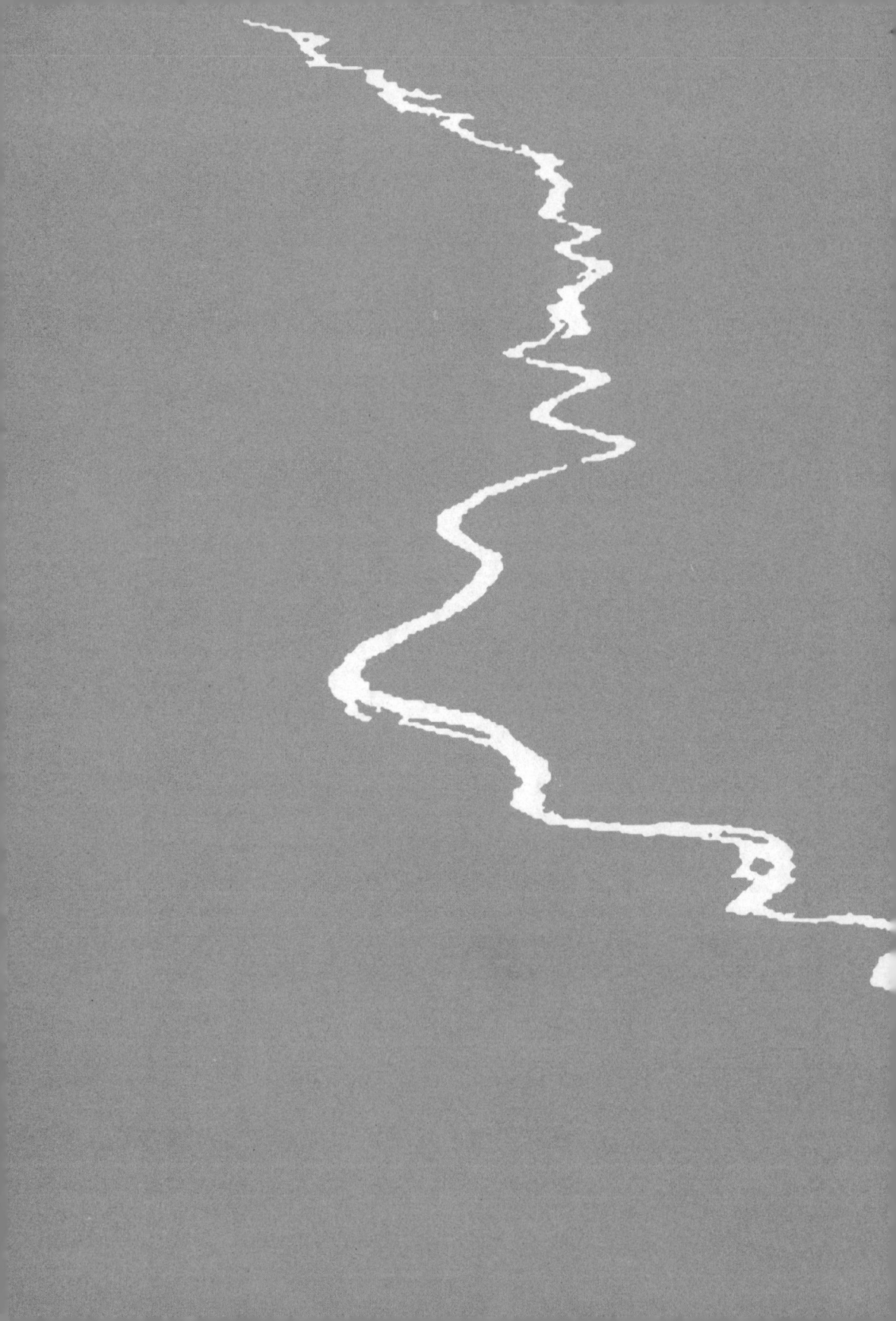

在路上

张明平新闻作品选

张明平 著

江苏大学出版社

镇江

图书在版编目(CIP)数据

在路上：张明平新闻作品选 / 张明平著. —镇江：
江苏大学出版社，2014.7
ISBN 978-7-81130-772-6

Ⅰ.①在… Ⅱ.①张… Ⅲ.①新闻－作品集－中国－
当代 Ⅳ.①I253

中国版本图书馆 CIP 数据核字(2014)第 142369 号

在路上：张明平新闻作品选
ZAI LUSHANG：ZHANG MINGPING XINWEN ZUOPIN XUAN

著　　者/张明平
责任编辑/顾正彤　朱汇慧
出版发行/江苏大学出版社
地　　址/江苏省镇江市梦溪园巷 30 号(邮编：212003)
电　　话/0511-84446464(传真)
网　　址/http：//press.ujs.edu.cn
排　　版/镇江文苑制版印刷有限责任公司
印　　刷/句容市排印厂
经　　销/江苏省新华书店
开　　本/718 mm×1 000 mm　1/16
印　　张/25.25
字　　数/450 千字
版　　次/2014 年 7 月第 1 版　2014 年 7 月第 1 次印刷
书　　号/ISBN 978-7-81130-772-6
定　　价/48.00 元

如有印装质量问题请与本社营销部联系(电话：0511-84440882)

序一：一条执着的攀登之路

陈志伟

明平的新闻作品选《在路上》即将出版，邀我为其作序，我二话没说，爽快地答应了。这种爽快，源自于我对明平为人为文的熟悉和欣赏。

和明平认识，始于江苏大学合并组建不久。那会儿，明平刚刚从事学校的对外宣传工作，还是个年过而立的小伙子，温和、务实、稳健的模样。十多年来，他勤于思考，笔耕不辍，从最初的小事件短消息，到后来的大题材长报道，作品逐步变得老辣和独到。目前为止，由明平采写并在各级各类报纸上发表的新闻作品近2000篇，作为一个基层单位的通讯员，实属不易。本次文集中收录的200多篇作品，很多都曾在《中国教育报》等国家级主流媒体刊登过，虽然不少都是体现地方高校办学成就的作品，但我从中读出了中国高等教育的时代烙印和发展脉络，也读出了一个地方高校开拓创新、激流勇进的奋斗历程，更读出了一个高校媒体人对学校的拳拳之心和对宣传事业的无比热爱。

教育是立国之本，高等教育更是强国之路。十多年来，我的高等教育经历了从外延扩张到内涵提升、再到特色强化的发展过程，高等教育从理念到政策、从制度到实践都有很大进步，有些用"翻天覆地"来形容也不为过。高等教育事业不仅关乎国强民富，也寄托了很多家庭的未来和希望，普通百姓对其期望甚高。高等教育的改革和发展最终要让老百姓受惠，老百姓也迫切想知道和了解高等教育在"做什么""怎么做"，这就使得高等教育自然成了社会舆论关注的焦点和热点。正是因为如此，全国高校都将宣传，尤其是对外宣传工作放在了十分重要的位置，作为打造学校形象的一个核心工程。如何利用新闻报道来塑造学校形象？如何更好地通过与媒体沟通来回应社会关切、引领公众舆论？如何用先进的宣传理念来传递高等教育的时代强音？这些都是我们高校媒体人应该认真思考的问题。

高校是盛产新闻资源的地方，但有资源并不意味着就有好新闻。学校宣传部门要写出让上级放心满意、让百姓喜闻乐见、让主流媒体欣赏"待见"的"三好"稿件实属不易。有的时候，好文采不意味着就是好新闻，好资源也不一定就能产出好新闻。一篇稿子的内涵和影响力由很多环节决定,从媒体从业人员角度讲,除了经验、能力、人文素养等因素以外,更重要的是要有一颗责任心,一颗热爱教育事业、热爱宣传工作的责任心。明平是幸运的,因为江苏大学强劲的发展势头为学校外宣工作提供了无尽的灵感和素材;江苏大学也是幸运的,因为有了明平这样一批肯干、实干、会干的宣传干部,使学校与社会媒体保持了良性互动,学校的改革发展也有了一个良好的舆论氛围。

新闻是一项实践性很强的工作,来不得半点投机取巧,不下真功夫是写不出好稿子的,靠小聪明也是走不远的。明平自工作后近 20 年一直在学校宣传部门,在新闻战线上奋战也有 10 余年,没挪过窝、换过岗,他也曾戏称自己是宣传战线的"钉子户"。其实,在我看来,明平身上真的有一股"钉子精神":务实、勤奋、执着。我觉得,这也是一名优秀的新闻人必须具备的品质。十多年来,他正是凭着这样的精神和品质,在新闻的路上稳步前行,看到了不一般的景致,也收获了属于他的精彩。他对新闻点捕捉的敏锐,对问题思考的深刻,以及采写的深入,在《中国教育报》的高校新闻通讯员中是不多见的,甚至堪比一些专业的新闻人,乃至我曾不止一次地对我们报社的记者编辑们提及。

明平采写的稿件让人放心,内容扎实,新闻味浓,有时连标题都做得很生动,被报社新闻夜班编辑称为"很能写"的高校通讯员。无论是他作为学校的专职外宣人员,还是后来成为分管新闻宣传工作的宣传部副部长,算起来,在我们《中国教育报》刊发的稿件,每年平均都有数十篇。其中,不少作品选题新、角度好、挖掘深、采写实,发表后也产生了比较好的影响,如 2003 年刊发的作品《江苏大学曝光还贷不良者 "欠贷曝光"该不该?》,2013 年刊发的作品《"当代武训"邵仲义感动社会》等。不少大块头的报道,在报纸的头版、甚至头版头条刊发,仅 2013 年一年,他就在《中国教育报》发了 3 个头版头条。还有的报道,被我们报纸整版刊出,如 2005 年的作品《大学生自律需不需要承诺》,2007 年的作品《永远的黄丝带》。这对于一个高校、一名通讯员来讲,是比较少见的。

纵观文集中的作品,可以看出,明平是个懂新闻的人,更是一个懂教育新闻的人。当中,既有对学校各条线、各层面工作实绩、亮点成果的如实反映;又有对高等教育大背景下,高校如何实现内涵提升、特色强化的深入思考,以及学校自身在锐意改革、创新发展方面所作探索的忠实报道;同时,还有部分对教育问题、社会现象发表的真知灼见。这些作品有新意,有内涵,有思想,有深度。其客观真实的内容,生动形象的语言,严谨细致的文章架构,以及较强的思想性、敏锐性,饱含了明平在新闻实践方面的不懈追求,标志着他的新闻写作达到了较高的水平。

2013 年 8 月，在《中国教育报》主办的"全国高校新闻宣传工作研讨会"上，明平作了"高校外宣工作需把握好'五个度'"的发言，很多高校同仁颇为赞同。我记得其中之一为"温度"，这也正好诠释了明平给我的印象，他为人十分谦逊平和，总带着温热的眼光去看待高等教育，怀着美好的理想去剖析厚重的话题，读他的文章，不觉得生硬和空洞，总在不经意间感受到一个教育工作者的情怀和媒体人的情结。在这里，我预祝他今后为高校的新闻宣传事业做出更多的贡献，也预祝江苏大学越办越好！

（作者系《中国教育报》副总编辑）

序二：为学校塑像

方延明

大凡名校，一定有名校的道理，其中一个重要的内容是她培养的著名学人。像牛津大学，有许多著名的人物曾就读于此，其中包括4位英国国王、46位诺贝尔奖获得者、25位英国首相、3位圣人、86位大主教以及18位红衣主教。撒切尔夫人、布莱尔、克林顿、霍金、钱锺书、雪莱、汤因比等都曾在这里读书工作。剑桥大学是世界十大学府之一，80多位诺贝尔奖得主出自该校，拜伦、达尔文、约翰·戴登、约翰·哈佛、凯恩斯、约翰·弥尔顿、牛顿、罗素、卢瑟福、维特根斯坦、徐志摩、李光耀都曾就读于此。哈佛大学出了40名诺贝尔奖获得者和34名普利策奖获得者，陈寅恪、竺可桢、杨杏佛、梁实秋、梁思成、赵元任等是这里的佼佼者。我国的清华大学、北京大学等亦是如此。

名校的名人名事要有人来宣传。因此，塑造一个学校的形象很重要，尤其是在当下这样一个策划的时代，更是如此。明平就是这样一个忠诚的宣传江苏大学的人。

我与明平认识时间不长，一见如故，很投缘。他把自己的新闻作品集交给我，嘱我给他作序。我品味着他的作品，体会着曾经有过的一样的工作经历，感慨良多。从1977年始，一直到2003年，在近30年的时间里，我把宣传南京大学作为我的追求和工作。新华社的一位资深记者曾戏称我"南通社"（南京大学通讯社的意思），我看明平也快成为"江通社"了。

明平的这部作品洋洋洒洒40多万字，200余篇，主要是通讯和消息类作品。从时间跨度上始于2002年的江苏大学合并之初，刚好与新世纪的江苏大学同行。这使我想起了一位著名报人——马丁·沃克说过的一句话，"一家报纸的历史是出版这家报纸的国家的历史"，"一家报纸就是一个国家文化的一部日记"。明平负责《江苏大学报》，一份《江苏大学报》，就是学校的历史。从明平的《在路上》，我们真切感受到江苏大学12年来的事业发展。

细读明平这本作品集，我们读到了江大人矢志不渝的创新精神，在这其中，有走近江苏大学的"科技群英"，有多学科团队奏响"创新协奏曲"，稻草秸秆"巧变"燃气;有江苏大学超分子光学功能材料研究获重大进展;有与其他公司合作完成的"深海高稳性圆筒型钻探储油平台的关键设计和制造技术"项目获得了国家科技进步一等奖。

我们读到了江大学子的自立自强,这其中有贫困女孩自强自立读大学的感人故事;有心怀感恩去西部的江大志愿者;有在苏北大地写青春的首批大学生村官;有三位大学生"创业"达人;有大学生创业学校;有 6840 名新生承诺自律;有 30 家企业"抢订"江苏大学 61 名毕业生;有江苏大学毕业生宣誓按期还贷……

我们读到了江大人的大爱无疆:离校前的受助大学生做饭谢恩人;老教工捐出 50 万"报恩款";26 名退休女教师卖花捐助重症大学生;"当代武训"邵仲义感动社会;孤女李雪梅江大有了"家";孤儿大学生打工挣钱回家看亲人;身患白血病的"爱心天使"陈静,引发"满城尽飘黄丝带"……

明平的作品有一个特点,那就是问题意识。好作品一定要有好眼界,有"登东山而小鲁,登泰山而小天下"的视野。比如,"江苏大学提升本科教学工作水平纪实"这件大新闻,由《紧紧抓住"教学"这个中心》《创新能制胜 真抓出实效》《立足工程教育 提高实践能力》等组成上、中、下三篇,在《中国教育报》突出刊登,产生了很好的社会影响。这件大新闻好就好在它突出了对高等教育深刻认识的问题意识和大局意识。艾丰讲过一句话,《人民日报》记者要想总理所想,我以为这话是很有道理的。其实,在一个大学里从事对外报道,要想使你的稿子有分量,让国内主流媒体好评有加,你就得想大学校长所想,甚至想教育部长所想,想总理所想。我早些年写一些新闻稿件给媒体投稿,包括《人民日报》头版头条,前前后后一共有 45 个头版头条。那个时候稿子投出去,我能估计到会放在哪个版面的什么位置。称职的新闻人,一定要有登高一呼的境界,见人之未见,发未发之声,掷地有声。

好新闻需要策划,不能守株待兔。策划不是造新闻,策划是要去发现在"草色遥看近却无"里的新闻苗头,滋养新闻。2012 年,电视专题片《舌尖上的中国》风靡一时,五月、六月毕业季,"舌尖上的母校"在高校盛行。明平就趁机搞了一次很好的策划,当时央视新闻频道开设了一档毕业季的专栏,明平了解到此前曾采访过的"爱心老人"邵仲义老人烧得一手好菜,还经常邀学生在家小聚,老人资助的几名学生行将毕业,也有意要回报下爷爷。经过交流,他们便"策划"了一个受助毕业生做饭回馈爱心爷爷的活动。后来,《中国教育报》《扬子晚报》、江苏教育电视台等都进行了报道。节日中,身穿红色 T 恤的邵老同"孙子"们围坐桌前,把盏小酌,谈笑风生,其乐融融。正是因为有了那次"策划",后来获评"中国好人""第四届全国道德模范"提名奖的邵老生前的唯一视频资料才得以保存。

梁衡说过一句话,"让新闻穿上衣裳"。新闻佳作一定要好读,好作品要耐读,不能味同嚼蜡。修·阿诺德说:"新闻是匆忙的文学。"玛格丽特·杜拉斯说:"新闻报道只有充满热情时才能变成文学作品。"萧伯纳在不同场合说过两句话,"新闻是文学作品的最高形式","文学的最高形式是悲剧",一语中的。有人说,文学是人学,新闻是事学;文学要有我,新闻要无我。我以为,新闻的"无我"是大无的"真我"。明平的文字也很美,他在《大义大爱 善暖人间——追忆我校教工、"裸捐老人"邵仲义》一文的开头是这样写的,"邵仲义老人走了……"而在结尾又用"斯人已去,一切宛在眼前"。前后照应,很质朴,好作品不能花里胡哨,而要大俗中见大雅。

一个人的成功与否,总是取决于是否紧紧依附于时代,紧紧依附于他的工作。马克思在中学毕业论文《青年在选择职业时的考虑》一文中有这样的话:"如果我们选择了最能为人类福利而劳动的职业,那么,重担就不能把我们压倒,因为这是为大家而献身;那时我们所感到的就不是可怜的、有限的、自私的乐趣,我们的幸福将属于千百万人,我们的事业将默默地、但是永恒发挥作用地存在下去,而面对我们的骨灰,高尚的人们将洒下热泪。"

20多年前,我在南京大学策划了一个"今日我以南大为荣,明日南大以我为荣"的活动。后来这个口号被好多学校借鉴。其实,我们每一个供职于学校或求学于此的学子,以母校为荣是一种缘分。但是要真的让学校以自己为荣,谈何容易。我相信,每个江大人都在为塑造江苏大学这块丰碑添砖加瓦,当大家尽心尽职地劳作的时候,早已不经意地把自己的名字也镌刻在江苏大学这块丰碑上了。像明平这样,十多年来得益于学校的滋润与呵护,没有江苏大学的人和事,就没有他的那些新闻作品。他已经把自己对学校的爱都融入到对外宣传的工作中了。

我期待明平写出更多赞美江苏大学的新闻作品。

（作者系南京大学教授,新闻传播学院首任院长,现任南京大学政府新闻学研究所所长,中国新闻奖、长江韬奋奖评委,中华全国新闻工作者协会特邀理事。）

目 录

【热点聚焦】

【人物写真】

【工作快报】

【校园气象】

"并校"重在练"内功"

——江苏大学提升本科教学工作水平纪略

2001年8月,经教育部批准,由江苏理工大学、镇江医学院、镇江师范专科学校三所高校合并组建江苏大学。学校大了,学生多了,综合性大学的路应该怎么走? 江大人的答案是"学校以育人为本,育人以教学为先",全力提升本科教学水平。

建设优良师资队伍

2002年7月,江苏大学合并组建后召开的第一个会议就是师资工作会议,江苏大学的人说:"学校合并、建立综合性大学,最重要的是培养和引进一批合格的教师,一批高素质的人才。"优良的师资队伍是保证教学质量的先决条件,也是学校实现跨越式发展的关键所在。

"学校的牌子硬不硬,名声响不响,关键是看学校有没有一批过得硬的教师队伍。如果说'并校'是学校'做大'的保证,那么人才就是学校'做强'的关键。"江苏大学党委书记朱正伦清醒地认识到,综合性大学不能简单地一"并"了之,更重要的是苦练内功,提升内涵,提高人才培养质量。为了培养出一批合格的人才,他们开创了"院士高访""柔性引进"等模式,大力实施"高层次人才引进工程""博士、硕士培养工程"。3年来,江苏大学已投入6690.8万元用于师资队伍建设,先后引进教师425人,其中教授23人、副教授19人,具有博士学位的45人、硕士学位的160人;在读博士309人,在读硕士256人。

目前,该校专任教师的高级职称比例为39.2%;平均年龄为36岁左右;51.8%的教师具有研究生以上学历;外校毕业的教师比例达到了69.4%。预计到2007年,专任教师总数将达到1900余人,其中具有博士、硕士学位的人数将达到82.9%。

创新管理模式

"合并"仅仅是增加了教学资源的总量,只有合理地配置这些教学资源,才能充分发挥并校后的优势,做到"优势互补",强强联合。怎样整合大学合并后的教学资源,这是摆在所有综合性大学面前的一道难题。江大人提出,创新管理模式为本科教学工作铺路搭桥。

2002年,学校聘请了百名离退休老教师担任了教学检查员,深入到课堂,进行听课和指导;2003年,江苏大学有3名教师在职务晋升中因为教学质量考核不合格而被"一票否决";与此同时,教务处创建"学习型处室",进一步提升教学管理水平。

如今,江大先后建立健全教学管理规章制度和质量标准百余项,涵盖教学建设、教学运行、教学质量、实践教学、学生管理等方方面面,真正做到管理有规定,控制有制度。尤其是在人才培养过程中,狠抓监控制度的落实,实行教学质量"一把手工程",校党政一把手是学校教学质量的第一责任人,各学院党政一把手是本单位教学质量第一责任人。已逐步建立健全了学生评教制、干部同行评议、教学检查员听课指导制、教学信息员信息反馈制和监督电话、信箱信息搜集制"五制并举"的完备的教学质量监控体系。

随着各项制度的不断创新和完善,江苏大学的教学工作、学科重组进程得以顺利进行。其中以博士点、硕士点为依托开设的新专业占了新增专业的78%,其他新增专业均是江苏省乃至华东地区地方经济建设急需的人才专业。在全校68个本科专业中,85%以上的本科专业拥有博士点和硕士点。

合理配置教学资源

"一保教学、二保生活、三保建设",江苏大学校长杨继昌告诉记者"确保教学工作的中心地位,提高人才培养质量,必须合理配置教学资源。多年来,学校坚持以教学为核心,保证教学投入在学校的资金投向上处于优先地位"。

江苏大学成立以来,学校对图书馆的文献经费投入不断加大,每年购置图书量均超过9万册。目前,学校已拥有国内外大型全文数据库33种,各种二次文献数据库114个,馆藏文献总量折合277万册件。2001年以来,学校投入数字图书馆建设经费1000余万元,四校区图书馆已通过千兆光纤联通,并实行通借通还。与此同时,学校累计投入资金1000余万元建设校园网,至今已实现了千兆主干网覆盖全部校区,光纤宽带接入每栋教学、行政楼和宿舍、公寓楼。

3年来,江苏大学教学、科研设备的增加值超过了1.68亿元,较好地满足了本科教学的基本需要。新竣工的建筑达434000平方米,其中对体育场馆的投入达到1亿余元,运动场馆总面积近116000平方米。

(《光明日报》2004年11月7日一版头条)

一条艰辛执着的攀登之路

——江苏大学靠质量科技人才强校纪实

日前,在一年一度的国家精品课程评选中,全国 530 所高校的 1146 门课程展开了激烈的角逐,最终有 360 门课程一路过关斩将,"笑到了最后",江苏大学教授孙玉坤主讲的"电路"课程也从中脱颖而出。这是近年来江苏大学继首获国家级重点学科、国家级教学成果奖、全国百篇优秀博士论文之后,取得的又一个突破。

江苏大学校长杨继昌告诉记者,自 2001 年 8 月至今,学校内涵不断提升:国家、省级重点学科增加了 460%,研究生增长了 4 倍,省级品牌特色专业也由零增长为 18 个,年纵向科研到账经费增加了 430%。5 年来,学校走过了一条艰辛执着的攀登之路。

质量立校提升教学工作水平

江苏大学始终视教学质量为"核心指标"。2002 年,学校着手实施"课程建设 162 工程",构建了"五制并举"教学质量监控体系。2003 年,该校启动"品牌特色专业建设工程",全面推进以"选专业、选教师、选进度"等为内容的完全学分制改革。2004 年,以迎接教育部本科教学评估为契机,进一步推进"实验室中心化工程"。同时,坚持开展"百名教授上讲台"、青年教师"过教学关""脱稿授课"等活动,实施教师评聘职称教学质量"一票否决"等制度,强化人才培养的质量意识和工作力度。

据介绍,最近 5 年,省级精品课程由 33 门增加到 52 门;四级英语一次性通过率提高了近 20 个百分点,学生评教优良率达到了 90% 以上;2004 年学校在教育部本科教学工作水平评估中荣获优秀称号。2005 年"高等工程教育开放型工程训练体系的研究与实践"项目获得了国家级教学成果二等奖,2006 年"电路"课程被评为国家精品课程,实现了学校在该奖项零的突破。今年上半年,英语专业以优异成绩通过教育部评估,并成为全国 31 所教改示范点项目学校之一。

科技强校激活创新服务能力

江苏大学始终坚持"基础研究与应用研究相结合、科学研究与成果推广相结合、高新技术开发与形成高新产业相结合、技术创新与机制创新相结合",在纵向科研突破、科技成果突出、创新活力增强、服务能力提升等方面取得了显著效果,科技工作在广度和深度上都"全面开花"。近年来,共有300余项成果获国家和部、省级科研成果奖,100余项成果获国家专利。年到账科技经费总额列全国高校前50位,专利申请、授权数列全国高校第36位。

最近5年,学校年承担的国家、省部级课题项目增加了210%;年科研到账经费增加了50%,其中纵向增加430%;年申请专利由20余件增加到100多件,其中发明专利增加了30倍;光子测试、仿生制造、生物医学应用领域与美国哈佛大学等开展了广泛的重大国际合作研究;研发的高压静电超低量喷洒治蝗车,在新疆、内蒙古等蝗区治蝗作业中发挥了重大作用,达到了国际先进水平,被国家发改委列入高新技术产业化示范工程项目,总投资达2500万元。

江苏大学还主动融入以企业为主体的国家创新体系建设,以服务求支持,以贡献促发展。目前,科技服务已辐射到全国20多个省份,先后与50多个地方政府或科技主管部门签订了全面科技合作协议;与浙江金鹏化工等100余家行业龙头骨干企业建立了长期稳定的合作关系。全校有200余名科研人员担任了地方政府、行业、企业的咨询专家与顾问。

人才建校打造一流师资队伍

江苏大学始终坚持师资队伍的优先发展。2002年7月,学校就明确提出"不惜代价、不遗余力、不留遗憾"的人才工作方针,每年拨出2000万元,专门用于人才的培养和引进,大力推进"教学名师建设工程""博士、硕士培养工程""高层次人才引进工程",推进以"引进和选拔5名左右的杰出人才,10名左右的优秀学科带头人,200名左右的中青年学术骨干和课程负责人,800名质量过硬、学术领先的教学主讲队伍"为主要目标的"5128工程",并设立"院士高访""特聘教授""讲座教授""柔性引进"等模式,培育精英,广揽贤才。最近5年,学校先后引进教师600余人,其中教授36人、副教授37人,具有博士学位的100余人、具有硕士学位的近300人;共选派700余名教师在职攻读研究生。教师中的研究生比例预计到2008年将达到83%。几年来,新增全国优秀教师、全国师德先进个人、教育部青年教师奖、江苏省优秀教学名师等近20人,新增教育部优秀青年教师资助计划、江苏省"三三工程""青蓝工程""六大人才高峰"资助计划等高层次人选50多人。师资队伍在数量,思想素质和学术水平,学历、专业、年龄和学缘结构三个方面取得了"充实、提升、改善"的喜人成绩。

江苏大学党委书记朱正伦说,面对新的发展机遇,学校必须自加压力。未来5年,我们将坚持教学质量优先、拔尖人才优先、强势学科优先、自主创新优先,提升内涵、强化特色。到2010年,把学校建设成为以工科为特色、多学科协调发展、若干学科国内一流的高水平、开放式教学研究型综合性大学,成为高层次人才培养基地、科技创新基地、国际文化交流基地,为建设研究型综合性大学奠定坚实基础。

(《中国教育报》2006年10月27日一版头条)

35个国家专利,400项课题全部姓"农"

江苏大学把学问做在希望的田野上

一边是"黄土地",一边是"象牙塔",两者的交集能有多大? 江苏大学仅用5年时间就交出一份答卷——2个国家重点学科、35个国家发明专利、400余项研究课题全部姓"农",给农民带来经济效益近百亿元。在这里,4万师生身体力行,把学问,做在希望的田野上。

"三农",是不变的"坐标"

醋是镇江的金字招牌,老祖宗留下的手艺给这座城市每年带来20多亿的财富。但鲜有人知的是,一吨醋、一吨渣,这里每生产一瓶醋就会留下一斤醋泥。此前,通常的做法是运到郊外深埋,既耗时耗力又污染环境。

在江苏大学农业工程研究院,由李萍萍教授领衔的攻关小组,受日本科学家将草炭研制成人工基质的启发,萌生了将醋泥醋糟加工成优质人工土壤的"创意"。历经上百次配方试验,一项"利用陈醋糟发酵工艺制人工基质"的科研成果,终于摆到了恒顺老总的办公桌上。该项研究将醋泥分解转化成水和50%的人工基质,不仅变废为宝,广泛应用于现代农业设施栽培,而且每吨售价达 500 多元。

在此基础上,课题组又开发出利用醋泥加工有机肥料、饲料的系列技术。在丹阳的一处有机稻米生产基地,"吃醋泥"的稻米每公斤产值增加 4 元,农民每亩收入净增 2000 元。

在江苏大学,有着一大批像李萍萍教授这样身居书斋、心系黄土地的专家学者。"食品与生物工程学院"的董英教授,长期以来研究的对象都是苦瓜、紫心山芋、小麦胚芽这些"小玩意儿"。她说,这些研究很难拿到国家大奖,但找到一条产业化的道路,就能给农民带来真金白银。她与镇江绿健天然制品有限公司合作开发的苦瓜茶系列产品,现已风靡中国香港、菲律宾、日本等地市场,实现了"兴办一个产业,致富一方农民"。

"江苏大学前身是镇江农机学院,一个'农'字传承至今。"校长袁寿其介绍,目前,该校涉农的工程学科有 10 多个,其中国家重点学科 2 个、省级重点学科 4 个。

大地,是创新的源泉

在江苏大学校园里,流传着一段轶事——一位老教授,春节不在家看春晚,而是跑到安徽、山东的农村,在屠宰户家里看杀牛,并拍下上百张"牛的 12 到 13 截肋骨间断面肉纹"牛肉的照片。这一现代版"庖丁解牛"的主角,就是该校博士生导师赵杰文。

赵杰文教授告诉记者,这些照片,正是检测牛肉品质的关键"特征值"。12 月 8 日,赵杰文正式接到国家科学技术奖励工作办公室的通知,他研究的"农产品品质无损检测技术及应用"刚刚荣获国家技术发明二等奖。

20 年来,赵杰文的团队只专注一件事——为农产品"无损检测"。"同样的红苹果,国产的每斤只卖到一块多,而国外按大小颜色分拣出来,就能卖上十倍价钱!"赵杰文介绍说,其关键就在于国外农产品通过"无损检测",基本不用挑选就可达到形状、颜色、口感几乎相同。而以前这类检测设备都是进口,价格高、推广难。

赵杰文说,涉农的技术设备也一定要有自主知识产权。该项技术的高难度,就在于要用软件识别各种农产品的"特征值"。譬如根据苹果的糖酸度和颜色确定其品质、根据鸡蛋的敲击声判断是否有裂缝等,往往一个产品的检测需要找到数十个这样的"特征值",而这些第一手数据则有赖于大量的基础性搜集工作。正是凭着这股"韧劲",他们已经自主研发出醋胶囊、苹果、脐橙、鸡蛋等数十种农产品检测设备。其中在江西农大农场应用的一条脐橙检测线,一秒钟能自动分拣出 5 个相同大小、形状、品质的脐橙,效率和精确度是人工的 20 倍。

赵杰文感慨说,搞科研要耐得住寂寞。中国农民身上肯干、苦干、实干的精神,是科研人员最好的"导师";黄土地提出的种种问题,也给科研人员拓展了无限的研究方向。

学问,做在希望的田野上

"成功了!成功了!"10 月 20 日,随着一辆大型半喂入联合收割机缓缓熄灭引擎,丹阳一处试验田边响起如雷般的掌声和欢呼声。"脱粒正常,全程未发生一次堵塞。"听到这一喜讯,农业工程研究院的李耀明教授嘴角挂起笑容。

目前,全国水稻机收率仅为 34%,1.8 万台半喂入联合收割机中,90% 以上是日本久保田、韩国东洋等进口产品。而国产收割机最大的技术障碍就在于脱粒过程中,运行速度加快极易导致进料口堵塞,收割机随之"死机"。

经过 14 年潜心研究,李耀明教授终于突破国外专利壁垒,研发出一种自动控速系统,可根据收割频率自动调节收割机推进速度且不"死机"。目前,采用该技术的泰州现代锋陵农业装备有限公司,已建成一条年产 3000 台半喂入联合收割机生产线,产品价格仅为同类进口机型的一半。

"在国家农机化研究院,七成以上的高工、副高工全都出自江苏大学。"该校党委副书记姚冠新教授自豪地介绍说,江苏大学正在成为国家农机人才的"黄埔军校",这话毫不夸张。而该校涉农学科毕业生,近年来,一直是职场"抢手货","往往没等发毕业证,就被预定一空了"。

"离大地越近,看天空才会越远。"江苏大学党委书记范明的话意味深长。

(《新华日报》2008 年 12 月 20 日 A1 版头条)

到政府最需要、企业最迫切、百姓最欢迎的地方去

江苏大学:精彩演绎产学研新传奇

在刚刚公布的 2011 年国家科技进步奖评审通过一等奖的 10 个项目中,由江苏大学承担的"深海高稳性圆筒型钻探储油平台的关键设计与制造技术"位列其中,其研制成功的钻探储油平台,钻井深度 1.2 万米,刷新了世界纪录。

"走出实验室,走出大学围墙,到政府最需要、企业最迫切、百姓最欢迎的地方去,这是我们始终坚持产学研结合的动因所在。"江苏大学党委书记范明教授说,走过了 10 年发展新路的江大,以自己的实践印证了一条真理:地方高校只有在服务地方经济中才能找准自己的定位,迎来广阔的发展空间。

比较优势何在　练成服务的"看家本领"

9 月下旬,亚洲最大的 CR－39 树脂镜片生产基地之一、中国眼镜制造业唯一获得中国驰名商标的企业中国万新光学集团,与江大签署了产学研全面合作协议。

在江大,像这样行业龙头企业青睐与学校牵手的故事,早已成为"家常便饭"了。

"服务地方经济发展,与其说是我们办校的一个特色品牌,不如说是我们充分发挥自身比较优势的成功探索。"校长袁寿其教授说。

从农机院校转制脱胎的江大,没有跟"大而全"的风,而是首先最大限度地把传统优势做成竞争优势、比较优势。

通过打造与行业关联度紧密的优势特色学科,让优势更明、特色更显。该校的流体机械及工程学科是全国唯一以研究水泵为特色的国家重点学科,农业工程学科实力位居全国前列。今年初,学校的优势学科建设不断传来"利好"消息:国家泵与泵系统工程技术研究中心获批建立,动力工程及工程热物理和农业工程两个一级学科获得江苏高校优势学科建设工程一期项目立项,每年资助经费达 3000 万元。

江苏大学没有"躺"在特色上,而是积极探索与特色学科形成互补和支撑的新的增长点。

美国路易斯安那州立大学博士孙建中教授，是国际上将白蚁高效生物降解植物木质纤维素特性引入到生物质能源研究中的少数科学家之一，作为"特聘教授"加盟江苏大学后，领衔建立了江苏大学生物质能源研究所，一下子把该校生物质能源的研究推向了国际前沿。此前，该校发挥学科群体优势，在生物质能源研究方面频频"亮剑"，先后成立了江苏省生物柴油动力机械应用工程中心、江苏省动力机械洁净能源重点实验室、中美生物质能源联合研究中心。

论文写在哪里　深度介入经济"主战场"

发表多少论文，搞出多少成果，是每所高校无法回避的现实问题。然而，"写了就束之高阁，意义不大。"程晓农副校长说，服务地方发展的程度，产学研联动的程度，终端成果的社会美誉度才是真正的学术高度。

去年去过世博会的人都会记忆深刻：当骄阳让你焦头烂额时，头顶周边突然喷出蒙蒙雨雾，凉意立时将你神奇地包围。有谁知道，世博会采用的这种室外喷雾降温设备，80%来自于镇江同盛环保设备工程有限公司，而这一精彩正是江大在"产学研"上做的一篇大论文。

公司总经理林忠伟告诉记者，"同盛"发展的每一步都离不开江大的"照应"，喷雾降温技术主要依托江苏大学的科技团队。

结合江苏新能源、新材料产业发展的战略需求，赵玉涛教授等开展了"新型颗粒增强铝基复合材料"的研究，成果应用于高档汽车用高性能轮毂，开创了轻合金车轮行业应用复合材料的先例，打破了该领域一直被美国、英国等专利技术垄断的局面。研究成果在江苏大亚沃得轻合金有限公司等16家企业推广应用，其中5家企业已经形成了规模经济效益，累计新增销售15亿元以上，创利税超过1.9亿元。

多年来，江苏大学瞄准经济建设主战场，融入以企业为主体的国家科技创新体系，努力推进基础研究和高技术研究与国家战略需求相接轨、应用研究和开发研究与国家、区域经济建设需求相接轨"两个接轨"。江苏大学产学研合作办公室张宜斌主任透露，近3年来，学校同江苏沃德、常柴股份等企业携手，获批了18项江苏省重大科技成果转化项目，总资助经费达1.3亿多元。

服务脉动靠什么　人才＋平台是"隐形翅膀"

高校与地方经济社会发展共脉动。仅仅数年间，江大立足镇江、面向江苏、辐射全国，书写了一份不俗的"服务大单"。

2006 年以来,全校技术合同总额达 5.75 亿元。与镇江市共建的大学科技园跻身国家级大学科技园行列。

在常州、无锡、镇江、东海等地建立了江苏大学地区工程技术研究院,200 余名科研人员担任了地方政府、行业、企业的咨询专家与顾问,组织参加了 10 余个国家、省市级行业技术联盟,与 170 余家企业建立了产学研战略联盟,80 余支教授服务团和企业对接,与企业联合申报国家级项目 20 余项,联合申报省市级项目 150 余项,产学研辐射全国 24 个省、直辖市。

近年来,江大有意识地突破"围墙",注重科研平台、研究基地、学术团队等的综合交叉,加强科研、学科之间的集成力度。着力构建立体社会服务网络体系,搭建校地、技术、仪器设备共享、信息"四大平台",为行业和地方服务。"原来的单个项目合作转变为战略合作,个体服务转变为团队服务,短期合作转变为产学研技术联盟合作。"江大副校长程晓农用"三个转变"概括了该校在科技合作服务模式上的变化。

江苏大学还充分利用学科和人才优势,延伸服务平台,将为地方和企业服务的"端口"进行前移。近年来,学校先后派出了 3 批 12 名专家参加了江苏省科技镇长团,三年多来经过他们牵线搭桥,学校与常熟、苏州、江阴等地开展了 60 多个项目合作。

今年上半年开始,江苏大学又着手建设了"现代装备与先进制造""新能源与节能""汽车与载运工具""新材料与技术""生物技术与新医药""电子与信息技术"6 个校内专职科研研究院,"这些都与国家和江苏战略性新兴产业具有极高的匹配度。"江大科技处负责人强调说。

江苏大学,搏击产学研的长空,越飞越高。

（《新华日报》2011 年 10 月 25 日 A1 版头条）

个性化培养催生创造性成果

——江苏大学探索培养创新型人才纪实

在江苏大学,有一位学生,从读本科到研究生阶段频频被媒体关注,报道中对他是这样评价的:国内知名网络安全专家,精通网络攻防、漏洞挖掘、反病毒以及安全产品研发。同时,他拥有众多"光环":中国青少年科技创新奖、"挑战杯"全国大学生课外学术科技作品竞赛二等奖、"江苏省百名学子之星"等。这些荣誉的拥有者就是计算机信息学院研究生张翼。谈起自己取得的成绩,张翼说:"这一切得益于学校提供的创新性研究和各种学科竞赛的良好氛围,使我的兴趣可以尽情挥洒!"

在江苏大学,像张翼这样的优秀学生还有许多。"建设创新型国家,离不开创新型人才;而培养创新型人才,高校责无旁贷。"这是校长袁寿其经常强调的观点。多年来,江苏大学采取多种措施,探索培养具有创新精神、创新思维及创造能力的高素质人才,取得了明显成效。

提前预备,让优生先"跑"起来

刘明权,江苏大学材料学院研三学生,还没毕业就有 7 篇论文被 SCI 收录,并获两项专利。谈起这一切,腼腆的刘明权告诉记者:"我太幸运了,能成为'预备生计划'的受益者。'提前预备',可以优先选择自己喜欢的导师,提早进入导师课题组参与科研,还能更早关注就业……总之,好处真是太多了。"

从 2007 年开始,为探索具有本校特色的精英化人才培养模式,培养一批基础知识扎实、创新能力强、综合素质高的研究型人才,江苏大学率先在全国高校实施了"提前选拔免试攻读硕士学位预备生"计划,采取学生个人申报、学院推荐并公示、学校审核、专家组面试、学校推荐工作领导小组确定的程序,遴选一些自学能力强、专业素质好、创新潜力大的本科生,为其配备"博导级"导师,从大三开始就进入导师的课题组,参与课题研究与科研训练,并可以提前选修部分硕士研究生课程,着力提高他们的创新能力和科研能力。

一流生源需要一流培养。江苏大学副校长田立新介绍说:"这些学生就读的都是具有博士学位授予权的学科专业,给他们选配的导师也都是优秀博导。他们在本科阶段就可以感受科研氛围,接受创新训练,经培养考核,毕业后直接免试攻读硕士学位或硕博连读。"

为使优秀学生的创造潜能得以发展,江苏大学组织机械和电子信息两大类"培优班",从每届新生中选拔部分高分考生在一、二年级时实施专门培养计划,单独组织教学,配备导师。目前,在"培优班"6届毕业生306人中,50%以上本科毕业后都考取了硕士研究生,真正对全校学生起到了"领跑"的作用。

卓越计划,彰显工科特色和优势

"很荣幸加入了卓越学院这个团体,学校对我们倾注了很多心血,配备了校企双导师,更强调了'真刀真枪'的演练,二年级以后至少有一年要到行业对口的企业'顶班上岗'。这样的学习方法我们喜欢!"谈起卓越学院,汽车学院詹雷和沈星宇两位同学这样说。

依托鲜明的工科特色和优势,2010年,江苏大学成为首批61个实施"卓越计划"高校之一。学校专门成立了卓越学院,全面负责"卓越工程人才"的培养工作。对在卓越学院开设的每一门基础理论课程和基础实践环节,学校都设置了校级重点教改项目。学校以4个学科优势强、行业背景好的品牌特色专业——机械工程及自动化、车辆工程、热能与动力工程、电气工程及其自动化为依托,遵循"小范围、大幅度,厚基础、重实践,工程型、精英化,综合性、开放式"的基本原则,实施工程型精英人才培养模式。

2010年9月,学校采用高考录取和校内双向选择途径,选出153名学生成为卓越学院6个班级的首批学员;今年,又从2011级新生中遴选出232名学生,组建8个"卓越班",进一步推动精英人才培养。

自由空间,灵活模式,大力扶持。在培养过程中,学校为学生构建了动态的多元化成才路径。前两年不分专业,基础课打通,两年以后,学院和学生依据培养状况和个人志愿,选择个性化的成才途径:一是按"卓越工程师教育培养计划",实施"3+1"校企联合培养模式,本科阶段学习结束后,可继续申请实施"硕士工程型卓越工程师教育培养计划",其中一部分学生还可申请"博士工程型卓越工程师教育培养计划";二是经考核成为"提前免试攻读硕士学位预备生",提前进入导师课题组,优者可进一步选择"硕博连读"的方式攻读博士学位;三是申请到国外大学完成一年或两年的本科交流学习,学校与相关国外大学建立联合培养工程类精英人才的开放式国际化渠道;四是选择回到相关专业完成本科阶段学习,就业、考研按正常程序进行。

为高质量实施"3+1"卓越工程师人才培养工程,校领导多次带队走访省内外知名企业,由江苏大学和中国一拖集团、中国重汽集团等企业联合申报的国家级实践教学基地已通过初步评审;江苏大学与中国一汽无锡柴油机厂联合申报的省级实践教学基地已获江苏省实验教学示范中心建设项目的专项资助,成为江苏省首批省级实践教育示范基地建设点。

江苏大学教务处处长梅强说:"在培养创新型人才方面,学校实施错位培养,'预备生计划'旨在培养研究型人才,而'卓越计划'意在打造工程设计人才,它最重要的特点是行业企业深度参与培养过程和强化培养学生的工程及创新能力,真正让'工'名副其实。"

创新计划,让学生"真刀真枪"动起来

在机械学院有一位"发明大王",他叫吴多辉。在大学3年多的时间里,他申请了国家专利39项,其中29项已经授权。谈起这一切,吴多辉激动地说:"我的成功得益于学校的研究性教育"。

江苏大学学工处处长李洪波认为:"实施创新创业教育,把学生提前带进实战的'战场',让他们'真刀真枪'行动起来,这样才有利于创新型人才的成长。"

江苏大学是全国高校在本科生中率先推行研究性计划的高校之一。学校鼓励和支持大学生尽早参与科学研究、技术开发和社会实践等创新活动,从2002年就开展了本科生科研立项工作。同时,学校又成立"大学生科研导师团",聘请了百名离退休老教授、老专家,从选题立项、过程研究等方面,对学生进行全方位指导。这几年,江苏大学学生搞科研的热情日益高涨,每年立项项目由最初的90项发展到现在的400多项,学校配备的资助经费也从5万元"上涨"到现在的30万元。近3年来,学生发表论文400多篇,申请专利近百项。

从2008年开始,学校又实施"百项本科生创新计划",每年遴选100项左右的大学生实践创新训练项目进行立项资助,用学分引导和激励本科生自主提出项目方案、自主联系指导教师,开展研究工作,并给予每项两三千元的资助。学校还建立了86个创业实训基地,学校也因此成为江苏省首批"大学生创业教育示范校"。

江苏大学十分重视学生参加数学建模、"挑战杯"、电子设计、机械设计等各级各类竞赛,对在"挑战杯"科技作品竞赛等比赛中获奖的学生给予2至4个"创新学分"的奖励,直至免试推荐硕士和博士研究生。

一系列个性化举措催生出了一系列创造性成果:江苏大学在第十届"挑战

杯"中将2项特等奖收入囊中,在参赛的内地288所高校中,取得如此佳绩的仅有3所;在第七届"挑战杯"全国大学生创业计划竞赛中获得全国55项金奖中的2项;两度获得"中国青少年科技创新奖";在第二、第三届全国大学生节能减排竞赛中,分别荣获特等奖和一等奖;在全国百篇优秀博士学位论文评选中,江苏大学连续3年榜上有名。

(《中国教育报》2011年10月17日一版头条)

结合生产需要来选题　结合工程实际来研究

江苏大学研究生论文做在企业里

【本报讯】　10月初,刚刚与江苏大学流体中心刘建瑞教授签订了"新型自吸离心泵系列产品开发"项目的江苏海潮科技股份公司,迎来一名新的"员工"——刘教授的研究生李昌。身为江苏大学流体机械专业二年级研究生的李昌将在这里"蹲点"半年,从事水泵工业设计、流场分析等工作,并结合项目同步着手毕业论文写作,公司董事长杨高怀亲自担任李昌的"企业导师"。

作为一所以工科为特色的综合性大学,江苏大学将整合学校资源与利用社会力量结合起来,将研究生培养与生产实践、社会需求紧密结合起来,引导学生到生产实践中去,在车间里找选题,在实践中"接地气",着力培养研究生的实践创新能力。近3年,江苏大学研究生论文选题结合国家工程需求和企业研发项目的达2000余项,工学研究生学位论文85%均有实验支撑或与工程实践密切相关。

为了让学生有用武之地,江苏大学投资近2亿元在校内建立了现代基础工程训练基地、学科专业实验室,在校外建立一批产学研联合基地,这三大平台有机衔接,融为一体,组成研究生工程实践的"硬件系统"。同时,改革研究生教育制度,建立了连接各类平台的交融机制、强化导师责任的约束机制、鼓励工程实践的激励机制"三大机制",构建工程实践的"软件系统",全面激活实践环节。

作为一所具有深厚行业背景的高校,江苏大学一方面深化与原行业的合作,另一方面主动与地方、企业"联姻",以服务求支持,拓展全方位的合作,通过共建工程研究院、技术中心、高科技园区、博士后流动站等，建立了100多家产学研联合基地，为研究生开展实践创新活动提供了优质资源。

一汽无锡油泵油嘴研究所是国内唯一在发动机核心技术——共轨燃油喷射系统方面具有自主知识产权的单位，也是江苏大学产学研和研究生培养的"双料基地"。能源与动力工程学院副院长王谦教授清晰地记得，当年他在导师李德桃教授的指导下，到这个研究所结合论文选题开展试验研究，一方面为企业开发了新品，另一方面与其他同学一起"孵化"出了4篇省优秀博士论文。他说："结合企业需要来选题，结合工程实际来研究，既实在又实用。"

江苏利达不锈钢有限公司过去两种产品退火处理后易出现麻点，赵光伟等3名研究生发现，这是由于火炉温度和时间不能有效控制造成的。为此，他们设计了一套对温度和时间进行控制的系统，增加了对钢有害的磷元素检测控制的措施。同时，采用廉价的锰代替昂贵的镍，使产品成本下降了20%，并为公司成功申请了两项发明专利，促进了公司产品由低级向高端转变，公司老总连声称赞："研究生真管用！"

镇江正汉泵业有限公司是江苏大学王春林教授多年的合作伙伴。应企业需要，王春林选派3名研究生下到企业，先后开发出了"无阀立式自吸泵""旋流自吸泵"等新产品，为企业带来显著效益。其中，刘红光同学据此而撰写的毕业论文名列同专业第一，并被常州的一家水轮机企业"相中"。

今年，江苏省建立的126所企业研究生工作站中，江苏大学占22席，列全省高校之首。目前，学校已选派104名导师，组织26个研究生团队进驻工作站，已有61名博士、132名硕士研究生在站工作，未来两年还将有215名研究生进站。

走出课堂走出校门，深入企业深入一线，使得研究生的知识结构、学术视野得到明显改善，自主创新能力明显增强。近年来，江苏大学连续3届入选全国优秀博士论文，在全国"挑战杯"竞赛中，江苏大学研究生荣获2项特等奖、2项一等奖，学校3次捧得"优胜杯"。

（《中国教育报》2010年11月24日一版头条）

让信仰与青春同行

——江苏大学实施"党员素质工程"纪实

"我志愿加入中国共产党,拥护党的纲领,遵守党的章程……"近日,江苏大学千名毕业生党员代表在离校前夕,重温了入党誓词,表示要率先垂范,永葆先进,在投身"中国梦"的伟大实践中实现人生价值,让青春焕发出绚丽的光彩。今年,江苏大学有3019名毕业生党员,临近毕业,他们纷纷选择把志愿服务作为大学的最后一课:参与高考护考行动,当一天后勤工作人员,爱心捐献书籍和被褥……参与度达到了100%。

与信仰同行,让青春绽放。"一名党员就是一面旗帜。"江苏大学党委书记范明表示,学校多年来扎实推进大学生党员素质工程,严把入口关、考察关、培养关和群众关,以增强党性、提高素质为重点,推动广大学生党员发挥先锋模范作用。

面审答辩,给发展对象"挑挑刺儿"

前不久,一场公开答辩会在江苏大学计算机学院举行。24名大学生党员发展对象接受学院7名党委委员"车轮战"提问,旁听的还有80多名入党积极分子。"你认为入党和以后找工作有什么联系?""你是自己一个人学,还是带着大伙儿一起学?""宿舍卫生情况怎样? 是不是文明宿舍?"……一个接一个问题考察着大学生的入党动机、思想认识和综合素质。

学院学生会主席施佳告诉记者,通过答辩,他进一步意识到入党是一件非常严肃的事情,是人生中的重要选择,同时也发现了自己的不足,"一名合格的党员不能以自我为中心,自己一个人学习好、工作好不算真的好,要带动同学一起好"。

在发展党员工作上,江苏大学严格执行"三投票三公示一答辩"程序,即推优投票、发展预备党员投票、预备党员转正投票,推优公示、发展公示、转正公示,部分预备党员转正答辩。"给发展对象挑挑刺儿,让他们通过答辩环节提前发现不足,也有利于我们优中选优发展学生党员。"江苏大学党委组织部部长李战军说,学校在发展党员的"入口关"有六条"高压线"——未被列为年度发展计划者不予发展,考察期未达一年者不予发展,政审材料不全者不予发展,毕业班学生离校前3个月内不予发展,党校培训过期者不予发展,团内推优过期者不予发展。

"要求别人做到的,自己首先做到"

"既然我是一名党员,就要做同学们学习上的标兵、工作上的模范、生活中的榜样,要求同学们做到的,我要率先做到,要求同学们不能做的,自己绝对不做。"这是江苏大学医学检验专业毕业生郭毅在参加"三人行学习互助小组"时写下的一段话。

所谓"三人行",是由党员、入党积极分子牵头,带领成绩处于中下游的两名同学组成小组,3个人学习互助、生活互帮、娱乐共享。在郭毅的带领下,他们小组经常通过讨论、视听和网络学习等方式学习党的知识,进行专业学习、开展志愿服务等。"我们班组成了10个三人行小组,75%的同学担任了校级、院级学生干部,考研录取率也提升了25%。"郭毅说。

江苏大学推进学生党建"三个一"工程,让一个党支部建好一个班,一名党员带好一个宿舍,一名入党积极分子帮助一名同学,有意识地给党员和入党积极分子压担子、交任务,让他们发挥模范带头作用。学校还建立了校级党校、院级党校和网上党校三级培训体系,每年对大学生党员和入党积极分子分别进行16个小时和30个小时以上的培训。此外,学校于2005年创办了菁英学校,以马克思主义中国化最新成果为主要内容,加强对优秀学生党员骨干分子的培养。

到实践中去,青春在奉献中闪光

"既要笔试,又要面试,还要进行体能测试、素质拓展,比公务员考试还难啊!"前不久,20名志愿者从300多位报名者中脱颖而出,入选江苏大学"大眼睛"爱心支教团队,定向支教大别山区。90%的"大眼睛"都是党员和入党积极分子,党员谢樵7月初即将开始他的第二次支教生活。

江苏大学把大学生党建工作融入社会实践,让大学生党员在基层一线长才干、受教育、做贡献,在社会实践中实现青春价值和人生价值。2011年,汽车学院博士生党员崔勇远赴圭亚那志愿服务一年,他成功促成了中圭两国地质矿产科学合作谅解备忘录等文件的签署,避免了中国承建的水电站等工程的损失。"志愿服务的过程就是人与人之间相互帮助、相互温暖的美好经历,作为一名党员,让他人高兴了,我自己也就开心了。"崔勇先后荣获"中国大学生年度人物"

提名奖、"全国青年志愿者优秀个人""江苏省大学生年度人物"等称号。

　　江苏大学还涌现出了骆焱小分队、四点钟学校等 30 多个志愿服务团队，每年都有 3000 多名大学生党员参与其中，累计服务时间超过 10 万个小时。每年暑假，江苏大学以 2000 多名学生党员为骨干，组建近 30 支红色小分队、70 多支省级重点团队、1100 多支校级团队，远赴西藏、宁夏、四川、青海等地的乡村和社区，在社会实践中争当先锋，施展才华。在江苏大学，大学生的脚步聚集到哪里，学科团队和项目组等新兴学术组织延伸到哪里，党支部的阵地也就建到哪里。

　　　　　　　　　　　　　　　　　（《中国教育报》2013 年 6 月 29 日一版头条）

做足特色　长处更长

——江苏大学转制地方快速发展纪实

　　近 5 年，新增国家科技成果奖 7 项、国家自然基金项目近 537 项；授权发明专利 1120 项，其中 2012 年发明专利授权量列全国高校第 16 位；新增一级学科博士点 4 个、一级学科硕士点 21 个、博士后流动站 6 个，4 个学科进入 ESI 排名全球前 1%，在全国并列第 35 位……

　　一所既非"985"、又非"211"，"出身"于机械行业、"起家"于农机学院的地方高校，缘何能取得如此出色的成绩？"发挥依托行业和立足地方的双重优势，瞄准高端目标，坚持特色发展。"江苏大学校长袁寿其日前在接受记者采访时，介绍了学校转制地方后迅速发展的办学理念。

坚持"有特色"，书写"农"字精彩

　　"特色是立足之本，是在竞争中立于不败之地的关键。"袁寿其认为，倾力发展优势学科，着力强化学科特色，这是行业转制高校出奇制胜的核心所在。江苏大学曾培养了全国第一批本科、硕士和第一位农机博士，长期积淀形成了"工中有农，以工支农"的办学特色。1998 年转制到地方，尤其是 2001 年三校合并后，尽管学科专业越办越多，但学校"阔"了并不忘"本"，始终坚持做强工科特色和为农服务的文章。

转制到地方以后,面对行业背景的弱化,江苏大学"痴心不改",倾力打造与行业关联度紧密的机械动力工程、农业工程两大学科群,建立培育了10多个涉农工程学科,并相继恢复了两个"农"字本科专业的招生。近年来,学校还聚焦现代农业装备与技术、能源与动力工程、高端装备制造与新材料三大学科领域,整合资源,打造亮点,让"长处更长""优势更优"。目前,学校在上述三大学科领域建设形成了1个国家级工程技术研究中心、2个国家重点学科、3个江苏高校优势学科,100余项成果获国家和省部级科技奖。

"有了这套系统,我们今年10月收获的4000多吨水稻,从收割、运输、晾晒,到仓储、加工,再到百姓的餐桌,真正实现了'不落地'。"日前,在江苏省镇江新区富农农机机械化合作社,董事长魏云烽指着19个高高的筒状"大家伙"告诉记者,他承包了2.2万亩土地,如果采用传统晾晒方式需要配套600多亩土地,多亏了江苏大学和他们合作建成的田间粮食烘干系统,"在1200平方米的烘干仓内10天就能完成晾晒,省时省地又省力。"田间粮食烘干系统是江苏大学新农村发展研究院与镇江新区携手,开展城乡一体化示范区建设的合作项目之一。去年6月,江苏大学成立了新农村发展研究院,以学校农业工程国家级优势学科群为依托,整合全校资源,立足苏南,面向江苏,服务长三角,探索适应以苏南为代表的中国南方地区特点的"三农"现代化发展模式与实施体系。

江苏大学还大力开展协同创新,在服务经济社会发展上进一步彰显特色。由江苏大学牵头的江苏省首批协同创新中心"现代农业装备与技术协同创新中心",联合了中国农业大学、中国农机化研究院等"国家队"力量,致力于在农业装备关键共性技术等5大研究领域进行协同攻关。"目前,我们确立了7个重大研究项目,总经费3400万元。"中心负责人毛罕平告诉记者。

"发挥学科专业特色,服务经济社会发展,与其说是我们的品牌优势,不如说是地方高校错位发展的竞争优势。"江苏大学党委书记范明说。

狠抓"国字头",强化高端引领

我国是世界第一油菜种植大国,然而食用油60%以上却依赖进口,油菜机械化收获水平低是导致种植面积和产量受限的主要原因。江苏大学教授李耀明领衔的"油菜联合收割机关键技术与装备"研究,在油菜脱粒、清选、割台和智能化等关键技术上取得突破,其转化产品近3年累计销售产品13360台,为我国油料安全提供了装备保障。目前,该成果已获得国家科技发明二等奖。

"这已是我们近5年获得的第7项国家科技奖。"袁寿其欣喜地说,"高水平大学应该是具有核心竞争力的大学,而国家级学科、项目、人才、成果以及各类奖项等'国字头'数量,则是一所大学办学实力和核心竞争力的重要体现,是一所大学的'镇校之宝'。"

江苏大学坚持教学质量、拔尖人才、强势学科、自主创新"四个优先"的办学理念,大力实施"国字头"品牌建设工程,将其作为提升内涵,加快推进高水平大学建设的战略引擎。正是得益于高起点谋划、高目标牵引、高水准建设,近5年来,学校的"国字头"项目不断突破:教学方面新增国家教学成果奖、国家特色专业、国家精品课程、国家优秀教学团队等"国字头"20多个;国家工程技术研究中心、国家地方联合工程研究中心、国家级大学科技园、国家知识产权培训基地,教育部"长江学者"特聘教授和科技创新团队以及国家"千人计划""外专千人计划""青年千人计划"等均实现了突破;教育部第三轮学科评估,学校参评的25个学科与5年前相比,绝对排名或相对排名均显著前移,尤其是农业工程和食品科学与工程进入了全国前20%,动力工程及工程热物理和机械工程进入全国前30%。

打好"创新牌",给力转型升级

长期以来,我国高速列车用高性能安全玻璃全部依赖进口,尤其是前窗玻璃,一直由少数国外公司垄断。江苏大学程晓农教授团队与江苏铁锚集团合作,研制开发了可用于高速400Km/h以上轨道列车的专用安全玻璃。"强度高、透光性强,隔音、隔热,防飞溅,实现了高速列车安全玻璃国产化,国内市场占有率达到70%以上。"江苏铁锚集团董事长吴贲华说。

"一所地方大学的活力,很大程度体现在它融入社会、服务地方、引领区域经济发展和科技进步的能力。"范明说。学校坚持"顶天立地"的思路,大力推进科技创新,瞄准国家战略需求,对接区域经济发展,不断拓宽服务领域,集聚形成新的特色和亮点。近年来,学校建设了与国家和江苏战略性新兴产业高度匹配的新能源与节能、汽车与载运工具、新材料与技术、生物技术与新医药、电子与信息技术等6个校内专职科研研究院,承担了国家"863"、杰出青年基金、重大专项、科技支撑、国际合作等项目55项,获批新能源科学与工程、物联网工程两个国家战略性新兴专业并开始招生。

前后10年间,江苏银环精密钢管股份有限公司实现了"华丽转身":从年产值6000万元到13亿元,从生产普通锅炉到国内唯一能生产超临界火电机组用系列关键管材。"同江苏大学产学研合作的10年就是企业飞速发展的10年。"近日,江苏大学与13家大型企业开展全面科技合作,江苏银环副总韩敏在合作签约仪式上动情地说。

以服务求支持、以贡献求发展。江苏大学引导科研人员走出大学围墙,走出实验室,到"政府最需要、企业最迫切、百姓最欢迎"的地方去。学校通过选派科技特派员、科技创新团,在地方建立研究院等,延伸服务平台,将为地方和企业的服务"端口"前移。目前,学校产学研辐射全国 24 个省、直辖市,400 余名科研人员担任了地方政府、行业、企业的咨询专家与顾问,组建了 10 余个国家、省市级行业技术联盟,与 170 余家企业建立了产学研战略联盟,80 余支教授服务团和企业对接,与企业联合申报联合项目 280 余项。学校 3 次荣获国家科技部颁发的中国技术市场"金桥奖",2012 年,全省高校科技服务江苏地方经济 7 个指标中,江苏大学有 6 个指标居全省高校前 5 位。

(《中国教育报》2013 年 12 月 30 日一版头条)

向白蚁学习制造"生物反应器"

能源短缺和环境污染,是当前人类面临的重大挑战。生物质资源在解决这两个问题方面潜力巨大。然而,生物质的高效、经济转化问题"久攻不克",已成当前困扰国际科学界和产业界的公认难题。

江苏大学特聘教授孙建中认为,以白蚁为代表的肠道消化系统是世界上最小、但又非常高效的"生物反应器",对木质纤维素具有超凡的转化利用能力,整合多学科力量研究和探索以白蚁为代表的自然界生物高效转化系统的仿生理论和技术途径,有可能帮助我们解决困扰多年的生物质高效转化中的相关基础理论和关键核心技术。

孙建中是美国路易斯安那州立大学博士,昆虫与生物质能源专家,是国际上将白蚁对木质纤维素的高效降解特性引入生物质能源研究领域的少数前沿科学家之一。据孙建中介绍,木质纤维素是各种植物的主要组成部分,通俗地讲就是"骨架",主要由纤维素、半纤维素和木质素 3 部分组成,每年的产量可达 $2 \times 10^{12} \sim 5 \times 10^{12}$ 吨,是地球上最为丰富的可再生资源。然而,经过亿万年的进化,大自然将植物细胞壁做成了一个"耐压"和"防病"的几乎完美的结构,"木质纤维素中的多糖部分被木质素紧紧地包裹着,从而有效抵御外界生物、物理和化学的攻击,避免被迅速分解"。

目前,生物质转化利用有两个主要技术平台:热化学转化平台,生物转化平台。其中,热化学转化平台因其高能耗、工艺与技术不成熟,离经济性规模化利用仍有不小距离。生物转化平台的一个关键步骤,是利用纤维素酶将纤维素分解成可用来发酵的葡萄糖单糖,但目前国内外大多数的生物平台都没离开热化学的预处理过程,都要用酸、碱或高温高压等极端的物理化学方法,其结果不仅投入增加、设备要求高,对环境也不友好,其低转化效率和高成本的致命缺陷难以在短期内取得突破。"提高生物质的转化效率,降低整个工艺的生产成本,这是当前生物质产业化利用亟待解决的关键问题。"孙建中指出。

在地球上的各类生物系统中,尽管许多微生物(如细菌、真菌)可以对生物原料进行缓慢的生物降解和转化,但能高效转化和利用木质纤维素的自然生物系统却非常少见。"白蚁经过2.5亿年的长期进化和演变,其独特的生物系统对木质纤维素具有超凡的高效转化能力。"孙建中说,"在常温常压下,白蚁能够在24小时内转化生物质中90%以上的纤维素、20%左右的木质素和大部分的半纤维素。这是目前任何技术都达不到的。"

据介绍,白蚁分布面积广(占陆地面积68%)、规模大(总重量是人类体重之和的10倍,达到12亿吨),每年转化约130亿吨以上的木质纤维素,占全球生物质年产量的10%~15%。"白蚁对木质纤维素惊人的高效转化能力,在攻克生物质利用的关键技术和理论方面具有极大的科学借鉴价值。"据孙建中介绍,我国拥有非常丰富的白蚁生物资源,近500种不同的白蚁中很多是世界上独有、高效利用生物质的模式转化系统。

当前,研究和利用白蚁木质纤维素转化的高效生物系统已成为国际新的交叉科学前沿。目前,美国的国家能源部、华盛顿州立大学以及德国、日本的相关单位,我国的江苏大学、浙江大学、中科院上海生命科学研究院等都相继开展了一些探索性研究。江苏大学、中科院天津工业生物技术研究所与美国华盛顿州立大学进行了白蚁对木质纤维素"预处理机制"研究方面的合作,初步的研究结果证明,白蚁对生物质高效转化利用的"特异功能",在于其自身进化形成了一个对付植物细胞壁复杂结构的独特系统,其肠道及共生微生物所产生的各种木质纤维素酶,在生物质转化为糖类的过程中均分别扮演了重要角色,且彼此"协调作战",持续不断。

"我们必须完整、系统地认识这一生物转化的过程。"孙建中强调,"生物质的规模化开发利用,必须基于理论和方法在高效生物转化这一核心过程上实现重大突破。"孙建中介绍,当前国内外的多数研究,不是基于系统仿生的原理,仅希望从某些消化木质纤维素的昆虫肠道中获得一些催化资源或一些微生物菌系,仅靠追逐单一酶或酶系的高活性,或几个微生物的基因改造,很难实现以白蚁为代表的自然生物系统中的生物质的高效转化。"因为在很多情况下,自然生物转化系统的协调整合机制和特定的理化微环境往往起着重要的甚至决定性的影响"。因此,模拟自然生物系统实现生物质高效转化,需要从系统生物学的角度,全面研究和解析生物质的完整降解和转化机制及其相关的各项理化因素。

"这是一个以高端的顶层设计、多学科交叉为技术战略的新的学科前沿,旨在为解决生物质经济高效转化开辟一个全新路径。这是一个非常复杂的系统工程,需要不同学科的全面协作、相互交叉。"孙建中说。

白蚁独特的高效生物质转化的能力及其背后的生物作用机制、理化作用原理及其物态演变的规律被揭开,人们就能够通过现代生物技术与工程技术相结合,对这一机制和过程进行模拟,构建一个仿生集成系统,实现生物质高效转化的过程化利用。孙建中表示,这对于降低我国对石油的高度依赖,保障我国能源安全,促进环境气候的改善,推动国家经济的可持续发展均具有重要的战略意义。

(《科学时报》2010 年 12 月 10 日一版头条)

引进与外联相结合

江苏大学优化师资"学缘"

【本报讯】 今年,江苏大学新增 15 个博士点、27 个硕士点,增幅分别达 150% 和 82%。这是江苏大学着力优化师资结构,促进学科交叉融合取得的初步"回报"。

"近亲繁殖"是不少高校师资队伍建设中令人头疼的现象,也是制约学科发展的"瓶颈"问题。江苏大学利用学校合并的有利时机,在建设一支高水平的师资队伍的过程中,着力改善师资队伍的"学缘"结构,"内娶"与"外联"并举,把优化"学缘"作为高水平师资队伍的关键来抓。

开渠引水,加大引进力度,通过"内娶"淡化原有学缘"亲情"。该校专门设立了人才建设基金,两年来,引进了博士、教授 37 人,副教授、硕士 163 人。同时,在人才引进模式上不断创新,对于一时难以取得"所有权"的顶尖人才,采取"柔性引进"的方法,设立"院士高访""特聘教授""讲座教授",为我所用。目前已有7名院士受聘该校,来自国内外的近20位知名学者陆续担任了学校的"特聘教授""讲座教授"。他们每年都抽出两三个月的时间来江苏大学工作,指导学校的学科建设,指导青年教师的科研。未来3年内,该校还将引进教授、副教授100余人,博士、硕士200余人。

正本清源,提高现有队伍素质,通过"外联"优化"学缘"。江苏大学鼓励教师,尤其是青年教师"拜名师,访名校",到一些著名高校和科研机构进修和学习,博采众长;或采取"联合培养"的方式,选派教师在职攻读其他学校的研究生。目前,该校已与东南大学、武汉大学、西安交通大学等一批高校签订了联合培养协议,有计划地选送年轻教师攻读博士学位。两年来,该校共选送了40多名教师到国内外著名高校和研究机构进修学习。学校现有在读博士219人、硕士320人,大部分为其他高校培养。该校还规定,在本校就读研究生的教师实行"双导师制",除本校导师外,还必须外请一名导师,毕业论文可以到外校去做。本校毕业的博士,学校选送去清华大学等名校做访问学者。未来3年,该校还将陆续选派200余人到国内外攻读博士学位或做高级访问学者。

(《中国教育报》2003年9月27日)

这片希望的热土

——诠释江苏大学的跨越发展

2001年8月,原江苏理工大学、镇江医学院、镇江师范专科学校合并成立江苏大学,原来同处江苏镇江的"三兄弟"走到一起,变成了实实在在的"一家人"。时隔两年多,江苏大学正呈现出蓬勃生机。校长、博士生导师杨继昌教授告诉记者,合并以来,学校两年迈了三大步:快速、平稳、顺利地完成了实质性合并,奠定了良好的发展基础;适时、科学、前瞻地调整学科专业、优化资源配置、制定"十五"方略,扬起了疾行的风帆;执着、扎实、高效地完成着每一个既定的目标,实现了新的跨越发展。2003年,新增博士后流动站2个、一级学科博士点3个;博士点 15 个、硕士点 27 个,并获得了 MBA 学位授予权;国家、省级重点学科实现了翻番,科研立项大幅度增加,科研经费递增了近 300%。如今漫步校园,现代、艺术的新校门别具特色,校前区 80 亩开阔的园林景观赏心悦目,在建的 21 层 4 万平方米的教学楼日见日长,占地 1200 亩的新校区已拉开大建设的帷幕……

什么成为江苏大学腾飞的翅膀?

真抓实干,全力打造内涵发展新优势

教学、科研、学科建设是高校发展的内涵所在,也是体现一所学校核心竞争力的关键要素。合并两年多来,江苏大学坚持把加快内涵发展、提升办学水平作为工作的重点,努力增强学校的核心竞争力,以此来推动学校各项事业的快速发展。

抓本科教学评估,不断提高人才培养质量。2002 年是江苏大学合并后的开局之年,也是学校的"教学质量年"。学校以迎接本科教学水平评估工作为抓手,采取一系列的措施,强化教学管理,推进教学改革,提高本科教学质量。在教育环节上,构建了由教学检查员、教学信息员、同行教师、各级干部和学生组成的"五位一体"的教学质量监控体系,实行教师晋职教学质量考核"一票否决制",教授本科教学"一票否决制","青年教师过教学关",800 多名教师参加讲课比赛。学校还花力气加强"窗口"课程建设,启动品牌特色专业建设,出版一批精品教材;在学习环节上,从 2003 级新生开始学校全面推行完全学分制;在教学投入上,近两年设备经费投放总量达 1.1 亿元。两年来,学校获江苏省高校一类优秀课程 3 个、二类优秀课程 5 个,优秀课程群 1 个;连续三年获全国大学生英语竞赛特等奖,在全国大学生机器人大奖赛中,成为江苏高校唯一进入全国高校 16 强的代表队。

抓科技创新能力,积极服务江苏区域经济。按照"基础研究与应用研究相结合、科学研究与成果推广相结合、高新技术开发与形成高新产业相结合、技术创新与机制创新相结合"的总体要求,江苏大学采取了五项改革措施,全面提升科技实力,强化科研工作的支撑作用——打造科技优势、突出服务重点;推进制度创新、激活运行机制;抓好队伍建设、培养领衔人才;加大科技投入、加强基地建设;扶持软科学研究、壮大社科实力。两年来,该校的科技工作在深度和广度上都取得了突破性进展。立项科技项目近 400 项,获政府部门资助经费 3500 多万元,主持国家"863"高技术项目 3 项、联合和合作承担 8 项。获国家自然科学基金项目 31 项,33 项成果获省部级科技进步奖。申报专利 80 项,跻身 2003 年中国科技事业单位自主知识产权竞争力"50强"。前不久"江苏大学车辆产品实验室"通过了中国实验室国家实验室认可，并获得较高的评价。

抓学科建设龙头，整体提升学校办学水平。学科作为高校履行教学、科研和社会服务三大职能的基本平台，在学校工作中发挥着"龙头"的作用。两年来，根据"优势学科做强做大、新兴学科形成亮点"的要求，江苏大学抓住三校合并的契机，充分利用资源优势加速学科整合，着力构建理工、医药、生物技术及生命科学、经管及人文五大学科板块，形成了"重点突出、交叉渗透、板块联动、相互支撑"的学科建设新格局，学科建设取得了重大的突破性进展。学校流体机械及工程等7个学科被评为国家、省级重点学科，理科博士点、医学和人文硕士点均实现零突破，化学化工、医技、医学、药学、外语等学科也新开了点。MBA学位授予权也顺利获得通过。学科建设的快速发展带动了研究生教育的大发展。近两年，该校全日制研究生招生规模每年递增55%之多，在校研究生数已突破2500人。

抓人才高地构建，不断增强事业发展后劲。队伍建设是学校改革和发展的根本大计。江苏大学坚持"人才是第一资源"的新理念，把吸引和培养优秀人才作为学校工作的战略重点，不惜代价、不遗余力、不留遗憾，全力打造一支高水平教师队伍和管理队伍，切实做到优惠政策吸引人才、加大力度培养人才、搞活机制激励人才、营造环境留住人才。学校出台了《江苏大学师资建设规划》，建立了人才引进与柔性引进、智力引进相结合的机制，积极推进队伍建设"三大工程"——"高层次人才引进工程""博士培养工程"和"教学名师建设工程"，并作为学院考核的刚性指标，取得了突破性进展。同时，高层次人才推荐遴选也再攀新高，一批中青年骨干教师进入了"国家百千万工程"、教育部青年骨干教师、江苏省有突出贡献中青年专家和"江苏省333工程"的行列。

抓基础设施建设，提供跨越发展坚实保障。为拓展办学空间、创造整洁优美的育人环境，江苏大学切实加大基本建设力度，大力实施生态化校园建设工程。两年来共完成基本建设项目28个，新增校舍面积18.6万平方米，新增教职工住宅224套，学校的体育设施、全民健身活动场所建设取得了重大突破，目前在建项目达12万平方米。前不久，江苏大学又新征土地1200亩，校园面积达到了3045亩，新校区的基本建设已全面展开，力争用2年左右时间完成近30万平方米的建设任务。在校园建设的过程中，该校充分利用依山傍水的自然条件，高起点、生态化，大力实施校园绿化、美化工程。目前，玉带河整治、校前区改造、学生宿舍区山顶公园建设已经完成。今年3月，原镇江市江滨医院成建制并入成为该校的附属医院之后，学校适时调整校区功能，扩大附属医院建设用地，为建设一个特色化、人性化、生态化、数字化的基本现代化医院打下了基础。

凝心聚力，全线构筑跨越发展新保障

合并不单是"聚合"，更应是"融合"；不单是合资源，更需要合人心。江苏大学领导班子不仅致力于在最短的时间里实现"班子、机构、政策、财务、规划"的"五统一"，而且不懈追求"学科、师资、资源、校园精神"的"四融合"，注重内涵建设，为实施跨越发展战略提供了有力的保障。

革新用人机制，推进党的组织建设。合并之初，在中层干部的任用上，江苏大学大胆创新的做法实在可圈可点。200多名党政处级干部全部"卧倒"，实行聘任上岗，其中机关实行竞聘制，学院实行选聘制，并聘请校外专家担任评委，把评委的评审结果作为干部任用的重要依据。这一做法，有效地维护了学校大局的稳定，极大地激发了广大干部的积极性，使得一大批德才兼备的干部走上了领导岗位。之后，在短时期内学校又出台了一系列关于干部选拔任用的规章制度，使干部管理工作逐步步入规范、科学、动态、有序的良性循环。合并后，学校及时重组了26个党总支、8个直属党支部和210个基层党支部，并对基层党支部实行目标管理，规范学院党政领导体制。为了统一意志、提高基层党组织战斗力，党校先后举办了7期培训班。学校还十分重视在学生、青年教师和学科带头人中培养、发展新党员，两年来学校党校共举办了34期入党积极分子培训班，受训人员达4834人次，发展党员2183人。

加强作风建设，畅通民主政治渠道。2002年，江苏大学将其确定为"作风建设年"，以作风塑造形象，以形象凝聚人心。新学期开始后，校领导们深入全校23个学院和有关部门，开展现场办公，在基层干部和教师中产生了良好的反响。学校全面推行校务公开制度，规定凡事关学校改革发展的重大决策，教职工、学生切身利益的重大事项及师生关注的热点、焦点问题都要公开，如基建工程和重大修缮项目招投标情况，大宗物资采购，教职工住房和医保情况，学生评优和奖学金评定，干部聘任、职称评聘、教师评优等，提高透明度，让师生"看个清清楚楚，明明白白"，激发了教职工爱校建校的热情。校领导还实行了联系学院制度、接待日制度、重大事项决定前征询意见制度等，使师生们参与学校事务的"门路"更宽了。今年，江苏大学又推出了机关作风建设"一把手负责制"，实施公开承诺制、首问负责制、督查督办制、考勤考核制、检举举报制、定期评议制、效能监察制等"七项制度"，打造机关新形象。

实施"师德建设工程"，努力培育校园精神。如何塑造一种新的校园精神，对于一所新成立的大学来说显得尤为重要。为此,近两年来江苏大学着力在广大师生中开展了"凝聚力工程"和"向心工程"。2002 年初,经过全校师生讨论,学校制定了"博学、求是、明德"的江苏大学校训,以此为契机,通过组织演讲、征文、解读等活动,积极推动广大师生对新校训的理解和践行;学校还出台了《江苏大学加强和改进教职工思想政治工作的实施意见》,制订考核指标,开展了"基层文明单位创建活动";制订了《江苏大学教职工道德规范》,并组织实施了"师德建设工程",为事业的发展提供了重要的思想保证和精神动力。

立足长远,全面谋划事业发展新未来

江苏大学领导深刻地认识到,21 世纪头 20 年,同样也是高等教育发展必须紧紧抓住并且可以大有作为的重要战略机遇期,尤其是作为江苏省"十五"重点建设的高校,学校理应为江苏"率先建成高水平小康社会、率先基本实现现代化"这一宏伟目标的实现提供强有力的人才和技术支撑。因此,刚刚结束的学校第一次党代会,始终高扬的是"发展"这一主旋律。会议依照"错位发展战略,特色发展战略,开放办学战略,内涵发展战略"发展思路,提出了江苏大学今后一段时期的奋斗目标和主要任务。

调整学科结构,增强办学实力。在保持并扩大工科优势的基础上,将大力发展信息、生物、医药、能源等新兴学科,切实加强经、管、文、法等应用学科。以五大学科板块为基础,构建结构合理、各具特色、相互交融,具有较强生命力的学科群体,建成一批在全国具有明显特色和优势的学科、博士后流动站和博士点、硕士点,进一步拓宽工程硕士领域,努力办好 MBA,为成立江苏大学研究生院打下坚实的基础。到 2010 年前后,江苏大学的全日制在校生规模将达到 40000 人左右,其中研究生规模为 8000～10000 人左右;本科生教育适度增长,本科专业结构进一步完善,专业数在 80 个左右。

推进素质教育,培养创新人才。人才培养质量是学校生存和发展的生命线。按照社会和经济发展对人才培养的新要求,进一步调整专业设置,完善培养计划,改革课程体系,创新教学方法。以本科教学评估和全面推进学分制为契机,健全和完善人才培养质量监督和保障体系;以提高学生就业能力、创业能力、创新能力为重点,深化教学改革,创新人才培养新模式;以"博学、求是、明德"为座右铭,加强校风建设和学生教育管理工作,提高学生的综合素质。同时,力争在国家级教改奖、国家级精品课程、国家级优秀教材等方面获得重大突破;积极创建省级品牌、特色专业和省级一类优秀课程、精品课程。毕业生就业率达到全省领先、全国重点大学先进水平。

加强科技创新,提升科技水平。抓住经济、社会发展重要机遇期,发挥综合学科优势,形成合力,积极承接重大攻关项目,创造一批原创性、标志性科技成果,加快科技成果的转化,在西部开发、江苏沿江开发战略中建功立业。同时,要进一步完善校内科技政策,通过政策导向,激发创造活力,在进一步提高科研开发能力和水平的同时,保持科研总量快速增长。

加强师资建设,构筑人才高地。始终把队伍建设放在十分突出的地位。坚持"引进和培养结合,选贤和任能结合",重点实施师资建设"5128 工程"。在院士引进或培养实现突破的基础上,引进和选拔 5 名左右学术大师,10 名左右能够带领本学科进入前沿的优秀学科带头人,200 名左右具有较强实力的中青年学术骨干和课程负责人,打造一支质量过硬、水平较高的 800 名教学主讲队伍。"十一五"期间,以学科梯队、学科带头人、学术骨干和课程负责人的选拔培养为重点,着力打造一支与学校事业发展相适应的研究生导师队伍和主讲教师队伍,使教师队伍的年龄结构、学历结构和知识结构得到显著改善,教师中具有硕士以上学位达到85%以上,具有博士学位的教师要达到35%以上。

推进管理创新,提高办学效率。积极推进以提高管理水平、提高办事效率为目标的各项改革,全面实施校院两级管理,在学校宏观调控下,逐步形成学院自主理财、自主发展、自我约束的分级管理体制;继续深化以用人和分配机制为重点的运行机制的改革,实行新进人员考试制、劳动关系聘用制、人事关系代理制、创造条件实行职员制,逐步实现身份管理向岗位管理的转变;进一步完善招生和毕业生派遣制度,形成以修身为基础、以学业为保证、以就业为导向的学生教育培养体系,稳步提高就业率;积极推进以社会化为目标的后勤改革,构建科学、高效、规范、服务型的管理保障体系。

江苏大学党委书记朱正伦告诉记者,为确保发展目标的顺利实现,学校将积极构建开放式办学体系,快速推进管理创新工程,进一步加大基础建设力度,积极实施"富民强校"战略,切实增强学校核心竞争力,届时,一所崭新的江苏大学将屹立在世人的眼前。

(《光明日报》2003 年 12 月 28 日)

创业之路，我们越走越宽

—— 江苏大学大学生创业活动扫描

曾几何时，"团队""计划""业绩"成了大学生们口头传诵的热门词，"创业"逐渐成了大学校园里的"流行色"。日前，记者在江苏大学采访，所见所闻，感受到了萦绕在校园里的浓浓的创业气息。

创业计划大赛：纸上来的也不浅

这几天，江苏大学的大学生们开心得可以，因为他们共有三件作品进入省大学生创业计划决赛，江苏大学也是本次比赛入围作品最多的高校之一。江大团委书记苏益南告诉记者，学校十分注重大学生科技创新素质的培养，届次化的"星光杯"学生课外科技作品竞赛、江大科技节等，已成为该校科技活动的特色节目；近年来学校在全国"挑战杯"大学生课外科技作品竞赛和创业计划竞赛中屡获佳绩。学校举办的大学生创业计划大赛，虽说是"纸上谈兵"，却有效地培养了大学生的创新能力和创造精神，激发了大学生们的创业热情。2002年，江苏大学出台了大学生科研立项管理办法，每年拨出专款资助大学生搞科研。去年，首批立项的90项课题"全线飘红"，其中30多篇学生的科技论文在国内外刊物正式发表，"一种带有弹出吸管和卫生薄膜的易拉罐的技术完善""能识别假币的钱夹"两项成果获得了国家专利，还有的研究成果已被有关厂家采用。今年，第二批资助的95项课题又将开花结果。

2002年11月，江苏大学成立了全国高校首家大学生创业学校，通过设立企业家论坛、邀请知名企业总经理、企业家作创业形势报告，每月组织一次创业沙龙，利用假期组织学员挂职锻炼等，渗透创业理论教育和创业实践活动，进一步培育大学生们的创新能力和创业意识。近日，首批60名学员即将毕业。

勤工助学创业："自助"与"助人"

随着贫困生的增多，高校中有勤工助学需求的同学越来越多，尽管有关部门不断"挖潜"，但"僧多粥少"的矛盾仍很突出。去年下半年，江苏大学首开高校先河,将大学生创业计划大赛与勤工助学进行"嫁接",举行了大学生勤工助学创业大赛,从参赛的 40 余件作品中评选出了 10 支优秀创业团队。学校对其中的 6 支团队进行政策上的扶持和资助,为其无偿提供场地、设备等,让大学生们的创业计划由"纸上"走到"地上",由"模拟"变为"实战"。据该校学生处陈永清老师介绍,如今由学生们开办的"人事杰信息传播中心""PDA 电脑数码有限公司""青蓝之菁文化艺术策划中心"等,开展教育培训、活动策划、广告设计、计算机软件开发与维护等,颇为红火,成为校园一景。"爱拼软件有限公司"的负责人、计算机专业的郑舟敏同学参加了第二届全国机器人大赛,设计的机器人足球以第八名的成绩获得了仿真组二等奖,去年底,他的公司进行了注册,他也当起了名副其实的"老板"。活动中,不仅"学生老板"们本人得到了锻炼、取得了收益,创新、创业能力得到了提高;更为可贵的是,创业团队的"老板"们还心系家贫同窗,招聘了一批学生"员工",先后为 500 余名同学提供了网络开发、培训服务、产品推广、销售服务等勤工助学的机会,发放"工资"达 5 万多元。

休学创业:痛并快乐着

机械设计专业的朱同学,读完大一后申请了停学创业。之后,他先后在私营企业中干过车工、在超市里打过短工。一年的"创业"过程中,他既体验过掘得"第一桶金"后的兴奋与喜悦,也初尝了"人在江湖"的艰辛与不易。回首这一段往事,如今,即将走出校门的小朱认为,尽管这一年只是"自食其力",还算不上真正意义上的"创业",但这一段经历,确实教会了他很多,让他在为人处世、待人接物等方面成熟了许多,回来后学习的目标更明、动力更足了。记者从江苏大学教务部门了解到,随着高校扩招,近年来,由于各种原因申请休学的同学有所增多,每年像小朱一样申请停学创业的占了不小的比例。该校教务处吴向阳副处长介绍,学校原来的学籍管理规定,允许学生休学或停学一年,最多可以两年,去年,推行了完全学分制,实行弹性学制,学生最长可至八年毕业,这就意味着中途可以停学创业四年。他认为,无论是对于家庭经济困难的,还是学习有障碍的,停学创业应该是一件值得肯定的事,通过创业实践的锻炼,对于缓解学生的经济压力、端正其思想行为,应该说都是有益的。

毕业生自主创业:我选择,我喜欢

这两年,日趋严峻的就业形势使得大学生的就业途径趋向多元。在此之下,不少学生不再是"找饭碗"而是"造饭碗",选择了自主创业。这当中不排除有

"走投无路"的无奈,但也不乏一些积极的选择。李春雨是江苏大学经贸英语专业的2003届的毕业生,像众多毕业生一样,毕业前他也曾四处出击,行走在求职的道路上,最后凭着不俗的表现,从17人中"胜出",被上海一家不错的外资企业相中。可是,在过了7天令人艳羡的"白领"生活后,不甘心就此下去的小李毅然辞职,毕业前,注册成立了镇江第一家展览服务公司。如今,凭着上学期间积累的丰富的"实战"经验,他的公司生机勃勃,先后组织了省内外的多家企业参加了国外的展会。据了解,在江苏大学,每年总有像小李这样敢于"吃螃蟹"的应届毕业生。

对此,江大学生处负责人认为,这些自主创业的同学身上体现了敢闯、敢干的时代精神,无论成功与否,首先他们的勇气是值得赞许的,这也是学校坚持对大学生开展创新、创业教育的必然结果。他说,随着学校对大学生创新、创造教育的进一步加强,社会环境、思想观念的不断变化,自主创业的基础人群逐步增大,相信将来会有更多的大学生加入到这一行列。同时,他也提醒广大大学生,选择自主创业一定要深思熟虑,不能凭一时之勇。

(《镇江日报》2004年4月19日)

解析江苏大学的"皇帝女儿"现象

近两年,随着高校扩招后就业"洪峰"的到来,大学生的就业形势不容乐观,然而,江苏大学毕业生在人才市场却炙手可热,深受欢迎,犹如"皇帝的女儿"。据了解,多年来江苏大学毕业生就业率一直保持在95%以上,2003年本科毕业生就业率高达99.16%。该校开展的一项毕业生质量跟踪调查表明,90%的用人单位认为江苏大学毕业生的综合素质"很强"或"较强"。

是什么造就了江苏大学的"皇帝女儿"?江苏大学的"秘诀"就是:从招生、培养、就业三个阶段入手,开拓思路、加大力度、创新手段,把好"三关"。

招生:多种做法把好"生源素质关"

为增强人才培养的合理性,给社会经济发展提供有力的支撑,近年来,江苏大学从调整人才培养结构入手,紧密切合国民经济和社会发展的需要,科学进行专业设置,既加强针对性,又注重超前性。在对那些生源不好、销路不畅,已经"老化"的专业实行停招的同时,该校及时改造了一批传统专业并增设了一批新兴的"朝阳"专业。2002年,学校修订了专业建设计划,增设和调整了6个本科专业;2003年,又新增药物制剂、电子商务、光信息科学与技术等4个本科专业;今年,新增信息安全等3个本科专业。全校本科专业总数达68个,专业结构更加优化,综合化趋势更加明显,学生在人才市场上的竞争力明显提高。如信息安全专业,是近年来刚刚出现的计算机、通信、数学等领域的交叉学科。作为国家重点发展的新兴交叉学科,该专业具有广阔的发展前景,毕业生可在计算机、通信、电子金融、电子政务等领域从事科研、管理、开发等工作。目前,全国只有为数不多的一些高校开办此专业。

为提升办学层次,向建设"教学研究型"学校的目标迈进,近年来,江苏大学在大力发展研究生教育的同时,稳步发展本科生教育。2002年,学校招生6600人;2003年,招生6815人,首次实现了"零专科",人才培养进入了"全本科"时代。今年,该校计划招生6800人,均为本科层次。其中,省内计划占67.8%,为4615人;省外计划为32.2%,为2185人。

好铁打好钉,好火炼真金。优良的学生素质无疑为其进校后的成长成才奠定了良好的基础。为鼓励广大考生报考,历年来,江苏大学都出台一系列的优惠政策,吸引优秀高中毕业生。以今年的招生为例,该校出台的政策有:

二次专业调整,不再"一报定终身"。新生报到一个月内,本一一志愿报考该校且考分超过所在省控线70分以上考生,可以自主选择专业。综合测评优秀的学生,大二时可在本学院内重新选择专业,使部分优秀学生能就读理想专业。

"偏科生"有"绿色通道"。单科考试成绩在相应科目中为省排名前5%的江苏学生,本一第一志愿报考该校,符合录取要求的,江苏大学保证录取,并满足专业志愿。

优秀学生有优待。填有江苏大学优秀学生推荐表,并在本一一志愿报考该校的考生,优先录取、优先满足专业志愿,如服从专业调剂,保证录取。一级运动员和艺术特长生等,达到录取分数线,保证满足其专业要求。同时,今年江苏大学还进一步加大了对优秀新生和贫困地区新生一次性特殊奖励的力度。

高分生组建强化班。新生入学后,江苏大学还将从600分以上的考生中选择60名学生,组建文、理科强化班,实施特殊的教学计划,单独组织教学,两年后可在相应范围内自主选择专业,成绩优秀的学生可免试保送硕士研究生。

此外,今年起该校每年选拔部分优秀学生到新加坡南洋理工大学、英国苏格兰大学、德国康斯坦茨工业大学、日本三重大学、澳大利亚南昆斯兰大学等知名高校学习。

培养：多种举措把好"人才质量关"

在人才培养的过程中，江苏大学尤为注重学生内涵建设，实行"五制并举"，不断探索人才培养新模式，大力锻造知识面广、能力强、综合素质高的有用之才。

一是有利于学生个性发展的"完全学分制"。在经过了 10 年的试点基础上，2003 年江苏大学全面推行了完全学分制，学生可"自主选择课程、自主选择教师、自主选择进度及自主选择专业（方向）"。尤其是实行弹性学制，学生可自主安排学习进程，修满规定学分可提前毕业，在校学习时间本科最长可达 8 年。这一人才培养方式充分体现以人为本，注重共性和个性的需求差异，突出人才培养的多样性、个性化，实现教学管理的现代化。

二是有利于复合型人才培养的"主辅修制"和双学位制。除了主修本专业的课程外，学生还可根据自身的学习状况与兴趣爱好申请辅修另一专业的主干课程，通过考核后即可领到辅修证书。自 1995 年至今，已有 2000 余名学生取得了辅修证书，占同期毕业生总数的近 20%。同时，取得第一学位的学生，可报考该校的第二学士学位专业，学习期满，经考试合格，颁发江苏大学第二学士学位证书。目前，江苏大学设有法学、工商管理两个第二学士学位专业。

三是有利于尖子学生脱颖而出的"优生优培制"。该校开办了尖子学生"强化班"，在教学计划与教学内容的审定、教师与教材的配置、实践性教学环节的保障等方面给予特殊的支持。同时，鼓励他们参加全国和全省的各种竞赛，在老师的指导下开展科学研究。

四是有利于提高各类人才培养质量的"分级教学制"。在大学英语和高等数学等公共基础课中，对基础好的学生，在不增加教学课时的前提下提升教学的深度和广度；对基础差的学生，通过适当增加教学投入，确保达到基本的教学要求。

五是有利于综合素质提高的"两证+三证"制。"两证"即毕业证和学位证，"三证"指四级英语、省计算机二级和相关的专业技能证书。实践表明，这一制度有利于加强对大学生全过程的培养，有利于大学生综合素质的提高。

为保证人才培养的质量，该校在抓人才培养模式创新，提升学生内涵素质的同时，又抓队伍建设和教学管理，构建质量保证体系。

设置"五位一体"的教学质量监控网络。该校规定，校、院两级一把手为教学质量第一责任人,分管副校长和副院长为直接责任人,公共课、基础课实行课程负责人制度。并聘请了80名资深教授担任教学检查员,深入课堂随机听课,并给青年教师进行示范教学和指导。同时还建立了江苏大学党政干部与同行教师听课制度、教学质量检查员听课制度、教学质量学生评议制度、教学质量信息员反馈及设置投诉箱制度。这五项制度相互配合,发挥合力,对教学进行全过程、全方位的质量监控。

实施"百名教授上讲台"计划。针对不少教授们忙于搞科研和带研究生,本科生教学质量受到影响的情况,江苏大学规定,教授、副教授必须讲授本科课程,55岁以下的每年至少为本科生讲授一门课程,鼓励知名教授给本科生讲课或开专题讲座。学校将2002年确定为"教学质量年",实施"百名教授上讲台"计划,目前全校600余名教授、副教授100%给本科生上课,有力地提升了本科教学的水平。同时启动"主讲教师""教学带头人""教学名师"工程。

实行职称评审教学考核"一票否决"。在教师专业技术职务评审和年度考核中强化教学质量的考核,对教师课堂教学效果、教学实绩、教学态度等全面量化打分,实行"一票否决制"。此外,该校还将教学质量考核与岗位业绩津贴挂钩,实行优质优酬,调动教师教学的积极性。

狠抓青年教师过教学关。为确保教学质量稳步提高,该校将青年教师过教学关作为关键来抓,通过对青年教师进行教育理念、教学方法、教学艺术和现代化教学手段等方面的系统学习与训练,促使他们在工作的头几年内逐步走上讲台、立稳讲台、站好讲台,成为合格的高校教师。新教师必须经过相关教学环节的培训和考核,取得"教学资格证书"后,方可从事教学工作。

加强"窗口课程"教学。大学英语和计算机基础及语言作为两门重要的基础课程和统考课程,其教学质量是衡量学校本科教学质量的重要指标之一。江苏大学通过完善有关奖励办法,加强对"窗口课程"的建设,狠抓英语和计算机教学。多年来,江苏大学学生四级英语统考通过率位居全国重点大学平均线之上,计算机等级考试合格率一直保持在全省高校前列,在全国英语竞赛中江苏大学学生连续3年获特等奖。

就业:多种渠道把好"学生出路关"

学生毕业后的"出路"如何,既关系到学校的可持续发展,更关系到每一个学生的切身利益。江苏大学提出,"要像抓招生那样抓学生的就业",把毕业生就业工作列入各级领导的"一把手工程",早出招、出奇招、出实招,做好毕业生就业的"大"文章。

就业指导花大力气。江苏大学确立了"以修身为基础,以学业为中心,以就业为导向"的学生培养理念,前移就业指导的关口,从一年级开始抓起,把就业指导列入新生入学教育之中,让学生从进校起就为就业早做准备、做充分准备。同时,学校就业工作部门还组织力量分阶段、分主题开设就业指导讲座,内容包括就业形势、就业政策、就业技巧等,帮助学生确立准确的就业观念。每年江苏大学还举办"模拟人才市场",让学生提前进入"求职状态",提高学生应对人才市场的能力。在进行集体指导的同时,学校还紧扣女大学生、贫困生等相对"弱势"的学生的思想脉搏,开展有针对性的指导。

就业基地出大手笔。近两年,江苏大学校、院领导每年都分组率队赴省内外进行毕业生就业工作调研,走访就业主管部门,接触当地知名企业,了解就业行情,推介毕业生,商谈就业基地建设事宜。并注重加强与国内 500 强企业、高新技术企业的联系与合作,结合实习基地和科研基地建设,建立了一大批高层次的毕业生就业基地。去年 11 月,学校又同 200 多家用人单位签约,新建立了一批学生就业基地。每年这些基地单位都来该校专门"选秀",每年总有数百名毕业生通过这一"绿色通道"走向岗位。除学校组织的大型校内人才招聘会外,难以计数的用人单位纷纷慕名来校"掘宝"。

多年来,江苏大学毕业生具有就业前景广阔、就业层次高、供不应求的特点。在北京、上海、深圳、广州、苏州、大连、青岛等沿海经济发达地区的通信、电子、金融、财政、税务、外经外贸、环境、医疗、材料、机械等行业就业的占 90% 以上。其中与全国及江苏省支柱产业相关的通信、汽车、材料、电子、信息、国际经济与贸易、环境、机械、动力等专业的毕业生供不应求。2001 年、2003 年该校连续被评为江苏省毕业生就业工作先进集体。

(《中国教育报》2004 年 6 月 3 日)

江苏大学:"农"情 40 年未了

在高等教育的激烈竞争中,许多高校与"农"字沾边的专业都纷纷"农转非"了,就连一些农林院校也在"跳农门"。然而,作为一所从"农"字起家的综合性大学——江苏大学,40多年来,却始终倾情服务"三农"。

江苏大学建校初名为镇江农机学院。40多年来,专业越办越多,学科门类越来越全,学校也由原来的单科性变成综合性大学。江苏大学校长杨继昌日前告诉记者:"不管怎么变,倾力我国农业机械化的初衷没变;不管怎么改,关注农业增产、农村增效、农民增收的'痴心'未改。"

据统计,近20年来,江苏大学先后完成数千项与"农"有关的课题,200余项成果获国家、部和省科技进步奖;获国家发明专利60多项,转让科技成果400余项,给企业带来直接经济效益超过40亿元。

农用动力机械:让农民"减负"

农业生产过程中约有60%以上的劳动量与运输有关,农村运输机械化是影响整个农业机械化水平的关键所在。作为全国最早设立汽车与拖拉机专业的3所高校之一,江苏大学从20世纪80年代初就开始了农用运输车的研究和开发工作,不仅为行业培养了大量的技术骨干,而且还直接为农用运输企业、行业管理提供了大量的技术支持,先后为江苏、安徽、山东、浙江和上海等省市的30多家企业独立或共同开发新产品80余种,产生了巨大的经济效益。

排灌机械是农业抗旱排涝和满足农作物生长需要的重要设备,也是提高劳作效率的重要工具。江苏大学流体机械及工程学科是全国唯一以研究水泵、排灌机械等为主的国家级重点学科,长期致力于喷、排、灌和节水灌溉技术及装备的研究推广工作,许多成果处于国内领先和国际先进水平,并拥有多项自主知识产权。针对农村机泵不配套造成排灌用电巨大浪费的问题,该学科历时17年研究出净增效率15%的方案,并先后改进166个较大型泵站,该成果获国家科技进步二等奖。农村实行联产承包责任制后,小型泵的需求大大增加,江苏大学适时研制了数十个自吸式微型泵、小型潜水泵等系列水泵产品,深受农民欢迎。泵站水力模型和特性的研究成果,已成功应用于南水北调、三峡工程、黄河小浪底、引滦入津、太湖综合治理等大中型水利工程。目前,国内约80%的喷灌机、70%的小型潜水泵、60%的无堵塞泵、50%的大中型泵站水力模型、40%的低比速无过载泵、30%的水泵试验台,均为该校研究和开发的。

精深加工技术:为农业"提纯"

江苏大学党委书记朱正伦认为,农业增收的关键是如何科学、合理、高效地将农产品、农产品加工的副产品和农业废弃物进行精细加工,实现农产品的产品

链和农产品加工业产业链的延长。目前,我国农产品产后值与自然值之比仅为
0.38∶1,农产品采后处理能力不到产量的20%,是世界发达国家的1/3。1986
年,江苏大学获批了全国第一个农产品加工及贮藏工程硕士点,1993年又获批
第一个博士点,吴守一教授成为全国第一位该学科的博导。

江苏大学农产品生物加工与转化技术的推广应用,涉及食用菌、保健食品、
饮料等农产品生物加工领域,尤其是在超临界二氧化碳萃取方面形成了明显的
特色,已完成了二十多种有效成分的提取分离工作,多项成果获省部级科技进步
奖。该校开发的蜂胶功能食品、螺旋藻饮料、银杏叶茶等,也产生了显著的社会
效益和经济效益。20世纪90年代初,江苏大学首开国内先河,将计算机图像处
理技术引入农产品质量检测,创造性地通过计算机视觉、人工嗅觉、光谱技术等
多种技术的结合,进行农产品质量的评判与检测,具有国际先进水平,该成果在
国家"863"计划第一批现代农业技术课题招标中一举中标。

现代农业装备:助农村小康

现代农业是以现代农机装备为基础的农业,农业装备行业在解决"三农"问
题中担负着重大的历史使命。1997年,江苏大学专门成立了农业装备工程研究
院。几年来,该院先后完成科研项目85项,在研项目90项,获省级以上科技奖
励18项,开发了四十多种农业现代装备产品,为30多家大中型企业采用,直接
经济效益10多亿元。

根据我国区域化气候特点,江苏大学成功开发了系列智能化连栋温室,与引
进温室相比,制造成本降低30%以上,运行能耗降低20%至30%,该项目已列入
国家级重点新产品、国家星火计划等。学校目前与河南开封机械厂组建高科技
现代农业装备集团公司,该公司能够提供从规划设计,智能温室造型、设计、制造
以及配套设施、栽培技术和育苗技术的一条龙产业化配套服务体系,在国内独树
一帜。

江苏大学还致力于田间作业机械的研究,先后完成了20余项国家、部、省级
课题,开发了四大类25个新型田间作业机械,转让数十家企业,产生直接经济效
益近4亿元,尤其是主持参与并完成了系列型、旋耕机、脱粒机以及各种植保机
械的设计,研制250多项新技术、新产品,推广应用率都在80%以上,许多成果
达到国际先进或国内领先的水平。

(《中国教育报》2004年10月6日)

紧紧抓住"教学"这个中心

——江苏大学提升本科教学工作水平纪实(上)

编者按:教学是高校永恒的主题,教学质量更是学校安身立命之本。多年来,江苏大学高度重视本科教学工作,采取扎实有效的措施,牢固确立教学工作的中心地位,始终坚持教学改革的核心地位,本科教学工作水平不断提高,人才培养质量日益攀升,办学特色日趋鲜明。他们的经验值得借鉴。

"学校以育人为本,育人以教学为先。"多年来,江苏大学坚持以办学理念为先导,师资队伍、学科科研、管理体制、经费投入等紧紧跟上,形成了上下同心服务本科教学、一切工作围绕本科教学的良好氛围,全力提升了本科教学工作水平。

办学理念指导教学

在长期的办学过程中,江苏大学坚持以本科教学为中心,各级领导一贯重视教学,齐抓共管,形成了师生员工人人关心教学的良好局面。

2002 年,江苏大学将合并组建后的开局之年确立为"教学质量年",明确提出了"人才培养是学校工作的'根本任务',教学工作是学校工作的'重中之重',教学质量是学校的'核心竞争力',教学改革的基本出发点是'以人为本'"的办学理念,并把学校办学层次定位为:以本科教育为主体,大力发展研究生教育,适度发展成人教育,积极拓展留学生教育。

3 年来,江苏大学先后迈出了"快速推进合并进程、全面实施'十五'规划、大力加强内涵建设"三大步,在办学规模、教学改革、学科建设等方面取得了长足进展,综合实力明显增强,本科教学工作水平扎扎实实地上了一个新台阶。

师资队伍提升教学

优良的师资队伍是保证教学质量的先决条件。2002 年 7 月,江苏大学召开了合并组建后的第一个条线工作会议——师资工作会议,提出了"不惜代价、不遗余力、不留遗憾"的工作方针。学校采用"院士高访""柔性引进"等模式,大力实施"高层次人才引进工程""博士、硕士培养工程"等。3年来,江苏大学已投入6690万元用于师资队伍建设,先后引进教师424人;共选派766名教师在职攻读研究生。师资队伍在数量,思想素质和学术水平,学历、专业、年龄和学缘结构三个方面取得了喜人成绩。江苏大学校长杨继昌告诉记者,目前,该校专任教师的高级职称比例为39.2%;具有研究生学历的教师所占比例为51.8%;外校毕业的教师所占比例超过70%。

学科建设、科研促进教学

学科建设和科研在学校工作中发挥着龙头和支撑作用。高水平的学科和科研衍生了高起点的本科专业,也决定了高水平的本科教学。近年来,江苏大学根据地方经济建设发展需要,适时创办了一批新专业。其中,依托博士点、硕士点增设的"学科型"新专业占新增专业的77.4%,其余均为江苏乃至华东地区经济建设和社会发展急需的人才专业。目前,全校设有68个本科专业,其中拥有硕士、博士点学科的本科专业占总数的87.7%。与此同时,江苏大学大力倡导重点学科带头人给本科生上课,鼓励教师将最新科研成果充实到课堂教学,做到教学、科研、学科建设"三不误"。2002年,学校实施了"百名教授上讲台"计划。目前,学校55岁以下的教授、副教授均为本科生授课。

管理创新保障教学

江苏大学高度重视对教学各个环节的质量监控,严把事前、事中和事后"三关"。先后建立健全教学管理规章制度和质量标准百余项,同时实行教学质量"一把手工程",校党政"一把手"是学校教学质量的第一责任人,各学院党政"一把手"是本单位教学质量第一责任人。同时,逐步建立健全学生评教制、干部同行评议、教学检查员听课指导制、教学信息员信息反馈制和监督电话、信箱信息搜集制等"五制并举"的完备的教学质量监控体系。

为让青年教师脚踏实地地走上讲台、立稳讲台、站好讲台,江苏大学实施了"青年教师培养计划",让教学经验丰富的教授担任青年教师导师。2003年,学校又实施了"青年教师过教学关计划",对358名青年教师开展了过教学关活动,每人经培训和考核达标后才能领到"教学资格证书"。此外,在教师职务晋升中,江苏大学严格实行教学质量考核"一票否决制",2003年有3名教师因此在职务晋升中"落马"。这些措施有效地保证了课堂教学质量的提高。近3年来,学生评教优秀率提高了 25 个百分点。

经费投入优先教学

"一保教学、二保生活、三保建设。"江苏大学始终围绕不断提高教学质量配置教学资源,确保教学投入在学校资金投向上的优先地位。基建方面首先满足教学用房和实验室建设需要,仪器设备添置首先保证教学科研需要。近 3 年来,学校新竣工的建筑达 43.4 万平方米,极大地改善了办学条件。

江苏大学成立以来,学校对图书馆的文献经费投入不断加大,每年购置的图书量均超过 9 万册。目前,馆藏文献总量达 276 万册(件),拥有国内外大型全文数据库 33 种。面积 4 万多平方米的新校区图书馆正在建设中,并将在 2006 年建成投入使用。与此同时,校园网建设进展迅速,至今已完成了三期建设工程,累计投入资金 1000 余万元,实现了千兆主干网覆盖全部校区,光纤宽带接入每栋教学、行政楼和宿舍、公寓楼。3 年来,学校对体育场馆的投入达到 1 亿余元,运动场馆总面积达 11.6 万平方米。

(《中国教育报》2004 年 11 月 14 日)

创新能制胜　真抓出实效

——江苏大学提升本科教学工作水平纪实(中)

面对竞争日益激烈的高等教育市场,江苏大学认为,创新才能制胜,真抓才有实效。多年来,该校坚持从培养模式、教学内容、教学计划着手,探索实施了一系列教学改革的举措。

培养模式:从"两期制"到学分制

为实现"基础厚、能力强、素质高、作风实"的人才培养目标,江苏大学在人才培养模式上逐步实现了"双重转变",即由传统专业教育向综合工程技术教育转变,由单一人才培养模式向高规格、多目标的模式转变。这种"双重转变"落实在探索性的两步:一是从 1985 级开始,对部分学生实行"两期制、预分配、厂校结合、专业对口培养"的教改试点,实施了"2.5＋1＋1.5"的教学模式,学生的教学分三段进行,中间一年提前与企业"对接";二是实施"专业大类招生、按需培养"的改革,将当时设置的 23 个专业拓展为 28 个专业方向,划分为 11 个专业大类,采取"平台＋模块"的教学模式,前两年按大类实行基础平台教学,后两年按方向实行模块教学。

20 世纪 90 年代中期以来,学校在个性化人才培养模式方面又进行了深入的探索。实行了"同层分级教学制",即在基础课教学中,以外语和计算机为试点分类施教;实行"优生优培制",即组建高分生强化班,给优秀本科生选配导师,为他们成长成才开辟"快车道";推行"两证＋三证"制,即要求工科学生在取得毕业证书、学位证书的同时,还需取得英语四、六级证书以及计算机等级证书、技能证书。从去年开始,学校在 2003 级新生中全面推行了完全学分制,初步实现了学生选课程、选教师、选进度、选专业(部分优秀学生)的"四选"试点。

专业和课程建设:优化结构,打造"精品"

近年来,江苏大学在做好高起点创办新专业的同时,注重打造品牌特色专业,发挥其示范和辐射作用。

20 世纪 90 年代,学校又实施了"课程建设 122 工程",大力推行课程的调整、合并和重整。江苏大学成立后,学校将原先的"课程建设 122 工程"调整为"课程建设 162 工程",即学校重点建设大学英语、制造技术基础等 16 门校级核心课程,每个专业重点建设 2 门专业核心课程。今年,学校又设立 45 万元专项基金,正式启动了"精品课程建设工程"。

目前,江苏大学的专业建设已由最初的以"大农机"为主的单科性专业体系,逐步发展为如今的以工科为特色、理工医教结合、科技与人文交融、多学科协调发展的专业体系。

教学计划:该多则多,该少则少

江苏大学从培养"现代工程师"的人才定位出发,多次对教学计划进行修订和优化。注重学生基本理论与基本技能的培养和创新能力的锻造。2003 年,学校再次对教学计划进行了全面修订,努力体现"三个结合",即素质教育与专业教育结合,课堂教学与实验教学结合,个性发展与共性提高结合,构建了由基础教育平台课程、学科(专业)基础平台课程和专业方向模块课程组成的课程体系。

在历次修订教学计划的过程中,江苏大学较好地处理了加强基础和拓宽专业的问题,不笼统地谈宽口径,做到了该宽则宽、该专则专。对一些传统、特色、优势专业,对行业针对性较强的专业,学校还邀请企业领导、行业专家前来"把脉",参与教学计划的修订。

(《中国教育报》2004年11月15日)

立足工程教育 提高实践能力

——江苏大学提升本科教学工作水平纪实(下)

作为一所以工科为特色的综合性大学,长期以来,江苏大学坚持个性化的人才培养理念,以培养现代工程师为目标,重视实践教学在工程教育中的作用,将本科教学中的实践性环节全部纳入教学计划,完善实践教学体系,不断提高教学水平。

近3年,江苏大学投入实验室建设经费总量已达1.87亿元,实验室装备条件和实验手段得到较大的改善。尤其是有效整合实验教学资源,组建成9个校级实验中心、11个学院级中心实验室,形成了校院系三级建制、校院两级管理的新体制。为鼓励教师开展实验教学改革,学校对实验教学的教改项目优先立项,并规定其成果与教学、科研成果一视同仁。

江苏大学在教学计划的制订中,设置了相当大学分比例的实习和实训环节,并在总学时不断压缩的情况下适当提高了实验教学的课程比重,原则规定超过15学时的实验课程可以单独设课,实验教学的课时数已占学生总课时的30%左右。

基地建设是培养学生创新能力的重要载体。江苏大学采取校内与校外结合、重点与一般结合的方法,大力加强学生的实践实习基地建设。一方面,积极与企业挂钩,建立相对稳定的校外实践实习基地,促进校企间的互动发展。另一方面,集中力量重点建设校级实验中心和公共服务体系。学校的实验室开放工作进程迅速,开放对象已由开始时的研究生、部分教师转变为全校本科生、研究生和教师,部分实验室已开始面向社会开放。开放内涵上,已由过去主要是时间上的开放,转变为实验项目,特别是综合性、设计性实验项目的开放。

为加强综合性、设计性实验教学,江苏大学专门筹建了特色鲜明、国内一流的工业中心。中心拥有房屋面积 28500 平方米,设备投入 2200 万元,形成了覆盖机械、电子、控制、检测、环境等有机结合的实验教学体系,为学生工程实践能力的提高和创新、创业素质的培养,构筑了优良的平台。

1994 年起,江苏大学与日本三重大学、泰国清迈大学联合组织以学生为主体的国际学术研讨会,每年举办一次,有效地扩大了学生的学术视野。同时,学校以全国和省大学生课外科技作品竞赛、创业设计竞赛为导向,以大学生科技社团和创业小组为依托,广泛开展大学生科技创新活动。2002 年起,学校每年设立 10 万元专项经费,资助学生开展科研立项工作,着力培养学生的科研能力。首批资助的 90 个科研项目,涉及机械、能源、医药、管理等多个学科。

(《中国教育报》2004 年 11 月 17 日)

以"个性"铸就"品质"

在刚刚结束的全国机器人大赛中,江苏大学计算机学院的朱建强、张俊两名同学着实"风光"了一把,由他俩组成的"江大超新星"代表队在 100 支参赛队伍中,跃居第六位,荣获大赛二等奖。这是江苏大学着力打造学生的工程实践能力和创新素质的收获之一。

"基础厚、能力强、素质高、作风实",作为一所以工科为特色的综合性大学,江苏大学坚持个性化的人才培养理念,在铸就学生"肯干、能干、实干"的品质特性上做出了有益的探索。

强化实践教学

为实现工程教育的综合化并实现科学向工程的"回归",江苏大学尤其重视实践教学在工程教育中的作用,将本科教学中所有的实践性环节全部纳入教学计划,完善实践教学体系,不断提高实践教学水平。

近 3 年,江苏大学教学科研设备增加值达 1.68 亿元,组建了 9 个校级实验中心、11 个学院级中心实验室,形成了校院系三级建制、校院两级管理的新体制。同时实行教改项目优先立项,其成果与教学、科研成果"一视同仁"。近两年来共有 21 项实验教改项目校内立项,9 个项目获得了江苏省自制实验仪器设备奖。

为增强学生的实地操作能力,江苏大学在教学计划的制订中,提高了实习和实训环节所占的学分比例,并在总学时不断压缩的情况下适当提高了实验教学的课程比重,实验教学的课时数已占学生总课时的 30% 左右。目前,全校每年约 500 门课程开设实验,开设出 2000 多个实验项目,各专业学生实习约 1.8 万人次。

加强基地建设

基地建设是培养学生创新能力的重要载体。为了打造一流的实习基地,江苏大学一方面依托行业优势,与企业挂钩,建立相对稳定的校外实践实习基地。目前已在中国一拖集团、济南重汽、江苏春兰集团等建立了校外实习基地 209 个,其中工程类 100 个,医学类 49 个,教师教育类 40 个,人文经管类 20 个。另一方面,在各学院建设好中心实验室的基础上,集中力量重点建设校级实验中心和公共服务体系。学校的实验室已由开始时向研究生、部分教师开放转变为向全校本科生、研究生和教师开放,部分实验室已开始面向社会开放。开放内涵上,也由过去时间上的开放,转变为实验项目,特别是综合性、设计性实验项目的开放。

为提高学生在"大工程"背景下解决工程问题的能力,江苏大学专门筹建了国内一流的工业中心。工业中心拥有房屋面积 28500 平方米,设备投入 2200 万元,涵盖"工业认识学习、基础工程训练、现代工程训练、创新创业训练"四大模块,形成了机械、电子、控制、检测、环境、信息、医学、管理等项目有机结合的实验教学体系,为学生工程实践能力提高和创新、创业素质的培养,构筑了优良的平台。

开展科技创新

为增强学生的科技创新能力,学校以大学生科技社团和创业小组为依托,广泛开展大学生科技创新。

目前,江苏大学共有大学生科技社团、科技协会和兴趣小组 80 多个。2002年起,学校每年设立 10 万元专项经费,资助学生开展科研立项工作,着力培养学生的科研能力。首批资助的 90 个科研项目,涉及机械、能源、医药、管理等多个学科,其中两项成果获得了国家专利,30 余篇学生科研论文在国内正式刊物发表。今年上半年,学校成立大学生科研导师团,近百名离退休老教授、老专家"复出",从选题立项、过程研究等方面,全方位地指导学生开展科学研究工作。

近年来,江苏大学大学生课外学术科技活动成绩显著。在历届"挑战杯"全国大学生课外学术科技作品竞赛中,共有 40 多件作品获一、二、三等奖;2003年,在江苏省第二届先进制造技术实习教学与创新制作比赛中,江苏大学获得教师组和学生组一等奖,并获全国大学生数学建模竞赛一、二等奖和国际大学生数学建模竞赛二等奖。

(《光明日报》2004 年 11 月 23 日)

"大工程教育"理念下的育人新模式

——记江苏大学构建开放型工程训练体系的实践

面临新世纪的挑战,我国迫切需要大批应用型、复合型、创新型的高级工程人才。知识积累是创新的前提,工程实践是创新的基础,因此,怎样在加强基础、拓宽学生知识面的同时,加强工程实践与训练,是每一所承担高等工程教育任务的高校在着力思考和解决的问题。

针对当代工程问题的日益综合化和复杂化,多年来,江苏大学依据国际高等工程教育的发展趋势,以高等工程教育改革为主线,树立"大工程教育"理念,在构建科学合理的开放型工程训练体系方面进行了积极的探索,通过系统、集成的工程训练,培养学生多学科知识综合集成的认知和解决问题的能力。将规定训练项目与课外训练项目相结合,倡导学生跨年级、跨专业、跨时空自由组合、自主开发、自主创新,为学生提供更多的独立思考和个性发展的空间,让其亲身体验创新过程,激发创新热情,树立创新意识;变离散的认识性实习和相互独立的实践环节为融知识、能力和工程素质于一体的综合训练;变过去单纯的技术训练为集现代管理、人文素质和先进技术于一体的系统训练,创建了强化工程意识、工程能力和创新思维的人才培养新模式。

构建开放型工程训练体系

江苏大学工业中心主任许友谊研究员认为,现在社会上的企业对工科学生的实践能力、科技开发与新技术应用能力要求很高,而我们的高等工程教育中还存在实践环节系统性不强、缺乏大工程背景支撑的弱点,因此,找准工科学生的实习环节,加强工程教育的理论和实践操结合,就成为提高工科学生就业竞争力的主要突破口。

工程训练是培养学生工程意识、启迪创新思维、分析并解决工程问题、提高综合素质和创新能力的重要环节,是高等工程教育教学过程的重要组成部分。江苏大学运用人才培养的新模式,构建以学生为主体的多层次(本科、硕士、博士)、全方位(市场、环境、系统、管理、质量、效益)、综合式(设计、制造、控制、管理)、开放型(面向全社会,面向学生培养全过程、全天候,并为教学、科研、成果孵化、人才培训、终身教育提供服务)的工程训练体系。

江苏大学校长杨继昌教授告诉记者,学校以大工程为背景,以提高学生工程实践能力和综合工程素质为主线,按照由浅入深、由低到高的认知规律,构建了"四大平台",即工业系统认知平台、基础工程训练平台、现代工程系统训练平台以及综合与创新训练平台,并将创新训练贯穿整个工程训练的始终,形成了"纵向及顶""横向达边"的工程训练新体系。所谓纵向及顶,即从专业技能培养方面逐步进入该领域学术前沿;所谓横向达边,即体现人才培养中,各科知识的融合与贯通以及学科专业的交叉和渗透,使被培养者成为复合型、创新创业型人才。

以工业系统认知平台为例,通过宽广的工业系统学习,主动应对入校新生在学习方向上的"迷茫"期,感受现代工程的熏陶,开拓学习视野,激发学习热情,增强学习自觉性。

现代工程系统训练平台则以大工程、广义制造为背景,在虚拟生产环境中,通过整合原有实验,开设新型综合性实验,使学生掌握较为扎实的单元技术;通过不同单元的柔性组合,满足学生个性化学习的需要,培养学生系统、集成、科学地应用现代工程知识的能力和再创造能力。

综合与创新训练平台是工程训练的最高阶段。倡导学生自由组合,包括跨专业、跨年级组合,鼓励课内外跨时空自主开发与自主创新、科技立项,大学生在国家和省级参赛项目等方面,都取得了丰硕的成果。

此外,江苏大学还根据体系设计,集成单元技术,重点建设了数控技术训练、

CAD/CAM 软件训练与培训、逆向工程实验及训练基地等 11 个示范性教学窗口。

为培养创新创业型人才提供强有力的支撑

江苏大学在财政部中央与地方共建高校专项资金 1200 万元基础上,配套资金 6300 万元,建成了建筑面积 29000 平方米的工业中心,包括机械、电子、控制、检测、环境、信息、管理等内涵,涵盖了现代制造业的基本要素,设备仪器配置合理,基础工程训练设备面广量大,现代工程系统训练中的设备仪器档次较高,这些为新时期创新创业型人才培养提供了强有力的支撑。中心实行全方位开放的运行模式,并成功运用 ISO9001 质量管理体系,监控工程训练教学全过程。这一方面为培养创新创业型人才提供了强有力的支撑,另一方面又促进了学校的课程建设、学科专业建设、实验室建设和社会服务的协调发展。目前,江大工业中心已成为华东地区一流的工程训练基地,在国内具有一定的影响,并和国内外知名企业共建了 13 个实验室和培训中心。

高分子专业 0401 班的李慧民刚刚参加了在工业中心开展的"工业系统认知实习"。他说:"本次实习体会最深的就是,工业发展之快,现代工业技术之发达。无论是新材料、新技术、新工艺,还是新设备,都让我们眼前一亮。尽管很多东西我们现在还不懂,但我们相信,今后我们也会成为这些新仪器、新技术的创造者和开发者。"

几年来,江苏大学提前并圆满完成了全国高等教育科学"十五"规划重点研究课题——"高等工程教育工程训练体系与运行模式的研究与实践",以及江苏省新世纪高等教育教学改革工程重中之重项目——"构建高等工程教育开放型工程训练平台的研究与实践"。去年,该成果获得了江苏省优秀教学成果特等奖。学校工业中心开出了与 57 门课程相关的 210 个综合性、设计性实验,认知实习 18000 人时。通过在中心的训练,近年来学生在全国和省级大赛中累计获奖 125 项,发表科研论文 80 余篇,4 项科研成果获国家专利。去年毕业的测控专业的徐琳,两年前曾凭借《胎儿生理信息的测定与处理的研究》一文,参加了学校首届星光杯科技作品竞赛,获得了一等奖。他深有感触地说:"在课堂上,我们掌握了基础知识和基本理论,在这里有了老师们的悉心指导,我们对书本知识有了更深刻的理解,实践能力和科研水平都得到了提高。"

(《中国教育报》2005 年 6 月 3 日)

多学科团队奏响"创新协奏曲"

江苏大学 4 个学院、64 名分属 4 个学科领域的师生组成科研团队,在竞争激烈的跨省竞标中一举中标。又历经两年努力,该项重大科技攻关项目终告攻克。请看江苏大学如何谱写创新团队合作攻关的乐章——

联手签下跨省"大单"

2003 年 7 月,浙江省公布了一项跨省科技招标启事。招标的课题是:"汽车电磁制动器开发及关键技术的研究"。电磁制动器是一种新型拖车制动器,这项技术当时在国内几乎还是空白,更没有自主知识产权的产品。对于这么一项研究空间大、应用前景广、经济效益可观的科研项目,包括浙江本土在内的几所国内一流高校都志在必得。

"我们去竞标的时候,既没有'天时',又没有'地利',有的只是'人和'。"回想当初参加招标时的情景,后来担任总项目负责人的汽车学院李仲兴老师至今感慨万千。

但是,大家并不是没有"底气"。因为,这是一个横跨车辆工程、材料科学与工程、电气工程与自动化、现代集成制造技术和信息化等多学科领域的集成项目,需要联合攻关——江苏大学在这方面确有"人和"优势!

很快,材料学院、汽车学院、电气学院、机械学院 4 个学院,孙玉坤、程晓农、周孔亢、陈龙、顾寄南等相关学科的负责人走到了一起。经过热烈讨论,大家达成共识:积极应战,全力竞标!

为迅速掌握电磁体制动器研究应用的动态和现状,大家做的第一件事就是查阅大量资料。单是电磁制动器产品专利,就把国外从 1941 年到 2003 年的 100 多个专利查了个遍,并托人从国外买来样品,进行更直观的研究。随着了解的增多,大家的思路日渐明晰,信心也在不断增强:大家发现,国外的研究并不完善,产品存在缺陷。因此,这个项目我们不仅能做,而且大有搞头!孙玉坤教授在一次研讨会上果断提出:我们能够开发出具有自主知识产权的电磁制动器!

标书文本起草,改了一遍又一遍;模拟答辩,组织了近 20 次。2003 年 10 月

17 日是正式开标答辩的日子。临行前的一次模拟答辩会上，江浩斌老师提出，标书中提到的"开发具有自主知识产权的非对称结构电磁体"，如果能有科技查询报告证实，答辩时就更具说服力。听罢此言，薛念文老师和一名研究生立即赶往南京检索查询。当二人怀揣着南京科技情报所出具的查询报告连夜赶回时，大家禁不住一阵欢呼。

答辩时，江苏大学最后一个出场，但答辩的时间却超过了前面几所学校答辩时间的总和。用评委们自己的话讲，他们把前面没能问明白或者回答不够满意的问题，全向江苏大学提出来了。

结果，江苏大学以超出第二名 16 分、超出第三名 25 分的明显优势胜出。而取得这一跨省竞标胜绩的，正是由江苏大学 4 个学院、64 名分属 4 个学科领域的师生组成的一支多学科创新团队。

让年轻人出演主角

说起这一科技攻关项目的中标和突破，不能不特别提及项目执行专家，被大家称为团队"灵魂人物"的周孔亢教授。

就在那次答辩会结束时，一位评委半是惊讶半是赞叹地问：周教授，你怎能组织这么大的一支团队？

其实，作为一位具有 40 多年车辆工程产品开发与研究经验的科研工作者，周孔亢参与和组织科研团队进行科技攻关已不是第一次了。早在 20 世纪 80 年代，周孔亢所在的车辆工程学科就承担了国家"七五"规划重点科技攻关项目子项目的研究，并获得机械部科技进步一等奖。从那时起，他就真正感到"团队的力量是巨大的"。后来，他又先后组织了四五十人的科研团队，主持承担了江苏省重点产学研项目"微型厢式农用运输车动态性能研究与产品开发"以及总投资 1 亿元的"常柴 30 工程"，其"系列农用运输车车辆产品研制及产业化"项目获得了机械工业科技进步一等奖，创造了江苏大学"大兵团联合作战"的良好业绩。

参加竞标时，课题组分成电气、材料、计算机、试验及产业化几个子项，分头查找资料，开展准备工作。项目研究正式开始后，实行"技术委员会领导下的项目负责人制度"，7 名博士生导师组成专家技术委员会，负责技术咨询和研究决策，周孔亢教授任执行专家。在总项之下设立了 5 个子项，分解研究任务，齐头并进。

特别值得一提的是，从总项负责人李仲兴，到 5 个子项的负责人，几乎都由

40岁不到的副教授担任，其中"新型电磁体磨阻填充材料的研究"分项的负责人袁新华，时年仅28岁。

"这样做，就是给年轻人多压担子，多一点机会。"周孔亢解释说。

为了让参与研究的年轻人多一点"实惠"，在签订项目合同书时，课题组特别向对方提出，项目"分子项实施、鉴定，最后总鉴定"。难能可贵的是，最后的成果鉴定证书上，专家委员会的所有成员，除了个别直接参与子项研究的人员外，名字都不出现。

周孔亢教授对王选院士的一段话颇有同感，意思是说，作为科研团队的带头人，要想团队稳定，得到的就要比别人少，付出的还要比别人多。他说，现在有些团队的问题都出在带头人身上。带头人想要第一位的名、要第一位的利，内部没有民主，年轻人没有机会，这样的团队怎能搞得好？

动听的旋律源于每个音符的跳动

一个分属不同学科领域的科研团队，真正运作好并不是件容易的事。全体成员的积极性如何调动？各个子项间的研究进度如何统一？研究工作如何既分工而又不能割裂？周孔亢教授说，解决这些问题，关键是平等、互补、沟通，让每个"音符"都跳动起来，营造一体感、归宿感，让每个人在完成共同目标中实现自我价值。

汪建敏老师负责的"电磁制动器电磁体制造工艺的研究"，被专家鉴定为"按照该工艺生产的产品达到国外同类产品先进水平"。回忆起当时的情景，他说一个实验经常要做5个小时，特别是2005年7月以后，几乎每天都是夜里两点以后才能睡觉，有时甚至通宵做实验。尽管非常苦，但人非常愉快，"因为是为自己做事情，是主动的，不是被动的。"特别是团队内部的氛围非常好，大家相互协作，只要别人需要，数据都及时提供。

"最初拿到标书时，一时不知如何下手。"电磁制动器电磁体研究子项目组负责人全力老师直言不讳地告诉笔者。但大家不退缩，从最简单的原理入手。他清楚地记得，采用三维电磁场设计方法设计电磁体，仅计算一遍就需要三四个小时，前后设计了几百个方案。最后创造性地设计了长轴非对称结构电磁体，其姿态稳定性与磨损均匀性达到国际领先水平，并且还被授权、受理了两项国家专利。

车辆工程专业的研究生高艳玲，两年来经历了项目研究从开始到最后鉴定的整个过程。她说"非常怀念大家在一起共事的日子"，给她印象最深的就是大家经常在一起开会,有时是子项负责人开会,有时是整个课题组开会,少则五六人,多则四五十人,一个暑假大大小小的阶段小结、讨论会开了不下有二三十次。周孔亢老师经常对他们说,"年轻人幸福的,就是可以犯错误"。在会上,他更是鼓励大家大胆地讲,有时还让他们给大家讲课。即将毕业的研究生郭鹏飞自言两年来参与课题研究,"拓宽了视野,培养了能力"。正是凭着这一重大科技攻关项目研究的经历,在前不久去上海泛亚汽车技术集团应聘时,对方对他"另眼相看",破天荒地一天内对他进行了三轮逐渐升级的面试。

历经两年磨砺,这个科研团队终于开发出了具有自主知识产权的电磁制动器。研制的长轴非对称结构电磁体,提高了电磁体的磨损均匀性和姿态稳定性;自主开发的磨阻材料,其耐磨性优于国外同类产品填充材料;提出了汽车电磁体制动器设计理论和设计方法,制定了汽车电磁体设计规范、评价体系、试验规范和产品标准,填补了国内空白;以 UG 软件为基础,开发了汽车电磁制动器系列化、参数化的计算机辅助设计平台,填补了国内外空白……"创造了浙江省科技攻关项目的成功典范"。

2005 年 12 月 25 日,浙江省科技厅组织的科技鉴定给予高度评价:项目的研制和实施总体水平处于国际先进,其中电磁体的姿态稳定性与磨损均匀性指标达到国际领先水平,新型电磁体磨阻填充材料、汽车电磁制动器计算机辅助设计平台达到国际先进水平,按电磁体工艺生产的产品达到国外同类产品先进水平。

采访中,李仲兴老师深有感触地说,这个项目从最初竞标拿下、到后来的顺利开展,最终成功突破,得益于有一个知识结构合理、性格互补的科研团队,得益于一个组织协调水平高、奉献精神强的领头人物,得益于全体成员相互间的尊重、沟通和协作……

这,也许正是这首"创新协奏曲"之所以雄浑动听的最好诠释。

【新闻背景】

江苏大学发挥工科强势,构建以带头学科、支撑学科和相关学科组团的"大工程"学科群,参与国家和区域经济的重大项目,在服务中提升大兵团作战能力和科研的核心竞争力。2003 年针对浙江省科技厅攻关项目——"汽车电磁制动器开发和关键技术研究",江苏大学组织 4 个学院相关学科联合申报,在激烈的竞争中一举中标,课题总经费 400 万元。

(《科技日报》2006 年 4 月 25 日)

年增幅度均超 50%，发明专利已超 80%

江苏大学以专利带动自主创新

磁力往复泵的设计、天麻组织的培养方法、基于电子视觉和嗅觉融合技术的农产品无损检测方法及其装置……

在江苏大学科技处，工作人员最近收到了类似这样的一大叠专利申请书、专利授权通知书和专利证书。据该校科技处副处长余江南介绍，近两年学校专利申请总量连续位居江苏省 100 多所高校的前列，列省属高校之首，2004 年申请79 项，2005 年申请 122 项，增幅分别达 75% 和 54%，其中发明专利分别占 58%和 81%。今年开学以来又呈现出良好的势头，已申请专利 56 件，其中发明专利49 件。

近年来，江苏大学高度重视以自主知识产权为核心的自主创新能力建设，以专利工作引领科技创新，采取了政策激励、具体指导、强制推动等一系列措施，取得显著成效，"专利热"现象风起云涌。2003 年，学校跻身中国科技事业单位专利竞争力百强，列第 87 位；近两年专利申请与授权量连续位居全国高校前50 位。

政策激发创新能力

针对专利申请、授权、许可转让等，江苏大学出台了一系列的激励政策。学校设立了专门的专利基金，承担师生专利申请全部费用的 80%。基金数额从最初的 5 万元增加到 10 万元、20 万元，今年又增加到 30 万元。近 4 年来已累计资助专利申请与授权达 300 多项。

与实用新型专利、外观设计专利相比，发明专利含金量高，同时周期长、风险大。为了鼓励申请发明专利，2004 年初，该校规定，给予发明专利申请每件 1000元的科研业绩津贴奖励，收到了立竿见影的效果，当年发明专利申请量达 46 件，增长了 150%，2005 年又增长 115.2%，达 99 件，占学校所在地镇江市发明专利申请总量的 80%。

同样，对于授权的专利，规定在职称评审、科研业绩津贴认定中，发明专利视同省部级科技进步三等奖,每件最高获 8000 元的科研业绩津贴奖励。在促进专利技术的实施转化方面,若以江苏大学职务发明的专利技术作价入股,与外界成立股份制企业,学校给予发明人一定比例的股权。

具体指导服务到位

有了创新的激情,对于申请专利,想做但不会做怎么办?

江苏大学注重强化师生专利申请的意识和能力,开展具体指导工作,全力做好服务工作。2004 年,江大成立了江苏高校唯一一家知识产权研究所。近年来陆续邀请了省内外一些资深专利代理人,就电子、计算机、化学医药等领域开设专利申请讲座,让师生们受益颇多。

该校一名叫刘春生的学生,在相关老师的指导下,从最初的"专利盲"到被师生称为"专利大户",在短短 3 年时间里,申请了 16 项专利,涉及机械、流体、电子等不同领域,其中已获授权专利 5 项。

同时,挖掘专利申请源头,有关人员深入到重点课题组具体服务和指导,编织重点项目的"专利申请网",保护学校的知识产权。如该校的激光冲击成形技术,先后获得国家自然科学基金、国家"863"高技术研究计划资助,已申请专利 14 件,获得发明专利 6 件,实用新型专利 4 件;光子制造科学与技术基地已申请发明专利 37 件,充分展示了科研基地的创新能力。

强制推动整体提升

江苏大学将专利申请量作为对学院科研考核的重要指标,实施强制推动。2004 年,学校在各省级重点学科、工程中心、重点实验室的自评中加入专利指标。2005 年,又推出了"消除专利空白学院"的措施,对所有理工科学院制定专利申请目标。在校外课题申报、校内课题立项时强调必须明确专利申请目标,对于可形成专利的优先资助、重点推荐。对项目验收,实行专利申请目标不完成"一票否决制"。近年来,学校纵向科研项目验收时,所有专利申请指标全部按期完成。

(《科学时报》2006 年 5 月 9 日)

打造跨越式发展的"引擎"

——江苏大学师资队伍建设"三招"记

近来江苏大学师资队伍建设方面接二连三的成绩让人眼前一亮:1人入选"新世纪百千万人才工程"国家级人选,实现了在此领域高层次人才零的突破;在江苏省高校"青蓝工程"培养人选遴选中大获丰收,1个团队入选科技创新团队、6人入选省中青年学术带头人;学校获得首批"江苏省师资队伍建设先进高校"称号……新就任的江苏大学校长袁寿其教授告诉笔者,学校坚持以人为本的办学理念,把师资队伍建设作为学校工作的重中之重,通过狠抓引进、培养、使用三个环节,造就了一支数量充足、素质精良、结构合理的师资队伍,成为学校事业跨越发展的"引擎"。

不拘一格,多渠道引进

江苏大学成立后,学校牢固确立了"不惜代价、不遗余力、不留遗憾"的师资队伍建设方针,每年设立2000万元用于人才的引进和培养。结合教学、科研、学科建设的需要,引入市场机制,打破传统思维,在人才引进的模式上"不拘一格",坚持"一般引进"同"重点引进"相结合,"单一引进"同"成组引进"相补充。近5年来,该校先后从国内外的一些名校和科研院所引进专任教师400多人,其中具有高级职称的100多人,博士200多人,从美国、英国等"海归"的近20人。尤其是设立了特聘教授岗位,目前已从海内外招聘3名学者担任特聘教授,有效提升了学校在国内外的学术地位和竞争实力。江人第一位特聘教授、材料学院的沈湘黔由衷地感叹:"特聘教授这个平台很好,为我们开展工作提供了很多便利。"也正因为如此,使得"深感压力很大"的他,4年来在科研和实验室建设、学科及梯队建设等方面取得了突出的成绩。

立足长远,多途径培养

近年来,江苏大学大力实施了"博士硕士培养工程"和"教学名师工程",鼓励教师"访名校、拜名师",着力改善教师的学历、学缘结构。同时,积极选派教师参加国内外访问及合作研究,拓宽学术视野,改善知识结构,提高科研水平。2002 年以来该校已有 100 余人取得博士学位,有 200 余人获得硕士学位,在读博士 300 余人。近 20 人先后成为全国优秀教师、全国师德先进个人、教育部青年教师奖获得者、教育部高校优秀骨干教师、江苏省教学名师等。

值得称道的是,多途径的培养措施,丰富了广大中青年教师的学识,增强了他们的"底气",使得他们在各自的岗位上发挥着更显著的作用。医学技术学院院长许文荣,2004 年从南京师范大学细胞生物学专业博士毕业后,当年就晋升为教授,近年来在医学检验领域取得了不俗的成绩,今年初在江苏省"医学领军人才"遴选中,他成为脱颖而出的 30 名佼佼者之一,获得了 200 万元的培养资助。

打破传统,多方位激励

江苏大学积极推进专业技术职务评聘制度和校内分配制度改革,打破论资排辈、求全责备的传统观念,坚持"用当其时、用当其位、用当其长、用当其愿"的原则,不论资历看水平、不论年龄看潜力,对德才兼备的年轻人才大胆使用。尤其是创造性地推行了"校内资格教授"制度,资历浅、年纪轻、能力强的青年教师同样也能"出人头地",此举有效激发了广大教师的进取热情。"全国百篇优秀博士论文"获得者、如今已是博士生导师的周明教授,4 年前还是一名讲师,时年 30 岁的他因为科研业绩卓著而被聘为"资格教授",享受教授待遇,之后评上副教授仅两年的他又被聘为博士生导师。几年来,他在超短超强激光领域方面的科研业绩引起了国内同行的高度关注。2005 年起,他又同美国哈佛大学就"飞秒激光在光电子和生命科学中的应用研究"开展持续 5 年的重大国际合作。回首往事,他深有感触地说:"如果没有学校给我们年轻人创设这么好的硬件条件和宽松的氛围,我是根本不可能取得今天这样的成绩的。"

近年来,江苏大学师资队伍的整体结构与素质明显提高,逐步形成了一支与学校定位和发展目标相适应、结构合理、发展趋势良好的教师队伍。

(《中国教育报》2007 年 3 月 7 日)

做好服务社会这篇大文章

—— 江苏大学科技助推地方经济发展纪实

　　山东济宁、浙江湖州……进入金秋以来,江苏大学科技与产业处的教师和学校的专家教授们格外忙碌。

　　他们分路出击,马不停蹄地奔赴各地,洽谈项目,签署协议,每到一处都成了地方和企业老总竞相追逐的"明星"。江大党委书记朱正伦感叹道:"主动融入创新主体,主动服务地方经济发展,让我们高校焕发了无限生机!"

　　这只是江苏大学与地方"联姻"、助推地方经济发展的一个缩影。多年来,江苏大学充分利用学科优势互补的有利条件,紧紧围绕国家和江苏社会经济发展的科技需求,不断提升学校科技的核心竞争力和贡献度,花大力气书写社会服务这篇大文章。

结合学科特色,突出服务重点

　　作为以"农机学院"起家的综合性大学,多年来,江苏大学充分发挥学科和专业优势,组织有关力量开展特色研究,进行重点服务。尤其是结合社会主义新农村建设的新要求,围绕现代农业装备与技术、农产品精深加工、生物质能源等,开展研究与开发应用工作。近年来,学校开发的50多种农业装备产品,已被国内厂家转让采用的达40家以上,直接经济效益达5亿多元。

　　镇江香醋美名远播,但制醋业大量排放的醋糟以及醋泥等有机废弃物成为困扰企业发展的一大难题。江大农产品加工工程学科的专家们,经过潜心研究,开发出了利用醋糟生产基质、肥料和饲料的系列技术,不仅解决了醋糟等产生的环境污染问题,也实现了废弃物资源化的目标。

　　江苏大学的流体机械及工程学科是全国唯一以水泵、排灌机械等研究为主的国家级重点学科,围绕国家重点推广的节水灌溉技术,流体机械工程与技术中心研制研发的泵站模型在南水北调、三峡工程、引滦入津等国内外大中型工程上广泛应用。刚刚获得江苏省专利金奖的专利——"一种低比转数离心泵叶轮设计方法",先后转让给南京蓝深制泵集团股份有限公司等32家企业,年产量达

1000 余万台,在农业、水利、环保、市政等行业广泛应用。

强化自主创新,提升服务内涵

几年前,江苏大学与南汽集团携手,开展了"先进成型技术在复杂车身覆盖件制造中的应用研究",如今这一研究已开花结果,南汽集团麾下多款车型的车身制造中已经普遍采用这项技术。南汽科技管理平台主任孙飞表示,这一具有自主知识产权的国产化车身,"为南汽保持在国内汽车行业车身覆盖件制造中的领先地位,加强自主开发能力和国际竞争力发挥了重要作用"。

"这仅是我们强化自主创新,加快科技成果转化,提升服务企业和地方水平的一个方面。"江苏大学科技处处长陈龙介绍,近年来,江苏大学尤为注重"应用性"研究项目,逐步建立了从纵向科研向横向科研拓展,从基础研究到应用研究、再到开发研究递进的科学合理的纵向配置,构建了"创新研发—成果形成—技术转移—产业化"的良性循环机制。地处江苏镇江,如今已是国家 520 家重点企业之一的大亚科技集团有限公司,在企业组建初期,江苏大学就组织专家"全程参与",从帮助企业制订发展战略规划,到提供技术支撑、提高企业产品技术含量,再到共建研究生培养基地、工程技术中心,双方合作之路越走越宽,企业创新活力也越来越强。

程晓农教授领衔的"金属基复合材料课题组"长期研究的核心技术——颗粒增强铝基原位复合材料,已成功应用于大亚集团的汽车轮毂,自投入批量生产以来,已生产产品 350 多万件,累计创利税超过 8250 万元,取得了显著的经济效益。

发挥自身优势,拓宽服务领域

"一个建议推动一个产业"的故事在江苏教育界广为流传。那是去年 5 月,在南京参加江苏省首届青年科学家年会的江苏大学副校长袁银南教授上书江苏省委,提出利用江苏优越的自然条件,大力发展生物柴油产业,缓解江苏日益严峻的能源矛盾,引起了江苏省委的高度重视,省委书记批示,要求相关部门组织力量做好生物柴油的研究工作。学校还组织专家开展"江苏生物质能源开发利用前景及示范方案设计"。如今,包括生物柴油产业在内的生物质能源的研究和开发在江苏风生水起,江苏省生物柴油动力机械应用工程中心、江苏省动力机械洁净能源重点实验室也挂靠江苏大学进行建设。

像这样的事例有很多。多年来,江苏大学充分发挥自身的人才和技术优势,不断拓宽服务领域,组织力量进行调研、分析,积极主动地为地方经济和行业发展"瞻前顾后""把脉开方"。

此外,江苏大学的知识产权研究工作也久负盛名,成为为地方经济发展服务的一个亮点。2004年,江大成立了江苏高校第一家知识产权研究所。近年来,研究所先后承担了"江苏省'十一五'知识产权战略纲要研究"等10余项软科学研究,为有关方面提供咨询意见。同时,研究所积极为企业提供知识产权服务,指导企业实施知识产权战略,提供从战略制定到实际运用各阶段的全程策划服务,有效提升了企业的技术创新能力。

据介绍,在去年同地方和企业共签订技术开发、转让、咨询、服务"四技"合同500余份、合同经费总额近亿元的基础上,今年上半年,该校的科技协作服务工作继续呈现出了蓬勃发展的势头,签订的技术合同和合同金额比去年同期增长58%和21%。

(《中国教育报》2007年11月16日)

20年来,三代科研人员团结合作,引领了全国潜水泵行业从20世纪80年代中期的10余家企业、年产不足10万台,发展到目前近1000家生产企业、年产1000余万台,开创了一个持续高速增长的产业——

江苏大学:团队合作绽放创新之花

临近岁末,喜讯传到江苏大学,由该校袁寿其、施卫东、关醒凡等完成的"潜水泵理论关键技术研究及推广应用"项目获得了国家科技进步奖二等奖。这是江苏大学成立6年来获得的首个国家科技进步奖,也是该校流体机械工程技术研究中心(以下简称"流体中心")三代人20多年孜孜以求、开拓创新的结果。

作为一个专职科研机构,多年来江苏大学流体中心依托国内唯一以研究水泵为主的流体机械及工程国家重点学科,紧紧抓住国家经济、产业、产品结构调整的历史机遇,围绕产业振兴、国家重点工程建设的迫切需求,发扬团队合作精神,在科学研究、人才培养、技术开发等方面取得了卓越的成绩。

瞄准国家需求进行联合攻关

"发扬团队精神,进军科技工作主战场,是我们几代人坚守的传统,也是我们长期以来在科学研究的道路上克敌制胜的法宝。"江苏大学流体中心主任施卫东教授介绍说。早在20世纪60年代,由著名流体机械专家戴桂蕊领衔,主持开发了用燃煤气化来代替油电动力的煤气内燃水泵,获得了全国科学大会奖。20世纪70年代,为解决农业节水增产问题,主持研究了八部委立项的重大项目喷灌机械。20世纪80年代,研究开发了节能换代产品小型潜水泵、微型泵等5个系列近百个新品种。20世纪90年代,为适应环境保护的需要,研究的污水污物潜水电泵被国家科委列为国家级新产品。新世纪以来,又积极开展南水北调大型水利工程用泵水力模型、节水节能环保型流体机械、海水淡化用泵、核电用泵等的研究……

"我们的科研始终契合国家经济建设的迫切需求,贴近生产,贴近老百姓实际需要。"回顾几十年来的历程,流体中心老领导金树德教授一语破的。他还讲述了一个"一则新闻催生一个产品"的故事。20世纪80年代初的一天,央视《新闻联播》播放了一则消息,报道了农村分田到户后,农户急需小型轻便的水泵,河北一农妇跑遍沈阳城而未能如愿。随即,流体中心便组织人马加班加点,很快开发出了适宜家用的、可以载在自行车上的小型水泵,深受农户欢迎。

"学科建设是科研团队成长的平台,而国家级重大科研项目则是锻炼团队、检验团队、孕育团队精神的最好舞台和载体。"曾任流体中心主任,如今已是流体机械及工程国家重点学科带头人、"新世纪百千万工程"国家级人选、江苏省"333工程"首席科学家、江苏大学校长的袁寿其教授说:"流体中心本身就是一个大团队,遇有重大项目大家总是联合攻关、分工协作。"著名水泵专家关醒凡教授牵头的"南水北调轴流泵水力模型研究"课题组由8人组成,水力设计、模具制造、试验研究,各司其职。经过两年多的协同作战,课题组成功开发了12个不同比转速的轴流泵模型;被认为"综合技术指标达到了国际同类模型的领先水平",在同台测试中性能指标均名列前茅。目前,3个模型已分别应用于南水北调东线一期工程中的万年闸泵站、刘山泵站和台儿庄泵站。

"大兵团作战"锻造优秀人才

"我们流体中心既是科研成果开发的平台,又是年轻人经受锻炼、优秀人才施展才华脱颖而出的舞台。"施卫东平静的口吻中透露出自豪:"团队合作,不仅有利于攻克重大科技难题,而且有利于人才成长,有利于实现科研工作、团队建设的良性循环。"其实,施卫东本人就是这样一个尝到"甜头"的人。1984 年从原江苏工学院水力机械专业毕业,1993 年调至流体中心工作后,他在金树德、关醒凡等老一辈的扶持下,已成长为流体机械及工程国家重点学科方向带头人,先后被评为江苏省有突出贡献的中青年专家、省"333 工程"科技领军人才、省"青蓝工程"新世纪学术带头人等,逐步成长为团队核心人物之一。采访中,施卫东向记者列举了一系列从"兵团作战"中受益的情况:1 人被列为"新世纪百千万工程"国家级人选;2 人被评为省有突出贡献的中青年专家;4 人被列为省"333 工程"培养对象;中心"泵的理论及关键技术研究"科研团队被评为省"青蓝工程"优秀科技创新团队。

为了便于研究开发工作的顺利开展,根据不同的研究方向,流体中心组织了相对独立的 4 个团队、中心领导或学科带头人兼任团队负责人,科研人员按专长分配到相应团队。

值得一提的是,在这样的体制下,"每个年轻人都有人带,每个成员都有课题做"。立项时尽可能让更多年轻人参加,鉴定、报奖时按照年轻人的学术贡献排名。这样的"压担子"和"倾斜"使得一批年轻人茁壮成长。如今正在德国亚琛工业大学做访问学者的刘厚林就是一例。从读研究生起,他就陆续参加了流体中心多个课题的研究工作,从起初的"配角",到逐步独当一面独立主持,一次次的"兵团作战"使他"越战越勇"。至今,他负责或参加的国家自然科学基金项目、国家"十五"重大科技专项等省部级以上课题达 20 余项。负责开发的泵水力设计软件 PCAD2000 及其升级版已经被国内外约 200 家泵研究单位及生产厂家采用,在功能的齐全性、应用的广泛性、设计水力模型的数量和质量等方面居国内同类软件之首。继 4 年前破格晋升为副研究员后,今年他又破格晋升为研究员。

历年来,流体中心已有 160 余项科研成果通过了省部级以上鉴定,其中有 4 项成果获国家科技进步奖,70 余项成果获省部级科技进步奖,获国家专利 50 余项。80% 以上的科研成果已成功转化为生产力,开发新产品 200 余种,为我国流体机械行业技术进步和经济发展作出了积极贡献。

（《科学时报》2007 年 12 月 25 日）

"尖子生"领跑 研究性教育 名师"面对面"

江苏大学多举措打造创新型人才

【本报讯】 日前,江苏大学高分子材料0502班的杨华静正式获得了本校保送研究生的资格。其实,早在去年刚上大三时,她就和40名同学一起成为学校首批研究生"预备生"。近年来,江苏大学实施了"提前选拔免试攻读硕士学位预备生"计划,从大三学生中遴选优秀本科生,为他们配备导师,提高他们的创新能力和科研能力,发挥他们对全体学生的"领跑"作用。

加强尖子本科生的培养,让他们"领跑",这是江苏大学打造创新型人才的一个举措。据了解,入选"预备生"的学生,从大三开始就进入导师的课题组,参与课题研究,并可以提前选修部分硕士研究生课程,经培养考核,毕业后直接免试攻读硕士学位。

江苏大学还在每届新生中选拔部分"尖子生",组织机械和电子信息两大类"培优班",一、二年级时实施专门的培养计划,单独组织教学,配备导师,用特殊政策让"尖子生"的创造潜能得以发展。据统计,目前,"培优班"两届112名毕业生中,50%以上本科毕业后都考取了硕士研究生,有效发挥了对全校学生的"领跑"作用。

实施研究性教育,把学生及早带进科学研究的前沿领域,对学生进行科研"启蒙",是江苏大学创新人才培养的第二个举措。刚刚从江苏大学研究生毕业、人称"发明大王"的刘春生,从大二到研究生毕业前后五六年时间内,先后申请了42项专利,已授权的25项,并获2006年"中国青少年科技创新奖"。他自言"处女作"——能识别假币的钱包的研制,就是在学校的"大学生科研立项"基金的资助下得以完成的。

同时,江苏大学还成立了"大学生科研导师团",对学生进行全方位的指导。有关负责人告诉记者,这几年,江苏大学学生搞科研的热情日益高涨,每年立项的项目由2002年的90项发展到现在的近500项。去年,江苏大学又进一步推出了"本科生创新计划",引导和激励本科生自主提出项目方案、自主联系指导教师,开展研究工作,学校给予每项2000~3000元的资助。

推动教授上讲台,让学生与名师"面对面",是江苏大学创新人才培养的第三个举措。2002 年学校开始推行"百名教授上讲台"计划,目前,学校的 311 名教授、533 名副教授均坚持为本科生上课。今年以来,江苏大学又实施了"核心课程教授主讲制度",学校的 16 门校级核心课程由教授挂牌授课,每个专业两门核心课程由教授主讲。"这当中有国家教学成果奖获得者,有国家精品课程主持人,有省级教学名师。"江苏大学校长袁寿其介绍说,"优秀教授对学生的影响不仅体现在学科专业的指导上,更在于他们给学生带来的追求科学、严谨治学的精神和研究问题的方法。"

值得一提的是,从今年上半年开始,江苏大学在全校 23 个学院分别设立了"大学生学习中心",其目的在于打造教授与学生交流的平台、专业与学科融合的纽带、成人与成才培养的桥梁、导学与自学结合的媒介。在"大学生学习中心"里,不同专业的知名教授,每天下午轮流值班,对学生进行个人研究引航、个人生涯设计、个人困难解惑。"教授们不仅走上了讲台,还走到了我们身边!"2006 级机械专业的顾同学开心地说。"通过全方位的接触,学生可以直接感受教授名师们的学术思想、学术精神,激发学生的创新意识和创新能力。"江苏大学路正南教授表示。

这些人才培养的新模式取得了实效,在历届"挑战杯"全国大学生课外学术科技作品竞赛中,江苏大学共有 40 多件作品获奖。近 5 年来,在国际和全国大学生数学建模大赛中,江苏大学学生先后获一等奖 9 项,二等奖 18 项。学生发表的论文达 500 多篇,申请的专利近百项。毕业生就业率连续保持在 96% 以上。

(《中国教育报》2008 年 11 月 13 日)

江苏大学缘何三年连获全国"优博"

日前,2008 年全国百篇优秀博士论文评选结果正式揭晓,江苏大学博士邹小波的论文《计算机视觉、电子鼻、近红外光谱三技术融合的苹果品质检测研究》榜上有名。这也是江苏大学连续第三年摘得这一殊荣。

同 2006 年获全国"优博"的周明博士一样,邹小波本科、硕士、博士都就读于江苏大学,是典型的江苏大学"自造"的全国"优博"获得者。

"建设创新型国家,离不开创新性人才。而培养创新性人才,对高校来说更是首当其冲的责任。"江苏大学校长袁寿其如是说。

让尖子生领跑

去年,为进一步加强本科生尖子的培养工作,江苏大学开全国高校之先河,实施了提前选拔免试攻读硕士学位预备生计划,遴选一些自学能力强、专业素质好、创新潜力大的本科生,为其配备"博导级"的导师,从大三开始就进入导师的课题组,并允许他们提前选修部分硕士研究生课程,着力提高其工程能力、创新能力和科研能力。

"这些学生就读的都是具有博士学位授权的学科专业,给他们选配的导师也都是优秀博导。"江苏大学副校长田立新介绍说,"这些优秀学生在本科阶段就可以感受科研氛围、接受创新训练,经培养、考核,毕业后直接免试攻读硕士学位或硕博连读。"

为使优秀学生的创造潜能得以发展,江苏大学还在每届新生中选拔部分高分考生,对他们实行"特区政策",一、二年级时实施专门的培养计划,单独组织教学、配备导师。据了解,目前,享受"特区政策"的两届毕业生中,50%以上毕业后都考取了硕士研究生,有效发挥了对全校学生的领跑作用。同时,江苏大学打破学生专业选择"一选定终生"的格局,赋予优秀学生 3 次重选专业的机会,充分调动学生学习的潜能。

2003 年,江苏大学在实行了 10 年的学年学分制、3 年完全学分制试点的基础上,全面推行完全学分制改革,学生可以自主选教师、选专业、选进度,实行弹性学制,可 3~8 年毕业,让学生的个性得到彰显和发展。2007 年,江苏大学对人才培养方案进行了修订,制定了适应时代要求、具有江大特色的人才培养计划。其亮点就是进一步探索多元化人才培养模式,按照宽口径、厚基础的要求,推进大类招生、大类培养,相近专业构建专业群,原则上学生在一、二年级按专业大类组织教学,三年级及以后实施专业(方向)分流培养。

把学生及早带进"前沿"

刘春生,这位刚刚从江苏大学研究生毕业、人称"发明大王"的小伙子可是位令人刮目相看的"名人"。从大二到研究生毕业前后五六年时间内,他先后申请了 42 项专利,已授权的 25 项,并获 2007 年"中国青少年科技创新奖"。"我的成功得益于学校的研究性教育。"他说,当初自己的"处女作"——能识别假币的钱包的研制,就是在学校的大学生科研立项基金的资助下才得以实现的。之后,他的创新热情和创造能力一发不可收拾。

据江苏大学教务处处长王贵成教授介绍,江苏大学是全国高校在本科生中率先推行研究性教育的高校之一。从 2002 年开始就开展了本科生科研立项工作。

同时,学校又成立大学生科研导师团,聘请了百名离退休老教授、老专家,从选题立项、过程研究等方面,对学生进行全方位的指导。据介绍,这几年,江大学生搞科研的热情日益高涨,每年立项的项目由最初的 90 项发展到现在的近 400 项,学校配备的资助经费也从 5 万元"上涨"到现在的 30 万元。近 3 年来,学生发表的论文达 300 多篇,申请的专利近百项。

保持这一"传统项目"的同时,去年江苏大学又进一步推出了本科生创新计划,引导和激励本科生自主提出项目方案、自主联系指导教师,开展研究工作,学校给予每项两三千元的资助。

此外,江苏大学极为重视学生参加数学建模、"挑战杯"等各级各类竞赛,把参加竞赛实践作为培养学生的创新意识、创新精神和创新能力的有力抓手。对在"挑战杯"科技作品竞赛等比赛中获奖的学生给予 2~4 个"创新学分"的奖励,直至免试推荐硕士研究生和博士研究生。

为把研究性教育落到实处,江苏大学十分注重综合性、设计性、创新性实验教学课程的开设,加强实验、实习、调查、社会活动等实践性教学。目前已形成覆盖机械、电子、控制、检测、环境、信息、医学、管理等有机结合的实验教学体系,成为学生工程实践能力提高和创新、创业素质培养的优良平台。

成长成才"静悄悄"

高素质的师资队伍是大学核心竞争力的主要指征,也是培养创新性人才的关键。"优秀教授对学生的影响不仅体现在学科专业的指导,更在于他们给学生带来的追求科学、严谨治学的精神和研究问题的方法。"江苏大学党委书记范明介绍说,2002 年学校开始推行百名教授上讲台计划,规定所有教授、副教授必须给本科生上课,并且在职称评聘中实行"一票否决"。今年以来,江苏大学又实施了核心课程教授主讲制度,学校的 16 门校级核心课程由教授挂牌授课,每个专业两门核心课程由教授主讲。这当中有国家教学成果奖获得者、有国家精品课程主持人、有国家特色专业负责人、有省级教学名师。

值得一提的是,今年上半年开始,江苏大学在全校 23 个学院分别设立大学生学习中心,让教授深入到本科生中间,强化其对学生成长、成才全方位的指导作用。学习中心既不同于课堂教学,又有别于课外活动,其作用就是"教授与学生交流的平台,专业与学科融合的纽带,成人与成才培养的桥梁,导学与自学结合的媒介",承担着对学生进行"思想引导、专业辅导、生活指导、心理疏导"的任务。

"教授们不仅走上了讲台,还走到了我们身边!"2006 级机械专业的顾同学开心地说。

(《科学时报》2008 年 11 月 27 日)

开设择业门诊　实施就业援助　构建校内市场

江苏大学力促毕业生就业"突围"

【本报讯】 这几天,江苏大学 2005 级光科学技术专业的李文儒格外开心。这个女孩尽管品学兼优,但由于身患残疾在求职路上一直备受冷落,参加了 10 多场招聘会、投出了近百份简历,一直都石沉大海,多亏了学校关工委老教授金树德"撮合",她被山东省鱼台县的星源矿山设备厂相中,这两天金教授将带着她去那里实地考察。

面对就业"寒流",享受学校特别关爱的不仅是李文儒。江苏大学通过强化择业咨询、开展就业援助、完善校内人才市场等措施,力促学生就业,帮助他们"突出重围"。

"老师,这个单位怎么样啊?这个岗位适合我吗?"在江苏大学学工楼一楼的"择业咨询室"内,一名食品专业毕业生刚刚坐定,就迫不及待地向"坐诊"的学生处分管就业的副处长黄鼎友咨询。

黄鼎友介绍,从学生入校伊始,江苏大学就开展了大学生学业生涯规划工作,引导学生制定详尽的、个性化的"成长方案"。进入大三后,重点开展就业指导,由分管校领导、各学院分管领导及相关研究人员组成专家团,就业形势、就业政策、求职面试技巧等,为学生开展"菜单式"的讲解并组织学生交流。去年10 月,学校又开辟专门的"择业咨询室",每周三开设"就业门诊",由就业指导专家接受学生的个案咨询,帮助学生进行职业定位,消除其在求职过程中的迷茫、恐慌等心理,端正就业心态,深受学生欢迎。

江苏大学不久前所做的一项调查表明,68%的贫困生由于自身条件限制、社会关系无助,对能否顺利就业缺乏信心。面对就业寒流,江大格外重视家庭经济困难等"弱势群体"的就业工作,构建了困难学生的"就业援助系统",将学校的贫困生信息库与毕业生就业信息库相比照,及时筛选出"双困生"进行重点关注。在此基础上,开辟了困难学生就业的"绿色通道",邀请用人单位举办贫困生专场招聘会,推荐他们就业;搭建困难学生的网上就业平台,校内就业网优先为贫困毕业生发布个人信息,提供求职指导。同时,动员广大干部教师全员参与就业工程,安排专人与"弱势学生"结成"帮扶对子",为其求职提供全程的"导航"服务。学校关工委还专门成立了"关爱就业服务小组",利用老教师的社会关系,主动为困难学生奔走找"婆家"。

最近,汽车学院车辆工程专业的王连平同学与南京汽车集团名爵公司正式签约,将从事他所向往的技术工作。不久前,上汽集团南汽公司组织了麾下的5家单位到江苏大学来"团购"毕业生,提供了汽车、机械、能源与动力等数十个岗位,经过双选,最后有10多名江大学生被选中。

"据统计,60%以上的毕业生是通过校内人才市场实现就业的。"江大学生处处长李洪波介绍说,经过多年努力,江苏大学构建了富有成效、极具特色的校内人才市场,包括大型综合性人才市场、地区专场、行业专场以及经常化的"周三人才市场"等,"这些多层次、立体式的校内市场为毕业生求职提供了一座'立交桥'。"

去年10月以来,中国重汽、常发集团、雪花啤酒等纷纷"开进"江大,举办了80多场专场招聘会。

（《中国教育报》2009年1月12日）

牢牢抓住质量这条生命线

——江苏大学京江学院打造教学"质保工程"

魏晓浩,现为香港大学机械工程系二年级研究生。可能很少会有人想到,这名世界一流名校的研究生,本科是毕业于一所独立学院——江苏大学京江学院。当年他以高分考取了世界闻名的香港大学,获得了 45 万元全额奖学金资助,创造了江大乃至江苏省独立学院的"奇迹"。

其实,像魏晓浩这样的"牛"学生仅仅是江大京江学院人才培养质量的一个缩影。该院视"质量"为学院安身立命之本,大力实施教学"质保工程",通过加强组织系统建设、确立质量标准、健全质量监控体系,构建了由目标、组织、监控、方法、评价、反馈等 6 个子系统组成的教学质量保证体系,积极探索,努力实践,取得了显著成效,确保了人才培养的质量。

一部教学质量的"标准纲要"

作为高等教育改革催生物的独立学院,既不同于中等职业教育和高等职业教育,又有别于普通高等教育,培养定位和培养质量对其来说更具有独特的意义。经过企业老总、科研院所专家、兄弟学校同行、校内专家领导反复研讨,京江学院对培养目标进行了准确合理的定位,即培养生产一线急需的实用型、适用型技术人才,或称为培养"现场工程师"。在培养模式上,构建了融传授知识、培养能力与提高素质为一体的模式,突出学生动手能力和解决实际问题能力的培养,培养学生的创新能力、行为能力、生存发展能力、适应能力,注重学生的个性发展,提高学生的整体素质。

为规范办学行为,确立教学工作的中心地位,经过长期调研分析和深入研究,2007 年 6 月,江苏大学京江学院出台了《本科教学质量标准纲要》,开创了独立学院的先河。《纲要》分 4 个一级项目、17 个二级项目,明确了教学质量目标和管理职责、教学资源管理、教学过程管理、教学质量监控分析和改进的目标任务。与此相配套,又出台了《本科教学质量保证实施条例》,共 86 条,对纲要中的每个项目的实施给出了具体的规定。

"'纲举'才能'目张','事半'反而'功倍'。"江大京江学院院长路正南教授介绍说,《纲要》的运行,使学院的各项工作都围着教学"转",形成了领导重视、全员参与、全程监控、全面管理的良好局面,营造了举全院之力保障教学、提升教学质量浓厚氛围,提高了教学管理工作整体水平、整体质量和综合效益。主要体现在6个方面:完善了院、系两级教学管理体系,二者分工清楚,责任明确;健全了有关教学管理制度,使各项工作有章可循;加强了日常教学常规检查力度,对教学主要环节实行全过程监控;强化了对教学运行过程的管理,使整个教学运行过程一直处于良好态势;改善了教学管理手段,基本实现了数字化办公管理;在省内独立学院中首批实行学分制收费,实行选课制、弹性学制,实现教学管理的现代化。

一套实践创新的培养措施

这几天,江大自动化专业的李金伴教授忙得不亦乐乎。京江学院自动化专业0601班的董道领打算申报学校的大学生科研立项,作为他的导师,李教授帮他查找资料,分析课题研究现状,指导撰写申报书。经过指点,小董最终锁定了"通过网络对家用三表自动抄表系统的研究"这一课题。"我在京江学院已经当了5年本科生导师了。"李教授自豪地说,5年来,他先后结对带了30名学生,这些孩子上进、刻苦,有钻劲和悟性,"今年的6个学生有3个准备考研,1个打算出国,另2个准备就业。"

"导师制是我们因材施教,着力培养学生实践创新能力的重要抓手。"京江学院副院长赵跃生告诉记者,学院的导师制始于2001年,20%左右的优秀学生受益。去年为配合完全学分制的实施,学院对导师制进行了改进和完善,扩大了导师队伍,把导师分为德育导师、成长导师、学业指导导师、科研导师,按学生特点进行配备。新的导师制实施以来,取得了较为明显的成效,学生申请了5项专利,发表科技论义30余篇。

为了让更多的学生能够与教授"面对面",2008年4月,京江学院又成立了"大学生学习中心"。每天下午,20位不同专业的知名教授轮流到这里值班,对学生进行个人研究引航、个人生涯设计、个人困难解惑。"通过全方位的接触,学生不仅可以直接感受教授名师们的学术思想、学术精神,而且这种宽松的学术氛围和人文气息,对学生创新意识的激发、创新能力的培养大有益处。"院长路正南教授表示。

为了培养学生的岗位适应能力和立足社会的竞争能力,京江学院还与江大机电总厂、校工业中心开展了"3.5＋0.5"产学研联合培养模式。经过三年半基础理论课程和专业课程的学习,最后半年全部进入工厂,接受教师和工程师的"双师"指导,进行包括毕业设计在内的工程实践能力的综合训练,并在各种岗位上进行轮训,全面接受企业的文化熏陶。在双方志愿的基础上,留厂或被推荐到协作单位工作,实现在校学习与预就业的有效衔接。

此外,京江学院在大学英语、高等数学等课程教学中,将学生分为加强层、基础层和提高层3个层次,实施分层次教学,让全体学生都能找到"学习的感觉"。去年,在2008级新生中遴选了120名优秀学生组建培优班,实行优生优培,在为优生成长成才开辟了"快车道"的同时,在全体学生中起到了"领跑"作用。

一种行之有效的德育模式

同窗好友罹患白血病时倾力救助,本人遭遇同样的不幸时引来爱如潮涌。为了挽救她,古城镇江"满城尽飘黄丝带",江大师生和百万镇江人掀起了一场声势浩大的爱心接力活动。这一阵子,根据这一故事改编的电影《小城大爱》正式公映,人们再次沉浸于深深的感动之中。这名曾入选中国教育年度人物前20人、被誉为"爱心天使",让无数人感动和追忆的女大学生,就是京江学院2003级计算机专业的陈静。

"陈静是江苏大学京江学院人才培养的杰出典范,也是该院德育工作实效的有力印证。"京江学院分管学生工作的赵梅庆告诉记者。长期以来,围绕提高教学质量这个中心,京江学院加强德育领域的改革与探索,探索与实践了适合独立学院特点的德育工作新模式。

一是"3361"德育模式。即积极推进"新三进"(进公寓、进网络、进班级和社团);注重"三结合"(与解决实际问题相结合、与安全稳定工作相结合、与学风建设和素质教育相结合);狠抓"三大建设"(学生党建、队伍建设、阵地建设),形成了"学院管理、栋幢基础、班级主体"的新模式,开创了"安全稳定、学风优良、生动活泼、积极向上"的学生工作新局面。完善、落实学生入党时间申报制和党员"六个一工程"(学好一个专业、帮助一名同学、负责一个寝室、带动一个班级、影响一个系科、辐射一个社区),强化了学生党支部的战斗堡垒作用和先锋模范作用。

二是"4326"学风建设活动。即以抓"三率"(迟到率、缺课率、晚自习率)为切入点,以抓"三重点"(重点人、重点班级、重点宿舍)为突破口,以"三个阵地"(课堂、宿舍、社团)为学生工作的主战场,以"三个考核"(辅导员个人考核办法、班级考核办法、学生骨干考核办法)为学生工作成效的评价体系。对"六类学生"(学习消极学生、学习困难学生、家庭经济困难学生、心理亚健康学生、网瘾学生、住宿校外学生)进行分类教育和管理。努力实现"六个目标"(英语四六级通过率高、考研录取率高、毕业率高、就业率高、获奖率高、违纪留级退学率低)。

一个严密有序的监控、评价、反馈系统

在京江学院采访,记者碰到精神矍铄的彭玉英教授刚刚听完课走出教室。现年 73 岁的她已连续 5 年受聘担任京江学院教学督导,同其他 10 多名学术造诣深、教学经验丰富的老教授一起组成教学指导委员会。其职责之一,就是深入课堂听课,对教学进行全过程优化控制。据介绍,为确保教学质量稳步提高,京江学院健全了内、外部质量监控网络和质量预警机制,全面实施"教监委"监督制、教管学联动制、学生联络员制、院领导定期巡视制、辅导员随堂听课制、学生评教制、教学日志周报制,形成了教学质量信息采集、处理与反馈的"七制并举"监控机制。

同时,京江学院创新评价机制,构建了以评教、评学、评管为核心的教学质量评价与监测系统。建立了"常规评价 + 绩效评价 + 水平评价"的评价机制。在评教上,实现了评价主体(教师本人、同行、学生、专家等)多元化,将教学质量分与教学业绩分挂钩,促使教学工作的改进,最大限度地调动教师教学的积极性。在评学上,通过任课教师、教学督导、学生座谈会、学工例会等,定期分析学生的学习情况,不断推进学风建设。在评管上,通过专项检查和教学评估,促进教学规范化管理,强化领导、教师、行政管理人员的质量意识。

此外,京江学院还建立教学质量信息反馈改进系统。实行教学质量预警制,教师的教学质量以口头或书面、个别交换、教学日志周报、教学例会等形式,反馈到质量责任人,促使其改进和提高。学生的学习质量采用黄、红两级预警机制,并以书面形式通报学生本人及家长。"各种信息及时反馈到教务、学工,以进行宏观控制与调整,进而形成了评价—反馈—改进—提高—再评价的良性循环。"赵跃生强调。

继 2004 年《京江学院新的人才培养模式的构建与实践》获得了江苏省教学成果一等奖之后,今年该院《独立学院质量保证体系的构建与实践》获江苏大学教学成果特等奖。尤其值得一提的是,京江学院质量保证体系的不断完善与稳步实施,推动了教学质量的有效提升,反映教学质量的主要指标处于同类学院领先地位。今年毕业生英语四级通过率、学位授予率达 81.59%,处于同类学院领

先水平。学生先后在大学生数学建模大赛、英语竞赛等各类赛事中获全国奖 11 项,省级奖 23 项。学生公开发表论文 60 余篇,申报新型实用专利 10 项,获省本科优秀毕业论文 1 项。学生的就业率连续保持在 90% 以上。

(《中国教育报》2009 年 5 月 4 日)

做江苏全面小康的"助推器"

——江苏大学科技服务我省经济社会发展纪实

9 月 15 日,应江苏大学邀请,常熟市副市长李世收率领市科技局和部分企业家来到江苏大学,商讨共建先进制造与装备产学研基地事宜。作为去年江苏省首批派赴苏州的 15 名科技特派员工作队队长,李世收在一年不到的时间里已是第三次受邀来江苏大学。"江苏大学与地方合作的热情,为地方服务的真情着实令我们感动。"

"只有主动服务地方经济社会发展,才能发挥学校特色,提升办学水平,拓展办学空间,为学校发展注入新的活力。"江苏大学校长袁寿其说。在"全省高校科技工作为江苏服务的情况"排行榜中,江苏大学在科技成果、承接项目、"四技"经费、科技基地建设以及专利等方面连年均居全省本科院校前列。

打"江大牌",突出服务重点

作为以"农机学院"起家的综合性大学,江苏大学形成了"工中有农,以工支农"的办学特色,尤其是在农机、排灌、动力、内燃机、农产品加工等方面具有较强的学科优势和科技实力。

江苏大学的流体机械及工程学科是全国唯一以水泵、排灌机械等研究为主的国家级重点学科。依托该学科而获得 2007 年国家科技进步二等奖的"潜水泵理论与关键技术研究及推广应用"项目,开发的四大类 400 余种规格的潜水泵系列产品已在全行业推广应用。产量约占全国潜水泵总产量的 60% 以上,年产量达 1000 万台,大量替代进口,并出口创汇,加速了我国泵行业技术的发展和进步,促进了产业机构的调整、优化、升级和产品的更新换代。

大马力轮式拖拉机是农业装备技术密集型产品,是评价一个国家农业装备技术水平的重要标志。江苏大学高翔教授领衔的课题组与江苏悦达盐城拖拉机制造有限公司联合实施,刚刚获得 2009 年中国技术市场"金桥奖"的项目"100/125 马力以上轮式拖拉机研发与产业化",2007 年得到江苏省科技成果转化专项资金总额 1300 万的资助,并获得 2007 年重点国家级火炬计划产业化项目支持。研制的"黄海金马 1254 型"拖拉机产品结构已达到国际先进水平,产品性能结构达到国内领先水平,将有助于改变目前 125 马力以上的拖拉机等新型农业装备主要依赖进口的状况。

做"创新源",完善服务功能

作为我国率先建立农产品加工工程学科、第一个获得农产品加工及贮藏工程学科博士学位授予权的高校,早在 20 个世纪 80 年代,江苏大学就开始了农产品无损检测的研究。由赵杰文教授领衔开发、获得 2008 年国家技术发明奖的"食品、农产品品质无损检测新技术和融合技术"项目,将计算机视觉、电子嗅觉和近红外光谱分析等多种检测信息有机融合,取得了一系列的创新成果。该项目引领了传统装备的升级换代,一套检测系统能够得到产品大小、颜色、形状、糖酸度等的精确指标,直接促进了农产品产后处理水平的提高。采用该技术,发明了国内外第一台智能化软胶囊分选机,使软胶囊的分拣告别"人工时代",精度和速度大大提高。

近年来,江苏大学尤为注重科技攻关、高技术研究、科技成果推广、产业化示范工程、产学研结合等"应用性"研究项目,逐步建立了从纵向科研向横向科研拓展,从基础研究到应用研究、再到开发研究递进的科学合理的纵向配置,构建了"创新研发→成果形成→技术转移→产业化"的良性循环机制。近 3 年来,江苏大学与企业共同承担国家、省市科技项目 255 余项,其中联合重点行业企业获批江苏省重大科技成果转化项目 12 项,500 余项科技成果和技术转化应用于企业,为企业发展提供了有力的技术支撑。

谋"江苏事",拓宽服务领域

近年来,江苏大学以"政府最关心,企业最迫切,百姓最需要"为产学研合作的"准星",围绕江苏重点发展领域的技术需求,集成优势力量,拓宽服务领域。

太湖"蓝藻事件"爆发后,太湖流域及湖体水质的恶化得到了全社会的空前关注。江苏大学李萍萍教授领衔的课题组首次对太湖流域农业面源污染的负荷、来源与分布情况进行了全面详细的测算分析,提出了在加快提高农业规模化经营水平的基础上,以农业清洁生产和农业结构优化为主要手段的源头治理思路,并完成了太湖流域农业清洁生产模式和农业结构的优化设计,提出了农业面源污染源头治理的促进机制与政策措施。

面临国际金融危机给企业发展带来的困难,今年上半年,江苏大学依托强势特色学科和研究平台,结合地方支柱产业和新兴产业,以学习实践科学发展观活动为契机,开始大力实施为企业和地方经济"解困"的"1863 计划",组织和引导广大科技人员到企业去、到车间去、到生产一线去。其具体做法:为企业培养1000 名技术创新所需的工程硕士,组建 80 个教授专家团与行业骨干企业对接,建立 6 个产业技术创新战略联盟,组建 3 个地区特色产业技术创新公共服务平台。据了解,目前,江苏大学"1863 计划"取得了阶段性成果,与常州、丹阳、东海、常熟等市、县人民政府签署了全面合作协议,为淮阴、南通、武进等地培养工程硕士生 500 余人。与镇江市 15 家企业签订了技术合作协议。

"高校只有牢固树立立足地方、依靠地方、服务地方的意识,把自身的科技创新优势、人才资源优势等切实转化为现实的社会财富和人民实惠,才能为自己的生存和发展打下更加坚实的根基。"江苏大学党委书记范明说。

(《新华日报》2009 年 10 月 13 日)

"三招"并举天地宽

——江苏大学全力推进毕业生就业工作

日前,镇江市"百家企业高校行"江苏大学专场招聘会在该校体育馆火爆开场,镇江市 170 家单位前来"团购"江大毕业生,提供了机械汽车、商贸营销、财务金融等岗位 2016 个,让江大 2010 届毕业生又享受了一顿"求职大餐"。

经过多年探索,该校形成了多途径人才培养引领就业、多形式创业实践带动就业、多层次就业服务促进就业的生动局面,毕业生就业率连续保持在 96% 以上,在长三角、珠三角等经济发达地区就业的占 60% 以上。

多途径人才培养引领就业

为使"产品"适销对路,江苏大学积极推进教育教学改革和人才培养模式创新。在专业设置上瞄准社会需求,近年来一方面调整专业结构,高起点创办了新专业,另一方面全力打造流体机械、车辆工程等品牌特色专业,提高学生就业竞争力。学校"量入为出"制定招生计划,调整专业方向,扩大紧缺专业的人才培养规模,对一些"销路"不好的专业适时停招、减招,或隔年招生。学校还实行了"大类招生,大类培养"的人才培养模式,采取"平台+模块"的课程结构,根据市场需求及预分配意向确定学生专业方向,有效缓解了其所学专业与就业意向不对口、所学知识与社会需求不符合等方面的矛盾。去年底,该校明确提出了创建"本科教学质量名校"的目标,以新一轮的教育创新进一步提升人才培养的质量。

江苏大学还大力实施研究型教学,着力培养学生的创新能力。早在2002年,江苏大学率先在全国高校开展了大学生科研立项活动,学生科研热情不断高涨,2010年的申报数量达千项,资助总额由最初的5万元增加到如今的30万元。2007年,学校推行了在大三学生中选拔优秀本科生攻读硕士学位的"研究生预备生制度",为其配备博导级的导师,参与课题研究与科研训练,引领学生"触摸"科技前沿。实施"百项本科生创新计划",每年遴选100项左右的大学生实践创新训练项目进行立项资助。今年初,学校又实行了"本科生课外创新学分认定与管理办法",对学生撰写科研论文、开展发明制作、参与创新性赛事等都给予一定的学分,进一步激发学生参与实践创新的热情。

多形式创业实践带动就业

早在2002年,江苏大学就成立了全国高校首家大学生创业学校,为学生创业"播火育种",迄今已培训学员2000余人。在此基础上,学校坚持完善课程教学、教育培训、实践训练三位一体的创业教育模式,建立了以创业课程理论教学和创业教育实践为主线、分层次的创业教育研究与实践模式。

"纸上得来终觉浅,绝知此事要躬行。"江苏大学还为学生搭建了从"热身试水"到"放手畅游"、校内校外相互补充的创业实训实践平台。一方面建立了校内1000多平方米的大学生创业实践基地,提供场地设备,配备专家导师,通过实践演练孵化创业种子,目前校内已成立了创业团队40余支。"对于成熟的优秀团队,我们就放手,帮助其联系进驻镇江市大学生创业园,真正走向市场。"该校学生处处长李洪波强调。另一方面,结合学校特色专业,依托行业背景,将 500 家就业基地拓展为就业创业实训基地。去年 9 月,学校还携手江苏东台市在全国知名的不锈钢产业基地——溱东镇共建了大学生村官创业实践基地,每年选派 10 名"意向村官"进行"热身"见习,为他们到广大农村创业建功提供平台。

多层次就业服务促就业

"明日上午 9 点,镇江交通银行(电力路分行)在就业办 107 室专场招聘客服、营销人员,专业不限。"这一阵子,江苏大学理学院土木工程专业的王勋同学陆续收到了这样的短信。该校着力做好学生就业服务工作,建立了综合性市场、"周三人才市场"、行业专场、地区专场等立体化的校内就业市场,同时注重发挥飞信、QQ 群、手机报等新媒体的优势,实现就业信息点对点传递。

"每年 11 月、12 月中旬和次年 3 月下旬,我们都要举行三场大型综合性供需洽谈会,每次均有 300 家左右用人单位前来招聘。"江苏大学党委副书记姚冠新介绍说,学校还着力打造"周三人才市场"品牌,将零散的招聘信息集中起来,在周三固定时间、固定地点举行小型洽谈会,方便用人单位和学生双选。同时,还大力组织了针对性很强的行业专场、地区专场、学院专场等招聘会,为毕业生就业架设"立交桥"。

据统计,去年下半年以来举办了各类招聘会 30 余场。"在校内市场就业,方便高效。"来自河南驻马店、制药工程专业的王芳告诉记者,在去年 12 月的大型人才市场她就已签约江苏济州药业集团,求职成本不到 10 元,现在就等着毕业去上班了。据统计,江大校内人才市场每年给毕业生提供的岗位 20000 余个,65% 以上的学生通过校内市场找到了工作。

此外,江苏大学紧紧依托工科特色综合性大学的优势,在校外现已建立 50 家就业工作站、500 家就业基地、27 家企业研究生工作站、44 家就业创业见习基地。"多领域的基地建设,立体化的校内市场,高效率的就业信息沟通,使得我校 65% 的毕业生足不出户就能找到理想的工作。"江苏大学校长袁寿其说。

(《科学时报》2010 年 5 月 25 日)

江苏大学"三招"推进人才强校

师资队伍建设,是高水平大学核心竞争力的关键所在,也是一所学校的强校之本。江苏大学实施人才强校战略,坚持"不惜代价、不遗余力、不拘一格"队伍建设的理念,通过实施"拔尖人才"培养工程、杰出人才积聚工程和"双百"计划,打造了一支整体实力雄厚、发展后劲强的高素质教师队伍,为学校的发展奠定了坚实的人才基础。

让优秀人才尽快"冒尖"

2008年初,江苏大学在高层次人才队伍建设方面再出"大手笔",启动了"拔尖人才和科技创新团队培养工程",出资近3000万元,对27名个人、34个科技团队进行"强力"支持。希望在3~5年或更长一段时期内通过重点培养,形成一批具有国内高水准的学术团队,造就若干名教育部长江学者、国家杰出青年基金获得者和两院院士及候选人。学校在日前举行的拔尖人才和创新团队中期考核会上宣布,这一工程已取得阶段性成果,几乎所有受资助的个人和团队都已按计划或超额完成年度工作目标。

"全国百篇优秀博士论文"获得者、材料学院周明教授和他所在的光子科学制造技术团队,在国内率先开展的"飞秒激光纳米局域增强光子制造""分子水平纳米手术和生物光子学"研究取得了显著进展,实现了7纳米线宽的国际同步领先的制造水平,并与美国哈佛、普渡等大学开展深入合作。其个人继入选新世纪"百千万人才工程"国家级人选之后,去年又入选为教育部"长江学者"计划特聘教授。

引领学科科研"摸高"

具有国内领先水平和国际影响的高层次人才是学校队伍的"领头羊",也是引领学校学科科研水平不断攀升的关键。

为有效解决学校杰出人才缺乏这一突出问题,江苏大学在一手抓培养的同时,一手抓引进,大力实施了"杰出人才集聚工程",设置了15个"江苏大学特聘教授"岗位,在海内外公开选聘。目前,已有来自海内外的5名学术精英加盟。

对于这些杰出人才,学校淡化过程、强化目标、加大经费支持,为他们配备研究梯队,营造宽松和谐的事业环境,有力带动了所在学科教学、科研水平的快速提升。

张弛教授受聘江苏大学"特聘教授"两年来取得了丰硕的成绩,课题组研究成果在国际最著名的材料学权威学术期刊《先进材料》上发表(该期刊2007年的影响因子为8.191),被评审专家认为"研究中所描述的实例是第一流的,并具有相当大的、进一步拓展研究的潜力与空间",有力提升了江大在该学科领域的学术影响力。

去年张弛领衔申请的中澳国际合作重点项目及"中澳先进功能分子材料国际联合研究中心"国际合作平台项目,获得中国和澳大利亚联合批准,成为75个申请项目中最终获批的8个之一,这8个项目同时获准建立联合研究中心的仅有2项。去年下半年,他又获得了国家杰出青年基金的资助。

夯实人才高原

在全面梳理学科、科研和专业方向的基础上,紧密围绕学科、科研、专业、团队和主干课程建设,江苏大学实施了"百名博士引进"计划,近几年学校每年引进100名左右的优秀博士充实师资队伍。

2009年上半年,江苏大学科学研究院计划招聘3名科研人员,短短一个多月时间内引来海内外近百名博士报名应聘,学校只好决定"扩招"。据介绍,去年"百名博士计划"超额完成,其中近半数以上拥有海外知名大学留学经历,多数来自于中国科学院相关研究所以及国家"985工程"高校、"211工程"高校。

同时,江苏大学高度重视年轻学科带头人的培养,始终把青年教师的培养作为学校后续发展的强大动力,大力实施"百名骨干教师培养"计划,鼓励教师"访名校、拜名师",每年选派100名左右"潜力股"型中青年教师、科研骨干到国外、境外知名高校或研究机构攻读学位、进修深造、合作研究和访问交流。

据了解,自江苏大学组建以来,已选派了400多名教师通过国家公派、江苏省公派和校际交流等途径出国(境)学习、交流、深造,有383人获得博士学位,专任教师中研究生学位比例从并校时的37%提高到目前的73.8%。

发展孕育人才,人才支撑发展。教师队伍整体水平的提高,有力推动了教学、科研和学科建设。近年来,江苏大学被教育部评定为"全国本科教学工作优秀学校";新增国家重点学科1个;新增国家自然科学基金项目211项、国家社会科学基金项目 14 项;获国家级科技奖 5 项,国家级教学成果奖 4 项;连续 3 年"全国优秀百篇博士论文"榜上有名;学校两度荣获科技部颁发的"金桥奖";在"挑战杯"全国大学生科技作品竞赛中,学校先后以第六名、第十四名的成绩连续两次夺得"优胜杯"。

(《科学时报》2010 年 3 月 30 日)

在服务地方经济发展中找准科研突破口

——江苏大学坚持走内涵特色发展之路

入围教育部长江学者特聘教授,又获一项国家"杰出青年基金",再获三项国家科技奖……2009 年,对江苏大学来说,是一个丰收年。一所省属高校何以获得如此众多"国"字头成果?

"近几年来,我们坚持走内涵和特色发展之路,以提升内涵找准立足点,以强化特色抢占制高点。"江苏大学党委书记范明说。

集中发力,打造优势学科

作为一所以农业机械起家的省属高校,江苏大学曾先后培养出我国第一批农机本科生、硕士生和第一位农机博士,积淀了"工中有农、以工支农"的办学特色。"一所高水平大学,很难在所有学科领域都独占鳌头,重要的是如何走出一条人无我有、人有我特的发展之路。"该校校长袁寿其说。近年来,江苏大学坚持以特色引领全局,以"长项"带动"短腿",倾力打造机械动力工程、农业工程两大学科群,建立和培育了包括 2 个国家重点学科在内的 10 多个涉农工程学科。据统计,近 5 年来,学校开展的涉农课题研究达 400 余项,35 项成果获国家和省部级科技进步奖,获国家发明专利 38 项,给农民带来的经济效益达近百亿元。

醋糟、秸秆、动物粪便……这些寻常人眼里的垃圾,江苏大学食品学院马海乐教授却通过厌氧发酵制备技术"变废为宝",把它们转变成了生物柴油和燃料酒精。近年来,江苏大学瞄准国家能源发展战略,发挥学校生物工程、热能、动力机械等学科群体优势,把眼光瞄向生物质能源的研究,先后获批成立了江苏省生物柴油动力机械应用工程中心、江苏省动力机械洁净能源重点实验室、中美生物质能源联合研究中心。2009年下半年,国际上为数不多的从事白蚁生物质能源利用研究的学者之一孙建中博士,从美国回国受聘"江苏大学特聘教授",着手筹建生物质能源研究所,把该校生物质能源的研究推向了国际前沿。

人才强校,锻造精兵强将

全国优秀博士论文获得者、年轻的周明教授在国内率先开展了"飞秒激光纳米局域增强光子制造"的研究,取得了与国际同步领先的成果,个人继入选新世纪"百千万人才工程"国家级人选之后,2009年又入选为教育部长江学者特聘教授。"是学校创设很好的硬件条件和宽松的氛围,造就了我的今天。"周明回顾自己成长经历,深有感触地说。

2008年年初,江苏大学出资近3000万元,启动了为期5年的"拔尖人才和创新团队"培养工程。近两年,其中的个人和科技团队,获省部级以上科研项目、国家和省部级科技奖项分别占全校获奖的80%和70%。"学校事业的蓬勃发展给优秀人才提供了成长平台,一大批优秀人才又支撑着学校事业的发展,二者相得益彰。"江苏大学人事处处长韩广才说。

高水平的师资队伍是一所大学的核心和灵魂。江苏大学全面实施"人才强校"发展战略,确立"拔尖人才优先"的办学理念,坚持"不惜代价、不遗余力、不拘一格"的工作方针,近年来,每年投入3000万元用于人才的引进和培养,构建了"领军人才＋创新团队＋学科平台"的队伍建设模式,大力实施"拔尖人才培养工程""杰出人才集聚工程""百名博士引进计划",以及"百名骨干教师培养计划"等队伍建设工程,打造人才队伍。近几年已选派了400多名教师出国(境)学习、交流,有383人获得博士学位,专任教师中研究生学位比例已达到73.8%。

躬下身子,服务地方发展

根据自身学科和科研优势,积极为当地经济社会发展服务,是江苏大学一大特色。

由江苏大学与江苏宏大特种钢机械厂合作完成的产学研成果——"节能环保型球团链箅机关键制造技术及应用",2009年获得了国家科技进步二等奖。如今已是国内行业领军企业、年产值超过8亿元的江苏宏大特种钢机械厂,原本是一个产值不足千万元的小厂,后经与江苏大学产学研"联姻",研制出了新型耐磨耐热钢产品及成套装备。近3年来,企业新增销售14.4亿元、利税3.3亿元。该节能环保型产品已被武钢、首钢、沙钢等全国30多家大中型钢厂和球团生产企业采用,并打开印度、沙特、泰国、土耳其等国际市场。

"一所大学的活力,很大程度体现在它融入社会、服务社会、引领区域经济发展和科技进步的能力。"江苏大学副校长程晓农如是说。学校坚持"顶天""立地"的科技工作思路,基础研究与应用研究并重,科学研究与技术推广并举,科技创新与机制创新并进,以服务求支持,以贡献促发展。近3年来,学校一方面连续有6项成果问鼎国家科技奖;另一方面,承接企业委托横向项目近2000项,横向科研经费达到近5亿元。尤其是在国际金融危机大背景下,学校主动为企业和地方发展"解困",组织参加了10多个国家、省市级行业技术联盟,与170余家企业建立了产学研战略联盟,80余个教授服务团和企业对接,在常州、无锡、镇江、东海等地建立了地方研究院,200余名科研人员担任了地方政府、行业、企业的咨询专家与顾问,与地方企业联合申报国家级项目20余项,联合申报省市级项目150余项,接受企业委托科研项目400余项。

(《中国教育报》2010年4月10日)

一份出色的"成绩单"

——江苏大学服务行业和地方发展纪实

5月19日,镇江市"百名教授进百企百家企业进校园"活动在江苏大学开幕,江大与镇江市5家企业签订了项目合作协议,63名专家受聘担任企业"科技特派员"。此前一天,该校参加常州先进制造技术成果展示项目洽谈会,展出推介学校200多项科技成果,并与常州东风农机集团有限公司等签署了7份合作协议。

江苏大学多年来致力于服务行业和地方发展,交出了一份出色的"成绩单"。

坚持特色发展

"保持特色是行业特色高校的生存之本,"江苏大学党委书记范明说:"因为我们的根在行业,社会影响、用武之地也主要在行业。"江苏大学坚持走特色化发展道路,大力实施了包括"强势学科优先"在内的"四个优先"的发展战略,通过打造与行业关联度紧密的优势特色学科,以特色引领全局,以"长项"带动"短腿"。特别是倾力打造机械动力工程、农业工程两大学科群,建立和培育了包括2个国家重点学科在内的10多个涉农工程学科。该校的流体机械及工程学科是全国唯一以研究水泵为特色的国家重点学科,作为全国喷灌机械、小型潜水电泵等的行业归口单位,学校一直坚持当好行业"领头羊"。主持修订和制定的国家和行业标准占全国泵类产品标准总数的50%以上,合作企业达1000多家,全国约80%的喷灌机和水泵CAD软件、70%的无堵塞泵、60%的小型潜水电泵、50%的轴流泵水力模型、40%的无过载泵和水泵试验台为江大设计和开发,并在三峡工程、太湖流域综合治理等国内外重大工程上广泛应用。"特色不是一劳永逸的,也不是一成不变的。"范明认为:"拓宽和转型是行业特色高校强校之路。"多年来,江苏大学坚持"滚动式拓宽"的发展思路,一方面发挥优势学科的集成和集聚效应,形成行业发展的新合力。如,集成农业装备、农业排灌、农用动力、农产品加工等学科优势,为社会主义新农村服务;集成机械、车辆、材料等学科优势,为我国汽车工业的快速发展提供技术支撑等。另一方面,积极探索与特色学科形成互补和支撑的新兴学科,引领行业发展。如,发挥其他高校少有的在生物工程、热能、动力机械等学科群体优势,先后成立了江苏省生物柴油动力机械应用工程中心、江苏省动力机械洁净能源重点实验室、中美生物质能源联合研究中心。

融入区域创新

"地方发展是高校发展的前提和基础,高校为地方发展服务义不容辞!"江苏大学袁寿其校长说。多年来,江苏大学瞄准经济建设主战场,融入以企业为主体的国家科技创新体系,牢固确立为地方服务的思想,努力推进基础研究和高技术研究与国家战略需求相接轨、应用研究和开发研究与国家、区域经济建设需求相接轨"两个接轨",面向行业、走进企业,大力开展横向科研合作,承担事关地方经济社会发展重大问题和行业、企业关键共性技术的大项目、大课题。毛罕平教授等研究开发的、获得2009年国家科技进步奖的智能温室,能根据种植目标、生长状况和外界环境的不同,温室里的温、光、水、气、肥等能够自动调整,及时给作物"缺什么补什么";种植的生菜什么时候抽薹,预测的误差不超过两天。这种温室成本比国外同类产品低30%~40%,运行能耗低33%~50%,收益却高出几倍,被 5 家温室企业应用,近 3 年累计新增利税和节支总额17.32亿元。

近 3 年来,学校同江苏沃德、常柴股份等企业携手,获批了 13 项江苏省重大科技成果转化项目,总资助经费达 1.3 亿多元。结合江苏新能源、新材料产业发展的战略需求,赵玉涛教授等开展了"新型颗粒增强铝基复合材料"的研究,成果应用于高档汽车用高性能轮毂,开创了轻合金车轮行业应用复合材料的先例,打破了该领域一直被美国、英国等国专利技术垄断的局面,研究成果在江苏大亚沃得轻合金有限公司、江苏凯特汽车部件有限公司、江苏金象减速机有限公司等16 家企业推广应用,其中 5 家企业已经形成了规模经济效益,累计新增销售 15 亿元以上,创利税超过 1.9 亿元。

搭建服务平台

江苏大学着力构建立体社会服务网络体系,搭建校地、技术、仪器设备共享、信息"四大平台",为行业和地方服务。去年上半年,针对金融危机背景的影响,学校推出了科技服务"1863 计划",积极为企业和地方发展解困,为企业技术创新培养 1000 名工程硕士,组建 80 个教授专家团与江苏产业或行业龙头和骨干企业对接,集成优势资源和行业、企业结成 6 大产业战略联盟,组建 3 个以上地区特色产业技术创新公共服务平台。目前该校已与 50 多个地方政府或科技主管部门签订了全面科技合作协议,科技服务已辐射到全国 20 个省、直辖市,以共建研究院、工程中心、技术中心、博士工作站等形式,与 160 余家行业龙头骨干企业共建科技协作联合体,200 余名科研人员担任了地方政府、行业、企业的咨询专家与顾问,更高层次的产学研战略联盟让学校与地方经济实现了多赢发展。

江苏大学还充分发挥学科和人才优势,通过选派科技特派员、在地方建立研究院等,延伸服务平台,将为地方和企业的服务的"端口"进行前移。此外,结合地方产业特色,在镇江、常州、无锡、东海等地建立了地方工程研究院,选派教授专家常驻地方,开展"定点"服务。与镇江共建国家大学科技园,目前有 10 余家企业在园区孵化。

锻造一流队伍

江苏大学坚持"不惜代价、不遗余力、不拘一格"队伍建设的理念,每年投入3000 万元进行高水平人才的引进和培养。尤其是为期 5 年、总投入达 3000 万元的"拔尖人才和创新团队培养工程",实施两年多来取得了显著的成果,遴选出进行培养的 9 名拔尖人才、18 名中青年学术骨干,这两年囊括了学校 80% 省部级以上科研项目和科技奖项,被人们称为"九大勇士,十八好汉"。特聘教授张弛受聘两年来取得了丰硕的成绩,领衔申请的中澳国际合作重点项目及"中澳先进功能分子材料国际联合研究中心"国际合作平台项目,获得中国和澳大利亚联合批准,成为75个申请项目中最终获批的8个之一。去年下半年,他又获得了国家杰出青年基金的资助。就在前不久,他的又一篇高水平论文发表在国际最著名的化学权威学术期刊《德国应用化学》上。

据了解,近几年来,学校通过实施"拔尖人才"培养工程、杰出人才积聚工程和"双百"计划,打造了一支整体实力雄厚、发展后劲强的高素质科技队伍,为学校的发展奠定了坚实的人才基础。新增省级科技创新团队3个,新增教育部长江学者特聘教授、国务院学科评议组成员、国家杰出青年基金获得者、"新世纪百千万人才工程"国家级人选、江苏省"333工程"中青年首席科学家等高层次人才50多人。

强化行业特色,面向地方发展,江苏大学以扎实的服务,为学校的发展赢得了广阔的空间。

(《光明日报》2010年5月28日)

江苏大学多举措建人才强校

在江苏大学,张弛教授是出了名的学术"超人"。今年6月,他的一项研究成果发表在国际顶尖化学权威期刊《德国应用化学》上,并被选为期刊封面文章做重点介绍。不久,由他发起和以中方首席科学家身份领衔建设的"中国—澳大利亚功能分子材料联合研究中心"在澳大利亚正式揭牌,成为目前中澳联合建立的6家实验室之一。正在澳大利亚进行国事访问的国家副主席习近平为中心揭牌。

这只是江苏大学近年来人才队伍建设的一个剪影。

错时"出手",让人才滚滚来

多年来,江苏大学始终坚持"内外兼修"策略,每年投入3000万元用于人才的引进和培养。"百名博士引进计划"近两年已累计引进博士228名,其中85%来自国内985、211和美国、日本等知名高校和科研机构。

作为一所省属地方高校,凭什么吸引一流人才?"我们的策略就是错时引进。"该校人事处处长韩广才一语道破天机,"除了用政策和待遇吸引人才,在时机选择上不去扎堆与著名大学拼抢,而是超前或滞后出手,宁缺毋滥。"

去年国际金融危机肆虐,引发大批海外人才"回流",江苏大学袁寿其校长亲自出马去美国招聘,引进包括以第一作者在《Science》发表论文的施海峰博士在内的一批年轻学者。学校科学研究院面向海内外招聘3名专职科研人员,没想到短短一个多月吸引了日本国家材料科学研究院、德国马普协会等海内外著名高校和科研机构的95名一流人才前来应聘。

因人设"庙",让人才留下来

为优秀人才搭建平台是队伍建设的关键所在,江苏大学为此建立了"带头人+团队+学科平台"模式。

该校陈克平教授正在从事转基因水稻安全检测技术研究,这是国家近期重点发展的6个重大项目之一,也是去年农业领域唯一获国家转基因生物新品种培育科技重大专项资助的项目。而在2001年,当陈克平从中国农业科学院蚕业研究所来江苏大学时发现这里的生命科学研究还是一片空白。让他尤其感动的是学校不仅给他配房子、买设备、建团队,还专门辟出一亩多地,组织全校100多名机关干部为他种了800株桑树。如今,陈克平领衔的生命科学研究院已从最初的"三人行"发展为35人的"大合唱",研究领域不断拓展。

"以学术为中心,为专门人才建立专门机构,对一些长线的、基础研究的学科和一些'市场不经济'的项目,通过完善考评标准,加大扶持力度,使他们能潜心做学问,安心干事业。"江苏大学校长袁寿其说。

培育"头羊",让人才发挥效能

构筑人才高地,既要夯实高原,又要打造高峰。为此,江苏大学重点实施了"拔尖人才和创新团队培养工程",倾力培育引领事业发展的"头羊"。

该校毛罕平教授率领团队历经14年的努力,研究出了适应我国亚热带季风型气候条件、获得2009年国家科技进步奖的智能温室。"温室成本比国外同类产品低30%~40%,运行能耗低33%~50%,收益却高出几倍,现在已被5家温室企业应用,近3年累计新增利税和节支总额17.32亿元。"毛罕平教授介绍。

　　"让优秀人才引得进、留得住、用得好、出得来、长得快,是学校队伍建设的根本所在,也是学校实现内涵提升、特色强化的不竭动力。"江苏大学党委书记范明教授说。如今,江苏大学连续三年获国家科技奖5项和全国优秀博士论文,年申请专利200余项,获批国家级大学科技园……人才队伍建设有力支撑了学校事业的快速健康发展。

(《光明日报》2010 年 11 月 24 日)

"十二五"我省重点发展石化产业群

高新技术产品占比有望达 50% 以上

　　【本报讯】 "我们期望,'十二五'我省石化行业新产品产值年均增长35%以上,2015 年高新技术产品占行业总产值比重达到 50% 以上。"5月14日,在江苏大学举行的第四届全省高等院校化学化工学院(系)院长(主任)论坛上,省化工行业协会执行副会长赵伟建呼吁,我省石化产业、区域、企业、产品等多种结构亟待全面升级,力争全行业现价总产值和销售收入在"十二五"年均复合增长18% ~20% 以上。

　　据介绍,去年我省重点监测的 74 种(类)石化产品中,60 种(类)实现了较大增长。而在石化工业 11 类分行业中,我省基础化学原料制造业、化学农药制造业、涂料、合成材料制造业等 4 大分行业在全国排名首位,此外专用化学产品制造业、橡胶制品业等 2 类也居全国同行业第二位。不过赵伟建坦陈,目前石化产业结构性矛盾依然突出,我省高端精细化学品比重还较低,技术创新力度有待加强,"十二五"期间出口量和国际竞争压力也将加大。他透露,我省正在提高四大重点石化产业比重,"'十二五'目标是让石油化工、化工新材料、高端精细化学品、生物能源化工占全行业总产值比重达到 70% 以上。"

　　与产业结构调整同样重要的还有全省石化产业的区域布局。"过去'东西南北中,大家搞化工'的发展方式已经被淘汰了,园区化发展正成为主流方向。"据赵伟建介绍,全省目前已建成 72 家化工产业园或集中区,其中国家、省级 11家。去年这 11 家国家、省级化工产业园区主营业务收入达到 5000 亿元。"我们未来将重点发展'三带'石化产业群,即做大做强沿海石化产业带、做优做精沿江石化产业带、做专做特资源开发利用石化产业带。"他提醒各地产业决策者,目前沿江的石化产业承载能力已经饱和,因此沿江各产业园未来的发展重点应该是向高端产品、新型产业、石化材料和石化物流等方面转型,而大的产能可以进一步向沿海化工园区转移、向港口集聚。在合理布局基础上,我省将全力推进特色园区的建设。比如镇江化工园可以形成以功能性合成材料为特色的产业基地;常州滨江化工园形成以生物和能源化工为特色的产业基地;张家港、常熟和江阴化工园形成以氟硅材料和新型树脂材料为特色的产业基地;泰州地区化工园可形成以新医药及高端精细化学品为特色的产业基地……赵伟建称,通过提高化工园区经济总量比重,我省国家级、省级化工产业园区年销售额"十二五"有望达到2万亿元以上。

能否提高高新技术产品比重,是未来江苏石化制胜市场的又一关键。赵伟建呼吁,要加快推进产品上下游一体化产业链建设,重点瞄准基础石化产业链、通用和专用合成材料产业链、高端精细化学品产业链、化工新材料产业链、生命科学化学品产业链、盐化工产业链、清洁煤化工产业链、农用化工产业链、石化装备产业链等,建立以企业为主体的技术创新机制,形成企业、高校、科研院所和跨国公司合作开发的机制,"我省有200余家石化领域的国家级、省级重点实验室、企业技术中心和工程技术研究中心,300余名省级'333工程'和创新创业石化人才,让人才储备有效转化成高新产品、产能,这是我们的优势。"赵伟建如是说。

(《江苏经济报》2011年5月16日一版头条)

曾经招生录取线几乎触底,六成生源靠"吃服从",如今却炙手可热

泵专业:让"工业心脏"跳动更有力

进入江苏大学流体机械实验室,映入眼帘的是,均匀排列的数十根直径从25毫米到1米不等、长度近30米的管道和大大小小的阀门、电机、水泵及测试设备,哗哗的流水声和闪烁的灯光告诉人们正在进行实验。这不禁让笔者联想起儿时在农村见过的抽水灌溉的水泵,顿感亲切。

其实,抽水灌溉用的水泵,仅仅是泵的一小部分。作为通用机械,泵广泛应用于国民经济和人类生产生活的各个领域,上至航空航天、核电站和核潜艇,下到城市供排水、石油的开采和输送、火箭发射等。难怪有人说:泵是

泵——工业心脏

"工业的心脏"。就是这个专业,其发展经过一波三折,曾经招生录取线几乎触底,九成是靠"吃服从",发展到目前则是炙手可热,这个特色专业曲折办学的历程格外引人注目。

整体易校南迁的"轶事"

从初期的排灌机械,到南水北调、太湖治理等大型泵站的水力模型,以及如今的人工心脏泵、核工业用泵等,学科实力不断增强。

作为全国最早开设流体机械专业的高校之一,江苏大学拥有全国唯一的以研究水泵为特色的国家重点学科,并设有国家水泵及系统工程技术研究中心。不过,很多人可能不知道,江苏大学的流体机械专业并非"土生土长",开始筹建却是在吉林工业大学。当时吉工大汇聚了一批该领域的著名教授,我国著名农业机械专家戴桂蕊就是其中之一。从1956年开始,为了减少当时排灌机械多次能量转换的损失,提高机组效率,戴桂蕊领衔研究了内燃水泵的理论,并于1958年设计试制样机成功,实现了热能—水位能的一次能量转换提水。戴桂蕊还受到了周恩来总理的亲切接见。

20世纪60年代初,三年自然灾害后,全党大抓农业生产。戴桂蕊1961年写出了发展我国排灌机械建议的调查报告。时任国家科委主任的聂荣臻元帅批示,同意戴桂蕊的建议,由农业机械部具体实施:在吉工大试办农田水利专业,建立国家排灌机械实验室,并在全国建立排灌机械工厂。

水的问题是决定南方粮食生产丰歉的关键所在,"农田水利"这个专业在南方更有"用武之地"。根据戴桂蕊的意见,农机部决定把这个专业办到南方。当时镇江农机学院(今江苏大学的前身)党委书记兼院长陈云阁带队到长春向戴桂蕊游说,宣传学校的优势。通过努力,1963年,戴桂蕊就带领这个专业的老师,包括六级以上工人,一个班的学生等100多人"整体南迁",在镇江落户,创

办排灌机械研究室和排灌专业。自此，这个原本"生"在北方的专业，就在江苏大学扎根，直至成长为国家级重点学科。

"这个专业能够从无到有，从小到大，不断发展壮大，最重要的一条经验就是紧扣国民经济发展需要。"回顾近50年的发展历程，当初随戴桂蕊一起南迁来镇，江苏大学流体机械专业的"元老"金树德教授说。至今还为人津津乐道的"一则新闻引发一个产品"的故事，让人着实领略了流体机械人敏锐的"科研嗅觉"。20世纪80年代初，农村实行分田到户后，原来适用于集体大面积灌溉的大水泵难以派上用场，而农户急需的小型轻便的水泵却是空白。一天，央视"新闻联播"中播放了一则消息，说河北一农妇到沈阳购买小水泵未果。学校便随即组织人马，加班加点，很快开发出了适宜家用的、可以载在自行车上的小型水泵，深受农户欢迎。

"瞄准国民经济一线，聚焦科技前沿，服务人民的生产生活是科学研究的生命线，也是高校学科发展的动力之源。"金树德说。据了解，江大流体机械及工程学科已有200余项科研成果通过了省、部级以上鉴定，其中有4项成果获国家科技进步奖，80%以上的科研成果已成功转化为生产力。全国约80%的喷灌机组和水泵CAD（计算机辅助设计软件）、70%的无堵塞泵、60%的小型潜水电泵、50%的轴流泵水力模型、40%的低比速及无过载泵、30%的水泵试验台均为该校设计和开发。

回归工程的核心——实践

引导学生到企业去、到生产实践中去，在车间里找选题。今后该专业学生累计有一年时间在企业度过。

作为江苏大学的"老牌"专业，流体机械专业毕业生一直"俏得可以"。尽管连续几年学校都以20%的增幅扩大该专业招生数，但仍然供不应求。2011届的77名本科毕业生从去年上半年开始，就被很多用人单位下了"订单"，供需比达1∶5。

流体机械毕业生为什么如此炙手可热？"工程的核心是实践、综合和创新，实践是创新的基础。"江苏大学校长、流体机械及工程学科带头人袁寿其认为，"学生如果没有接触工程技术实际，只是学习一些书本知识，势必会导致工程素养不够，创新能力不足。"用人单位对流体机械专业学生情有独钟，一个重要的原因是觉得他们上手快。之所以如此，就在于学校在培养过程中，不仅注重学生基础知识、基本理论的传授，而且重视实践创新能力的培养，将人才培养与生产实践、社会需求紧密结合起来,引导学生到企业去、到生产实践中去,在车间里找选题,在实践中"接地气"。

这一阶段,流体0702班的学生蔡滢、高振海等正在上海凯士比泵有限公司实习,并开展有关立式长轴泵的毕业设计。"这是结合企业实际而选定的题目。"学生们说,企业还为他们配备导师,与学校的导师一起对他们进行设计指导。据介绍,流体机械专业的实践创新训练贯穿大学4年:在低年级阶段,设置不同类别的创新系列实践项目,课题既可由学生自拟、申报立项,也可参与教师的科研课题;大四阶段,结合毕业设计与企业联合开展相关研究、设计开发工作,最终要形成报告、论文、专利、装置或产品等成果。就在笔者采访时,08级流体专业120名学生正开赴三峡工程、葛洲坝水电站以及浙江、上海等一些大型水利工程、流体机械生产企业,进行为期三周的生产实习。近3年来,流体机械工程的每届学生中约有50%的人参与教师科研工作,20%的人申报省、校科研项目,10%的人申请专利,学生先后在"挑战杯"全国大学生创业大赛等比赛中获奖8项,省级竞赛奖15项。

结合企业需要选题,根据生产实际研究,校企联合培养,这是流体机械专业人才工程能力培养的一贯做法。本科生如此,研究生更不用说。镇江正汉泵业有限公司是王春林教授多年的合作伙伴。应企业需要,王春林选派3名研究生下到企业,企业包吃包住,提供工作条件。企业技术部负责结构设计,研究生进行数值计算、性能预测,双方"相得益彰",先后开发出了"无阀立式自吸泵"、"旋流自吸泵"等新产品,为企业带来显著的效益。学生刘红光据此撰写的毕业论文获得了92分的高分,名列专业第一,"在那里与实际结合紧密,实验条件好,数据可靠。"他也因理论功底实、实践能力强而被常州的一家水轮机企业相中。"接触生产一线,同企业科研人员交流,拓宽了视野,增强了我们的动手能力和解决问题的能力。"刘红光说。

基地建设是学生进行实践、培养动手能力的前提和基础。除了国家级、省级工程技术研究中心等校内专业实践平台,该专业还与全国泵类行业50%以上的企业建立了合作关系,并聘请企业技术人员为兼职教授,通过"双师制"强化学生的工程实践能力。2009年,江大被列为全国61所"卓越工程师计划"试点学校,流体机械及工程是3个试点专业之一。目前,学校已与多家泵生产企业达成了"卓越工程师计划"实践基地的协议,今后本科学生4年中累计有一年时间在企业度过。

寻求"大而不强"的突破口

与国外先进水平相比,中国泵行业"大而不强",高素质人才青黄不接是泵行业发展的瓶颈。

与如今招生、就业炙手可热的场面形成鲜明对比的是,早几年,这个专业每年高考录取时却"冷冷清清"。据介绍,除去30%的外省生源外,这个专业70%在江苏省内招生,而每年高考填报志愿时,省内考生少人问津,录取线几乎触底,九成是靠"吃服从",即使算上省外的也有60%左右是"服从"的。因为是"服从"的多,所以来自农村的多、家庭经济困难得多,进校后专业思想也很不稳定。那几年,甚至有新生在报到第二天或军训还没结束就要求转专业或退学。

"很长一段时间以来,家长、学生乃至全社会,对这个专业不了解甚至误解是导致考生不愿报考的主要原因,其次片面认为将来工作不够体面、待遇不够高。提到流体机械,大多数人不知怎么回事,以为就是搞农田抽水机的。"能源与动力工程学院院长杨敏官说。一段时期,计算机、外语、金融、法律等"热门"专业学生扎堆,而流体机械之类传统的长线专业受到冷落。这些年,随着就业市场结构变化、所谓"热门"专业就业遇冷,学生报考也趋于理性,加之流体机械专业的特色优势及行业影响力得到考生、家长越来越广泛的认识,使得这个专业的报考热度增加。"其实,无论是以前招生冷也好,还是这几年报考热也好,这个专业的就业一直是供不应求。"杨敏官说。

目前,国内开设流体机械本科专业(方向)的高校也就30多所,而从事泵方面研究的不到10家。而与之相对应的是,有资料显示,中国泵行业规模以上的企业约6000家左右,也有人认为,中国的泵制造企业在1万家左右。2007年泵行业实现工业总产值400亿元,根据国家统计局的统计是600亿元,但实际工业总产值应该在800亿元左右,而整个市场需求则在1000亿元左右。"中国的泵行业不是夕阳产业,发展前景广阔,人才需求旺盛。"

"经过发展,中国水泵行业虽然取得了不小成绩,但与国外先进水平相比,可以说是大而不强。"江苏大学流体工程技术研究中心主任施卫东认为。总的说来,我国的泵行业发展同世界先进水平的差距,一方面体现在设计理论与设计方法方面;另一方面,也体现在制造水平方面,如材料质量、冷热工艺保障水平、试验保障等。

当然,流体机械及工程学科的科研人员一直以振兴中国泵业为己任,努力追赶国内乃至世界先进水平。潜水泵是机电一体化的排灌机械产品,广泛应用于农业、水利、环保、市政等行业。该校曾获国家科技进步二等奖的"潜水泵理论与关键技术研究及推广应用"项目历时 20 年,领导了全国潜水泵行业从 20 世纪 80 年代中期的 10 余家生产企业、年产不足 10 万台,发展到目前近 1000 家生产企业、年产 1000 余万台潜水泵,开创了一个持续高速增长和繁荣的潜水泵行业。又如,在 2008 年北京奥运会和 2010 年上海世博会国家重大工程建设中,江苏大学根据液雾蒸发吸热降温的原理,利用低压旋流超细雾化技术,开发出了室外降温系统,能有效降温 6～8 摄氏度,局部地区降温达到 10 摄氏度,成为奥运和世博场馆中的亮点。

在信息多元科技高速发展的时代,泵已算不上是高科技产品,但泵在国民经济发展中却一直发挥着十分重要的作用。"泵是工业的心脏。如何破解我国泵行业发展的难题,未来任重而道远,关键还在人才。"施卫东说。

(《中国教育报》2011 年 5 月 16 日)

追求卓越育人才

——江苏大学文化内涵建设纪实

10 年来,江苏大学取得的国家级项目、国家级成果、国家级奖项等"国字头"成果达 400 多项;刚公布的 2011 年国家科技进步奖评审通过一等奖的 10 个项目中,由江苏大学与南通中远船务公司承担的"深海高稳性圆筒型钻探储油平台的关键设计与制造技术"位列其中;江苏大学两度荣获中国技术市场"金桥奖",并连续两次被评为"江苏高校科技工作先进单位"……

"这是长期坚持'四个优先'发展战略的结果。"江苏大学党委书记范明一语道出了该校拥有强竞争力的根本所在。

教学质量优先,培养创新人才

作为全国首批 61 所"卓越工程师培养计划"试点高校之一,江苏大学遴选出 4 个优势专业,成立了专门的"卓越学院",探索创新人才培养新模式。

能源与动力工程学院 2010 级"流体卓越班"的 48 名同学,可以说是江苏大学"最幸福的一群学生"。"校长亲自担任我们的学业导师,一年下来每个同学同袁校长深度交流不下四五次,真没想到!"对这份"优厚待遇",张娟娟同学连称"太幸运了!"

"我们始终把培养高素质创新型人才作为学校的根本任务。"江苏大学校长袁寿其介绍说,"抓教学质量则是根本的根本。"近年来江苏大学通过实施"质量工程",深入开展了"百名教授上讲台""核心课程教授主讲制度"等,确保本科教学质量稳步提高。该校还先后出台"提前选拔攻读硕士学位预备生"制度、"本科生创新学分实施办法"等,让"尖子生"领跑。近5年来,该校新增了国家级教学成果奖、国家精品课程等一批优质教学资源20多个,学生在"挑战杯"、大学生数学建模等赛事中均跃入"第一方阵",获奖近百项,居全国同类高校前列。

拔尖人才优先,支撑学校发展

国家杰出青年基金获得者、入选中组部"千人计划"、领衔的团队入选教育部"长江学者和创新团队发展计划"……对于一位学者来说,能获得其中一项已属不易,然而江苏大学特聘教授张弛却成功将其全部收入囊中。

近年来,该校确立了"拔尖人才优先"的理念,每年投入3000万元用于人才引进和培养,大力实施"拔尖人才培养工程""百名博士引进计划"等。不到3年的时间,该校已累计引进博士300余名,其中85%来自国内"985""211"和美国、日本等知名高校和科研机构。

从美国归国的孙建中教授加盟江苏大学后,领衔建立了国际前沿水准的生物质能源研究所。

"学校对研究所实行'学科特区'政策,在考核考评、奖惩等方面自己'说了算'。"孙建中欣慰地告诉记者。据介绍,江苏大学对"生物质能源研究所"和"科学研究院"两个专职科研机构,3年免于考核,并给予相关政策支持。

强势学科优先,凝练发展特色

在国家第十一次学位评审结果中,江苏大学一举获批了4个一级学科博士点,新增应用经济学等17个一级学科硕士点。至此,该校一级学科博士点达到9个, 级学科硕士点达到34个。

"强势特色学科是大学发展的制高点,也是建设高水平大学的有力抓手。"袁寿其说。近年来,学校坚持"强势学科优先"的策略,倾力打造体现办学特色的机械动力工程、农业工程两大学科群,建立和培育了10多个涉农工程学科,

"集聚"和"累加"效应不断显现。学校"流体机械及工程""农业电气化与自动化"先后获批国家重点学科,"机械制造及其自动化"被评为国家重点(培育)学科和国家特色专业建设点。

江苏大学一直坚持以特色引领全局,以"长项"带动"短腿"。据统计,近五年来,该校开展的涉农课题研究达 400 余项,获国家和省部级科技进步奖的成果达 100 余项,获国家发明专利 58 项,给农民带来的经济效益近百亿元。

自主创新优先,服务转型升级

去过上海世博园的人都有这样的体验:炎炎烈日下,园区各个喷泉设施喷出的蒙蒙雨雾,顿时令人神清气爽。"这种先进的室外喷雾降温设备,能够在世博会上'大展拳脚',离不开江苏大学的'功劳'!"同盛环保设备工程有限公司总经理林忠伟告诉记者,"这项技术主要依托于江苏大学的科技团队,就连设备的外观设计,也是从江大艺术学院得到的创意。"

"我们的科技工作'顶天'与'立地'并重,'国计'与'民生'兼顾。"江苏大学程晓农副校长告诉记者。近年来,该校围绕国家科技重大需求,组建创新团队,构建科研平台。近五年来,江苏大学共承担国家"863"重点项目、国家社科基金项目等 200 余项。同时,江苏大学着力构建立体社会服务网络体系,争做行业和地方发展的"服务器"。据介绍,江苏大学在常州、无锡等地建立了江苏大学地区工程技术研究院,与 170 多家企业建立了产学研战略联盟,80 多个教授服务团和企业对接,产学研辐射全国 24 个省、直辖市。

(《光明日报》2011 年 10 月 22 日)

扎根工农反哺工农,融入区域创新体系

江苏大学服务地方经济结硕果

"去过上海世博会的人一定记得,夏日的骄阳让你汗流浃背时,身边突然喷出蒙蒙细雾。世博会采用的这种室外喷雾降温设备,就是来自我院和镇江同盛环保设备工程有限公司'产学研'一体化合作发展的成果,开发应用达到国际先进水平。借助江大的科研成果,该企业从几年前的年销售额不足千万元发展到目前的 5000 万元。"昨日,江苏大学能动学院副院长王军锋这样告诉记者。

"地方发展是高校发展的前提和基础,高校为地方发展服务义不容辞!"正如江大校长袁寿其所说,组建十年来,江大充分发挥自己的行业背景和专业特色,走出了一条既扎根工农,又反哺工农,学校与地方经济同步取得跨越发展的独特之路。

集成学科优势　凝练服务特色

"工中有农,以工支农,工农结合",这是工科特色鲜明的江苏大学长期积淀形成的办学传统。"特色不是一劳永逸、一成不变的,拓宽和转型是行业特色高校强校之路。"江苏大学党委书记范明说。

组建以来,江苏大学坚持"滚动式拓宽"的发展思路,充分发挥优势学科的集成和集聚效应,形成行业发展的新合力,集成农业装备、农业排灌、农用动力、农产品加工等学科优势得到进一步增强。积极探索与特色学科形成互补和支撑的新兴学科,引领行业发展,如发挥其他高校少有的在生物工程、热能、动力机械等学科群体优势,在生物质能源研究方面频频"亮剑",先后成立了江苏省生物柴油动力机械应用工程中心、江苏省动力机械洁净能源重点实验室、中美生物质能源联合研究中心。

今年初,学校的优势学科建设不断传来"利好"消息:国家泵与泵系统工程技术研究中心获批建立;动力工程及工程热物理和农业工程两个一级学科获得江苏高校优势学科建设工程一期项目立项,每年资助经费达 3000 万元……

科技富农　把"智本"变为"资本"

根据种植目标、生长状况和外界环境的不同,温室里的温、光、水、气、肥等能够自动调整,及时给作物"缺什么补什么";种植的生菜什么时候抽薹,预测的误差不超过两天! 这是江苏大学农业工程研究院毛罕平教授研究的"智能温室"。这种温室适应我国亚热带气候的特征,成本比国外同类产品低 30%~40%,运行能耗低 33%~50%,收益却高出几倍。

长江流域是我国油菜的主产区,但因含水率高、角果成熟度差异显著和成熟角果易炸荚等特殊性,成为油菜机械化收获的"瓶颈"。针对这一难题,李耀明教授等经过十多年的努力,发明油菜机械化技术和装备,使得油菜脱粒损伤小,脱出物杂余减少 30% 以上,损失减少 20% 以上。研究成果已被江苏沃得农业机械有限公司、江苏常发锋陵农业装备有限公司等主要油菜收获机械生产企业采用,近3年累计销售产品2万余台。

融入区域创新体系　为地方发展做"参谋"

近3年来,学校同江苏沃得、常柴股份等企业携手,获批了18项江苏省重大科技成果转化项目,总资助经费逾1.2亿元。结合江苏新能源、新材料产业发展的战略需求,赵玉涛教授等开展了"新型颗粒增强铝基复合材料"的研究,成果应用于高档汽车用高性能轮毂,开创了轻合金车轮行业应用复合材料的先例,打破了该领域一直被美国、英国等国专利技术垄断的局面。研究成果在江苏大亚沃得轻合金有限公司、江苏凯特汽车部件有限公司、江苏金象减速机有限公司等16家企业推广应用,其中5家企业已经形成了规模经济效益,累计新增销售15亿元以上,创利税超过1.9亿元。

学校还争当地方政府与企业发展的"智囊团""思想库",承担了《江苏省资源战略研究及对策》《江苏新材料领域技术预测与关键技术选择研究》《镇江市产业集群发展战略及规划研究》等一系列规划研究课题。

(《镇江日报》2011年10月26日)

让优秀人才落地生根

"让优秀人才引得进,留得住,用得好,出得来,长得快,是学校队伍建设的根本所在,也是学校实现内涵提升、特色强化的有力抓手。"

——江苏大学校长　袁寿其

作为一所既非"985"、又非"211"的地方高校,坐落于江苏镇江的江苏大学近年来却取得一系列"国字头"高端成果:连续三年获国家科技奖4项,连续三年获全国优秀博士论文,连续两届获国家教学成果奖4项,连续两度获国家杰出青年基金,获批国家级大学科技园⋯⋯"这些都是我们实施人才强校战略的成果。"江苏大学党委书记范明教授说。

夯实"高原",打造"高峰"

"构筑人才高地,既要夯实高原,又要打造高峰。高原是主体和基础,高峰是亮点和关键。"这是江苏大学管理层对人才战略的共识。为此,该校每年投入3000万元用于人才的引进和培养,近3年累计引进博士315名,选派350多名教师到境内外高校和科研机构学习深造,教师的研究生学历比例已达80.1%。特聘教授张弛加盟江苏大学以来,先后获得了国家杰出青年科学基金、科技部国际合作重点项目等资助,在超分子光学功能材料研究方面取得一系列国际领先的成果。他发起和以中方首席科学家身份领衔建设的"中国—澳大利亚功能分子材料联合研究中心",成为目前中澳联合建立的6家实验室之一。

为优秀人才搭建平台,让他们走到前台、发挥领军作用,充分释放他们的效能,是队伍建设的关键所在。江苏大学建立了"带头人+团队+学科平台"模式,让优秀人才真正落地生根,开花结果。前些年引进的陈克平教授,开创了该校生命科学研究的新领域。他领衔的江大生命科学研究院从最初的"三人行"成长为35人的"大家唱",研究力量不断壮大。

放眼国际,错时"出手"

国际化是衡量高水平大学的重要指标,也是未来高校竞争的重要方面。江苏大学一方面鼓励教师到国外高校"访名校,拜名师",拓宽学术视野,要求45岁以下的中青年教师都要申报国家、省留学基金,重点学科的中青年教师都要有留学经历;另一方面,把眼光投向"国际市场",明确提出师资队伍中具有海外经历的不少于1/3。

作为一所不在省会城市的省属地方高校,既没有天时又没有地利,凭什么吸引一流人才?"我们的策略就是,错时引进。"学校人事处处长韩广才告诉记者,除了用政策和待遇吸引人才外,在时机选择上不去扎堆与著名大学拼抢,而是超前或滞后出手,宁缺毋滥。这两年受国际金融危机影响,大批海外人才"回流",江大科学研究院果断出手,面向海内外招聘3名专职科研人员,短短一个多月时间,吸引了日本国家材料科学研究院、德国马普协会等海内外著名高校和科研机构的95名一流人才前来应聘。

创新机制,设立"特区"

全国优秀博士论文获得者、现年38岁的材料学院院长周明教授是江苏大学年轻人才"跨越式成长"的典型。在江大"土生土长"的他,身为讲师时就被评为学校的"资格教授",后入选学校首批"拔尖人才"培养对象、新世纪"百千万人才工程"国家级人选、教育部"长江学者"特聘教授。他开展的"分子水平纳米手术和生物光子学"研究,是目前国内唯一、国际上仅哈佛、斯坦福、剑桥、大阪大学开展的最新研究领域,与哈佛大学建立 5 年合作协议。"是学校不拘一格的选人用人机制,宽松自由的环境氛围造就了我。"周明教授感慨道。

"让优秀人才引得进,留得住,用得好,出得来,长得快,是学校队伍建设的根本所在,也是学校实现内涵提升、特色强化的有力抓手。"江苏大学校长袁寿其教授说。近年来,经过精心培育和打造,一大批中青年优秀人才苗壮成长,他们在学校学位点申报、科研立项、教学科研基地和重点实验室建设,以及保障教学正常运行等方面发挥了重要作用,成为学校事业发展的中坚力量。

(《人民日报》2011 年 10 月 28 日)

百年老校的"青春秘笈"

——江苏大学"智力"支撑地方转型发展

这是江苏大学科技处提供的一组科研开发与科技服务数据:200 多名科研人员担任地方咨询专家与顾问、组织参加 10 多个国内外的行业技术联盟,与170 多家企业建立了产学研战略联盟、80 多支教授服务团深入服务企业……至今,学校与企业联合申报国家级项目 20 余项、联合申报省市级项目 150 余项,为全国 24 个省、直辖市的技术创新和产业转型升级,提供着"智力"支撑。

在全国高校中,江苏大学既是一所百年老校,又是一所年轻新校。说是百年老校,学校前身的主体江苏理工大学,至今已有 109 年的办校历史;说是年轻新校,现学校是在 2001 年,由原江苏理工大学、镇江医学院、镇江师范专科学校合并组建而成。记者在采访中感觉到,学校长期积淀形成的科研实力与创新培育形成的科研活力,是他们融入区域创新、服务地方的关键所在。

多年来,学校倾力打造机械动力工程、农业工程两大学科群,建立和培育了包括 2 个国家重点学科在内的 10 多个涉农工程学科。同时,集成农业装备、农业排灌、农用动力、农产品加工等学科优势,集成机械、车辆、材料等学科优势,为社会主义新农村服务、为我国汽车工业的快速发展提供技术支撑等。

2009 年,国际著名科学家、美国路易斯安那州立大学博士孙建中教授,又作为"特聘教授"加盟江苏大学,领衔建立了江苏大学生物质能源研究所,把该校生物质能源的研究推向了国际前沿。

"这些年来,我校依托在几大领域领先的科研开发优势,瞄准经济建设主战场,主动融入到以企业为主体的国家科技创新体系中去,努力推进基础研究和高技术研究与国家战略需求相接轨、应用研究和开发研究与国家、区域经济建设需求相接轨'两个接轨',面向行业、走进企业、深入农村……开展横向科研合作,承担事关地方经济社会发展重大问题和行业、企业关键共性技术的大项目、大课题。"江苏大学校长袁寿其一语道破了该校科研开发与科技服务成果层出不穷的秘笈。

结合江苏新能源、新材料产业发展的战略需求,由赵玉涛教授等开展的"新型颗粒增强铝基复合材料"的研究成果,已应用于高档汽车用高性能轮毂,开创了我国轻合金车轮行业应用复合材料的先例,打破了该领域一直被美国、英国等国专利技术垄断的局面。至今,已在江苏大亚沃得轻合金有限公司、江苏凯特汽车部件有限公司、江苏金象减速机有限公司等16家企业推广应用,其中5家企业已经形成了规模经济效益,累计新增销售15亿元以上,创利税超过1.9亿元。

由江苏大学与南通中远船务公司联合承担的"深海高稳性圆筒形钻探储油平台的关键设计与制造技术"项目,研制成功了国际首座具有自主知识产权的圆筒形超深海钻探储油平台具备钻井和储油功能,最深作业水深达3050米,钻井深度1.2万米,为目前世界上最深的打井深度,原油存储能力达15万桶,销售收入达到14.3亿元,利税4.76亿元,创汇2.04亿美元。目前,该平台已成功用于深海油气资源的勘探开发。

"地方发展是高校发展的前提和基础,高校为地方发展服务义不容辞!在加快建设创新型国家,加快转变经济增长方式的转型期,我们学校在做强自身学科的同时,积极主动对接地方,充分发挥科研开发优势,切切实实帮助地方企业,加快推进转型升级。而学校的学科建设和科研开发水平上,也在科技服务中实现了同步新发展。"江苏大学党委书记范明深有感触地说。

近3年来,江苏大学在江苏省内,与镇江市共建的大学科技园跻身国家级大学科技园行列,在常州、无锡、镇江、东海等地建立了江苏大学地区工程技术研究院,还分别与江苏沃德、常柴股份等企业携手,获批了18项江苏省重大科技成果转化项目,总资助经费达1.2亿多元。

近年来,江苏大学以"国字头"为标志的办学成果层出不穷:连续3年获国家科技奖5项,连续3年入选全国优秀博士论文,连续两度获国家教学成果奖4项,连续2年获国家杰出青年基金,两度荣获国家科技部颁发的中国技术市场"金桥奖",连续2次在全国"挑战杯"课外科技作品竞赛中捧杯……

（《科技日报》2011年10月28日）

让年轻英才秀出"好声音"

——解析江苏大学青年教师队伍建议的几招

江苏大学家蚕细小病毒课题组70%的成员是青年教师,近4年已经获得4项国家自然科学基金。

近年来,江苏大学涌现出一大批蓬勃向上的青年学术"明星":38岁的邹小波,获得过国家技术发明二等奖,是江苏省十大科技之星;37岁的董明东入选国家"青年千人计划";33岁的徐立章,获得过部省级一等奖、江苏省专利金奖和金桥奖,是江苏省优秀博士论文获得者;"80后"黄志鹏,作为核心成员,所在团队获得了教育部"长江学者和创新团队发展计划"创新团队项目……

这些人才的脱颖而出源于江苏大学一贯重视青年教师的培养。"全校35岁以下的青年教师大约占到教师总数的30%,这是学校核心竞争力提升和事业可持续发展的重要力量和希望所在。"江苏大学校长袁寿其说。学校采取措施给青年人才"压担子",也让青年人才"挑担子",让每一位青年教师都有发展的舞台和成长的空间。

团队培育,青年教师才有飞翔的翅膀

在2012年国家自然科学基金立项中,一个青年教师以助理研究员的身份获得了面上项目78万元的资助,这在国家自然科学基金面上项目中极为少见。

这位年轻人叫胡朝阳,到江苏大学生命科学院工作仅两年多时间,第一年获得了国家博士后基金,第二年便收获了国家自然科学基金的面上项目。是什么帮助他迅速成长?原来,他所在的家蚕细小病毒课题组,在家蚕二分DNA病毒研究方面位于国际领先行列。去年4月,以他们的研究为基础,国际病毒分类委员会批准创建了一个新的病毒科,并定义他们研究的家蚕二分浓核病毒为新创建科的代表种。"青年教师靠单打独斗很难成长,只有依靠好的团队和好的平台形成合力,才能迅速成长起来。"胡朝阳体会到。

"从青年教师进校的第一天,学校就用项目的形式对其进行管理和培养。"江苏大学科技处处长赵玉涛介绍,学校为每位青年教师提供5万~10万元不等

的人才启动基金,培养其独立从事科学研究的能力。在此基础上,鼓励每一位青年教师迅速定位自己的研究方向、尽快融入团队,优先扶持40岁以下青年教师申报政府计划项目。

"人才＋团队＋项目"的青年教师一体化培养模式,取得了良好的效果。仅三年时间,江苏大学获批的国家自然科学基金青年基金就翻了一番,青年基金数占全校国家自然科学基金获批总数的47.7%,显示出了青年教师队伍的强大后劲。

梯队建设,青年教师没有成长烦恼

曾经,"没有上课经验教学能力如何培养?""在新的研究领域自身专业水平怎样提升?"这些都是青年教师常会有的困惑。江苏大学加强指导青年教师职业发展规划,建立起"老中青"相结合、"传帮带"一体化的梯队建设体系,让青年教师尽快走出困惑期、度过磨合期。

从毫无教学经验,到屡次斩获校教学大赛、教学质量奖一等奖,青年教师周德军说,这得益于他的"助理教学"经历,"退休教师隔三差五的教学督导、教研室每周一次的集体研讨,帮助我提高了教学质量和课堂效果。"

江苏大学实施的"青年教师助理教学制度",要求没有高校教学经验的青年教师,要通过为期一年的助理教学考核和课程教学团队的培养,才能取得任课资格,走上本科生讲台。手把手的传帮带之下,青年教师的教学水平得到了有效提升。去年,该校4万多名大学生投票产生了"最受学生欢迎的十佳教师",30岁出头的年轻教师占据了其中7个席位,青年教师已经逐步成长为教学工作的骨干力量。

在江苏大学理工科院系,还有一个不成文的规定——青年教师工作的第一年里,工作岗位在实验室,培养学生在课堂,教学科研在团队,"三岗流动"有效夯实了青年教师的教学和科研能力。

两端孵化,青年教师加速起航

"418,天天见!"对于江苏大学电气信息工程学院的青年教师来说,418房间是他们最熟悉的地方。原来,为了浓郁青年教师开展科学研究的氛围,电气学院设立了院级青年教师孵化基地——418工作室,为每位青年教师配备电脑和办公设施,所有的青年教师都要按照研究院的工作模式,实行"坐班制"。同时,学院所在的农业电气化与自动化国家重点学科,每年拨出30万元专项经费,用于资助青年教师在学院内部孵化,开展学科预演。在这项经费的支持下,这两年青年教师 SCI 高水平论文的发表率提升了近 90%。

支持青年教师成长,江苏大学每个学院都有"独门"的孵化利器。药学院青年教师魏渊专业研究方向是药物代谢,2009 年他获得了学院的"院长科研启动基金",3 年累计接受 3 万元的资助。"这笔费用对我申请项目提供了很多帮助。"魏渊告诉笔者,用院长基金来获取预实验数据,3 年下来他已经主持国家自然科学基金项目 1 项、省自然科学基金项目 1 项,入选了"江苏省企业博士聚集计划"。

在学校层面,从去年开始,江苏大学投入巨资实施了"青年骨干教师培养工程",每年遴选 60 名优秀青年骨干教师进行为期 4 年的重点培养和孵化,聘请相应领域的专家作为学业导师促进他们尽快成长。相应地,青年骨干教师在 4 年的培养期内,必须获批 1 项国家级课题,年龄 38 周岁以下的教师必须每年申报国家自然基金优秀青年基金项目。通过连续 5 年的重点打造,江苏大学将形成一支由 300 名左右的优秀中青年教师组成的学术骨干队伍。

国际化历练,助推青年教师腾飞

原先,江苏大学的青年教师崇尚"访名校,拜名师",如今,"访国际名校,拜国际名师"已经成为他们的一个普遍共识。

江苏大学流体机械工程技术研究中心在流体机械的科技研发和人才培养方面处于国内顶尖水平,每年都要拨出 80 万元用于资助师生参加国际学术交流,中心 31 名 70 后青年教师都去过或即将赴国外、境外名校长期交流访问。去年 9 月,已有 5 名青年教师作为江苏省首批高校赴境外研修团团队成员,到香港理工大学交流访问半年;通过国家公派、省级公派留学基金的赞助,还有 7 名年轻教师将赴美国、德国等开展为期一年的交流研修。

"参与国际交流是件双赢的事,对青年教师个人能力的提升、对学科发展都大有好处。"流体中心副主任袁建平 2010 年在澳大利亚昆士兰科技大学当访问学者,自身的国际研究视野得到了充分的扩展,在他的牵线搭桥之下,昆士兰科技大学和江苏大学签署了联合培养博士项目,进一步扩大了流体机械及工程学科的国际影响力。

为强化"国际化"程度,江苏大学明确提出 45 周岁以下晋升正高职务的教师,必须具有 6 个月以上的海外经历。学校设立了两个专项基金:一个是"师资培训出国留学专项基金",每年选派出 60 名左右的青年教师到世界前 200 名高校,或者学科专业处于世界一流的大学留学深造;另一个是"国际学术交流基金",用于资助教师参与高水平国际学术会议、鼓励他们担任国外高水平学术期刊编委等,有效提升了青年教师在国际学术领域的影响力。

一大批青年优秀人才的苗壮成长,有力支撑了江苏大学事业快速健康发展。仅 2012 年,该校就获批国家自然基金、国家社科基金 141 项,申请发明专利 278 件、授权专利 264 件,获国家科技进步一等奖、"何梁何利基金科技创新奖"各 1 项,新增"3 个博士后流动站",1 篇论文获全国优秀博士论文……

(《中国教育报》2013 年 1 月 14 日)

在实践中领悟理论魅力

——江苏大学思想政治理论课改革纪实

"人之初,性本善,名利前,品自显……"日前,在江苏大学讲堂群报告厅里,字正腔圆、铿锵有力的快板《反腐倡廉"三字经"》引来了一阵阵喝彩声。这场由学生自编自导自演、名为"廉洁护航中国梦"的演出,不是校园里一场普通的文艺演出,而是一门向来被学生视为枯燥乏味、灌输理论的"思想道德修养与法律基础"课程的实践教学成果的展示。

实践教学是提高大学生思想素质的重要途径,是提高大学生综合能力、深化课堂教学的重要环节。多年来,学校积极开展大学生思想政治理论课程的教学改革,探索实践教学改革的新路径新方法,针对学生的思想实际,努力把知识传授与思想教育结合起来,把理论武装与实践育人结合起来,让大学生在实践锻炼中领悟理论魅力,提升自身素质。

"三个基于",探索实践教学新方法

社会飞速发展,随之而来的新思想、新问题也层出不穷。作为思想政治理论课,该如何引导在校大学生们"怎么看""怎么办"? 江苏大学在思想政治理论课教学改革中,探索基于问题、基于项目、基于案例的实践教学方法,通过综合性实践科目的设计和应用,让学生在实践中加深对理论知识的了解,深化对现实问题

的认识。尤其是注重充分挖掘校内外教育资源，把实践教学与学校党政工团教育活动有机结合起来，与当地的社会教育资源结合起来，把现实生活中的实际问题作为案例，引导学生运用所学知识进行分析和思考。

位于江苏的华西村是中国农村改革开放的一面旗帜，在"毛泽东思想和中国特色社会主义理论体系概论"课程教学中，金丽馥教授带领卓越学院二年级的125名同学开展了"走进华西村，感受新农村"活动。通过看展览、听报告、做调研，让同学们在实践中感受马克思主义在中国的应用与发展，在实践中认识国情、了解社会，科学认识和看待各种社会问题，加深对党和国家当前的方针、政策、路线的理解，培育和巩固科学的世界观、人生观和正确的价值观。"70年代'造田'实现农业现代化，80年代'造厂'实现农村工业化，90年代'造城'实现农村城市化，这是华西人致富的历程，也让我们看到了中国农村明天美好的希望。"李有赞同学感慨道。

课内课外、校内校外，实践"全覆盖"

理论课堂，实践教堂，参考案例，延伸阅读……在江苏大学李战军、魏志祥等老师编著的《思想道德修养与法律基础实践导航》一书中，笔者看到，各个章节的内容都与学生们所使用的教材《思想道德修养与法律基础》对应设置，每章都对理论教学和实践教学作了精心的设计，整部书结构新颖、层次分明、切合实际。

"实践课堂是依据实践主题的重点内容设计的，是通过课内实践、校内实践、社会实践，使理论学习既内化为学生思想，又外化为学生的实际行动，进而促进他们的自我教育、自我提升、自我发展。"李战军介绍说，学校在"思想道德修养与法律基础"课程改革中，强化实践教学，在30个学时的课堂教学之外，专门设立了15个学时的实践教学环节，"配合每个章节的课堂教学内容，我们设计了具体的实践项目，对实践类型、实践形式、实践目标以及实践方案、活动评价等都作了详尽的安排。"这些实践项目，既有报告会、辩论赛、校园文化活动，又有参观考察、公益劳动、志愿服务等，贯穿课内课外，辐射校内校外。

临床医学院的12名大一学生，走进学校所在的京口区千秋桥社区开展"志愿服务社会 践行核心价值"实践活动，为社区居民开展秋季保健、老年人易生疾病、如何进行正确的食补药补等方面的宣讲咨询。"走出课堂，服务社会，奉献他人，是我们当代大学生践行社会主义核心价值观的重要方面。"江月同学说。

让学生走上讲台、走向前台

老师在讲台上讲，学生在座位上听。这种传统的思想政治理论课的教学方式往往是"台上枯燥乏味,台下昏昏欲睡"。为了帮助学生深化对有关理论知识的理解,江苏大学的老师们改革教学方法,采用讨论交流、案例分析、主题辩论等形式,激发学生的参与热情,"让学生走上讲台、走向前台",真正成为教学的主体。"以前总认为'思修'课很枯燥,纯粹是为了应付考试死记硬背的科目。其实我们的课堂妙趣横生,有同学间的经历体会交流、学长们的学习经验分享、时事热点问题的辩论等,既活跃了课堂气氛,又锻炼了我们的胆量、增加了我们的见识。"汉语言文学专业 1201 班的常慧琳说。

在学习了有关法律知识,结合"中国梦"的主题学习,魏志祥等老师教授的 4 个学院 231 名学生共同参与策划、组织、表演了"廉洁护航中国梦"实践成果汇演活动。学生们的参与热情极高,从策划、主持,到编排、表演,学生全员参与,没有一个人是纯粹的观众。小品、快板、话剧、手语、汉服秀、访谈等节目的内容都是来自学生原创,围绕校园生活展开。江苏大学纪委副书记闵昉认为:"通过这次实践活动,同学们在撰写剧本、精心排练的过程中接受了一次生动有趣的廉洁教育和廉政文化的熏陶。"

"传统意识里,我们一般认为,学生对政治教育的反感、冷漠甚至抵触,是因为学生'不受教'。其实,并非如此,问题的症疾所在是'如何教'。"作为一名长期从事思想政治理论课教学工作的教师,魏志祥颇有感触,"通过近年来的实践,我们明显感觉到,在实践教学中,学生都能全身心投入,而且,通过参加实践活动后,学生的道德品质和道德情操都有了很明显的提升,实现了课程的教学目的,提高了课程教学的有效性。"

(《中国教育报》2013 年 10 月 28 日)

让未来工程师仰望星空脚踏实地

——江苏大学探索创新型工程技术人才培养模式

"这个小伙伴真是好样的。"说起卓越班的杨康,江苏大学机械设计制造及其自动化专业学生都会叹服地竖起大拇指。2013 年暑假,杨康来到上海斯恩卡都机电设备有限公司实习。1 个月不到,他就能独立完成 10 多吨水泵成套设备的拆卸和组装工作,因表现突出被公司老总看中并聘请他担任镇江、无锡地区的产品代理。

江苏大学是教育部首批实施"卓越工程师教育培养计划"的试点高校之一。目前,共有机械设计制造及其自动化、能源与动力工程、车辆工程、电气工程及其自动化4个试点专业,涉及学生数576名。"随着卓越计划的深度推进,高等工程教育教学改革已经不可回避地进入了深水区。"江苏大学校长袁寿其介绍,学校把改革定位为"突破"和"领先",积极探索创新型工程科技人才的培养模式,目的只有一个,就是让培养的未来工程师既能仰望星空,又能脚踏实地。

校企紧密联手,企业成了卓越生的实践乐园

前不久,江苏大学机械卓越班的42名学生来到了无锡、昆山两地的5家企业,开始为期9个月的企业学习。陈天阳就是其中之一,不过他并不轻松,"我是带着任务进企业的,计划先在3家企业轮转,找到合适的方向后就在一家蹲点,开始真刀实枪地做毕业设计。"

作为全国百强县之首的江苏昆山,目前形成了装备制造产业集群,迫切需要大量适应国际化要求的机械卓越创新人才。8月底,江苏大学和昆山市人民政府召开了"卓越工程师计划"校企联盟研讨会,与好孩子集团、若宇检具、佰奥自动化、汇美塑胶等企业签订了共建卓越计划校企联盟的协议。正是这样一个"小联盟",吸纳了机械设计制造及其自动化专业大部分四年级卓越班学生。

"以往送学生去企业,给实习经费企业还嫌麻烦。现在听说卓越生要来,企业反过来管吃管住发补贴,主动承担学生培养工作。"企业的态度转变让江苏大学分管教学工作的副校长梅强很欣喜,他认为,企业欢迎卓越生,一方面依托于学科优势,产学研平台、研究生工作站等合作形式,为实施卓越计划奠定了良好基础;另一方面也证明企业对更贴近工程实际、更符合市场需求的工程创新人才确实"求贤若渴"。若宇检具执行副总江雪明说:"卓越工程师的培养为企业提供了一个很好的用人通道。以往我们培养一个检具人才成本在20万元左右。现在,经过前期的联合培养,江苏大学机械卓越生到了企业,现场培养一到两年就可以迅速成长为检具的高级人才。"

企业全方位深度参与,是实施卓越计划的重要内涵,也是优化卓越工程师培养体系的根本要求。近三年,江苏大学大力倡导"四个双向",即学生与企业的双向认同、企业技术人员与学校青年教师的双向进修、学校骨干教师与企业工程专家的双向指导、企业专业实验室和学校实践教育基地的双向建设,探索共同设

计培养目标、制定培养方案、实施培养过程的校企合作育人路径。

实验室深度参与，校园成了卓越生的创新工场

说起自己参与制作的方程式赛车"魅影"，车辆工程卓越生于点脸上有种掩藏不住的神采。去年，还在读大二的于点就担任了悬架组组长，和研究生学长耗时一年，设计、加工、生产、装备出一辆方程式赛车，参加了中国大学生方程式汽车大赛。

像于点一样，超过 50% 的江苏大学车辆工程卓越生都参与过大学生方程式赛车大赛，大一时他们就已经拿起了扳手，亲手拆卸和组装过汽车的发动机、变速箱等主要部件。"学院的 7 个省级重点实验室、实验中心和 1 个国家汽车产品检测中心，在时间、空间和项目上对所有卓越生全面开放。"汽车学院副院长刘志强看到了开放式、创新性实验项目中卓越生的变化，在卓越班中申请江苏省大学生实践创新项目的覆盖面达到了 100%，每年都有 5~6 名同学在省级以上汽车工程学会的刊物上发表论文。

高校的实验室近年来实现了"中心化"，但对人才培养的支撑作用没有得到充分发挥，俨然成了一个"独立王国"。江苏大学在全国范围内率先提出"实验室深度参与卓越计划"这一理念。教务处副处长、卓越学院常务副院长冯军解释，所谓实验室深度参与，就是围绕卓越工程师培养目标，校内的基础实验中心重点提升实验内涵的设计性，基础实训中心重点保证实训内容的实战性，专业实验和实训中心重点营造工程实践的真实性，通过开发基于工程实际，并由学生主导的创新型实验、实训项目，吸引更多的学生走进实验室做中学、做中研、做中创。

"学生做的无碳小车各有特色，有的能连续绕多个 S 型弯，有的跑的距离特别远，每个组都充分发挥了想象力和创造力。"这是江苏大学工程训练中心指导教师冯伟玲对卓越生的评价。在这个国家级实践教学示范中心，深度参与卓越计划过程中逐步构建了"基础知识与技能训练模块化，综合能力与基础创新项目化"的全新体系。在 6 周的实习实践里，基础训练压缩成 4 周，每半天完成一个模块训练，剩余的 2 周时间，同学自由选择项目，最终形成实物和总结报告。值得一提的是，每个项目都涉及车工、铣工、数控、线切割等 10 多个大工种，全部由学生自己动手完成。

在江苏大学—大全集团电气工程实践教育中心，电气工程专业带头人刘贤兴介绍，获批江苏省实践教育示范中心的 200 万元专项经费，全部用于建设卓越生去企业前的认识型、基础型、拓展型、创新型 4 个实训平台，最终将建设成容纳

1 个创新实验室、8 个工程训练教学示范窗口、12 个创新平台、12 个实验模块的实验与工程实践教学体系。

师生"双极"驱动,打造一片教学改革特区

2010 年,在启动实施卓越计划之初,江苏大学就成立了卓越学院,有效的管理体制使卓越计划实施工作成为全校的重大工程。校长袁寿其说,这是学校着力打造的教学改革特区,从教师配备、学生选拔入手,教学模式的深度变革、教师评聘方案改革等,都可以在卓越学院先行先试。

汽车学院青年教师耿国庆今年显得特别忙碌。4 月份,他赴美国科罗拉多大学参加了为期 3 个月的双语教学培训,11 月开始又和大四卓越生一起去企业呆 8 个多月。"参与卓越计划过程中,我深刻地感受到工程实践能力、双语教学能力的不足,已经成为制约自身发展的瓶颈问题。"吸引耿国庆积极投入的原因在于卓越计划确实有为又有位。

近年来,江苏大学大幅度提升卓越计划专职青年教师"走出国门"和"走进企业"的比例,每年推荐 2～3 名教师赴美国弗吉尼亚大学、科罗拉多大学等参加短期双语教学培训。从今年开始又明确要求,试点专业 35 周岁以下青年教师要有一年时间深入实验室从事教学研究,并到实践基地顶岗工作、挂职锻炼。为了优化卓越计划专职师资队伍,江苏大学还在教师职称评聘中增设了工程型教授类别,鼓励教师参评具备教授和高级工程师相关能力、素质要求的"双高型"工程型教授职称评聘。

"优生、优师、优条件",在江苏大学,卓越生享受到了更多的优质资源和成才路径,可以选择去海外名校交流学习、申请卓越工程师硕士培养计划、提前免试攻读硕士学位预备生等。

据了解,江苏大学实施卓越计划的 4 个专业学科特色明显、行业背景深厚,企业参与培养首届 130 多名卓越生的积极性很高。"但是,随着卓越班毕业生人数的增多,企业目前难以满足深度合作培养这一需求。"袁寿其坦言。前不久,由江苏省教育厅、江苏省经信委联合组建,江苏大学牵头成立了省级机械动力类卓越工程师教育培养联盟,东南大学、南京理工大学、江苏大学等 25 所高校与省机械行业协会、徐工集团、无锡柴油机厂等 50 余家行业企业联合组建联盟,试水政府、行业企业、高校和科研院所联合培养机械动力类卓越工程师的新机制和新模式。"这为解决高校动力不足、企业激励不够、投入保障不全等实际问题提供了一个新的范例。"袁寿其说。

(《中国教育报》2013 年 11 月 25 日)

江大：创新让科研成果出深闺

"这个大家伙一天处理400多吨稻，打造'不落地的大米'，就靠它们了。"12月12日，在镇江新区某粮食储存基地，江苏大学副教授王振斌博士正与富农农机机械化专业合作社理事长魏云烽一起对收割烘干中心设备进行调试。

王振斌告诉记者，收割烘干中心这套设备，在实验室已取得成功，目前处于中试阶段。像王振斌博士这样，将创新设备的中试放在企业一线来进行的，在江苏大学还有很多。"考虑到很多企业引进技术资金有限，所以我们对产学研合作模式进行了创新改革，譬如说在这里，我们出技术，企业出材料，合作成果共享。"江苏大学重大科技项目与成果办公室主任金玉成对记者说。

合作模式一变，让江苏大学很多科研成果，迅速走出了实验室"深闺"，产业化步伐明显提速。

高速列车玻璃技术，一直被法国等国家垄断。江苏大学以程晓农教授为首的科研团队与江苏铁锚玻璃公司合作，共建了省高速列车安全玻璃技术研究中心，目前已成功研发出了高速400km/h以上轨道列车专用安全玻璃，实现了关键技术知识产权的自主化。

长江流域冬油菜约占全国油菜面积90%左右。然而，30%不到的综合机械化水平，严重制约了油菜生产发展。江苏大学李耀明教授领衔与相关企业合作，其成果"油菜联合收割机关键技术与装备"，有效攻克了难题，并一举获得国家技术发明二等奖。

去年8月，江苏大学牵头我国农业装备研究实力最强的4所大学、代表国家队水平的2所农业装备科研院所及4家农业装备龙头企业，成立了现代农业装备与技术协同创新中心。中心经过一年多的运作，已经确立了7个重大研究项目。

"高校的产学研，要顶天立地，向上瞄准国家发展战略，向下助力地方经济发展。"在江苏大学校长袁寿其看来，高校的科学研究，更要走出实验室，到企业、农场一线去接地气。基于区位优势，江苏大学把苏南和苏中作为科技服务主战场。自2008年以来，该校共签订横向合同3198项，技术合同总额达13.2亿元，3次荣获了国家科技部颁发的中国技术市场"金桥奖"。通过"1863"计划、"百名专家进百企"、"校企融合计划"等，共建立了各类战略联盟150余家。

为地方经济服务和培养高素质人才，是高校创新发展必须同时动起来的"双轮"，如此才能形成互相促进的良性循环。江苏大学党委"一班人"深谙其中道理。

几年前，王振斌博士成功申请去美国加州大学戴维斯分校完成博士后项目。学校不仅支持，还继续给他发放工资。"这里科研气氛和人文关怀氛围浓厚，我更喜欢这里。"一年半后，完成合作项目的王振斌不顾美方挽留，回到了母校。

据江苏大学党委书记范明介绍，最近几年，江大每年都会引进100名左右优秀博士充实师资队伍，选派100名左右骨干教师到国内外知名高校或研究机构进修深造和合作研究，新增国家"千人计划"人选、国家"外专千人计划"人选、教育部长江学者特聘教授等高层次领军人才12人，多次斩获国家科学技术进步奖一、二等奖，授权发明专利位列全国高校第16位。在不久前公布的全省高校科技服务江苏地方经济的7个指标中，有6个指标居于全省高校前5位。此外，江大还获得了4项大学生"挑战杯"创业计划竞赛金奖，五捧"挑战杯""优胜杯"，培育了多个年利润过百万的大学生创业典型。

（《新华日报》2013年12月18日）

江苏大学"金字塔"模式提升学生创新创业能力——

种下一颗籽，收获一树果

大学生创业孵化基地

前不久，在第十三届"挑战杯"全国大学生课外学术科技作品竞赛上，江苏大学学生邓纹纹的作品一举获得特等奖。这位性格文静的女孩大二时进入导师的课题组，仅一年多时间就以第一作者身份，发表了三篇 SCI 论文。她谦虚地说，"其实，一开始只是跟着学长'打酱油'，参加学校的一系列科技创新活动,渐渐点燃了我对科学研究的热情。"

像邓纹纹这样积极参与科技创新的江苏大学学子还有许多。作为一所以工科见长的综合性大学,江苏大学垒起了一座"金字塔",系统培养大学生创新创业能力,并催生了一系列创新成果。近年来,江苏大学获得了4项"挑战杯"创业计划竞赛金奖,五捧"挑战杯""优胜杯",培育了4个年利润过百万的大学生创业典型。

科研立项,让创新的想法清晰可行

9月初,江苏大学流体中心博士研究生周岭刚从美国圣路易斯华盛顿大学留学归来,就马不停蹄地带着"轻巧节能型多级离心泵关键技术研究"项目,参赛"挑战杯"并获得了一等奖。

5年前,还在读研一的周岭就把多级离心泵作为研究对象。如今,周岭和他的小伙伴们发表了学术论文22篇,获得了全国"节能减排"竞赛一等奖。更难能可贵的是,以第一发明人身份,他们已经申请了8项发明专利,技术被企业采用。

"完全没有想到会在科研路上走这么远,现在我已经爱上科研、以科研为荣了。"周岭感慨地说,参与科研立项就是开启科研征途的导火索。

从10万到70万,江苏大学大学生科研立项费用也一再追加。刚刚结束的第12批大学生科研立项中,学校资助了1070个项目,超过3000名学生参加了课外科研项目研究。

创业教育,走进了课堂更走进了头脑

因为"女神计划"相册,江苏大学创业大学生王迪君最近很"火"。作为森威工作室的负责人,这位艺术学院大四学生拍摄了20名江大"女神",并计划聘请她们担任工作室接拍的微电影的主角。王迪君说,创办之初,他们是校内最渺小的一家设计类创业团队,入驻大学生创业孵化基地一年半时间,由于瞄准了镇江地区视频制作的空白,已为镇江市消防队等制作了多个视频和微电影,核心成员从4人扩大至20人。

江苏大学的学生无疑是幸运的,因为他们接受的创业教育是国家队层次的。以国家级精品课程《创业管理》、教育部精品视频公开课《创业人生》为主线,创业教育的辐射力和影响力进一步扩大。"实施创业教育,不是让每个大学生都去创业,而是进一步培养学生的社会责任感、创新精神和实践能力。"江苏大学校长助理、学工处处长李洪波说。现在,学校聘请了56名经验丰富的校内创业教育专家、校外企业家,开设了 15 门创业教育课程,创业理论和业界发展紧密结合,深受学生的喜欢。

"创新就是挑刺,我们鼓励大学生凡事多问一个为什么。"江苏大学副校长缪子梅介绍,为了让创新的意识在大学生心中扎根,江苏大学建立了创新学分认定、科研立项、创新创业学校、校内"星光杯"、全国"挑战杯"五大平台,从普及到培训到练兵,全面提升大学生的科技创新能力。

层级化实训,"孵化"创业梦想

年产值 2000 万元的江苏昊源集团有限公司,是江苏大学毕业生刘春生创办的。和刘春生一样有潜力的创业种子,在校时都要接受"创新训练、创业训练、创业孵化、市场转化"的"层级化"创业实践训练。作为全国首家设立的创新创业学校,2002 年至今江苏大学创新创业学校已培养 5000 余名学员,滚动入驻校内大学生创业孵化基地的项目达 60 余项,10 余家校内创业公司入驻校外孵化器继续孵化。

"有过创业经历,得过全国金奖,找份好工作没有问题。"说这话的流体中心研究生马正军配得上这份自信,他创办的公司致力于水泵节能改造,已申请发明专利 4 项、软件著作权 1 项,获得过全国大学生节能减排竞赛特等奖、第八届"挑战杯"全国大学生创业计划竞赛金奖。今年 7 月,从江苏大学毕业后,坚持着创业梦的马正军获得了"南京 321 计划"100 万元创业启动资金的支持,他对节能改造服务业的春天充满了憧憬,"不管是直线还是曲线,只要努力,创业的梦想总会一步步变成现实。"

(《人民日报》2013 年 12 月 19 日)

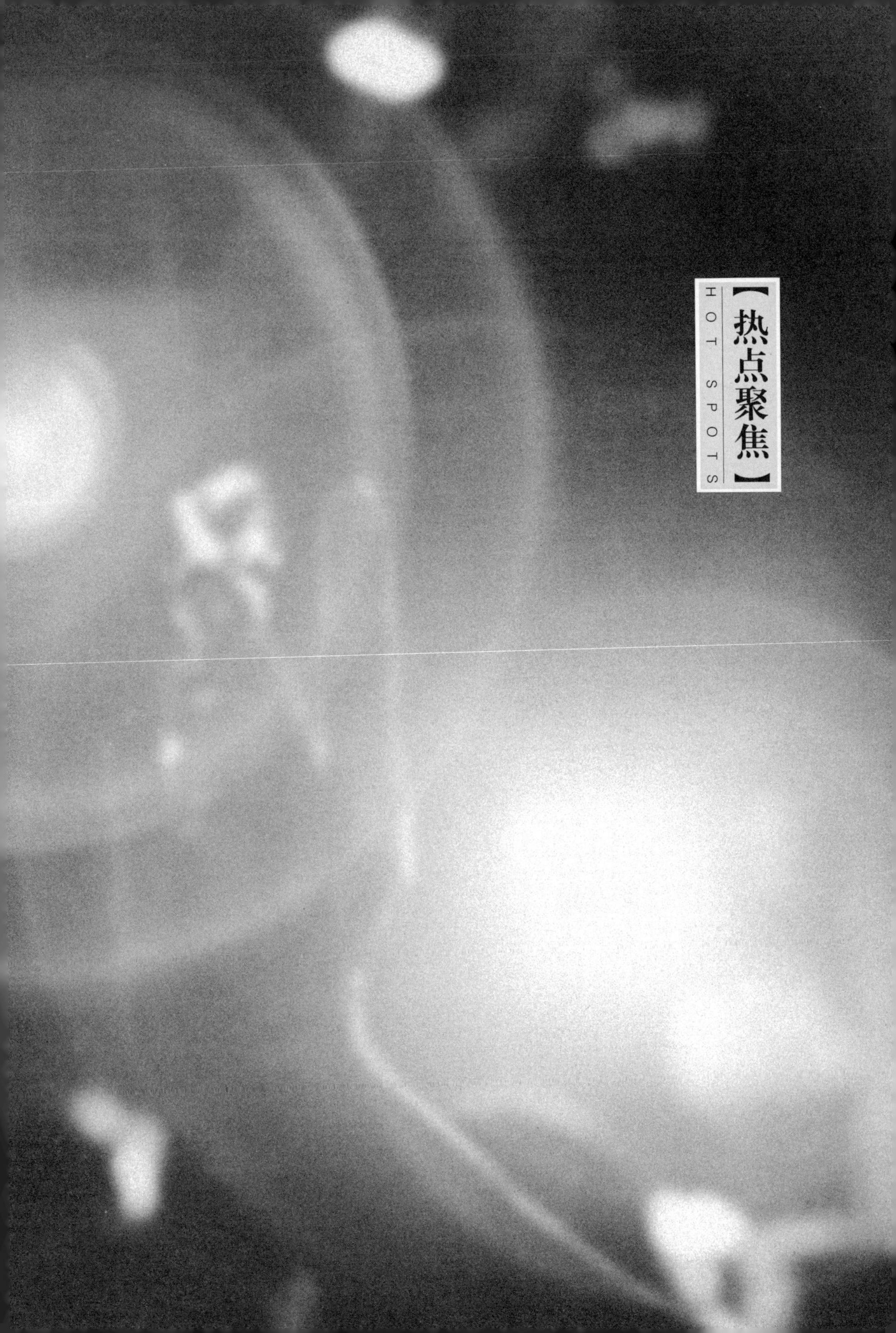
【热点聚焦】
HOT SPOTS

江苏大学研究生培养严把"三关"

【本报讯】 江苏大学通过深化研究生教育教学改革,加强研究生培养的过程管理,严把"三关"——导师选聘关、学科方向关、学位论文关,构建起一整套研究生培养的质量保障体系,有效地促进了研究生培养质量的提高。

具有百年办学历史的江苏大学,是一所以理工为特色的教学研究型大学,是首批具有博士、硕士学位授予权的高校之一,综合实力位居国内高校百强之列。"博学、求是、明德"六字校训,激励这所大学把教育教学质量作为学校改革发展的生命线,特别是在研究生培养上,近年来形成一套切实可行的质量保障体系。

严把导师选聘关,打破了导师终身制。学校推行导师评聘分开制度,激发导师整体水平提高;实行新导师上岗培训制度,强化导师的质量观和责任感;推行师生互选制度,力求使导师与学生的"组合"最佳化。

严把学科方向关,保证了学科的前沿性和课程设置的先进性。江苏大学结合学科发展动态,及时调整学科的研究方向,改革课程设置,修订研究生培养方案和教学大纲。他们还加强重点学科建设,尤其是加强学位课程的教学和管理,几年来该校约30%的应届硕士生考取了清华等重点大学的博士生。

严把学位论文关,是该校研究生培养中最显著的特色。一是坚持专题研讨制度,规定在读期间博士生要完成8次专题研讨报告,硕士生要完成5次,报告文献阅读和论文研究工作进展,促进师生间的学术交流。二是完善学位论文开题报告制度,实行论文阶段汇报制度。三是严格论文"盲送"制度,硕士论文坚持100%"盲送"制。夫年该校报送4篇硕十学位论文,全部被评为省优秀硕十论文,报送的博士学位论文,连续3届获江苏省优秀博士论文。

(《人民日报》2002年5月21日)

20 万元归还失主是投机?

连日来,江苏大学一个原本默默无闻的学生成为校园焦点,他就是江苏大学汽车学院的娄军。9 月 9 日,他捡到一个内有价值 20 万元钱物的手提包并归还失主,成为校园"名人"。

当日上午 10 时 40 分许,带孩子前来报到的天津新生家长何丽一行 3 人焦急地到江苏大学保卫处报警求助,称其携带的黑色手提包在学校丢失,内有总价值近 20 万元的钱物。

接报后江大保卫处迅速派人查找并与镇江警方联系。正当"剑拔弩张"之际,一个电话打给失主,是娄军打来的。娄军捡到了失主的手提包,立刻送至保卫处。失主何丽感激之余从手提包中拿出一沓钱要赠给娄军,被娄军婉言谢绝。

杂音:做好事是为了投机

一个多月以来,娄军的行为在江苏大学校园里产生了强烈的反响,他拾金不昧的精神传遍了江大校园,受到了师生们的广泛好评。

但记者也听到了一些不和谐的声音:"捡了 20 万,还还给人家,太傻!""听说那个姓娄的来自农村,别说 20 万,哪怕就是 1 万元,也够他们家忙活一两年的了! 真是要面子不要票子,食古不化!""20 万不要也就算了,要了心里也'安生'不了,可那家长后来白给的干吗不要! 真傻!"

说娄军是"大傻",他还可以一笑置之,但对下面的一些猜测和议论,娄军可就觉着"太受伤"了———"不是他想还,是他不敢不还。他敢拿吗? 交了还可以减轻心理压力。要是我,我就敢拿,谁怕谁啊。""无非是想给学院的印象好一点,将来也好弄个'党票''保研'什么的!""投机,十足的投机"……

娄军:家境贫寒但有准则

娄军是那种典型的来自农村的大学生:朴素、腼腆、含蓄,但很有主见。他在接受记者采访时表达了自己的委屈:

"我来自宜兴市一个普通的小乡村,爸爸是一名外出打工的建筑工,靠出力流汗赚钱,妈妈在家务农,姐姐做裁缝,全家辛辛苦苦一年,也挣不了多少钱,但为了我上学,家里早已债台高筑。说句实话,现在一家人最缺的就是钱。父母虽然文化水平不高,但对我的学习尤其是做人的要求却特别高。从小爸爸妈妈就教育我要'干自己的活,流自己的汗,吃自己的饭,自己的事情自己办。'"

"进入大学后,学校开展的'大学生文明修身工程',要求我们'明礼树新风,诚信做真人',令我感触颇深。可以说,无论在家里,还是在学校,我受到的教育都是很干净的,在这种环境下成长起来,我自认为我是一个'干净'的人。"

"我追求自己的生活,追求自己心中的信仰,追求自己灵魂的纯洁,做事有自己的准则,这些就足够了。这事换了别人,我想绝大多数同学也会像我这样做的。一些人这样评价我,让我觉得很迷惘。"

校方:将对娄军进行表彰

江苏大学党委副书记陈国祥说,娄军同学归还20万元的手提包并谢绝失主馈赠,绝大多数同学对这一行为表示赞赏和敬佩,这是情理之中、令人欣慰的。学校将对娄军进行表彰,在校内倡导这种拾金不昧、诚实守信的良好风尚。

同时,人是有层次之分的,少数大学生以自我为中心,社会责任感不强,公民道德意识薄弱,遇事不能设身处地地为他人、为社会着想,导致在对娄军这件事的认识上有偏差。学校将以此为契机,针对一些同学的消极观念,在校园里开展大讨论,弘扬正气,树立新风。

(《扬子晚报》2002 年 10 月 23 日)

吃"服从"的专业毕业时很"抢手"

一些"冷门"毕业生走俏了

【本报讯】 每年高考填报志愿时因为生源"门可罗雀",不得小靠吃"服从"来招满计划,但偏偏每年培养出来的毕业生却成了众多用人单位的"抢手货",这是发生在江苏大学热能与动力工程专业、流体机械专业学生身上的怪事。两个专业学生一进一出反差如此之大,颇有些耐人寻味。

据江苏大学能动学院党总支副书记施爱平介绍,今年这两个专业总共有147名毕业生,目前有26人考取研究生,102人已正式签署协议,11人已被"提亲"正在办理协议,5人"拒绝"就业打算继续考研,还有3人无意就业。

与如今的"火热"场面形成鲜明对比的,每年高考录取时这两个专业却是"冷冷清清凄凄惨惨戚戚"。除去30%的外省生源外,这两个专业70%在江苏省内招生,而每年高考填报志愿时,省内考生很少有人问津,录取线几乎"触底",省内九成是靠"吃服从",即使算上省外的也有60%左右是"服从"的。如2002年,这两个专业录取230人,占七成的省内学生只有17人是"志愿"填报的,其他均为"服从"录取,平均分仅比省控线高出1分,与同年学校最好的学院均分相差40分。2003年也是如此,计划招收240人,结果却还有不小的"盈余",省内考生中也只有19人是填报志愿的。因为"服从"的多,所以来自农村的多、家庭经济困难得多,进校后专业思想也很不稳定。这两年,都有新生在报到第二天或军训还没结束就要求转专业或退学的。

对此,施爱平认为主要是学生对这个专业不了解乃至误解造成的。提到热能与动力工程、流体机械,大多数人不知道怎么回事,一知半解的就以为是烧锅炉的、搞水泵的。其实,这两个专业是江苏大学办学历史悠久、积淀深厚的传统专业,实力雄厚,在全国相关行业中具有较高声誉。不少企业为了能要到毕业生,甚至不惜出资在能动学院设立奖学金、奖教金、助学金,以此作为"交换条件"。前不久,几年来一直想要流体机械专业毕业生而未果的山东博山水泵厂,慷慨地帮3个家庭困难的应届毕业生付清了所欠2万多元学费,终于在今年遂了心愿,录用了3人。有关专家就此提醒高考考生,填报高考志愿时间将至,考生不能光看将来工作"够不够体面",还要分析一些专业的背景和实力,有时候名字好听的不一定就是最理想的专业。

（《扬子晚报》2004年6月15日）

放假了，他们为何不回家？

这几天，各高校的寒假陆续开始，辛苦了一年的学生们也纷纷背起行囊，踏上了归途，等着与家人"欢欢喜喜过大年"了。然而，不少高校并未"人去楼空"，校园里仍有一批"留校族"，他们一如既往地在校园里学习、生活。年关将近，团聚在即，他们为何不如我们想象的那样"归心似箭"，而有家不回呢？

将学习进行到底　有家不愿回

在大学毕业生面临就业新形势下，不少学生纷纷信奉"考为上策"，将"战略重点"放在考研上，以期为将来的就业增加几许砝码。虽然 2003 年的研究生入学考试刚刚结束，但毕业班学兄学姐们的长期辛勤备战，让学弟学妹们深深感受到：考研绝非一日之功，要有持久作战的准备。江苏大学一位正在读大三的王同学告诉笔者，他所学的专业不太好，将来就业前景可能不太乐观，所以横下一条心准备考研。"考研可是件大事，早下手为强！"他说，"放假这么长时间，一回家心就散了，白白浪费掉太可惜。在学校能让自己一直保持着学习的状态，特别是放假期间图书馆定期开放，可以去借阅资料，感觉很方便。"他笑称，"天将降大任于斯人也，放弃与家人的团聚也值。"像小王这样为增加考研"胜算"而不回家的，在"留校族"中占了不小的比例。

如果说，小王留校学习是一种积极选择的话，还有一种则有点"无奈"了。一位不愿透露姓名的大一同学说，刚上大学自己没能找准感觉，经常泡网吧玩游戏，期末考试时才感觉末日要来临了，眼看顺利过关无望，只好退而求其次，5 门功课申请了缓考。因为下学期开学不久就要考试，回家复习考试又很难安心，只好痛下决心，利用寒假时间来"挽回损失"。

一心一意找工作　有家不敢回

寒假期间也是各用人单位招兵买马的大好机会，各地的人才市场也纷纷"出手"。正在读大四的小白告诉笔者，此前她联系了上海的几家用人单位，面试以后都还"有点意思"。所以，虽然放假了，可她还要在学校等着用人单位的消息。同样是毕业班的小任同学说,他的家在贵州的一个边远地区,交通、通讯十分不便。对于正在找工作的他来说,呆在学校里可以经常上网了解动态,同学间也可以传递信息,尽可能不"错失良机"。江苏大学理学院的小朱同学告诉笔者,春节前江阴、南通、泰州、太仓等地都要搞规模不小的"毕业生双选会",春节后苏州、上海等地也有一些人才市场陆续开场。"在哪过年都一样,能不能找到好工作可不一样。"小朱说,"目前对我来说,能否找到一个好工作是头等大事,而回家则可能会错过一些好机会"。据笔者观察,"留校族"中的毕业班同学为"碰碰运气"求职,而放弃与家人团聚的占了绝大多数。

家贫路远花费大　有家不能回

江苏大学工商学院的小胡家里经济条件较差,他本人在学校机关某部门勤工助学已经一年多了,前两天在苏州打工的父母打电话来说,为节省一些开销春节就不回安徽老家了,因此对于小胡来说回去过年也没有什么实际的意义。他的同学、来自内蒙古的小周寒假也没有回家,问其原因,他算起了他的"小九九":回去一趟来回光路费就要几百元,这对他不太富裕的家庭来说可是笔不小的负担;相反,不回家倒可以在这找点事情做,还能搞点"创收"。已经到来的"春节经济"让学市场营销专业的小周有了用武之地,这几天他正忙着给市区的几家商场搞一些营销活动。"在实践中既能锻炼自己,又能增加收入,一举两得,何乐而不为?"小周如是说。

据江大学生处负责人介绍,对于"留校族"中的这部分同学,寒假里学校开放了校园值班、宿舍管理、卫生打扫等勤工助学岗位,每个岗位每天能有15元的收入,确保他们基本的生活保障。除此之外,不少学生还利用"富余"时间,自己找了家教、促销等工作,在"自给自足"的同时还有不少"赢余"。

据了解,江苏大学每年都有数百名学生寒假逗留在学校。为确保他们的学习、生活无忧,学校的食堂、宿舍和图书馆假期正常向学生开放。同时,每年大年三十晚上,在万家团聚的时刻,江大的校领导们还同滞留在学校的大学生们共度除夕之夜,一起吃年夜饭、联欢,让这些由于各种原因不能回家的大学生也能感受到家庭的温暖。

(《中国教育报》2003 年 1 月 26 日)

对失信行为坚决说"不"

江苏大学曝光还贷不良毕业生

【本报讯】 这几天,打开江苏大学校园网主页,信息公告栏内一则内容赫然入目——"江苏大学国家助学贷款还款不良学生公示",由镇江市工商银行提供贷款还贷不良的47名毕业生被曝光了!这是该校为遏止国家助学贷款违约行为、打造大学生诚信形象而推出的又一举措。这在江苏乃至全国高校还是首例。

据了解,此次被曝光的47名学生主要为江大97、98级毕业生,分布在全校14个学院。根据国家助学贷款合同规定,贷款学生应最迟在毕业后一年开始还款,毕业后4年内还清,而这些学生至今分文未还或未还清规定款额,经多方催促,仍不与银行和学校联系说明情况,直至遭到了"最后通牒"。这份"公示"称,若20天内以上学生既没有还款,又不与学校或银行联系,学校将在高一级网站和其他媒体上予以公示,协助银行在更大范围内追讨欠款,直至追究法律责任。

据江大学工处有关负责人介绍,作为江苏省首批实行国家助学贷款的高校之一,自1999年以来,该校已累计发放贷款1400多万元,贷款学生3145人。国家助学贷款属商业行为,逾期还款将直接影响到这一政策的推行。出现学生违约、还贷不良的情形,实在是始料未及;采取曝光形式,也实在是"被逼无奈"。此前,学校在对大学生的诚信教育上也花了不少心思,宣誓、征文、师生交流等各种形式的活动开展了不少,也收到了明显的效果,但还是有少数学生未能履约。究其原因,极少数人主观上恶意逃款是一方面,还有如工作单位变更、还贷能力有限等客观因素也不能排除,这都不可避免地让银行对大学生这个群体的诚信度产生怀疑。

记者在采访中了解到,此次曝光在江苏大学校内外引起强烈反响,绝大多数学生对这一做法表示赞许。该校人文学院一位姓殷的同学说,学校这样做很有必要,因为一味地依靠教育是很难建立起真正的诚信的,必须有必要的惩戒手段作保证,"不能因为这些人的不负责任,影响学弟、学妹们的利益!"令人欣喜的是,"公示"对当事的毕业生产生了极大的触动。记者发稿前从该校学工处获悉,目前,已有19人陆续与银行和学校取得了联系,其中9人已基本还清逾期欠款。

(《中国教育报》2003年10月19日)

江苏大学曝光还贷不良者余波未平

"欠贷曝光"该不该?

10 月 19 日一版刊载的《对失信行为坚决说"不"》一文,报道了江苏大学采用网上曝光的方法敦促毕业生归还国家助学贷款,在校园内外激起了强烈反响。近一个月以来,20 多家新闻媒体又先后对江苏大学这一做法进行了报道,引起社会各界对此事的空前关注,"曝光事件"至今余波未平。大学生欠贷不还,学校曝光到底该不该?

学生:这样做是应该的,就是感情上有点难接受

在日前江苏大学学生处组织的学生座谈会上,该校汽车学院一位姓刘的学生说:"学校这样做很有必要,作为一名贷款的学生,我支持这样的做法。"他认为,那些还贷不良的学生实际上是在破坏一种"循环",因为,只有前面的人还得好,银行才能给学校贷得多,才能有更多的"后人"受益。机械学院一位女生说,做人要有最起码的信用,不诚信当然要付出相应的代价。她还认为,光在学校"曝光"可能对其本人影响还不大,"因为认识他的没几个",还应加大力度。

艺术设计专业的一位同学认为,被曝光是"咎由自取"。他说,即使你有很多理由还不出贷款,但主动跟银行和学校联系一下,打一声招呼,总是应该的吧。这几年先后贷款 1.7 万元的他表示,自己一定会在规定的期限内还清贷款,"即使有暂时困难,也会想办法解决。"

也有少数学生在认可学校这一做法的同时表示"情感上有点难以接受"。一位不愿透露姓名的学生说:"毕竟不还款的原因是多方面的,倘若因为这一次而对一个人的一生产生影响,那实在是可惜了。"他希望学校暂时还是不要再在高一级的网站"曝光"为好。

记者在采访中了解到,该校一名在校的学生因当初"过高地估计自己的还款能力",合同中的还款期限填写不当,"一不小心"被曝了光。"情有可原"的他原本可以暂不还款,但他还是设法分两次还清了 3200 元的本息。对此,他说:

"公示被人看见了总不好,钱还了,心里也舒坦了。"

银行:这是好事! 我们对江苏大学放贷很有信心

此次曝光,银行方面无疑是最大的受益者。贷款行镇江市工商银行中山支行的负责人在接受采访时连说:"这是好事!"他说,平心而论,江苏大学这几年在对贷款学生的诚信教育和贷后管理方面确实花了不少心思,协助银行做了很多有益的工作。这次公示充分显示了江苏大学协助我们银行催还贷款的真诚态度和坚定决心。作为银行本也希望事情能处理得"温和一些",不希望走到这一步,但国家助学贷款作为国家贴息 50% 的商业贷款,本身就金额小、笔数多、手续繁、工作量大,不良贷款的存在将影响银行资金流动的效益,影响这一政策的推行。该行负责个人贷款催收工作的王女士告诉记者,银行和学校并非"不教而诛",对于贷款逾期的学生,银行方面曾先后给学生本人和他的家里发了催款通知,告知其所欠利息和本金,之后又曾多次电话联系催收。当问及曝光对银行与学校的合作有何影响时,中山支行信贷科苏科长说:"我们对江大放贷很有信心!"他真诚地希望,今后银行与学校能进一步合作,把好贷款关,把钱贷给那些家庭经济困难、品学兼优的大学生。

学校:为了绝大部分学生的利益,只能"得罪"一小部分人

江苏大学党委副书记陈国祥强调,与全校 3145 名贷款的学生相比,曝光的 47 人是一个很小的数字。学校之所以这样做,一是"提示",提醒那些逾期的学生,该还银行的贷款了;二是"警示",告诫所有贷款的学生应该诚实贷款,按期还款。总之,要把国家助学贷款引入正轨,使学校贫困生资助渠道更加畅通。他还透露,学校正计划拨出专款,开展校内助学贷款,进一步完善奖、贷、助、补、免等多形式、多层次的贫困生资助工作体系。

针对"曝光会不会损伤校友的感情"的疑问,江苏大学学生处副处长苗芊萍说:"其实学校早就酝酿曝光这一做法,之所以到现在才付诸实施,就是基于这一点考虑。最终只是在学校校园网主页公示,实际上也是'有情操作'。"她坦言,曝光最终可能会多少使这部分毕业生的情感受伤,但如若不这么做,听凭事态发展下去,不仅学校的声誉受损,而且会直接影响学校和银行方面的合作,最终受损的将是那些需要贷款的在校贫困学生的利益。"为了绝大多数学生的利益,只能不得不'得罪'这些毕业生了",她说。

据介绍,网上曝光之后,尤其是这一阶段各相关学院通力协作,加大了联系

力度和催缴力度之后,拖欠贷款现象已明显改观,目前共有 28 人主动与银行和学校取得了联系或已还清逾期欠款。对于仍旧"无动于衷"的,近日学校将向其家庭所在地的乡(镇)政府、街道办以及村委会发一封信,恳请其协助学生家长催促其子女尽快还款。如若还不奏效,学校将协助银行在更高一级网站和媒体予以再次曝光。

学者:呼吁尽快建立社会信用机制

对于此次曝光事件,从事律师工作的胡良荣老师认为,既然国家助学贷款合同中有规定"对甲方蓄意逃废银行债务,不履行还款责任,致使贷款形成风险的,乙方有权定期在公开报刊及有关信息系统上以学校为单位公布甲方姓名、身份证号码、违约金额",那么根据《合同法》规定,曝光不仅合理,而且合法,无可厚非,况且只是在校园网上公开其姓名。江苏大学人文学院张炳生老师认为,学生违约欠款说到底是一个诚信的问题,而诚信体系的建立,一方面固然要靠教育、道德的教化作用来实现,另一方面也要发挥法制的作用,双管齐下。

采访中,不少学者认为,国家助学贷款还贷不良、大学生个人诚信度令人怀疑,这同当前整个社会信用环境不佳紧密相关,而造成这一局面的深层次原因又在于,我国目前还没有建立个人信用系统,缺乏社会制约机制。由于缺乏相应的法规和准则,极易让"居心叵测"者钻空子,导致失信行为。国外有完善的个人信用记录,不管你走到哪里,你的不良行为、哪怕是一次乘公共汽车的逃票行为,都会成为你的不良记录,在你跟银行或其他社会单位发生关系时就会处处受制。如此一来,就很少会有人拿自己的信用作赌注了。

学者们认为,要真正解决还贷不良的问题,除加强诚信教育外,最重要的还是国家加快信用机制建设,从制度层面推进诚信建设。他们奉劝广大青年学生切不可因小失大,拿自己一生的信用作赌注。

(《中国教育报》2003 年 11 月 20 日)

大学生自律,需不需要承诺?

2004 年 10 月,江苏大学开全国高校之先河,组织刚入校不久的 6840 名大一新生签订了"自律承诺书",表示要自觉进行自我管理,自觉遵守学校规章制度,规范自我行为,完善自我形象。同时,所有新生的家长也作为见证人,在他们孩子的"自律承诺书"上签了名。承诺书内容涉及学生日常的学习、考试、生活、言行举止、男女交往等方面,不仅有爱国爱校、遵纪守法、勤奋学习、遵守公德等大方向性的内容,还有诚信考试不作弊、注重自身形象、不打架斗殴、男女同学交往文明、不在网络上浏览不健康内容、不在学生公寓内违章使用电器、不在学习时间玩电脑游戏等细节性内容。

时隔一年,这 6840 名新生已升入了大二年级,开始了新的学习和生活。在过去的一年里,"自律承诺"的效果怎样? 学生、家长和学校对这一事件又是如何看待? 笔者通过问卷调查和走访,对"新生自律承诺"的情况进行了跟踪。

违纪:同期比例大幅下降

江苏大学学工处管理科提供的学生违纪情况统计资料显示,从 2004 年 9 月入校至 2005 年 11 月,2004 级 6840 名学生中共有 13 人违纪受到处分,违纪比例为 0.19%,处分原因主要为考试作弊(11 人)。同期,2003 级 6567 学生中共有 35 人违纪受到处分,违纪比例为 0.53%,处分等级包括记过、警告和严重警告,处分原因为考试作弊(18 人)、网吧包夜(6 人)、旷课(5 人)、违章用电(2 人)、夜不归宿(2 人)、偷窃(2 人)等。同期比较可见:在大学一年级阶段,2004 级学生比 2003 级学生违纪受处分的比例下降了 64.1%;从违纪类型看,2003 级学生除作弊外,不少为日常行为方面的"出轨";2004 级学生主要集中在考试作弊这一"激情行为"。从违纪情况看,自律承诺书确实对强化学生的自我管理意识、规范日常行为起到了一定的作用。

江大学生处副处长王善明介绍说,近期学校组织了学风督察活动,在主要教学楼栋统计学生上课迟到的情况,全校 3 万余名学生最近一周内上课迟到的仅为 68 人次。低年级学生晚自习率达 95%,延迟至夜里 12 点熄灯的自习教室一扩再扩,现已增加至两层楼、50 个教室、近 2000 个座位。学生宿舍迟归的,每次抽查仅有五六人。

学生:自律承诺书"有作用"

此次调查在 2004 级学生中发放了问卷 300 份,有效回收 236 份。问卷设置了 19 道题,包括"是否记得自律承诺书内容""签订承诺书对你本人有何作用""日常生活中,你是否经常拿自律承诺内容约束自己""你父母是否经常拿自律承诺书教育你"等。

调查结果显示,15.67%的学生表示对一年前签订的承诺书内容"记得很清楚",68.64%的学生表示"大致记得",而 15.67% 的学生表示"没印象了"。对于"签订自律承诺书是否有必要",81.77%的学生表示"有必要",18.23%的学生认为"没必要"。16.10%的学生认为自律承诺书对自己有"非常大的作用",70.76%的学生认为"有一些作用",13.13%学生表示"无任何作用"。

电气学院 0402 班的张道兵至今还记得把承诺书带回家让父亲签字时的情形,当时父亲仔仔细细地阅读了承诺书中的 8 条内容,郑重地签下了自己的名字,并对他说:"既然签了字,说话一定要算数噢!"所以,一年来,他也是努力用承诺书这杆"标尺"来约束自己的言行。采访中,也有学生向记者表示,"签订承诺书意义不大"。人文学院一名女生说,大学生中不自律的现象确实不少,如男女交往不得体、上课迟到、无节制上网等。自律承诺书的内容,学校的规章制度中都有,是否遵守还靠外在的压力和个人的素质。自律承诺书对于素质高的同学来说是"多余",对于素质不高的来说仅是"一纸空文"。

家长:自律承诺书"有必要"

此次调查同时发放了 120 份学生家长问卷,有效回收 80 份。与学生略有差异的是,调查中高达 95% 的学生家长认为签订自律承诺书"很有必要"。93.75%的家长认为,"子女的成长主要靠自律"。对于"学生自律承诺书对您教育管理子女是否有启发作用",40%的家长表示"有很大的启发",58.75%的家长表示"有一些启发"。对于"您经常以自律承诺书的内容教育和引导子女",58.75%的家长表示"经常",37.50%的家长表示"偶尔",3.75%表示"从来没有"。在"子女更适合哪种管理方式"的问题上,87.50%的家长选择"学校管理为主,辅以家庭管理",12.50%的家长选择"家庭管理为主,辅以学校管理"。

采访中,许多家长认为,孩子终究要走向社会,上了大学后不可能还像以前那样由父母和学校盯着管着。签订承诺书,就是要让学生自己管好自己,同时也使家长明白了学校对学生的要求,知道如何督促自己的孩子学习和生活。中文师范041班解冉的母亲梅百岚女士是一名中学教师,一年前曾代表学生家长在自律承诺书签订仪式上讲话,在接受采访时她表示,作为家长当然应该全力配合学校做好对子女的教育管理工作,子女进了大学,家庭教育的配合仍然必不可少。作为大学生本人来说,要明白上大学是多么的不易,特别是农村来的孩子,家里节衣缩食,寄予厚望,所以一定要自尊、自重、自爱,自觉遵守校纪校规,发奋成才。她告诉记者,她同女儿之间的交流和沟通非常频繁,女儿经常向她汇报在校的情况,她也经常叮嘱女儿一些事情。

学校:自律是大学生成才的基石

"20世纪80年代出生的大学生,在成长的过程中面临着三个方面突出的矛盾。"江苏大学党委副书记陈国祥说,"一是提高思想政治素质、培养社会主义合格建设者和可靠接班人,与一些大学生对政治冷漠、不注意道德修养的矛盾;二是社会对人才的高标准要求、家庭对子女的高期望值,与部分学生难以实现的矛盾;三是高校创造宽松、自由、和谐的文化环境,与部分学生自觉自律的矛盾。相比于高中阶段,大学最大的特点是'自由',但如没有纪律和自律作保证,自由就会变成'自流',最终会导致不自由!"他认为,在这些矛盾当中,学生处在矛盾的主要方面,是内因。因此,提高学生的自觉自律意识,才是解决问题的根本。

同样,采访中江苏大学学工处姚冠新处长也认为,一小部分学生因为考试作弊、擅自住宿校外、违反宿舍管理规定、沉湎于网吧等受到各类处分,有一个根本性的原因,就是自我要求不严、自控能力差,严重缺乏自律意识。"过度自由将导致最大的不自由",受到处分后对毕业、学位乃至今后就业,产生不利的影响。在新生中签订自律承诺书,这是学校推出的一项学生管理的创新之举,目的是增强学生的自律意识,让学生自己管住、管好自己,为自己的成人成才找准"基石"。他还告诉记者,近年来学校通过开展"大学生文明修身工程",编写《大学生修身要览》《大学生活提示》并组织相关教学,开设"新生家长课堂",开展大学生生涯设计等,积极探索学校教育、家庭教育及学生自我教育相结合的学生工作的新途径。

思考:不能"一签了之"

江苏大学人文学院副院长张炳生教授认为,通过签订自律承诺书加强对学生的管理,实际上是发挥了道德规范在学生教育管理中的作用。"道德的形成是一个'知、情、意、信、行'的过程。"他说,从内容上看,"承诺书"不仅是学生内心的自觉要求,更多的是学校对学生的一种外在规定;从执行主体来看,承诺是一种自觉、主动的诚信行为,既不同于学生守则,又不同于文本式的协议。"这是把他律上升为自律的一种很好的途径,首先解决了道德形成的'知'的问题。"

计算机学院党委副书记崔金贵介绍说,早在前两年,他们就在学生中开展了"宿舍文明承诺"活动,用以规范学生在宿舍用电、用电脑等行为,收到了不错的效果。但是,对一小部分人作用不大。他强调,光靠签一次自律承诺书是不够的,因为人的思想是会波动和变化的,"一次性"的效果不会持久,时间长了会淡忘。签完后,还应常敲"边鼓"、常作提示,督促学生自省和对照,久而久之才会使承诺真正内化为品格。

曾有着多年学生工作经验的江苏大学宣传部副部长倪时平认为,现在的大学生个性张扬,不喜欢外在的束缚。"自律承诺书实际上把教育的要求内化,变成教育对象的自我选择行为,这更符合青年的心理特征。"但是,要注意承诺的内容不能泛化,变成学生守则的"压缩版"。他建议,不妨根据不同时期学生的特点和容易出现的"盲点",每个阶段选择一两个重点,有针对性地对学生进行"刺激"。那样,学生的印象可能会更深,效果会更好。

【评论】

在自我约束中发展自我

近年来,陆续有高校采取签订"自律承诺书"之类的形式,加强对学生、尤其是新生的教育管理。其目的是激发学生的自我教育意识,引导学生自律,促进自我成才。这对新形势下的高校如何加强和改进学生的教育管理工作,无疑具有积极的借鉴和启示意义。

如今的大学新生,绝大多数是20世纪80年代中后期出生的,大多是独生子女。有人说他们是"脸贴脸"的一代:以快乐为导向,不喜束缚,做喜欢做的新新人类,崇尚自我实现。确实,特定的时代背景和成长环境,造就了他们鲜明的个性色彩,使得他们身上具有不同于父辈的新鲜气质。然而,他们本身又是一个矛盾的综合体:自信心、自尊心强,表现欲旺,志向也不可谓不"远大";但是自理能力差、适应环境能力不强、进取精神不足、群体意识精神弱化等问题也很明显。

就大学新生而言,从高中到大学,这一突然的"时空跨越",由于缺乏必要的准备和足够的指导,往往在行为和心理方面积淀出一些不良的状态,集中表现在以下几个方面:

　　一是理想目标不明，放纵心理明显。中学时代，考大学是绝大多数人奋斗的目标和追求的终极。一旦进入大学，许多学生不知道该干什么，倍感茫然，没有了奋斗的目标和努力的方向。理想和目标的暂时缺失，减弱了他们学习的进取心和动力，很多人都有"松一松、歇一歇"的思想。因此，初入大学，不少大学生思想放松、行为放纵，吃喝玩乐无度，花钱大手大脚，恋爱昏天黑地。有的人不顾家庭条件，攀比成风。

　　二是学习习惯不良，学习方法滞后。中学时，教师对学生学习的指导可谓细致入微，内容明确，进度统一，学生学习的依赖性比较强。进入大学后，学习活动表现为自主性、选择性和探究性，要求学生有较强的自学意识、较高的自学能力。不少学生对此很不适应，不能针对大学学习特点及时调整学习方法，在学习上处于被动状态，久而久之出现恶性循环，产生厌学情绪。

　　三是中心地位失落，自我平衡感较差。以前，他们一直都是佼佼者，曾"领跑"过一个班、甚至一所学校，习惯了众星捧月的感觉，几乎所有要求甚至不尽合理的要求，都会得到家长的满足。进入大学后，一下子从"省队"进入"国家队"，发现同学无论是入学成绩、眼界、学识，还是其他方面的才华、能力都比自己强很多，"月亮"也变成了"星星"。面对这种状况，不能进行自我调整，失落和自卑在他们内心油然而生。有的就此消极懈怠，逃避现实；有的选择对抗、报复行为，甚至出现轻生念头。

　　四是人际交往不适，网络痴迷严重。这些在"2＋1"、甚至是"2＋2＋1"的家庭模式中成长起来的孩子，同辈交往相对较少，独立意识明显，加之以前家长过分注重孩子的成绩，忽视了孩子人际交往能力的培养，加深了"以自我为中心"的意识。进入大学后，强烈的交往欲求与孤独感的矛盾冲突，加上突然的放松和自由，极易患上网络成瘾症。近几年，因为沉迷于网上游戏和看碟片而影响了学业的大学生越来越多，甚至还有学生因为浏览不健康网站而走上犯罪的道路。

　　学生是教育的对象，更是成才的主体。因此，高校在完善自身的规章制度，加强对学生"外在"的教育管理的同时，应重视激发学生的自我意识，强化学生在成才中的主体作用，将外在的规范变成学生自我进取的动力。否则，学校制订再多、再细的制度，实施再严格的管理，仍然会有学生在外界的影响、诱惑下"触电网""越雷池"。

　　江苏大学在新生入学时就签订学生自律承诺书，而且还让家长作为见证人签字，这一有益的尝试不仅将学校教育和家庭教育统一起来，而且还将他律和学生的自律有机结合起来。言必行，行必果。在此，笔者也衷心地希望大学生们能够践行自己的承诺，在自我约束中实现自我发展。

　　　　　　　　　　　　　　　　　　　　　　　（《中国教育报》2006 年 3 月 12 日）

永远的黄丝带

初冬的早晨。北京丰台区解放军三〇七医院对面的一间民房里，一位 20 多岁的姑娘飞针走线，正在专注地绣着一幅一尺见方的十字绣。如果不是戴着个大口罩，真的很难看出眼前这个神采飞扬、活泼俏皮的女孩，是做完骨髓移植还不到半年的白血病患者。陈静，这位来自江苏大学、被人们称为"爱心天使"的女大学生，至今仍牵动着江苏大学师生以及无数好心人的心。去年冬天，为了拯救在生死边缘徘徊的她，在她所就读的江苏大学，在江苏，乃至在北京，一场由网络世界到现实世界的爱心救助活动在短短一个月时间募捐达 70 万元！

寒来暑往，雨打风吹。曾经在江苏大学所在地古城镇江的大街小巷飘舞着的黄丝带，如今已难觅踪影，但人们心头的黄丝带却一直在飘舞，那个"爱心接力"的美丽故事仍在传诵。

救同窗，她也患了白血病

"如果生命只剩下最后一格电力，我愿意做你的充电器。"

2003 年 9 月，家境贫寒的陈静几经周折，终于迈入了江苏大学的校门，成了该校应用科学技术学院（现京江学院）计算机专业的一名学生。入学不久，她就与来自南通的同班同学、上下铺的舍友丁玉兰成了好姐妹，两个美丽俊俏、乐观开朗的姑娘几乎形影不离。

陈静是班上的学习委员，学习十分用功，经常看书到深夜，为了不影响大家休息，常常在熄灯后到卫生间去看书。这位来自盐阜大地、革命老区的姑娘性情开朗，富有爱心，是同学们公认的"开心果"。

2005 年 3 月，不幸降临到了她的好友身上——丁玉兰患了急性粒细胞性白血病。听说此事后，陈静哭了。她决心帮好友渡过难关。其后的一个多月里，每逢休息日和课余时间，她便和其他同学一起，奔走在江苏大学的四个校区，穿梭于镇江的大街小巷，抱着捐款箱为丁玉兰募捐。后来，丁玉兰回南通老家治疗，陈静又义不容辞地在镇江几家保险公司之间奔波，帮着办理繁杂的医药费报销手续。她的善良和真诚感动了保险公司的工作人员，平安保险镇江分公司为丁玉兰捐款 10 万元。经过努力,陈静和江苏大学师生共为丁玉兰筹集了 20 多万元医疗费,暂时缓解了丁家的经济压力。

陈静一直和在家中养病的丁玉兰保持着联系,努力安慰病中的好友。她告诉丁玉兰:"如果生命只剩下最后一格电力,我愿意做你的充电器。"一度,丁玉兰的病情大为好转,陈静兴奋不已。为了感谢社会上的好心人和全校师生对丁玉兰的关爱,陈静和她的伙伴们组织了一个以"爱的力量"为主题的班会,展示用 DV 记录下的有关丁玉兰生活和当时募捐的画面。擅长舞蹈的陈静还专门创作编排了节目,庆祝丁玉兰的康复。

然而,命运似乎就是要作弄这对好朋友。谁也不会想到,正当陈静满心欢喜地期待丁玉兰返回学校时,病魔已经悄悄向她袭来。2006 年 3 月底,陈静和同学一起玩耍,无意中发现腿部有红斑。起初,她以为是皮肤过敏,后在同学的敦促下到医院进行检查,结果大家都惊呆了:她也患了白血病!

病榻上,爱心天使本色不改

"真正的朋友,一定会在你遇到困难时,给予你最大的安慰。"

陈静的家在江苏省盐城市农村,父母亲都是老实巴交的农民,姐姐已经出嫁。家里仅靠父亲陈跃亮在工地上打零工挣钱维持生计,而两年前父亲因肿瘤手术欠下的一笔债务至今仍未还清。曾目睹好友不幸的陈静知道,得了这样的病对家里来说不啻是灭顶之灾。善良的陈静起初并没有把这个不幸的消息告诉家人,甚至没有像当初听到好友患病时那样心痛。她首先想到的是父母:"我并没有为自己难过,只是为父母伤心,因为他们的女儿需要巨额的医疗费,而且只有 60% 的生存希望。"为了不拖累家人,她甚至想过放弃生命。

陈静的病情一传开,江苏大学的师生立即行动起来,大家表示:要像陈静当年救助丁玉兰一样去救助陈静!学院领导在陈静入院后的第一天就去探望,并带去了慰问金;全院 105 名教师、8 个专业的同学也纷纷捐款,短短 3 天时间捐款近万元;26 名同班同学深入到其他校区、走上街头募捐,策划了"让'爱心天使'留在身边"的义捐义演活动……

令人感动的是,病魔丝毫没有销蚀陈静的"爱心天使"本色。她在盐城第一人民医院住院期间,得知另一位大学生遭遇了同样的不幸,躺在病榻上的她作出了一个决定:从社会各界给她的捐款中拿出 5000 元给那位素不相识的年轻人。

由于担心影响丁玉兰的情绪,陈静并未把自己患病的事告诉她,而是一如既往地安慰和鼓励她。一天夜里,丁玉兰病痛难忍,央求陈静发两则好玩的短信过

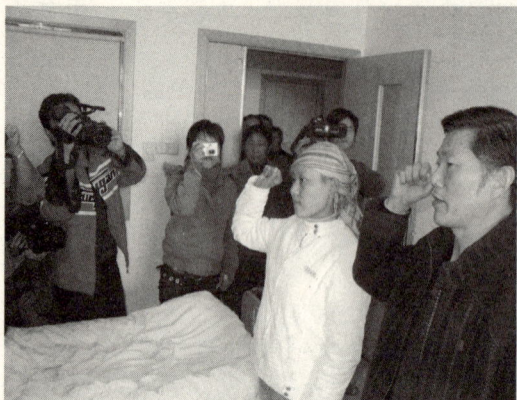
病房入党

来,陈静强打精神满足了她的要求。暑假到了,丁玉兰不见陈静来看自己,才知道陈静得了和自己同样的病。丁玉兰流泪了,她在日记里这样写道:"真正的朋友,不一定在你笑时陪你笑,但一定会在你遇到困难时,给予你最大的安慰,陈静便是如此。"

率性的陈静曾经向人坦露,她大学期间有三大目标:加入党组织,英语过六级、考上研究生,谈一个男朋友。患病后,陈静一边治疗,一边学习,经常向党组织汇报思想。为了圆陈静长期以来的"入党梦",去年11月,江苏大学应用科学技术学院党委和她所在的学生支部,专程到盐城市第一人民医院,在病床前为她举行了一个特殊的入党仪式。

黄丝带,见证满城之爱

"她曾经帮助别人,我们该为她传递这份爱心。"

当时,经过化疗的丁玉兰病情已有所缓解,处于稳定期,她把自己吃的药给陈静邮寄过来,同时开始设法为陈静筹集医药费。曾经情如姐妹的好友,如今同病相怜,共同与病魔顽强抗争着。她们的遭遇引起了南通、盐城、镇江三地媒体和市民的极大关注。南通热线论坛的网友们发起了为两位白血病女孩募捐的活动,他们与南通电视台联系,筹办义演晚会。然而,未等晚会举行,2006年10月28日丁玉兰却带着众多好心人的祝福离开了人世。为了告慰已逝的丁玉兰,为了与病魔顽强抗争的陈静,义演如期举行,共募得善款3万多元。

患难中,陈静成了丁、陈两家共同的女儿。虽然丁玉兰的父母还欠着十多万元外债,但他们决定将未用完的8万元捐款,大部分转捐给陈静。然而,这与至少60万元的骨髓移植费用仍然相差甚远!

2006年12月19日、20日,中央电视台"共同关注"栏目"美丽人生"节目播出了陈静和丁玉兰两位白血病女孩的不幸遭遇。当年倾心救助同学、如今也身染重疾的陈静牵动了无数善良人的心。12月23日,网名为"晨阳斜影"的江苏大学理学院学生朱小东,将第一个"救助陈静"的帖子发到了"镇江网友之家"的网站上。三天之后，这则消息同时被置于"名城镇江""山水句容"等镇江八大网站的顶端，引起了数万名网友的关注。"她曾经帮助别人，我们该为她传递这份爱心。""让我们为拯救生命行动起来！"悄然间，一场"爱心风暴"在网络这一虚拟空间风起云涌。

为了组织好募捐活动，网友"远方的梦想""阿呸"以及江苏大学学生朱小东、程建平、孔娇妮等网民组建了"爱在镇江组委会"。网上招募的包括江苏大学学生在内的1200多名志愿者，组成20多个募捐分队，在镇江市区各街巷广场、企事业单位和辖市（区），先后组织了60多场献爱心募捐活动，众多市民和企事业单位纷纷慷慨解囊。五千、一万、两万、五万、十万、二十万……爱心款以出人意料的速度增长着。出租车司机捐献7元起步价，公交车和社会车辆

满城尽飘黄丝带

捐款5~10元，就可系上象征爱心和希望的黄丝带。一时间，黄丝带成了古城镇江一道独特的风景……

采访中，笔者听到了许许多多感人的故事：

有个出租车司机将行人撞倒，没想到行人爬起来后，没有和这个司机理论什么，而是让司机赶紧走。司机提出要带他到医院看病，行人说不必了，我看见你车上飘扬的黄丝带，就知道你是一个有爱心的人；

一名残疾人手摇轮椅用了两个小时赶到江苏大学门口的捐赠点，献上了自己的一份心意；

一个乞丐走到志愿者面前，用他习惯乞讨的手向捐款箱内放进了碗中仅有的5元纸币；

一位白发苍苍的老奶奶，掏出了一沓皱巴巴的零钱，不住地说着："多好的姑娘，老天啊，把她留住吧！多好的姑娘啊，好人该有好报啊！"

1月28日，筹备已久的"飘舞的黄丝带——情系陈静，爱在镇江"大型义演在市中心广场举行。这一天，古城镇江成了黄丝带的海洋：出租车、公交车、三轮车、自行车、轮椅、树木以及数不清的人的臂膀上都系着黄丝带！义演过程中，市民不断向捐款箱中投入现金，有的企业还送来了支票，一股股爱的暖流在古城镇江流淌。从盐城赶来的陈静父亲陈跃亮热泪盈眶："万万没想到镇江市民这么

厚爱陈静,镇江人给了她活下去的希望,我代表全家感谢你们!"

起波澜,骨髓移植终获成功

"爱心天使"终于迎来了生的希望。

经热心的北京网友联系,陈静决定去北京治疗。春节前,江苏大学有关部门、陈静所在学院领导和老师以及热心网友 20 多人,前往南京机场为陈静送行。"早日康复""爱心永驻""陈静,我们为你加油!"在一张张长条形贺卡上,前来送行的人纷纷为陈静送上了心底的祝福。大家约定:"陈静,我们在镇江等着你!"

腊月的北京分外寒冷,可来自江南的陈静却在这里被浓浓的爱温暖。当日下午 6 点钟到达北京后,十多位北京网友早已守候在那里,并安排车辆将他们送到住处。随后两天,网友们帮陈静代办了住院手续、公交一卡通、手机号,并物色了住处。为了消除陈静的寂寞,鼓励她战胜病魔,京城网友们还为陈静开通了无线上网功能。北京各大高校的近万名学生为陈静举行募捐活动,搜狐社区北京站的网友们牵头号召全国网友献爱心,一些在北京工作的江苏大学校友也纷纷前来探视。笔者一次致电远在北京的陈静时,恰巧一个名叫陈玮的江苏大学校友来看望陈静。陈玮告诉笔者,她早就通过媒体了解了陈静的事迹,深为学妹的精神感动,听说陈静来北京治疗后,就迫不及待地前来看她,现在休息日或者下班后就来陪她聊天。

赴京前,陈静已通过中华骨髓库找到了合适的配型。住进解放军三〇七医院不久,陈静的血样就送往北京市中心血站,开展移植前的高分辨配型检测。本以为很快就能移植,没想到骨髓库那边却迟迟没有消息。要知道,一般的白血病病人在化疗三四次后就应该移植,最迟不能晚于 10 次化疗,而陈静此时已接受了 9 次化疗。时间一天天流逝,大家的心也一天天地揪紧了!在"镇江网友之家"开设的"关爱陈静"论坛上,网友和江苏大学的师生们每天都在交流着陈静的病情,急切地打听陈静的最新消息。春节后的一天,中华骨髓库传来信息:供体因怀孕而无法捐献!听到这个消息,镇江网站上"泪如雨下"。很多人发帖表示:我们一起去捐髓,为陈静再献一份爱心!

带着江苏大学师生和众多网友的重托,朱小东再次来到北京,奔走于医院和中华骨髓库之间,紧急申请配型。第二天,中华骨髓库传来消息:在台湾和大陆地区分别找到一例合适的配型!由大悲转为大喜,镇江网友们禁不住欢呼雀跃。

高分辨检测的结果更是出人意料,一般来说,HLA 等位基因 10 项指标有 6 项一致就可以移植,8 项一致就相当不错了,而供体和陈静的 10 项指标竟然完全一致。"我们家陈静有救了!"拿到报告单,父亲陈跃亮禁不住喜极而泣。

6月初,陈静即将进行骨髓移植的消息传到了她的母校,江苏大学校园里一片欢腾。师生们踊跃献血,争相以这种特殊的方式祝福陈静,传递爱心。

6月底,一场不大不小的雨给干燥多日的北京平添了几分清新。6月29日和30日,来自上海的100毫升干细胞分两次植入了陈静的体内。

忘不了,寒夜里温暖的心灯

"那么多人在关心着我,我怎么能够放弃生命?"

"没有大家的关爱,我是不可能走到今天的。"采访中,陈静一再这样表示。她毫不讳言自己曾经想过"放弃"。从最初的担心连累家人,到后来面临巨额医疗费的压力,再到后来寻找供体的波折,还有一次次化疗放疗的痛苦,真是"生不如死"。"但是,一想到老师、同学、网友、社会上的好心人,那么多人在关心着我,我又怎么能够放弃呢?"陈静说,正是无数的关爱温暖着她,给了她战胜病魔的勇气和力量。

如今已经毕业成为一名自由职业者的朱小东,在去年陈静患病之初就一直关注着陈静,不仅在校园里给陈静组织募捐,暑假里还到盐城的医院去探望。在网上发帖倡议"拯救江苏大学爱心天使"之后的一个多月里,他会同十多名网友,投入全部精力,在古城镇江掀起了声势浩大的"满城尽飘黄丝带"活动,一下子为陈静募集了70万元的医疗费。后来他又多次去北京物色医院,奔走于中华骨髓库、北京市中心血站等地,不辞辛苦地处理陈静在京治疗的繁杂事务,给困境中的陈静和家人莫大的安慰,他几乎成了陈家"半个主心骨"。当笔者问小东为什么这样做时,一向行事低调的小伙子淡淡地说:"陈静以前不遗余力地帮助别人,我们现在当然要帮助她了。"

侯解放,这位与共和国同龄的北京老知青,经历坎坷,至今仍没有固定的工作,可这丝毫挡不住她救助陈静的一腔热情。她在同陈静的班主任、网友潘朝根老师聊天时,听说了"爱心天使"的不幸遭遇,深为感动,当即在搜狐网站的"无限论股"论坛上发起了募捐活动,前后募集7万多元。陈静来京后,侯解放在照顾年近九旬、卧病在床的老母亲的同时,经常骑自行车来看望陈静,并热情地帮着解决一些生活上的困难。笔者在北京采访时,有幸见到了这位热心的老人,一见面,她就将一个红纸包硬塞给了陈静的父亲,里面是她在某网站任版主的两个月工资和近期一个网友的捐款,总共600元。自称是"热心公民"的她快人快语:"陈静太好了,是我们学习的榜样。我不懂什么大道理,就认一个理:好人应该有好报！陈静这么好的姑娘，我们怎么能不帮她？"

青年农民余智祥，去年 6 月听说"爱心天使"的事迹后，就踏上了为陈静募捐的道路。一年多来，他骑着自行车，足迹遍及江西、广东、福建、浙江、湖北、海南、北京等十几个省市，行程两万多公里，先后为陈静募集了 3 万多元。陈静至今记得，余智祥第一次骑自行车到盐城市第一人民医院的病房去看望她，送给她 800 多元捐款，沉甸甸的一方便袋。就在前不久，这位热心的江西小伙子还来北京探望了陈静。

还有远在上海的捐髓者。在 6 月造血干细胞送达的时候，一份写在心形卡片上的祝福也不期而至。"亲爱的陈静妹妹，生命真的好奇怪，以后我们就是一个人了……姐姐希望你能快点好起来，幸福地生活下去……"这些滚烫的字句带给陈静无以名状的温暖。还有学校的领导、老师、同学们，家乡盐城第一人民医院、北京解放军三〇七医院的医生、护士……

回忆起患病这一年多来的点点滴滴，陈静心存感激。"你们的关心和帮助给了我第二次生命！我永远不会忘记！"陈静动情地说。

期待着，重返校园继续学业

"活在当下，真心过好每一天！"

在北京采访时，再次见到的陈静，着实有点出乎笔者的意料。她因化疗而稀疏的头发已变得乌黑浓密，就连眉毛也是浓浓的；大口罩后面两只大眼睛，那么灵动传神。

骨髓移植成功且病情稳定之后，为了方便抗排异治疗，同时防止交叉感染，今年 8 月下旬开始，陈静便同家人临时租住在医院附近的民房中。目前，陈静已经成功闯过了肠道和皮肤两大排异期，病情稳定，每周由父亲陪着到医院做两三次血常规检查。

在陈静父母房间的床头柜上，笔者发现了一张大纸折成的小册子，上面详细记载了从 6 月 19 日陈静进入无菌舱到现在，总共 45 次血常规检查各项指标的数值，父亲陈跃亮用红色的箭头对数值的升降做了标注。"数字虽然简单，但每一个数字背后都有一段故事。"陈跃亮说。

"与陈静同时进入无菌舱进行骨髓移植的十几个人，现在一半以上都已离世，留下来的也有人至今还躺在无菌舱里，医生们都夸陈静是他们当中恢复最好的一个。"陈爸爸说，陈静之所以如此幸运，主要有两方面的原因。一是陈静的捐髓者是她的"幸运大使"，不仅年轻、体质好、造血干细胞浓度高，而且其 HLA

等位基因 10 项指标与陈静完全一致,这样的高分辨率结果即使在配型成功者之中的概率也只有五万分之一。二是得益于陈静乐观豁达的心态。在三〇七医院里,开朗活泼的陈静"本性难改"。无论哪个病房,只要陈静去了,总是一扫沉闷之气,说笑话、讲故事,甚至打扑克,要不了多久就"乐翻了天"。曾经有一个北京的老太太不肯打针吃药,医生劝骂医生、护士劝骂护士,后来陈静的一番"甜言蜜语"让她喜笑颜开,乖乖地就范。就连在"牢笼一般"的无菌舱里,陈静也自得其乐,发明了"陈氏健身法",每天提着两只装满水的水瓶溜达,以防肌肉萎缩。难怪出舱时别人坐着轮椅被推出来,她是走出来的。"一般白血病患者最多只能接受不超过 5 次的放、化疗,可她接受的放、化疗次数达 14 次之多。"陈爸爸自豪地说,"换了别人,可能早就垮了。"

从医院回来后,陈静闲暇时间自学十字绣,几个月来已经完成了两幅作品。在她收拾得十分整洁的小屋里,她向笔者展示了一幅已经完成了一半的作品,五颜六色的线,细细密密。"做十字绣很费工夫,一幅作品短则十天半个月,长则一两个月、甚至数年才能完成。一定要坚持,千万不能放弃,否则就会半途而废。"陈静说,"这很像我现在的状况,活在当下,真心过好每一天!"她表示,将把凝结着心血的十字绣作品送给那些给她关爱的人。而她最大的愿望,就是度过排异反应的危险期,争取明年下半年能重回校园继续学业。

"万事万物都是有其自身规律的,死并不可怕。遇到病痛的时候,一定要镇定,想办法对付它,千万不要被吓死。"尽管身边的病友一个个离去了,但是陈静一直坚定地与死神抗争,并对生命有了更深刻的感悟。

"给每一条河每一座山起一个名字/陌生人,我也为你祝福/愿你有一个灿烂的前程/愿有情人终成眷属/愿你在尘世获得幸福/我也愿面朝大海,春暖花开"。这是陈静在送给母校的纪念册上,录下的海子的一首诗。这是一个对生命有着真切体验的女孩子对生命的深情礼赞。

【声音】

本来,陈静与普通的莘莘学子一样拥有着无忧无虑的青春,但生活的磨难让我们认识了陈静不平凡的一面:真诚善良、富有爱心、乐观镇定。优秀女生的不幸命运演绎了动人的故事。陈静展现出来的精神与情操,使我们震撼。这样的磨难,让一个学生成长为一个特殊的老师,她给了我无限的感动和启示。

——王玉辉(江苏大学京江学院教师)

陈静的故事从网上开始,在现实生活中延续,可以说是无数的网友给了陈静第二次生命!飘扬在古城镇江的黄丝带见证了人性的善良,爱心的可贵,也见证了网络的力量。网络的虚拟性过滤了现实的种种利害算计,释放与升华了人性中的善意,虚拟世界的人文关注最终转化为现实世界的爱心行动。

——吴先琳(网友)

作为陈静的同龄人,关注、关心陈静,不仅是因为她身患白血病,并同病魔乐观顽强地做着斗争,更是因为她那颗天使般的爱心。最令人敬佩的是,她能够把这种爱变成太阳,让每一个内心有阳光的人都能贡献出自己的光和热。她是我们大学生的骄傲。

——杜珠珠、周琳(江苏大学学生)

【作者手记】

生生不息

"爱心天使"陈静终于迎来新的生命曙光!

同许多人一样,一年多来我一直关注着陈静的状况,心情也不由得随之起伏跌宕。我一直在想:是什么力量让"柳暗"之后是"花明",创造了这一"美丽的神话"呢?

无疑,这是爱的力量!

爱是一种情感,她是人类最圣洁、最美好的情愫,是我们心底最柔软的部分。爱更是一种力量,她如水似波,却又汹涌澎湃,势不可当。她深藏于我们的内心,而又见之于我们的行动。

因为爱,陈静不计得失,倾力帮助同窗好友,被人们誉为"爱心天使";因为爱,无数人伸出援手,慷慨解囊,誓将"爱心天使"留在身边;也是因为爱,让曾经想到过"放弃"的"爱心天使"不断地同病魔抗争。

这是一场爱心的接力。

无论是已经毕业的、仍在为陈静多方奔走的江苏大学理学院朱小东,还是远在北京、"就认一个理"的老知青侯解放,抑或是"千里走单骑"为陈静募捐的余智祥,以及许许多多相识、不相识的人,他们感动于陈静的爱心,他们的爱心和义举又何曾不在感动着我们、孕育着新的力量?

同样,这份爱也让"爱心天使"陈静感动着。"康复以后,要像所有关心、帮助过自己的人一样,把中华民族助人为乐的优良传统一代一代地传下去。"与其说这是她的生活准则,不如说是新生后爱的宣言。

爱是无形的,却充满力量。她教我们懂得同情,学会珍惜;她使我们的生活充满阳光,生命富有色彩;她也让我们的家庭变得温馨,社会变得和谐。

真诚地企盼,爱的暖流生生不息。

(《中国教育报》2007 年 12 月 16 日)

让梦想照进山里孩子的心灵

临近开学,即将要升入初一学习的刘胜花却一脸愁容。前一阵子突如其来的一场冰雹砸毁了家里的土房子,全家人只能蜗居在政府发的救济帐篷里,地里的庄稼也受损严重。为改善家里的经济状况,父亲打算让她中断学业,去外面打工。她远在三千里之外的"老师"——江苏大学文法学院大二学生鲁倩得知后,迅即打电话给胜花的父亲,给他"摆事实讲道理",听到他语气缓和后,心里才踏实了。

刘胜花是宁夏回族自治区西吉县沙沟乡的一名学生。地处宁夏南部的西吉,这里山大沟深,十年九旱,土地贫瘠,被联合国粮食开发署确定为最不适宜人类生存的地区之一。今年暑假,江苏大学"爱暖西吉"支教协会的志愿者来到这里,包括鲁倩在内的11名大学生在这里进行了近一个月的支教活动。

支教乐了回族娃

困难,挡不住教学的热情

四间砖房,一堵泥墙,一个铁筐加木板支起个篮球架,坑洼不平的一百多平方米的"操场"……马荣是沙沟乡甘沟村小学唯一的老师,回族人。严格意义上来讲,这所校长兼教师的"一个人的学校",还算不上学校,只是个"办学点"。

四间砖房的左边第二间是志愿者的临时住所。马荣介绍道,遵照当地习俗,男生可分散到村民家里去住,而女生只能住在学校里。腾出的一间教室与其说是宿舍,不如说是杂物间,里面堆满了志愿者们大包小包的行李和带来的各种教学用品,只是在房间的一角搭了两张床。所谓床,也是门板和从羊圈里淘的木板,铺层稻草,再铺上褥子。头几天晚上,同学经常被散发出的膻味熏醒、被不时爬出来的虫子惊醒。再后来,这些平素胆小的女生变得很"淡定"了,从被子里摸出一只昆虫也不惊慌了,用她们的话说:"默默地摸出来,扔掉!"

"本以为暑假来支教,会影响孩子们玩乐休息,没想到刚到就被感动了。"支教协会负责同学王文龙说,起初的两天大家忙着作开课前的准备,竟有不少孩子天天来学校转悠,问哪天开课。每天八点半上课,许多小朋友不到七点就守着教室门口等着开门了。"孩子们尽管基础比较薄弱,但学习都很努力,非常刻苦。"上课的时候,孩子们听得特别专注,如饥似渴的眼神印在脑海里挥之不去,离家近的孩子放学后一直待到天快黑才走。

充实、忙碌与感动交织

每一节课,志愿者们都作了精心的准备。大家从最基本的握笔姿势教起,在教学中穿插了许多有趣的内容,在英语课中编排"喜羊羊与灰太狼"话剧,开设绘画、音乐课,针对小孩子好动、容易开小差的特点,组织"齐心协力"绑腿跑、跳大绳、齐动手拼中国地图等活动,让他们领会纪律、团结的概念。

支教生活艰苦但并不乏味,志愿者们的内心不时被一些感动充盈着。山里的孩子淳朴而又热情,没几天都争着邀请老师去家里做客,一开始大家都找各种理由拒绝,后来有的孩子趁老师去家访的时候,硬是"逼"着志愿者们在家里吃饭。"馓子、麻花、荞麦圈等,一大堆,这可是过年的时候才能吃到的东西。"

当然,最令志愿者们欣慰的,莫过于看到孩子们的成长和变化。在支教之初和临末的时候,有心的鲁倩特地让班上的孩子做了两次自我介绍。"一开始,很多孩子都很胆小内向,害羞腼腆,寡言少语,介绍完自己叫啥、几岁、上几年级就没了。后来,一个个自信大方,流利自如,一串一串的,有的还乘兴唱起歌来。"马荣老师赞叹:"山里信息闭塞,这些志愿者们带来了先进的理念和方法,孩子们的内心开放了许多,特别活跃。"

爱心,连通山里孩子的梦想

这次支教,志愿者们还有一个特殊的任务,就是了解和收集那里的贫困生信息并带回学校,建立"资助需求信息库",通过宣传沟通,让更多的山里孩子得到帮扶。

"建立贫困生需求信息库,让更多的孩子得到'点对点'全方位的帮扶,是学院团委'蒲公英行动'的起点。"能动学院党委副书记石祥介绍,"爱暖西吉"支教活动开始于2010年初,最初由该院的一名宁夏西吉的孤儿大学生发起,迄今先后有 45 名志愿者前往西吉支教,受益的学校已达 4 所,接受教育的学生达 500 人次。

支教,让志愿者们在付出的同时,也在收获着、成长着。"短短一个月时间,我们感受到了不一样的生活,回族人淳朴的民风,孩子们的善良,勤劳,懂事,都给我们这些支教的大学生留下了很深的印象。"食品学院的志愿者刘慧超在她的支教日志里如此写道,"从他们身上,我们也学到了很多,其实,这是一个共同成长的过程……改变不可能一蹴而就,但是好在我们来了。我们希望,爱暖西吉能成为一座桥,跨过大山,沟通甘沟和外界,也连通孩子们和他们的梦想。"

就在前两天,志愿者董晓言收到了一条学生发来的短信:"老师,明天我就要去学校了,我今年一定会好好学习,打好基础,一定要考一个好高中,将来考江大! 我不会辜负你们对我的期望! 我一定要走出大山! 看看外面的世界!"

(《中国科学报》2013 年 9 月 19 日)

李岚清回家乡寄语江苏大学学子

"把祖国的传统文化发扬光大"

【本报讯】"你了不起! 回去后跟其他同学讲,继续钻研篆刻艺术,并以此为基础,把祖国的传统文化发扬光大!"10 月 31 日上午,在江苏大学《李岚清篆刻艺术展》的展厅内,李岚清同志握住江苏大学梦溪印社学员张超同学的手,赞许中饱含着希望。张超同学激动地点头应允。

"真是太幸运了!"张超说。身为江苏大学外国语学院 05 级师范英语专业学生的她,同时也是成立于 1991 年的全国高校首家印社——江苏大学梦溪印社的学员。在前不久,当得知李岚清将第五次莅临江苏大学,参加《李岚清篆刻艺术展》开展仪式时,她和同学们非常高兴。令她兴奋的是,此次她和同印社的其他 9 名同学总共 101 幅篆刻作品,非常幸运地与李岚清的作品"同台表演"。

更为幸运的是,她还代表江大 3.5 万名学生在开展仪式上作了发言。她说,进校后她就曾听说,作为镇江人的李岚清同志曾于 2005 年 4 月 30 日在学校作了《音乐·艺术·人生》的精彩讲座,他所说的"音乐的魅力在于它能使生活更有情趣、思维更有创意、工作更有效率、领导更有艺术、人生更加丰厚"在同学中产生了极大影响,很多同学因此对西方久盛不衰的古典音乐产生了浓厚的兴趣。前不久,她有幸认真拜读了《原来篆刻这么有趣》一书,感到书中每一方印即是一种志趣和理念、一首诗、一篇散文、一幅画、一首歌、一段故事,甚至一个笑话。作者将自己对篆刻艺术的独到理解和追求,将自己的情感、思考和理念融入笔法、刀法和章法之中,刻出了一件件不囿于古、不媚于俗的精美作品。深为这些灵动的石头所吸引,她临摹了其中的七方作品,不仅更深地体会到了篆刻艺术的独特魅力,还真切体味到了老一辈领导人对年轻一代的良苦用心和殷切希望。

据梦溪印社的指导老师唐戈介绍,其实张超真正接触篆刻的时间还不到半年,但由于有一定的书法基础,所以她"很有悟性,上手很快"。一个多星期前,她偶然看到了李岚清的篆刻作品,一下子就爱不释手,便请老师挑了一些出来临摹。当晚,她便写好了印稿,紧接着她又花了一天半的时间,陆续刻好了7枚印章。前天,当陪同参观展览的江苏大学党委书记朱正伦、校长袁寿其指着4个条幅上的印章告诉李岚清同志,这上面全是本校学生的作品时,李岚清驻足良久,不断地点头赞许。当看到张超同学所临摹的"祖国万岁""人民万岁""中华印趣""石翁"等7幅作品时,李岚清会心地露出了笑容。

李岚清同志还深情地一一列举了早年就读的学校的名字。他告诉大家,他自幼爱好中国传统文化。上初中时有劳作课,除完成老师规定的作业外,还要有自选作业。那时家门口附近有一家刻字社,每天从那经过觉得很好玩,便买了把修脚刀和两方印石,自己捣鼓,权当作业。此后,从升入高中到退休的五十多年间,他再也没刻过印。71岁时,他重拾旧趣,开始学习篆刻,4年来,不知不觉刻了300多方印。

李岚清同志对江大的学生们说,后来之所以答应有关方面将作品编辑成书《原来篆刻这么有趣》出版,并且举办"李岚清篆刻艺术展",其目的就是想让年轻人"不要害怕"这门艺术,能了解篆刻、欣赏篆刻、喜欢篆刻,进而达到普及中国传统文化的目的。他语重心长地说,现在计算机日益普及,很多人敲键盘替代了写字,"年轻一代千万不要把古老传统的书法艺术给忘了!"

(《江南时报》2007 年 11 月 5 日)

"新时期知识型产业工人的领跑者"邓建军殷切寄语大学生

要深入实践，带着问题去学

用10年时间完成了微机及应用自考大专和计算机及应用函授本科的学业，通过自学掌握了英语和德语两门外语，精通纺织行业的电气、机械和计算机三门技术……日前，新世纪全国首批七个"能工巧匠"之一，被誉为"新时期知识型产业工人的领跑者"的邓建军，应邀回母校江苏大学作先进事迹报告，并从该校党委书记朱正伦手中接过聘书，担任学校校外政治辅导员。报告会结束后，邓建军接受了采访。"是学习，让我尝到了攻坚克难的乐趣。"邓建军对学习别有一番感悟。

知识储备是一方面，但及时补充更不可少

"作为用人单位来讲，恨不得你什么都懂，是一部'百科全书'。"他说，因此我们每一个人在该学习的时候，要尽可能多地去学。作为在校大学生更应抓住在校的点滴时间，汲取各种知识的营养，充实武装自己。"多学一点、学好一点，就为将来找工作增添了一份筹码。"邓建军认为，身处日新月异的知识经济时代，一下子穷尽所有的知识不可能，及时补充新知识就非常重要。"知识储备是一方面，但及时补充更不可少。"他说，"既然不能一劳永逸，就应该终身学习，缺什么补什么。"

要深入实践，带着问题去学

"实践经验"，近年来在大学生求职市场上被越来越多的用人单位所看重。对此，邓建军说，作为用人单位当然希望一来就能上手，"但从生手到熟手是有一个过程的"。因此，他建议大学生在校期间，在学习书本知识的同时，要多接触企业，多接触实际。"要深入实践，带着问题去学。"他说，"很多东西，看起来容易做起来难"，接触了生产实际后，才会明白为什么要这么设计、制造，还可以怎样改进。"放不下架子，那只能是眼高手低。"敬业、肯学，到哪个单位都是受欢迎的。

不要怕"屈尊",那是积蓄能量

这几年,邓建军接触了不少大学生,特别是每年都要给一些应聘的大学生面试,求职时学生们总是问单位能给什么,最关心"月薪多少""今后发展怎样"。他说,务实是好的,但不能浮躁和急功近利。"作为学生,同时也应该问问自己'能为单位解决什么问题''能给企业带来什么样的效益'。"

对于有些大学生因不愿"低就"而找不到工作的现象,邓建军说,刚工作能有好的待遇固然好,但不能"一条道走到黑"。要从长计议,刚工作时不要怕"屈尊",那是积蓄能量。他打了比方说:"你刚毕业时能力是五成,工资是 2000 元,两年后能力是七八成了,还怕拿不到 3000 元、4000 元?"

(《中国教育报》2005 年 9 月 28 日)

教育部"长江学者"郑强在江苏大学演讲

教育的误区是"挖掘式智力潜力开发"

"中国为什么出不了诺贝尔奖? 是我们的教学条件差吗? 是我们的研究条件落后吗?"郑强在向教育发难。近日,被称为"最牛愤青教授"的郑强在江苏大学进行了一场名为"当代大学生的成才之道与历史责任"的演讲。

头顶着教育部"长江学者"特聘教授、国家杰出青年基金获得者、首批新世纪百千万人才工程国家级人选、博士生导师等一系列学术桂冠的浙江大学工科教授郑强,因经常炮轰现行教育而得到网友的热情追捧。

报告会从天黑一直持续到晚上近 10 点,台下挤了近 3000 人,几乎没有人离开。

教育的误区是挖掘式智力开发

演讲中,个性张扬的郑强敢怒敢言,痛陈现代社会中的种种不是,锋芒直指我国现行的教育体制和教育制度。通过列举幼儿园"讲坐姿、立规矩"、少年宫"车水马龙"、中小学生的所谓"成熟、懂事"等一系列现象,他指出,我国的教育误区是,"挖掘式的智力开发","挖煤炭挖到黄土了还在挖!"

郑强结合自己的高分子专业打比方,教育就像做一个陶器,幼儿园阶段给沙子浇浇水,小学阶段捏一捏,初中造造型,高中上釉,大学焙烧,"可现在的幼儿园、小学、中学太能干了!"他说,"超量灌输知识极大地挫伤了孩子们的求知欲望,摧残了孩子到大学后的发展潜力。"中国的孩子小时候不得玩、不能玩、被别人玩,上大学后"没人管难受",开始大玩特玩,沉溺网络,盲目恋爱。

"教育是一把双刃剑!"他说,"好的教育让人走向善良;反之使人愚昧,而且愚昧得不可理喻。"演讲中,郑强不时有惊人之语,"分数越高,意味着你残废的程度越高!""选择一流大学,恰恰选择了平庸之道! 因为你丧失了继续领先的动力。"

作弊是"逼良为娼"

对于自己在 6 年内连续三届高票当选"浙江大学学生心目中最喜爱的老师",郑强解释说,一名老师要想被学生喜欢,必须具备三方面的条件:有真才实学,有爱学生之心,能与学生沟通。

他自称,在浙江大学他是"专门拯救那些被处分的学生的"。对于大学校园中的作弊现象,郑强的观点令人瞠目:"作弊是'逼良为娼'!"他指出,"评奖是现在大学生作弊的驱动力"。他发现,很多作弊的都不是成绩不好的同学,很多成绩好的同学为了获得各种高额的奖学金而去铤而走险。他明确反对监考老师用怀疑的眼光审视学生,因为"教育的目的是提高,而不是惩罚"。他笑言,自己监考的考场上没有作弊的秘诀就是"精神控制法",相信学生都是优秀的,提醒他们要"永葆革命晚节"。一直对英语"怀有批判"的郑强对于高校"双语教学",表示"坚决反对"。"专业的东西非常细腻,要靠民族语言才能表达透。专业课学专业的,不是学语言的!"他风趣地说,"如果这样,学生 4 年下来就听不懂美式英语、英式英语了,只能听懂郑强带四川口音的英语了。"

豪华校园是对学生的双重毒害

很多高校大搞新校区建设,校园现代大气,风景如画,对此,郑强毫不客气地指出:"现代豪华的校园是对学生的双重毒害!"因为"很多边远地区的孩子进了这样的校园,恨不得把身上简朴的衣服扔了"。在这样的校园里,学生只有穿名牌、骑名车才匹配。他质问在座的大学生,"在这样鸟语花香的校园里幸福地生活 4 年,老百姓还能指望你们到艰苦的地方去吗? 你们内心还愿意到艰苦的地方去吗?"他对比古今中外的大学说:"真正一流的大学,更重要的是对历史文化的传承和延续,在于大学精神的树立。"

对于大学生们抱怨的"找工作难"问题,郑强更是不留情面:"你们没有资格索取!你们没有给这个社会作过任何贡献。""不是找不到工作,是很多同学不找艰苦的工作。你们是找不到享受的工作!"

文化人别做精神上的孤魂野鬼

3 个小时的演讲,郑强在以"郑氏见解"给学生"洗脑"的同时,也对学生进行了"爱"的教育。他坦言,今天是来"挖心的,来剥皮的!"他大声疾呼:"一个缺乏自信心的民族,一个主体意识不健全的民族,一个把自身的命运托付给他人的民族,是一个没有希望的民族。"他告诫大学生,不能因为学了一点知识和技能就变成"文化和精神上的孤魂野鬼"!

郑强认为最重要的一点,就是要有专业的本领。这样才会有自信。对于专业的热爱不是天生的,而是"付出了以后才会爱"。

"科学是有国界的,科学家永远爱他的祖国!"学术研究要关注社会需求,更要关注国家和民族的命运。

(《新华日报》2008 年 4 月 6 日)

"人生在勤,贵在坚持"

——杨叔子院士与大学生谈"成才经"

"人生在勤,贵在坚持;敢于开拓,善于总结;尊重别人,依靠集体;理想崇高,自强不息。"这两天,应邀来镇参加"高等教育改革发展 30 年高层论坛"的著名科学家、教育家、中科院院士、原华中理工大学校长杨叔子教授,先后为江苏大学、江苏科技大学的数千名学生和青年教师作了题为《踏平坎坷,才能成才》的演讲,将他一生 32 字"成才经"与大家分享。

饮水必须思源,数典不能忘祖

"今天,我做的不是什么学术报告,而是人生汇报。"演讲一开始,杨院士就"开宗明义"。虽然已经 75 岁,但清瘦的杨院士,步履矫健,精神矍铄,给人"仙风道骨"之感。他出生在江西湖口,1952 年考入武汉大学机械系学习,后来留校工作。1991 年当选院士,1992 年担任华中理工大学校长。

1981 年,杨叔子作为当时最年轻的教授留学海外。当时有很大一部分留学生,宁愿留在美国当二等公民,也不愿意回国,国外也有几家高校愿意留他。对此,杨叔子感慨道:在我们这辈人心中,出国就是为了回国。他说:"西方有位哲学家认为,世界是'傻瓜'建成的,不是'聪明人'建成的。"他表示,自己能够成长为院士,离不开国家、集体和周围的很多人,"饮水必须思源,数典不能忘祖!"

争分夺秒,坚持 30 年吃食堂

"人生在勤,贵在坚持。"杨叔子说,这是他成才成功的首要"秘诀"。具体来讲,就是要"勤学、深思、笃行、专心、有恒"。

回望自己的人生之路,杨叔子最欣慰的是,一生都在争分夺秒地学习着。在武汉大学留校任教后,学校把他送到哈尔滨工业大学进修,他用 3 个月时间,学会了俄语,不仅能听懂俄罗斯专家讲课,而且有些字典里没有的单词他都掌握了,其诀窍就是勤奋、专心。那段时间,吃饭、走路都在记单词。回到学校后,为节约时间学习与工作,他和老伴坚持吃食堂 30 年,直到女儿结婚后,他们才开始在家做饭。

如今,杨叔子勤学依旧。这次从武汉乘飞机到南京,机上 50 分钟时间也没放过。随身行李箱里,四分之一为各种研究资料。

今天多一些麻烦,明天多一些从容

杨叔子特别喜欢看电视连续剧,但苦于没有时间。自参加工作以来,他只是在退休后为了陪孙女,才从头到尾、一集不落看完了《西游记》。对其主题歌中"踏平坎坷成大道"感同身受。他说,犹如唐僧师徒西天取经一样,在每个人的成长中,都会遇到坎坷、苦难。对于天才,这是一笔财富;对于能干者,这是一块垫脚石;对于胆小鬼、懒惰者,这无疑是万丈深渊。

"今天多一分潇洒、一分自由,就意味着明天多一分被动!"他希望青年学生,今天给自己多制造一些麻烦、压力,这样,明天就会多一些从容、多一些主动。他强调,当今社会情况复杂,诱惑很多,对于年轻人来说关键是目光要长远,理想要崇高,要敢于坚持,不为一时一事所惑、所动。

(《科学日报》2008 年 12 月 16 日)

当前,大学生村官选拔工作已进入面试程序,小岗村"当家人"沈浩在江苏大学给"准村官"们"支招"——

要当农民,更要能跳出"农民"

"选好第一件事,干成第一件事,在村民中树立威信。""要当农民,但更要能跳出'农民'!"5 月 13 日下午,"全国十大名村"当家人、2008 年获得"农村基层干部十大新闻人物"特别奖的安徽凤阳县小岗村党委书记沈浩,走进江苏大学,结合自己的村官经历现身说法,给江大已通过笔试的近 300 名大学生"准村官",就如何当好村官"支招"。

1978 年,小岗村 18 位村民在土地承包书上摁下手印,开创了中国农村改革的历史;2007 年,小岗村村民第二次摁下手印,留下了 2004 年 2 月由安徽省财政厅选派进入小岗村任书记的沈浩。报告会现场,当江大宣传部部长高鸣透露这一"秘密"后,马上就引来大学生村官们的一片如潮的掌声。2008 年 9 月 30 日,胡锦涛总书记亲临小岗村,更是让小岗村蜚声海内外。沈浩首先介绍了小岗村,然后以自己在小岗村的工作经历,讲述了自己的村官感受。一个小时的报告,数次赢得热烈掌声。随后,6 名"准大学生村官"获得向心中偶像提问的宝贵机会。

选好第一件事　干成第一件事

"村官怎么样才能让老百姓接受你?"人文学院的张崇文开门见山。结合自己的实际经历,沈浩明确答复:选好第一件事,干成第一件事,在村民中树立起威信。但这件事必须是老百姓自己的事、老百姓想干的事。

沈浩刚到小岗村时,小岗村的沥青路大概只有 1 公里,其他都是土路,很破旧。经过充分调研,他决定就从"路"上下手,修出一条像模像样的村道。他从上面争取到了 50 万元的资金,并按照规定进行工程招标,但招标后却发现,完工最少的要 60 多万元,最多的则要 80 多万元,50 万元根本不够!如何做到铺成路还不超标? 经过再三测算,如果原材料自购,设备和技术人员在外租用,仅需 23 万元就可建成村道,这样村中账上还有可观的盈余! 于是,沈浩和村干部带头,租用村民劳力,开始造路。开工后的第三天晚上,收工后还有一车搅拌好的混凝土,如果不用完第二天就要报废。沈浩当即走上前,用双手将混凝土捧到路面上摊铺,让他想不到的是,村民见状后纷纷加入,众人合力将一车混凝土捧到了路面上。困扰村民几十年的"行路难"的问题这么快就解决了,老百姓们从心底里佩服并接受沈浩。而沈浩在小岗村村民中的威信,也就从此有了根基。

真心对待农民　他们就会接纳你

提问中最有意思的当属电气学院的张舒,此次村官考试她是镇江第一名,考了 69.9 分。张舒认为老百姓比较难管,法制观念淡薄,有时还有"暴力"行为,怎么样才能让村民"听话"?

沈浩说,老百姓比较难管,很多问题出在村一级干部身上,是因为村干部自身素质不过硬。这不仅导致村民经济发展不起来,老百姓富不起来,同时还容易激化矛盾导致村民难管。对此,大学生村官一定要保持头脑清醒。在农村很多事情是合情不合法,不到万不得已,不要对村民动用法律,但利害关系一定要跟他们说清楚。比如,小岗村有一些村民因麻雀吃种植的水果,他们就自制猎枪来打麻雀,村委会得知后,立即动员他们将猎枪交给公安部门,同时告知他们私自持枪属于违法,而且要受到法律制裁。最后村民心甘情愿地将猎枪交出。村官处事要多用感情,老百姓是最有人情味的。

他真切地告诉同学们说:"只要你用积极的态度、满腔的热情融入到老百姓中去,和他们交朋友,用真心去对待农民,为农民办事,他们就一定能接纳你。"

要当村官　首先要有责任感

"当一名村官,最需要有什么能力?"江大财经学院的顾飞问。沈浩说,当村官首先要有责任感,态度要积极,不要受到一点挫折就逃避。其次,要融入百姓,不要看不起老百姓,要和老百姓交朋友,要在现有条件基础上,全力引导村民致富。一句话,就是成为一名农民,但又必须从"农民"中跳出来。农民比较自由、不肯受约束,还小富即安,甚至不富也安,如果不跳出来,就没有办法领导、引导他们去改变现状去致富,建设新农村也就成为空话。

他说,2004 年 2 月他到小岗村之前,尽管小岗村名气很大,但实际上小岗村很穷,他到了小岗村,前三个月调研,老百姓根本就不理他,认为他又是来"镀金"的。但经过走村串户和村民打成一片,结合小岗村自然状况和理性思考,他带领群众创办大学生就业基地、打造葡萄示范园以及建"大包干纪念馆"、开发红色旅游等实事,将小岗村的人均年收入从 2004 年的 2300 元提升到现在的

6000 元。这样就站稳了脚跟,而单纯做农民是做不到这一点的。

"毛主席说,农村是个广阔天地,在那里可以大有作为。"沈浩说,的确,农村太渴望人才,太需要大学生了,扎根农村定会大有作为,"真心地希望大家为我们的'三农'作出更多、更大、更好的贡献,为我们的新农村建设添砖加瓦"。

(《科学时报》2009 年 5 月 26 日)

学生考试不合格怎么办

镇江一高校教改有新招

新学期一开学,位于镇江市的江苏大学京江学院 01 级 52 名同学,因数门课程"红灯闪烁"而吃了"黄牌":"编制"继续留在一年级,但可以申请继续随原班级学习二年级课程,只要他们同时能将原不合格课程重修合格,下一年度即可恢复原来身份继续升入三年级学习。这种"刚柔相济"抓质量的方法,令人备感新鲜。

作为一所民办二级学院,江苏大学京江学院一向以严格的管理、规范的办学、过硬的质量为同行所称道,在今年的招生工作中,京江学院备受广大考生及家长的追捧,平均录取分数超过省控制线 20 分,令不少兄弟院校艳羡不已。该院院长、博士生导师陈龙教授告诉记者,京江学院实行的弹性学制,学制 4~8 年,无论是提前毕业、还是中途休学创业,质量始终是不变的。把这 52 名学生的"编制"名义上"留"在一年级,就是要让他们实实在在地打好基础,同时,又不把他们"一棒子打死",允许他们实际上跟原来班级"借读",这样既让他们感到一定的压力,又能切实减轻学生的心理和经济负担。这项"以人为本"的措施,是他们适应发展,在教学管理制度改革上的又一次创新和尝试。

(《扬子晚报》2002 年 9 月 14 日)

江苏大学:贫困大学生"上岗"领工资

江苏大学校园内昨天下午的一场特殊的人才招聘会——"勤工助学岗位"人才招聘会,吸引了上千名学生。有800多名贫困学生竞相应聘,有100余名学生当场与学校图书馆、公寓管理中心等20多家用人部门签署了试用协议。

来自材料系大二学生陈利军,经过笔试、面试,如愿应聘到了江苏大学图书馆的工作。他告诉记者,本来申请了国家助学贷款,每月可领生活费150元,现在勤工助学每月又可增加150元的固定收入,这下生活难题全解决。

自今年起,江苏大学加大关注弱势群体的力度,在给予特困生一定经济资助的基础上,首期另拨专款80万元建立勤工助学基金,在全校教学、管理、科研部门设立500余个勤工助学岗位。

江苏大学学生处负责人介绍说,采用公开招聘的方式,可以使学生个人和用人单位都有了较多的选择余地,而且也增加了这项工作的透明度。更重要的是,勤工助学引入竞争机制,可以培养和增强学生的岗位意识、责任意识和市场意识。

作为江苏省首家实施助学贷款的高校,江苏大学今年贷款发放总额位于全省高校首位,现已初步建立起了"贷、助、勤、奖、补、减、免"等措施相互补充的贫困学生资助体系。最后,学生处的负责人强调,在较好解决贫困生物质问题的同时,对他们的精神进行扶助将是今后工作的重头戏。

(《新华日报》2002年11月24日)

就业指导人士提醒毕业生:

求职"再看看"心态不可取

时下正是高校毕业生找工作的关键时期。然而,苏州昆山几家台资企业近日在江苏大学举办的专场招聘会上,令学校和企业都始料未及的是,一天下来竟然有 30 多个岗位无人问津。招聘会遇到了从未有过的"冷遇"。问及不少学生,他们都回答说,"再看看,反正还早""兴许还有更好的单位"……

其实这种现象并非江苏大学独此一家,其他高校也都有类似情况。据教育厅有关部门统计,到目前为止,2003 届南京高校毕业生签约率不到在校毕业生的 1/3。在尚未签约的人中,除了一小部分毕业生"铁定"考研外,还有相当部分毕业生在等待观望。

江苏大学学生处有关负责人分析后认为,之所以出现这种现象,主要是还有相当部分同学对今年的就业形势认识不足,总以为后面机会多多,可选择余地大,不想把自己这么早"嫁出去"。还有的学生对自身认识不足,过分"信心十足",一味挑肥拣瘦。该校就业办李主任告诉记者,每年总有一些学生因为总是"再看看"最后错失良机,令人惋惜。去年该校一位各方面非常优秀的学生,在招聘会上,上海、苏州及浙江等地的好几家不错的单位都向他表示"好感",但他总以为"好的还在后头",迟迟不签约,最后错过了最佳机遇,临毕业前只得草草地找了一家单位"一签了之"。对此,他们也提醒广大毕业生,今年是高校扩招以来的第一个就业高峰期,全省高校毕业生多达 16 万,比往年多出近 30%,就业形势十分严峻。毕业生找工作慎重选择是必要的,但也要"见好就收",遇有适当的机会,要当机立断;一味地等待观望要不得,那样很有可能会错失良机。

（《新华日报》2003 年 3 月 21 日）

大学生择业"国有"意识趋淡

民营企业、乡镇企业成"新宠"

机关事业单位、国有企业一直都是大学生们就业的"必然选择",如今"硝烟四起"的求职市场上出现了一些微妙的变化。近日,记者采访中了解到,以往"不足挂齿"的民营企业、私营企业、乡镇企业进入了大学生们的视野,成为"新宠"。

据江苏大学学生处就业办负责人介绍,目前该校 2003 届学生就业签约率约为 25%,与去年基本持平,在此之中选择民营企业、乡镇企业和私营企业的占到了四分之一。张家港的沙钢集团作为一家乡镇企业,就陆续网罗了该校 18 名毕业生。该校人文学院的夏天同学学的是师范专业,凭他个人的条件在镇江找一所中学应该不算太大的问题,前不久他"投靠"了南京的一家民办单位,问其原因,除了月薪 1600 元不错的待遇外,南京相对来说较大的发展空间,是吸引他的主要因素,用他自己的话说,"先立住脚,过两年再说"。同为毕业班的陆松江是大家公认的"网络高手",常熟一家私营网络公司早就对他表示了"好感",不低的工资,成套的住房,并且委以重任——技术部经理,这让他很有"价值感"。小陆说,虽然他所学的专业热能与动力工程"销路不错",但网络技术是他更喜欢的工作,而且这家公司地处"金三角",将来发展不可限量。

江苏大学学生处副处长曹广龙认为,经济体制改革的深化是导致学生就业观念的变革的深层次原因。近年来,民营企业、私营企业、乡镇企业等发展势头强劲,特别是党的十六大召开以后,更是迎来了一个新的发展机遇,因而,对学生来说,选择时是否"国有"的意识已逐步弱化。而且这些企业机制活、效率高、效益好,机会相对来说也多。同时,面对严峻的就业形势,不少学生也不再要求"一步到位","先迈一步"成了不少人普遍的心态。

(《镇江日报》2003 年 3 月 31 日)

江苏大学出现六支勤工助学创业团队

"学生老板"争聘"学生员工"

记者日前从江苏大学专为特困大学生举行的 2003 年度勤工助学招聘会上看到,不光是学校为学生们提供了大量助学岗位,在会场还出现了 6 个大学生勤工助学创业团队的身影,他们的招聘摊位吸引了大批同学前来参加竞聘,人头攒动,十分火爆。据悉,"学生老板"招聘"学生员工",在国内高校中尚属首次。最终这 6 支团队一共招聘了 70 多名同窗员工。

据介绍,这 6 支勤工助学创业团队分别为阿尔卑斯创业发展部、青蓝之菁文化艺术策划中心、人事杰科技教育中心、大学生消费信息传播中心、三维创意广告工作室、启创科技,他们都是江苏大学首届大学生勤工助学创业大赛后,经一段时间实践逐步发展起来的。其中一位"学生老板"欣然告诉记者,他们这6支团队现在都已进入正式运营状态,资金有了,项目有了,目前最迫切需要做的就是招兵买马,于是不约而同地把目光锁定在他们"物美价廉"的同窗上。一位刚填完申请表的王同学表示,相对于学校所提供的那些诸如食堂、图书馆之类的"纯劳力"勤工助学岗位,创业团队提供的职位无疑更具诱惑力、实用性,也相对充满朝气,对于自己专业知识的巩固和提升大有好处,也为自己即将到来的就业求职提供了一块"试验场"。

江苏大学学工处工作人员表示,将在对创业团队加强引导的前提下,尽可能地为之提供政策、硬件等支持。学校鼓励部分能力较强的同学进行勤工助学创业,这既锻炼了他们的创业能力,又为家庭贫困的大学生提供了另外一条勤工助学的途径和锻炼机会。

(《新华日报》2003 年 11 月 18 日)

"三困"大学生让人揪心

专家建言:不妨"甘于贫困"

眼下,又一批大学新生进入了大学校园,开始了人生新的旅程。值得关注的是,他们当中有一部分人因为家庭经济困难注定了要比别人承受更大的压力,度过不同寻常的大学生活。对此,心理学专家建议,贫困生要学会"自救",顺利走过"心灵沼泽地"。

据江苏大学心理健康教育中心沈雪妹副主任介绍,当前高校贫困大学生的心理大致可分为三个层次:第一层次呈现出"无知"状态,不在意父母、家庭所处的困境,心理上没有压力,照样逍遥快活,是一个盲目的人群;第二层次是比较有压力,但是能够承担和调适,并且化作前进的动力;第三层次压力大,自身不能承担,属于心理问题人群。从学校教育管理来说,第一层次主要是通过进行主动干预,依靠思想政治工作来解决,第二层次一般是顺其自然,真正进入心理健康教育者视野的是第三层次的人群。这部分大学生有较深的"痛苦体验",深切体味父母的苦楚,往往"自加压力",但由于压力过大,效果适得其反,进而陷入自责、自卑的"恶性循环"之中。有调查显示，为数不少的贫困生因为经济上的贫困，进而导致学习、甚至心理上的贫困，成为集"三困"于一体的"特困生"。

江苏大学心理健康教育中心主任谢钢教授认为，尽管高校贫困生的心理问题表现形式多种多样，其诱因是家庭经济问题，但根源却是其"认知模式"的问题。因为任何言行、情绪的变化都来自于其内心信念和认知架构。因此，帮助贫困生进行"再认知"，纠正其认识上的偏差，才是"治本"之策。谢教授说，作为贫困生本人来讲，应学会从以下三方面调适自己：

首先要直面自己的问题。现实中很多贫困生不愿正视自己贫困的现实，而是竭力掩饰，唯恐别人知道了瞧不起自己。有的一边"随大流"大手大脚地花钱，一边却在默默地流泪；有的宁愿"所有问题都自己扛"却不申请贷款、接受帮助。"贫困引起虚伪、虚荣"，这是万不可取的。

其次要接纳现状。贫困既然不能避免，那么就坦然乐观地接受。抱怨、焦虑不安是无济于事的，"甘于贫困"倒是一种可取的态度。贫困生要坦坦荡荡地"活出真我"。

再者要升华自己的人生。"我不能选择我的出生，但我可以选择我的人生。"贫困生要合理树立目标，规划好自己的学习和生活，经济上贫困，但可以做"精神贵族"。同时，要相信通过自己的努力和学校帮助，完全能够顺利而出色地完成学业。像在江苏大学，新生进校后学校要进行家庭经济状况调查，建立"贫困生库"，开辟校内勤工助学岗位，每年都面向贫困生组织专场招聘。此外，还可以申请国家和学校的助学贷款和困难补助，成绩优秀可以获得各种奖助学金。

(《扬子晚报》2004 年 9 月 9 日)

从"黑榜"到"红榜"

江苏大学倡导诚信还贷

【本报讯】 去年因在校园网上曝光还贷不良学生名单而备受媒体关注的江苏大学，日前在校园网上又发布了一个"红榜"——"江苏大学国家助学贷款提前还款学生光荣榜"。对于提前还贷的学生，江苏大学将给他们颁发一张"诚信证书"，寄给用人单位，放入其个人档案。

据江苏大学学生工作处有关负责人介绍，此次"光荣"入选的 70 名学生是从去年 7 月至今年 4 月 12 日期间，提前还清所贷国家助学贷款全部金额，并同学校联系登记在册的，真正提前还贷的远不止这个数字。据了解，这 70 名学生最后一次还贷的金额总数达 27 万多元，他们当中的大多数人为该校 1998 级和 1999 级的毕业生，此外还有 5 名在校的 2001 级、2002 级的学生提前还了贷款。他还透露，去年曾经被曝光还贷不良的 47 名学生中，已有 14 人还清全部贷款，除 5 人因入伍、读研，客观不具备还款能力外，其他人大多同学校和银行取得了联系，表示将要还款或已开始还款。这位负责人认为，无论以前曝光的还贷不良学生的"黑榜"，还是此次表彰提前还清贷款的部分学生的"红榜"，其目的都只有一个，就是要在全体学生中倡导诚实守信的文明风尚，确保国家助学贷款稳步推进。据了解，江苏大学在 2004 年度省级三好学生推选中，增加"诚实守信"指标，并将评选结果进行公示，接受全校师生的"诚信"监督。

(《中国教育报》2004 年 5 月 20 日)

贫困生贷款频遭"卡壳"

生源地"踢皮球"　众高校陷"两难"

【本报讯】　由于贫困生在生源地的助学贷款接二连三遭遇"卡壳"，这些贫困生转而将贷款的希望寄托到学校，使高校成为学生助学贷款的担保人，而高校对贷款的偿还又只能全部寄托在学生的"诚信"度上，这样一来，高校助学贷款的风险无形中大大增加。在昨天江苏大学新生报到现场，该校学工处苗芊萍副处长和记者不无忧虑地谈起 2004 届新生面临的这个尴尬难题。

河南濮阳县清丰镇的李国果考取了江大交通工程系，在特困生咨询处，他和父亲一脸苦相，因为家中贫困，他们就按政策到镇江信用社去办理助学贷款，但信用社却以没有担保人为由而拒绝给予贷款。没有办法，父子俩只好通过学校贷款。家住我省东海县驼峰乡曹浦村的杨銮是带着县、乡、村都盖了公章的贫困证明来报到的，他们也拿着高校的录取通知书先后多次跑到当地的银行和信用社去办理助学贷款,但是,当他们找到村干部进行担保时,村干部已经替别的学生担保过,加上家中没有任何抵押可做担保,所以他们只好又把这一难题带到了学校。在咨询现场,类似的贷款请求一个接一个,工作人员都接待不过来,仅今天上午全校共接待了100多个学生的咨询和求助。

苗芊萍告诉记者,就她所了解的情况,今年河南、江苏、浙江都出台政策,凡是被高校录取的贫困生,都可以凭高校的录取通知书,在本地银行办理助学贷款。在生源地贷款担保人和偿还人就是其父母,应该说非常方便,但是,就今天报到情况来看,由于种种原因,生源地贷款非常困难。在实在没有办法的情形下,这些家庭就把贷款这个"皮球"踢到学校。作为学校,不能让一个学生失学,但尴尬的是,因为助学贷款的违约欠款较多,目前为止还没有商业银行肯站出来为学生办理助学贷款,政府组织银行招投标活动又要到10月才能明确贷款银行,在没有办法的前提下,学校只得让学生先报到上学。

这其中有一个无法回避的问题是,学生在学校办理助学贷款,所有的抵押就是学生的"诚信",如果学生缺失诚信,那么所有的风险就只能全部转嫁到学校身上。学生要上学,高校担风险,进退两难间,高校何去何从?

(《扬子晚报》2004年9月12日)

江苏大学6840名新生承诺自律

【本报讯】 日前,江苏大学6840多名新生陆续签订了"自律承诺书",表示要自觉进行自我管理,自觉遵守学校规章制度,规范自我行为,完善自我形象。据悉,这种以签订自律承诺书的方式来加强大学生的"自律"意识和行为,让大学生"自己管自己",在高校中尚属首次。

"大学和高中最大的不同是'自由'。但是充分的自由需要高度的自律来保证!"在江苏大学首次举行的新生自律承诺书签定仪式上,该校党委副书记陈国祥开宗明义,对"自律"在当今大学生成才中的重要性作出了这样的定性:自律是当今大学生成才的"基石"。采访中,江苏大学学工处副处长苗芊萍向记者透露了这样一组数据:从2001年到2004年上半学年,江苏大学受到记过、留校察看、勒令退学、开除学籍等各级各类处分的学生共有862名,违纪行为主要集中在考试作弊、擅自住宿校外、偷窃、打架斗殴、搅乱教学秩序、在宿舍内违反规定等，而所有这些，有一个根本性的原因，就是学生严重缺乏"自律"意识，以为进了大学就进了"保险箱"，可以"为所欲为"。"过度自由将导致最大的不自由"，862 名学生大多也因此将被敲掉学位。"孩子受到处分，家长是什么心情？何况没有学位，就业上又是何等困难？"正是在这样的背景下，江苏大学决定从源头上抓大学生的"自律"，开创性地通过 2004 届新生签订自律承诺书的方式，让学生自己管住、管好自己，为自己的成人成才找准"基石"。

《江苏大学学生自律承诺书》中的内容涉及学生日常的学习、考试、生活、言行举止、男女交往等方面，不仅有爱国爱校、遵纪守法、勤奋学习、遵守公德等大方向性的内容，更将诚信考试不作弊、注重自身形象、不打架斗殴、男女同学交往文明、不在网络上浏览不健康内容、不在学生公寓内私拉乱接电源和违章使用电器、不在学习时间玩电脑游戏等细节写入了承诺书。除每个新生作为当事人在承诺书上庄严签字外，他们的父母作为见证人和监督人，也在承诺书上签字予以见证和监督。

（《京江晚报》2004 年 10 月 15 日）

中学教师部分出现"动态饱和"

师范生就业"冷热不均"

在江苏大学日前举行的师范类毕业生供需洽谈会上，来自镇江、常州、南通、泰州、无锡等地的 40 余所中学及教育主管部门进场揽才，种种迹象表明：师范生就业出现了冷热不均的现象。

近年来，我省关于师范生就业的政策不断放开，有关人士透露，明年可望在"双向选择"的基础上，实现完全市场化就业。江苏大学学生处负责人介绍，明年该校共有师范类毕业生 489 人，涉及中文、数学、英语、物理等 7 个专业，生源主要分布在镇江、常州、南通、泰州、无锡等地，组织此次专场招聘洽谈会，旨在给师范毕业生就业提供一个"绿色通道"。

记者在采访中发现，经过前几年的大幅"扩容"之后，为数不少的中学教师已趋于"动态饱和"，需求量大大减少，有的仅需两三个名额。扬中市新坝中学校长王种银告诉记者,新坝中学高中部 2002 年是 15 个班,今年是 45 个班,达到了"峰值"。学校前两年奔赴各地招兵买马,教师数量已基本充足,目前数学、英语教师还各缺三四名。此次前来招聘主要是因为,明年将有一些老教师退休会出现一些缺额,并且为年轻女教师生小孩贮备一些师资。他说,作为校方来说,选择毕业生主要考核四个方面:首先是专业成绩;二是通过"说课"形式反映出来的教学基本功、教师综合素质;三是政治素质,如是否党员、学生干部,以及各种获奖情况;四是普通话、外语、计算机的水平。

面对用人单位纷纷摆出的"高姿态",广大师范毕业生也因自身条件的优劣享受着不同的"待遇"。在镇江市实验高中的招聘摊位前,艺术学院美术教育专业的镇江女孩王潇,因为连年获得校"三好"和校一等、二等奖学金,加之扎实的美术功底、出色的专业成绩,一下子赢得了用人单位的好感,前来招聘的实验高中负责人当场同她约定:下周去我们学校面试! 尽管物理教育专业已比较"冷",但该专业的王小琴凭着前不久刚刚获得的校师范生讲课竞赛一等奖,吸引了不少学校。相比之下,与她同一个学院的数学系几名学生却显得"底气不足"。在招聘会现场,江苏大学外国语学院党总支副书记王赛扬告诉记者,往年苏北地区的英语专业本科生都"非苏南不嫁","俏得可以",今年不少学生都很"务实",纷纷与家乡的学校联系,先求有个立足之地。

(《新华日报》2004 年 12 月 27 日)

一封家书　两代情怀

"寒假作业"启开爱的"闸门"

这两天,刚刚开学的江苏大学机械工程学院学工办的刘正欣老师又开始了新一年的忙碌,与往常不同的是,一开学她就陆续收到本院 348 名 2004 级新生交来的特别的"寒假作业"——一封写给父母的信以及父母给子女的回信。笔者采访时发现,这一新鲜的"寒假作业"开启了学子和他们父母交流的情感之门,让初入大学校门的大学生们受到了不小的触动。

有的同学在信中写道:"以前一直生活在你们精心打造的温室中,没有雨打,有的只是和煦的阳光和无微不至的关怀。但在过去的 5 个月中,第一次远离你们的保护,独自一人来到陌生的地方学习,第一次体会到了离家远行的感觉。"还有同学写道:"在家的时候每天都有你们的唠叨,听得我都烦了。可在我离开你们的时候,突然又有一些舍不得,我不知道是舍不得你们还是舍不得你们的唠叨。"

采访中,不少学生都说,现在通讯事业发达,同学中已经很少有人写信了。机械专业的一名学生坦言,起初接到这一作业时觉得是一种"负担",但完成作业时,真的受到了不小的触动。翻阅了一部分"作业",笔者发现,尽管这些"家书"的长短不一,文字水平也参差不齐,但字里行间渗透着子女和父母两代人之间的情意,让人动容。

一位来自河北姓杨的男生在给母亲的信中说:"笔下的这封信是学院交给我们的唯一的一次作业,与其把它视为一件随意应付的差事,还不如把它当作与您倾心交流的机会。我相信这封以稚嫩笔触写下的书信一定又会被您保存,因为您是一位连儿子发来的寻常短信都舍不得删的好妈妈。"他的母亲读完这封 10 页纸的信后,回信说:"心爱的儿子,眼含热泪读完你写给妈妈的信,妈含的是幸福、快乐的泪水,是喜极而泣。儿子你长大了,成熟了,爸妈为你感到骄傲和自豪!自从你来到这个世界,妈一直是把你看作是上天赐给我们最珍贵的礼物,可谓爱不释手……深爱你的同时,也在深深地思索:什么是真正的爱?"

谈起这次活动的初衷,从事学生工作多年的刘正欣老师说,"爱"是为人和做事的立足点,有了"爱",才有奋斗的力量和克服困难的勇气,才能追求更高的人生目标。作为一名大学生,只有做到爱自己、爱父母,才能爱他人、爱学校、爱社会。大学生一般远离家庭,平时很难也很少与父母进行深层次的情感交流,久而久之会患"情感麻木症",这样的"一封家书",会成为孩子与父母沟通的桥梁。

据介绍,"一封家书"是江大机械学院开展的"爱心教育"系列活动之一。在此基础上,他们还将开展评选、交流、大讨论、演讲等活动,以激发学生学习的动力,促进其自我成长、自我成才。

(《新华日报》2005 年 3 月 2 日)

"考研无望族"加入求职大潮

毕业生求职市场又热起来

3月9日上午,由江苏大学举办的常发集团专场招聘会,受到了江苏大学不少毕业生的热情追捧,场面异常火爆。记者在采访中发现,随着前两天考研分数的公布,一些自知录取无望的"考研族"纷纷涌入了就业市场,成为求职队伍中的新军,毕业生求职市场又"热"起来。

记者从省招生就业指导中心也了解到,最近他们举办的师资等一些招聘会也呈现火爆之势,许多毕业生瞄准了就业的"末班车",紧抓机遇不放。常发集团来江苏大学招聘毕业生,主要集中在内燃机、会计学、土木工程三大类专业。在招聘现场,只有不到100个座位的专用招聘教室座无虚席,不少迟来学生只能站在过道里。一个多小时的时间里,集团的两位工作人员一刻不停地忙着收简历,偶尔与应聘者做一些简短的交流。

在招聘室内外,记者一连碰到几位同学,都曾是今年"考研族"中的一员,由于"前景不妙"只能"退而求其次",把目光瞄向求职市场。一位会计学专业的同学告诉记者,他们班约有1/3的同学报名参加了今年一月份的研究生入学考试,这几天分数陆续公布了,可谓"几家欢喜几家愁",除了考得特别好"笃定的"以外,不少人也务实起来,开始把"工作重点"放在找工作上。土木工程专业的张同学报考的是广西的一所高校,他说:"不能一棵树上吊死,还是边找工作边等"。与他同来的小黄考研成绩不太理想,他说既然考研无望,"还是现实一点,把工作搞定再说",考研等工作以后有机会再看。

据江苏大学学生处分管毕业生就业工作的黄鼎友副处长介绍,这两年江大毕业生中每年约有超过30%的学生报名考研,有些工科类专业甚至超过了50%,这当中除了约1/3的人能够如愿外,其他基本上都将走上就业之路。他说,每年年底到次年的考研分数公布之前,这两三个月相对来说是毕业生求职的"低迷期",三四月份随着考研分数的公布、录取分数线的揭晓,大批考研失利或录取无望的毕业生无奈之下选择就业,开始加入求职行列,求职市场将"回暖"

并迎来一个新的高潮。总的来说,这批求职"新军"整体素质高,竞争力强,往往被用人单位看好。

(《新华日报》2005 年 3 月 2 日)

百多个岗位　十多人应聘

苏北引进人才仍很难

【本报讯】 昨天上午,地处苏北的射阳县人事局组织 14 家企业专程到江苏大学招聘,前后两个小时尽管有三三两两的毕业生光顾,但同上海及苏南等经济发达地区招聘相比,明显冷清了许多。原本准备招聘 100 多人,但仅十多名学生递交材料,招聘组织者射阳县人才服务中心主任戴明勇感叹:我们引进人才真难!

招聘现场冷热分明,招聘单位的求贤若渴和大学生的坚冷如铁形成鲜明对比。戴明勇告诉记者,作为江苏经济欠发达地区,近年射阳为吸引人才、鼓励毕业生到射阳工作、创业,特推"四大优惠"政策:凡到县试点企业工作的本科以上毕业生一律进事业编制;财政设专项补贴,博士、硕士和本科生每月分别补助 500、300、200 元;实行事业单位养老保险制度;集中兴建全县高层次毕业生公寓。但筑巢引凤还是有难度,他透露:这两年射阳每年考取大学的约有 1500～1800 人,而到射阳就业的应届毕业生只有四五百人。

此次来招聘的 14 家单位,提供了电力自动化、化工工艺、药品制剂等总共 80 多个岗位,本科生上岗月薪 1500 元,加上 200 元补贴。招聘方热情有加,毕业生却很"理智",甚至有点冷淡。记者翻了翻递交上来的十余份求职材料,发现这些毕业生多来自湖北、宁夏等中西部地区。在宏宇化工集团招聘点前,记者遇到了两位毕业生,其中陈姓同学就是射阳人,当问他是否愿意回家乡就业时,他直言不讳,从地域、待遇方面考虑,他不会回去。记者问除了待遇,个人的发展前途有无考虑?他说苏南应该也有机遇。记者问另一位家在常州的同学是否愿意去射阳,他反问:苏南的学生怎么可能跑到苏北去?

(《扬子晚报》2005 年 3 月 26 日)

台湾著名作家刘墉同江大学生追寻"生命中的爱"

5月22日晚,来大陆开展全国助残公益巡回讲演的台湾著名作家、画家刘墉,在江苏大学体育馆作了一场题为"在生命中追寻的爱"的讲演。两个多小时的演讲中,真情涌动,激情四溢,刘墉先生饱含哲理而又轻松诙谐、富有诗意的语言,让全场2000余名大学生听得如痴如醉。

"人的一生与爱相随,但在不同的年龄阶段,爱又呈现出不同的形式……"刘墉先生认为,从呱呱坠地到垂垂暮年,人一生中的爱大致可分为六种情形,即自私的爱、叛逆的爱、浪漫的爱、温馨的爱、困惑的爱和深藏的爱。"自私的爱"似乎与生俱来,到十一二岁,追求独立而又不能完全脱离父母,在这种矛盾的挣扎中,"叛逆的爱"随之而来。进入青年期,随着恋爱、结婚,唯美的、超现实的"浪漫的爱"接踵而至,"温馨的爱"则把人一生的爱推向了顶点。他特别告诫大学生,这种爱是最具有创造力,一定要好好把握。步入中年之后,随着家庭事业的稳定,困惑的爱油然而生,所谓"中年危机"大概就源于此;到了老年,则把这种爱深深地埋藏在了内心……

"你是如何规划自己的爱的?""你认为朽木不可雕吗?"……演讲结束后,刘墉先生还兴致勃勃地回答了学生们提出的一个个问题。特别是当一个女生问"你现在还失眠吗?"时,刘墉先生更是激动万分。

(《新华日报》2005年5月24日)

孟非与江大学子共话人生

【本报讯】 一个高考落榜生,从印刷厂工人、电视台临时工干起,经过10多年辛勤耕耘,终于成为一名深受观众喜爱的著名节目主持人。昨天上午,江苏电视台城市频道金牌栏目——《南京零距离》主持人孟非来到江苏大学,和众多学子共同探讨人生、生活、成才等话题,并寄语莘莘学子在离开学校踏入社会时,要克服急功近利的浮躁思想,学会在忍耐中慢慢积累,在机会降临前做好充分准备。

出生于重庆的孟非,高中毕业时因为高考严重偏科而名落孙山。但是他没有气馁,而是一边在印刷厂做印刷工人,一边在南京师范大学学习。1992年进入江苏电视台文艺部体育组担任摄像。虽然只是个临时工,但他在工作上依然兢兢业业,一干就是8年。《南京零距离》开播后,担任主持人,其独立撰稿的评论专栏"孟非读报"深受观众喜爱。2003年被评为"中国十大新锐主持人""中国百优电视节目主持人";在新浪网发起的"2003最受中国电视观众喜爱的电视节目主持人"评选中,获第二名。

在与江苏大学"零距离"对话中,孟非结合自己的亲身经历,畅谈了人生历练的重要,并告诫广大学子,人生千万不要懈怠,因为机遇只青睐那些有准备的人。同时,面对就业等人生不如意时,要学会忍耐,并在生活中慢慢积累知识、能力,一旦机会来临时才能抓住。

(《镇江日报》2005年6月12日)

"给我一个家"温暖孤儿

江苏大学帮特殊大学生寻找失去的爱

"走,刘燕,咱们回家去说!"15日下午,江苏大学"给我一个家"孤儿帮扶活动仪式刚结束,江大的离休老教授陈嘉真和李国文夫妇,就拉起他们刚结识的"爱女"刘燕往家走,当久违的"家"字传入刘燕耳中,这名坚强的女大学生禁不住流下了泪水。

那天流泪的不止刘燕一个人,对和刘燕一样的10名大学生来说,15日是一个十分特殊的日子,来自祖国四面八方的10名孤儿大学生,从此在江大有了一个"家"!在这个新家中,他们不仅每个月可以获得200元的"零花钱",更可以到在江大校园内的新家中住住、谈谈,接受爷爷奶奶的呵护、关爱,这些爷爷奶奶们也会经常到班级、宿舍中去看他们,如家长一般了解、关心他们的生活、学习,他们的喜怒哀乐、苦辣酸甜,自此有了亲人来倾听和排解。

在结对现场,已经77岁高龄、曾参与"两弹一星"发射的老专家冯德生教授和自己刚认下的孤儿吴胜一直在咬耳朵,吴胜不时地笑出声来。冯老的夫人因病卧床没能过来,但一再叮嘱冯老要将孩子带回家来看看。冯老用自己在新疆罗布泊参与研究"两弹一星"的经历激励吴胜:咱们当时吃的水都是苦的,风沙很大,打到脸上疼得很,但那么大的苦我们过来了,没有那苦哪有原子弹?苦一点其实是好事,它能激励自己创造好的未来……吴胜则对记者说:冯爷爷年纪大了,奶奶身体不好,子女也不在身边,他将经常回家帮爷爷奶奶做做事,同时跟老人聊聊天。

江苏大学关工委主任金树德教授告诉记者,结对的这10名孤儿大学生,是从2004、2005级大学生中遴选出来的,成绩都非常优秀,有的同学同时获得了多种奖学金。对他们来说目前最为紧缺的不是钱,而是一种亲情,一种失去的爱。这些大学生表面上都很坚强,但内心却非常苦闷脆弱,在不久前的一次勤工助学岗位招聘中,评委一问到他们的身世,这些大学生就张不开嘴地哭。作为大学生中最为特殊的群体,学校一直考虑如何给他们以亲情的关爱,通过校学工处和关工委的努力,江大的老教授和老领导们纷纷主动站出来,强烈要求给这些优秀的大学生一个"家"。"给我一个家"孤儿结对帮扶活动,不仅让孤儿大学生得到生活上的资助,同时还给予他们精神上的鼓励、心理上的疏导和学习上的帮助。作为一项长期性的活动,对象确定后,除特殊情况外,帮扶活动直至其大学本科毕业。

(《新华日报》2005年12月19日)

一女大学生"起死回生"

专家指出:"白金十分钟"关乎性命

"我现在各方面情况都很好,开学后我就能来上学了!"昨天,当江苏大学医学院临床医学专业的张莉同学打来电话时,真让记者难以相信这是一个曾经呼吸、心跳骤停的女孩。江苏大学职工医院兰魁田院长告诉记者,是事发后抢救及时为张莉的奇迹生还创造了条件。他指出,面对呼吸、心跳骤停等突发情况,把握时机,及时对病人进行入院前急救,是为病人赢得生命的关键。

2005年11月15日中午时分,江苏大学临床医学专业058班的几名女生从食堂吃完饭回到宿舍,突然发现舍友张莉倒在地上不省人事,便急忙叫车将其送往校职工医院。在送往医院的途程中,随车的医学院的老师们同时对其进行心脏按压等急救处理。看到一辆小车运送病人过来,江苏大学职工医院几名医护人员便迎了出来。此时,患者无心跳、呼吸,意识丧失、瞳孔散大,颈动脉搏动消失,无自主呼吸,血压为零,生命体征已"死亡"。当日中午值班的蒋维医生刚刚参加省红十字和省教育厅举办的急救医学培训,熟知急救技巧。在医院的大厅里,蒋医生率领大家对其进行胸外按压等心肺复苏的急救处理。一下、两下、三下……十分钟后仍无反应。再按,一下、两下、三下……十分钟后,奇迹出现,病人呼吸、心跳恢复了!此时,120急救车也已赶到,载着病人向江滨医院驶去。后经江滨医院诊断,病人是因突发病毒性脑炎和心肌炎而导致呼吸、心跳骤停。经过一个多月的治疗,病人已苏醒,目前进入康复阶段。

采访中,江苏大学职工医院兰魁田院长指出,面对突发病人,及时对其进行院前急救是病人生命的关键。他说,抢救时机关乎病人性命,事发后前半个小时被称为"黄金三十分",前10分钟则更为宝贵,被称为"白金十分钟"。能否成功急救,关键是既要有意识,又要有技术。在发达国家,公务员、甚至出租车司机等都要进行急救医学的培训,一些公共场所都要安装心肺复苏仪,以备不时之需。对于急救技术,有一个"ABC"常识:"A"就是"air",开放气道,"B"就是"breathing",人工呼吸;"C"就是"circle",循环,通过胸外按压进行心肺复苏。他强调,就心肺复苏的急救技术而言,其按压的部位、深度、频率等都有明确规定,因此就全社会而言,掌握此项技术的人越多越好。

(《镇江日报》2006年1月15日)

江大"爱心联盟"回收饮料瓶助困

【本报讯】 看到身边贫困生一天三顿只吃3元钱,江苏大学19名大学生成立"爱心联盟"帮扶他们,首笔注入资金来自大学生们对校内饮料瓶的回收。

工商管理学院大二学生严洋是"联盟"的发起者,他是江大学生会的干部,他和18位同学从上学期就酝酿成立"联盟"的事。严洋告诉记者,他班上的贫困生最基本的生活保障也非常困难,他仔细观察过他们的一日三餐:早饭2个馒头,中午1元钱米饭、5角钱蔬菜,晚饭再吃2个馒头。有一次一男生在体育课上瘫坐在地上,以为他生了病,谁知是饿的,一口气吃下5个面包后马上就精神了。这事对他震动很大,他就想在学生之间成立一种关心、资助他们的网络,于是就在校园网站上发出成立"爱心联盟"的帖子,很快就有多名同学响应。

"联盟"刚成立,他们便开展了校内募捐活动,"联盟"副会长田甜对记者说,马上就是冬春换季,目前已募捐了近千件各式春装,很快发放到贫困生手中。但发放衣物只是第一步,比衣物更为紧迫的是"钱"。成员陈超透露,"联盟"现存钱不足200元,是他们卖废弃饮料瓶所得,要为贫困生解决实际困难,这点钱杯水车薪。于是19人商定,除向同学和社会各界募捐外,开始实施"回收饮料瓶计划"。

每年从春季到盛夏,是校内饮料消费高峰期,江大现有在校生近4万人,按每天校内5000名学生喝饮料计算,回收5000只饮料瓶,每只卖0.1元,就有500元,这样一个月收入就有1.5万元,4～7月,至少应有4万元收入。

眼下,"爱心联盟"成员已向全校发出资助贫困生的倡议。记者昨在江大看到,19名成员两天时间已收集到了近千只饮料瓶。

(《扬子晚报》2006年3月20日)

为了拯救"爱心天使"

早春三月，乍暖还寒。躺在北京解放军三〇七医院血液科病房里，身患白血病的陈静心底荡漾着爱的暖流。这位被大家称为"爱心天使"的江苏大学 2003 级计算机专业的女大学生是不幸的，但她又是幸运的。为了拯救徘徊在生死边缘的她，在江苏大学、在镇江，在江苏各地，乃至北京城，从虚拟的网络到现实生活，数万热心人齐伸援手，开展了一场声势浩大的"爱心接力"。

倾心救助同窗，她也患了白血病

2003 年 9 月，家境贫寒的陈静几经周折，终于迈入了江苏大学的校门，成了应用科学技术学院计算机专业的一名学生。入学后不久，她就与来自南通的同班同学丁玉兰成了一对好姐妹，两个美丽俊俏、乐观开朗的姑娘几乎形影不离。在同学眼里，陈静是公认的"开心果"，而且学习十分用功，经常看书到深夜，为了不影响大家，常常熄灯后就到卫生间去看书。2005 年 3 月，不幸降临到了她的好友身上——丁玉兰患了急性粒细胞性白血病！听说此事后，陈静一下子就哭了。

陈静决心帮好友渡过难关。在其后的一个多月里，每逢休息日和课余时间，她便和其他同学一起，抱着捐款箱奔走在火车站和镇江闹市。丁玉兰回南通治疗后，陈静又义不容辞地在镇江的几家保险公司之间反复奔波，帮着办理繁杂的医药费报销手续。她的善良和真诚感动感动了保险公司，平安保险镇江分公司为丁玉兰捐款 10 万元。

经过前前后后的努力，陈静和江苏大学师生们共为丁玉兰筹集了 20 多万元医疗费，暂时缓解了丁家的经济压力。陈静一直和在家中治病的丁玉兰保持着联系，努力安慰病中的好友。她告诉丁玉兰："如果生命只剩下最后一格电力，我愿意做你的充电器。"

然而，命运似乎就是要跟这对好友作对。谁也不会想到，不知不觉间病魔正向陈静袭来。2006 年 3 月底，陈静和同学一起玩耍时，无意中发现腿部有红斑。起初，她以为是皮肤过敏，到医院检查，结果大家都惊呆了：她也患了白血病！

真情，在校园内外涌动

曾目睹好友不幸的陈静知道，得了这样的病不啻是灭顶之灾。她的家在江苏省盐城市农村，家里全靠父亲陈跃亮平时在工地上打零工贴补家用。起初，善良的陈静都没有把这个不幸的消息告诉家人。为了不拖累家人，她甚至想到过放弃。然而，江苏大学师生立即行动起来，大家表示：要像陈静当年救助丁玉兰一样去救助陈静！应用技术学院 105 名教师、8 个专业的同学无一例外地行动起来，短短 3 天时间捐款近万元；同学们还深入到其他校区、走上街头募捐，策划义捐义演活动；学校也及时送去大学生慈善基金会救助款……

令人感动的是，病魔丝毫没有销蚀陈静的"爱心天使"本色。在得知盐城的一名大学生遭遇了同样的不幸后，她作出了一个惊人的决定：将社会各界给她的为数不多的捐款转捐 5000 元给那位素不相识的年轻人。病床上，她一边与病魔抗争，一边仍坚持学习。

曾经情如手足的姐妹，如今同病相怜。她们的遭遇引起了南通、盐城、镇江三地媒体和市民的极大关注。南通热线论坛的网友们发起了为她们募捐的活动，着手与南通电视台联系，筹办义演晚会。然而，未等晚会进行，丁玉兰离开了人世。11 月 11 日，义演如期举行，共募得捐款 3 万多元。

患难中，陈静成了两家共同的女儿。虽然丁玉兰的父母还欠着 10 多万元外债，但他们决定将未用完的 8 万元捐款，大部分转捐给陈静。这样，陈静的捐款达到了 18 万元。然而，这与至少 60 万的骨髓移植费用相比相差甚远！

黄丝带，见证满城之爱

12 月 19 日、20 日，中央电视台"共同关注"栏目"美丽人生"节目播出了两个白血病女孩的故事，当年倾心救助同学、如今也身染沉疴的陈静牵动了无数人的心。2006 年 12 月 23 日，网名为"晨阳斜影"的江苏大学理学院学生朱小东，将第一个"救助陈静"的帖子发到了"镇江网友之家"的网站上。三天之后，这则消息同时被置于"名城镇江""山水句容"等镇江八大网站的顶端，短短一周内引起了数万名网友的关注。悄然间，一场"爱心风暴"在网络上风起云涌。

为了组织好募捐活动，网友"远方的梦想""阿呸"以及江苏大学学生朱小东、程建平、孔娇妮等组建了"爱在镇江组委会"。网上招募的包括江苏大学学生在内 1200 多名志愿者，组成 20 多个募捐分队，奔赴镇江市区各街巷广场、企事业单位和辖市（区），先后组织了 60 多场募捐活动。出租车司机捐献 7 元起步价,公交车和社会车辆捐款 5～10 元,就系上象征爱心和希望的黄丝带。一时间,黄丝带成了古城镇江的一种"时尚"……

采访中,记者听到了许许多多感人的故事:两位盲人一路摸索来到捐赠点,献出了自己的一片爱心;一位乞丐走到志愿者面前,用他习惯乞讨的手向捐款箱中放进了碗中仅有的 5 元纸币;一位白发苍苍的老奶奶,掏出了一沓皱巴巴的零钱,不住地说着:"多好的姑娘,老天啊,把她留住啊! 多好的姑娘啊,老天啊,好人该有好报啊!"……

1 月 28 日,筹备已久的"飘舞的黄丝带——情系陈静,爱在镇江"大型义演在城市客厅举行。这一天,镇江满城尽飘黄丝带:出租车、公交车、三轮车、自行车、树木、花草以及数不清的人的臂膀上都是! 一份份捐款投进募捐箱,一股股爱的暖流在镇江城流淌。现场陈静的父亲陈跃亮热泪盈眶:"万万没想到镇江市民这么厚爱陈静,镇江人给了她活下去的希望,我代表全家感谢你们!"

志愿者已同意捐献,不日可移植

经热心的北京网友联系,陈静决定去北京治疗。1 月 31 日这一天,学校宣传部、学生处、团委、应用技术学院的领导和老师与镇江的网友 20 多人,前往南京机场为陈静送行。大家约定:"陈静,我们在镇江等着你!"抵京后,10 多位北京网友早就守候在那里,大家安排车辆将他们送到了住处,并帮着代办了住院手续、北京公交一卡通、手机号。为了消除陈静的寂寞,网友们还为她的电脑开办了无线上网业务。北京各大高校的近万名学生也为陈静募捐,搜狐社区北京站的网友们号召全国网友献爱心。截至春节后,社会各界为陈静的捐款已超过 70万元!

采访中,记者致电远在北京的陈静时,恰巧一名在北京工作的江苏大学校友来看望陈静。她名叫陈玮,镇江人,江苏大学经贸英语专业毕业。电话里陈玮说,她早就知道了陈静的事迹,深为学妹的精神感动。她的住处离医院不远,现在一有空就来陪陈静聊聊。

陪同去北京的朱小东告诉记者,春节前,陈静进行了为期一周的第十次化疗,目前,状态稳定,每日开展维持性治疗和常规检查。年前,中华骨髓库传来喜讯,与陈静成功配型的志愿者已同意捐献。前不久,陈静的血样已送往北京市中心血站,待等到供者的血样后,即可开展移植前的高分辨配型检测。

"我只是做了那么一点,而大家却给了我这么多!"从校园到社会,从虚拟到现实,无数的关爱令陈静备感温暖、备受鼓舞。她用一首海子的诗表达了她的心情:"给每一条河每一座山起一个名字/陌生人,我也为你祝福/愿你有一个灿烂的前程/愿有情人终成眷属/愿你在尘世获得幸福/我也愿面朝大海,春暖花开。"

(《科学时报》2007年3月20日)

江苏大学学生受资助须做"义工"

暑期快要到了,曾两次获得过助学金的江苏大学学生小周获得一份假期在学校值班的工作,然而与往常不同的是,这次他可能"光干活不拿钱"了。该校新近出台的"受助大学生义务工作管理办法"规定,所有受资助的在校大学生依据资助金额不同,必须参加时间不等的义务工作,同时对义务工作考核的结果将作为学生下一年申请各类奖助学金的必备条件。这种做法在全国高校还是首次。

据江苏大学学生处有关负责人介绍,近年来学校对困难学生的资助体系不断完善,每年的资助总额达2000万元,但现实中却有少数受助学生认为"穷是天生的,得到资助是应该的",缺乏应有的感恩意识和奉献精神。此次出台"受助大学生义务工作管理办法",就是要培养大学生回报社会、奉献爱心的意识,"让关爱成为一种习惯,让感恩成为一种态度"。

依照此办法,江苏大学所有年满18周岁、受到各级各类资助和准备申请各级各类奖助学金的在校本科大学生都必须参加义务工作。其工作内容包括:在校内从事助管、助研和助教等工作,为全校师生提供学习、工作和生活上的便利;参与学校大型活动的服务工作;校内外其他力所能及的义务工作。学生本人申请后,学校对其进行培训并颁发"义工证",学生凭证工作,学校将记录学生每次参加工作的情况。

(《中国教育报》2007年6月23日 A1版)

江苏大学携手美国加州大学开展生物质能源研究

将残渣剩饭碎草杂物等变成清洁能源

日前，由中国江苏大学和美国加州大学携手设立的中美生物质能源联合研究中心，在江苏大学正式揭牌。享誉国际生物质能源研究领域的美国加利福尼亚大学戴维斯分校张瑞红教授，受聘为江大兼职教授，并担任联合研究中心的美方主任。据悉，该研究中心是加州大学与中国方面合作的首家专业从事生物质能源研究的固定机构。

能源问题已经成为限制未来社会发展的重要因素之一，切实有效地将生物资源，尤其是农业、食品等有机废弃物转化为能源，是目前国际科学研究领域的热点。从事了近20年将有机废弃物转化为生物气研究的加州大学戴维斯分校生物与农业工程系张瑞红教授，新近研制发明了"厌氧分级干式发酵系统"，利用细菌将厨余、农作残余物和其他有机物转变成氢气和甲烷，可用来发电或作为运输工具的燃料，被认为是"美国最近八年来该领域最大的新技术示范系统"，对社区乃至全球所有废弃物的回收利用以及降低温室效应将产生新的机会。美国多家媒体和华文报纸对这一轰动性的成果进行了大篇幅的报道。

据江苏大学食品与生物工程学院院长、联合研究中心中方主任马海乐教授介绍，此次双方携手，共同组建中国江苏大学—美国加州大学生物能源联合研究中心，将充分利用加州大学在生物质能源领域的研究优势，将这一国际领先技术引入我国，结合中国的地域和原料特色，实现这一技术的"中国化"，推动我国生物质能源研究跨越式进入国际化发展轨道。

作为一所综合性大学，江苏大学集聚了生物工程、热能、动力机械等学科，在生物质能源研究方面具有独特的学科群体优势。该校食品与生物工程学院是我国较早开展固体发酵技术与装备的高校之一，近期在张瑞红教授的指导下，启动了醋糟、秸秆和动物粪便厌氧发酵转化生物气的研究工作，在生物柴油和燃料酒精的制备技术方面已初见成效。生命科学研究院通过克隆技术开展脂肪酶的生物合成研究，还通过转基因技术开展高油油菜（作为生物柴油的原料）的培育研究。学校的内燃机学科从20世纪80年代就开始了生物柴油方面的研究工作，利用农作物秸秆等农业废弃物进行生物制气,将其作为发动机燃料的双燃料,取得了一系列研究成果。热能学科长期从事生物质流化床气化炉共气化技术的研究。江苏省生物柴油动力机械应用工程中心、江苏省动力机械洁净能源重点实验室挂靠江苏大学进行建设。

(《科学时报》2007 年 9 月 11 日)

让更多迷恋上网的学子悬崖勒马

江大亮剑斩学生网瘾

【本报讯】 部分大学生迷恋上网,无心上学,最终导致退学或休学,这一现象已成为各高等院校头疼的问题。昨日,记者从江苏大学了解到,学校重拳出击,采取了一系列有效举措,让迷恋上网的学子们悬崖勒马,专心学业。如今,许多校园网虫开始"收心"了。

校园网虫成为公害

昨日,江苏大学举办了一场别开生面的"戒网瘾、促和谐"教育活动启动仪式,200 多名师生参加了活动。这一活动无论是从形式还是内容上都喻示了江苏大学向日渐成为公害的"网虫"们吹响了进攻的冲锋号,校园"网虫"即将面临"过街老鼠"的窘境,唯有悬崖勒马,才是唯一的出路。

据江苏大学学生工作处处长姚冠新介绍,目前,学校从不同层面了解到,不少同学迷恋网络,成为不折不扣的校园"网虫",严重影响正常的学习。一些学生因为迷恋上网,通宵达旦,上课时瞌睡连连,无心听讲,甚至旷课、逃课。对此,学校及家长都非常痛心。

学工处老师吴立平告诉记者,自己教过的一名学生小张入学第一年就拿到学校的一等奖学金,到了大二却迷恋上网络,成绩直线卜降,好几门功课都不及格,到了大三,该学生不得不退学。至今,不少老师还记得小张离校时,他的父亲眼含泪花的情景。而对于学校来说,校园"网虫"绝不仅仅是个体的不良行为,上网打游戏、宿舍里看黄色图片等,都在不同程度上影响了其他学生。对于校园

"网虫"的公害从过去的"路人皆知",直到目前的"人人喊打"。

学子因何迷恋网络

据姚冠新介绍,根据有关研究机构的最新调查,大学生网络成瘾问题日趋严峻,80%的中断学业的(包括退学、休学)大学生都是因为网络成瘾造成,甚至有些网络成瘾的学生还会走上犯罪道路。就江苏大学而言,去年就有多名学生因为迷恋网络,无心学业而不得不退学或休学。

据江苏大学有关教师介绍,大学生迷恋网络主要包括游戏成瘾、网络色情成瘾、网络交际成瘾以及信息超载成瘾等现象。而这些迷恋网络的"网虫"们普遍存在不同程度的人际关系交往障碍、行为异常、人格变态、性格孤僻等心理失衡和病态心理现象。

而诸多校园"网虫"迷恋上网的原因也是五花八门。据江苏大学药学院的杨晓燕介绍,许多男生主要是因为业余生活空虚,迷恋传奇、魔兽、梦幻西游、天龙八部等各类网络游戏等。而女生主要是喜欢上网看电影、聊天等,这些现象在大学生中比比皆是。

系列措施斩断网瘾

据江苏大学有关老师介绍,大学周边有不少私人网吧,有的一家营业场所内,就有六七百台电脑,吸引大量学子上网,几乎所有网吧都是通宵达旦营业。值得注意的一个现象是,上网大学生绝大部分都是从事玩游戏、看电影、聊天等与学业毫不相关的活动。

针对大学生迷恋网络的突出问题,江苏大学采取了行之有效的措施,一方面有针对性地通过各个学院、各个班级加强网络道德教育的引导,深化大学生的责任意识,提高大学生的网络自律意识及网络法制意识。另一方面,加强日常管理,积极干预学生的不良网络心理和行为。如各个学院严格课堂考勤制度、晚自修制度,加大对学生宿舍的检查力度,一旦发现学生夜不归宿,将严肃查处。

据了解,对于校园"网虫"现象,江苏大学还将通过系列活动斩断"网虫"网瘾。如开展全方位、多形式的宣传;对网络使用情况进行全面的调查摸底;开展"绿色、和谐、文明"网络道德教育万人签名活动;开设大学生网瘾治疗培训班;组织网络知识讲座;开展网络道德教育主题征文以及丰富多彩的文娱系列活动等。

(《中国教育报》2008年3月26日)

学校是我温暖的家

快要毕业了,江苏大学工商管理学院工商 0401 班的马孝顺心里充满了依恋。言传身教的老师,朝夕相处的同学,校园里的一草一木……最让他眷恋和割舍不下的是三年来给予了他亲情和关爱的"家"里的爷爷、奶奶。

马孝顺来自湘西农村,年幼时父亲去世,母亲改嫁,早记不清家是啥滋味儿的小马形同孤儿。然而,来到江苏大学后,久违了的家庭温暖不期而至。2005年 11 月,江苏大学在全国高校创造性地开展了"给我一个家"结对帮扶孤儿活动,由学校学工处和关心下一代工作委员会牵头,选择校内的离退休老教师家庭同在校的孤儿大学生结成对子,不仅每个月给他们 200 元的生活费,还从心理、学业等方面进行全方位的帮扶。据统计,近 3 年来,江苏大学共有 15 名大学生陆续参加了这一活动,沐浴在学校和老同志们浓浓的关爱之中。

来自吉林长春的孤女李雪梅,父母早年相继去世,多年来在孤儿院、孤儿学校度日。去年 9 月,当她愁容满面地只身前来报到时,在新生接待现场就受到了学校有关方面的关注,不仅免去了她 5800 元的学费、住宿费,而且第二天就给她物色了一个"家"。结对资助她的杜玉清奶奶风趣地告诉记者,雪梅来了后,他们家就成了个多民族的大家庭:老伴是满族,雪梅是朝鲜族,她和儿媳妇、女婿是汉族,一家三个民族 15 口人。她一再嘱咐雪梅,要常回家看看,"生活的事跟奶奶说,学习的事跟爷爷谈谈!"

曾经在三尺讲台上挥洒自如的老教授们,用火热的心温暖着一个个曾经受伤的心灵,点燃那些曾在风雨中摇曳的希望之光。来自山东聊城的雷玉滨父母双亡,兄妹三人相依为命。他的"奶奶"彭玉莺教授至今还记得,小雷第一次来她家时神情黯淡,沉默寡言,"几乎没办法交流",为了能够了解他的情况,彭老师只得将想要询问的话题列在一张纸上,让他挨个回答。几年来,学计算机通讯专业的小雷学习成绩突飞猛进,以高分考取了全班第一个网络工程师,而且性格也变得开朗了,"简直像变了一个人一样"。化学教育专业的赵赛雷大一时有 6门课程不及格,一度有过退学的念头。"家"里的爷爷孙正和对症下药,想方设法慢慢把他拉了回来。"这几年路走得越来越顺。"小赵说,最好的证明就是自己原来面黄肌瘦只有 40 公斤,现在增加到 65 公斤了! 同样,李国文老师至今还记得,刚认识京江学院的刘燕时的情景:成绩差,三门挂科,精神状态也不好。刘燕自己也说,当时接到学院的通知参加这项活动,满以为就是来走过场的,而且特意迟到了。然而,爷爷奶奶们都耐心地鼓励她"不着急,慢慢来",从而逐步打消了她的顾虑。"他们都不放弃我,我有什么理由放弃呢?"刘燕说,此后她每次上课都坐第一排,逼迫自己认真听讲,学习成绩进步很快,获得了学院颁发的学习进步奖。马家骧老师一家资助的材料学院冶金0501班的刘春涛开朗随和,落落大方。几年来,这位来自四川隆江的女孩渐入佳境,先后获得2次校级奖学金,1次国家奖学金,通过了计算机国家三级考试,担任了班级学习委员、院科协副主席。

看到孩子们变化了、进步了,老人们心里有说不出的喜悦。的确,老教师在无私地付出的同时,也收获着一份份温暖、一份份欢欣。他们的子女多数不在身边,每次"孙子""孙女"们回家是他们最开心的日子,就像过年一样。李国文、陈嘉真夫妇因为去外地而一度将资助的刘燕托管给张银秀、洪求贤老夫妇,没想到回来后张老师一家说什么也不肯"归还",最后商定两家共同享有对刘燕的"所有权"。因此,刘燕自豪地称自己是最幸福的一个。

"这些孩子可懂事了!"学校原党委书记、关工委主任金树德教授言语中饱含赞叹。孩子们每次一到家总抢着刷锅、洗碗、做家务,过年、过节总不忘打个电话、发个短信,老人们头疼脑热了他们也不忘问候。提起帮扶的孤儿学生,老人们总是亲切地直呼其名,而且前面还加上定语——"我们家",一切是那么的自然。

"能够到江苏大学来读书是一种幸运,能够结识这些爷爷奶奶更是一种幸运!"回首几年来的光阴,即将赴江苏镇江一家企业工作的马孝顺非常动情。他表示,工作单位离学校不远,今后他一定会经常回"家"看看,看看爷爷奶奶,看看母校的领导和老师。"学校、社会各界给我们的爱我们不仅要铭记在心,更要落实在具体行动之中。"孤儿学生们表示,将把这个爱的接力棒传递下去,在平时的工作、学习和生活中关爱、帮助他人,回馈社会。

(《中国教育报》2008年7月16日)

喷雾机为沙排场解渴

能降温6~8℃ 局部地区达到10℃

8月9日至22日,北京奥运会沙滩排球比赛在北京朝阳公园沙滩排球场举行。天气炎热,有什么高招使高温天气不至于影响观众观看的热情?江苏大学研制开发的室外降温系统,给奥运沙排场看台上安装了27台喷雾机,喷出的水雾形成一个隔热层,能有效降温6~8℃,局部地区降温达到10℃。

江苏大学开发的降温系统,根据液雾蒸发吸热降温的原理,采用无污染、低能耗的环保型降温技术实现对夏季室外高温环境的调节。其核心部件是27台喷雾机,利用低压旋流超细雾化技术,以多喷头组合的方式产生大量微米级水雾。净水通过雾化装置以雾状分布在高温气体环境中,与空气的接触面积增加,蒸发吸热迅速。

江苏大学能源与动力工程学院副院长王军锋博士介绍,该系统是多种新技术创新集成和优化设计的结果,解决了细水雾、远距离、大面积覆盖的问题,达到了有效降温的效果,相比国外的高压雾化系统,具有能耗低、安全性高、易维护的特点。同时,它的设计和使用也体现了北京奥运的"绿色、科技、人文"的宗旨:每小时耗水量不到1立方米,可大大改善观众座席区的高温环境;采用净水蒸发降温,没有任何温室气体和污染物的排放;新型低噪声的送风装置,对运动员和观众也不会造成噪声干扰等。

另据了解,这一喷雾与流体传送相结合的技术,是由江苏大学科研工作者依托学科优势逐步开发成功的,并获得了多项国家专利。多年来,该技术曾先后应用于长江三峡工程室外降温系统、非典期间的喷洒消毒车、新疆地区的灭蝗工程车等。

(《中国教育报》2008年8月10日)

感觉郁闷时不要硬撑

江苏大学新生第一课先做心理游戏

昨日上午，记者在江苏大学理学院看到，新生开学典礼刚结束，一场题为"大学生活从'心'开始"的讲座便紧接着开讲。据了解，像理学院一样，江苏大学各个学院都在"第一课"专门请来有关心理学专家上了一堂生动的心理课。

据了解，今年江苏大学共计有7000多名新生入学，近年来，大学生的心理问题日益凸现，"郁闷"成了大学校园里一个高频词。江苏大学心理健康教育中心主任谢刚教授表示，在新生入学教育中安排心理健康讲座，就是让大学生一进校就能正确看待心理问题，并采取适当的方式进行消解，最终能快乐地享受大学时光。

在昨天的理学院新生的心理课上，谢教授告诉大家，大学是人生新的探索期，也是一个人智力发展的顶峰时期，大学生活是社会生活的"前奏"，将会面对许多改变、混乱和选择，因此"有心理问题很正常"，不要以为那是"我有毛病了"。接受心理咨询不应是生活中的"奢侈品"，而应是"调味品"，乃至"必需品"。她建议新生们，今后心里感到不舒服，扛不住了，千万不要硬扛！学校的心理访谈室，白天晚上都预约接受大家的咨询；心理中心的"心理热线"，每周两个晚上开通电话咨询；中心网站的"心灵驿站"，可点击"我要咨询"发帖子求助；加入"大学生心理学会"社团，开展朋辈辅导……所有这些相关系统，都可以给大家提供及时的援助。

讲座中，谢刚教授还告诉大家如何提升自己的情商、如何发展自己的兴趣、如何规划自己的大学生活。对于大家"颇感兴趣"的恋爱问题，谢刚表示，恋爱具有排他性，弄不好会让你"失去很多机会"，一定要"正确恋爱"……

记者发现，刚入学的大学新生们对心理健康讲座表现出了浓厚的兴趣，大多数学生边听边记录，现场气氛特别热烈，掌声、笑声不断。讲座刚结束，学生们就纷纷围上前去，向谢刚教授索要联系电话、电子邮箱，有的甚至迫不及待地要同她"聊聊"。

（《京江晚报》2008年9月9日）

苹果的气味"看"出来

江苏大学农产品无损检测项目获国家发明奖

通常只能靠鼻子闻出来的气味,竟然能够很直观而又精确地用眼睛"看"出来! 一套检测系统,能够得到水果的大小、颜色、形状、糖酸度等精确指标! 近日,由江苏大学赵杰文、黄星奕、邹小波等完成的这项名为"食品、农产品品质无损检测新技术和融合技术的开发"的项目,喜获国家技术发明二等奖。

食品无损检测技术属现代食品检测技术、现代电子信息技术、人工智能与模式识别等技术交叉渗透的新领域,是我国着力发展的方向之一。所谓无损检测,就是在不破坏被检测对象的情况下,应用一定的检测技术和分析方法对其内在品质和外在品质加以测定,并按一定的标准对其作出评价的过程。早在20世纪80年代,江苏大学的专家就开始了农产品无损检测的研究。经过80多年的努力,他们引入了信息科学领域中的高技术——融合技术,在单一检测技术的基础上将计算机视觉、电子嗅觉和近红外光谱分析等多种检测信息有机融合,取得了一系列创新成果。

此次开发的"农产品气味的图像化识别系统",能够将食品气味转化为图像进行识别,使"闻"气味变为"看"气味;发明了国内外首创的视觉信息全面获取的苹果在线检测装置、多种指标全面获取的牛胴体等级检测装置以及外观、糖酸度、气味三种信息全面获取的水果检测装置等3台装置;在拓展应用对象方面,发明的计算机视觉软胶囊分选机、小型水果自动分选机,也均为国内外首创。

项目的实施使我国食品农产品无损检测的科研水平、技术水平总体达到国际先进,部分项目研究成果达到国际领先水平。成果直接促进了农产品产后处理水平的提高,对促进农民增收、发展现代农业、现代食品加工业作出了贡献。多项成果得到转化应用,据其中7家单位的数据,新增利润1.5亿多元。

（《科技日报》2009 年 1 月 19 日一版报眼）

江苏大学新生朱崇威全家经济来源主要靠奶奶打零工,曾一度被"甜蜜的忧愁"困扰,报到当日,学校领导握住他的手说——

"进入校门就是到家了!"

"进入校门就是到家了!你放心愉快地开始大学生活吧!"9月5日上午,在江苏大学新生报到点,该校党委副书记、副校长姚冠新握住来自广西贺州市平桂区黄镇东水村的寒门学子朱崇威的手,不住地给小朱安慰和鼓励。这一天,曾得到新华社记者关注、教育部部长周济批示,一度被"甜蜜的忧愁"困扰的朱崇威顺利进入了江苏大学。

今年19岁的小朱给人的第一感觉就是十分瘦弱。小朱父亲两年前因肺病去世,不久母亲改嫁,现在家中还有一个正在读高中的17岁妹妹,兄妹俩和都已年近七旬的爷爷奶奶相依为命,而爷爷因中风而半身不遂,奶奶也身患高血压,长年需要打针吃药。小朱告诉记者,他们家中主要的经济来源就是奶奶在村工厂打打零工,还有就是伯伯家经常接济一点,但伯伯全家都是种田的,并且家中有孩子读书,负担也很重。

今年高考,小朱以优异成绩考取了江苏大学,但想到近6000元的开学费用,全家都陷入了"甜蜜的忧愁"。暑假里,小朱只身一人前往广东惠州一家手表模具制造厂打工,用废油给手表外壳抛光。由于废气和油污刺激性太大,他反复出现皮肤过敏、感染,在打工26天后,不得不回到老家。8月初回到家中,小朱想到的第一件事就是到镇上买了9元钱的鸡肉,给长年难得吃荤的爷爷奶奶好好"补一补"。随后,他又给爷爷、奶奶和妹妹买了点衣服,最后花了40多元钱给自己买了到学校报到的T恤、长裤以及一双运动鞋。

江苏大学学工处处长、团委书记李洪波透露,教育部部长周济看到对朱崇威的相关报道后,立即作出批示,相关文件迅速转到江苏省教育厅,该省教育厅又将小朱的信息传真到江苏大学。江苏大学老师立即设法和小朱取得联系,询问其开学报到的事宜,告知学校的一些资助政策,给他吃"定心丸"。在小朱来报到的途中,江苏大学学工处的陈立勇老师一直同小朱保持着短信联系,并亲自到火车站门口迎接,让小朱"又惊又喜"。

在迎接新生现场,江苏大学党委书记范明、校长袁寿其特地看望小朱,并再三勉励小朱用心、用功好好读书,其余事情交给学校。据介绍,江苏大学对所有贫困生都开辟"绿色通道",学生可以"先住、先吃、先学习",再凭有关手续办理助学贷款、申请助学金等。对于朱崇威,学校则为其"量身定做"了资助方案:首先减免了学费、书本费和住宿费;发放临时困难补助,解决其入学初期的生活困难;优先安排勤工助学岗位,考虑其申请校内助学金;帮助其申请国家助学贷款等。

(《中国教育报》2009 年 9 月 8 日第 1 版)

水雾降温系统让你"凉爽"看世博

【本报讯】 离上海世博会开幕越来越近,由于各种原因,部分市民包括学生只能选择夏季前往参观,到时候会不会太热?很多人都有这样的担心。近日,记者从江苏大学听到一个好消息,该校研发的细水雾室外环境调节系统将有效解除这一担忧,帮助大家"凉爽"看世博。

该系统根据液雾蒸发吸热降温的原理,采用无污染、低能耗的环保型降温技术实现对夏季室外高温环境的调节。核心部件为喷雾柱和喷雾机,利用低压旋流超细雾化技术,以多喷头组合的方式产生大量微米级水雾,通过与空气的大面积接触,蒸发吸热形成一个隔热层,能有效降温 6 ~ 8 摄氏度,局部地区降温达到10 摄氏度。该系统将分别安装在世博轴和世博园广场,通过对温湿度、风速和光照等气象参数的监控,结合人体舒适度分析对室外局域环境进行调控,届时高温时段参观世博会的人们可以通过该系统缓解酷热感,很好地应和了世博会"城市,让生活更美好"的主题。

据该校能源与动力工程学院副院长王军锋博士介绍,细水雾室外环境调节系统是学校与镇江同盛环保设备工程有限公司产学研合作的一项重要成果。该系统解决了细水雾、远距离、大面积覆盖的问题,达到有效降温的效果,具有能耗低、安全性高、易维护的特点。该技术曾应用于长江三峡工程室外降温系统、2008 年北京奥运会沙排球场降温系统、非典期间的喷洒消毒车、新疆地区的灭蝗工程车。

(《科技日报》2010 年 3 月 30 日)

江苏大学研发出系列高温熔盐炉

最高效率超过76% 轴承寿命达2万小时

　　江苏大学能源与动力工程学院杨敏官教授历时11年,研制出了流量范围为30～700m³/h系列高温熔盐泵,关键过流部件优化,最高效率超过了76%。实际应用表明,600RYC型高温熔盐泵的轴承寿命已超过2万小时,与国际先进水平相当。专家表示,研究成果对替代进口、减少化工流程中的能耗、推动国内高温泵行业的技术进步具有积极的作用。

　　据介绍,在硝酸盐、氧化铝、苯酐等化工原材料的制备与加工过程中,由于被输送介质的温度在250～460℃之间,且流程不间断,这对输送设备的安全性与运行稳定性提出了很高的要求。依据有关部门预测,未来10年内,用于石化行业的高温熔盐泵的需求量年增长25%,在冶金行业甚至会达到30%。从技术角度来看,高温熔盐泵上轴承的有效冷却和泵效率的提高一直是国内厂家无法解决的核心问题,从而导致国内产品无法与价格高出3倍以上的同类国外产品相抗衡。目前我国使用的高温熔盐泵中,相当一部分从德国、美国和法国进口。

　　1999年,杨敏官教授与江苏金麟化工机械有限公司合作开发了国内第一台高温熔盐泵。11年来,江苏大学项目组创新性地提出了利用叶轮旋转驱动空气对流对高温熔盐泵轴承进行强化冷却的方法,解决了高温熔盐泵轴承的冷却问题,大大提高了高温熔盐泵轴承的使用寿命。同时,项目组开发了流量范围为30～700m³/h的系列高温熔盐泵,其中,在小流量熔盐泵中首次设计了双蜗壳、双出液管结构,有效缓解了由于不均匀热膨胀而导致的对轴承的危害;在大流量高扬程熔盐泵中引入了两级叶轮和空间导叶全对称结构,缩小了泵的径向尺寸,并解决了泵的不均匀热变形导致轴承抱死的问题,有效提高了泵运行的稳定性。项目组形成的熔盐泵关键过流部件优化设计方案,可有效提高系列高温熔盐泵的效率,其中600RYC泵型的最高效率超过了76%,优于国内引进的同类型泵。

　　据悉,这一具有自主知识产权系列高温熔盐泵,已形成了规模生产能力,生产的高温熔盐泵产品在中国铝业等国内大型冶金化工企业得到了成功的应用，填补了国内空白，项目技术水平为国内领先。实际应用表明，600RYC 型高温熔盐泵的轴承寿命已超过 2 万小时，与国际先进水平相当。

（《江苏经济报》2010 年 4 月 28 日）

江苏大学超分子光学功能材料研究获重大进展

【本报讯】 日前出版的国际顶尖化学期刊《德国应用化学》，发表了江苏大学教授张弛研究组的最新研究成果"十二核椭圆形和十核圆环形镍系簇合物及其强飞秒非线性光学吸收性能"。研究组首次在世界上设计合成并表征了一系列结构新颖的十核圆环形，以及十核、十二核椭圆形皇冠状金属超分子簇合物，这是迄今为止有关过渡金属镍系簇合物中核数最多的皇冠状金属簇合物。期刊编委会还特别将其选为封面文章进行重点介绍。

过渡金属皇冠状超分子簇合物具有独特的结构美学特征及复杂多样的电子结构特征，在先进光电功能材料和器件的研制中具有极大的应用价值，其合成制备一直是该研究领域的一个难点课题。

这一系列皇冠状金属簇合物由于它们的轨道电子在金属环上的有效离域，导致了键长的均一化和高度对称的多边形结构，具有类似有机共轭环状分子的芳香性。其中代表性的十核、十二核冠状金属簇合物的极稀释溶液体系，在 150fs 激光辐照下扫描实验中显示具有很强的光学非线性，其飞秒激发态透过截面值与其他类型功能簇合物在纳秒激光辐照下的值相当。该研究团队还应用含时密度泛函理论计算方法（TD－DFT），从理论上初步阐明了皇冠状框架结构中各种结构组分，如过渡金属核数即冠状金属环的大小、冠状金属环的形状和不同有机硫醇、硫醚杂化配体桥联基团及具有刚性共轭基团配体等对分子体系非线性光学性能的贡献。

这一成果得到了评审专家的高度评价，《德国应用化学》主编给论文作者发来了一份热情洋溢的贺信："我们刊物只有不到 10% 的投稿能得到如此积极肯定的评价。"专家认为，这一重要研究成果的取得，不仅为有效突破光学开关器件研制方面的技术瓶颈问题创造条件，并将为下一代光纤通讯、光子计算机、光电信息存储与处理、光电功能的调制与转换、光子传感器等新型微结构智能材料的开发和分子器件的集成奠定坚实的科学基础。

这一研究得到了国家杰出青年科学基金、科技部国际合作重点项目、江苏大学拔尖人才培养工程及日本学术振兴会科研基金等的资助与支持。

(《科学时报》2008 年 8 月 5 日第 1 版)

成绩不好　心理孤独　道德有偏差

留守儿童调查让家长更担心

【本报讯】　日前,江苏大学教师教育学院的师生们来到镇江市象山镇长江村开展针对留守儿童的支教活动,并在该市多个乡镇开展相关问卷调查,回收有效问卷 164 份。从调查结果来看,目前留守儿童的教育问题已得到较大改善,但由孩子的孤独感等引发的系列教育难题仍未得到根本解决。

调查结果显示,大部分(68.3%)被调查留守儿童的学习成绩在班级处在中等偏上水平。分析最终调查数据来看,59.1% 的学生认为,在老师和周围同学的帮助下,学习中的困难明显减少,成绩也取得了较大进步。但值得注意的是,在班级成绩排名倒数的同学中,留守儿童仍占据大部分,因此,部分留守儿童对待学习仍存在较大困惑。

调查显示,留守儿童结交好友大多出于学习和摆脱孤独感的需要。57.3% 的留守儿童表示在班级里的好朋友数量较少,只有 23.8% 的儿童认为自己的知心朋友较多。调查中,55.5% 的孩子反映,老师和身边的亲人偶尔会关心一下自己的内心想法,39% 的孩子认为周围人经常关心他们。虽然大部分(61%)父母深知关心孩子成长的重要性,平均每星期给孩子打电话询问学习情况,但数据显示,仍有 57.9% 的孩子偶尔感到孤独,甚至有 21.3% 的孩子会觉得很孤独。因此,对待孩子的教育问题,有效的心灵沟通是十分必要的。64.6% 的留守儿童表示,身边的亲人管教不是很严格,几乎不会涉及对道德行为的引导。调查显示,36.6% 的孩子身上存在一定行为偏差,个别的孩子甚至存在偷盗、过早网恋等较严重的不良道德行为。

(《江南时报》2011 年 8 月 26 日)

江苏大学调查显示——

家长在子女教育问题上占"强势"

随着社会大众对教育问题的日渐关注,各种教育观念频现。家长和学生在教育资源的选择上各自扮演何种角色,这一问题正吸引着众人的目光。对此,江苏大学教师教育学院的师生来到教育较为发达的江苏省丹阳市进行了实地调查。本次调查共发放调查问卷 400 份,回收有效问卷 321 份。从调查结果来看,90.7% 的家庭在教育问题上父母的思想占主导,教育问题由父母直接拍板决定,家长表现出绝对的"强势"地位。

公办? 民办? 父母说了算

对待各类教育资源,公办与民办学校的选择一直是令家长头痛的问题。在此次调查中,73.5% 的家长对择校问题比较关注,认为公办与民办学校差别很大。而在选择上,68.5% 的家长倾向于选择公办学校,他们认为公办学校由政府出资,承担着义务教育的主流工作,教师经验丰富,收费标准较民办学校也更易接受。虽然只有 31.5% 的家长表示会选择民办学校,但这一数据较过去仍表现出较快的增长趋势。可见,随着社会的发展,家长对民办学校也越来越关注,选择率也不断提升,他们认为民办学校教育理念与教学方法更灵活、更多元化,更适合当今社会青少年的发展需要。

对于学校种类的选择问题,90.3% 的家庭由父母替孩子做决定,而在这些家庭中未征求孩子的意愿直接做出决定的家庭占到了 38.6%。

补习班? 培训班? 家长来做主

在是否报名假期补习班、培训班问题上,91.3% 的家长认为假期应帮助孩子提高,需报一个或多个补习班或培训班。其中,51.4% 的家长认为假期是个查漏补缺、培养各类兴趣的黄金时段;一些家长因工作忙碌,没空照管孩子而选择帮孩子报名各类暑期培训;另有 17.4% 的家长则因为盲目跟风或其他原因为孩子报名。

同时,在补习、培训班选择上又各有千秋。41.4%的家长选择为孩子报补习班,帮助培养孩子艺术才能与兴趣;29%的家长则两者都报名,既要确保孩子成绩的提高,又要锻炼孩子的其他能力。

数据显示,只有8.7%的家长没有帮助孩子报名补习、培训班。其中约79.1%的家长认为假期是孩子休息放松的时间,应该让孩子自由安排自己的时间;少部分家长是没有足够的时间、精力与物资来帮孩子考虑这些事情。

同样的,在各类"充电"班的选择问题上,43%的家庭由家长直接决定是否报名,45.2%的家庭是家长经与孩子商量后再做决定,只有11.5%的家庭是由孩子主动要求报名的。可见在补习班、培训班的选择问题上,家长与孩子都在忙碌着,但家长的强势作用仍相当明显。

(《江南时报》2011 年 8 月 30 日)

江大一项目获国家科技进步一等奖

【本报讯】 昨日,2011 年度国家科学技术奖励大会在北京人民大会堂隆重举行。记者从江苏大学得知,由南通中远船务工程有限公司与江苏大学合作承担的"深海高稳性圆筒型钻探储油平台的关键设计和制造技术"项目获得了国家科技进步一等奖。项目研制成功的国际首座具有自主知识产权的无锚系超深海钻井储油平台,最深作业水深达 3050 米,钻井深度 1.2 万米,原油存储能力达15 万桶,成为当今世界海洋石油钻探平台中技术水平最高、作业能力最强的高端产品之一。

据了解,针对我国深海钻井平台重大装备的先进设计与制造技术缺乏的现状,从深海能源开发的国家安全战略出发,江苏大学与南通中远船务公司开展校企联合科技攻关,"超深海钻探储油平台设计与制造"项目在整体结构设计、全功能集成、抗风浪能力、动力定位系统、无余量制造工艺、关键零部件延寿制造等方面都获得了创新性成果,其关键技术成果可以推广应用于其他海工平台及船舶制造业。该项目也标志着我国深海油气钻井成套装备设计制造水平的重大突破,对国家深海资源开发战略和自主开发南海油气具有十分重要的意义。

与传统的结构设计不同,研制成功的超深海钻井储油平台采用的是世界独有的圆筒形结构设计,实现了钻井储油一体化。平台筒体最大直径84米,高度135米,空船重量28180吨,其作业水深、钻井深度、平台甲板可变载荷、抗风浪能力,多项数据均创造了当时的世界之"最"。据介绍,这种平台能适应各种海域环境,可以应对英国北海零下20摄氏度恶劣海况;生活楼可容纳150人居住,居住舱室达到45分贝超静音标准,生活设施可比五星级酒店。近三年,平台销售收入已达到14.3亿元,利税4.76亿元,创汇2.04亿美元;现在由巴西国家石油公司以日租金42万美元租用,已成功用于深海油气资源的勘探开发。

自2006年开始,江苏大学与南通中远船务工程有限公司就针对大型海洋装备的先进设计与制造技术开展了产学研合作,并专门成立了海工平台攻关项目组,将学校的先进科研成果与企业的产业化优势紧密结合。历经两年多成功研制出的圆筒形超深海储油钻井平台,使中国深海油气钻探成套装备走向了世界。

(《镇江日报》2012年2月15日一版头条)

"格桑花",绽放江大已六年

昨天,一场小小的捐赠仪式在江苏大学举行。大学生志愿者把最近一次义卖军训服所得5000元善款,亲手交给镇江"格桑花"公益组织。此时,他们的心飞向了千里之外的西部。

这样的捐赠仪式,已经连续举办了6年。

"我们在学校周围张贴了很多小广告,在二手市场挨家挨户去寻找买家,死磨硬泡,终于把700多套军训服全卖出去了。"作为江苏大学格桑花助学活动的新一任负责人,赵蕊啃下的第一块"硬骨头"就是回收军训服,并将之成功义卖。

"格桑花助学",是关注西部的志愿者们自发的民间公益性活动,为青海、西藏、甘肃、四川等地贫困孩子提供资助,帮助他们获得接受或改善教育的机会。从2007年"了解格桑花""推广格桑花"西部助学活动开始,"义卖军训服"就一直是江苏大学大学生志愿者每年的必选动作。

每年9月末,新生军训一结束,"格桑花"志愿者就在校园的主干道、各宿舍区设点,回收军训服。"现在的大学生都很有爱心,回收不成问题。最难的,就是卖了。"赵蕊说,一件T恤,一整套外套,加一双鞋子,能卖到7元钱已经是不错的价格，"买家开出的条件比较苛刻，女生穿的小号军训服不需要，一整套的不要，磨损厉害的也不要。"经再三协商，赵蕊终以滚烫的公益心打动了买家，以7元一套成交，"打包"卖出了回收到的所有军服。

"体力上很累，而心情却特别好。"赵蕊的大学生活本来平淡，做了志愿者后，她觉得"肩上承担起了更多的社会责任"。

6年来，镇江"格桑花"组织负责人金伟一直与江苏大学多名志愿者接触。他感叹，"都说现在的大学生'功利'，而我看到的志愿者，都是在踏实用心地做事。"

从2007年开始的军服助学、公益义卖、结对助学，到最近的高校公益辩论赛推广，江苏大学参与"格桑花"助学活动的志愿者达1000余名，为西部贫困学生助学5万余元。在志愿服务中，这群90后大学生成长为勇于担当的行动者，他们的奉献与付出散发着令人振奋的正能量。

江苏大学校长助理李洪波介绍，高校的根本目标是育人，而实现育人目标，不仅要有大楼、大师，还要有大爱。江大一直着力营造富有爱心与责任的校园环境，今年，该校"格桑花开情系西部"公益服务项目被评为省"优秀青年志愿服务项目"。

（《新华日报》2012年10月31日）

中小企业开放式创新急需"甩开膀子"

日前，江苏大学管理学院对苏州市250余家中小企业进行调研，近千份调查问卷和个案访谈显示，苏州中小企业开放式创新发生频率高，呈快速上升趋势。但是与发达国家相比仍存在不小差距，建立常态化、高端化开放式创新模式，实现产业转型升级，对中小企业来说势在必行。据了解，该调研的相关政策建议已被省中小企业局、苏州市相城区科技局采纳，取得了显著的社会效益和经济效益。

调研活动指导老师、江苏大学梅强教授昨天在接受记者专访时表示，全国65%的发明专利、75%以上的企业技术创新和80%以上的新产品开发，都由中小企业完成，推进中小企业创新发展是实现我国创新发展战略目标的关键。

苏州中小企业技术创新处于全国领先地位，研发费用、新产品收入占工业总产值的比例都高于全国平均水平。调研显示,其开放式创新行为发生频率也相对较高,37.93%的企业选择"创办企业",72.73%的企业鼓励"员工参与"企业研发活动,56.11%的企业鼓励"客户参与"获得市场需求的最新信息,52.04%的企业利用"外部网络"来获取外部知识。这些企业有一个共性,即充分利用和整合外部资源,借助外部力量突破企业创新发展瓶颈,实现自主创新。

然而,调查结果也表明,苏州中小企业开放式创新还处于偶发式阶段,有很大上升空间。发达国家中小企业进行"员工参与""客户参与"及"外部网络"的频率高于90%,苏州中小企业同指标行为的频率在50%左右。与发达国家中小企业相比,我国中小企业开放式创新动机以"跟上市场发展"为主,动机的市场化较为强烈,短期化程度较高,忽视了对创新过程的改进和知识的积累,缺乏长远目标。

"从内部看,中小企业存在先天不足,人才引进、培养机制不健全,资金链薄弱,物质资源匮乏,产品技术含量需进一步提高;从外部分析,合作伙伴能力不高、需求不匹配,'短平快'项目合作机制也制约了中小企业开放式创新的合作积极性。"参与调查的张健说。

通过对苏州晨佰网络有限公司、苏州东威连接器电子有限公司等5家成功中小型企业的典型调查,江大管理学院对中小企业深化开放式创新模式提出了两剂"良方":一是培育开放式创新企业文化,在企业内部培育开放式创新的价值观,建立从上到下层层递进的创新组织制度,确保开放式创新企业文化的建立;二是培育优质创新伙伴,与现有的合作伙伴深化互信互惠的伙伴同盟关系,发挥协同效应的巨大优势,同时在全球范围内搜寻可能的合作伙伴,建立潜在合作伙伴信息库。

调查还提出,政府应夯实创新服务平台基础建设,培育与中小企业开放式创新相匹配的研发、信息等服务机构,通过平台服务辅助中小企业在研发创意、产品开发设计、产品生产和市场化阶段进行开放式创新,并进一步完善服务平台管理条例,创新服务流程。

(《江苏经济报》2013 年 5 月 21 日)

【人物写真】
FIGURE PORTRAITS

至爱无痕

——记"全国师德先进个人"江苏大学陈钧教授

"我真的很惭愧!因为我只是做了点我应该做的事,而且做得还不好⋯⋯"面对领导和同事们的祝贺,刚刚获得"全国师德先进个人"称号的陈钧教授真诚地说。曾先后荣膺"全国先进工作者""江苏省优秀共产党员"等称号的陈钧教授,面对荣誉,每每都是这么"忐忑不安"。20多年了,这个信条一直占据着陈钧的心灵,无论是当他身处异国他乡,还是学成归来之时。其实,在他心里久久占据和升腾的,是那份对科学、对祖国、对人民无比执着和赤诚的爱⋯⋯

前后3次赴日本留学、访问8年,一次次地谢绝日本友人的竭力挽留,如期而归。他说:"留在日本,待遇虽好,却不过是高级打工仔而已。"

1998年,陈钧再次应邀到日本东北大学工学部化工系新井研究室开展合作研究,专攻银杏叶有效成分的分离提取技术及分析技术。置身于这样一个国际先进水平的化学工程研究室之中,对于不是学化学化工科班出身的陈钧来说,压力可想而知。他要面临着从大学本科的化学基础知识开始,到近代试验手段、仪器分析手段的再学习;面临着知识结构、专业研究方法上的脱胎换骨。一年以后,陈钧刻苦认真的工作精神以及所取得的一些中间研究成果,同样给日本教授、同事们留下了极好的印象。为了改善他回国后的工作条件,新井教授安排赠予他一台高效液相色谱仪,价值几十万人民币。

回国第二天,陈钧就一头扎进了实验室。平时也几乎没有休息日。学生们说:"陈老师的根在实验室,那里是他生命的源泉。"

1996年,回国后的陈钧被任命为学校研究生部主任,而他坚决要回实验室。因为,他的心里有一个明确的目标:继续开展超临界研究,使我国在不久的将来真正跻身于领先行列。他要将在日本取得的最新研究成果尽快应用于工业化生产,造福祖国和人民。

采访中,江大生环学院党总支书记董英教授告诉记者,陈钧有一个习惯,就是快节奏，每次出差日程都安排得满满的，而且一个接一个地方地跑。由于积劳成疾，加之长期营养不良，有一年陈钧患上了甲肝。住院期间，他仍然牵挂着他主持的课题，并不顾医生劝阻将书本悄悄带进病房。

陈钧教授对科学执着追求的精神和严谨的治学作风，深深地感染着他的同事和学生。他的课题组学术气氛非常浓厚，个个劲头十足。每两周，课题组就要进行一次学术活动，无论是导师还是学生，都要亲自上台汇报各自的研究进展情况，交流国内外最新研究动态并分享自己的体会。对于学生们来说，同导师一样，双休日、寒暑假在实验室里做实验、看书学习已是家常便饭，有时甚至"青出于蓝而胜于蓝"，非得陈老师赶他们回去才肯休手。

陈钧原本是学农业机械的，主持的"节能型旋耕刀片研究"等课题，1994年获得国家专利并投入批量生产；后来转攻农产品加工，主持完成了"超临界二氧化碳萃取农产品有效成分的研究"等课题；现又成为江苏大学生药学学科带头人、制药工程专业带头人，真正是干一行、悟一行、钻一行。采访中，笔者一直困惑，一个人何以能实现如此大的学科跨越？也许，这一切只能从陈钧身上那股洞察学科前沿、勇攀科学高峰、敬业执着的精神中找到注解。

出差总拣最便宜的旅馆、有时甚至住防空洞，却为希望小学一下捐两万元，每年数万元的科研奖励都不拿回家……同事们说他既"小气"又"大方"。

研究初期，由于经费紧张，购置一套进口设备需要数十万美元，陈钧便和他的同事们南下北上进行调研，自行设计和研制了一套完全国产化的超临界二氧化碳萃取实验装置，为学校节省了大批资金。这套装置是当时国内高校中自行设计开发的最完整、真正能顺利运行的第一套装置。

把公家的钱当命的陈钧，有时花钱又出奇地"大方"。他对贫困地区的希望小学舍得一下子捐款两万元。2001年，他荣获"江苏省优秀共产党员"的称号，省里发给他2000元奖金，他又毫不犹豫地作为党费交了上去。为了让研究生们安心学习和研究，他从课题费中拿出一部分作为他们的生活费和助理科研费，主动帮助年轻教师解决工作和生活中的实际困难。每年学校发给他的数万元科研奖励，他都留在学院用于学科建设。前不久，他又将"江苏省优秀博士生导师"的3000元奖金拿出来，为研究生们在学习室里装了台空调，配了个打印机硒鼓……

"同耕药园，普济沧桑。"每届学生毕业，陈钧总是在他们的纪念册上写下这样的话。这八个字，饱含的不仅仅是他对生药学专业学生们的一片希望，还有他自己对科学研究的不懈追求……

（《中国教育报》2005年1月7日）

孙建中：与白蚁打交道的人

前不久，SCI 杂志特刊《昆虫与生物质能源》（*Insects and Biofuels* 英文版）正式出版。这是全世界第一本反映高效自然生物系统及其仿生研究在生物质高效转化利用中最新前沿成果的国际性研究专刊，其第一主编就是江苏大学生物质能源研究所所长、特聘教授孙建中。

作为美国路易斯安那州立大学昆虫学博士、国际上白蚁生物质利用研究领域的前沿学者之一，2009 年，孙建中加盟江苏大学，担任了该校生物质能源研究所所长，并入选江苏省"双创计划"人选。回国一年多来，在中美生物能源高层论坛、首届京港可再生能源科技研讨会等一系列高层次的国际、国内学术会议上孙建中频频亮相，倍受关注。

在海外打拼就是为了多学本领

孙建中 1958 年出生于江苏南通，是个标标准准的江苏人。为追踪昆虫学领域的研究前沿，已经有昆虫学硕士学位和一份体面工作的孙建中，两度离别妻子和女儿，漂洋过海远赴美国学习深造，在对亲人的无限思念和僧侣般孤灯青影的单调学习生活中一呆就是 15 年。15 年中，孙建中将"世界性害虫"白蚁作为研究对象，在白蚁的分类、生理、生态、肠道共生微生物、种群的社会行为、对木质纤维素的降解机理机制等方面，积累了多方面的研究与实践经验，成为国际上白蚁生物学与防治研究领域的主要科学家之一。

回国前，孙建中曾任美国密西西比州立大学助理教授、副教授、博士生导师，美国华盛顿州立大学生物系统工程系兼职教授。此外，他还曾担任美国国家白蚁防治技术专家委员会委员、美国农业部重大课题评审专家、美国农业部特邀美国 2008—2013 年第三个五年科技发展计划起草与评议专家、中国自然科学基金委重点及重大项目海外特邀评审专家、8 种国际 SCI 昆虫、农业、生物质能源类专业杂志审稿人及编委、特邀主编等。

虽然身在海外，孙建中却无时无刻不提醒自己是一名中国人，一名中共党员。在远离祖国的 15 年，180 个月，他月月准时交纳党费；在 1998 年洪灾、汶川大地震等祖国遭受的一次次自然灾害中,万里之外的他总会积极捐款,为灾区人民寄去一份牵挂和关心。看到祖国经济高速发展,他在感到骄傲和高兴的同时,敏锐地发现,能源和环境问题逐步成为制约我国经济持续发展的两大瓶颈,能否开发和利用好新型能源关系到国家的未来。为使自己在生物质能源研究的成果能为国所用,已经在美国科学界占有一席之地的他拒绝了优厚生活和待遇的诱惑,于去年6月毅然选择了回国。

2009年10月1日,作为受党中央、国务院专门邀请观看国庆60周年庆典仪式的海外人才和优秀回国人才代表成员,孙建中受到了胡锦涛、温家宝、习近平等国家领导人的亲切接见。在观礼台上,他心潮澎湃、热泪盈眶。"在海外辛苦打拼十几年,就是为了多学本领,回来后多为国分忧,多挑一些担子。看到国家经济、社会、科技快速发展对高层次人才的迫切需求,更是感到了一种责任和压力。"

白蚁能否拯救我们的地球

伴随着工业化社会的脚步,能源短缺和环境污染日渐成为人类面临的重大挑战。生物质资源在解决这两个问题方面具有巨大的潜力,而攻克生物质利用中高效、经济性转化的科学难题,是当前国际生物质利用领域的重大前沿科学探索之一。白蚁在长期的进化和演变过程中,其独特的生物系统显示了高效转化纤维素的超凡能力。在研究中,孙建中独辟蹊径,将白蚁对木质纤维素高效生物降解独特的特性引入生物质能源研究开发领域。

旅美期间,作为第一主持人,他在美国国家级"太阳神"能源研究计划项目中,通过白蚁的高效生物转化机制研究,找到了从纤维素直接生物制氢的一个全新的途径;作为第一发起人,他主持了美国昆虫学年会首次生物质能源应用国际性专题学术会议"昆虫木质纤维素的降解及其在生物质能源产业化中的应用",开创了此国际性学术组织将传统的昆虫学研究与生物质能源研究应用结合的先河,在国际学术界引领了以白蚁为代表的高效转化系统在生物质高效转化利用方面的研究方向。

"在常温常压下,白蚁能够在24小时内转化生物质中90%以上的纤维素,这是目前任何技术都达不到的。"孙建中教授等人的研究表明,利用木质纤维素的昆虫超过100多种。其中,食木白蚁具有非同一般的、令人称奇的高效降解和利用木质纤维素的能力,其分布面积广(占陆地面积的68%)、规模大(总重量是人类体重之和的10倍,达到12亿吨),每年转化约130亿吨以上的木质纤维素,占全球生物质年产量的 10%～15%，成为参与地球上植物碳循环的最重要的一类自然生物系统。"我国拥有非常丰富的白蚁生物资源，近 500 种不同的白蚁中很多是世界上独有的、高效利用生物质的模式转化系统。"孙建中说。

在去年 10 月底举办的中美生物能源高层论坛和圆桌峰会上，孙建中以"面对第二代生物质能源和全球气候变暖的挑战：白蚁能否拯救我们的地球？"为题作了主题报告。他提出的通过模拟以白蚁为代表的高效生物转化系统的作用机制、相应的理化条件及生物质转化的物态演变规律，建立以仿生系统原理应用为特点的高效生物质转化的全新理论，为实现生物质大规模产业化利用提供了新思路和新方向。

一天 48 小时才够用

回国后，孙建中作为江苏大学特聘教授负责生物质能源研究所的筹建工作。急于一展报国之志的他，一报到便投入到了紧张的工作当中，招聘科研人才、搭建国际合作平台、争取研究项目等排满了他所有的时间。

为打造一支多学科交叉、国际和国内人才相结合的高水平研究团队，攻克生物质能源技术体系中高效和经济转化的国际性难题，孙教授平均每天工作时间都在 12 个小时以上，除了吃饭、睡觉等必要的生存需要外，所有的时间都扑在了科学探索和研究所建设上。孙建中教授经常受邀出席全国各地国际高水平学术研讨会，在火车上、在机场候机室，孙教授都争分夺秒地处理手头上的工作。记者在教授桌上发现了一篇被做了很多标记的英文论文，这就是近期孙教授去湖北出差时花了 6 个多小时在火车上审查的一篇 SCI 杂志投稿论文。令人惊讶的是，他给作者的审稿意见竟达 2000 多字。

孙建中生活极不讲究。在穿着上不求光鲜，一件朴素的夹克衫，他穿了又穿。在吃饭上不求美味，为节约时间，他几乎顿顿都是在食堂填饱肚子。10 月 2日，51 周岁生日，他和从南京赶回来为他庆生的爱人一起下了碗面条，简单了事。在镇江新安的家里，为让回国休假的女儿消磨时光才装上一台电视。原本擅长和钟爱的二胡和武术，如今也因终日忙于科学研究而荒废。然而，在生活上对自己很粗心的孙建中教授，对自己的同事和学生却很细心，在科学研究中总是很严谨。"我的开题报告已经修改了四稿了，马上还要修改第五稿。"研二学生苏小明告诉记者，孙教授虽然工作繁忙，却在他的开题报告指导上下足了功夫，每一稿都是与他一起从文献的使用、概念的辨析，甚至从字词上的选择上进行讨论、推敲。"学术不容造假，每一篇都要认真对待。"作为 8 家 SCI 杂志的审稿人，孙建中教授总是严谨地对待每一篇投稿。在受邀编写《昆虫学研究进展：从分子生物学到害虫综合治理》中《消化术质纤维素类昆虫与生物质能源利用：一个新兴的具有诱人应用前景的昆虫学研究领域》这一章节过程中，孙教授光参阅相关文献就花了两年时间，这些花了2000多美元才从美国邮寄回来的参考文献如今还被他整整齐齐地摆放在办公室的大书柜里。

长期的伏案工作使孙教授的颈椎积劳成疾，经常导致偏头痛，血压也高了起来。已经50多岁的他还坚持跟研究所里的年轻人一样，有时奋战到凌晨两三点。今年7月来所的日本留学归国博士常福祥感慨地说："连孙教授都这样拼命，我们更不敢有半点懈怠。"当被记者问到为什么对工作这么拼命时，孙教授如是说："自己已经到了知天命的年龄。在有限的学术生命中，自己能够做、应该做的事情还很多，一天48个小时才够用啊！"

"非淡泊无以明志，非宁静无以致远。"这是孙建中教授治学做人的座右铭。日前，由他作为首席科学家主持申请的国家科技部"十二五"农村领域首批预备项目"模拟自然生物转化系统实现木质纤维素资源高效转化的关键基础科学问题研究"通过了专家评审，有望获得科技部1000万元的经费资助。当记者向他表示祝贺时，他却非常淡定地说："做科研，首先要有一种用一生去追求的科学精神，并在这种精神指引下去追求一种求真、求是的目标。若是为了发文章、评职称、拉项目挣钱等一些名利而丢弃了最根本的精神追求，就很容易患得患失，很难做出大的成就来。"

（《中国教育报》2010年11月22日）

赵杰文：让"闻"气味变为"看"气味

通常只能靠鼻子闻出来的气味，竟然能够很直观而又精确地用眼睛"看"出来。一套检测系统，不仅能够将水果按照品种、大小、颜色、形状等外形指标分拣出来，而且还可以按照糖度、酸度、嫩度、生理成熟度等内在指标进行品质的分级分等……在江苏大学食品/农产品无损检测技术研究中心实验室，笔者见识了这个听起来似乎是"天方夜谭"的神奇技术。

这项曾获2008年度国家技术发明奖二等奖的"食品、农产品品质无损检测新技术和融合技术的开发"项目,发明者就是江苏大学食品学院教授赵杰文。

无损检测,让农产品"论个卖,论颗卖"

"同样的红苹果,国产的每斤只卖到一块多,而国外按大小颜色分拣出来,就能卖上十倍的价钱!"赵杰文向笔者介绍,因为我国的农产品基本不经检测和分类直接上市,品质良莠不齐,无法按质论价,也不利于出口创汇,其贱卖的直接结果就是农民收入低。而在发达国家,食品、农产品的检测和分类很多已经自动化,根据不同的品质分级分等在超市里出售,可以使那些优质农产品卖出好价钱,有的甚至可以"论个卖、论颗卖"。

对此,赵杰文忧心忡忡,造成这种状况的关键就在于国内没有"无损检测",国外农产品通过这项检测,基本不用挑选就可达到形状、颜色、口感几乎相同。而这类检测设备都是进口的,价格高、推广难。因此,研究快速、高效、精确的农产品品质检测技术,对推动农业的健康、持续发展,提高农产品交易价格等,具有十分重要的现实意义。

食品无损检测技术属现代食品检测技术、现代电子信息技术、人工智能与模式识别等技术交叉渗透的新领域,是国际上很热的一个研究领域,也是我们国家要着力发展的方向之一。

早在20世纪80年代,江苏大学农产品加工学科的专家们就开始了农产品无损检测的研究。1992年和1998年,赵杰文分别以高访学者和客座教授的身份赴日本三重大学、京都大学考察研究。两次赴日经历使他紧紧地把握住了农产品无损检测领域的国际前沿动态及最新技术的发展趋向。回国后,他迅速成立了专门研发农产品无损检测新技术的科研团队。

"所谓无损检测,顾名思义,就是在不破坏被检测对象的情况下,应用一定的检测技术和分析方法对其内在品质和外在品质加以测定,并按一定的标准对其作出评价的过程。"赵杰文介绍说。

在实验实践过程中,赵杰文和他的团队引入了信息科学领域中的高技术融合技术,在传统的单一检测技术基础上,将计算机视觉、电子嗅觉和近红外光谱分析等多种检测信息有机融合,取得了一系列的创新成果。2002年在国内第一个创新性地提出把多种技术一体化,以多维信息联用来克服单一技术不足这一新学术思想,同时获批我国有关食品、农产品无损检测领域的第一个国家"863"专项。

2008年度国家科学技术奖励大会,由江苏大学赵杰文、黄星奕、邹小波等完成的"食品、农产品品质无损检测新技术和融合技术的开发"的项目获国家技术发明奖二等奖。该项目主要发明点有三个:发明了一种新的食品气味无损检测方法,开发的"农产品气味的图像化识别系统"是全球首台气味图像化识别系统,能够将食品气味转化为图像进行识别,使"闻"气味变为"看"气味;针对不同对象,解决了食品无损检测中信息的更全面获取问题,使检测指标更多,发明了国内外首创的视觉信息全面获取的苹果在线检测装置、多种指标全面获取的牛胴体等级检测装置以及外观、糖酸度、气味三种信息全面获取的水果检测装置等3台装置;在拓展应用对象方面,发明的计算机视觉软胶囊分选机、小型水果自动分选机,也均为国内外首创。

搞科研,要耐得住寂寞

在江苏大学校园里,流传着一段逸事:一位老教授,春节不在家看春晚,而是跑到安徽、山东的农村,在屠宰户家里看杀牛,并拍下上百张"牛的 12 到 13 截肋骨间断面肉纹"牛肉的照片。这一现代版"庖丁解牛"的主角,就是赵杰文。

"这些照片,正是检测牛肉品质的关键'特征值'。"赵杰文说,该项技术的高难度,就在于要用软件识别各种农产品的"特征值"。譬如根据苹果的糖酸度和颜色确定其品质,根据鸡蛋的敲击声判断是否有裂缝等,往往一个产品的检测需要找到数十个这样的"特征值",而这些第一手数据则有赖于大量的基础性搜集工作。正是凭着这股"韧劲",他们已经自主研发出醋胶囊、苹果、脐橙、鸡蛋等数十种农产品检测设备。其中在江西农大农场应用的一条脐橙检测线,一秒钟能自动分拣出 5 个相同大小、形状、品质的脐橙,效率和精确度是人工的20 倍。

"有些科技问题,光凭嘴上说,是很枯燥的。这样吧,到我的实验室去,我用我们研发的设备给你演示演示,你就能够理解了。"赵杰文边介绍边把笔者领进了他的实验室。

笔者在现场看到,赵杰文和他的助手们先是将一些个头差不多大小的金橘和小西红柿混在一起放上了装着自动传输带的检测台,随着检测机器徐徐开启和传输带轻轻转动,不仅金橘和小西红柿被准确地区分开来并输送到不同的篮子里,而且个头大小不一、颜色深浅不同的金橘或者小西红柿也被分别分拣到了不同的篮子里。随后,赵杰文又将十余个苹果放在了另一张检测台上,随着机器的转动,不仅苹果的外形被与机器相连的电脑记录下来,而且反映其内在品质的糖度、酸度等指标也被记录在电脑上。在此之后,赵杰文和他的助手们还演示了鸡蛋有无裂痕,板栗、核桃有无内质损害等检测技术。

20 年来,赵杰文的团队只专注一件事:农产品"无损检测",致力让这一技术设备拥有自主知识产权。他 20 年如一日,主持过 6 项国家自然科学基金,获批发明专利 28 项,国家知识产权局在"中国发明及专利"中专题报道称"我国有关食品无损检测的发明专利中,近年来赵杰文教授申请的占了 30%","相对于一些跟风的发明专利,他的专利涉及到无损检测的核心技术,是新技术、新方法的创新"。

赵杰文感慨地说,搞科研要耐得住寂寞。中国农民肯干、苦干、实干的精神,是科研人员最好的"导师";黄土地提出的种种问题,也给科研人员拓展了无限的研究方向。

做人,比做学问更重要

赵杰文经常说:"我已经 60 多岁,荣誉对我来说不重要了,让你们年轻人去闯吧。"一旦有什么荣誉,他大多选择回避。在已有的科研成果和荣誉面前,他始终强调成就是集体智慧的结晶,从不以学术权威自居,而是始终努力为年轻人才的成长成才创造各种条件。

"今后衡量自己贡献大小的一个重要指标就是发现并培养了多少年轻才俊"。赵杰文说。每年年末成果报奖及年初项目申报的这段时间,很多年轻老师都希望能得到赵杰文的指点。无论是本专业、本学科的教师,还是外专业、外学科的教师,赵杰文一视同仁,从不推辞,工作再忙也要抽出时间认真阅读材料,再约定时间面对面交流,就框架结构、学术观点、关键技术和创新思想等诚恳地谈出自己的看法。他总是谦虚地说:"这也是给了我一次学习的机会。"

在学生眼里,赵杰文慈祥仁爱,而又严谨正直,让他们既爱又怕。他经常告诫自己的学生:"做人比做学问更重要。"在一次课题研讨会上,一名研究生的试验结果用了"识别率大于 90%"字样,此时,赵杰文马上制止学生的陈述,接连追问了他几个问题:"你试验到底用了多少样本?""有没有做重复试验?""为什么试验结果不提供一个具体的数值?"最后,赵杰文语重心长地告诉他的学生:"按理论我不怀疑你的实验结果,但是科研来不得半点马虎,该是多少就得是多少,这是对科学最起码的尊重,也是做人最基本的要求。"

每年都有年薪更丰厚的工作机会频频向这个科研团队"招手",可是没有一位成员离开。"在这里可以接触当今世界最先进的无损检测技术,能踏踏实实干点事,投身于科研团队带来的快乐和内心的踏实是物质所不能给予的。"赵杰文的学生、2008年全国百篇优秀博士论文作者邹小波教授这样认为。

2005年,泰国清迈大学硕士毕业的孙龙,慕名报考江苏大学食品科学与工程学科博士研究生,师从赵杰文。赵杰文指导孙龙以"高光谱图像技术进行农产品内外品质的检测"作为论文选题,这属于农产品品质无损检测研究的国际最前沿领域。3年中,孙龙刻苦钻研,采用高光谱图像技术对苹果的糖酸度、硬度和损伤等进行了快速无损检测的研究,在国内属于首创。毕业时,在由7位博士生导师组成的答辩委员评审中,孙龙的论文全票通过答辩,并被评为优秀博士论文。"赵老师的言传身教让我终身受益。"谈起导师,如今已是泰国清迈大学教师的孙龙赞不绝口。

"岁老根弥坚,科兴业更精。"目前,赵杰文依然壮怀千里,行在路上,他和蔼而不失庄重,严谨而不忘亲和,为国家农业发展和科学研究事业继续奉献自己的热量。

【学术名片】

赵杰文,1945年出生,江苏苏州人,江苏大学食品学院教授。1967年毕业于镇江农业机械学院,先后获得工学硕士和博士学位。1992年及1998年,分别以高访学者和客座教授的身份在日本三重大学及日本京都大学开展合作研究。曾担任第四、第五届国务院学位委员会食品科学与工程学科评议组成员,获得中国农业工程科技发展贡献奖,被中国侨联、国务院侨办授予"中国归侨、侨眷先进个人"荣誉称号,享受国务院特殊津贴。国家精品课程"现代食品检测技术"负责人,江苏省高校教学名师奖获得者。

赵杰文主要从事食品、农产品品质快速无损检测研究,做出了开创性的研究工作,是我国食品工程界颇有影响的学者之一。该研究涉及食品、机械、光学、信息和应用数学等多学科交叉领域,属食品、农产品加工装备走向自动化、智能化的关键前沿技术。研究项目获国家技术发明奖二等奖、中国机械工业联合会中国机械工业科技进步奖一等奖、中国轻工业联合会中国轻工业科学技术发明奖一等奖、江苏省科技进步奖一等奖等。

（《中国科学报》2012年7月30日）

　　江苏大学一名退休职工生前省吃俭用捐 50 万元设"爱生助学金",去世后近 60 万元存款全部捐助贫困生——

"当代武训"邵仲义感动社会

　　3 月 31 日上午,在江苏大学教工之家会议室,一张遗像,一张桌子,一副挽联,哀乐低回,肃穆庄严。

　　遵照邵仲义家人的嘱托,追思会简单得不能再简单,一如老人勤俭朴素的一生。闻讯赶来的受助学生献上一朵朵白花,表达对"爱心爷爷"的无尽思念。

　　"生前勤俭关爱学子情深意切,身后捐躯造福人类博爱奉献。"朴实无华的挽联,道出了逝者邵仲义令人感动的一生。

一次捐助 50 万元,买个青菜却货比三家

　　81 岁的邵仲义是有名的"爱心老头"。他一生未婚,孤居一人,生活朴素而简单,一直租用单位 50 多平方米的公房。2007 年,收到了一笔 50 万元巨款,老人做出了一个让人意外的决定。

　　"那是一笔报恩款,我们每个兄弟姐妹都收到了一份。"邵仲义的弟弟邵渊说,报恩款是 2007 年远在加拿大的表哥汇给他们的。表哥在战乱时期无事可做,邵仲义的母亲拿出陪嫁的一枚戒指资助其赴香港谋生。感恩于姑母的恩情,表哥汇给了他们兄弟姐妹每人 7 万美元。"哥哥生活并不富裕,本来可以很好

欢聚

地改善生活,他却决定全部捐出来。"家人都非常支持这个决定,因为他们从小接受的家庭教育就是要乐善好施,报恩款这样用最能体现它的价值。

在和学校相关部门联系后,邵仲义设立了"爱生助学金",专门用于资助品学兼优的贫困大学生,他曾经一再强调,"把报恩款用在学生身上,是我最大的欣慰。我不图学生的任何回报,唯一的期望就是他们学有所成,将来能够回报社会和他人"。老人十分低调,一直不愿意透露自己的名字,受助的200多名大学生至今不知道是何人帮助了他们。

邵仲义患有严重的高血压并发症,身体状况一直不好,江苏大学退管处处长汤静霞年初曾经建议他到养老院生活,听到每个月1710元的费用后,邵仲义说了声"我再考虑考虑",便没有了下文。

"校园里卖菜的小贩对邵老师挺有意见,都说这个老汉太抠了。"汤静霞告诉记者,"小贩们都说邵老师挑三拣四,买个青菜都要货比三家。"他们却不知道,邵仲义每两个星期都要把学生喊来家里改善伙食,满满一大桌菜老人常常提前两三天就要准备。他们还不知道,学生每月300元的资助标准,到了邵仲义这儿,总是拔高到400元甚至500元。

"爷爷对我们太好了,经常叫我们到家里吃饭,吃剩下的菜就放在冰箱里自己慢慢吃,好长时间都不舍得扔掉。"学生罗新伤心地说。在邵仲义家记者看到,空空如也的冰箱里摆放着发霉的腌豇豆,放衣服的箱子还是新中国成立前的,厨房里铁壳的热水瓶已经长满了锈,看起来很旧。"东西都旧得不能再旧了,除了电脑和电视机,家里没有一件像样的东西。"邵渊和家人在收拾遗物时,非常感慨,"他对自己太苛刻了,却一生都在做着善事。"

去世前办好捐献遗体手续,60万存款捐贫困生

"这是哥哥的所有存款,他最后的愿望,我帮他实现了。"就在追思会的前一天,邵渊把一笔近60万元的存款转交给了汤静霞。这笔钱是邵仲义的所有存款,老人生前有两个愿望:一是把遗体捐献给镇江红十字会,二是把所有存款捐给江苏大学贫困学生。

邵仲义是在3月28日突然离世的,最近一段时间他腿脚疼痛得无法下楼行走,或许是感觉状态不好,就在离世前一个多星期,他委托学校帮他办理了捐献遗体的手续,汤静霞正是他的执行人。

"给邵老送协议书的时候,他已经早早把印章准备好放在了桌上,看到协议书他很高兴,说自己年数大了还能贡献最后一份力量。"汤静霞遗憾地说,学校安排了大学生志愿者每天为老人打扫卫生,做一些日常杂事,老人怕给学生添麻烦,要求隔天才去一次,"志愿者星期二刚去过,没想到他周四早晨就离开了"。

邵仲义离世的当天，汤静霞就遵照其嘱托，联系了学校医学院将其遗体转交给镇江红十字会。

虽然没有立下遗嘱，但是邵仲义生前多次和家人说过，要把所有的存款留给学校的贫困学生。3月30日，邵渊从银行取出了邵仲义的全部存款，加上学校拨给的4万多元丧葬费，全部交给了学校，"这是哥哥的决定，我们全家都支持他"。我们也了解到，老人离世时，身上的现金只有24.1元。

邵仲义离世后，他的手机一直放在邵渊身边，人走了电话铃声还是不断地响起。"每天都有六七个学生打来电话，有广州、上海、南京的，问邵爷爷情况怎么样。我真为哥哥感到欣慰，有这么多学生牵挂他。"邵渊说，每次接到这样的电话，他都一一告诉他们，邵爷爷走了，"学生们都说要来送邵爷爷一程，我告诉他们，爷爷已经捐献了遗体，一切从俭"。

唱戏、烧菜、上网聊天，老人其实很"潮"

在追思会上，得知消息的受助大学生自发从南京、上海等地赶来，为邵仲义送别。在他们看来，邵仲义是一个既传统又很"潮"的快乐老头，特爱穿红衣服，时常戴一顶贝雷帽，唱得一口好京剧，做得一手好菜，还会上网看新闻、上网聊天。对于老人"裸捐"的事情，学生们表示毫不意外，"爷爷从不和我们讲大道理，但我们都知道爷爷是个好人，一直在做些简简单单的好事"。

一位年轻人痛哭着向老人鞠躬献花，他叫周琨，和邵仲义认识近20年了，两人因为京剧而结缘。"邵老师曾经是镇江市有名的京剧票友，唱的是程派青衣。"周琨说，20世纪90年代中期，邵仲义经常在学校的蘑菇亭、花房、大礼堂唱戏，推广传统艺术，还发展了一大批学生学唱京剧。由于学习任务重，周琨曾搬去老人家中住了一个学期，"邵老师就像家人一样，为我准备一日三餐，看书晚了还经常为我准备点心"。他回忆，那时，邵仲义已经在帮助学生了，看到哪个学生有困难就去资助他。

"平时和我们聊天，爷爷说得最多的就是，做人就要无忧无虑、积极向上。"为了送别邵仲义，在华东师范大学读研的刘军营提前一天赶回了镇江。在他的眼里，邵仲义待人总是那么热情、和蔼，走在校园里一路上都在和别人打招呼，小朋友见了他，老远就会喊"胖爷爷""外国爷爷"。"刚上大学时，我总喜欢不停地抱怨，后来在爷爷的影响下变得开朗乐观了很多。"刘军营去上海读研后，老人还常常打电话问他"钱够不够花，有困难就找我"。

老人走了，他的爱将永远流传

邵仲义老人离世后，他的爱心善举经当地媒体报道后，在江苏大学校园内外激起了强烈的反响。江苏大学官方微博第一时间发布了邵老离世的消息，得到了广大师生和校内外人士的密切关注。江苏大学所在的镇江市最有影响力的网络媒体"镇江网友之家"，也在首页发布了这一信息，热心人士也连夜在网络上为其建立了追思平台。连日来，江苏大学师生和众多网友纷纷跟帖和留言，追忆邵老生前的点点滴滴，表达对邵老的崇敬和哀思之情。

网友"西窗月"："下午听说邵老师走了，心里很难过。多么慈祥的老人，每次见到他总是阳光灿烂的，微笑着打个招呼，对每一个认识的和不认识的人。老人走过的地方，洒满欢乐和爱。邵老，向您学习！向您致敬！邵老，一路走好！"

网友"Orchard"："邵老师，一路走好。学校的小路上再也看不到你的身影了，但你永远活在我们的心里，你永远都是女儿的'胖爷爷！'"

网友"江苏大学人"："常常看到您，只当是谁家一位面目慈祥的老人，如今您不在了，才知您的名，您所做的一切，感动！心里很难过，很遗憾。早知您独自一人，腿脚也不方便，怎么也要帮着照应一下您的日常生活。邵老，一路走好！"

网友"贺甲人"："正能量，有这样的人中国才有梦。"

江苏大学一名在职教师说，邵老师，和您相识 20 多年了，您一直慈颜长笑，和蔼可亲，却不知您的善举。前段时间遇到您，因急于上课，在自行车上与您打招呼，当时真该与您多聊会。您的音容笑貌将永远留在我心里。

一名江苏大学青年教师说，常在学校看到这位步履蹒跚的老人，却不知老人如此伟大。邵老师是我们青年教师的楷模，祝老人一路走好！

一名江苏大学校友说，大概两年前的一天早晨，我带女朋友去校医院打点滴，当时就遇见了这位爷爷。爷爷很幽默，说我也是 80 后，然后还问我们有没有吃早饭，说打点滴要吃早饭，让我们先吃早饭，当时，我们就很感动。直到昨天在报纸上才看到邵爷爷的事迹！很感慨！也很后悔当时没跟邵爷爷多聊聊。邵爷爷一路走好！我们永远怀念您！

江苏大学党委书记范明告诉记者，学校将成立邵仲义助学基金，把邵老的捐款真正用到每个需要帮助的贫困学生身上；同时，将开展向邵仲义学习的活动，进一步弘扬邵仲义的大爱精神，把这份正能量传递到校园的每一个角落。

（《中国教育报》2013 年 4 月 4 日）

去世前一天她还扶着讲台上课，昨天近300名同事、学生、家长为她送别

抱病上课，镇江43岁老师突然离世

两天来，对江苏大学附属学校五(2)班的36名孩子来说，是悲痛的日子。11月22日，他们的班主任兼语文老师李爽因病突然离世，年仅43岁。而就在前一天上午，李爽还坚持扶着讲台，给他们上了最后一节语文课。

昨天是李爽老师的追悼会，近300名同事、学生、家长前来送别，其中有不少是已经毕业、闻讯赶来的学生，他们来为最爱的李老师送别。

头疼一直没去医院，休息第一天就去了

"最近，我身体不适，有些事关照不周，敬请谅解！"11月19日，李爽在班级QQ群里，给所教孩子及孩子的家长们留言。不想，这竟成了她在群中的最后一次发言。

李爽的家人告诉记者，最近一段时间，李爽一直头疼，但是一直拖着没有去医院。11月21日上午，学生蒋锌的妈妈有事到学校，看到李爽正在上语文课，"看到李老师的样子，我吓了一跳，她的声音特别虚弱，站都站不动了，扶着讲台在上课！"当天下午，在同事的一再催促下，李爽才请了半天假去了医院，医生判断是"颈椎综合征"，建议她休息一周。然而，谁也没有料到，就在休息的第一天上午，李爽在家中突然离世。

"李老师的离开，家人接受不了，我们家长也接受不了。"蒋锌的妈妈得知消息后，一晚上都没合眼，"眼睛一闭起来，就能看到李老师的微笑。"由于家庭原因，蒋锌一直靠着爷爷奶奶生活，从一年级到五年级，每天放学后都是李爽带着蒋锌在学校做作业、补课，一天都没落下，"孩子语文成绩不好，李老师从来没想过放弃，每天给他开小灶补习，她为我的孩子付出的实在太多了……"

班里36名孩子齐来送别，为她扎白色的花环

22日下午，闻知李老师去世的消息，她所带的班上36名孩子，刹那间哭声一片，孩子们含泪扎了个白色的花环，一起为他们敬爱的老师祈福。第二天，40

多位家长不约而同地带着 36 名孩子到李老师家中送别。

家长们第一次踏进李爽家,感觉都很震惊。"家里没别的东西,看到最多的就是书了。"学生家长徐惠红非常感慨,"窗户还是木制的,没有一件像样的家具,这样的居住条件已经很少看到了。"

从李老师家出来,家长刘防修不禁泪流满面:"李老师在孩子们身上倾注了太多的心血!这么多年给人感觉很朴实很实在,她既是我们孩子的恩师,也是我们家长的朋友。"

李爽是小学老师,她的丈夫是江苏大学教师,家庭经济条件并不差,但是她对物质生活的要求很低,对自己的穿着打扮从来不讲究。"她对自己太苛刻了,十多年前的衣服,她还穿在身上。"

江大附校副校长皮庆媛说:"她一心扑在学生身上,没心思也没时间去讲究这些。家里新买的房子,刚装潢好,她都没空去看一眼……"

主动帮助鼓励孩子,家长说她是懂教育的好老师

老师离开了,她的每一个学生都写了张卡片送给老师,家长说:"孩子把卡片当作宝贝一样,碰都不让我们碰,说是怕我们弄脏了。"

王锐扬 9 月初从扬中转学到江大附校,和李爽老师相处了正好 3 个月时间,可是他的转变特别大。"以前都是我们追着孩子写作业,现在是孩子追着我们签字。"家长胡桂兰说,转学初由于没有教材没有作业本,李爽担心孩子有想法,主动帮忙去其他班借;每次见到她都说,你的孩子很聪明、想法多,一定要多鼓励他、表扬他。

王锐扬的语文考了 88 分,并不理想,就在 11 月 15 日的家长会上,李爽还特意留下了孩子的母亲胡桂兰,告诉她,每个孩子都有能力,努力些王锐扬肯定能考 90 分以上。胡桂兰说,虽然自己也是一名教师,但是和李爽比起来差得远了:"她特别会为孩子着想,真正算得上是一位懂教育规律、会教育学生的好老师。"

在同事和家长们眼里,李爽是大家公认的"工作狂",是一位"全能型"的老师。每天放学后,班里的大部分学生走了,李老师还要对个别学生进行辅导,语文、数学、英语,样样兼顾。李爽还特别细心,就连美术课上,有同学用刀时不慎割伤了手,李爽也会在放学后给家长发短信,提醒家长检查孩子的伤口。

到校最早走得最晚,丈夫致辞让现场泣声一片

对于李爽的离开,同事们都很惋惜:"李老师对教育事业太执着了,对于

自己认定的事情就一定要做到,而且从来没有停下过脚步。"

李爽的同事朱扬丹告诉记者,李爽是最早到学校的老师,也是最晚离开学校的老师,即使是中午,她也是在食堂简简单单吃个饭就立马赶往教室了。

李爽喜欢待在教室里备课、批作业,发现了错误就叫学生立马订正,然后再批改。"她视讲台如生命,视同事如家人,视学生如孩子。"江大附校党支部书记卢金星这么评价。

"我们的小家庭走过了16载,有欢喜有埋怨。埋怨的是,李爽每天下午都要6点多、甚至7点才能下班,经常错过回家的班车。回家后,她还忙着给家长发短信、打电话……"追悼会上,李爽的丈夫致辞字字含泪,追悼会现场也泣声一片。

在送别老师的卡片上,一位学生这么写道:"您默默地付出,才使得我们这么快乐地成长……"

(《扬子晚报》2013 年 11 月 25 日)

博士生张兵情牵贫苦娃

3月3日,当确定面临辍学的4名小学生终于有人资助了,即将毕业的江苏大学流体中心博士生张兵不禁长长舒了一口气。虽然身处江南,他却牵挂着自己山西老家的贫苦娃。近几年来,正是由于他的牵线搭桥和江大流体中心老师们的爱心之举,35名濒临失学的孩子得以继续他们的学业,如今有的孩子已考入大学。

小学老师的叹息,令他难忘

张兵的老家在山西阳高县,他每次回家总抽空去看看自己的小学老师卫月林。一次,卫老师对他说,穷苦人家的孩子想读书不容易,不少孩子很懂事、学习很用功,可是由于家里穷,不得不失学在家。说到这儿,卫老师唏嘘不已。

张兵与孩子们在一起

2003年暑假的一天,张兵无意中和流体中心的刘厚林老师说起了这事,没想到刘老师脱口而出:"那你帮我物色一个,我来资助。"张兵喜出望外,连忙打电话给卫月林老师。很快,卫老师给他寄来了第一个受助人的材料。开学时,张兵替刘老师将第一笔500元助学款寄给了阳高县一中的高一学生贺小林。

一次偶然的交流,就为一个穷苦孩子赢得了一次继续学习的机会!这给了张兵深深的启迪:能不能给更多的孩子创造这样的机会呢?当他把这一想法告诉自己的导师——江大副校长袁寿其教授时,得到导师的大力支持。在张兵后来提供的5个受助学生中,袁教授一下子资助了3个。后来,张兵又在流体中心一次支部会议上说起这事,大家一致决定伸出援手来帮助这些贫苦娃。

为获得更翔实的资料,张兵专程回家乡进行调研,并在一周后的流体中心职工大会上作了专门汇报:人均年收入不足 300 元,很多人家家徒四壁,包括全国中学生数学竞赛铜牌获得者在内的许多品学兼优的孩子都面临着失学……张兵的汇报感动着大家;而会后老师们的热情同样感动了张兵——他此行带回来的十几个家庭困难的孩子名单不一会儿便被"一抢而空"。200 元、300 元、500 元……一笔笔捐款缓解了远在山西的孩子们的燃眉之急,也温暖着张兵的心。

由"助学红娘"到"助工义士"

在阳高县,找一份固定的工作、有一份稳定的收入是很多人的梦想,甚至谋一个采煤的差事都十分困难。读研期间,张兵一直在镇江冶金技工学校代课。那是一所以培养中高级技工为主的省级重点技校,毕业生一直供不应求。当他了解到近几年张家港的沙钢集团、常州中铁集团等每年都在该校委托培养 120 名学生、毕业后包就业时,便想:能不能帮助家乡的那些初中毕业的孩子谋一份工作呢?

经过与冶金技校的领导磋商,该校决定每年从阳高县定向招收 30 名学生,由沙钢集团委托培养,毕业后直接到沙钢工作。2005 年 9 月,24 名阳高籍初中毕业生来到了镇江冶金技校学习。4 个月后,4 名高中毕业入学的学生按计划去沙钢集团实习,每个月还拿到了 700 元的实习工资,这可比阳高县城正式工的工资还要高。年后,经张兵与学校协商,又有 6 名阳高籍学生坐进了镇江冶金技校的课堂。就在记者采访的前一天,张兵专门去了一趟沙钢,去看望在那实习的 6 名阳高籍的学生,鼓励他们好好干,为家乡人争光。

要毕业了,但这项工作还要继续

同江苏大学流体中心许多资助的老师一样,张兵说,这两年他们不时被受助的孩子和他们父母的真情和质朴感动着。孩子们经常给他们写信、逢年过节寄贺卡,有的家长甚至还寄来枣子、豆子等土特产。有一次,张兵收到了一大袋瓜子,每粒都约莫有一寸长,家人告诉他,那是专门一粒粒挑出来的。

当然,张兵收到最多的还是孩子们的来信。记者在翻阅这些信件时发现,受助的孩子都不约而同地称其为"张兵哥哥"。有空时,张兵也经常给他们回信,解答他们提出来的一些学习上的问题,鼓励他们发愤图强。

张兵告诉记者,这些受助的学生,几乎无一例外地都将江苏大学作为他们奋斗的目标。第一个受到资助的贺小林,去年高考时本一志愿填报了江大,后由于考分不够,被本二批次的内蒙古师范大学录取,难过了很长一段时间。

在张兵的电脑里,还有一张特别的表格,上面清楚地记着受助人姓名、家庭住址、邮编、资助人、金额等详细内容。记者数了一下,目前一共有受助人35人,资助人24人。张兵介绍说,如今,资助人已超出了江苏大学流体中心在职教师这一范围,一些在中心读研究生的外单位的人、一些离退休教师,甚至他们的子女也都加入了这一行列。

在江苏大学读硕士、博士期间,张兵先后获得过江苏省"三好学生""校优秀毕业生""优秀共产党员""科技先进工作者"等荣誉称号,主持和参与了多项科研项目,发表和交流论文10余篇。目前,品学兼优的他已签约常州的一所高校,再过几个月就要走上工作岗位。

"现在把这些东西理一理,就是想找一个人交给他,让这项工作能够继续下去。"张兵认真地说。

(《镇江日报》2006年3月5日一版头条)

创业西部唱响青春之歌

——大学生"西部计划"江苏志愿者服务记

记者日前来到了陕西大地,寻访在这里服务的江苏415名大学生"西部计划"志愿者。目睹了江苏大学生志愿者们投身西部建设的风采。

我们就是一粒种,播撒在祖国的西部

李炳龙,这位来自山东青岛、身高1.93米的小伙子,前不久作为全国"西部计划"志愿者中仅有的4人之一,被评为"全国百名优秀青年志愿者"。去年毕业前,小李义无反顾地推迟了江苏省委组织部的调干行程,选择了"到西部去","来西部,是我们的一种责任和使命!"初来时,小李担任铜川市耀州职业高中的物理老师,同时兼任耀州志愿者班的班长和临时党支部书记,利用业余时间走遍了90%志愿者服务的单位,用微薄的生活补助为学生购买学习资料,并资助了一名贫困生。不久,他因工作出色被调任陕西团省委宣传部部长助理,成了一名"为志愿者志愿服务的志愿者"。"有事找炳龙!"成了不少陕西志愿者口头传诵的话语。年前为了让每一个志愿者能按时返乡与家人团聚,小李连续3天冒着严寒,凌晨一点到售票点排队买票。前不久,省里组织机关干部清理因洪水淤积的泥沙,每人只需半天,而他一人却坚持在河道上干了整整3天,手上满是血泡。

好男儿志在四方,好女儿同样胸怀天下。在延安市黄龙县中学服务的王媛,是江苏大学去年"西部计划"中2名女生中的

青春闪亮

一位。本来毕业前,她已与家乡乌鲁木齐市招商银行签订了意向协议,但一听说"西部计划"招募志愿者,便不顾家人反对报

了名。选择支援西部,她从来没有后悔过。

我们愿做一株苗,成长在西部的园地里

在泾阳县扫宋中学,记者看到因为校舍紧张,学校为志愿者张伟伟、梅盛准备的一间十一二平方米的小屋,既是办公室又是宿舍。床是一张床板搁在两张凳子上,床头边摆放的课桌上堆满了作业本,是两人备课用的"办公桌"。刚来的时候,梅盛不习惯这里的气候和饮食,水土不服,身上长了很多"小红点",让他"坐卧不安"。晚上用热水烫几分钟,"小红点"才会休息一会儿,可以安稳睡上一会儿,就这样如此反复,一夜不知要起多少次。直到现在,小红点还没有完全消退。

梅盛的同班同学、如今的同事张伟伟刚来时是一个体重170多斤、身体特棒的小伙子,如今却只有140斤。去年来后由于水土不服,他得了肾结石,病好后,张伟伟本可以光明正大地"终止"计划,但是他最终选择了留下,他说,这里太需要老师了,他离不开这里的孩子……

在"药王"孙思邈的故乡铜川市孙塬镇,我们见到了这里唯一的一位全国"百县千乡宣传文化工程"志愿者,担任团镇委副书记、文化站站长的徐俊。徐俊曾经"包干"的行政村丁山村,坐落在大山深处的川塬上,平时他都是翻过十几道山梁,步行近3个小时才能从镇上到丁山。去年10月份,他在丁山村呆了一个多月,与村民们同吃同住,挨家

田间交流

挨户了解农民生产生活情况,小徐"包村"期间帮乡亲们嫁接成活了一批银杏树,参与实施了"世行赠款养羊项目",组织起农民自己的"经纪人协会"——花椒协会,这一批经济增长点的开发,丁山村人均收入年内有望翻番。临别前,徐俊向记者透露,他原定的服务期限是一年,现在他已决定再延期一年,因为他的心已交给了大山和山里的乡亲们。

我们愿是一棵树,装扮西部希望的田野

"这些志愿者来得真及时,我们真是太需要他们了!"一见到记者,泾阳团县委书记王东京就激动地说。据他介绍,整个泾阳县教师缺口1000多人,已连续5年没有一个本科生加入,去年作为受援人数最多的县,一下子来了94名志愿者,其中江苏大学7人。"他们给我们带来了新的活力、新的理念、新的思想。"

英语教育专业毕业的李家涛本来已签约于苏南一家学校,来到宝鸡市陈仓区西城高中后,针对学生英语普遍较差,尤其是"开口难"的实际,在全校独立开设了专门的英语口语课,并成立了学生英语协会,每周开展3次活动,掀起了"英语学习的革命"。

耀州区小丘镇坳底中学,离城里远,交通不便,也没有电视,没有网络,全校订阅的三四份报纸几乎成了"周报",信息十分闭塞。江苏大学的顾雷同其他几个志愿者专程去了一趟西安,用半年多来省吃俭用积攒下来的3800元钱给孩子们买了一台电脑。在泾阳县职业高中任教的志愿者刘永波毕业于江苏大学,他发现不少学生职高毕业后都出去打工,但由于缺乏法

以苦为乐

律知识,签订了许多"冤枉"合同,蒙受了无端损失。结合自身所学,他在学校成立了"法制学校",每周开展一次第二课堂活动。在石柱中学任教的苏州大学志愿者姚天鹏多次走村串户,鼓励农民们开拓市场。他还与同来的苏州科技大学志愿者许振楠在当地收购苹果,春节前后发送了两批共24吨苹果到江苏销售,让果农们尝到了"走出去"的甜头。

由志愿者们促成的东西部"联姻"还有很多。现为西安市户县开放开发办公室主任助理的庄严毕业于南京财经大学,他的家乡睢宁县是远近闻名的"儿童画之乡",户县的农民画同样蜚声海内外。在小庄的"撮合"下,去年11月,两地义化交流活动成功举办,引起了不小的轰动。他还积极参与户县招商引资,为户县引进了1000万元的合同外资,被户县人传为"奇迹"。

（《新华日报》2004 年 4 月 23 日）

科研之星田立新

厚朴、谦逊,是田立新留给人的第一印象,可这丝毫遮掩不了他身上的"学人"气质。30 岁时,他被破格评为副教授,34 岁时又被破格评为教授,连破"两元",这在全省高校也是不为多见的,他也成为当时学校最年轻的副教授、教授。羊年伊始,正当田立新年届不惑之时,在作为"面向 21 世纪教育振兴行动计划"中"高层次创造性人才工程"重要项目之一的教育部"高校青年教师奖"评选中,他由于教学科研成果异常突出,又荣登榜首。

说田立新是江苏大学的"名人""腕儿级"的科研之星,其实一点也不过分。自 1994 年以来,他主持和参加了国家自然科学基金项目 4 项、省部级项目 5 项,先后获江苏省科学技术进步奖一等奖、上海市科技进步奖二等奖;在国内外核心杂志,如 Comm. Math. Phy. , J. Math. Phy. , Proc. Am. Math. Soc 等发表学术论文 70 多篇,被 SCI,EI 检索论文 20 余篇。他本人先后被评为江苏省"333 工程"第二层次培养人选、省高校新世纪学术带头人、省优秀教育工作者、省优秀科技工作者,享受政府特殊津贴,获霍英东教育基金会青年教师奖三等奖、江苏省红杉树园丁奖银奖,等等。然而,这么大的"能量"并非一日之功。用田立新自己的话说:"研究需要清净,不能浮躁;需要积累,不能急功近利。创新要在深入研究中才能升华。"

早在上小学的时候,年幼聪慧的田立新就对数学萌发了浓厚的兴趣,曾用半个学期的时间完成了他一生当中的第一个"科研项目"——用卷尺画学校的地图。就是这张稚拙的地图,使他明白了"贵在坚持"、做任何事情都要有恒心的道理。1979 年,年仅 16 岁的他考取了华东师范大学,专业自然是他所钟爱的数学。也许是稚气未脱,没有一些"大"学生们的"私心杂念",在那 4 年的大学生活里,业余时间对田立新来说,最好的去处就是图书馆。在那里,他不知疲倦地跋涉在书山学海之间,如饥似渴地吮吸着知识的营养。

1983 年毕业后,田立新来到了当时的江苏工学院,那时学校还没有专门的数学专业,他便在基础课部落了脚。正当不少人只忙碌于公共课的教学,业余学习研究氛围还不浓的时候,他却认准了一条路,给自己铆上了劲。那时候看书学习到深夜,对他来说是常有的事。

正应了"十年磨一剑"那句话，经过 10 年的积累，1993 年，年仅 30 岁的田立新因科研成果突出，被破格评为副教授，成为当时学校最年轻的副教授。如果说这十年是他的"厚积"期的话，那接下来的十年就是他的"薄发"期。1994 年，田立新得到了学校首批青年教师基金的资助，就是这区区 1000 元基金把他的科研带入了一个新的天地。如今，他所承担的科研项目层次越来越高、成果越来越多……

（《京江晚报》2003 年 2 月 6 日）

跨越大洋的爱

——一位旅美学者与 3 名特困大学生的爱心故事

连日来，喜悦、兴奋一直萦绕在江苏大学史宏春、戴宇、孔祥友三位同学的心头，因为他们日夜思念的恩人——远在美国的范如霖先生又来看望他们了。

今年 60 多岁的范如霖先生是镇江人，早年毕业于华东理工大学，1987 年旅居美国，现为美国 EISAI 药物研究所的资深研究员。2001 年 11 月，范如霖先生应邀来江苏大学作了一场学术报告。学校为表达谢意要付给他 1000 元的酬金，可范先生说什么也不肯要，双方僵持不下，最后范先生说，实在要给，就以他的名义资助困难学生吧。

去年 5 月，范如霖先生再次来到江苏大学讲学。他得知学校里还有不少学生生活非常艰苦，便找到校领导，说想资助几名特困大学生，算是对曾经养育他的这片故土尽一份心意。

范如霖先生情真意切，学校经研究后，确定了戴宇、孔祥友和史宏春这 3 位特困学生作为受助对象。他们 3 人有的来自单亲家庭，有的是孤儿，都非常贫困。受助学生名单确定下来后，范先生和这 3 位同学推心置腹地谈了一个下午。

从此，3 名中国大学生的心同这位德高望重的旅美学者的心紧紧地"牵"在了一起。范如霖先生回美国后就立即寄来了第一笔资助款——300 美元，同时还在信中说："希望你们做正派善良的人；帮助别人并不一定要以金钱，也不必等到将来……在人生的任何阶段都做一个正直善良的人。这是我对你们的期望。"

随后,第二笔、第三笔资助款也都如期寄来。然而,让这3位同学更为感动的是范如霖作为师长的仁厚和父母般的关怀。谈起范如霖,他们都尊敬地称其为"先生"。第一次见面时,细心的范先生发现他们中有一人没有手表,回去后便买了一块,特地叫夫人捎到学校。每次来信,先生总是嘘寒问暖,勉励他们自尊自爱、奋发图强,还向他们讲述自己成长奋斗的历程。

今年3月初,范如霖先生再度来到镇江,来不及休息的他急切地赶到江苏大学,看望3位同学。听说3个人都取得了一定的进步,先生很是高兴。特别是听说史宏春同学前不久获得了校数学建模大赛一等奖、省三等奖后,他连声说好。

第二天,范先生特地邀请三名同学去听他的学术报告,并说将来毕业后也不妨到国外去,他帮着联系学校,"多'拿'点人家的东西回来,报效祖国。"

(《新华日报》2003 年 3 月 18 日)

"我只想尽快找到工作"

——来自高校贫困毕业生的调查

在熙熙攘攘的高校毕业生求职大军中,由于家境等因素,贫困生在求职和考研升学中承受着比别人更大的压力,这个特殊的群体应引起我们的格外关注。

动手快,签约早

记者在采访中发现,贫困生们找工作有"两早"特点,即动手快,签约早。河海大学学工处的一位老师告诉记者,他们学校的很多贫困生在去年11月就开始着手找工作,相当多的人在春节前后就已签约。

对于大多数贫困生来说,尽早找定工作完全是生活的必需。"四年来学费贷款就一万多,还借了亲戚们好几千,这些都指望着我工作后还呢!"南京大学数学系的小张来自苏北农村,去年12月份开始找工作,并于今年初与扬州的一家单位签约。小张说他没有条件在找工作上花更多的时间和金钱。据了解,包括制作自荐材料、参加各地人才交流会等花费在内,一个毕业生在找工作中消费少则两三千,多则四五千元。而贫困生们对求职中的这些步骤能免则免,那些花费大、路途远的人才交流会也尽量不去。

江苏大学京江学院的周君君同学在去年 12 月份就和江淮集团签了约。而一般的毕业生很少有这么早就开始着手找工作的,更不用说签约了。在谈到自己为何这么早就签约时,这位来自苏北农村的院学生会主席告诉记者:"我们家条件不好,而找工作太花钱了。我只想尽快找到工作。现在单位工资是不怎么高,但总算有了着落。"

考研:工作几年后再说

毕业后攻研,这是很多大学生的梦想。然而对于贫困生们来说,考研对他们来说真是太奢侈了。先别说考上后 3 年的学费、生活费无法着落,备考期间买各种资料、上辅导班等的花费就足以让他们望而却步。对于他们中的不少人来说,这个读研的梦只能是寄托在就业以后了。

支灿华同学是江苏大学工商学院 2003 届的毕业生,在校四年中曾三获优秀学生奖学金。他的老师不止一次建议成绩优秀的他考研继续深造,而他本人也曾动过这样的念头,但考虑到自己的家境和年迈的父母,他最终还是打消了这个念头,同首钢集团签了约。说到考研,小支的话中有几分无奈:"等工作几年后再说吧。"

相比之下,来自山东的杨道建算是贫困生中的幸运儿了。当初他以"2＋3"的方式成为了江苏大学工商学院的一名辅导员。按这种方式,在两年期满后,他将由学校保送继续读研。据了解,目前不少高校都以"2＋3"的方式选拔一批应届优秀毕业生以保送读研,当中不乏一些贫困生。对于这些贫困生来说,读研尽管不在眼前,但似乎也不那么遥远了。

(《光明日报》2003 年 5 月 11 日)

老教授乐为学生找工作

【本报讯】 这一阵子,高行方教授格外忙碌:收集就业信息,接受学生来访,联系单位,推荐学生面试……身为江苏大学关工委就业服务小组的负责人,高老虽说已经七十开外了,可一忙起为学生找工作的事,从不觉得累。

作为 20 世纪 60 年代留学苏联的博士,高行方教授在机械工程领域颇有建树。1996 年退休后,看到不少学生一进入大四,就四处奔波为找工作而犯愁时,他坐不住了。1998 年他和关工委几位老教授牵头成立了大学生就业服务小组,组织了一帮老同志给大学生们求职提供服务,尤其注意帮那些家庭困难、专业不好等相对"弱势"的学生拓展就业渠道,作为学校正常就业指导工作的补充。"学生找工作这么难,我们心也不安啊!"高老动情地说,"这当中既有学生主观上的因素,也有社会客观背景。"因此,他和就业服务小组的其他老师一方面同学生们谈心,分析就业形势,帮助他们确立正确的择业观念;另一方面,通过他们的学生、朋友给求职无门的学生提供一些信息和门路。毕业前的两三个月,高行方几乎每天都要到关工委看看有无新登记的学生;他随身携带的小本子上密密麻麻地记满了不少"供求信息";每次外出参加行业或学术会议,他总是想方设法积累一点"资源",回来后根据"求援"学生的条件和意向牵线搭桥。

为学生就业服务成了高老生活中极其重要的一部分,就业服务小组也从最初的四五个人,发展到在全校 21 个学院都建立了相应的分支机构。

江大关工委主任金树德说,这当中属高老的贡献最大,而且多为家里条件差、专业不好的学生找工作,单去年一年他就为 10 多名学生找到工作。江大计算机专业 2001 届专科毕业生,现在苏州一家公司从事设计工作的王利华,来自徐州农村,当初在求职路上屡屡受挫,情急之下找到了就业服务小组,高老不厌其烦地帮她推了三四个单位,至今小王对高老仍感激不已,时常打电话问长问短。现在镇江邮政总局工作的胡彦,找工作那会儿也得到高老的帮助,尽管最后未果,但提起高老的热心无私,她仍记忆犹新。几年来,就业服务小组究竟接受了多少学生来访,谁也记不清了。但通过他们,"投靠无门"的学生落实工作的也有近百人。

(《中国老年报》2003 年 6 月 4 日)

选择"西行"　丰富人生

——记我市几位志愿到西部工作的大学生

上周新华社一则消息《高校鼓励毕业生"西行"》,在全国高校引起强烈反响,镇江高校的毕业生也迅即作出了积极回应。他们当中党员、优秀毕业生占了不小的比重,此外还有省委组织部的后备干部人选、省公安厅的调干对象以及留校免试保研的、研究生录取的、签约大企业的学生……可以说,在今年的毕业生中,他们原本是一群令人艳羡的"幸运儿",可以顺顺畅畅地过着自己惬意的生活,继续他们圆满的人生轨迹,然而离校之前却选择了"自找苦吃"——

赶上这样的机会真不易

初见沈洁,真的很难想象眼前这位容貌秀丽、衣着颇为"新潮"的盐城女孩会报名到西部"自找苦吃"。这位曾先后获得校优秀团干、校三好学生、校三好标兵、三次一等奖学金的中共党员告诉记者,起初她听说"到西部去"的事情后,就一下子"动了心",但由于是留校保送研究生,对是否"够格"心里没底,后来在学校的动员大会上她就打定了主意。当晚,就打电话同父母商量,没想到得到了他们的一口应允。"父辈们当年响应国家号召上山下乡,到祖国和人民最需要的地方去,在磨难和考验中成熟起来。今天身处新世纪的我们,能够赶上这样的机会真不容易。我们没有理由放弃这样一个难得的人生际遇。"她说,"上大学是保送的,现在研究生又是保送,总感觉太顺了点,很想借此机会锻炼锻炼。只有独立面对和处理时,才会弄明白人生的一些问题。"考虑到去西部可能要从事教育或共青团工作,在镇政府工作的父亲已答应暑假里找"有关人士"给她"面授机宜","姑且算作是岗前培训吧!"她说。

穷孩子,更应为穷地方做点贡献

工商学院的胡玉辉前不久刚刚收到了硕士研究生的录取通知书,但得知到西部去的消息后,他还是义无返顾地报了名。当记者问他为什么放着好端端的学不上却甘愿去受苦时,他说:"我的家乡江西永丰就很穷,家里的经济条件也很差,再苦再累我都有勇气去面对。我比别人更知道穷地方的人们生活的不易,而这根源又在于教育,最缺的就是人才。尽管我个人能力有限,但很想为改变那里的现状做一点事情。"小胡最大的心愿是做个中学教师,把自己的知识传授给那里的孩子。据他介绍,他们宿舍一共8个人,这次有4个人报了名,状况和想法多数同他相似。他的同学陈大军,就打算回他的家乡四川志愿服务,为改变家乡的落后面貌做点贡献。

这个时候,我应该站出来

提起李炳龙,可以说是江苏大学校园的"风云人物"了。这位江苏大学的首任学生会主席,还曾经担任过省学联副主席,早在去年年底,他就被省委组织部"相中",作为后备干部人选。如果不是选择去西部,这两天他就要去省委组织部报到,然后赴连云港就职,开始他的"为官之路"。问起去西部的动因,这位来自山东青岛、颇有几分豪气的小伙子平静地说:"西部地区顾全大局,为全国经济的发展作了很大牺牲。东西部同是伟大祖国的一部分,发展西部是每个中国人的责任,作为一名党员,这个时候,我应该站出来。"小李家里四代同堂,他也算是大家族里"后起之秀",前几天他打电话悄悄地向父亲说了此事,开明的父亲很是支持,年迈的爷爷也鼓励他去,只是没敢向太祖母说。"自古忠孝不能两全,放假后再跟她老人家慢慢说这个事吧!"懂事的小李对记者说。

去西部,比干任何工作都值

"放弃现有的工作并不可惜,去西部比干任何工作都值。"刚刚被评为校优秀毕业生的吴彬对记者说。凭着中共党员、校三好学生以及不错的专业,早在去年12月份他就与合肥的一家研究所签了约。吴彬还有一个弟弟、一个妹妹,家里经济条件一般,原本指望他工作后可以改善家里的经济状况,但听说了去西部的消息后,稍做权衡他还是作了决定。他在镇江工商局工作的舅舅极力鼓励他去西部,并打电话"坚定他家人的信心"。刚刚20岁的吴彬认为,服务西部可以为自己增加一点阅历,同时也是磨练自己、积累经验的过程,有了这一段经历,相信今后从事任何工作自己都能"得心应手"。对于已落实工作的志愿者,学校将负责出面与单位协商保留其工作岗位至服务期满,"不管单位是否同意,我都要去!大不了回来后重找工作。"吴彬坚定地说。同样是西部志愿者的张树磊,来自海滨城市青岛,家里办了个不小的企业,经济条件自然不用说了,他本人也签定了上海的一家外资企业,各方面待遇都还不错,他说,去西部是他"一直以来的想法",重要的是可以磨练一下自己,对将来的工作肯定有好处。

两年后,再回来孝顺妈妈

这个月刚刚转为正式党员的葛永平读的是市场营销专业,今年被江苏省公安厅确定为调干对象,当得知去西部服务的消息后,这位校优秀毕业生早已平静的心弦立刻被拨动了。

"当时学院开会,院里书记说了一下,我听了以后就很激动,非常想去。这是为祖国做好事的机会,也是锻炼自己的机会,我知道西部很贫穷,条件很落后,但是祖国需要我们,我们就应该挺身而出。"不过当时葛永平也非常矛盾,公安厅的调干机会谁不珍惜呢,可自己真的十分想去西部奉献一份力。正当小葛为自己的想法备受煎熬时,学校的承诺让他毫不犹豫地在报名表上写上了自己的名字,原来从西部回来后,小葛依然可去公安厅报道。

虽然报了名,但说服连云港老家的母亲对葛永平来说并非易事。小葛初三的时候,父亲就离开了人世,为了把他送进大学,母亲付出了比别人更多的心血,大学4年的学费一半来自母亲的辛苦劳动,一半来自贷款。知道儿子要去遥远的西部,母亲虽然心里不愿意,但最终还是含泪默许了儿子的选择。说到母亲,这位外表硬朗的小伙子竟然声音哽咽了:"没什么,就是太想妈妈了,两年后回来一定好好孝顺她……"

(《京江晚报》2003 年 6 月 21 日)

远方的志愿者，你们好吗

　　江苏大学 24 名应届毕业生，8 月 24 日踌躇满志开赴西部。如今已过了一个多月，志愿者们在他乡还好吗？国庆节前夕，记者通过电话、电子邮件辗转与他们取得联系，了解到他们的近况。

西部：山秀美，人热情

　　现在陕西安康市岚皋经贸局服务的沈洁告诉记者，岚皋地处陕南，邻近四川、重庆，整个县城都在连绵的大山中，山上绿树葱郁，山腰民居错落，是一个地地道道的山城。"西部自然风光美得近乎神奇！"虽然远离家乡，但淳朴、热情的西部人让志愿者们感受到家的温暖。沈洁说，报到时那里用"最隆重的仪式"欢迎他们，有腰鼓队"助阵"，场面热热闹闹。在志愿者抵达之前，各地已把他们的食宿安排妥当。中秋节那天，他们单位的领导和同事有的带着全家来与志愿者团圆，有的甚至放弃回家而和志愿者一起吃团圆饭。沈洁说："这是我最难忘的一个中秋节，虽然远离家乡，远离父母，但我并不孤独。"

生活：比想象中要好

　　初到西部时，志愿者们对气候、饮食和生活环境都不太适应，尤其是饮食，西部以面食为主，蛋禽菜类的副食极少，而且菜的口味偏辣，连水都是咸的。汽车工程专业毕业生李炳龙，现在铜川市耀州区职业中学当教师，同时他还是 80 名支援耀州的志愿者班的班长兼党支部书记。李炳龙说，耀州的学校与东部有不小的差距，尤其是山区的农村学校，有的连一间像样的房子都没有，教师的宿舍兼作办公室，电脑更是稀罕物。来之前，志愿者们对可能遇到的困难有"充分"的心理准备，他们在接受采访时都表示"比想象中的要好一些"。

心声：支援西部我无悔

　　艺术设计专业的冯桓振，将在宝鸡市陈仓区东关高中担任美术教师两年。这位已是预备党员的小伙子说，对于个人来说，在艰苦的环境中工作、生活几年，既是人生的积累,也是对思想的锤炼,更是对意志的磨炼。

江苏大学第一个报名去西部的志愿者吴强,现在咸阳市泾阳县团委任干事。他说,来了之后越发感到西部需要我们,"我们毫不后悔",遗憾的是服务期限只有一两年时间。

(《扬子晚报》2003 年 10 月 3 日)

一位贫困女孩自强自立读大学的感人故事

4 年前,王亚丽独自一人从内蒙古的一个小山村走出,来到了江南古城,在与命运的抗争中,开始了她的大学生涯。4 年里,父母给她的钱不到 9000 元,而她在大学期间的各种开销总共近 4 万元。4 年后,她还完了银行的所有贷款,以全班英语八级最高分、江苏大学优秀毕业生的身份,成了上海杰事杰新材料有限公司国际业务部的销售助理。让我们一起来听听她的讲述:

我的家乡坐落在内蒙古赤峰市一个偏僻的小山村,父母是地地道道的农民。我是村里第一个考上大学的孩子。这张大学录取通知书却没有带给我多少兴奋。通知书上天文数字般的学费让全家人一筹莫展。我清楚地记得母亲笑容下的眼泪! 那种无奈让我永生难忘。

不知道从哪里来的勇气,我一遍遍告诉自己,不要放弃。于是,我开始为学费而奔波,从亲戚到朋友,从老师到同学。开学一周前,我竟然如愿以偿地凑足了学费。

拎着一个手提包——全部的家当,我独自踏上了南下的列车。跨进大学校门的那一刻,我下定决心,要靠自己读完大学,绝不再向父母要一分钱!

然而,身上的钱交了学费就没有生活费,留下生活费就凑不够学费。踌躇再三,我决定先把学费交了再说,我不想因为学费交不齐而影响了学习。生活总是会有办法解决的吧。

之后,我毅然来到工商银行特困生贷款咨询处申请助学贷款。

坐在教室里开始上课的时候,我才意识到自己有多差。我的入学成绩排在班级的后 5 名之内,听着同学们纯正的发音,看着他们对每个话题侃侃而谈的神情,我真的开始自卑了。然而,我没有气馁。

尽管银行卡上只有工商银行定期打来的每月 200 元的生活费,我还是跑到了新华书店,买了最权威的牛津字典,最物美价廉的收音机、复读机,开始了我的"漫漫英语长征":每天早起和晚睡前,都会塞上耳机,收听 VOA、BBC,尽管我什么也听不懂。早操结束后,我对着复读机练习发音。

大一结束,我的综合成绩排到了班级前十名。暑假,尽管很想家,但我不能回去,因为我要用这一个月的时间做家教赚够下个学期的生活费。镇江的夏天是炎热的,我搭公交,从城南到城北,城北到城南,每天两个来回。开学前一个星期,我拿到了第一份工资,1600 元人民币,那是我第一次拿到这么多属于自己的钱。

大二一年,我尝试调整了学习方法。期末考试结束,班长打电话给我,"你考了我们班上第一名"! 我简直不敢相信自己的耳朵,我居然考了英语 002 班的第一名。

毕业典礼上,当校领导把毕业证、学位证和江苏大学优秀毕业生证书发到我手上的时候,站在领奖台上,我感慨万千。我竟然真的和所有人一起到了终点! 我是大学生记者团的活跃分子,是每年度的优秀学生记者;是外国语学院的通讯部部长,负责院内新闻的采访和发布;是班级的团支部书记,组织大家去爬山,去郊游。

4 年的大学生活,改变了我的性格,也许会改变我的一生。在这里,我学会了独立,学会了吃苦,学会了坚强,学会了宽容。更重要的是,在江苏大学里,我结识了很多真诚的朋友:领导、老师,工商银行的爱伟姐姐,班内班外的同学、校友、家教过的学生、家长。那份真诚,那份关切,那份信任,给人一种沉甸甸的温暖。

(《新华日报》2004 年 10 月 12 日)

让青春在西部放射异彩

白皙的皮肤、清秀的面庞,说起话来慢声细语,说实在的,在江苏大学理学院举行的西部志愿者欢送会上,初次见陈熹静,真的很难将眼前这位文弱秀气的江南女孩跟西部志愿者联系在一起。即将毕业了,当其他同学把眼光瞄向苏南等经济发达地区的时候,来自无锡江阴的陈熹静却把毕业后的第一个梦想放飞在西部,成了一名西部志愿者。本来学物理师范专业的她将去贵州榕江县忠诚中学做一名数学老师。

去西部,对陈熹静来说可谓"蓄谋已久",早在上大二的时候,她就动了这样的念头。当时只想去看看,随着对西部了解的增多,她逐渐有了"想为西部干点事情"的冲动。所以,当今年4月"西部计划"刚启动,她便义无反顾地报了名。听说熹静报名要去西部,学院领导、班主任和同学们都惊愕不已!虽然身为班上的团支书,大家早对她的热情周到、做事细致赞叹不已,但这么一个"白白嫩嫩、在糖水里泡大"的"乖乖女"能否吃得了西部的苦,大家"坚决怀疑",学院领导、班主任都劝她三思而行。熹静知道,更大的阻力是在父母那儿。

为避免"夜长梦多",直到临签协议的前一天,她才打电话告诉妈妈,说已经报名要去西部。当听说至今未出过远门、最远只坐过两个小时火车的熹静要去西部,母亲当然表示反对,在电话里哭着叫她赶快去退了。熹静"诓"母亲说不好退了,并请求说:"从小到大,我是第一次违逆你们的意愿,就满足我一次吧!"也直到第二天下午正式签协议时,在母亲叮嘱下,她这才想起问问去西部能享受什么样的待遇,这让校团委的老师大跌眼镜。正如理学院党总支副书记张九如所说:"熹静去西部,真的很纯粹,没有一丝杂念。"

看到熹静去意已定,"拖后腿"未果的班主任郑惠茹老师便一次次地找她长谈,帮她分析去西部后可能面对的困难,为她做临行前的准备。郑老师还为熹静精心准备了3件礼物:一双设计别致的胶鞋套,因为贵州那里雨水多,山路多;一本讲述了78个人生小故事、名叫《感悟》的书;一件从网上购置的精美的陶艺制品,可以熏香驱赶蚊虫,熹静生来怕虫子。在欢送会上,张书记也代表学院送给熹静一只MP3。然而,最让熹静感到珍贵和激动的是同学们那一句句真诚的祝福。她大学4年中最好的朋友范婧,父亲是恢复高考后第一批援藏大学生,本来这次与她一起报名去贵州,由于名额满了,未能如愿。她眼含热泪说:"熹静,没能陪你一起去真的很遗憾!相信你的人生因为西部而更加精彩!"

(《镇江日报》2005 年 6 月 24 日)

贫困大学生"投笔从戎"

不高的个头,敦实的身材,憨厚中略带几分腼腆。在江苏大学为今年入伍新兵举行的欢送会上,见到2004级艺术设计专业的于长生、岳俊丰两位大学生,笔者不禁惊诧于两人的相似之处。也许相同的家庭境况,使得两个来自不同地域的大二男生有着相同品格,在人生的历程中作出了相同的选择。

穿上绿军装、当一名军人,是两人打小以来的梦想。岳俊丰的爷爷是名老红军,对孙子的志向深表赞许,为此高中时期曾有点近视的岳俊丰一直不敢戴眼镜,"怕影响今后参军。"大一刚入学军训期间,于长生表现突出,还被授予"军训标兵"称号。今年11月初,看到校园里的征兵宣传后,两人"立刻就下定了决心",早早地到校人武部报了名。"就是想去体验军营生活,锻炼锻炼,丰富自己的人生阅历。"于长生说。

除此之外,于长生和岳俊丰选择去当兵,还有一个"不良动机"——缓解家里的经济压力。于长生来自山东潍坊农村,还有一个妹妹正在读高中,为了给久病的母亲看病,家里早就一贫如洗。岳俊丰也是,家在滨海农村,哥哥在苏州的一所大学读书,仅靠父亲在外地打工养家糊口。为了孩子上学,两家都已债台高筑。至今,他们俩都还欠了好几千元的学费。学艺术的学费高,平时颜料、纸张等花费也大。因此,两人平时都很节俭,一个月生活费也就两三百元。这对两个大男孩来说,真的是少之又少。

上大学以来,两人都曾想过不少办法来减轻家里的负担。本学期,最令岳俊丰开心的是争取到了在食堂勤工助学的机会,一个月有百十元的收入,而且工作期间,一日三餐免费。于长生不仅做过家教,而且还拣易拉罐、饮料瓶卖钱。"拣易拉罐,卖钱是一方面,更重要的是能放得下面子,有这样的勇气!"艺术学院党总支副书记谢志芳说。的确,起初不少人都用异样的眼光看他,就连收废品的老板都阴阳怪气地说:"你们大学生,可不要太节俭噢!"提起易拉罐,于长生说他有"四最":"最痛恨的"是芬达,铁皮做的一文不值;"最伤心的"是,价格一路下滑,从起初的一毛五、到后来的一毛四,如今只有一毛二;"最郁闷的"是,有时辛辛苦苦拣了一方便袋放在路边,回过头来却被"职业人士"捡走了。当然最开心的,是每周一次提着瓶瓶罐罐去校外的废品收购站。至今,他还记得最多的一次卖了38元。

得知于长生和岳俊丰要去当兵了，同学们都很舍不得。他们准备了一本纪念册，上面写满了祝福的话语，赠送给曾经朝夕相处的同学。在饯行会上，面对江苏大学校领导和人武部领导们的殷殷嘱托，两位血气方刚的小伙子坚定地表示，到部队后一定勤学苦练，绝不辜负母校老师们的希望。

（《京江晚报》2005 年 12 月 20 日）

刘春生："一闪念"成就发明专利

在刚刚结束的江苏省"挑战杯"创业计划大赛中，江苏大学工程热物理专业的研究生刘春生发明的"康维"微动力便携式电源荣获银奖，6 月 2 日将赴徐州进行第二阶段金奖的角逐。他在短短的 4 年时间里，竟然研制了 16 项专利，涉及机械、流体、电子等不同领域，其中已获授权专利 5 项。其中 3 项为发明专利，11 项已被受理待批。

是什么造就了这么一个"专利大户""发明大王"？

心血来潮，让他初尝发明快乐

提起自己的第一个发明专利——"能识别假币的钱包"，刘春生说："没有多少技术含量，纯属心血来潮的产物。"当时刚入校才半年的他打算参加学校组织的"星光杯"课外科技作品竞赛，但拿什么去参赛心里没谱。忽然有一天，他脑子里闪出一个念头：如果有一种钱包既能放钱又能识别假币，那该多好啊！于是，他就将这一闪念写成了一个创作方案参加了比赛。没有想到后来校科协的一位指导老师找到了他，对他说：创意不错，为什么不去申请专利呢？这位老师熟悉专利申请的程序，在他的

刘春生获中国青少年科技创新奖

指导下,刘春生对原来的设计方案修改完善后进行了申请。10 个月后,他顺利拿到自己第一个专利——"能识别假币的钱夹"。

那年暑假,初尝发明快乐的他,为了让这一发明变成"瘦身版"的实物,可是费了不少劲,为了配一个紫光灯,他几乎跑遍老家徐州所有的电器配件店,就是没有适合自己钱夹尺寸的,最后没有办法,只好忍痛花了 60 多元买了个验钞机,拆下那个零件。2003 年,这项专利被评为"中国最具市场前景的 200 项专利"之一,并先后获得"伯尔尼国际专利技术成果博览会金奖"和"香港国际专利技术博览会金奖"。

善于在生活中捕捉"小想法"

"有些想法很小,但做了可能会影响很大。"这是能动学院办公室单春贤老师的名言,刘春生说,单老师的这句话对他启发很大,他自己就是想认真做好在生活中捕捉"小想法"并努力实践"小想法"的人。在能动学院党总支副书记施爱平的眼里,这个寡言的小伙子平时特别爱动脑子、善于钻研,老师上课时的一句话都能给他一些启发,让他萌生创新的念头。

有了第一次成功的经历后,他申请专利的热情不断高涨,走路时在想,上课时在想,想我还能再申请什么专利呢?他就时刻留意身边的事物,总想再申请个专利,就像有些人玩游戏着了迷一样。他的第三个专利"室内自动调温的热水器",就是得益于专业老师在讲授某个装置时的启发。当时他就想把这一装置改造后用于热水器,不就可以自如而巧妙地调节水温了吗?课后,他就与老师展开了讨论,前后 3 次修改了方案,并提交了专利申请,最后又如愿以偿。

之后,他的发明物的"专业性能""科技含量"也越来越高。去年 10 月申请了用来测量流体速度的"带套管的速度探针"——给常用的探针穿上特制的"衣服"后,可使测量的成本从 2000 元下降到 200 元,时间从两小时缩短为几分钟,并且对操作人员的要求大大降低。

早在大三上关于"齿轮泵"的专业课时,刘春生对泵的构造就产生了"小想法",但一直苦于没时间"整理"。去年暑假已经考上研究生的他,集中精力,一举研制了两个"改进版"装置——二级啮和齿轮泵、行星轮齿轮泵,大大提高了普通泵的流量和扬程。也是在暑假里,一天晚上回宿舍的路上,看着路灯下蒙蒙的细雨,他又有了"小想法"。开学后,一种可在夜晚或烟雾环境下提高灭火效率的消防用"灯光水枪"又在他的手上诞生了。

好风凭借力　送我上青云

刘春生说,他的成功是偶然的也是必然的,因为学校和学院为他的成长营造了一个良好的创新氛围,特别是学校针对大学生的科研立项,每年举办的"星光杯"创业计划大赛、科技作品大赛等,为他的科研工作提供了坚实的平台。学校设立专门的专项基金,承担师生专利申请全部费用的 80% ,一系列的创新激励机制更是让他直接受益。同时,老师们及时的指导,特别是参与老师的课题研究,让他很有收获。此外,他认为搞研究和发明创造,韧性至关重要,有了想法,要去尝试和实践这些想法。

进入江苏大学后,他先后获大学生科技作品竞赛特等奖、一等奖及镇江市大学生创业计划大赛的第一名,三次获得学校大学生科研立项资助,并且还是江苏大学大学生创业学校的首期学员。因为科研成绩突出,去年他获得了江苏省"十佳青年学生"称号。

此时的刘春生像一只刚起飞的雏鹰,迷恋科技的兴趣、钻研发明的执着加上辽阔的空间,一定会使他在科技创新的道路上越飞越高。

（《科学时报》2005 年 12 月 26 日）

残障研究生求职终有春暖花开时

多次被评为校三好学生,曾获江苏大学校级科技大赛特等奖,握有会计师、程序员、计算机三级等专业资格证书,曾被表彰为 2004 年度"江苏省十佳青年学生"……

这就是江苏大学会计学专业的研究生——黄大春,是一位拥有众多"硬件"且非常优秀的学生。然而,由于幼年时发生的一场意外,使得大春多年来只能依靠一副双拐走过艰难的求学之路。即将毕业了,黄大春又用双拐走上了他不同寻常的求职之路。

大春真正找工作是从 2005 年 11 月中旬开始的。他和同学从镇江赶到南京参加江苏省中高级人才招聘会。在南通的一家公司摊位前,他递上了自己的简历。这家企业并没有招财会专业毕业生的计划，但翻着黄大春的简历，该公司的王总经理却对他产生了兴趣。"你熟悉 ERP 财务系统？"问了几个问题之后，王总便叫人搬了张凳子给他坐下。从财务系统，到企业管理，黄大春同这位复旦大学 MBA 毕业的王总聊得颇为投机，聊了将近半个小时。回来后的第三天，他竟意外地接到了该公司的电话，邀请他周末到公司去"考察"。

求职以来，不少单位都对黄大春表示了较高的关注和赞赏，但还是有两次遭遇让他感到有点"郁闷"。

第一次是在学校举办的毕业生供需洽谈会上，镇江一家银行招聘财会人员，黄大春拿出简历递上去，可一名 20 多岁的女招聘人员却指着贴在墙上的"招聘须知"对他说："不好意思，我们有身体健康的要求。"

"最让人郁闷"的是第二次，参加南京的江苏省研究生专场招聘会。同样是在一家银行的摊位前，当大春双手捧着简历请对方看看，没想到一位女招聘人员冷冰冰地对他说："你这样的人我们不要，我不用看！"黄大春说："不要没关系，能不能先看看材料再说呢？"可对方还是不屑一顾地对他直摆手。

"其实想想也没什么可郁闷的，社会就是这样，有人会重视你，也可能有人对你不屑一顾，以一颗平常心对待就好了。"黄大春说，"对我的肯定会使我更加自信，而对我的不屑也会使我加倍努力。"

就在学校的那次招聘会上，黄大春给地处泰州的某特种钢厂投去了一份简历。没几天，厂里来电话，请他去厂里实地看看。那天，厂长亲自接待了他，同他聊了很久，并对他说："残疾又怎么啦？只要给他们一定的空间，他们会做得比平常人更好！"就是这句话感动了黄大春。尽管这家民营企业开出的月薪比大城市的研究生待遇低了一些，但他还是动心了，不仅是因为这里免费提供食宿，也不仅是因为这里离家近，更主要的是其间发生的三件小事让他感动。

一是几次接触当中，厂长屡次关切地向他说起希望他找个女朋友带过来，厂里负责安排工作等，这样有个人照顾就好多了。二是黄大春再次到厂里去办手续，管人事的负责人告诉他，考虑到他行动不便，厂长已嘱咐，待他正式上班后，给他买辆电瓶车。三是他们看到黄大春的一只拐杖有些松动，立刻把他带到车间里，请工人师傅焊了一下，还特地找来钢板加固在上面。

"真是太幸运了！"黄大春很兴奋。"我是我们班最早签约的，跑了几次就把工作搞定了！"他说，"工作定下来，我的心也就定了！这份工作，待遇不一定是最好的，但我相信是最适合我的。"

（《科学时报》2006 年 2 月 14 日）

报助学之恩　献热血青春

——江苏大学"西部志愿者"朱恩波访谈

初识朱恩波是在江苏大学 2006 届毕业生诚信还贷承诺大会上。那天,他代表江苏大学 593 名助学贷款毕业生向全省贷款毕业生倡议:诚信还贷,回馈社会。时隔一周后,在学校的毕业典礼上,他同其他 23 名"苏北计划"、"西部计划"志愿者一起,被授予"江苏大学青年先锋"称号。

作为一名来自苏北贫困家庭的学生,朱恩波大学几年过得自然艰辛,而结局却不失精彩:毕业时被免试推荐为本校高分子专业的研究生。笔者问他:"为什么放着研究生不读,而要去陕西,而且一去就是两年?"他说:"滴水之恩当涌泉相报。如果没有国家助学贷款的资助,又怎么会有我的今天!"

2002 年高考过后,朱恩波如愿收到了江苏大学的录取通知书。"可是看着一大笔学费、住宿费,全家人哪里还能高兴得起来?"2001 年,江苏省在全国率先全面实施高校国家助学贷款政策,直接面向经济最困难的农村大学生家庭开办了农村信用社生源地助学贷款业务。朱恩波成了全县贷款上学第一人。有了首笔 4000 元贷款,加上哥哥打工积攒的 1000 元,朱恩波如愿迈入了江苏大学校门。第二年,他在家乡的信用社又申请到 5000 元贷款。其后两年,在学校又申请到两次共 9100 元国家助学贷款。"这 18100 元的贷款,解决了 4 年的学费,坐在课堂里学习,心里踏实多了。"朱恩波说。

朱恩波自己也很努力。校园保洁、教学楼值班、到图书馆整理书架,一月能有 200～300 元收入,基本够吃饭了。他还兼做家教,从小学、初中到高中,各个层次都教过。大学几年,朱恩波的成绩一直名列前茅,多次获学校、学院以及省政府奖学金,多次被评为三好学生、优秀团员、优秀学生干部。

"是什么原因促使你去西部的呢?"

"偶然中的必然吧!"朱恩波说,"大二那年夏天,学院组织小分队远赴陕西泾阳开展暑期社会实践,一周的所见所闻,使我的心灵受到了极大触动。今年 4 月,当西部计划再次启动时,我便向学校申请延期读研,报名成了一名西部志愿者。"他说,"作为一名受过国家助学贷款资助的毕业生,我选择去西部,也是一种感恩和回馈吧!"

(《科技日报》2006 年 9 月 22 日)

家徒四壁的"准孤儿",4 年大学几乎没在食堂买过一次菜、没睡过一次午觉、没回家过一次春节,靠勤工助学和捡拾垃圾出色地完成了学业,并以专业第一的优异成绩考取了江苏大学研究生。本月初,他又毅然捐款 300 元给像他一样需要帮助的人——

郭啸栋:贫穷不坠青云志

郭啸栋

1985 年 8 月出生的郭啸栋,山东菏泽曹县青岗集乡张大王庙村人。父亲身患重症长期不愈,生活不能自理,1 岁时母亲离家出走,郭啸栋从小由爷爷奶奶抚养,爷爷奶奶相继过世后,就靠单身的大伯接济。然而,贫穷不坠青云志。在依靠勤工助学和捡拾垃圾读完大学后,郭啸栋又以 373 分、本专业第一名的优异成绩考取了江苏大学机械制造及自动化专业研究生,被誉为"我们身边的洪战辉"。

4 年没回家过春节,捡垃圾、做卫生维持生计

2002 年 9 月,郭啸栋以 588 分、全班第一名的成绩被山东轻工业学院机械设计制造及自动化专业录取。报到时,变卖口粮、贷款等东拼西凑来的 4800 元倾囊而出,还是不够。"我当时想,只要能有馒头吃,我就一定要把 4 年大学撑下来!"郭啸栋说。然而,开学没几日,馒头也变得遥不可及——他身无分文了。机械工程学院

的一位领导知情后,掏出 100 元给他吃饭。"但这总不是长久之计。"郭啸栋开始思考自救。在班主任王玲的帮助下,郭啸栋获得了一份勤工助学的工作——打扫教室卫生。其后 3 年,学校免除了他的学费,这份工作便成了他大学 4 年的生活支撑。为了干好这份工作,郭啸栋每天早上 6 点前就得起床,早上和中午各打扫一次教室,一年四季从不懈怠。"我不想成为学校的负担,付出劳动得到报酬,感觉要踏实些。"虽然每个月只有 90 元,但这 90 元使他看到了希望。

但 90 元毕竟有限。后来,他利用"工作之便",把废旧报纸、饮料瓶收集起来,不定期地卖掉,这样每月能多二三十元的收入。这意味着可以多吃 100 个馒头!为了避人耳目,他尽量在中午和晚上同学们都回去休息时去收集废品,然后偷偷去卖,但不久还是有同学发现了他的秘密。"一开始,很多人不理解,我心里压力很大。"后来知道情况的同学和老师,都设法来帮助他。怕做得太明显伤他的自尊,大家便把废旧报纸和饮料瓶收集起来,悄悄放到了教室。"时间久了,我心里也就很坦然了。"郭啸栋说,后来同学们外出时喝的饮料瓶也都带回来给他,学校老师办公室的废旧报纸等积攒一段时间,也经常叫他去拿。

对待自己,郭啸栋是"怎么省,就怎么来"。在大学里他一日三餐不到 3 元钱:早上稀饭油条 8 毛钱,中午两块油饼 1 元钱,晚上稀饭馒头 8 毛钱。4 年中,小郭几乎没有在食堂打一份菜吃过。

郭啸栋自言"是吃百家饭长大的"。从初中到大学,他的衣物都是别人捐献的,仅在高二时买过一条 17 元的裤子,直到现在还在穿。上大学后,学校免去了他的学费,但勤工俭学和卖废品也只能填饱肚子,800 元的住宿费和 500 元的书本费还要设法解决。为了能多挣点钱,郭啸栋寒暑假留在公寓值班,这样一个假期能挣到几百元。为此,连续 4 个春节,他没回去过一次。每当听到鞭炮声声,看到人们满脸喜气新衣新裳,他心里也落寞万分。

春节也有开心事,就是学校聚餐,说到这里,郭啸栋深思半晌:"肘子、大鱼大肉、烧鸡全有了,非常感激学校。但每每此时我就更想父亲和大伯,他们在吃什么呢?"大伯也几次托人捎口信让他回家,但是留在学校,"我至少不用吃家里的"。

4 年没睡过午觉,专业第一 考取江大研究生

"像我这样什么都没得靠,只能靠学习好一点,去争取一些机会。"郭啸栋知道,自己"除了学习什么都没有"。早上 6 点不到离开宿舍,晚上 10 点钟以后宿舍快熄灯了才回去,4 年当中他没睡过一次午觉。大学 4 年他成绩一直居于班

上前五名,高等数学等考试常常得满分。先后拿了 8 次奖学金:5 次二等奖学金,3 次三等奖学金。

作为一名在特殊家庭成长起来的孩子,郭啸栋取得这样的成绩远比一般人要艰难得多。他坦言,自己有时心理不稳定,波动比较大,某种程度也影响了学习。一想起父亲和黑黑瘦瘦、已经 60 岁的大伯,他就禁不住要落泪。大二那年夏天,山东全省普降暴雨,他连考试都不安心,就怕暴雨把家中的土坯草房下塌了!

采访中,郭啸栋不止一次地提起他的班主任王玲。从刚进校时帮他解决勤工助学问题那一刻起,"她像我的母亲一样……",大学 4 年,王玲一直像照顾自己孩子一样关照郭啸栋。牛肉干、苹果、饭菜……家中只要能带的,她总会给小郭带点过来,"她最担心我营养不良!"尤其值得一提的是,刚入学时,郭啸栋也同别的贫困生一样:内向,自卑,不与人交流。王玲发现情况后,同郭啸栋约定:"每周找我来谈一次,心理有什么不痛快的尽可能跟我说!"后来,郭啸栋每每心情郁闷,总是找王玲倾诉。王玲还同他宿舍的同学谈心,让他们接纳他、关心他。郭啸栋成绩好,同学们经常向他请教。由此,他也变得自信、乐观和开朗了。

郭啸栋说,他本打算毕业后就去工作,是王老师鼓励他考研究生,没想到竟然考了江苏大学机械制造及其自动化专业第一名。王玲认为,郭啸栋性格沉稳,是一块研究学问的料。她还鼓励郭啸栋,今后有机会可以继续读博。

来镇江两个多月,只去过一次市区

当得知自己以专业第一名的成绩被江苏大学录取时,郭啸栋心里并没有想象中的那样欣喜若狂,却是异乎寻常的平静。临来江大报到的前一天中午,他坐了 5 个小时的火车,然后又像往常一样为了省下 3 块钱的车费,步行 18 里路程,回到了那个院墙已经倒塌、只剩下两间土坯房的老家,看了看父亲和伯父,马不停蹄又赶回了济南。当晚他去向老师们一一道别。听说他还没吃晚饭,曾多次帮助过他的李老师便匆匆给他下了碗面条。

经过 11 个小时火车的颠簸,郭啸栋终于抵达了镇江。报到、收拾宿舍……一切安排妥当后,时隔 20 个小时,他终于在食堂美美地吃了一顿:一份米饭,一块素鸡,一碟豆芽。相比于以前一天三四元的伙食,小郭说这一顿算是"奢侈"了,总共花了一块七毛钱。

采访时,小郭身上穿了一件蓝色运动服——山东轻院一位退休的老教授送的,脚上穿了双皮鞋。这是他平生穿的第一双皮鞋,是今年 5 月来江大面试时为了穿得"体面"点,临时"武装"的。"当时还把我脚上磨了个大水泡。"小郭笑着说。尽管从江苏大学到市中心乘车也就 20 分钟,但来镇江两个多月了,迄今他只是在国庆长假期间与两个同学去过一次市区,花了 30 元买的一双促销皮鞋,还没舍得穿。江苏大学后门口大大小小的饭店、商店、网吧,他也从未光顾过。"上网一个小时要两块钱,够一顿饭了。舍不得!"

毅然捐资 300 元,要回报帮助自己的人

暑假里,留在山东轻工业学院的郭啸栋,依靠在学校里的公寓、教室值班和做家教,积攒了七八百块钱。尽管有了这笔"巨款",但节俭惯了的郭啸栋一分钱都不敢乱花,一日三餐不超过 6 元,让很多人都不可思议。然而更不可思议的是,12 月初的一天,郭啸栋一个电话打给他的大学班主任王玲,说想给王玲自己设立的"王玲特困生救助基金"捐 500 块钱。闻听此言,王玲坚决不肯,说:"你现在才读研还要用钱,以后再说吧!"最后经过"讨价还价",王玲只好答应他捐了 300 元。当记者问他在自己也不宽裕的情况下为何执意要捐款时,"这理所当然。"郭啸栋真诚地说,"我曾经得到过那么多人那么多的帮助。我现在虽不宽裕,但我可以挤一挤,去帮助那些像我一样的人渡过难关。"

采访中,记者电话联系了王玲。说起郭啸栋,这位年逾半百、有着 30 多年教龄的山东省优秀共产党员十分动情。"他是我 16 年班主任工作经历中见到的最困难但也是最争气的孩子!"王玲说,"这孩子有爱心,懂得回报!他的成绩特别出色,经常给同学讲解题目。毕业前,已被发展入党的他还捐款 100 元,在母校种了纪念树。"

刚刚读研究生的小郭,现在一个月有 240 元的生活补助。"我已很满足了,毕竟不像以前那样为一天三顿饭发愁了。"然而,镇江消费水平高,240 元吃饭都很勉强,而且研究生毕竟不同于本科,开展研究、做课题,不可避免地需要买大量的书籍和资料,这对郭啸栋来说不能不说是一个新的问题。研究生的"必需品"——电脑,对他更可望而不可即。"我现在最想有一个勤工助学的岗位。"郭啸栋说,"我要通过自己的努力来改变自己,将来工作了我要去回报所有帮助过我的人。"

(《科学时报》2006 年 12 月 12 日)

病房里的誓言

初冬的阳光洒进病房,江苏盐城市第一人民医院血液科会议室里鸦雀无声,墙壁上鲜红的党旗取代了往日的医疗宣传挂图,一群来自江苏大学的师生,一次特殊而庄严的会议,这些,都是为了圆一个叫陈静的女孩心中那美好的梦。

陈静是江苏大学应用技术学院计算机专业 0303 班的学习委员,是一名品学兼优的学生。为救助患白血病的同班同学,她曾策划活动、四处募捐,筹得数万元,被大家誉为"爱心天使"。今年 3 月,她自己也不幸患上白血病,江苏大学和社会各界给予了她无数的关爱,但她爱心不改,坚持将社会各界的捐款转赠给其他病友。

"从小就听家族中一位参加过抗美援朝的爷爷讲述共产党员的故事,我打心眼里敬佩他们,长大后,入党便成了我的追求。大一期间,我向学院党组织递交了入党申请,尤其是在患病之后,我仍没有放弃。让我意外的是,在我重病期间,党组织能接纳我。"支部大会上,佩戴着江苏大学校徽的陈静倾诉着她的心声。

"每个人在一生中都要接受无数次的考试,陈静进入大学后,除了文化考试外,还经历了人生最残酷的两次考试:当别人遭遇不幸时,她用自己的爱心温暖别人;当自己遭遇不幸时,她坚强面对,还不忘把关爱送给别人。在两次考试中,她都交出了让人满意的答卷,我们还有什么理由拒绝她呢?"陈静的入党介绍人、江苏大学教师魏伟动情地说。"陈静是个好孩子,是我们村的骄傲……"陈静家所在的村党支部书记李如明,一早就赶到医院,列席了这次会议。

按照程序,支部成员对接受陈静为预备党员进行表决。"10 票,全票通过!"病房大楼内响起了经久不息的掌声。

"我志愿加入中国共产党,拥护党的纲领,遵守党的章程……"寂静的病房里,陈静举起了右手、握拳,向党敞开了心扉,那誓言掷地有声,发自肺腑。

此时,这位经历了 8 次化疗但从未流过一滴泪的女孩,无声地落泪了……

(《中国教育报》2006 年 12 月 14 日)

"江大洪战辉"四年后首次回家过年

一顿年夜饭花了一块五

去年11月,本报曾报道了"我们身边的洪战辉"——江苏大学机械学院一年级研究生郭啸栋贫且弥坚、自强不息的感人事迹。小郭大学4年没回家过过一次春节,靠捡拾垃圾和勤工助学出色完成学业,并以专业第一的成绩考取了江大研究生。今年,在从香港来江大学习书法的廖女士的资助下,小郭回到山东省菏泽市曹县青岗集乡的老家,和父亲一起度过上大学后的第一个团圆年。

昨天下午,记者拨通小郭的手机,他告知村中的另一固定电话号码,半个小时后记者终于打通了那部离他家一两公里的固定电话。小郭告诉记者,离开镇江他先到济南,看望了大学班主任。2月3日,从济南回曹县,下午2点多钟到了家。重症的父亲看到儿子回来,脸上终于露出一丝笑容,阔别4年后再看到这丝笑容,小郭却流下泪来……

过年了,郭啸栋说,虽然只有他和父亲两人,"但也要过得像个年样"!这次回家,他带了一箱子的衣服,全是学校老师和一些镇江的市民送的。大年三十晚上,他专门挑了两件大半新的给父亲穿起来,此前他一半搀扶一半背,带多年没有迈出家门的父亲去赶了个集,让父亲看看外面的世界。同时花10元钱买了两张小板凳,花7元钱给父亲买了双新布鞋,花6元钱买了两斤柴油点灯,又用小麦换了些米,还买了1.5元钱的菠菜,"精心"做了一顿咸菜饭——这就是年夜饭了。4年没有回家过年的郭啸栋兴奋地说,他还破天荒地买了一串鞭炮,吃完饭后,扶着父亲"噼里啪啦"地放了一通。他说,希望这吉祥的鞭炮声,能够给自己和家人带来好运,给所有好心人带来好运!

(《扬子晚报》2007年2月20日)

江大一成教本科生走俏职场

【本报讯】 江苏大学机械制造专业应届毕业生赵志伟做梦也没想到,自己不过是一名成人教育的本科生,竟然能在包括硕士、博士在内的100多名竞争者中胜出,成为中欧国际集团上海汽车公司员工。知情人士说,企业看中的是他半年内就申请了4项专利,具有超群的创新能力。

赵志伟对汽车很感兴趣,从小就梦想有朝一日成为汽车工程师。考入江大后,4年中他几乎把学校图书馆近千本有关车身设计、制造方面的书翻了个遍!同时,还经常登录一些汽车论坛,结识了不少同道者,并经常和学校的汽车博士、硕士甚至老师们探讨。大二时,就在老师介绍下陆续给一些机械及汽车生产厂家做设计,利用电脑对汽车进行仿真分析。他最为得意的是,在帮老师出模具方面的书时,连续4个晚上利用AUTO-CAD绘制了其中300多幅图,自己也得到了不菲报酬。大学期间,他所有课程设计成绩都是"优",毕业论文《汽车碰撞仿真研究发展趋势及碰撞仿真分析》思想独特,有较高专业水准,答辩时评委认为"已达到了硕士论文水平"。

小赵平时话不多,喜欢闷头看书,做事情特别投入。迷上汽车后,便经常琢磨有关汽车的事情,特别关注汽车车身研究。对汽车底盘、悬架、发动机和汽车造型都很熟悉,并将"汽车安全"作为研究方向。从去年11月到今年4月,一口气申报了4个这方面的专利,其中3个是发明专利,包括汽车侧面碰撞安全保护系统,主动调节驾驶员安全保护系统,新型汽车安全挡风玻璃等。

尽管只是一个成教本科生,但是小赵对汽车专业的深刻理解和出众的创新能力赢得了许多用人单位的青睐,南汽、一汽大众、长安汽车等10多家知名汽车厂家都向他伸出了"橄榄枝",即使在他成功获得中欧集团车身结构设计岗位后,仍有厂家不甘心,接连打了好几个电话请他到厂里去看看。长安汽车甚至退而求其次,希望能同他商谈汽车安全设计的专利合作事宜。

当记者问小赵,用人单位有没有介意你是一名成人教育本科生时,小赵表示,自己事先都如实相告。人家非但没另眼相看,反而觉得你坦诚。因为,人家真正看重的是你的能力和水平。

(《镇江日报》2007年7月3日)

父母早年相继离世,孤苦伶仃的她与命运艰难抗争。今年高考,她考取了江苏大学——

孤女大学生千里求学

9月10日是江苏大学新生第一天上课。身处美丽的江南古城,坐在窗明几净的教室里,工商学院公共事业管理专业大一新生李雪梅心潮澎湃。这位来自吉林长春孤儿职业学校的女孩,有着与众不同的人生经历和同龄人少有的成熟。

父母离世,她孤苦伶仃

李雪梅是吉林省珲春市人,原本有一个虽不富裕却很温暖的家。然而,就在她读小学二、三年级的时候,父母身患疾病不幸相继撒手人世,留下她孤身一人。街道将她送进了珲春市一敬老院,她也不得不放弃学业。敬老院看到小女孩非常好学,就辗转将她送进了吉林省孤儿职业学校。该校共有300多名孩子,全都是来自各地的孤儿。这样,勤奋好学的孤女,几乎将所有时间都花在读书上,成绩一直在班上名列前茅。

录取江大,她打工挣钱

今年高考,李雪梅以572分的成绩成为该校30名考生中,唯一一名考到本一线的孤儿。但是,接到江大录取通知书时,4600元的学费又成了她的烦心事。报到当天,虽然通过学校"绿色通道"顺利入学,但她在高兴之余仍露出淡淡的忧愁。她告诉记者,身上只带了2000元钱,1000元是孤儿职业学校奖励她的,还有1000元是她利用暑假,在一家饭店打工2个月挣的。

早在得知自己的考分时,李雪梅就着手谋划自己的生活费问题。在过去的两个月里,她每天早上9点钟赶到饭店打工,干到晚上9点,有时要到十一、二点以后,她才能拖着疲惫不堪的身子回到孤儿学校。记者注意到雪梅的身子非常瘦弱,问她两个月天天苦干怎么受得了时,她说:"也没有想那么多,反正只知道在饭店多苦点,到了江苏就能顺利点。"刚到学校报到时,她就急不可耐地希望学校能给她找一份工作。因为她"必须要自己养活自己"。

面对未来,她充满信心

在采访李雪梅的 3 个小时中,记者感到这个来自吉林的新生,最大的特点就是非常容易满足,脸上时常挂着微笑,并且反复提到"感激"这两个字。

"既然已经长大成人,就要靠自己!"记者问她一个人报到觉不觉得辛苦时,她坚定地说。在孤儿职校这么多年,雪梅觉得自己虽然没有父母,但社会上有那么多的好心人给他们送衣送物送吃的,有那么多人关心,已经很幸福了。在得知自己高考考出好成绩后,那一刻她也特别想自己的父母! 她说,现在我能重新上学、重新感受到家的温暖,还能读上大学,应该很满足了。所以,对社会她充满了感激,对自己的明天也充满信心,即便有很多困难,也相信自己能克服。她还告诉记者,她选择的是公共事业管理专业,她就是希望自己通过学习,以后能更好地回报社会。

(《镇江日报》2007 年 9 月 11 日)

社会各界关爱纷至沓来

孤女李雪梅在江大有了新"家"

【本报讯】 本报近日报道了江苏大学大一新生、来自吉林长春的孤女李雪梅,只身一人前来报到,面临困境的遭遇,在校园内外引起了强烈反响。这两天,李雪梅被浓浓的爱意所包围:江苏大学免去了她 4600 元学费和 1200 元住宿费;学校关工委组织的"给孤儿一个家"活动,让雪梅再次感受到了家庭的温暖;学校有关部门及社会上好心人也及时给雪梅送上了关爱。

老教授给她一个"家"

"雪梅,从今往后这就是你的家,我们就是你的爷爷奶奶……"昨天上午,在江苏大学关心下一代委员会办公室,满头银发的老教授金树德拉着李雪梅的手亲切地说。同是吉林人的金教授,前天晚上就到李雪梅的宿舍去看望这位东北老乡,可惜没见上面,昨天一早金教授特地把她约到办公室来。"这个收音机、箱子、笔记本,是我们给你准备的一点小礼物,希望你好好学习……"一下子被幸福包围的李雪梅有点不知所措,脸上挂着浅浅的笑。

金教授还告诉雪梅,他们关工委早两年就开展了"给孤儿一个家"活动,组织离退休老同志家庭和校内孤儿结成对子,不仅每个月提供200元的生活费,还从生活、学习、心理等多方面关心大家,让大家享受家庭的温暖。"你的新家我们已经物色好了,明天就带你回家包饺子去……"听到这,雪梅起身一个劲地说"谢谢!谢谢!"声音哽咽,一直强忍着的泪水不禁流了出来,"我也有家了!"

学校免去学费住宿费

在听说了李雪梅的遭遇后,江苏大学校长袁寿其特地找来报纸,阅读了相关报道,深为李雪梅自强不息、好学上进的精神所感动。昨天上午,江苏大学学生处处长姚冠新告诉记者,考虑到李雪梅的困难情况,学校特事特办,已决定免去她的4600元学费和1200元的住宿费。当笔者把这一消息告诉李雪梅时,尽管困扰于心的问题解决了,但李雪梅觉得很过意不去。她表示,自己一定会好好学习,不辜负学校领导和有关部门的关心。

说来也巧,昨天上午,就在李雪梅在学校关工委办公室同爷爷奶奶们谈心的过程中,恰逢学校后勤集团张济建总经理来办事。在得知了李雪梅的境况后,张总经理当场打电话给集团饮食服务中心,在靠近李雪梅宿舍的食堂,给其落实了一个勤工助学的岗位。这个岗位不仅可以每月有一定的报酬,而且还免费给她提供两顿工作餐。

校外好心人伸援手

李雪梅的境况不仅引起了江苏大学师生的关注,同样也赢得了社会上众多好心人的关注。这两天,笔者不时接到一些热心的电话,询问李雪梅的情况,表达愿意资助的意愿。昨天上午,镇大肴肉公司的朱立才经理特地赶到江苏大学工商学院,给李雪梅送来了2000元,作为她今后的学费。朱经理表示,以后除每年给李雪梅提供2000元学费外,每月还将资助100元生活费,直至她大学毕业。寒暑假,李雪梅也可以去他们公司打工。

无独有偶。昨天下午,镇江金皇科技有限公司的王晓庆先生一家三口也辗转通过熟人联系来到江苏大学,给李雪梅送上了关爱。这位曾在长春当了八年的兵、对东北有着特殊感情的中年汉子说,看了李雪梅的报道后,一家人非常感动。"以前,我们没条件读书。现在,我们要让像李雪梅这样优秀的孩子能够读书。"他称,今后将每月给李雪梅提供 600 元的生活费,以让她安心学习。"有什么困难,可随时联系我们。"临走时,王先生的夫人再三叮嘱。

"真没想到,才来了两天一下子遇到这么多的好心人!"前两天还对自己 4 年的大学生活一筹莫展的李雪梅,紧锁的眉头舒展了,"今后,我一定好好学习,学有所成,将来回报社会,回报各位好心人。"

(《镇江日报》2007 年 9 月 12 日)

意外收到海外汇单　决定设立奖助学金

老教工捐出 50 万"报恩款"

孑然一身,在租来的房子里过着俭朴生活,江苏大学一位 76 岁的老教工,多年来一直默默助困助学。日前,他又将一笔 50 万元的"报恩款"捐给学校,设立"爱生奖助学金",资助贫困学生完成学业。

老教工说其最大心愿就是希望受助学生学会感恩回报社会。昨天,经多次恳求,老教工接受了记者的独家采访

一枚戒指引发"报恩款"

这 50 万元的"报恩款"是老人远在加拿大的表哥赠予的。老教工说,其母亲兄妹四人,表哥是大舅家的儿子,从小与他们一家感情甚深,被父母视如己出。1948 年,表哥从东吴大学毕业,但时值战乱不得不赋闲在家。看着表哥空有抱负而无处施展,老教工的母亲心急如焚。一天,母亲拿出一只珍藏多年的陪嫁戒指,资助其表哥出去闯世界。表哥后来辗转去了香港,从建筑工人做起,后在船王包玉刚的公司谋事,逐步立住了脚跟,随后有了自己的事业。

当年意气风发的表哥如今也是耄耋之年。尽管在后来的交往中,一家人谁也没有提及过当年那段往事,但表哥对姑母危难时刻挺身相助的恩情一直铭记在心。今年 4 月份,已移民加拿大的表哥打电话询问老教工的身份证号,不知个中底细的他如实相告。两个月后的一天,一张 7 万美元的汇款单不期而至。老教工这才恍然大悟——原来表哥要报恩!

爱心老人一直关注贫困生

9月，江苏大学有了首个以本校教工个人名义捐助设立的奖助学金——"爱生奖助学金"，总额为50万元，分5年使用，每年10万元，专门用于资助学校品学兼优的贫困在校大学生。出资人就是这位老教工。

"这是一笔报恩钱！我应该把它用到该用的地方。"老教工对记者说，他一直对贫困生比较关注，但苦于能力有限。接到这笔巨额"报恩款"后，他很快就拿定主意。奖助学金之所以命名"爱生"，江大学生处助困中心的陈主任透露，"老教工各取了其母亲和表哥名字中的一个字，另外就是要彰显其关爱学生的情怀"。

记者了解到，老教工最见不得别人受苦受穷。早年在江苏大学基建处，哪个民工家中有急难事，他就从微薄的工资里挤钱接济。退休后，他无意中听食堂师傅说，一些贫困生没钱吃饭，仅靠捡别人吃剩的饭菜填肚子，他心里一酸，此后，便对贫困生多了一分留意。寒暑假他特别注意学校值班室，"别人都回家团聚了，值班的孩子肯定是贫困家庭的！"他总要掏个一两百元给值班的学生。3年前他结识徐州大学生小李，6月拿到汇款后，得知将毕业的小李还欠5000元学费，他马上帮其还清……

多年助困自己安贫乐道

76岁的老教工是上海人，曾就读于上海第二医学院，1951年响应号召投身新中国建设，先后在华东工业部、河南农机局等地工作。1981年，他从国家农业机械部调至镇江农机学院（现江苏大学）基建处。

虽然一直独身，老教工却性格开朗，还是江苏大学校园里出名的超级京剧迷，尤其对梅派唱腔情有独钟。"京剧事业"上的投入一直不小，再加上不定时地资助他人，老教工几乎没有积蓄。他至今所住的50多平方米的房子还是学校公房，每月须缴近百元租金。房子没有装潢，里面的陈设也很简单。

老教工说，多年助困助学，也给了他莫大的安慰和精神上的巨大享受，让他的晚年变得多姿多彩。平时，受助大学生会陪他聊天，教他上网，帮他下载京剧。每到元旦，他们都来老人家里，每人一个节目，"家庭联欢会"让老教工能回味一年！

采访结束时，老教工再三恳请记者千万不要提及他的名字："我资助学生，自己也是受益者，不是想扬名，也从不希望他们回报我个人。我最大的心愿就是：受资助的学生，能够心怀感恩之心，发奋学习努力工作，学会感恩回报社会。"

（《扬子晚报》2007年10月10日）

残疾女生读3年书没花父母钱

家境贫寒的她拼命打工挣饭钱,两套校服轮流穿

每天晨曦中,在江苏大学校园女生部西山住宿区,人们总能看到一名残疾女孩,她不停地挥动手中的扫把……这名女生,就是江苏大学机械工程学院光信息专业的大三女生李文儒。因4岁时的一场重病,使她的个头永远停留在1.4米。3年大学生活,贫寒的家庭未能给她一分钱学费和生活费,但这个残疾却坚强的女孩,却顺利地完成着学业。

寒门女接连遭遇不幸

22年前,李文儒出生在河北保定市安国县郑章镇东柴村一个贫苦家庭,她还有一个哥哥。4岁时,一场突如其来的脊椎骨结核病袭向这个可怜的小女孩。为了救她,贫寒的家庭几乎陷入绝境,几经辗转救治,她重新站立起来。但却落下了今天驼背畸胸的残疾,还有到现在再也长不高的个头。

小李告诉记者,受身高限制,她把成人的衣服买来后都要剪掉一些。当然,从2005年进大学,到现在她也就买过一次衣服,2006年夏天,她用50元钱买了一件反季节的羽绒服,一直穿到现在。

没有钱买衣服,她只能盯着校服穿,由于常穿常洗,学校发的两身校服全都破了,同学们戏称她的校服是"全国高校穿着率最高的校服"。在小李成长过程中,灾难接连袭击这个贫困家庭,哥哥18岁时不幸溺亡;父亲患上严重风湿性关节炎,卧床至今生活不能自理。

3年大学未花家中一分钱

但让人惊叹的是,这个生活中充满不幸的女孩,却顽强得让人难以想象。在过去的3年中,在家庭没有给予一分钱的前提下,她却顺利并优秀地完成着学业!

拿到江苏大学录取通知书时,面对一贫如洗的家庭,她清醒地意识到:到了江苏大学最基本的就是要有饭吃,"只要有饭吃其他就能解决"。所以她高考后

就拼命地找家教。3 份家教、整个暑假的劳累，换来了 600 元到江苏大学后的"饭钱"。

进入江苏大学后，李文儒又发现了一个赚钱的小窍门：只要学习好了，就有机会获得各类奖助学金，加在一起可以解决学费。我们来看看这个坚强的女孩是怎样完成这 3 年学业的：河北省残联资助了 2400 元，助学贷款 5000 元，国家助学金 1500 元，社会助学金 1000 元，然后再加上各类奖助学金，3 年就这么神奇地过下来了！光有学费还不行，吃饭怎么办？小李想到了勤工助学——每天清扫校园。

每天凌晨起床扫校园

早上 2 只包子 1 元钱；中晚每顿 3 毛钱米饭 1.5 元的蔬菜。一天就是这么多的开销。从进入江大开始，李文儒就开始家教和校内勤工助学并举。现在小李还在做着一份家教，由于校内贫困生较多，加上身体有残疾，一些岗位她不适应。这样小李就选择了一般贫困生都不愿做的岗位——清扫校园。

宿舍每天 6 点多才开灯，而清扫完近千平方米的保洁范围，至少需要 50 分钟。所以，每天凌晨 5 点刚过，李文儒就蹑手蹑脚地起身，一个人轻手轻脚摸到保洁区开始清扫。由于畸胸，清扫时间长了她后背就会感到疼痛，10 分钟左右她就要停下来喘一喘气。"节奏不能太慢"，小李说："慢了就会来不及！"就这样，李文儒在每天的清扫和一身汗水中迎来朝阳，同时获得 5 元钱的报酬——"5 元钱，我一天的饭钱就解决了！"这个坚强的女孩开心地说。

清扫完毕，李文儒就开始到教室早读，这让她的成绩一直名列前茅。此外，每天晚上，她还抽出时间给系内大一新生点名，这样每月也有 100 多元的收入。到校 3 年来，李文儒因为极不放心父母，仅在今年暑假回了一趟家，带回的唯一东西就是两瓶镇江香醋。其余假期全部都在学校值班，为新学年赚取生活费。小李说自己最大的心愿就是"父母平安，不让他们为自己增加负担"，说着说着坚强的女孩流下了眼泪。

(《扬子晚报》2007 年 11 月 25 日)

孤儿大学生打工挣钱回家看亲人

凭借国家助学贷款、奖助学金缴清了巨额学费,平时省吃俭用,靠做家教、勤工助学维持生计。寒假临近了,江苏大学京江学院07级的孤儿大学生单学良在紧张地复习迎考的同时,还不忘打工挣钱,为的是春节回家,给半年来日夜思念的80岁的奶奶买点礼物。

遭变故　3年内连失双亲

"家对我来说真的很模糊了。"单学良说,别的同学都盼着放假,而自己却最怕放假,"别人都回家了,而我的家不知道在哪里"。来自安徽宿州、今年20岁的单学良,原本也有一个幸福美满的家庭,父亲吹得一手好笛子,母亲会唱黄梅戏。然而,在他读初二时,一场突如其来的变故击碎了这个普通家庭的幸福梦。在外打工的母亲被一场莫名其妙的车祸夺取了生命,而相关方面却都百般推卸责任。为了给母亲的意外讨个说法,父亲四处告状,然而屡告屡败。不仅花了很多钱,而且原本开朗的父亲也变得压抑消沉了。悄然间,不幸接踵而至,2005年暑假的一天,单学良不经意中从邻居口中得知父亲得了肝癌,而且已到了晚期。

单学良和年幼的弟弟懵了,为了能及时缓解父亲的病痛,兄弟俩甚至学会了给父亲扎针。年仅15岁的弟弟最终也辍学在家,照料被绝症折磨的父亲。然而,兄弟俩的付出最终还是没能挽回父亲的生命。

好心人　无私资助力不从心

父亲去世后,家里欠下2万多元债务,一位在县城里靠做卤菜谋生的叫李朝诚的好心人,经班主任老师联系担负起了照料单学良的重任。此后一年多时间里,单学良就吃住在李朝诚家里。"李叔和婶婶待我像自己亲生的一样,他们的恩情我终生难忘!"单学良说,李家人对他体贴入微,他享受着与李叔家的儿子、女儿的"同等待遇",平时的零用钱甚至比姐姐、弟弟还要多。懂事的单学良,空余时间和节假日就帮着打打下手。

2007年高考,成绩一向名列前茅的单学良严重失手,最后考分离二本分数线仅差一分。考虑到读三本每年单学费就要 1 万多元,单学良想到了放弃,但李叔怎么也不答应:"你放心,钱都准备好了。"其实,李叔家并不宽裕,夫妇俩起早贪黑做卤菜,也挣不了多少。李叔家的儿子正在读高三,女儿今年也参加了高考,被大连一家高校的中外合作班录取。报到时,不仅花光了为数不多的积蓄,而且还借了不少钱。单学良知道,李叔之所以这么说,是不要让他放弃来之不易的读大学改变命运的机会。

好在开学报到时,学校开辟了贫困生入学的"绿色通道",单学良顺利跨入了江苏大学的校门。为了节省开支,单学良每餐只打一份一块钱的菜、外加一份免费汤,每天不到 5 块钱。他迄今记得最奢侈的一顿就是,中秋节学校发了 6 块钱的餐券,规定必须一次性消费,他就买了份盖浇饭,美美地享受了一把。

懂感恩　过年给亲人带点礼物

在江苏大学的学习生活是枯燥而单调的,同时也是温暖的。入学没多久,单学良顺利申请到了 6000 元的国家助学贷款,后来又拿到了京江学院 6000 元的奖学金,还有一笔 2000 元的社会助学金。就这样,学费缴清了,压在他心头的一块大石头总算卸下了。

这半年来,单学良想方设法去挣钱养活自己。但更值得一提的是,开学不久,单学良看到学校招募义工,便毫不犹豫地报了名。如今,他已在学校大学生助困中心工作了三四个月,每周去两次,没有一分钱的报酬。"我想尽我所能,为像我一样的同学做些事情!"单学良平静地说。

寒假到了,单学良本打算留在学校打工,筹集一些下学期的生活费。但一想到半年没见的奶奶,他犹豫了:不知道奶奶现在怎样了?身体还好吧?李叔、李婶婶家里情况怎样?还有在浙江打工的弟弟,上次学校发给贫困生的羽绒服寄给他穿了,还暖和吧?

采访中,单学良欣喜地告诉笔者,前不久,在学校同镇江电信、《京江晚报》联合开展的"助贫困生回家过年"活动中,镇江一位姓任的先生资助了他回家的路费。这两天勤工助学的钱就要到账了,加上之前的积攒,有三四百块呢!"过两天等考完试,就上街去看看,给李叔叔、奶奶他们买些礼物。"单学良在计划着:"奶奶一辈子都没喝过牛奶,这次回家多给她买些奶粉。"

（《科学时报》2008 年 2 月 5 日）

找工作，是我们最迫切的事

——写在江苏大学孤儿大学生毕业之时

3 年前，江苏大学在全国高校创造性地开展了"给我一个家"孤儿结对帮扶活动，该校离退休老教师家庭与在校孤儿大学生结成对子，从经济、心理、学业等全方位进行帮扶。如今，参加这一活动的 15 名孤儿中，有的即将顺利完成学业离开给予他们温情和幸福的"家"。快要毕业了，这些孤儿大学生还好吗？近日，记者探访了其中几位。

"我终于找到工作了"

工商管理专业的马孝顺是一位来自湘西农村的孤儿。初二时，年仅 15 岁的他曾一度中断学业去一家餐馆打工。读高中时，幸亏爷爷忍痛卖掉了耕牛，他才得以继续学业。暑假里，他去广州叔叔那儿打工，在建筑工地抬砖头、扛水泥，早上 5 点干到晚上 7 点，每天 40 元工钱。

"来江大真的是一个不错的选择。"回首过去，小马说，靠着好心人的资助和学校的各种奖助学金，几年来的学费算是有了着落。为了养活自己，他在学校担任公寓巡视员、督察员，到校外饭店做服务员，做家教，发传单，最多时干了三四份兼职……2005 年 11 月，在学校学生处和关工委联合开展的结对资助孤儿活动中，他有幸结识了丁玲奶奶、赵文华奶奶，不仅每月有 200 元的生活补助，而且还让他享受到了久违的家庭温暖。

"对于我们来说，工作的迫切性比别人要强烈！"小马说，去年 11 月在学校举行的首场供需洽谈会上，他就制作了 10 份简历"全力出击"。"像我这样的，不可能指望家里人给我帮助，只能笨鸟先飞。"去无锡一家台资企业复试失利后，小马意外地收到了位于丹阳的江苏圆通公司的面试通知，一周后便被正式录用，岗位是他喜欢的人力资源管理。今年 3 月初，小马去单位实习了一个月，拿到了 600 元补助。为了省钱，他花 250 元在镇上租了间房子，每日自己买菜做饭，虽然苦，但自得其乐。

"我想当一名教师"

来自滨海的赵塞雷,在上幼儿园和初中时,母亲和父亲相继离世。他告诉记者,大一那年,他有6门课不及格,一度有过退学的念头。在"给我一个家活动"中,孙正和夫妇"对症下药",想方设法慢慢把他拉了回来。学校、学院的老师们也给了他许多帮助。一方面靠着助学金、国家助学贷款等缴清了学费,另一方面学院安排他在办公楼值班,也可以得到一笔勤工助学的报酬。"这几年路走得越来越顺。"小赵说,最好的"证明"就是自己体重原来只有90多斤,现在增加到130多斤。

作为化学教育专业毕业生,小赵的梦想是当一名教师。去年底,他报名参加了滨海县教育局组织的教师招聘考试,笔试成绩在300多人中名列前茅。今年3月又参加了复试。但由于参加复试的多数是具有多年教学经历的代课老师,再加上考的是实践性较强的教育心理学,而他准备不当,没能入围。眼下,他打算先找一家化工企业干着,或者回家乡当代课教师,到年底再参加县里的教师招聘考试,"毕竟,我想当一名教师"。

考研,给自己一份动力

对于毕业班学生来说,考研是不少人的至上选择:一来可以实现继续深造的愿望,二来也可以增加就业的砝码。然而,对于绝大多数孤儿来说,考研是一个奢侈而又遥不可及的梦。

李国文老师至今还记得,刚认识京江学院刘燕时:她成绩差,精神状态也不好。刘燕在刚参与结对活动时,本以为只是来"走过场"的。然而,无论是李老师一家,还是后来因李老师一家去外地两度"接管"她的张银秀夫妇都耐心地鼓励她,逐步打消了她的顾虑。"他们都不放弃我,我有什么理由放弃呢?"刘燕说。

在他们的鼓励下,刘燕逐步"收了心",每次上课都坐第一排,逼迫自己认真听讲,学习成绩突飞猛进,取得了学院颁发的学习进步奖。由于英语基础差,她的四级几次考试没能通过,但她毫不泄气,去年下半年终于过关。与此同时,她又报名参加了研究生入学考试。"准备考研,并不是真的指望能去读研,只是想以此给自己一个目标,一份动力。"

已找到工作的小马也说,自己也不是没有动过考研的念头,"但毕竟是不现实的。"因为,对于他们来说,能读完4年大学已非常不容易了,"尽快找份工作,自己养活自己是当务之急"。同样,一心渴望当一名老师的赵赛雷也表示,工作一两年后,如果有机会还是想去考研,"毕竟那样有利于个人的长远发展。"

(《镇江日报》2008年5月11日)

镇江很美,想当镇江女婿

——走近江苏大学首位外国留学博士孙龙

昨天上午,在江苏大学2008届毕业生毕业典礼上,当袁寿其校长为一名身材魁梧健壮的博士生扶正流苏、颁发毕业证书时,全场都投以关注的眼光。他就是来自泰国的江大首位外国博士留学生孙龙(本报曾于16日A2版作报道)。昨日,毕业之时的他向记者表露出对镇江依依不舍的留恋之情,同时他还想找位镇江姑娘当女友。

据了解,孙龙2005年在泰国清迈大学硕士毕业,怀着对中国文化的敬仰,他慕名报考江苏大学食品科学与工程学科博士研究生,并以优异的成绩成功入选。对于这名江苏大学历史上的第一位外国留学博士生,学校针对他的知识结构和专业基础,挑选了优秀教师组成指导小组,精心安排教学计划,并聘请教学经验丰富、有国外留学背景的赵杰文教授作为他的指导老师。

据赵杰文教授介绍,这3年来,孙龙在学习上非常刻苦,他所研究的"高光谱图像技术进行农产品内外品质的检测"的论文选题,属于农产品品质无损检测研究的国际最前沿领域,在国内属于首创。就在前不久,在由7位博士生导师组成的答辩委员会评审中,孙龙的论文全票通过,还被评为江苏大学优秀博士论文。

"今天心情很好,很骄傲!"毕业典礼结束后,孙龙操着流利的汉语和记者交流起来,"这3年不容易,很辛苦,一直忙着做实验、写论文。"其实,这3年来孙龙早已成为学校的名人,这不仅因为他是位身高近1.9米的老外,他的中文歌曲几乎成为"原唱",还得过江大校园歌手大赛的第一名。此外,开朗随和的性格,乐于助人的品质也让他在学校师生中很有人缘。

"镇江太漂亮了,社会和谐安全,真让我留恋!"当记者问起他对生活了3年的镇江印象时,孙龙乐呵呵地说。闲暇时,孙龙也喜欢旅游爬山,他告诉记者,他几乎跑遍了江苏所有的地级市,镇江的"三山"以及南山风景区更是他经常去的地方。"中国所有的城市当中,我最喜欢厦门和镇江两个城市。"不仅对镇江的山水怀有好感,在孙龙眼里镇江人"很友好,可亲"。"如果可能,我想找个镇江女孩做女朋友。"孙龙笑着说,这么多年自己一直忙于学习,没时间谈感情,今年已经31岁了,应该成家了。

对于毕业后的打算,孙龙表示,自己有一半中国血统,97岁的外公是广东湛江人,现在中国的社会经济发展形势这么好,毕业后当然最想留在中国工作了,而且镇江是他的当然首选。

(《京江晚报》2008年6月19日)

独立学院毕业生考取港大硕士

获全额奖学金,每年15万元

"环境是一个方面,关键是要咬定一个目标,作坚持不懈的努力!"说起自己的"成功之道",现为香港大学机械工程系研究生的魏晓浩感触颇深。去年6月,毕业于江苏大学京江学院的他以高分考取了世界闻名的香港大学,获得了每年15万元全额奖学金资助,创造了江苏大学乃至全省独立学院的"奇迹"。近日,被师生们称为"牛学生"的魏晓浩回到母校,从学院领取了5000元的奖金。

高大、帅气、阳光、谦和,这是记者见到魏晓浩的第一感觉。他的父亲魏启浩告诉记者,2003年晓浩参加高考意外失手,"本一够不上,本二差一截",全家人几经权衡,最后选择了江苏大学京江学院,专业是江苏大学传统"看家"的热能与动力工程(流体)。"京江学院真的很不错,管理严、学风正,教师敬业!"魏启浩至今对当初的"英明选择"而庆幸。大一时,京江学院地处闹市的学生实行封闭式的"半军事化管理",学生几点起床、几点睡觉都严格规定,每天晚上晚自习,平时出校门要"开条子"……他的父亲对这一做法非常认可,认为这样一年的"养成教育"对晓浩的整个大学生活产生了重要的影响。事实上,晓浩也十分

"自觉",尽管是镇江人,家就与学校隔条马路,但是除了周末外,他从不回家去享受"家庭的温暖"。

晓浩坦言,当初高考失利自己也曾沮丧过,但很快就缓过来了,进入京江学院后也没因为自己是独立学院的学生而觉得"低人一等"。"别人看轻你不可怕,可怕的是自己看轻自己!"晓浩说,进入大学不久,自己就确立一个目标:本科毕业后一定要读一个世界一流名校的研究生!应有的自信,明确的目标,不懈的努力,使得魏晓浩大学四年一路"欢歌":他连续获得校优秀奖学金,被评为校三好学生、优秀毕业生,还加入了党组织……"头脑清醒"的晓浩知道,要想"出去读书"必须要有托福、雅思、GRE 之类的成绩,大三时他就报名参加了上海新东方的托福考试复习班。每周五晚乘火车去,周日晚上赶回来,到家已是夜里两点多,第二天又正常去上课。令晓浩至今仍很感动的是,大四时学院组织去浙江实习一个月,而那时正值托福考试的冲刺期。指导老师何秀华事后专门抽时间给他补课,辅导他完成了实习小结。

魏晓浩说,境外的高校录取内地学生程序非常严格,除了要托福之类的成绩外,还要查看本科四年的成绩单,一篇代表个人研究水平的论文,以及相关专家推荐信等。"当时,我们学院的院长、副院长亲自给我写的推荐信。"毕业前两个月,晓浩收到了香港大学的"有条件录取"通知书(相当于"预录取",因为还缺最后一学期成绩),毕业前夕正式通知书如期而至,但低调的他一直没有声张,直到暑假里才告诉了学院的老师。"最激动的是过程,真正有了结果后心里反而平静了。"晓浩说,拿到通知书那一天并没有欣喜若狂,只是一个人在家里的小花园里默默地流泪,四年的坚持终于有了结果,心里免不了有些感慨。

目前,魏晓浩在香港大学读的是"研究型"硕士,除了上一些基础课外,多数时间是做试验、查资料,发现问题同老师讨论。在港大,他的勤奋刻苦一如既往,每天早上 7 点钟起床,夜里通常要到两点钟才能休息,一年下来瘦了 7、8 斤肉。采访结束时,魏晓浩说:"路没有好坏之分,重要的是要自信,选择一条适合自己的道路,坚定地往前走,切忌稀里糊涂随大流。"他愿自己的经历对同样处境的人有所启悟。

(《扬子晚报》2008 年 7 月 30 日)

苏北大地写青春

——访江苏大学首批大学生村干

去年7月,江苏省首批1011名大学生村干开赴苏北四市基层农村。一年多过去了,当初踌躇满志的他们怎么样?日前,记者随江苏大学调研组来到宿迁农村,走近了这批新时代的热血青年。

城乡间的又一次"转身"

对于那些刚刚跳出农门,在城市里生活了4年的大学生来讲,毕业后又选择到苏北经济薄弱村当一名村干,的确要有勇气。走访中,大学生村干们晒得黝黑的皮肤,动不动就"我们村怎样怎样"的语气,让人欣喜地看到,身份上的转变在他们身上已悄然实现。

泗洪县梅花镇郭嘴村村委会副主任华贵的老家在苏南。一年来,他勤勉踏实,为村民采集致富信息,普及科技知识,建立"梅花在线"网站,帮助留守妇女就业等,深得领导和村民们的认可。

夏素华,一位文静瘦弱、讲话时还会脸红的女孩,真的让人很难与村干联系在一起。她所在的泗洪县太平镇组织干事王莉介绍说,小夏特别能吃苦,特别肯钻研。一年来,她不仅担起了村里的工作,而且还兼着镇里相关部门的工作,团委、财政所、综治办、妇联等,样样上手快、工作质量高。她还经常走村串户,同老百姓打成一片,并想方设法使名存实亡的蔬菜合作社发展到会员30余户,被当地百姓亲切地称为"小大姐"。

做给村民看,带着村民干

要想成为一名优秀村干,为当地新农村建设作出贡献,还要身体力行带头创业,做给村民看,带着村民干,帮着村民富。走访中,记者发现,初出校门刚一年的大学生村干,已有不少人走上了创业之路。

许磊,这位来自扬州邗江的小伙子,现任沭阳县青伊湖镇马场村村委会副主任。今年6月,他筹集了8万元,租了40亩地,搞起了杭白菊花卉种植。经过精心打理,目前这些贡菊长势良好,到 11 月份就可以采摘。"租地、购买花苗、施药、日常养护、人工工资等,一年总投入约 5 万元,最后可得 8 万 ~ 10 万元。净收益预计可达 3 万 ~ 5 万元呢!"谈到不久的将来,许磊脸上露出了喜色。他坦言,刚来时很茫然,现在感觉"干劲十足,大有奔头"。

青春在奉献中闪光

同大学生村干们的领导、同事交流,记者听到最多的评价就是:大学生给农村带来了新的气息、新的活力。

泗洪县车门乡党委书记刘静告诉记者,去年 7 月他们乡来了 4 名大学生村干,他们有知识、有朝气,给我们吹来了一股清新之风。

在"网上宿迁"大学生村干博客上,记者看到了江大国贸专业毕业生、宿豫区来龙镇陵园村主任助理单楷不久前写下的一篇博文:"每天和百姓心贴心地交流,与广大干群打交道,分享他们的喜悦和痛苦,的确是一件很幸福、很满足的事情。跟农民走在一起,才能体会到他们的辛酸、他们的疾苦,才能更好地激发我们的勇气与决心。我们要发挥好大学生村干的作用,做到'扎根农村、服务群众,奉献青春、造福一方'。"

(《镇江日报》2008 年 10 月 8 日)

3 名江苏大学的毕业生,出于不同的原因走上了创业之路,他们的经历或许能给当下处于就业"寒流"中的大学生些许启示——

只要想做,机会永远是有的

胡明富:不安分的实在人

"很好的卖家,服务很到位!""掌柜的是个实在人,买东西其实就是找对人!"……在淘宝网的一家名为"大胡子科技"的店铺里,不少网友都写下了这样的留言。的确,店如其人。店主,胡明富,一个来自皖西的小伙子,生活中就是这么一个实在人。

憨厚朴实的小胡特别能吃苦。大学暑假,家境贫苦的他都留在学校勤工助学,为了能挣到 15 元的工资,每天顶着烈日、冒着高温在室外锄几个小时草。

2005 年从江苏大学毕业后,他先在南京的一家公司上班,后来被外派到湖南耒阳的分公司搞销售。可是,骨子里不安分的小胡一年后却辞掉了工作,回到了母校。学市场营销专业出身的他深知,容纳了近 4 万名师生的这方土地上蕴含了无限的商机。

回来后,他先在朋友的店里做帮手,后又去了扬中、芜湖等地,一直都在跟数码产品打交道。慢慢地小胡萌生了自己做的念头。2007 年 3 月,小胡同另外一个朋友花了 15000 元接手了江苏大学后门口的一个数码店。

在经营数码店的同时,小胡发现学校邮件量特别大,而且网购在校园里渐渐流行,校园的快递业务有不小的市场,而且大有前景。于是,2007 年夏天,经过一番努力,小胡以每月 700 元的费用承包了圆通公司所有在江苏大学的快递业务。一年中,他亲手送出的快递至少 2 万件。

当小胡被问及做快递的感觉时,他说:"真的很累!"的确,每天都得收货、送货,赶时间,还不能出错。"当然也有开心事。"他说,"有时,顾客的一个笑脸、一句温暖的话语,都能让自己回味很久。当然,最开心的肯定是争取到更多的业务了!"去年毕业生离校前一个星期的时间内,他一下子做了 2 万多元的业务。

颇有生意头脑的小胡,在做快递业务的同时,还开了两家网店,专门做大学生的生意,一个经营数码产品、手机配件等生活科技类用品,一个卖考研、考公务员等考试考证类书籍。"这同我的快递相得益彰。"小胡不无得意地说,"每天网上基本能卖二三十件,从我自己的快递发,每件邮费8元!"

去年9月,小胡又转做了天天快递业务,今年初又涉足中通公司……"不安分"的小胡业务越做越广,生意越来越红火,他的工作用车也从最初的电动车,变为后来的摩托车,今年又买了辆面包车。"很多事情没做的时候担心害怕,做了也就那么回事。"回首这几年走过的路,小胡说,"其实,只要想做、愿做,机会永远是有的。"

刘春生:由创新明星到创业新秀

一年前还是江苏大学的研究生,如今已是昊源生物质开发有限公司董事长。刘春生,一个由"小想法"成就了"大作为"的青年人,在江苏大学读本科和研究生期间,先后申请了40多项专利,现已授权20多项,曾先后获首届"中国青少年科技创新奖"、江苏省"十佳青年学生"、江苏省"青春风云创业人物"等荣誉,人称"发明大王"。

"创业是我一直以来的梦!"刘春生说。这几年他一直矢志不渝走在创业的道路上。读书期间,富有远见的他,将眼光锁定在利用农村的秸秆生物质能、研制生物质汽化炉这一目标上,并利用自己的发明专利,与两位校友一起创建了镇江海特新能源科技有限公司,开始了创业之旅。

尽管浙江的一个民营企业老板许以高薪、车子、房子聘请他去研究所,甚至在毕业典礼那一天,爱才的江大袁寿其校长也专门找到他,让他留校继续读博搞研究,但"一意孤行"的刘春生坚决要自己先干干再说。"一方面是这个项目自己搞了几年了,想真正能推广利用;另一方面,确实也是想改善家里的经济状况。"刘春生毫不讳言自己创业的动机。

去年8月,他先回家乡创办了徐州昊源生物质开发有限公司,之后又在扬州成立公司。为了筹集资金他把家里的房子都卖了,会同几个合伙的朋友凑了30多万元。"现在我可是背水一战,没有退路了!"刘春生说,"人也许只有万不得已了,才会迸发出更大的潜能。"

不过,刘春生心里还有点底。他的这个项目将使农村秸秆材料利用又迈入新阶段,在麦收季节因燃秸秆而导致的数十天严重环境污染问题将得到彻底解决。

他欣喜地介绍说,公司的主打产品"高效节能新型秸秆汽化炉"去年获得了第六届国际发明展览会铜奖,在江苏省第十届农业合作洽谈会上备受领导和专家的关注。今年该产品被纳入江苏省支持推广的农业机械产品目录和中央、省级财政计划补贴项目，昊源公司同盐城的另一家公司作为中标单位，获得了5000台的生产指标，每台将获得400元的政府补贴。

如今，刘春生的公司集聚了8名与他"志同道合"的大学生创业者。最近，他计划回母校招聘几名毕业生。尽管现在要操心的事情很多，也很累，但刘春生感觉很充实。"干自己想干的事情，干自己能干的事情，就是快乐的。"他说，"一步到位的工作是没有的，因为进入社会后要学的东西太多了。"

许磊：带领村民干，干给村民看

许磊，现任沭阳县青伊湖镇马场村村委会副主任。2007年7月，从江苏大学热能与动力专业毕业后，作为江苏省首批1011名大学生村官之一，许磊来到了苏北这片广袤的土地上。他深知，要想成为一名优秀的村官，为当地新农村建设作出贡献，必须身体力行带头创业，做给村民看，带着村民干，帮着村民富。在不到两年时间里，刚来时曾感到很茫然的许磊，已经经历了"二次创业"的历程。

去年6月，本着给村民"当示范，做试验"的想法，他前后投入了8万多元，租了40亩地，搞起了杭白菊花卉种植。买苗，施药，养护……起初一窍不通的许磊克服了无数的困难，最终迎来了花卉的丰收，然而受金融危机的影响，收获的杭白菊少人问津，价格只有往年的一半，最后亏了1万多元。

初试身手就遭遇不顺的许磊并未气馁。经过认真分析，在有关部门的帮助下，去年11月，他把目光锁定在了蛋鸡养殖上。他先是苦口婆心地说服了村里原来两位有过蛋鸡养殖经验的农户，然后又向家里"求援"筹集了10万元，三人联手出资40多万元成立了齐峰养鸡合作社。

目前，养鸡场占地30亩，鸡舍12个，共饲养了蛋鸡3万只、草鸡1万只。"现在每天产普通蛋3500多斤，草鸡蛋800多斤呢！"许磊开心地说，"刨去饲料、人员工资等，每天有近万元的进账。"现在养鸡场已经基本迈上正轨，他主要负责技术和市场方面的事情，一周去场里看上一两次，每月请扬州大学的畜牧专家来做一两次指导。

当了"鸡倌"的许磊没忘记自己是一名村官。现在养鸡场雇用了15户农民，每月工资1300元，他们都是马场村的贫困户。许磊说，接下来，他一方面打算利用宿迁市的好政策，进一步扩大养鸡场的规模，准备投入100万元，增加绿皮蛋鸡等新品种；另一方面就是想怎样让更多的农民参与进来，考虑是否可实行"合作社＋农户"的模式，让更多的农民得到实惠。

（《中国教育报》2009年3月18日）

周尚飞:创业路上的"行者"

周尚飞,一个 26 岁的小伙子,目前还是江苏大学在读研究生的他,脸上的稚气还尚未完全退却,却已是多家公司的核心人物。2006 年他与两位校友一起创办了镇江海特新能源科技有限公司,2009 年,他又与人合伙创办了江苏名通信息科技有限公司,而今他的江苏悦虎网络科技有限公司不久便将开业……

守得云开见月明

出生于盐城农村一个普通家庭的周尚飞从小就非常自立,他把这归功于良好的家庭教育环境,虽然周尚飞自六年级后就离家住校独立生活,朴实的双亲没有给他丰厚的物质条件,却给予了周尚飞终身受益不尽的财富——聪明的脑袋、开朗的性格和独立的能力。好强的个性,似一股永远不会停歇的风,推动着他的创业之船,一路劈波斩浪,勇往直前。

2006 年,大三的周尚飞和两位学长一起创办了自己的第一家公司——镇江海特新能源科技有限公司,主要从事新能源技术开发、生产和服务,为秸秆综合利用事业在江苏掀起了新的高潮作出了很大的贡献。当被问及为什么选择从事这方面的创业时,理性的周尚飞表示,他经常看到农民燃烧桔梗却没有更好地利用它所产生的能源,而他正是想通过研发产品来改变这种土方法而让能源得到更充分的利用,颇具商业头脑的周尚飞看到了其中的商机。

创业之初,尽管得到有关部门和学校的大力支持,但是一无经验二无足够资金的他们还是面临着极大的困难。整整一年,他们的秸秆气化炉产品一直处于研制定型阶段,这个新生的公司欠款最高时达到了近 30 万元,这对于尚未步出校园家境一般的周尚飞而言可谓是一笔不小的数目。然而雪上加霜的是一个合伙人因不堪重压而退股走人,面对着这样黑云压城般的压力,周尚飞并没有就此放弃,而是理性地分析了失败的原因,重新审视市场与估摸自己的承担能力,认准方向后坚持到底,为了筹集资金,周尚飞不仅借遍了亲朋好友,还向银行贷款,那时候的压力可想而知。

不久后事情出现了转机,他们的项目受到了一些人的关注、得到了一定的认可,通过不懈的努力,几个年轻的小伙子们终于赚到了属于自己的第一桶金,公司的运营业务也逐渐步入正轨。不仅如此,镇江海特新能源科技有限公司的产品还通过了江苏省农机试验鉴定站的鉴定,拿到了推广证,还进入江苏省 2009 年农机补贴目录,进行全省推广,所从事的项目还被列为镇江市 2009 年为民办实事十件大事之一。

转型开创新天地

至 2008 年年底,公司纯利润超过百万元。面对自己苦心经营而获得的硕果,理性的周尚飞再次冷静思考。他告诉记者,由于继续开发新能源需要大量的资金投入,加上自己的团队很难在技术上取得新的突破,经过慎重的考虑,他们把新能源公司的业务外包给了一家丹阳的民营企业,而自己则将主要业务转为互联网营销。

通过仔细的市场分析,2009 年 3 月,周尚飞和两位合伙人一起创办了江苏名通信息科技有限公司,专注于互联网整合营销及网络深度应用技术的研发与应用。由于有了几年的企业运营经验,公司很快便进入正轨,2009 年公司的销售额已经达到了 1000 多万元。目前,周尚飞的第三个公司已经筹建完成——江苏悦虎网络科技有限公司,他也正在为打造第三代互联网的领航者而努力。

做个学长型的老板

获得成功的周尚飞并没有忘记江大的学弟学妹们,江苏名通科技有限公司现在已经成为了"江苏大学大学生就业基地"和"团中央青年就业创业见习基地",公司的近百名员工中将近一半是江苏大学的毕业生,也时常有在校的学弟学妹们来公司见习。对此周尚飞表示,他很感激学校为他提供的种种机会,感谢校领导、老师及同学的帮助,而他只是在不自觉地帮助曾经有惠于他的人。"我在江大当了 4 年的学生干部,这给我提供了很好的发展平台,甚至对我产生了决定性的影响,现在我看到每一个江大的学生总觉得特别亲切,我总会对自己说:我一定要给他们提供机会,助他们成才成功!"周尚飞一脸的认真。就在笔者采访的当日下午,他还准备了 50 个名额,专门在母校搞了专场招聘。

在周尚飞看来,一个人的成功并不算成功,能拿出更多的机会给周围的人,让更多的人获得成功的体验,才是真正的成功。今年 3 月份,周尚飞以发起人的身份开始组建"江苏大学创业联盟",并担任联盟主席,"希望对有创业想法或开始创业的同学进行一系列的指导与支持,能最大限度地帮助他们解决困难,少走弯路,让他们的梦想和我一样得以实现"。就在前两天,周尚飞又捐赠了63台电脑给江苏大学大学生创业孵化基地,用于资助学校创业教育的开展。

在公司里,周尚飞既是学长又是老板,但周尚飞从不以此为耀,而是平等地与员工们相处。"那些头衔只是挂牌的,大家年龄相仿,相处起来也没什么代沟。我们虽然也是公司,但是完全没有必要把等级分得那么清楚。"周尚飞一脸轻松的笑容。公司里的小张向我们透露,他是2009年从江大毕业的,6月份到江苏名通信息科技有限公司工作,目前主要从事网站工作,对于学长型的老板周尚飞的印象颇好,"跟他在一块儿就像跟朋友在一起一样,没有什么压力,他也经常带我们出去玩,夏天的时候还经常和我们打排球、踢足球等,男同事在场上拼杀,女同事在旁边当啦啦队,大家都很开心"。

周尚飞酷爱足球和书法,尤其是足球踢得很好。周尚飞本人表示,足球跟人的性格有关系,百分之九十的足球队员都是比较活跃,善于沟通的,这让他学到不少东西,更重要的是,足球让他意识到团队的重要性,这对他的公司经营有着很大的影响。在他看来,一个公司成功的关键就在于有个好的团队。因此,周尚飞很注重调动员工的积极性,不仅有合理的绩效考核制度,还给每个员工足够的空间去尝试,让他们充分地发挥自己的才能。

(《中国教育报》2010年10月20日)

走近三位大学生"创业"达人

创业能力被看作继学术能力、职业能力后的第三种能力,被称为"第三本教育护照"。近几年来,江苏大学通过教育主导、培训辅导和实训指导"三部曲",培养了多位创业成绩突出的学生老板。依托于学校的创新创业教育,越来越多的江苏大学学子的"小想法"有了"大作为"。

刘春生:掀起一场农村"厨房革命"

刘春生,江苏大学工程热物理专业2005级研究生。"一没有资金,二没有人脉,毕业后顶多做个技术类工作。"出生于农村的刘春生原先这样规划自己的人生,没想到爱琢磨、爱发明创造的特性一旦遇上激发的契机,他就从"狂想家"变成了"实业家"。

从大学开始,刘春生就是个"专利大户",对创造的浓厚兴趣让他发明创造的热情高涨,曾先后申报了30项专利,并获批10多项。"能识别假币的钱包"就是他的得意之作,因为现实生活中没有携带方便的验钞机,他突发奇想,要是有个随身带的验钞装备就好了,说干就干,马上买回一个验钞机拆开研究,最后真的成功了。这个发明被评为中国最具有市场前景的200项专利之一,还获得了"伯尔尼国际专利技术成果博览会金奖"和"香港国际专利技术博览会金奖"。

"我是个农家子弟,在农村秸秆焚烧现象普遍,既浪费资源又破坏土壤养分,为什么不利用专长,搞一个发明,解决这两大难题呢?"读研时,刘春生研发了"家用生物质气化技术"项目,可以将稻草、秸秆、稻壳等废弃的天然生物质能源和煤进行混合,经过高温汽化后转化成可以燃烧的高效能混合气能源,同时申请了5项发明专利和4项实用新型专利。

毕业时,浙江一家民企的老板许以高薪、车子、房子聘请刘春生,母校也希望他能留校继续读博,他都一一拒绝了,而是依托自己的发明专利成立了一家新能源公司,实现农村废弃物的综合利用和家用清洁能源的持续供给。

创业的道路伴随着曲折和艰辛。公司刚刚起步,就陷入了经营危机,但是刘春生坚信他的产品可以让农村秸秆"变废为宝",经过努力,产品被纳入江苏省支持推广的农业机械产品目录和中央、省级财政计划补贴项目,获得了5000台的生产指标,每台获得400元的政府补贴。经过3年的发展,公司已实现了年产值2000万元的经济效益,利润高达500多万元,并且带动周围的农民累计增加销售收入3000万元以上,带动增收的农民达20000多人,人均增收1500多元。

一套家用秸秆气化炉,根据容积大小售价在400~700元左右,相当于一年的煤气费用,但是使用寿命长达5~10年。金坛市黄金村是江苏省首个使用家用秸秆气化炉生产项目的村落,当地农民徐宏庆说,一次加料4公斤左右,他们一家5口人可以用2天,每天的费用还不足1毛钱。如今,黄金村家家户户都推掉了传统的土灶头,安装了这种气化炉。

回首创业之路,刘春生最感恩的是学校为他的成长营造了良好的创新氛围,一系列针对大学生的创新创业培养计划为他的创业提供了坚实的平台。在学校时,刘春生曾参加过多次全国、江苏省"挑战杯"和学校"星光杯"创业计划大赛,获得过"挑战杯"全国三等奖和江苏省二等奖。"为参赛差不多忙活了3年左右的时间,每个星期都要花1~2天和团队讨论。"正是参加创业计划竞赛的经历让刘春生清楚地认识到,创业是自己的梦想和追求,让他距离自己创业的春天越来越近。

周尚飞：把创业路走得更长远点

周尚飞，江苏大学机械学院在读研究生。在大学里，他绝对是个佼佼者。当过学生干部，拿过挑战杯；作为江苏大学校科协第一届主席，他的功劳不可取代；"创新创业学校""科普周末"这些为学校历届学生所沿用的活动都由他创始……周尚飞的身上有种特别自信的青春风采。

2006年初，大三的周尚飞找到两位伙伴共同创办了公司，开始了第一次创业之旅。这家新公司主要从事生物质能源的开发和利用，一无经验二无充裕资金，在创业之初就一直处在亏损状态，小小的公司欠款最高达到了30万元。这期间，周尚飞吃了很多同龄人吃不到的苦：顶着38℃的太阳，钻进铁皮桶进行试验；大雪封路，骑自行车行走30多公里去做试验；身背30多万元欠款时，生活失去保障。"不是因为那些债务，而是不愿意自己辛辛苦苦的努力，换来的竟是这样的结果！"抱着这样不服输的心态，周尚飞赚到了第一桶金，公司的运营也渐渐步入正轨，两年时间公司纯利润超过了百万元。

获得丰厚的成果之后，周尚飞没有被眼前的胜利冲昏了头脑，在冷静思考和仔细分析市场后，他决定进军IT业，与另两位合伙人一起创办了信息科技公司，从事互联网整合营销以及深度应用技术的研发与运营。有了前几年的企业运营经验，周尚飞做得得心应手，并逐步把业务扩展到电子商务平台开发和运营、预付卡、游戏等领域，到2011年公司销售额已经达到了5000多万元。

周尚飞是学校创新创业学校的第一期学员，作为全国首家成立的创新创业学校，在江苏大学，它素来被称为培养创业大学生的"摇篮"。参加创新创业学校之前，周尚飞顶多算是个创业积极分子，有空就喜欢打打工、勤工助学或者做点小生意，他认为正是接受全面的创新创业教育后，自己的创业思想得到了一种提升，原先不懂的、困惑的现在全都想明白了："大学生创业要做能力范围内的事，避免过度高科技创业，也避免成为街头摆地摊的。"

赠人玫瑰，手留余香。获得了成功的周尚飞，没有忘记反哺母校，他的公司现在已经成为"团中央青年就业创业见习基地"和"江苏大学大学生就业基地"，吸纳了200多名本校学生就业或见习。2010年，他以发起人身份开始组建"江苏大学创业联盟"，担任第一任联盟主席，通过创业联盟对有创业想法或开始创业的同学进行一系列的指导与支持。周尚飞清楚，创业的大学生太多了，自己只是把创业路走得更长远点，他要最大限度地帮助大学生解决困难，让大家少走弯路，把创业进行到底。

吴多辉:把奇思妙想付诸实践

在江苏大学,机械学院本科生吴多辉很出名,因为他是"发明大王",大学四年就申请了39项专利。得益于"一日一创"的感悟,吴多辉不愿再做埋头实验的发明家,而是创办学校,举臂高呼推广创新教育,年轻的发明大王成长为执着的大学生创业者。

"发明其实不难,有了正确的思维和方法,就能打开发明的大门。"吴多辉特别善于"想问题",平常看到一件物品,总是喜欢观察和分析它的材料、功能、形状、机构,思考改进和提高的办法。可控制茶汤浓淡度的便利水杯、活动关节扳手、携带 USB 接口的键盘……大学期间,他有了更多的时间把奇思妙想付诸实践,共申请了39项实用创新型专利,29项已获授权。

吴多辉差不多一个星期就能想出一个新点子,紧接着去查找资料、实验验证、申请专利,仅大二一年就获得了10项专利授权。发明的经历使他明白,人的大脑一生可以产生30亿个灵感,如果没有适当的创新教育和激发,也许一生都不会产生一个灵感,"推广创新教育,激发更多人的创新思维,就是我最大的梦想。"

创业之初为了注册公司,出生于海南农村,家庭并不富裕的吴多辉狠狠心花了一学期的生活费,在学校后门租了一个荒废的门面房经营格子铺维持生计。当时去扬州批发小商品,为了节省来回的20元车费,吴多辉和合伙人是骑着自行车去的。早上天蒙蒙亮就出发,骑行四个多小时才到达扬州市区。挑选完饰品,回来的路上天已经很黑了。有一次,他走了很多弯路,甚至闯进了一个偏僻的小乡村里,还好方向感不错,晚上11点钟回到了镇江。"骑到离校门不远的地方就下了车,推着车步行,因为自行车坐垫磨得屁股实在太疼了。"

推广创新教育一筹莫展之际,吴多辉遇上了良机。2011年3月,学校创业孵化基地开始吸纳创业团队入驻,免费提供场所、办理注册手续,为每一个团队配备创业导师,提供针对性的指导。4月,吴多辉的"环球创新学校"得以正式在孵化基地开张了。

依靠着"发明大王"的名声,吴多辉在学校范围内开始了招生宣传。"创新培训费用,原先定价1000元,后来调整到680元,没有一个人报名。"吴多辉反思自己的定位,开始尝试为低年级同学提供2个课时的免费创新培训,一举就吸纳了800多名学员。大一新生入校后,吴多辉又招收了1300名学员,这次收取每人20元的费用,进行8课时的创新培训,还按照创新能力的考核排名,给予相应高级、中级、初级的认证。

吴多辉意识到,在大学里推广创新教育不可能盈利,但是他有一种很强的责任感,必须把创新教育推广开,让更多大学生的创新能力得到提升。有一家风投公司和他洽谈,有初步意向为项目投资200万元,现在吴多辉想得最多的是把大学生的创新教育做出成效。

寒暑假没有生源,吴多辉主要靠做家教维持生计。他说:"我知道大学生创业的失败率很高。为了我的人生梦想,我绝对不放弃,绝对、绝对不放弃!"

(《科技日报》2011 年 12 月 20 日)

江苏大学有个 38 岁的"董奶奶"

昨日上午,记者在江苏大学承办的"2011 全国高校辅导员年度人物"颁奖典礼现场见到了江苏大学能动学院建环专业的辅导员董晓言。从事辅导员工作11 年来,董晓言被历届学生相传称颂的感人事迹不胜枚举。记者问起 38 岁的董晓言为何被学生称为"董奶奶",她很开心地告诉记者,"可能是因为我平时太喜欢管闲事了,事无巨细都喜欢在学生面前唠叨几句。"

几年前的一天夜晚,还在休产假的董晓言,听说自己专业的学生因不满宿舍调换而与学院争执不下,心急如焚的她要求连夜赶到学校,赶到学生的身边,丈夫放心不下她虚弱的身子,说什么都不同意,但她铁了心要去,噙着泪对丈夫说:"我是他们的辅导员! 我不能扔下他们不管,我一定要去!"家人无奈又心疼地说:"这样的事情真是数都数不清,晓言的心和学生连在一起,她就是学生不折不扣的生活保姆。"

2005 届学生小王在大一时因贪玩受到过学校留校察看的处分,心里始终放不下。2009 年眼看毕业时,家中父亲突然入狱,小王只好请假回家。三月的一天,小王突然打电话告诉辅导员董晓言自己不会再回学校了,希望办理退学手续。董晓言无法接受,她在电话中耐心地劝导小王,但小王始终不愿再回学校。又气又急的董晓言突然大哭着对小王说:"三年半你都坚持下来了,难道大学仅剩几个月时你却要放弃,你认为值得吗?"电话那头的小王深受感动,几天后便赶回学校。为帮助小王解开心理枷锁,董晓言特地为其制定了心理疏导方案,顺利帮助其完成了学业。毕业两年后,董晓言意外地收到了小王妈妈的电话,称小王已顺利地考上了公务员,是董晓言挽救了自己的孩子。

"我不晓得别人怎么理解感动这个词语,我知道自己做的都是平凡的事情,能照顾好我的 201 名学生就是我最大的幸福。"就是这位平凡的辅导员,11 年积累的点点滴滴却好评如潮。学生评价说:"能做她的学生,是值得感恩的幸福。"同事们肯定说:"董老师若不做辅导员,绝对是学生的极大损失。"

(《金陵晚报》2012 年 4 月 28 日)

周振宇:哲学给了我新生的力量

"'大神'出书了,还是本哲学书!"近段时间,江苏大学外国语学院的学生相互传递着这样一个信息。他们口中的"大神"便是英语系大三学生周振宇。

其实,对于周振宇"跨界"出书的这一举动,大家并不意外。因为大学三年里,周振宇已经做出了太多让同龄人难以企及的事情:自学德语、法语、希腊语、日语,一次性通过高级英语口译考试,总分 120 分的托福考了 113 分,先后到镇江、宁波的新东方学校任教,成为"名师"。

"他有很高的语言学习天赋,比同龄大学生要成熟许多,尤其是在思想层面。"英语系副教授苏建红这么评价周振宇。"大神"周振宇是有些天赋,然而,在他不走寻常路的背后,却是一个爱思考、有思想的 90 后大学生。

半年创作七万字作品,微论点见解独特

"人生是一场谁也不想到达目的地的旅程,因为这目的地就是死亡,人们之所以应当注重沿途的风景,并非因为这目的地的到达是不确定的,而是因为到达目的地是不可避免的。""人们将脱离群体的个体称作孤独的人,但对孤独的人自己而言,孤独并非是由个体无法融入群体所全,而是由个体无法寻找到一个与自己相同并能产生共鸣的另一个个体所至……"

这些都是周振宇在新书《发言者》中的一些微论点,"这样一本哲学散文,主要是我对信仰、爱情、自由、死亡、道德、美、写作多种问题的独立思考"。周振宇

说,想要写书、出书,不是在大学才有的念头,从高中开始,他就开始尝试写作哲学长诗,严重偏科的他在高考前的一个月还在为是参加高考还是当个作家而纠结,最后迫于家庭的压力才选择了高考。

周振宇说:"哲学给了我新生的力量。"原来,从一个普通的学生变为哲学的痴迷者,他走过了一段不为人知的心路历程。初三时,个性张扬的周振宇在班里由于过于标新立异,遭到了全班学生的抵触,"当时我一蹶不振,成绩也下滑得厉害,最严重的时候还去医院接受过心理治疗。"

幸运的是,周振宇从心理低潮期走了出来。初三暑假那年,他第一次接触到尼采、康德、叔本华,"原来世界上还有这么有力量的思想!"惊奇之余他一遍又一遍地翻看《查拉图斯特拉如是说》《作为意志和表象的世界》《逻辑哲学论》《现代西方哲学词典》等先哲们的著作。经典哲学著作的魅力折服了周振宇,让他在思想和心理上都变得更加成熟。

在书中,周振宇旁征博引,哲学大家、各国文豪的观点和思想信手拈来,还不时调侃一下名人,"我思考,我痛苦;我痛苦,我存在;故而我思故我在"。

他从"屌丝"变"大神",实现华丽转身

大学是周振宇真正开始学习的地方,丰富的阅读资源、开放自由的校园氛围让周振宇如鱼得水。他在课堂内汲取英语专业的知识,课余时间就会去图书馆看书写作,写书、参加高级口译、高分托福、去新东方任课。同龄人想都不敢想的事情,周振宇却做到了。同学都崇拜地叫周振宇"大神"。

仅用了短短半年时间,周振宇就创作了7万余字的书稿,加上高中时创作的1万余字的作品,他准备一起出版。"写完的时候特别兴奋,一下子就在网上投了20多家出版社,结果当然是没有一个回音。"想法简单,却遇到了现实的阻碍。周振宇预想,只能等到工作后才能有钱出版自己的书。

然而,就在周振宇为不能出书而感到遗憾之时,他所在的学院却伸出了援助之手,从工作经费中拨出近3万元让他实现了自己的出书梦。

周振宇说自己在高中是一个悲催的"屌丝",一个人默默地写作,少有人阅读和分享,是大学给了他表达观点和延伸知识的空间。"我写书不是为了留名,而想留下思想释放的印记。"周振宇说,电影《盗梦空间》提到,思想是最富有黏着性的东西,他很有感触,"写作就是思想凝结的过程,不是为了产生某种思想,而是为了摆脱思想,让思想成为作品,从母体脱离出来成为独立的个体。"

记者了解到,目前周振宇已经着手在创作他的第二本书《尼采和庄子》。

"大神"背后，努力是隐形的翅膀

每个和周振宇交流过英语的人都会说，他是个"小超人"，有着超凡的语言学习天赋。奇怪的是，平时和人交流时，周振宇说话一向显得口齿不清，可是一旦说起英语来，就会变得口若悬河、激情四射。

阅读原版文章，周振宇学习英语的方法可谓是独树一帜。早在高中时，爱好读书的他就曾读过原文版《红与黑》《老人与海》《瓦尔登湖》等经典英文作品，这让他不仅收获了丰富的词汇量，而且还形成了较强的理解英语长短句的能力，开始用英语思维方式思考问题。在自学德语时，周振宇也是如法炮制，学习德语三个月后便开始读起了《共产党宣言》等德文原著。

"人脑应该学会转动，但应自转而不是公转。""某种意义上，勇气比智力和耐力更加重要。""追求卓越，成功自会而来。"这是周振宇自创的3句座右铭。同学们总喜欢好奇地问，"你要写书，又要准备考试，平时的放松休闲一点也不少，怎么活得这么轻松？"他的回答是："我喜欢把目标定得很高，同时对追求的目标相当严谨，严谨到不会错过任何一个细节。"

大二时备考高级口译，周振宇把300多页的教材翻了无数遍，在与人交谈时，都会在心里同音传译别人的话，在路边看到一则广告、一句标语，他也会下意识地翻译，甚至历年的总理答记者问的内容都会被他翻出来，进行翻译，直至译到和现场翻译基本相同才肯罢休。考前的两个星期他还特意搬到校外，进行"魔鬼训练"，上完课就窝在出租房里，每天花8个小时在网上做题，只是为了达到之前设定的考取110分的目标。

走上讲台，他自创词根记忆法

"不是为了谋生，而是为了证明自己。"2011年11月，还是大二学生的周振宇经过选拔和培训进入镇江新东方，主讲SAT课程，给一大帮年龄比他大的人上课。今年暑假，他又被选拔到宁波新东方，主讲托福、六级和考研词汇。

"要对学生负责，时时刻刻表现出自己的最好状态。"一直生活在象牙塔里的周振宇第一次感到了职场的巨大压力，追求卓越的他要以巨大的气场、更多的信息量，让学生感觉到他真的有"料"。在宁波的一个多月时间里，虽然经常一天要上超过8小时的课，但周振宇仍会在晚上坚持备课，有时甚至到凌晨时分。

"学英语原来还有这样一种方法，就像一场头脑风暴。"上过周振宇课的学生这么说道。现在，周振宇自创的词根记忆法已经小有名气。

日常生活中,"大神"周振宇和普通大学生一样,喜欢打游戏、看电影、健身、玩高科技产品,在客运公司工作的父母尽可能地满足他的物质需求。周振宇坦言,自己在生活上不是特别节俭和刻苦,但在学习和人生目标上绝对非常勤奋和努力。

刚上大学时,周振宇给自己定了3个目标:学四门外语,出书,找个女朋友。如今这3个目标都已实现,他又给自己定了一个全新的追求目标:申请全额奖学金去美国读研。周振宇知道,父母亲无法负担他出国深造的费用,作为一个"言必行,行必果"的行动派,这一次,他还是要靠自己脚踏实地的努力去实现。

(《中国科学报》2012 年 11 月 21 日)

一位辅导员对学困生的"帮扶经"

"李老师,谢谢您一直没有放弃对我的教导,谢谢您在我学习最艰难、最无助的岁月陪伴了我!"春节期间,江苏大学能源与动力工程学院辅导员李宏刚收到了该院学生赵卜从老家寄来的一封信。小赵在信中说,自己由于贪玩,以致多门课程"挂科",濒临留级退学的边缘,幸好在李老师和同学们的帮助下,最后成功"脱困",上学期所有课程考试都"一路绿灯"。

在江苏大学能动学院,同小赵有着同样经历和感受的同学不是个别。该校首届"十佳辅导员"之一的李宏刚也是小有名气的"扭亏转困"能手。他仅用3年时间,就把因为"挂科"太多而被学业警告的学生数由26个降至2个,所带的流体0904班率先实现零挂科并持续保持,所带学生实现零学业警告,全院学生平均学分绩点上升幅度连续3年位列全校前三。

"不让任何一个学生因学业困难而辍学。"这是李宏刚一直坚守的承诺。他所在的能动学院是工科学院,学生多来自贫困边远地区,学业困难学生人数居高不下。为此,他在全院着力构建了"先进带落后、一同促进步"学业帮扶互助机制。其基本思路是以班级两个1/3群体(1/3 党团骨干、1/3 经济困难学生)为根本抓手,一方面发挥学生党团骨干的引领作用,另一方面强化品学兼优贫困学生的中坚带动功能,确保学困生学业成绩不掉队。具体做法是建立班级学业辅导项目管理团队,下面划分若干个学科(课程)辅导项目小组,班级所有学困生根据个人情况加入项目组,主动接受学业帮扶,从而确保没有一个学困生游离于学业帮扶团队之外。通过此举,全院"志愿奉献、帮带互助"的氛围蔚然成风。

热能 0902 班学生小陈还记得,刚入学时因为迷恋上网,他第一学期就有 4 门课亮了红灯,后来李宏刚组织班级"人才库"党团骨干,对其展开"一对一"帮扶,使他的成绩稳步提高,得知上学期两门专业课分别考了 84 分和 93 分,"全家人过年的心情都好"。小陈说,在李老师的帮助下,他现在已同一家用人单位达成了就业意向。

(《中国科学报》2013 年 3 月 21 日)

江苏大学一学生入选"中国百名优秀青年志愿者"

日前,团中央表彰第五届"中国青年志愿者行动先进个人和集体",江苏大学赴陕西志愿者李炳龙同学榜上有名,光荣入选"中国百名优秀青年志愿者"。

此次评选涵盖了大学生志愿服务西部计划、青年志愿者扶贫接力计划、"保护母亲河"青年者绿色行动营计划、青年志愿者海外服务计划等重点项目,去年首批"大学生志愿服务西部计划"全国 1 万余名志愿者中,仅有 4 人入围,江苏 415 名西部志愿者中,也仅李炳龙一人获此殊荣。

据了解,李炳龙同学系中共党员,在校期间任江苏大学学生会主席,多次获得省级、校级各类表彰。去年,团中央向大学毕业生发出"到西部去"的号召,李炳龙同学推迟省委组织部调干行程,以学生党员高度的荣誉感和责任感率先报名。在赴陕西耀州服务期间,他主动要求到最艰苦的地方去,并担任了"西部计划"赴铜川志愿者班的班长和临时党支部书记,利用业余时间走遍了 90% 以上的志愿者服务的单位。挂职锻炼不久,他即因工作出色被选调担任陕西团省委宣传部部长助理,负责全国赴陕西志愿者开展志愿服务的协调工作。

(《镇江日报》2004 年 3 月 30 日)

【工作快报】

WORK BULLETIN

给师生一个明白

江大全面推行校务公开制度

【本报讯】　江苏大学全面推行校务公开制度,以充分调动广大教职工的积极性和创造性,加强民主监督,规范办事程序,推进依法治校。

据了解,为充分调动和发挥广大教职工的主人翁意识和创造精神,江苏大学专门出台了《关于全心全意依靠教职工办学和加强工会工作的意见》,并规范校务公开工作的实施办法。该校明确提出,校务公开要遵循5条原则,即实事求是的原则、突出重点的原则、分工负责的原则、群众参与的原则和监督整改的原则。校务公开要围绕三大重点展开,即学校的重大决策,涉及教职工、学生切身利益的重大事项,师生关注的热点、焦点问题。

同时,该校明确,10个方面的内容必须公开,即学校事业发展规划,重大改革方案,学校财务年度预算和决算,审计、监察工作情况,基建工程和重大修缮项目招投标情况,大宗物资采购,教职工住房和医保情况,学生评优和奖学金评定,干部聘任、职称评聘、教师评优,学校廉政建设情况等。同时,拓宽校务公开的途径,通过教代会、校务公开栏、相关会议、文件及校园传媒等形式把校务公开工作落到实处。

(《镇江日报》2002 年 5 月 6 日)

两万学子"出征"　百名教授"坐镇"

江苏大学启动社会实践

【本报讯】　日前,江苏大学举行了隆重的暑期大学生社会实践出征仪式,该校百名教授将100面社会实践的大旗授给100支小分队,亲自给2万余名即将出征的学子"饯行"。

作为一所曾经以理工为特色的高校,江苏大学在今年的"三下乡"实践活动中,尤为注重发挥学校的专业优势,强化为"农"服务的意识。如:"三个代表"精神宣讲团,由全国人大代表姜哲教授率队,深入厂矿、农村宣传"三个代表"重要思想,并开展农村党建情况调查;"三农"问题服务团,由全国政协委员、农产品专家吴守一教授"坐镇",开展农业产业化、农作物残留农药检测、农村环境污染防治等方面的服务,并就"农民最关心的问题"开展调研;由15名博士生组成的"服务农村青年增收成才"实践服务团作为学校的4支重点团队之一,由3名教授"加盟",将远赴淮安农村,举办农机具维修、农业科技培训、农业科技宣传、生态农业发展和农业结构调整讲座开展及农业科技成果交流等等。

据悉,这100支小分队将于近日奔赴各地,以"同人民紧密结合,为祖国奉献青春"为主题,积极开展道德实践、农技推广、企业帮扶、文艺演出、医疗服务、法律宣讲、支教扫盲、环境保护等8个方面的"三下乡"社会实践服务活动。

(《新华日报》2002 年 7 月 2 日)

首家大学生创业学校落户江苏大学

【本报讯】 江苏大学大学生创业学校日前成立,首期创业培训班也顺利开学。这是江苏大学继出台《大学生科研立项管理办法》之后,为强化大学生创新、创造教育而采取的又一举措。据了解,这种以培育创新意识、塑造创业能力为主旨的大学生创业学校,在高校中还是首家。

新成立的江苏大学大学生创业学校主要招收本校二、三年级,具有一定科技创新基础的学生。首期培训班60名学员中,11名学生在省级以上科技竞赛中获得过名次,48名学生获得过校(市)级奖项。创业学校学制一年,主要利用业余时间,通过设立企业家论坛、邀请知名企业总经理、企业家作创业形势报告,组织每月一次的创业沙龙,开展科技创新讲座、创业策划,利用假期组织学员挂职锻炼等,渗透创业理论教育和创业实践活动,培养既掌握扎实的专业基础知识,又具有现代管理经验、团队协作能力强的创新型人才。

(《新华日报》2002 年 11 月 24 日)

江苏大学首设资格教授

不管教师在年龄上是否已达到申报教授职称的资格，只要有关教师在科研工作中作出了突出贡献，个人成果显著，就可享受"教授"待遇。这是记者昨天从江苏大学2002年度科技工作总结表彰大会上了解到的信息。

据介绍，这种被称为"资格教授"的新岗位目前已有近10人上岗，其中最年轻的才刚刚30岁。该校人事处李处长告诉记者，由于目前我省的教授评聘制度在每一个级别上均对工龄、年龄作了限制，使得一批年轻有为的青年教师在职称上很难被破格评聘。而校内"资格教授"打破了这种固有的模式，在评聘时不拘一格，唯才是举，只看个人贡献和才华，不论年龄大小和资历深浅，只要符合标准就可入选，享受与其他教授一样的待遇。

（《扬子晚报》2003年1月6日）

心理免疫比生理免疫更重要

专家提醒"防非"须用"心"

【本报讯】 由于职业的缘故，记者被称为消息灵通人士。这段时间，经常有朋友前来打探，"镇江究竟有无'非典'"，"我真不知道怎么办了"，言辞之间透露出的是不安、害怕甚至是恐慌。日前，江苏大学正式开通了"击战SARS"心理热线，该校心理健康教育中心主任谢钢教授认为，当前，心理免疫比生理免疫更重要、更迫切。

谢教授说，从心理学角度来说，当人们处于应急状态，尤其是面对可能导致生命危险的危机时，表现出紧张、焦虑、担心甚至恐慌，属于正常反应。这个时候，适当的紧张也是需要的，因为只有保持高度警惕，才会做出自我防护。

但同时,谢钢指出,由于"非典"的传染性强,引起了一些人的过度恐惧心理,如过分储备消毒用品和预防药品并过度使用,过分渲染和传播"非典"恐惧情绪等,这在一定程度上干扰了人们正常的学习、工作和生活。而且,长期的过度紧张与焦虑情绪,会使人的肌体免疫功能受损、思维的理性下降,反而不利于防控"非典"。

谢教授认为,当前,心理免疫比生理免疫更重要,人们要相信自身的免疫能力,调动自己内在的潜能,保持一个平和的心态,了解"非典"的相关知识,科学阻击"非典"。

(《京江晚报》2003 年 5 月 5 日)

江苏大学全面推行完全学分制

【本报讯】 今后在江苏大学,同班同学有可能不是"师出一门",所缴的学费不尽相同,毕业时间也有先有后。该校从 2003 级新生开始,全面推行学分制管理。这是江苏大学为深化教育教学改革,培养高素质、创新性人才而采取的又一新举措。

完全学分制是以学分计量、以选课制为基础的教学管理制度,其主要特点是淡化传统班级概念,实行选课制、弹性学制,充分体现以人为本,注重共性和个性的需求差异,突出人才培养的多样性、个性化,实现教学管理的现代化。据了解,江苏大学完全学分制主要内容包括:

实行选课制,允许学生在一定范围内选课程、选教师、选专业(方向);实行弹性学制,学生可自主安排学习进程,修满规定学分可提前毕业,在校学习时间本科最长可达 8 年;实行重修制,取消补考,成绩不合格则重修,成绩合格但本人不满意也可重修;实行学分积点制,量化学生学习的质和量,作为学籍管理、学位授予和学生评优的主要依据;实行导师制,按比例配备导师,对学生选课和学习进行指导;实行按学分收费制,新生入学第一学年,按国家规定收取培养费,一年后按选修学分的多少结算,并决定下一学年的交费额。

据江苏大学袁银男副校长介绍,近年来江苏大学一方面抓教学基础建设,包括教研室建设、实验实习基地建设、青年教师过教学质量关及师德建设;另一方面抓教学管理创新,提升教学管理水平,如开展课堂教学质量调查,开展"百名教授上讲台"活动,聘请80名离退休老教授担任教学质量检查员,实行教师职务晋升和教学质量"一票否决制"等;同时,启动完全学分制改革、本科教学工作水平评估等强势推动项目,适应学校内涵提升和跨越发展的需要。

(《光明日报》2003 年 5 月 20 日)

高压静电喷洒消毒机问世

5 月 13 日,由江苏大学新近研制成功的抗非新品,一种新型高效室内喷洒消毒机具——高压静电喷洒消毒机,在省教育厅作现场演示,引发了有关领导和专家的浓厚兴趣,教育厅有关领导认为,该产品很适合人员密集、面积较大的场所像阅卷点和大的考点消毒防疫。

该机采用静电喷雾与流体输运结合新技术,具有雾化程度高、弥散分布匀、静电作用吸附力强等特点,有效喷幅达 6 米以上,一次装药可完成近 2000 平方米的喷洒消毒,且操作便捷,适合教室、会议室、体育场馆、候机室、候车大厅、医院门诊大厅、楼内走廊等室内大面积消毒防疫,可成为抗击"非典"的理想消毒剂喷洒设备。据了解,此次担纲研制的江苏大学流体机械及工程学科是国家重点学科,校长杨继昌教授亲自挂帅,短短 5 天完成了首轮样机的试制任务。目前正以最快的速度将产品推向市场,早日在抗击"非典"的战斗中发挥作用。

(《科技日报》2003 年 6 月 3 日)

全国高校首家中小企业学院成立

【本报讯】 江苏大学中小企业学院 10 月 16 日成立。据悉,这一集理论研究、培训咨询等功能于一体的机构在全国高校还是首家。

江苏大学是全国最早开展中小企业理论研究的单位之一,该校工商管理学院数十位教师在企业兼职,担任独立董事、顾问等职,具有较丰富的管理实践和企业研究经验,在中小企业研究方面形成了独特优势。曾主持联合国开发计划署、原国家经贸委课题"中小企业改革与发展"和国家社会科学基金"中小企业信用担保基金的研究"项目,设计了国内第一家与国际接轨规范运行的镇江市中小企业信用担保机构和运作方案,在全国起到了示范效应,信用担保基金成为中国扶持中小企业的"突破口"。该研究成果被国家经贸委采用,被《中华人民共和国中小企业促进法》所吸收,已成为国家发展与改革委员会中小企业司对担保机构从业人员进行系统培训的主要材料。

(《科技日报》2003 年 11 月 15 日)

江苏大学学生就业有"绿色通道"

11 月 18 日晚,上海电气集团、长安汽车集团、双轮集团等来自全国各地的 200 多家单位正式与江苏大学签订协议,成为江苏大学的就业基地。据介绍,像这样以合约的形式确立为"紧密型"就业基地的,在全国高校尚不多见。

明年,江苏大学共有毕业生 5532 人。据杨继昌校长介绍,今年,该校又把打造就业基地、构筑大学生就业"绿色通道",作为就业工作的重中之重来抓。在今年上半年赴全国各地调研考察签署 67 家就业基地的基础上,近一个月又由 10 位校领导先后 14 次率队重点走访上海、浙江及苏南各市的就业主管部门、大型企业、上市公司及科研院所,商谈就业基地建设,探讨人才培养、科技合作等。此次签约的 200 余家单位中,大、中型企业就占了多数。此外,一些地方的人事局、教育局、卫生局还被确立为江苏大学就业工作指导站。根据就业基地共建协议,今后江苏大学每年要向对方通报毕业生基本情况;作为江大的就业基地,用人单位每年将来校参加毕业生供需洽谈会,根据自身需求优先录用江苏大学毕业生等;同时,双方在科研、人才培养、生产实习基地建设等方面进行全方位合作。

(《中国教育报》2003 年 11 月 22 日)

江大确立五至七年奋斗目标

【本报讯】 刚刚闭幕的江苏大学第一次党员代表大会传来消息,该校按照"错位发展战略,特色发展战略,开放办学战略,内涵发展战略"的思路,确立了未来五至七年的奋斗目标。

按照这一目标,到 2010 年前后,江苏大学在校生规模将达到 40000 人左右,其中研究生为 8000～10000 人,本科专业数在 80 个左右。力争建成 2～3 个全国重点学科,10 个以上在国内具有明显特色和优势的学科,博士后流动站增加 3～5 个,博士点增加 20 个以上,硕士点增加 30 个以上。工程硕士领域进一步拓宽,办好 MBA,发展临床医学硕士、MPA 等专业学位。创建省级品牌和特色专业 30 个左右,出版学术专(编)著、精品教材 100 部以上。力争获得国家级科技奖 3～5 项,省部级科技奖 150 项左右,国家工程中心和重点实验室实现零的突破,办好江苏大学科技园。重点实施师资建设"5128 工程",在院士引进或培养实现零的突破的基础上,引进和选拔 5 名左右杰出人才,10 名左右能够带领本学科进入前沿的优秀学科带头人,200 名左右优秀学术骨干,800 名主讲教师队伍。全面完成新校区建设和老校区生态化改造,到 2010 年,基本建设投资 10 亿元,新建校舍 37 万平方米,绿化面积达 50%,努力建设生态型、数字化校园。

(《镇江日报》2004 年 1 月 2 日)

下移管理重心　扩大学院权限

江苏大学推行校院两级管理改革

如何调动基层学院办学的积极性,挖掘办学潜力,提高办学效益,是不少学校孜孜以求的事情。日前,江苏大学传出消息,酝酿已久的该校校院两级管理改革方案"浮出水面",本学期正式推行。

江苏大学此次推行的两级管理改革旨在理顺校院两级关系,明确两级职能,下移管理重心,下放管理权限,强化责权的有机结合,实现由以条为主向条块结合的管理模式转变。为此,该校进行了八大改革。人事制度改革方面,实施师资队伍建设"5128 工程",高、中级专业技术职务实行按需设岗、两级聘任制度,教师高级专业技术职务岗位分为教学岗、学科岗和科研岗,科研岗设专职科研岗和流动科研岗,特殊岗位和关键岗位由学校聘任,重要岗位和基础岗位由学院聘任。分配制度改革方面,修订岗位业绩津贴方案,注重向特殊岗位、关键岗位和优秀人才倾斜,鼓励冒尖、上不封顶;实行两级分配,各单位在学校核定的岗位津贴总额内,自主进行二次分配。教学管理改革方面,建立"校、院两级教学质量监控体系",实行教学质量院长负责制,同时下放实践教学环节的经费使用和审批权。科研管理改革方面,下移横向科技管理重心,由现行的以学校管理为主转为以学院或专职科研机构为主管理;推行单位科研任务与岗位目标任务挂钩的办法。学位与研究生教育改革方面,实行学科领导小组领导下的学科带头人负责制,实行由学院对研究生、本科生进行一体化管理的模式。学生管理改革方面,进一步下放有关责权及有关经费,由学院全面负责本学院的学生工作。此外,在后勤管理、财务管理改革方面,也出台了一些新规。

据了解,为适应两级管理,江苏大学启动了定岗定编工作,切实转变机关工作作风。在学校党政机关人员编制偏低的情况下,先行将校级机关从 403 人压缩到 355 人,精简了 12%,直属单位压缩了 24 人,补充学院党政及学生管理人员34 人。精简的人员一律充实到学院党政管理岗位和教学科研第一线。

(《科技日报》2004 年 3 月 18 日)

离退休教授当科研导师

【**本报讯**】 大学生搞科研这下有"主心骨"了！日前，江苏大学 100 位离退休老教授"复出"，担任大学生的科研导师。这是江苏大学为把学生科研创新能力的培养落到实处而采取的又一举措，这在全国高校中还是首创。

据了解，从 2002 年起，江苏大学就开展了大学生科研立项工作，每年拨出 10 万元专款资助大学生搞科研，今年又将追加至 15 万元。去年，首批立项资助的 90 项学生科研课题大都已结题，其中有两项获得了国家专利，30 多篇科研论文在国内外刊物上发表。

此次聘请的 100 名老教授是江苏大学老年科技协会的骨干成员，他们均为学校原来的教学科研骨干，有着丰富的学术经验和鲜明的学术风格，在各自的学科领域取得过丰硕的成果，不少人迄今还承担着国家和省级重大科研课题。聘请老教授们"复出"组建大学生科研导师团，就是要通过强化对大学生科研立项工作的指导，最终把大学生科技创新能力的培养落到实处。

据介绍，学校科研导师团组成后，将对大学生的科研工作开展全过程、全方位的指导，具体内容包括：针对科研立项的程序、要求、规范等开设专题报告，进行面上的指导；结合自身研究专长，为学生拟定研究选题，定期发布，供学生"双选"；课题立项后，对学生进行研究方法、内容、步骤等方面的指导；强化对学生科技社团的指导，进一步强化校园科技氛围；等等。

（《中国教育报》2004 年 6 月 9 日）

报到一站式 缴费一张卡 贫困生一条道

江苏大学新生接待推出"人本服务"

一个站点就搞定所有手续,一张卡可自行缴纳所有费用,贫困生入学有绿色通道……这两天,在江苏大学新生接待现场,该校推出的"人本服务",让初来乍到的新生和家长们倍感温馨。

今年江苏大学共招收 2004 级本科生和研究生 8471 人,9 月 11 日、12 日这两天学校将迎来 8000 名新生。记者在新生接待总站看到,"一站式"大大方便了新来的大学生们。在志愿者的引导下,新生们凭着入学通知书即可领取一只标明了学生姓名、所在班级、宿舍号的信封,里面装有一张金龙卡和一把宿舍钥匙。金龙卡里学校已事先为每个学生存了 200 元钱,学生凭卡可以去食堂吃饭、浴室洗澡;凭钥匙就可进到自己的宿舍,宿舍中各种生活用品也早已摆放到位,无需学生动手。学校对新生学杂费的收取采取银行转账模式,学生只需事先将费用存入学校为其配发的工商银行卡,来校后确认就行了。

在迎新现场,"特困生咨询处"前来咨询的人络绎不绝。对于家庭特别困难的学生学校设立了"绿色通道",确保他们食、宿、学无忧。贫困生可先行吃饭、住宿和学习,再凭有关手续办理贷款。今年江苏大学设立了"爱心助成才"基金,由该校全体教职工捐款设立的 40 万元基金,专门用于 2004 级特困生缴纳学费。此外,学校今年首次面向贫困生开办了"励志助学贷款",作为国家助学贷款的有益补充。该贷款为校内无息贷款,贫困生经过申请可得到每年最多 4600元贷款,用于缴纳学费。学生既可在学习期间偿还,也可在毕业后开始还,但需在毕业后四年内还清。

(《新华日报》2004 年 9 月 17 日)

笼络人才从"心"开始

江大招聘辅导员要测心理

日前,前来江苏大学应聘学生专职辅导员的小周、小张、小罗三名研究生,在经过面试和笔试之后,校方安排的另一场考试让他们感到新奇而紧张:两位心理健康教育专家对他们进行心理测试。原来,心理测试是江苏大学选拔学生辅导员的"保留节目"。

近年来,随着高等教育大众化步伐加快,高校学生工作的形势发生了显著而深刻的变化,对学生政工人员的素质也提出了新的要求。对此,江苏大学一方面调整学生政工人员的结构层次,每年从本校和外校招聘一批硕士、在职保研生,充实学生工作队伍;另一方面,还十分注重学生政工人员的综合素质建设。江苏大学学生处副处长倪时平介绍说,广大辅导员直接接触学生,其人格特征、心理素质是影响工作效果的重要因素。2003年学校首次把心理测试用于学生政工人员的选拔过程中,在4名硕士、20名保研生共24名学生专职辅导员上岗之前,对他们进行了系统的心理测试。今年为进一步把好"心理关",把心理测试这一关前移,由原先的上岗前变为招聘之前。通过测试,主要考察其心理的稳定性、反应性、适应性,以及思辨能力、团队意识、合作精神、创新素质等。

主持测试的李晓波教授告诉记者,心理测试采用了"艾森克人格测试量表",共88道题,主要对他们的性格和气质进行测试,如"你是否有广泛的兴趣爱好?""你是一个健谈的人吗?""有人对你或你的工作吹毛求疵时,是否容易伤害你的积极性?"测试结束后,他们还将结果输入电脑进行分析,每人形成一份报告,供学生工作部门录用时参考。

(《京江晚报》2005年1月17日)

巩固创优成果　提升教学水平

江苏大学打造人才培养新亮点

【本报讯】　由 50 位离退休老教授组成的新一届教学检查员正式走马上任,校工业中心开出数十项"实验菜单",新的毕业设计(论文)写作规范出台……近日,记者在江苏大学采访,该校接二连三推出的一系列加强教学工作的措施不禁让人眼前一亮。江苏大学校长杨继昌教授告诉记者,自去年 12 月教育部本科教学评估结束以来,学校围绕提升本科教学水平,采取切实措施,进一步强化教学工作的中心地位,着力打造人才培养的新亮点。

据介绍,去年底江苏大学喜讯不断:在四年一度的江苏省优秀教学成果奖评选中,《高等工程教育开放型工程训练体系的研究与实践》等 13 项成果获特等奖 1 项、一等奖 4 项、二等奖 9 项,创历史新高;"中央与地方共建高校基础实验室建设"项目,成功获得财政部 900 万元资助。这些为本科教学工作的深入开展奠定了良好的基础。结合评估专家们的意见和建议,江苏大学全力整改,从加快新专业建设、推进完全学分制管理、加强教学质量保障和监控等 7 个方面,采取30 多项措施,并明确了具体的完成时间表。如,为提高学生的实践与创新能力,校工业中心除了向全校提供"实验菜单"外,还将调整培养计划、增加本科生实践教学的比例,在工业中心开展新生认知实习、开设公共选修实验课、增设本科第二课堂,继续推进"跨专业、跨学科、跨学院"的综合性毕业设计(论文),等等。

同时,该校提出,将从 6 个方面着手,倾力打造人才培养新亮点:对申报国家级教学成果奖的 5 个项目实行预答辩制,争取此奖项取得突破;精心做好国家级精品课程、优秀教材、优秀教学成果、教学名师等四项国家级大奖的筛选及培育工作;对正在进行的各类教学改革项目进行梳理整合,发布校教研、教改重大项目指南,全力提升研究水平;举办首届"专业建设论坛""课程建设论坛";集中人、财、物,进一步加强品牌、特色专业建设;采取"走出去、请进来"等多项措施,进一步提高学生在各类竞赛中的成绩,全面提升办学实力和人才培养质量。

(《中国教育报》2005 年 3 月 24 日)

江苏大学:思政工作做到学生宿舍

【本报讯】 住有3万人的江苏大学学生公寓区内,3个无人售报点半年多时间里卖出报纸一万多份,竟然分文不少,被很多人称为"奇迹"!其实,这3万份合格的"诚信答卷",仅仅是江苏大学坚持把思想政治教育做到学生宿舍去,着力提升学生素质的一个缩影。近年来,该校采取措施,大力加强学生公寓社区建设,不留学生思想政治工作的"死角"。

2002年,江苏大学启动了后勤社会化改革;从2003级新生起,江苏大学又推行了完全学分制。江苏大学党委副书记陈国祥介绍说,这两项改革对传统的学生工作管理体制提出了新的命题。据调查,学生一天在宿舍活动的时间达13个小时左右。如此一来,学生思想教育的重心势必要由原来的班级转向公寓社区。

为此,江苏大学首先对学生宿舍进行了大规模的调整,形成了以学院为单位的集中居住模式,全校17个学院纷纷在公寓社区设立学生工作办公室,"零距离"地与学生进行沟通和交流。不少学院还制定了教师联系学生宿舍的制度。

"我们的目标就是要积极培育体现青年特性的健康向上的社区文化。"该校学生处负责人郭礼华对记者说,"通过社区文化建设这一载体,寓教于文、寓教于美,把学生思想政治工作做实、做优。"

(《中国教育报》2005年4月26日)

江苏大学成功研制高压静电喷洒治蝗车

三台样车开赴新疆治蝗现场

【本报讯】 日前,三台不同规格型号的高压静电喷洒治蝗车从江苏大学机电总厂出发,开赴新疆治蝗现场,进行实地试验考核。这是江大承担的首个国家发改委科研项目,专家称,该成果将对我国北方蝗灾防治工作发挥重要作用。

长期以来,蝗灾是危害我国农牧业生产的主要灾害之一,据国家农业部预测,我国蝗虫发生面积达到一亿亩。治蝗,除生物防治和生态控制技术外,针对其突发性强、传播快的特点喷洒化学杀虫剂,也是比较有效的防治和应急减灾措施。但我国的防治机具,尤其是适应于大面积作业的高效地面机具严重不足。20世纪70年代末,江大农机专家就着手静电喷雾技术研究。1989年学校正式立项研制高压静电喷洒治蝗车。经过多年努力,先后完成了与该技术基础研究和机具开发相关的课题8项,获部级科技进步奖两项、国家专利一项,设计制造了多种样机,并在生产考核中不断完善。2003年,"高压静电喷洒治蝗车"高技术产业化示范工程项目经国家发改委批准立项,列入应用高技术控制我国蝗灾产业化专项计划,并获得国家专项资金资助300万元。

此次开赴新疆参与夏蝗治理的高压静电喷洒治蝗车,由江大机电总厂和能源与动力工程学院共同研制,具有完全自主知识产权,是国内唯一大型地面治蝗机具,在国外也无同类机型。

据参与设计的罗惕乾教授介绍,三台治蝗车在新疆玛纳斯草原地区进行夏蝗治理考核作业,并收集各方面数据,回来进行适当改进后,将正式投入批量生产。

(《镇江日报》2005年6月6日)

江苏大学:严把党员发展"入口关"

日前,一进校就提交了入党申请书的江苏大学建筑环境与设备专业021班的康黔,在学院学生党支部大会上与其他8名学生被正式接收为中共预备党员。让人感到新鲜的是,表决采用了无记名投票的方式。据了解,这是江苏大学为切实保障党员民主权利、严把党员发展"入口关"而采取的又一举措。

江苏大学党委书记朱正伦认为,实行票决制度是让党员反映真实意愿、提高新党员质量的有效举措。近年来,江苏大学紧紧围绕保持党的先进性这个核心,严格发展党员工作程序,坚持成熟一个、发展一个,严把党员发展"入口关"。一是"团内推优"制度,规定发展学生党员必须经过"团内推优"程序;二是公示制度,未经公示的一律不得提交支部大会进行讨论,形式上以张榜公示为主,辅之以会议公示、网上公示等;三是集体预审和审批制度,以规定人员参加的正式会议预审发展对象、及时审批新党员和预备党员转正;四是发展党员票决制度,切实保障党员的民主权利,引导党员正确行使自己的民主权利。

(《中国教育报》2005 年 7 月 1 日)

江苏大学让贫困新生"无条件入学"

"我也是一名大学生了!"9 月 11 日上午,在江苏大学新生报到现场,从接到录取通知书时就一直愁眉不展的何丽丹,终于露出了灿烂的笑容。这名来自河南濮阳的女孩怎么也没想到,东挪西借带来的 1000 多元钱分文未交,就顺利"踏入"了校门。江苏大学采取开辟"绿色通道"等一系列人性化措施,许多像小何这样的贫困生都能"无条件入学"。

江苏大学党委副书记陈国祥介绍,今年该校共录取新生 7037 名,报到时实行"先入学,后交费"政策,所以在这两天根本不存在"贫困生"问题,所有新生都"无条件入学"。在新生接待处,每个新生只需出具录取通知书,核对身份后即可签名领取"一只信封",内有一把宿舍钥匙和一张已预存 200 元、可用于在校内吃饭、洗澡、购物的金融卡。随后即可在志愿者引导下乘车去学生宿舍,整个过程不到一分钟。陈副书记表示,至于那些家庭经济确实有困难的学生,开学后只要把自己的情况向学院讲清楚,并提供相应的经济困难证明,就可以通过申请助学贷款、安排勤工助学等方式予以解决,学校绝不会让一个学生因为家庭经济困难而失学。

采访中记者发现,在报到现场设立的贫困生"绿色通道",除接受困难学生的咨询外,还给每个困难新生发放一本学校专门编印的《大学生助困工作导刊》。这本薄薄的小册子系统而详尽地介绍了学校助困工作的形式、流程,内容包括校内勤工助学岗位设置、如何获取勤工助学信息、如何申请国家助学贷款以及部分"勤工人"的体会等,一目了然,非常"人性化"。

(《新华日报》2005 年 9 月 14 日)

孩子上大学家长也尽责

江苏大学举办"新生家长课堂"

"相比于高中阶段,大学最大的特点是环境自由,学习自主,学生个人成才要靠自律……"9月10日上午,江苏大学讲堂报告厅内,一场别开生面的讲座吸引了送子女入学的众多家长,他们一个个听得兴趣盎然。原来,这是江苏大学给新生家长们精心准备的"见面礼"——"新生家长课堂"。

担任"新生家长课堂"主讲的该校党委副书记陈国祥教授说,在以往同很多学生家长接触过程中发现,不少家长认为,孩子三年高中"苦"过以后上大学了,自己也轻松了,很多家长甚至"完全撒手",对学校如何教育孩子、孩子在学校的情况怎样等根本不清楚。其实,孩子进入大学,并非意味着家长对孩子的培养已经完成,也不意味着孩子们就此已经成人成才。陈国祥强调,在新生报到的第一天举办"新生家长课堂",就是要让家长知道,"大学是什么?学校怎样教学生?家长应该做什么?"明白今后怎样做好"助教"工作,最终实现"学生成才,家长满意"的目标。

为配合此次活动,在新生报到的"第一时间",每位新生家长还领到了一本"教材"。这本名为《学生成长家长导读》的小册子,不仅介绍了学校的基本情况,还分"权利与义务""学业与成才""教育与管理""就业与发展""安全与责任"等章节,介绍了学生学习、生活、就业等方面的规章制度,并对家长如何配合学校教育、培养子女提出了一些建议与忠告。

(《中国教育报》2005年9月15日)

江大与镇江携手打造"十百千"工程

在日前举行的"江苏大学—镇江市产学研合作暨'十百千'工程签约授牌仪式"上，镇江 10 家龙头骨干企业签约成为江苏大学重点产学研基地，21 家企业同江苏大学共建科技协作联合体，镇江市所辖 7 个市（区）的科技局同江苏大学共建科技合作服务平台。

"十百千"工程主要包括：建立十个重点产学研基地。根据协议，这些企业将成为江苏大学本科生毕业实习基地、研究生联合培养基地；江苏大学在各企业建立员工培训基地；双方还将联合申报科技项目，进行课题攻关，共建工程技术研究中心。构建百家科技协作联合体。江苏大学以科技开发、服务咨询为形式，以科技成果转化、工程技术难题攻关、高新技术产品研发为纽带，与百家企业建立紧密的产学研合作关系。目前，"百家校企科技合作联合体"已达 70 多家。江苏大学实施千人科技培训计划，对千名企业工程技术管理一线人员进行多层次的科技培训。目前，"千人培训计划"已完成 80%。

（《科学时报》2005 年 10 月 17 日）

家长会开到学生家门口

江苏大学举办假日"移动家长课堂"

【本报讯】 "这个家长会开得太好了，对我们触动真是太大了！"日前，在参加完江苏大学"移动家长课堂"后，从常州市区赶到江苏省武进区高级中学参加会议的万丽琴女士当即表示："今晚回去后就跟我儿子好好谈谈。"

今年寒假伊始，江苏大学推出了"移动家长课堂"，以学生生源地为单位赴当地召集学生家长会议，常州地区是此次"移动课堂"的首站。

"移动家长课堂"一开始,担任主讲的江苏大学分管学生工作的党委副书记陈国祥教授就告诉各位家长,"80后"的当代大学生普遍存在一些规律性的问题,如对大学的日常生活不适应导致校外住宿、人际交往冲突及心理问题;对大学的学习生活不适应导致考试不及格、作弊;对感情不能正确处理、"昏天黑地"谈恋爱以致学业荒疏,等等。他结合大量事例告诫各位家长:"千万不要到孩子出了问题的时候,才去想解决问题的办法,那样往往会回天无力。"他希望家长们要有心去做一些事情:了解子女在学校的情况,成绩单一定要看到;要给子女打电话、写信;对子女的期望值要合理适度……记者留意到,整个过程中家长们都听得格外专注,不少人还带来了笔记本边听边记。

"真没想到大学里也开家长会,而且还在我们的家门口!"讲座结束后,很多家长由衷地赞叹。学生处处长姚冠新告诉记者,由于江苏大学70%的生源在江苏省内,今后,"移动家长课堂"将成为一种制度,从今年起,每个寒暑假在全省13个地级市中选择两个地方举办,以进一步加强学校同家长之间的沟通和交流。

(《中国教育报》2006年1月22日一版)

为建超大跨径大桥作探索

"碳纤维斜拉桥"在镇江问世

经东南大学、江苏大学等单位共同努力,我国第一座碳纤维增强复合材料(CFPR)索斜拉桥在江苏大学建成。由中科院吴中如院士为组长的专家组在课题鉴定会上认为,该实验桥的设计和工程研究,为今后采用该材料建造超大跨海峡大桥等工程作出了成功探索和实践。

据介绍,同传统的钢拉索相比,碳纤维增强复合材料具有质量轻、强度高、耐腐蚀、耐疲劳等优良性能。碳纤维增强复合材料用作斜拉索能从根本上解决当前斜拉桥发展中面临的一个难题——钢拉索的腐蚀问题,同时能减轻桥梁自重,提高斜拉桥的跨越能力和承载效率。据了解,此次在江苏大学问世的斜拉桥,是国家自然科学基金和国家863项目的创新研究成果,也是国内首座采用碳纤维增强复合材料作拉索的桥梁。该桥位于江苏大学校本部的西北方向,总长为 55 米,是一座钢筋混凝土独塔双索面斜拉桥。桥梁全宽 6.8 米,其中人行道宽 5 米,索塔两侧各布置 4 对共 16 根碳纤维材料拉索。

(《扬子晚报》2006 年 4 月 1 日)

"请买一朵丝网花吧!"

26 名退休女教师卖花捐助重症大学生

【**本报讯**】 "请买一朵丝网花吧,让我们一起都来帮助重症大学生!"昨天,江苏大学校园内爱意涌动,江大 26 名退休老教师在教师节前夕,将她们精心编织的一朵朵、一束束、一盆盆丝网花摆放出来,让学生和老师们挑选,出售所得资金,将全部捐赠给学校的"大学生慈善救助基金"。

郁金香、牡丹、百合花、红玫瑰……如果不是通过手摸,真的很难区分这些竟然是假花! 江苏大学关工委负责人金树德告诉记者,教师节本应是老师们接受鲜花和祝福的时候,但江苏大学的 26 名退休女教师,却冒着高温酷暑,在关工委的组织下,在暑期中用自己的辛勤劳动来为挽救重症大学生献一份爱、尽一份力。她们中最大年龄已经 78 岁,最小的也近 60 岁。67 岁的姚光英老人对记者说,尽管已经退休了,但这么多年和大学生们相处相伴,始终不能淡忘他们的身影。现在大学生得重症的越来越多,从报纸上看到后心情都非常沉重,江苏大学的大学生也不例外,接连出现多起白血病,光靠他们的家庭,根本没有足够资金来治疗。今年教师节她们在思考怎样过得更有意义时,就想到了救助这些重症大学生。虽说丝网花义卖并不一定能解决多少问题,但她们想以此唤起更多的爱心。

江苏大学分管德育工作的陈国祥副书记被退休女教师们的义举深深打动了,他说:"送人玫瑰,手有余香,老教师们的义举,功德无量!"他透露,江大去年在全国高校中率先设立"大学生慈善救助基金",专门用来补助重症大学生,开始募集到了 20 多万元,但随着患重症的学生日益增多,现在账上只剩下 10 多万元,迫切需要"输血"。老教师们的义举让他们坚定信心,学校决定新学年中多方"化缘",争取为重症大学生提供一面强有力的资金屏障。

"请买一朵丝网花吧!"老教师们的爱心呼唤赢得了大学生们的热烈回报,记者在现场看到,刚刚开学的大学生们纷纷在义卖点掏钱,有的还自发向现场的募捐箱中投钱。

(《扬子晚报》2006 年 9 月 7 日)

大学生成长有了"导航系统"

江苏大学针对不同年级进行"生涯设计"教育

3 月 27 日,江苏大学工程热物理专业的大四学生小朱在学校计算机中心登录学校就业网,用 20 分钟作了一次"职业发展规划测评",拿到测评报告后,经老师指点,以前一直不知道自己适合干什么工作的他,心里总算"有了谱"。其实,进行职业规划测评是江苏大学帮学生进行"生涯设计"的一个环节,该校实施大学生人生发展"导航系统工程",针对不同年级,确定不同重点,为学生成长成才引路导航。

据江苏大学学生处处长姚冠新介绍,多年来,该校坚持"以学生为本"的工作理念,积极构建"以修身为基础,以学业为中心,以就业为导向"的人才培养体系,实施学生人生发展"导航系统工程",贯穿大学生四年生活的全过程。一年级新生进校后,学校组织《大学生修身要览》《大学生活提示》两本书的教学,告诉学生什么是大学、应该如何安排自己的生活和学习等,并在讨论、征文、演讲等基础上引导学生进行"大学生生涯设计"。对二年级学生重点开展"博士、教授助成才"系列活动,邀请相关人员围绕理想、学习、实践、科研等主题,为学生开设讲座。对三年级学生重点进行创新能力、实践能力培养,通过课外科技活动、大学生科研立项、社会实践等活动,强化学生的创新精神和实践能力。对四年级学生重点开展"职业生涯与就业指导"活动,通过开设讲座和模拟演练,培养学生正确的职业观念,提升其就业技巧和能力。日前,学校专门成立了大学生职业生涯教育研究中心,以进一步加强对学生成长成才的指导。

(《中国教育报》2007 年 4 月 2 日)

江大"体教结合"打造高水平运动队

男排女足先后勇夺全国冠军

【本报讯】 近年来,江苏大学立足国情和学校实际,积极探索具有中国特色和自身特点的"体教结合"运作模式,打造出了国内一流的高水平运动队伍,学校男子排球队、女子足球队先后获得全国冠军,田径队队员也在亚洲青年田径锦标赛及全国大学生运动会上勇夺金牌。

江苏大学 1991 年开始试办高水平运动队,先后组建了男子排球、篮球,男、女足球,田径、乒乓球、羽毛球、游泳等 7 支校代表队。同时,在江苏华跃一汽大众、太平洋保险镇江公司等合作伙伴资助下,积极探索"体教结合"的办学体制,针对运动员的实际情况和训练比赛特点,制订"因材施教"的教学计划,设计专业课程。这种模式既改变了高水平运动员的知识结构,提高了专业运动员的持续发展能力,同时也提高了学校的体育竞技运动水平,促进了人才培养的多元化。近年来,学校男子排球队先后获得省第十五届运动会冠军、2005 和 2007 年中国大学生排球联赛冠军;女子足球队获得了 2006 年中国大学生足球锦标赛冠军;田径队王雯珊同学获 2004 年亚洲青年田径锦标赛 100 米和 4×100 米接力两枚金牌,屠强同学获全国第七届大学生运动会 1500 米金牌并打破全国纪录。在去年全省第十六届运动会上,学校获团体总分第八名,并捧得"校长杯"。

对此,中国排球协会裁委会副主席陈玉鑫给予高度评价。他说,2008 年奥运会后,中国竞技体育体制面临重大改革与调整,江苏人学"体教结合"办高水平运动队的经验具有一定的借鉴和参考价值。

（《镇江日报》2007 年 4 月 13 日）

离退休老教授再"出山"

江大办起学业辅导讲堂

【本报讯】 前天晚上,江苏大学 2 号楼 110 教室里,曾长期担任"电工电子"课程教学的老教授景永芳忙得不亦乐乎,一群学生围住他不停地问这问那。从这一天开始,该校开设了"老教授学业咨询答疑辅导讲堂",聘请 9 位老教授担任大学生的学业导师,为学生构筑起全天候的"学业援助系统",学生们有问题不仅可以向任课老师请教,还可以从离退休老教授那儿得到答案。

新开设的"辅导讲堂",涵盖了学生修读人数多、学习较困难的"大学英语""高等数学""大学物理""工程力学""工程制图""电工电子"等 6 门基础课程。据江大关工委主任金树德介绍,此次受聘担任大学生"学业导师"的 9 位老教授,长期从事教学科研工作,学养深厚,经验丰富,责任心强。自本周开始,每周日至周四晚7:00 到 9:00,每天都有他们当中的一两人为同学辅导答疑。学生们可以就具体的学习问题、学习方法、学科前沿问题、科技论文写作、考研疑问等相关问题向老教授请教、咨询。对于一些共性难点问题,老教授们还将公开授课。

据了解,开设这样的"辅导讲堂"是江苏大学"教授学业咨询活动"的第一步,下一步在岗教授学业咨询活动将陆续开展,一些在岗的知名教授将为广大同学开设相关学科的学术讲座,以他们的人格魅力和学术精神,激励广大同学勤奋学习。

(《镇江日报》2007 年 4 月 24 日)

江苏大学菁英班打造精品学生

日前,历时 8 个月的江苏大学"21 世纪人才学院"首期"菁英班"结业,33 名学员成为首批"毕业生"。这是该校实施"英才专育"策略的一项具体措施,即以思想政治教育强化班的形式,通过学习,强化学生骨干的思想政治素质、创新能力、实践能力和组织协调能力。

成立于 1996 年的江苏大学"21 世纪人才学院",被誉为江苏大学"第二课堂"之中聚集青年才俊培养青年人才的重要基地和广大学子向往的"精品摇篮",10 年来培养了近 900 名学员,其中 90% 以上的同学光荣入党,70% 进入研究生阶段学习,很多人毕业后在工作岗位上业绩突出。去年,江苏大学团委、学生处、关工委等部门酝酿举办了"21 世纪人才学院""菁英班",选拔本科高年级和研究生中的学生骨干,以思想政治素质为核心内容进行重点培训。在人数上"少而精",一年一期,每期 30 人左右。

"菁英班"在培养模式上紧扣三大环节——导师制、开放式授课、理论学习与社会实践相结合。在教学内容上以人生观、世界观、价值观教育为主,以形势政策学习、领导与管理水平学习、素质和形象塑造为辅,还包括演讲与口才训练、社交礼仪讲座等实用性的内容,并组织了一系列的参观、体验、访谈等社会实践活动。"菁英班"为每一位学员配备了导师,一批政治修养好、阅历丰富、学识丰厚的老教授对学员们的学习、生活以及就业等开展"一对一"的指导。

8 个月的学习让每一位学员收获颇丰。已考取研究生的王镇同学对那次关于人生观、世界观、价值观的热烈讨论至今还记忆犹新,因为讨论使他"悟出了许多道理"。已有 5 年党龄、正在等待省委组织部调干结果的研究生夏文宽则认为,"菁英班"的学习经历将是他"终身受用的宝贵财富"。

(《中国青年报》2007 年 6 月 21 日)

江大教授、博士把脉中国不锈钢名镇

"收获真是太大了!不仅让我们学会了吃苦,而且更学会了思考、学会了钻研。"回首过去的 1 个月,江苏大学材料学专业 2006 级研究生赵光伟颇为留恋。这个暑假,他同其他 21 名同学一起,受江苏省东台市溱东镇之聘,担任镇长"科技助理",先后赴 7 个企业"把脉""开方",帮助解决了各类技术难题 100 多个,并成功地申请发明专利 3 项。

溱东是全国知名的不锈钢名镇,拥有不锈钢生产企业 1000 多家。今年暑期,江苏大学选派了材料、机械、工商管理等4个学院的22名研究生组队前来挂职锻炼,让企业开心不已。江苏利达不锈钢公司生产的两种产品质量一直不稳定,赵光伟等3名研究生通过认真分析后,设计了一套对退火温度和时间进行控制的系统,增加了对钢有害的磷元素的检测控制,同时采用廉价的锰代替昂贵的镍,使产品成本下降了20%,而且不影响质量。在学校老师的帮助下,他们为企业成功申请了"新型低成本易切削不锈钢303B的生产工艺"等专利,促进了企业产品由低级向高端转变,品种由单一的电子行业覆盖到了汽车、重工业等行业。同样,一家企业此前生产的船用阀门易腐蚀,寿命短,江苏大学研究生对其成分、工艺重新设计,使产品寿命提高了10倍。

"深入了才会发现问题,投入了才会有所收获。"江苏大学研究生部负责人表示,组织学生到乡镇挂职锻炼,一方面,能够实实在在地为企业解决一些技术和管理方面的难题,另一方面,对于学生增强实践经验、改善知识结构、加强合作精神等极为有益,是研究生培养的积极尝试。

（《科技日报》2007年7月26日）

江苏大学创业教育促学生就业

免费提供办公用房和5000元启动金

【本报讯】　新年刚过,在江苏大学西山学生社区内,由"学生老板"们开设的6家公司正式揭牌亮相。学校除免费提供办公用房、办公设施以及每家5000元的启动资金外,还给他们配备了"创业导师"。江苏大学大力推进创业教育工作,提出"使100%毕业生接受创业教育,10%在校生获得创业精英培训,5%的毕业生在就业过程中实现自主创业",以此带动学生就业工作。

据介绍,为加强学生的创业教育,江苏大学成立了创业教育指导委员会,统筹规划学校的创业教育工作。学校加强创业教育的课程建设,面向校内外招聘具有经营管理知识、企业财务知识和教学经验的教师和企业成功人士,利用课堂对学生进行创业意识、市场营销、企业管理等创业基本理论和创业实务知识的培训,夯实学生创业的基础知识。

学校还开展了创业计划竞赛、大学生科技立项等活动,加强创业氛围的营造,激发学生的创业兴趣,并邀请校内外专家教授、社会成功创业人士组成专家服务团,为有意创业的学生分类指导,出计献策,提高学生的创业能力。

(《中国教育报》2008 年 1 月 12 日)

江苏大学 2500 万"全覆盖"贫困生

江苏大学今年进一步加大对家庭经济困难学生的资助力度,资助总额将达到 2500 万元,资助面达 20%,确保在校所有困难学生全部得到资助。

据江苏大学学生处处长姚冠新教授介绍,目前该校贫困生的比例为 20.85%,多年来,学校采取有力措施,建立了奖、贷、助、补、减、勤工助学等多形式、多途径的贫困生资助体系,确保学生不因家庭贫困而辍学,2007 年资助总额达 2000 万元。今年,学校在完善贫困生库的基础上,针对经济困难学生的实际情况,制定具体的一对一的资助措施。尤其是加大和拓宽国家、社会、学校三方面资助的力度和渠道,提高资助总额,各级各类奖助学金总额将达到的 2500 万元,资助受益面达 20%,实现对所有在校贫困生的"全覆盖"。其中,社会奖助学金增加 100 万元,助学贷款增加 10%,加拨 100 万元增设勤工助学岗位 500 个。对家庭经济困难且就业困难的"双困"毕业生,学校将实行就业帮扶,提供个性化的就业指导、就业服务和重点推荐,并适当给予求职经济补贴。同时,会同学校工会设立和启动学生大病救助基金。

除加大对经济困难学生的资助外,在建立"三困生"档案的基础上,江苏大学对学习困难、心理困惑的学生进一步落实帮扶措施。如让优秀学生党员和学困生"一对一"结对帮扶,并通过学业辅导咨询、基础课"大讲堂"等活动,激发学习兴趣,改进学习方法,促使他们取得进步。学校还将构筑心理危机信息反馈、监控和干预机制,对学生中的心理问题早发现、早介入、早干预、早缓解,避免因心理问题引发的重大事故。

(《科技日报》2008 年 3 月 20 日)

江大"量出为入"制订招生计划

"双低"专业限招减招直至停招

【本报讯】 两个专业隔年招生,一个专业停止招生,还有部分专业减招50%……记者昨日从江苏大学了解到,近年来,该校实行各专业招生质量和就业质量通报制度,尤其是依据就业率"量出为入"制订招生计划,对于生源和就业均不佳的"双低"专业予以限招、减招甚至停招,留出名额招收就业市场看好、需求量大的专业。

作为一所以工科为特色的综合性大学,江苏大学学科涵盖理学、工学、医学等9大学科门类,目前共设有76个本科专业。根据社会对人才需求的多样化、多变性,江苏大学一方面依据自身的办学条件,量力而行,前瞻性地增设一些新专业。如近年来增设的对外汉语、软件工程、复合材料与工程、工程管理等。另一方面,实行对全校各专业招生质量和就业质量的统计通报制度,对"双低"专业限期整改直至停止招生。据该校招生办负责人介绍,今年该校计划招生4700人,同往年持平,但在具体各专业分布上却出现了不小的变化。如教育学和教育技术学这两个专业,这两年需求量已逐步下降,所以从去年开始,学校对这两个专业就采取了隔年招生的办法。类似的专业还有师范类的历史学和思想政治教育两个专业。对于生源和就业都不好的专业,如美术学类的雕塑、包装工程等专业等,前几年就果断地实行了停招,今年又停招了工程力学专业。此外,对一些"入口"不丰、"出口"不畅的专业,其招生数适当进行了削减,比例从10%到50%不等。今年这些专业削减的计划有200多人。这位负责人解释说,这样做,一方面是对考生负责,另一方面也充分彰显学校的办学优势,使工科特色更加明显。

这些结余下来的招生名额,一方面用于新增设的网络工程、食品质量与安全、物流管理这三个新专业;另一方面,放给那些在就业市场中前景看好、需求量大的专业,如热能与动力工程(流体机械及其自动控制)、热能与动力工程(动力机械工程及自动化)等。今年,这些专业计划增加了30%。

(《镇江日报》2008年4月12日)

培养拔尖人才舍得花大钱

江苏大学 2600 万元资助 27 人和 34 个创新团队

日前,江苏大学"拔尖人才和科技创新团队培养工程"正式启动,27 人、34 个科技团队负责人与学校签订了协议并获得了证书,未来四五年内他们将获得学校总额达 2600 万元的资助。这是江苏大学迄今为止支持力度最大的一项"人才计划",也是该校为加强高层次人才队伍建设而采取的又一力举。

据江苏大学校长袁寿其介绍,实施这项人才培养工程的目的就是通过重点培养,在 3 至 5 年或更长一段时期内,促进学校的科技创新取得一批重大的突破性成果,形成一批具有国内高水准的学术团队,产生一批特色鲜明的国家级重点学科,造就若干名教育部长江学者、国家杰出青年基金获得者和两院院士及候选人。

工程首批培养对象包括 9 名"中青年拔尖人才培养对象"、18 名"优秀青年学术骨干培养对象",11 个校级科技创新团队、5 个校级科技创新培育团队和 18 个院级科技创新团队。今后,对于拔尖人才培养对象,江苏大学将通过为他们选聘相应领域的两院院士作为学术导师、安排他们到国外著名高校或科研机构做访问学者、鼓励他们参加国际学术会议和学术交流活动等措施,开拓他们的学术视野,丰富他们的学术背景,提高他们的学术地位。

与此同时,学校还设立了"拔尖人才培育基金",培养期内为他们提供 10 万 ~ 50 万元不等的专项资助。对于科技创新团队,在其建设期内,学校将给予 60 万 ~ 100 万元的经费资助。

(《中国教育报》2008 年 4 月 24 日一版)

江苏大学服务三农显身手

学问做在田野上

"每天和农民贴心交流,分享他们的喜悦和痛苦,是件很幸福、很满足的事……"这是大学生"村官"单楷不久前在博客上写下的感受。去年,他从江苏大学一毕业,就和同校 58 名毕业生一起,参加了江苏省首批大学生"村官计划",成了一名苏北经济薄弱村的村官。

江苏大学校长袁寿其教授告诉记者,作为一所以农机起家、以工科见长的综合性大学,该校在长期办学过程中形成了"工中有农,以工支农,工农结合"的办学特色。近年来,江苏大学坚持为农服务的原则,引导广大学生树立正确的成才观,立足农业发展,面向基层农村,造福广大农民。

到农村任职,奉献并收获着

"做给村民看,带着村民干,帮着村民富"是大学生"村官"们的"座右铭"。江苏省泗洪县车门乡岗朱村村委会副主任何天琨是江苏大学毕业的"村官"。在今年夏季宿迁开展的"秸秆禁烧"大行动中,他包干了 1000 亩的"野湖地",连续一个月日夜巡视,宣传秸秆焚烧的危害和综合利用秸秆的效益,受到当地村民和干部的好评。

据江苏大学党委书记范明教授介绍,自去年江苏省实施"村官计划"以来,江苏大学有 96 名毕业生入选,到基层农村任职,不少人已走上创业之路。

回首 2008 年暑假,材料学专业 2006 级研究生赵光伟颇为留恋。他同其他 21 名同学一起,到位于苏北革命老区的东台市溱东镇担任镇长"科技助理",分赴 7 个企业挂职,为企业解决了各类技术难题 100 多个,并成功地申请发明专利两项。对于深入到企业的 7 个小分队,江苏大学配备了指导教师,开展相关专业、技术方面的指导,接受学生和企业方面的咨询。

在江苏大学,像这样组织学生到乡镇挂职"蹲点"的有很多。研究生部负责人表示,组织学生到企业,尤其是乡镇中小企业去挂职锻炼,不仅能实实在在地为企业解决一些技术和管理方面的难题,同时,对于学生增强实践经验、改善知识结构、加强合作精神也很有益处。

为农村服务,做农民贴心人

自来水是怎样流到家里的？污水是怎样处理的？飞机是怎样升空的……暑假里,镇江市京口闸社区近 40 名外来务工人员的子女走进江苏大学大开眼界。能源与动力工程学院举办的"大手牵小手——外来务工人员子女科技夏令营",让这些来自农村的孩子们享受了一顿科技大餐。

他们还组织了外来务工人员子女"暑期课堂",定期安排大学生"导读员"辅导孩子们读书、作业,组织孩子们参观高校校园,走进农业科技园,以拓宽民工子弟们的视野,丰富他们的暑期生活。环境学院的大学生们多次来到句容市华阳第二小学开展"共同托起明天的太阳"活动,给这里的农村留守儿童带去了下学期的书包、铅笔等学习用品,辅导他们给远在外地打工的父母写家书,并对孩子们进行了团体心理辅导,让他们对学习与生活充满信心。

近年来,江苏大学大学生陆续开展了"牵手农村留守儿童""关注农村空巢老人""农村饮用水状况调查"等百余个与"三农"有关的主题实践活动。"不了解中国农村,就不可能真正了解中国。"团委负责人表示,这些实践活动有效促进了学生对农村的了解,增进了对农民的感情,增强了为农服务的责任感和使命感。

江苏大学还积极引导广大学生,立足实际,发挥智力优势,为农村发展贡献力量。今年刚研究生毕业的"发明大王"刘春生,在校期间申请了 42 项专利,创办了公司,依托自己发明的"家用生物质气化技术"项目,实现了农村废弃物的综合利用和家用清洁能源的持续供给。目前,该项目已推广到很多地方,掀起了一场农村"厨房革命"。

(《人民日报》2008 年 10 月 23 日)

校企共同参与科研和人才培养等环节

30 家企业"抢订"江苏大学 61 名毕业生

【本报讯】 3 月 13 日上午,专程到江苏大学招聘流体机械专业毕业生的两家公司有点"郁闷",带来 10 多个招聘指标竟然招不到人,因为该专业毕业生供不应求,早就被抢光了。

流体机械专业是江苏大学的传统"老牌"专业,其所在的学科为全国唯一的以研究水泵为特色的国家重点学科,该专业毕业生就业率多年来保持在 100%。今年的 61 名本科毕业生从去年上半年开始,就被很多用人单位下了"订单",迄今已有 30 多家单位前来要人,目前,除去保研、考研的,本届毕业生正式签约的超过 70%。

流体机械专业的毕业生为什么如此受企业青睐?"很重要的一方面,就是我们重视强化学生的素质和能力训练,增强学生就业的核心竞争力。"江苏大学校长、该校流体机械及工程学科带头人袁寿其分析,"尤其是我们以'4c'能力为核心,构建了高素质创新型人才培养体系。"所谓"4c"能力,即自信力(self-confidence)、团队合作能力(cooperation)、交流能力(communication)以及创新能力(creation)。

江苏大学还明确了"三结合"的"野化"训练思路,即知识结构与以人为本相结合、科学研究与人才培养相结合、校内培养与行业培养相结合,并科学设置了"野化"训练的方式及内容,比如在实践体系方面,将零散的、个别的课外科技实践活动转化为根据兴趣有组织的、系统化的、校企联合的、与计划内实践环节融为一体的立体化实践体系。在公共课、基础课学习阶段,主要开展专业思想教育、专业调研、专业实践等,使学生尽早了解专业、树立专业自信心;在主要专业基础和专业课程学习阶段,设置不同类别的"创新系列实践"课题,课题既可由学生自拟、申报立项,也可参与教师的科研课题;大四阶段,结合毕业设计在教师的指导下与企业联合开展相关研究开发工作。"野化"训练贯穿大学四年,最终要形成报告、论文、专利、装置或产品等成果。

同时,江苏大学还着力加强"野化"训练的队伍和基地建设,尤其建立了稳固的校企紧密合作培养高素质人才的校外实践基地。据了解,江苏大学流体机械及工程学科与全国泵类行业 50% 以上的企业建立了合作关系,在包括行业龙头企业——凯泉集团、凯士比集团等在内的近 20 家企业建立长期的校外实习基地,聘请企业技术人员为该专业的兼职教授,通过"双师制"强化学生的工程实践能力。

据了解,近 3 年来江苏大学流体机械专业的学生中约 50% 参与教师科研工作,20% 申报省、校科研项目,10% 申请专利,学生先后在"挑战杯"全国大学生创业大赛、全国大学生课外科技作品竞赛及全国大学生节能减排大赛中获奖 8 项。毕业生的工程能力、创新能力深得用人单位的好评。

(《中国教育报》2009 年 3 月 14 日)

建立百余家产学研培养基地　增设宽口径公共实验平台

江苏大学研究生培养突出创新

【本报讯】　近三年连续获全国优秀博士论文,学位论文抽检合格率连续 5 年 100%,研究生就业率一直保持 100%。作为一所以工科为特色的省属高校,江苏大学紧紧抓住工程实践与创新能力这一研究生培养的核心,构建"软"、"硬"结合的复合载体,研究生培养质量、学科建设与平台创新水平同步提升。

"工程的核心是实践、综合、创造,工程实践是创新的基础。"江苏大学副校长李萍萍说,学校建立工程教育"硬"载体,将有效整合校内资源和充分利用社会资源相结合,以国家级实验教学示范中心——江苏大学工业中心为基础,学科专业实验室和产学研联合培养基地之间有机链接。这三大平台在功能上既有联系,又各有侧重。

江苏大学在工业中心重点建设了创新与综合训练模块,融入了现代工程的基本要素,构建了从机械设计制造,到机电检测控制、电子设计制作,再到机器人设计开发等先进创新训练单元,并以自助式管理的模块化形式全方位开放。学校以 12 个国家级和省级重点学科为依托,重点建设 11 个省部重点实验室和工程中心,为培养形成紧跟国际前沿、具有国际先进水平的科研成果提供支撑,尤其是重点打造了一批关联学科协同、交叉、集成的实验平台。同时,学校通过共建研究院所、技术中心、高科技园区等形式,以项目合作或以人才培养为纽带,建立了 100 多家产学研联合培养基地。

在构建立体式"硬"载体的基础上,江苏大学还建立了由"三大机制"构成的"软"载体,全面激活实践环节,为研究生创新能力的培养提供保障。一是多元化实践环节的培养机制。加强实验课教学,增设了一批宽口径公共实验课程,加强研究生实践能力训练;增设生产实践环节,通过产品设计、加工、试验等实践,提高工程意识;进行研究生科研立项、课外科技作品竞赛,开展发明创作等,培养学生的自主创新意识。二是优势互补的共享机制。一方面各级重点学科、重点实验室建设经费等统筹协调使用,不重复投入;另一方面实行全方位开放、资源共享,全校 10 万元以上的通用设备全部上网,供预约使用。三是实践创新的激励机制,尤其是对到产学研基地进行实践的,优先评奖评优,优先推荐就业,并予以一定的经济补贴。该校还创建了研究生基地挂职模式,这两年到江苏东台市溱东不锈钢产业群基地进行暑期挂职的 30 多名研究生,就为企业解决了 100 多个技术难题,并申请专利 3 项。

据了解,2008 年江苏大学工学研究生人均发表核心以上学术论文 2.07 篇,论文被 EI、SCI 收录数达到 800 余篇。2008 年研究生参与专利申报 200 余项,授权专利 100 余项。

(《中国教育报》2009 年 3 月 24 日)

引进现代技术　创新实践体系　贴近工程应用

江苏大学电气类专业毕业生就业率 99%

【本报讯】　近几年,江苏大学每届电气类专业毕业生就业率都高达 99% ,用人单位对毕业生的满意率超过 93% 。"很重要的一点,在于我们重视夯实学生的专业基础,强化学生的基本技能。"江苏大学副校长孙玉坤说,"学校突出教学工作的中心地位,将技术基础课程教学改革置于优先地位予以支持。"

2007 年,江苏大学"地方高校电气类专业主要技术基础课程改革与实践"课题,获江苏省普通高校教学成果特等奖。据了解,近 10 年来,该校电气类专业主要技术基础课程,在课程体系、教材建设、教学方法、实验室建设、师资培养等方面积极探索改革,取得显著成效。

一是分析社会现状,研究人才规格,推动教学改革。针对电气工程领域内重大的技术重点转移对电气类专业的影响,对该专业的主要技术基础课程及时进行整合,精简理论,删除陈旧和重复内容,各课程之间科学衔接。同时,从人才培养规格、课程体系和教学内容、教学手段等多方面进行全面研究与改革。

二是优化课程内容,引进现代技术,建设精品课程。全面修订教学大纲,注重引入现代技术,实现内容的整体优化,如将"电路"、"信号与系统"等课程的内容进行整合;编写出版了反映新技术和适应不同专业教学需要的教材共 28 部。同时,改进教学方法,采取现代化教学手段,各门基础课程都制作了多媒体课件,建设基础课程网站,方便了师生的信息沟通和互动。在课程内容优化的基础上,集中精力建设精品课程,"电路"课程 2006 年成为国家精品课程。

三是建设共性平台,创新实践体系,改革实验内容。学校共投入资金 1200 多万元建成了电工电子实验中心,并与西门子、凌阳等 6 家公司共建联合实验室,及时引进国际先进技术。目前,这一建设理念先进、学生受益面广的实验室被评为江苏省基础课实验示范中心。学校根据地方高校人才培养规格的特点和要求,构建了实验教学新体系,让实验内容从基础性实验向设计性、综合性和开放性实验延伸,并创建了电子创新实验室,提高学生的动手和设计能力,培养了学生的创新意识和工程意识。该校电气类专业学生先后在大学生电子设计竞赛中获得全国一、二等奖及江苏省一等奖 14 项。

四是贴近工程应用,引入微格教学,造就优秀师资。目前,课题组具有博士、硕士学位的教师占 93%。尤其是在青年教师的培养上采取导师制,采用微格教学方法提高教学技能。不仅如此,青年教师还经常被学校送到大型企业进行实习,以提高工程应用和实践能力。

(《中国教育报》2009 年 3 月 28 日)

着力培养机械专业创新人才

江苏大学实施"四位一体"综合教改

【本报讯】 在 2008 年第十届"挑战杯"全国大学生课外科技作品大赛上,江苏大学学生王权的作品"通用型分体式耐高温微型压力传感器研制及产业化"脱颖而出,一举夺得大赛特等奖。无独有偶,在 2008 年江苏省大学生机械创新设计大赛中,江苏大学的沈元锡、徐燕云获得一等奖。他们的成功是学校实施"四位一体"综合教学改革,着力培养机械专业创新人才的结果。

"长期以来,我国机械专业人才培养存在教学优质资源不足、知识结构不尽合理、创新意识和工程能力薄弱等问题。所以,人才质量与创新型国家建设的要求很不适应。"江苏大学教务处处长王贵成说。早在 1997 年,江苏大学就率先提出"四位一体",即以精品课程建设为基础、以品牌特色专业创建为核心、以优势特色学科打造为关键、以实验教学资源系统集成为保障的综合教改新思路,主动适应江苏乃至长三角地区国际制造中心发展对机械专业人才的新需求,紧紧围绕培养创新人才这一主体,着力培养学生工程能力和创新能力。

经过 10 多年的潜心研究与实践,江苏大学"四位一体"教学改革取得很大成效,如:探索出优化教学资源的新方法,变传统的以课程或专业设置教学组织为"系管教学、所管科研",构建了学科专业教学实验资源共享平台,实现了理论与实践相结合、科研与教学相交融、学科与专业相支撑,新增研究创新型实验项目 30 余项;制订出"模块化、组合式、开放型"人才培养新方案,以课程(群)模块为单元,各单元之间既相互联系又相对独立,各模块可根据学生需要进行组合,实现了"纵向到顶""横向达边",每个学生修读一个主(方向)模块和一个辅(方向)模块,将"分类指导"和"因材施教"落到实处;建成系列精品课程(群),打破传统的"老三段"(基础—专业基础—专业)课程模式,实施课程内容重组与整体优化,出版专著教材 40 余部,其中,3 部教材成为江苏省精品教材,3 部教材成为"十一五"国家级规划教材;创新了机械人才培养模式,以能力培养为核心,营造真实的工程环境,将科研成果融入教学,把工程能力和创新能力培养贯穿于教学的全过程,构建出创新人才培养实践教学新体系,等等。

据介绍,近年来,江苏大学机械专业被评为江苏省首批品牌专业和国家级特色专业;机械工程中心实验室被列入省首批示范中心;机械制造及其自动化学科被列为国家重点(培育)学科。开放型本科人才培养方案在本校已完整实施了 7 届,并被省内外 10 多所高校借鉴或参考,为我国地方高校机械人才培养起到了示范和引领作用。

(《中国教育报》2009 年 4 月 2 日)

"1863"计划，为企业和地方经济"解困"

江苏大学与丹阳产学研全面合作启动

【本报讯】 百名专家进百企助推科技创新，校地合作求共赢践行科学发展。昨天上午，江苏大学与丹阳市政府正式签署产学研全面合作协议，并与丹阳 12 家新材料骨干企业携手建立"新材料产学研技术创新战略联盟"，62 名教授也受聘担任丹阳市企业科技创新特聘专家。此举标志着该校以教授团队下企

江苏大学与丹阳产学研全面合作启动仪式

业、与地方建立产业技术创新战略联盟和产业技术创新公共服务平台为抓手的"科技人员服务企业 1863 计划"正式实施。

随着国际金融危机的不断蔓延，企业发展遇到很大困难和压力。据江苏大学党委书记范明介绍，此次该校依托强势特色学科和研究平台，结合地方支柱产业和新型产业，大力实施了为企业和地方经济"解困"的"1863 计划"，其具体内容是：依托江苏大学工程硕士授权领域和 MBA 专业学位授予权，为企业培养 1000 名技术创新所需的工程硕士；围绕国家"十大"产业调整振兴计划，根据江苏产业发展的优先领域和地方特色、新兴产业需求，组建 80 个教授专家团与行业骨干企业对接；建立现代装备与先进制造、新能源与节能、汽车与轨道交通、新材料制备与应用、生物技术和新医药、电子与信息技术 6 个产业技术创新战略联盟；在常州、苏州、镇江分别组建 3 个地区特色产业技术创新公共服务平台。

作为一所工科特色鲜明的高校，江苏大学在机械、汽车、动力、能源、材料等学科领域具有较强的学科优势和科技实力，为江苏尤其是地方经济发展作出了重要贡献。近 3 年的统计数据表明，在江苏全省高校科技服务地方工作中，江苏

大学与地方科技合作的项目与经费、平台基地的合作共建、科技成果及其合作转化均排前三位,学校连续三次荣获科技部颁发的"金桥奖"。特别是在新材料、农业机械、汽车零部件、农产品加工等领域,江苏大学与丹阳企业具有良好的合作基础。

近几年,江苏大学承担了丹阳市企业委托项目以及联合承担国家、省、市科研项目60余项,合作涉及经费近亿元,合作共建工程技术中心、产学研基地等10多个。连续3年,大亚科技、江苏沃得、精密合金、正大油脂等丹阳企业与江苏大学开展了产学研合作。利用江苏大学的科研成果,这几家企业获得4项江苏省重大科技成果转化基金支持,金额达4000万元。今年,江大又与丹阳市江苏超力、江南面粉、长丰材料科技联合申报了3个省重大成果转化项目。

在昨天的签约仪式上,镇江市委常委、丹阳市委书记李茂川表示,江苏大学为丹阳市的产业升级转型,为丹阳市企业做大做强提供了坚强的科技支撑和智力支持。这次江大和丹阳市结成联盟,推进产学研全面合作,给丹阳的产业转型升级带来了绝好的机遇,给企业增强抗风险能力带来了极好的机遇。

江苏大学校长袁寿其表示,通过"1863计划"的实施,学校将不断探索高校科技、人才资源服务地方经济社会发展的有效途径,推动高校科技、人才、平台等各类创新要素向企业集聚,逐步建立产、学、研之间有效互动的长效机制。

省教育厅副厅长殷翔文、江苏大学党委书记范明、江苏大学教授专家团成员、丹阳市有关方面负责人、企业代表等出席了启动仪式。

(《镇江日报》2009年4月17日一版头条)

千方百计促进大学生就业

51家江苏大学校友企业回母校"团购"

"面试中,尽量多谈你给我什么工作,而少谈福利待遇……"日前,江苏大学校友专场招聘会在该校体育馆内举行,51家到场的单位身份特殊,均为校友单位。招聘现场温情四溢,江大校友、有着丰富职场经验的上海中华职业技术学院院长顾滨,还当场为学弟学妹们面授求职应聘机宜。

　　江大学生处分管就业的黄鼎友副处长告诉记者,此次入场招聘的企业有一个共性,就是该企业的领导都是江大校友,或者企业领导层里有江大校友。今年就业形势比较严峻,学校遂挖掘校友资源,让他们来为母校分忧,为学子解难。其中包括邀请杰出校友回母校,为学生开设就业指导讲座,与大学生座谈指点就业迷津,举行模拟面试大赛等。

　　江大发展与对外联络办公室主任、校友会秘书长全力透露,由于工科定性,江大校友当企业"一把手"的很多,此次招聘的 51 家企业来自上海、北京、河南、福建、海南等多个省市,由江大分布在全国各地的 26 个校友会牵头。上个月底,学校把举办校友专场招聘会作为一项任务"布置"给 26 个校友会,经过紧张的组织,各地校友带着 668 个岗位来招聘学弟学妹。

　　由于招聘方比较特殊,记者在现场看到,招聘会上始终洋溢着一种温暖的亲情,较之普通招聘会,现场充满了人情味,很多招聘人员,都是站着跟学弟学妹交流,部分企业负责人还直接在现场给予点拨。中国一拖董事长是江大校友,一拖人事主管赵留所当天上午才"奉命"紧张赶到招聘现场,他带来了工程机械、车辆工程、机电一体化、企管等 30 个岗位。面对每一个递送简历的学生,他都耐心而细致地"配对"介绍,他笑言是代董事长面试学弟学妹,怎敢大意怠慢? 应聘企业管理岗位的研究生张甲佳告诉记者,他已参加过多场招聘会,但还是最想进一拖,除了家在山西,靠近一拖洛阳总部外,自己的学长在一拖当家,也让自己感到比较亲近;同时,校友干得如此出色,他相信通过好好干,自己一定能向榜样看齐。

　　校友招聘会还引发了良好的连带效应。顾滨是江大上海校友会的秘书长,此次她组织的上海 14 家单位入场提供了 80 个岗位。更为难得的是,她还拉来了上海市模具协会秘书长董方元和伊利集团华东片区总经理王国锁。董方元接受采访时说,他是被顾滨对母校的感情打动的,此次主要是考察江大学生的素质和技能。协会下面有 1500 多家企业,金融危机爆发后,国外很多模具制造都转向国内,目前行业紧缺人才。江大模具专业每年总共只有 120 名毕业生,如果是良好人才,在行业内消化将是"小菜一碟"。所以,他一到学校,就忙着开座谈会了解情况。

　　在招聘现场,见多识广的顾滨还不失时机地向前来应聘的江大毕业生面授机宜。她忠告学弟学妹们:首先,不要对进入上海工作有恐惧,别人能行你也能行;其次,进入单位后,第一重要的是诚信,然后才是工作,有些大学生进入单位很短时间就不辞而别,这对企业的伤害非常大,如果是出现在校友招聘企业中,会直接影响到相关企业以后的招聘信心;不要一离开校门就换手机,最后投递简历招聘方却联系不上你；还有，面试中，尽量多谈你给我什么工作，而少谈福利待遇，有的大学生和企业一开腔就是"宿舍里有没有空调，有没有彩电"，这会让企业方反感。"要知道面对真正人才，企业是舍得给待遇的。"

（《科学时报》2009 年 5 月 14 日）

江苏大学毕业生"暖心"就业

1/3 学生由教师推荐就业　在 50 多个县市建立就业工作站

【本报讯】即将毕业了，江苏大学机械学院模具专业大四学生肖俊的心中充满了暖意。这名来自江苏丰县的农村贫困生，大学期间靠送牛奶、做家教等方式顺利完成了学业。在学校的关心下，他不仅与江苏常州的一家企业正式签约，还在不久前还清了国家助学贷款。

肖俊是江苏大学今年 8400 余名毕业生中的一员。在学习实践科学发展观活动中，江苏大学把破解毕业生就业难题与学习实践活动结合起来，采取切实措施，打造毕业生就业"暖心工程"，帮助毕业生就业。

据江苏大学党委书记范明介绍，该校高度重视学生的就业工作，成立了校长任组长、相关职能部门负责人组成的就业工作领导小组，明确提出了 2009 届毕业生初次就业率 75% 以上、年终就业率 96% 以上的工作目标。在此基础上，将目标任务层层分解，全校 23 个院系领导带头挂帅，逐一确立就业目标，并作为考核领导班子的重要内容。同时，开展全员总动员，无论是部门、院系领导，还是专业教师、班主任、辅导员，都争相为学生就业奔走出力。据了解，学校目前已经签约的学生中，有 1/3 是通过研究生导师或本科毕业设计指导教师推荐实现就业的。

从 2006 年以来，江苏大学毕业生就业率连续保持在 96% 以上。"之所以如此，很重要的一点在于我们从专业设置和人才培养模式入手，切实提高学生的就业核心竞争力。"江苏大学党委副书记、副校长姚冠新介绍说，近年来，学校积极推进以就业和社会需求为导向的教育教学改革，从根本上提高学生的职业素养与就业竞争力。同时，学校"量入为出"制定招生计划，将就业率与招生挂钩，适当调整专业方向,扩大紧缺专业的人才培养规模,对一些"销路"不好的专业适时进行停招、减招,优化了人才培养结构。

该校流体机械与工程专业在行业内久负盛名,不少企业为要到该专业的毕业生,在该校设立"奖学金""奖教金",甚至帮学生代交学费,偿还助学贷款。根据这一现状,近年来该专业招生不断"放量",今年该专业学生依旧"畅销",100多名毕业生早在开学初就被"抢购一空"。

同时,学校积极拓展就业基地,为学生就业开设"直通车"。目前,学校已与上海电气(集团)公司、中国重型汽车有限公司等 500 余家大中型骨干企业签订了就业基地协议,在长三角、珠三角等经济发达地区的 50 多个市县建立了毕业生就业工作站,从而为该校毕业生的就业工作提供了有效保障。

为把就业工作做细做实,江苏大学还建立了学生就业报告制度,对毕业生就业状况进行实时监测。各院系每周书面报告一次,并对报告细致梳理。对仍未就业学生派专人进行个性化指导,并针对不同的情况,实行经济补贴、心理疏导、校友企业岗位推荐等。

江苏大学毕业生就业"暖心工程"成效显著,截至目前,2009 届毕业生就业率比去年同期高出 2.6 个百分点。"只要坚持以科学发展观作指导,坚持以人为本,群策群力,狠抓落实,就一定能够实现预定的工作目标,促进学校科学发展新跨越。"江苏大学校长袁寿其说。

(《中国教育报》2009 年 6 月 21 日)

江苏大学多举措为贫困学生解困

"如果没有各位老师的悉心帮助,我真不知道我的大学生活该如何度过。"回首大学四年的光阴,2009 年 6 月从江苏大学本科毕业的刘春涛感慨万千。这名来自四川农村的贫困学生,接二连三的家庭变故使她成了孤儿,在学校的关心帮助之下,她不仅出色地完成了学业,而且还考取了上海大学钢铁冶金专业的研究生。

"贫困生是高校学生中的弱势群体,做好他们的思想教育工作对维护高校稳定,促进社会和谐具有十分重要的意义。"江苏大学党委副书记、副校长姚冠新说。多年来学校积极探索经济困难学生资助模式,加大经济资助力度,每年用于资助贫困生的金额达 2500 万元。同时不断探索贫困生思想政治工作的路径,确保贫困生生活上无困,学习上无忧,思想上无惑。

作为一所面向全国招生的高校,江苏大学家庭经济困难的在校学生约占 25%,其中特别困难的约占 8%。"由于受不同的家庭背景、不同的教育经历和社会环境影响,家庭经济困难学生的思想状况也呈现出不同的特点。"江苏大学学工处处长李洪波分析,贫困生大致有四种类型,即自强自立型、敏感猜疑型、自暴自弃型、现实拜金型,在心理上也不同程度地存在着自尊和自卑的矛盾、人际交往消极退缩、情绪孤独抑郁等问题。"家庭经济贫困往往会导致学习困难和心理困惑,由'一困'引发'三困'。"

对此,江苏大学坚持在解决贫困生经济困难的同时,将人文关怀融入到思想政治教育当中。目前,该校已建立起了"三困"学生的"三色"档案,即经济困难学生的"黄色"档案,学习困难学生的"绿色"档案,心理困惑学生的"红色"档案,采取针对性的措施,进行重点帮扶,做到每个学习困难的学生都有定向指导,每个经济困难的学生都有明确的解困措施,每个心理存在困惑的学生都可以得到校心理援助系统的帮助。

在诸多的贫困生中,孤儿学生无疑是雪上加霜。从 2005 年开始,江苏大学学工处、关工委共同推出"给我一个家"孤儿结对帮扶活动,挑选离退休老干部、老教师家庭同孤儿大学生结成对子,不仅给孤儿大学生每月 200 元的经济资助,同时还给予他们精神上的鼓励、心理上的疏导和学习上的帮助。截至目前,该活动已先后结对帮扶孤儿大学生 24 名,已经毕业的 10 名孤儿大学生中,1 人考取研究生,其余 9 人顺利就业,2 人入了党。

江苏大学尤其注重对学生的励志教育,培养学生感恩意识和自强自立的精神。2006 年,学校制定了《受助大学生义务工作管理办法(试行)》,规定凡受到各级各类助学类奖助学金资助,及其他欲申请各级各类助学类奖助学金的学生必须完成一定时数的义工服务。自 2003 年起,校内勤工助学采用竞聘上岗的形式,在解决学生经济困难的同时培养学生的市场意识和竞争意识。

江苏大学的一项调查表明,有 68% 的家庭经济困难学生由于自身条件有限,社会关系无助,对能否顺利就业缺乏信心。对此,江苏大学实施了专门针对贫困生的"就业援助"活动,安排专人"一对一"辅导,举办专场招聘会,优先推荐就业,搭建就业网上平台等,以解决实际问题、化解贫困学生思想上的"疙瘩"。仅以 2009 届毕业生为例,目前江苏大学已有超过九成的贫困生实现了就业。

(《科学时报》2010 年 1 月 19 日)

江苏大学让大学生"意向村官"下乡"热身"

　　【本报讯】　日前,江苏大学与江苏东台市签署合作协议,决定共建"大学生村官实践基地",为有志于扎根农村的大学生"意向村官"们提供一个提前了解农村、适应农村的"热身"平台,为他们今后在农村更好地开展工作进行思想、情感和能力上的储备。

　　根据协议,实践基地建在东台市"不锈钢名镇"溱东镇。江苏大学每年择优挑选20~30名立志奉献农村的应届毕业生到溱东镇挂职锻炼。党员学生挂职村党委(总支)副书记,非党员学生挂职村主任助理。时间安排在每年寒假,任期为1个月左右。溱东镇除负责落实大学生到村挂职的工作安排,提供食宿、发放适当生活费外,还负责对大学生在村挂职期间的培训、帮带和考核工作,对表现优秀的大学生按照程序优先推荐录用为大学生"村官"。

　　"有两位大学生'村官',一个因为'现实跟原来的想象太不一样',一个因为'听不懂本地话',先后要求离开。这件事情给了我们一个很大的警示,那就是:让大学生扎根农村,必须让大学生先了解农村。"在谈起与江苏大学共建"大学生村官实践基地"的动因时,东台市委组织部长童健这样说。

　　其实,大学生"村官"对农村、对基层缺乏了解,缺乏足够的思想准备和情感认同的情况并非个案。有专家学者通过调研发现,一些大学毕业生报考"村官"的时候,凭的只是一腔热情,他们对真正的农村生活并不了解,对融入村民的生活也缺乏主动性和耐心,使自己的才能得不到很好的发挥。

　　江苏大学与东台市共建"大学生村官实践基地"的目标就在于:为大学生到农村任职营造从城市到农村、从理论到实践的渐进过程环境,使大学生到农村任职前达到"三个提前""三个适应""三个确保"的效果,即:提前了解基层、提前认知农村、提前介入实践,适应农村生活环境、适应农村工作节奏、适应农村人文风俗,确保把优秀大学生充实到农村干部队伍,确保大学生立志奉献农村热情不减、信心不减,确保大学生的优势在新农村建设中得到充分发挥。

　　"面向农村、面向基层培养并输送优秀的大学毕业生,是学校社会服务功能的重要内容和内在要求。"江苏大学党委副书记、副校长姚冠新介绍说,"此次与东台市合作为大学生'意向村官'共建实践基地,是学校从源头上解决大学生'村官'赴农村工作思想和能力上'水土不服'问题的又一次有益尝试,是把大学生'村官'的培养与选拔有机结合的积极探索。"

此前,除与东台市开展科技难题攻关的合作、联合开展成人教育外,该校还在东台市溱东镇设立了研究生工作站,选派研究生暑期挂职镇长科技助理,为当地企业破解各类技术难题取得了良好的经济和社会效益。

(《科学时报》2009 年 11 月 3 日)

江苏大学做农民致富的"贴身高参"

5 月 22 日,江苏大学李萍萍教授等农业工程研究院的 4 名专家再次来到江苏丹阳市云阳镇花园村,就该村农业大棚的结构设计、温度调控等问题,与丹阳市农林局领导、当地的农户进行现场研讨。

其实,花园村的村民们已记不清江大的专家教授来了多少次了。2009 年初,江苏省农业委员会、省教育厅和科技厅联合组织实施了"挂县强农富民"工程,作为一所积淀形成了"工中有农,以工支农"办学特色的高校,江苏大学和丹阳市成为对口单位,派出 5 个驻村专家组与丹阳市 5 个村的农户对接,就蔬菜生产、农副产品深加工、蚕茧生产等进行对接服务。

花园村、李家村、三桥村是丹阳市的蔬菜生产基地,主要经营大棚蔬菜,然而长期以来,蔬菜产业升级及高效设施农业发展缓慢。江大驻村专家经过调研"把脉",很快找到了"症结":种植户过于分散,规模化水平较低,蔬菜品种传统、单一,新品种、新技术推广难……对此,结合学校农业科技成果,专家们开出了各自的"药方"。如,针对设施大棚硬件完善且集中连片,但温室环境调控较为薄弱的现象,致力于提高温室环境调控自动化程度;针对农户蔬菜品种单一和老化现状,引进碧玉水果黄瓜、金棚超冠 F1 番茄等,并开展相应栽培技术培训;针对蔬菜基地长期存在的连作障碍,推广学校开发的醋糟有机基质栽培技术。以花园村为例,其大棚规模由年初的 750 亩达到目前的 1000 亩,增加规模 33.3%;引进的夏季碧玉水果黄瓜实现效益达 1.6 万元,金棚超冠 F1 番茄实现效益 1 万元,较之前该村 2 万元平均效益提高了 30% 左右。

在近日召开的"丹阳市—江苏大学挂县强农富民工程 2010 年推进会"上,

江大校长袁寿其教授说:"丹阳与江大是近邻,具有合作得天独厚的条件。要在更大的层面上做好'一村一品',造福更多的农村和农民。"

(《科技日报》2010 年 6 月 8 日)

江苏大学与格拉茨大学共建孔子学院

【本报讯】 日前,江苏大学与奥地利格拉茨大学共同建设的孔子学院项目,正式获得国家汉办孔子学院总部批准。据悉,该孔子学院将是奥地利境内继维也纳孔子学院以后的第 2 所孔子学院。

孔子学院是以推广汉语文化教育和文化交流为目的,以传播中国语言文化为基本任务的非营利性社会公益性机构。其总部设在北京,它秉承孔子"和为贵""和而不同"的理念,推动中外文化的交流与融合,以建设一个持久和平、共同繁荣的和谐世界为宗旨,采取与海外教育机构合作建设及特许经营等方式,提供教学模式、课程产品,并依照统一的教学、考试、培训质量认证体系和标准开展教学和检测,主要向社会人士提供专门技能的汉语培训以及中文教师的教学能力培训。格拉茨大学建于 1585 年,综合实力在奥地利大学中位居第二位,拥有425 年的悠久历史。学校师资力量雄厚,教学质量上乘,每年都吸引着世界各地的学生,曾有 6 名诺贝尔奖获得者来自格拉茨大学。格拉茨大学与全球 500 家大学建立了交流与合作关系,包括从教师学生间的交流,到教学、科研、管理等方面众多项目的合作。江苏大学与格拉茨大学共建的孔子学院,将在汉语教学和相关课题研究、汉语师资培训、文化交流,以及与格拉茨大学校际全方位合作等方面发挥作用,并逐渐发展为江大与欧洲大学,尤其是奥地利大学的交流与合作平台,进而提升该校的国际知名度和海外影响力。

(《科技日报》2010 年 9 月 21 日)

江苏大学建立短信沟通平台

"心语心愿"解心结

"心语心愿",是江苏大学在镇江电信的帮助下建立的一个大型短信沟通交流平台,学生思想上的困惑、生活中的困难,或者对学校工作的意见、想法等,都可以编辑短信发送到 051188780040 这个平台。"这里既是学生民意表达的渠道,又是他们的心灵港湾。"江大团委副书记陈文娟说。

"尽管一路上孤身一人,但来自学校的短信让我很踏实。"回想起去年来校时的情景,江苏大学市场营销专业 09 级的小朱记忆犹新。这位来自广西贺州市农村的贫困生去年入学时可是名"新生明星"。小朱父亲去世,兄妹俩同年逾七旬的奶奶相依为命。去年暑假里,刚考取大学的小朱为挣学费外出打工,后因身体原因不得已返乡,深陷"甜蜜的哀愁"。小朱的不幸遭遇引起江苏大学的高度重视。"没来报道前学校就打电话、发短信给我,告诉我学校的资助政策,让我吃了定心丸。"小朱说,在来学校报到的 27 个小时的旅程中,学校的老师不时通过短信平台发送短信给他,为他释疑解惑,排忧解难,让初出家门的小朱"一点也不孤单"。进校后,小朱得到了"曙光基金"每年 5000 元的资助,并参加了学校针对孤儿大学生的"给我一个家"活动,生活无忧,学习安心。"上半年四级英语、计算机一级全过了,下半年拿了个三等奖学金。"

"在校大学生手机拥有率几乎百分之百,与学生之间的短信交流方便、快捷、覆盖面广。"江苏大学党委副书记姚冠新介绍,"建立这个平台的初衷就是让学生有地方说话、说想说的话,给他们一个正常的意见表达渠道,同时也通过这个平台及时向学生发布一些信息,增进校方和学生间的了解。"

近两年,学校每年发给学生的就业方面的公益信息就多达 10 多万条。短信平台架设起学生与学校沟通交流的桥梁,学生畅所欲言,言无不尽,短信平台上学生们的"提案"内容五花八门。"我希望学校在学生生活的各区都设医务室,方便同学们看病。""要集中清除课桌上的乱涂乱画,并进行宣传防止这种不和谐的产生。""同学们的自行车暴露在室外,特别容易损坏,希望学校为同学提供一些车棚,这样,同学们的车也不会乱放到其他地方……"

对于学生所反映的情况、提出的问题,江苏大学组织专人一方面通过平台及时回复进行解释疏导,另一方面收集整理后提供给相关职能部门,加以改进。对于学生反映集中的全局性问题,实行"现实与虚拟联动"的策略,及时进行化解。今年下半年,由于物价普遍上涨,不可避免地影响到了学生食堂的伙食,不少学生通过"心语心愿"短信平台、学工处"处长信箱"反映问题,表达情绪。对此,学校及时举行了"沟通面对面"活动,召开由分管校长、学工、团委、后勤,以及各学院30多名学生代表组成的座谈会,并启动了食堂的"价格调节基金",赢得了学生们的理解和赞许。

师生们说,"心语心愿"短信平台有效地起到了舒筋活血、理气化淤的作用,使得师生在沟通中达成了共识,促进了校园和谐。今年6月的一条短信中,一个落款为"即将毕业的人"这样说道:这个平台,真的是为我们学生办实事的地方,不管学生反映的情况是小是大,总会努力设法解决,真的很实在,很让我们感动。

(《人民日报》2010年11月25日)

实施分层次教学　推行自主选择专业

江苏大学京江学院正视学生差异
实行个性化人才培养

【本报讯】　去年高考填报的志愿都是"清一色"机械类专业,最后却因差几分而服从安排进了交通运输专业的江苏大学京江学院学生李丽芳怎么也没想到,一年后经过个人申请和学院考核,最终就读了心仪已久的机电专业。这源于今年上半年江苏大学京江学院出台了"本科生自主选择专业实施办法"。李丽芳说:"原来的专业也不错,但我更喜欢机电专业,技术性强,将来就业面也广,学习的劲头也更足了。"

"重视学生的差异,尊重学生的个性,是调动学生学习积极性,激发学习动力,提高人才培养质量的基本前提和根本保证。"京江学院院长路正南如是说。作为江苏省首批创办的独立学院,学院紧扣质量这一人才培养的生命线,着力加强人才培养制度和培养模式的改革,通过开设"课程对接班""培优班",推行自主选择专业、辅修第二专业、导师制等举措,实现了差异化与个性化培养同步发展,有效提升了人才培养的质量。近五年来,该院学生在全国数学建模、大学生英语、电子设计等省级以上赛事中获奖 100 多次,毕业生就业率保持在 98% 以上。

由于高考方案设置的原因,每年都有不少文科考生被录取在理工科专业。"原以为食品专业就是学有关营养之类的东西,背背就行了,没想到对理化的要求这么高。"食品专业 0901 班的王双高考时选择的是历史、政治,进校后参加学院举办的"高中大学课程对接班",听知名的中学老师讲授物理化学课程,每周 3 节课,持续一个学期。"对接班补了我高中相关课程的缺失,让大学阶段的学习底气更足。"王双说。近两年来,京江学院先后举办了 3 次 5 个这样的学习班,使 800 余名学生顺利完成了高中到大学的过渡。

针对本科三批次生源质量的实际,京江学院摒弃"照搬母体学校教材,克隆普通本科教法"的做法,积极探索因材施教、分层次教学等教育教学改革。尤其是在大学英语、高等数学等课程教学中,通过进校后的摸底测试,将学生分为加强层、基础层和提高层 3 个层次,采用不同的教材,提出不同的学习要求和学习进度,让全体学生都能找到学习的感觉。

从 2008 年开始,每年又在新生中遴选 120 名优秀学生,分别组建了英语和数学两个培优班,实行优生优培,让他们在全体学生中发挥领跑作用。"培优班是滚动式的,每学期排在后 20% 的要淘汰。"3 年来一直在培优班的国贸 0802 班的彭孝纹表示,尽管压力很大,但学习的风气很正,大家在一起拼得很厉害。

为了给学生更多选择和发展机会,今年上半年,京江学院在出台学生转专业制度的同时,又实行了"在本科生中实行第二(辅修)专业的规定",学生修完规定的 42 个学分,就可获得第二专业证书。2009 级营销专业的卞纯霞说,自己选择了国贸专业,一方面是因为学有余力,另一方面家乡张家港民营经济发达,将来回家就业,这个专业很有用。目前,京江学院已开设了国际经济与贸易、会计学、市场营销 3 个辅修专业,总共 7 个班,辅修学生 400 人。

(《中国教育报》2010 年 12 月 26 日)

江苏大学"智助"西藏经济社会发展

【本报讯】 暑假里,江苏大学"格桑花开"社会实践服务团来到西藏堆龙德庆县,开展系列服务活动,助力西藏经济社会发展。这是继传统的干部援藏、资金援藏之外的智力援藏服务。

据实践服务团指导教师、该校工商管理学院副院长马国建介绍,此次江苏大学赴西藏堆龙德庆县服务团,是今年全国大中专学生志愿者暑期社会实践活动服务西部重点团队,也是江苏省历史上第一支赴藏志愿服务全国重点团队。团队由江苏大学工商管理学院17名藏族大学生和4名博士教授组成,立足自身专业特色与优势,密切结合西藏堆龙德庆县经济社会发展需求,利用自身的专业知识,开展实践服务活动。

活动中,藏族大学生们深入堆龙德庆县7个乡镇,通过图片、文字向农牧民广泛宣传西藏"十二五"规划,描摹西藏未来发展的美好前景。同时,17名藏族大学生面向西藏地区农牧民开展了社会主义新农村建设情况调研,结合东西部新农村建设横断面对比,重点调查了西藏新农村建设现状、农牧民对新农村建设中农村发展环境、农业产业结构调整、农民工创业及农牧民在教育、医疗、住房等社会保障方面的需求与存在的主要问题。"接下来,我们将分析调研问卷,整理访谈内容,形成调研报告,提交给地方政府及相关部门,为家乡发展献计献策。"服务小分队队长格勒桑普介绍说。

值得一提的是,此次活动中,该校还充分发挥在中小企业发展、社会保障等研究方面的独特优势,与堆龙德庆县政府部门、中小企业进行对接,为地方政府制定政策建言献策,为中小企业发展提供智力支持。该校马国建博士为堆龙德庆县及乡镇主要领导,以及西藏的60多名中小企业主,先后作了题为"政府如何扶持中小企业发展"和"中小企业的管理提升"主题讲座。同时,小分队中的藏族大学生深入调研堆龙德庆县当地30家企业,了解企业发展现状,分析存在的问题,最终形成调研报告,提供给堆龙德庆县政府,为地方政府出台相关政策提供第一手资料和决策依据。

此外,服务团还与堆龙德庆县团委、拉萨市第一中学签署了结对共建协议和合作交流协议,并捐助了近十万元财物。

(《科技日报》2011年8月9日)

江大校长力挺"苏珊大妈"寄语万名新生

9月7日是江苏大学2011级新生开学典礼的日子,面对台下7926名本科生和2474名研究生,江苏大学校长袁寿其教授告诫大学新生"拥有梦想最为重要",并以"苏珊大妈"勉励大家,用"自信、兴趣、追寻"实现心中的梦想。

"在人生征途中,最重要的不是你现在所处的位置,而是你将驶向何方。这里的'方向'就是梦想,心中像火焰一样的理想,这是成功的源泉。"袁寿其开宗明义,"你们未来的人生方程式有无穷多组解,如何找到最优解?我认为拥有梦想最为重要。"他深有感触地告诉新生,要"放飞梦想",关键在于三个"要诀"、六字"真经":自信、兴趣、追寻。

自信是成功的一半,梦想需要兴趣,追寻是实现梦想的唯一途径。在谈到梦想的第三个"要诀"时,袁寿其说,"曾被网络热议为'所有追求梦想人榜样'的苏珊大妈,凭一曲《我曾有梦》一夜成名,红透英伦。这背后所折射出的是她35年的执着与倔强,是她内心深处对梦想成真水滴石穿的持久坚守……"听到儒雅而不乏活力的一校之长这么"潮",台下万余名新生不禁"骚动"起来,台上主席台的其他领导也有点忍俊不禁。

"我一直坚信这样的理念:潜力是无穷的,奇迹是创造的。"开学典礼上,袁寿其把他自创的"至理名言"与新生作了分享。"人生不能没有梦想,青春不能白白浪费。想不到的人,永远不可能做到。"他说,成功的关键在于敢想、敢做,在于自信、兴趣和追寻。"世界永远属于追寻梦想的人!"

(《京江晚报》2011年9月8日)

"高校不能闭门办学,也不能闭门教学"——

江苏大学邀百家名企为人才培养"把脉问诊"

"大学生刚毕业时动手能力往往达不到企业的期望值,能不能由高校和企业一起制定实习计划,大学生在企业实践环节的质量由我们双方共同把关?"日前,在江苏大学本科生培养计划答辩会上,国内水处理设备的龙头企业——南京蓝深制泵集团股份有限公司总工程师陈斌出现在专家席上,他提出的中肯意见立马被校方采纳。

本科生培养计划是一所高校本科层次人才培养的纲领性文件。今年以来,江苏大学启动了新一版的本科生培养计划修订工作,在"培养什么样的本科生"和"让本科生具备哪些能力"这两个问题上,该校邀请了企业和用人单位深度参与,为人才培养"把脉问诊",实现学校培养和社会需求的"无缝对接"。像陈斌这样,中国一拖、中船重工集团、徐工集团等近百家行业知名企业的"当家人"受邀参与到该校本科生培养计划中来。

"高校不能闭门办学,也不能闭门教学。"江苏大学校长袁寿其认为,教师服务于学生,学校服务于社会,一所高校的学生培养质量怎么样,企业和用人单位更有发言权。通过一年来对500多家企业的广泛调研,江苏大学就创新人才培养的新标准形成了共识,把实践、创新和国际化作为本科生教育的"三大支柱",让每一个本科生都能成长为适应社会一线岗位的卓越人才。

为了学生走上工作岗位后能够适应内容和性质多样化的机械工程工作,江苏大学机械设计制造及自动化专业提出了"1+6"概念,学生在学习本专业的同时还要学习力学、机电控制技术、电子技术、计算机技术、测试技术、材料科学等6门学科知识,在多学科基础集成平台上增强、增厚学科专业基础。

据悉,江苏大学还和知名企业共建了国家、省级和校级的实践教学基地,行业企业深度参与本科人才培养,仅2011年就有近20名企业高工、高管受聘担任了该校的产业教授、客座教授。"企业的高级工程师到了学校就是高工型教授,从2012年开始,我们专业每个学期都要分配20个学时给这些教授,让大学生学的东西和企业、市场真正挂上钩。"江苏大学能源与动力工程专业负责人介绍说。

(《中国教育报》2012年12月25日)

【校园气象】

CAMPUS NEWS

"红色网站"在江苏大学问世

【本报讯】 日前,一个以大学生为主要对象,融教育性、知识性、艺术性、服务性于一体的隐性"红色网站"——"江帆网"在江苏大学建成开通。据了解,这种专门的宣传思想工作网站在我市高校中尚属首家。

随着现代网络技术的飞速发展,传统的思想政治工作遇到了前所未有的挑战,也为高校思想政治工作提供了新的平台和机遇,上网浏览已成了师生员工学习、娱乐的主要途径,然而,大学生们频频"触网"也"让人欢喜让人忧"。为了推进思想政治教育进网络的进程,拓展网上思想政治工作的新空间,本学期初,江苏大学党委宣传部组建了由教师专家和学生组成的精干的网站制作队伍,经过两个月的筹划、设计、制作,建成了"江帆网"。该网站坚持"以人为本"的教育理念,既突出思想性,又注重参与性,具有很强的亲和力,内容面大量广,包括新闻中心、理论之窗、视听在线、文化欣赏、法纪长廊、心灵驿站、江帆论坛、服务热线等10个栏目。"江帆网"开通不到一周,访问量就达到了2000余人次。

(《镇江日报》2002 年 5 月 11 日)

镇江一学院毕业设计出新招

大学生到车间当工人

日前,江苏大学机电总厂迎来了一批特殊的工人——该校京江学院33名大四的学生,他们在10名老师和8名工厂工程师的双重指导下,在这里将度过大学生涯中的最后半年。这是京江学院推行的"3.5+0.5"培养模式,所有学生的毕业设计均在工厂完成。

据京江学院院长、博士生导师陈龙介绍,这33名学生来自该院的机械制造、机械电子等专业,经过前三年半专业课程的学习,已初步掌握了本专业的基础理论知识,此次与工厂"牵手",就是进一步强化学生的创新精神、创造意识和适应能力、竞争能力。这最后半年虽然他们的身份是机电总厂的"编外"人员,可"分内"的任务一点也不含糊,全面接受工厂纪律规范的约束和企业文化的熏陶、培育良好的"员工"素质的同时,要每两三周一轮,在工厂的每个岗位和环节上进行轮训,熟悉产品设计、制造、工艺、营销、财务、管理等各个流程,扎扎实实接受"大工程"的训练,还要结合工厂实际和所学专业,开展课题研究,进行毕业设计。目前确定的20余个选题,全部来自机电总厂各生产环节的实际。

(《扬子晚报》2003 年 3 月 26 日)

民间"小"艺术走进高校大课堂

【本报讯】 刻瓷、竹编、正则绣、扎染花缬……这些极具地方特色和民族韵味的民间"雕虫小技",如今走进了高校的"大雅之堂"。新学期,江苏大学民间艺术研究所宣告成立,一批古老的民间"绝活"与大学生们"面对面"。

江苏的苏州刺绣、无锡泥人、南京云锦、扬州漆器、丹阳"正则绣"、桃花坞木版年画等声名远播海内外。近年来,这些凝聚古老智慧的民间技艺由于种种原因濒临失传。新成立的江苏大学民间艺术研究所,以"弘扬民族文化,保护和研究中国民间艺术,强化大学生素质教育"为宗旨,致力于民间艺术的发掘、整理和研究,将民间艺术家丰富的"绝活"技术融入到现代教学之中,并以此作为提高大学生素质的又一抓手。

据研究所负责人王平介绍,首批加盟研究所的5名著名民间艺术家,多被联合国教科文组织授予"中国民间工艺美术家""工艺美术大师"等称号,作品曾在国际、国内民间艺术博览会中获金奖。今后,艺术大师和研究所同仁将通过民间艺术介绍、民间艺术作品赏析、民间工艺品制作等形式,开展传统民间艺术教育,同时系统研究、发展传统民间艺术理论、材料和工艺。

(《人民日报》2003 年 3 月 30 日)

人之间的距离缩短了　社区里的人情味更浓了

江苏大学:"社区名片"进公寓

【本报讯】　如今,在江苏大学学生公寓区,学生们凭着"社区名片",可以随时联系上社区管理员和楼栋管理员,一个电话就可以"搞定"身边的烦恼事。

"社区名片"是由江苏大学公寓管理中心精心制作的"社区工作师生联络卡",上面公告了公寓中心的服务理念和服务承诺,各社区管理员、楼栋管理员的姓名,以及管理员的办公电话、住宅电话和手机号码等。该校公寓中心负责人坦言,以前的学生宿舍管理是"扫好地,看好门,不出事",在社区工作中以管理代替服务的现象很普遍,学生遇上生病、丢失物品等突发性的烦心事,在宿舍区往往无处求助,多数只能是"自我服务"了。如今,公寓中心提出要"了解人,关心人,实实在在帮助人",推行师生联络卡制度,就是让学生"有困难,想到我;有需要,找到我",为学生、教师和公寓管理人员之间的互动沟通提供"快速通道"。

女生社区管理员张君霞告诉记者,她所负责的女生社区分布在 7 幢楼,共有4307 名学生入住,此次共发放了 969 张"名片",遍及每个宿舍。现在她与其他两位管理员每天接到的电话不知有多少个,收到学生发送的短信少则七八条,多则十几条,反映问题、咨询事情、寻求帮助,对于他们来说已没有工作日、休息日之分,名副其实的"全天候"。前两天,6 栋 409 宿舍学生黄丽突然生病,全宿舍的学生不知所措,情急之下她们想到了"社区名片",一个电话打到了楼栋管理员李梅老师的家中。已经下班的李老师连忙安排值班员送黄丽去医院,并亲自去医院和宿舍多次看望,让黄丽感动不已。学生们说,以前在社区有时感到很"无助",现在有了联系卡"方便多了",甚至情感、心理方面的问题也愿意向管理员老师求助,"社区名片"使我们和管理员之间的距离变短了,社区的人情味更浓了!

(《中国教育报》2003 年 5 月 14 日)

江苏大学毕业生争去西部创业

大学生自愿服务西部计划推出后,在江苏大学校园内引起了强烈反响,据该校团委书记苏益南介绍,50 名报名学生中,有省委组织部的后备干部人选、省公安厅的调干对象、留校保送研究生的、刚刚考上研究生的、签约大企业的……

吴强,第一个报名,"是我们学校最优秀的学生之一"。苏益南说,他是学校保送研究生,有江苏省优秀学生干部、校三好标兵称号,在校期间,已是校团委副书记,这是"学生时代能够做的最大的官"。对于去西部,吴强说,想最大限度发挥自己的作用。至于所学材料专业在西部能否用得上,这并不重要,重要的是大学生要有责任意识,要有被祖国挑选的勇气。

李炳龙是江苏大学成立后的第一任学生会主席,担任过省学联副主席,是省委组织部"相中"的后备干部人选。如果不是去西部,过两天他就要去报到,然后赴连云港就职,开始他的"为官之路"。对于去西部,他的想法是"同是祖国的一部分,发展西部应是每个中国人的责任,作为一名党员,这个时候,我应该站出来"。

党员葛永平已被省公安厅确定为调干对象,当得知去西部服务的消息后,这位优秀毕业生认为是为祖国做事的机会,也是锻炼自己的机会,"我知道西部很贫穷,条件很落后,但是祖国需要我们,我们就应该挺身而出。"

吴彬,江苏大学工商管理专业的学生,中共党员,校三好学生,专业成绩也很不错,早在去年 12 月他就与合肥的一家研究所签了约。原本指望工作后可改善家里经济状况,但稍作权衡后,他还是作出了去西部的决定。

已收到研究生录取通知书的胡玉辉,得知去西部的消息后,也毫不犹豫地报了名。胡玉辉说:"我的家乡就很穷,家里原经济条件也很差,我比别人更清楚贫穷落后的根源就在于教育,西部最缺的就是人才,很想为改变那里的现状做一点事情。"胡玉辉希望在西部做个中学教师。

沈洁,先后获得校优秀团干、校三好学生、校三好标兵称号和三次一等奖学金的中共党员,是江苏大学留校保送研究生。国际经济法专业的沈洁告诉记者,上大学是保送的,现在研究生也是保送,太顺了点,想借机会锻炼锻炼自己。"我的父辈们当年响应国家号召上山下乡,到祖国最需要的地方去,在磨难和考验中成熟起来。现在身处新世纪的我们,能够赶上这样的机会可不容易。我们没有理由放弃这个难得的人生机遇。"

(《新华日报》2003 年 7 月 6 日)

江苏大学引导毕业生唱好"毕业歌"

"这一阶段,我们看到了许多,思考了许多,也成熟了许多。特殊的日子给了我们不一般的心态。从容地去度过最后的时光,而不是去挥霍;把所有的委屈和埋怨都扔掉,让信心与斗志永远相伴!"人文学院学生高楠楠动情地在学校举办的"毕业在非典时期"征文中写下了这样的文字。这是今年该校毕业生文明教育系列活动之一,该校把毕业生文明离校工作做早、做实,引导广大毕业生唱好"毕业歌"。

以往,该校毕业生离校前难免出现一些不和谐的音符。江苏大学在把文明教育渗透在日常管理工作中的同时,毕业前夕强化"文明修身工程",狠抓毕业生的基础文明教育,让学生"善始善终"。该校外语学院的毕业生以宿舍为单位签订了文明离校承诺书,计算机学院还组织了毕业班学生党员学风监督岗,35 名党员继续发挥"余热",每天一早到宿舍检查卫生,劝止逃课和其他不文明行为。

今年非典给毕业生带来了种种不便以及一定的心理影响。江苏大学强调"以服务赢得人心",对毕业生实行"零距离服务"。特别是对于那些至今还"待字闺中"的毕业生,各学院进一步加强了个别指导,找学生本人谈一次话,给家长发一封信,千方百计帮他们找"婆家"。

今年江苏大学毕业生们告别母校的方式颇为"清新"。前不久,该校化学化工学院举行了"毕业展示会",FLASH 动画制作的毕业论文、科技作品展,"建设江大"主题辩论,绚丽多姿的文艺表演等,让即将离校的大学生们在学弟学妹们面前着实"露"了一把脸。计算机学院还开展"我为母校添一片绿"的植树活动,并将毕业前的系列活动制作成"大学的最后时光"光盘,作为每个毕业生永久的纪念。此外,毕业生恳谈会、毕业联欢会、师生篮球联谊赛等活动近日在不少学院和班级纷纷"上演"。

(《人民日报》2003 年 7 月 11 日)

江苏大学为千余名研究生建心理档案

电脑看穿心病　专家及时干预

【本报讯】　昨天,江苏大学对 1266 名 2005 届的研究生新生进行心理健康测评,并将根据测试结果率先在江苏省高校中为研究生建立心理健康跟踪档案。在测试现场,记者了解到,研究生的心理问题尖锐而严重,12 位研究生已被紧急心理干预。

研究生们静坐在电脑前,认真填写由上海道福心理测评中心提供的 16PF 卡特尔人格测试卷和 PHI 心理健康测量卷。江大大学生心理健康教育中心主任谢钢教授透露,这两份测试卷是世界上公认较成熟的测试卷,欧美等众多高校都在使用。通过近 400 道测试题的选填,将能全面地反映出他们的心理"实况"。谢教授说,在日常工作中他们发现,现在研究生的心理压力已远大于本科生。本科生的压力大多是因为进入高校后不适应学习过程、环境而引起,但研究生却面临人际关系、就业、学习等多重压力,很多研究生就是因逃避就业压力而考研的。同时,如果本科四年都没能解决的问题、困扰,积累到读研阶段就更严重。

在两套测试卷中还隐藏了玄机。在研究生答题的同时,系统就在分析,如果一旦发现哪位学生在抑郁、焦虑、神经质等心理方面超标,系统就会自动跳入 SCL 状态量表,此表主要检测其在近两个星期内有无明显问题状态出现,如果此表也亮红灯,则表明该生心理问题已十分严重,必须进行紧急干预。SCL 状态量表已对 12 位研究生亮红灯,这些研究生出现失眠、头疼、烦躁等症状,在他们不知晓的情况下,心理专家对他们的紧急心理干预已经展开。

(《扬子晚报》2004 年 10 月 14 日)

大学生最看重教师"三宝"

江苏大学日前开展的一项问卷调查表明,专业知识、治学态度和方法、开放宽容的思想,是大学生最希望从老师身上学到的"三宝"。同时,多数大学生对目前高校教师的工作态度和精神状态表示认可。

这项名为"我心目中的大学教师形象"的问卷调查,涉及对高校教师形象的预期和对教师工作的评价,共有1200名本科生和研究生接受了调查。调查中,54.6%的大学生认为,大学教师必备的首要素质是"知识广博,教学有方",其次是"思维独特,有活力""热爱教育事业,有献身精神""平易近人,作风民主"。在问及"当教师进课堂不修边幅或着奇装异服时,你会怎么想"时,将近90%的学生表示"可以接受""勉强接受"或"无所谓",只有12.8%的人表示"不能接受,会对学生有负面影响",这反映了当代大学生个性态度的宽容和开放。52%的学生认为大多数老师在与学生的沟通上主动性不太够,这也反映了现代教育呼唤民主平等的师生关系的趋向。

调查还显示,大多数大学生认可目前高校教师的工作态度和精神状态。认为教师中具有尽职尽责的岗位意识的业务型老师是"全部"或"大部分"的学生占到了将近2/3,超过九成的学生认为"做一天和尚撞一天钟"的应付型老师"很少",超过半数的学生认为本校教师的精神状态和工作热情"好"或"较好"。与此同时,在大学生看来,与老一辈教育工作者相比,当代大学教师最大的优点在于"创新思维"和"了解学生想法",而在献身精神和责任心方面却显逊色。颇有意味的是,对于有的老师上课经常点名,31.8%的大学生认为这是有责任心的表现,29.3%的大学生认为这是浪费时间、完全没有必要的行为,11%的大学生认为这是老师显示自己权威的方法,27.9%的大学生认为这是老师教学水平不高的表现。

(《中国教育报》2004年3月22日)

江苏大学毕业生宣誓按期还贷

【本报讯】 "我承诺:恪守诚信,自强自立,严守合约,按期还贷;勤学笃行,奋发有为,学以致用,回报社会!"日前,江苏大学 300 多名 2004 届毕业生代表,举起右手,庄严宣誓,承诺按期还贷,"请母校放心! 请社会放心!"

作为江苏省受理国家助学贷款最多的高校之一,自 1999 年以来江苏大学共批准贷款 3145 人次,累计贷款金额 1157.3 万元,使一大批经济困难的学生顺利完成了学业。然而,贷款容易还贷难。还贷考验着大学生的诚信,同时也制约着国家助学贷款发放的良性循环。江苏大学历来高度重视贷款学生的诚信教育,并采取有效措施防范少数毕业生因个人原因不能按期还贷。该校在毕业生的报到证及档案中加盖"请贵单位提醒该同志按期归还国家助学贷款"的印章,协助银行催缴贷款。同时毕业生离校时填写还款确认书。还款期到来之前,学校给贷款学生家庭去信,提醒其按期还款。

去年该校在校园网上通报了逾期不还贷款的 47 名学生名单,在全国引起了不小的轰动。今年 4 月起,学校又陆续在校园网上公布提前还贷学生"光荣榜",同样也收到了良好效果。

据了解,今年江苏大学应届毕业生中,共有 1163 人次办理了国家助学贷款,贷款总额为 520 多万元,按规定,这些学生将于明年 6 月 20 日进入还款期。截至目前,2004 届毕业生中已有 21 人全部还清了贷款,还款额 14.78 万元,其中单笔金额万元以上的有 5 人。此外,2003 届毕业生中也有 104 人提前还款,还款金额达 42 万元。

(《中国教育报》2004 年 6 月 20 日)

昨天，江苏大学一场特殊考试让人动容

苦难，贫困生意志的磨刀石

　　家庭收入为0、每天的生活费只有5元钱、报到只带了400元钱……昨天下午，一场特殊的考试在江苏大学理学院举行，22名考生来自该校的工商管理、人文、外国语、材料、电气等16个学院，他们通过各自的演说和回答评委提问这样一种特殊的考试方式，来博取15个"中国肯德基曙光基金"资助对象的名额。考试现场，当一位评委问这些大学生：你们吃过"肯德基"吗，除两人因考上大学别人请客吃过一次外，其余20名大学生异口同声：没有。记者看到，一些大学生在说到自己的贫困经历时忍不住热泪滚滚，叫人眼圈发红，而贫困生的顽强自立更让每一位评委动容。

　　为了资助家庭经济困难的大学生完成学业，中国百胜集团出资设立"中国肯德基曙光基金"，在全国遴选出38所大学，在每所大学每年资助10名品学兼优的贫困生各5000元。江苏大学的学子成为这一基金的受益对象，学校通过各个学院的报名、筛选，22名特困大学生在昨日圈定。当天下午的这场考试，就是要从这22名特困生中选出15名，15名特困生再到"肯德基"门店，由"肯德基"结合学生的实际情况确定最后资助的10名对象。

　　来自如皋农村的陆云，家里只依靠父母种田的微薄收入支撑她和弟弟读书，在高考前母亲突遇车祸，家中的负担全部落在父亲一人身上，现在她每天的生活费不到5元钱，中午3角钱饭加上2元钱以下的一个菜，然后就着免费汤，这是她一天最丰盛的一顿饭，早晚都吃一元钱的馒头、稀饭，说到动情处，小陆失声痛哭。来自启东农村的赵赛雷，其精瘦的身材已暗示他长期的营养不良，他是个孤儿，几乎是一路靠着救济才考进大学的，现跟着80多岁的奶奶生活。可当评委问他：经常跟奶奶联系吗？小赵眼圈红了：不联系，奶奶没有电话，再说也付不起长途话费……

　　22名考生逐一过堂，22本苦难经深深打动了每一个评委。但就是如此，记者在现场听到，这些优秀的大学生并没有被贫困压倒，反倒豪气四溢。同样是孤儿，连生活费都成问题的吴胜对记者说：苦难只是一瞬间的事，我一定会战胜苦难！陆云说：我要努力，减轻父亲的负担，通过争取这一基金资助和参加实践锻炼，争取早日回报家庭和社会。

（《扬子晚报》2004 年 10 月 21 日）

江苏大学首设"关爱生命"慈善基金

重病学子可获 10 万元救助

日前，面向身患特大疾病青年学生的"关爱生命"慈善基金在江苏大学正式设立，并开始为一次治疗费用在 20 万元以上的重症学子提供救助，初定每人救助金额为 10 万元。据了解，以校方名义设立专门的基金，专项救助大病学子，这在全国高校还是首次。

近年来，在校大学生罹患特大恶性疾病的事情屡屡出现，动辄数十万的巨额治疗费用远非一般家庭所能承受，往往成为其"再现生命曙光"的最大障碍。"关爱生命"慈善基金的发起人——江苏大学党委副书记陈国祥告诉记者，这两年学生中时有发生身患白血病、尿毒症等重大恶性疾病的情况，实在让人揪心。这些特大疾病治疗费用都在 20 万元以上，有的一次治疗就需数万元。尽管大学生有公费医疗和医疗保险，学校也设法给予各种补助，但加在一起一个人至多只能解决 10 万元，这对巨额医疗费来说，不能从根本上解决问题。为此，学校还不得不一次次在全校师生中发动募捐，但这仅是"权宜之计"，再说，学生也是"伸手一族"，经常性的"献爱心"也勉为其难。此次设立"关爱生命"慈善基金，意在为患特大疾病的青年学生建立一个救助的"蓄水池"，为江大学子构筑一个全新的生命"屏障"。

据介绍，慈善基金来源主要有：本校师生的捐赠或资助、社会企事业单位和其他组织和个人的捐赠或资助、政府资助以及基金母本的增值部分等。寒假前夕，江苏大学 2000 多名干部教师、1000 多名职工集体进行了捐款，刚刚成立的"关爱生命"基金已有 10 多万元。

（《扬子晚报》2005 年 1 月 20 日）

江苏大学"诚信使者"寻访欠贷毕业生

【本报讯】 江苏大学18位"诚信使者"想方设法寻访18名欠贷毕业生,详细了解他们的家庭经济状况、工作单位和联系方法,敦促其早日还清国家助学贷款。日前,在该校举办的"诚信使者"座谈会上,18位大学生交上了走访反馈表,他们曲折的经历、不畏困难的精神深深感染了每一个人。

作为江苏省首批开展国家助学贷款工作的高校之一,江苏大学历来高度重视贷款学生的诚信教育,并采取在校园网上公布还贷"红榜""黑榜"等措施,有效防范还贷不良现象。为深入了解极小部分欠贷毕业生的真实情况,去年寒假前夕,江苏大学从刚入学不久的大一新生中招聘了18名"诚信使者",走访欠贷毕业生家庭。在春节前后一个多月的时间里,这18位同学出色地完成了任务。周诗悦同学的走访对象原家庭住址填写的是"东林村",到了镇上一问才知道根本就没这村,倒是有个"车林村";至于走访对象的名字,又因为"知名度"不高无人知晓。机灵的周诗悦从"前两年谁家有小孩考上大学在外地读书"问起,在摩托车驾驶员的帮助下,终于到达了目的地。医学技术学院的王静同学与走访对象在同一个镇,为见到其本人,她先是不厌其烦地打电话,然后又三次登门,年三十中午在62岁的爷爷陪同下,终于见到了走访对象……

"尽管途中碰了钉子,但锻炼了我的交际能力。"材料学院甘慧同学说。房源同学则表示,这次活动让他更加"懂得了诚信的重要"。截至发稿前,笔者从江大学生处获悉,此次走访的18个毕业生当中,已有3人在开学前后一次性缴清了拖欠的国家助学贷款。

(《科技日报》2005年4月5日)

把握"原生态" 甘当"减压阀"

镇江一高校设"心理委员"

【本报讯】 昨天是"大学生心理健康日"。记者当日获悉:江苏大学京江学院在全国高校系统内创新推出班级"心理委员",经过一段时间的运作,取得了良好成效。

学院学工部主任张世兵告诉记者,随着竞争压力增大,大学生心理问题也越来越复杂,师资有限,学生们需要一个"知心大姐(大哥)"来倾听他们的心声,于是班级"心理委员"应运而生。入选"心理委员"的条件非常严格,必须具备同学信任、性格开朗,有亲和力和人格魅力等条件,现在学院的所有心理委员都是通过班级同学无记名投票产生的,在同学中的威信不亚于班长和团支书。

心理委员除组织同学参加校心理协会活动外,更重要的还是关注班级同学的心理健康问题。江大心理健康教育中心主任谢钢教授告诉记者,学校邀请南大、东大著名心理学专家对心理委员们进行了系统正规的理论培训,并在校内开展了实战练兵。目前,该院同学心理上的一些小毛小病,心理委员们已能解决,他们已成为学校心理工作的"减压阀";同时,学校对大学生的心理把控也有了一个强有力的"抓手"。记者了解到,临考前学生心理紧张,他们就会联系专家开设讲座分解压力;如果班上学生关系紧张,他们就要求开设"团体心理辅导",来指导学生之间的相处和交际。

(《扬子晚报》2005 年 5 月 26 日)

江大首邀家长参加毕业典礼

六千余毕业生奔赴四面八方

【本报讯】 江苏大学成立后入校的首届 6290 名学生圆满完成学业,今天开始奔赴祖国四面八方。与往年不同的是,今年学校特意邀请了部分家长和在江大设立奖助学金的单位领导参加毕业典礼,见证了这一对于毕业生来说具有历史意义的时刻。

在该校今年毕业的 6290 名学生中,有 1244 人成为中共党员,439 人获得了校优秀毕业生称号,21 人因积极参加"志愿服务西部计划"和"苏北计划"而被评为"江苏大学优秀青年先锋"。

与往年不同的是,今年江大每个学院都邀请了部分学生家长参加毕业生毕业典礼,作为孩子 10 多年苦读成才的见证人。一位专程从扬州赶来的谢姓家长,深情地回顾了家境贫寒的他当年陪着孩子到学校报名的点点滴滴,以及孩子在学校受到老师、同学及社会的万般关爱,衷心感谢国家、学校和全社会对贫寒学子的无私关怀,并希望自己的孩子以学成就业为人生的一大新起点,以踏实的工作、优异的业绩回报国家、学校和社会。

对此,学校有关人士表示,大学毕业是人生中最重要的分界点之一,也是一个人完成学业走向社会的重要基点。邀请家长见证这一时刻,既是对孩子学业的肯定,也是对孩子将来的鞭策,很有意义。这种做法,在国外也非常普遍。

(《镇江日报》2005 年 6 月 27 日)

大学生如何度过四年光阴

江苏大学教授著书"友情提示"

什么是大学？作为一名大学生应该如何安排自己的生活和学习？在大学期间应该确立什么样的奋斗目标？如何才能实现自己的奋斗目标？这些在每一个大学生成长中必须思考和回答的问题，如今在江苏大学学生心里有了一个明晰的答案。由该校党委副书记陈国祥教授主编的《大学生生活提示》正式出版，并作为今后大学生"生涯规划"的主要教材，为大学生们的健康成长"友情提示"。

《大学生生活提示》这本书，是陈国祥教授组织全校多名具有深厚学生工作理论和实践经验的老师精心编写而成，历时一年，数易其稿，成书时却只有3万字，可谓是一部"有感而发"的"精品"。全书对应大学生活的4个年级阶段，从"尽快适应大学生活""树立明确奋斗目标""全力向目标冲刺""成熟地走向社会"4个方面，提示学生如何清醒、自觉、充实地渡过大学光阴，并"特别提示"学生在每一阶段需要特别注意的问题。

一年前，陈国祥教授主编的《大学生修身要揽》问世。该书从"习惯，走向成功的基础""爱情，请把脚步放慢些""作弊，拿前程作赌注""陋习，玷污形象的瑕疵""诚信，走遍天下的资本"等几个方面，提示大学生修身应该而且必须达到的水准，应该而且必须规避的盲点。作为大学生修身教育的教材，该书使用一年来深得师生们的好评。此次出版的《大学生活提示》与《大学生修身要揽》可谓是"姊妹篇"。两本书以先进的理念、鲜活的事例，从纵、横两个角度，简练而有针对性地引领学生如何渡过大学光阴，共同的特点就是"厚积薄发"，"非常实用"。

（《扬子晚报》2005年12月21日）

"特殊作业":圣诞给父母打电话

"感恩"电话感动众学子

【本报讯】 对自己的娘亲说一句"感谢"有多困难？圣诞节前江苏大学给 200 名大学生布置了一次特殊作业,要求大学生们给自己的父母打一个"感恩"电话,但不想这一作业却难坏了 3/4 以上的大学生:对父母"感恩",大学生说不出口!

"我家里没有电话,每次都把电话打到邻居家中,都是向家里人要生活费。这次妈妈接电话时十分焦急,因为不久前家里刚给了生活费,妈妈以为我的生活费被偷了或发生了什么大事⋯⋯"工商学院的小吴家在苏北,她没想到此次完成"作业"惊到了父母。当她说出"妈,我真的没事,就是想你们了"时,母亲沉默了。小吴告诉记者,放下电话,她感动得大哭了一场,感恩父母,感动的也是自己!化工学院的栗同学打了三次电话都没能把"感谢"说出口,后来父亲发现不对,就问他是否有什么心事,他才问了句:"爷爷和您身体都好吧?"一向坚强的父亲被这句话感动了,小栗告诉记者,父亲当时就回答了一句:"你这小东西长大了,大学没白上!"记者了解到,尽管 3/4 以上的大学生都在作业面前感到困难,但 200 名大学生还是绝大部分完成了"感恩"作业。"感恩"作业同时在大学生中间引起了强烈反响,"儿行千里母担忧",通过电话他们真切地感受到了父母无时无刻不在挂念自己,一些大学生对记者说:"有了'感恩'心理,我们会成长得更好。"

据悉这是江大第一学期校级公共选修课"大学生心理卫生"的一次课外作业,作业的布置者是江大大学生心理健康中心主任谢钢教授。谢教授告诉记者,让学生给父母打一个电话,表达自己的亲情与感激,主要是因为现在的大学生与父母沟通少,感恩情怀相对较淡。

(《扬子晚报》2005 年 12 月 26 日)

昔日热心助人　如今罹患重病

江苏大学"爱心天使"引来爱心潮

素来古道心肠、乐于助人,如今却不幸身染白血病。连日来,在江苏大学,一位被大家称作"爱心天使"、名叫陈静的女大学生,牵动着校园内外无数人的心。为了救助这一年轻美丽的生命,社会各界齐伸援手,上演了一场"爱心风暴"。

曾为患白血病的同学四处奔走

江苏大学应用技术学院团委书记王玉辉告诉笔者,陈静是计算机系0303班的学习委员,是一个积极上进、活泼开朗、特别有爱心的女孩,是同学们公认的"开心果"。去年班上一个叫丁玉兰的同学患了白血病,陈静听说后"一下子就哭了"。后来她抱着一个募捐箱,穿梭于各大学校园和镇江市区的大街小巷,为丁玉兰募捐。在她的带动和感召下,许多好心人加入到帮助丁玉兰的行动中来,后来她又策划了一系列活动,先后募得10万元,她也因此获得了"爱心天使"的美誉。如今,经过治疗,丁玉兰的病情已得到完全控制,不日将可重返校园。

不幸的是,今年3月的一天,陈静和同学一起玩耍时,无意中发现腿部有红斑。起初,她以为是皮肤过敏,后在同学的敦促下到医院进行检查,结果大家都惊呆了:她也患了白血病!

齐伸援手,爱心潮风起云涌

得知陈静患病后,江苏大学师生立即行动起来。大家表示:要像陈静当年救助丁玉兰一样去救助陈静!应用技术学院领导在陈静入院后的第一天就去探望,并带去了2000元慰问金;全院105名教职工争先恐后地捐款,一对退休的老教师跑到学院工会送来了100元;8个专业的同学也无一例外地行动起来,短短3天时间捐款近万元。陈静所在班级的26名同学还深入到其他校区、走上街头,为陈静募捐。不久前,大家还精心筹划了一场名为"让'爱心天使'留在身边"的义捐义演活动……

陈静来自江苏盐城一个清贫的家庭,父亲打工,母亲种田。为救助陈静,她的家人、亲友和江苏大学的师生们正全力以赴,当地媒体也加入爱心救助行列,盐城红十字会还开通了爱心救助短信。"爱心捐赠热线"一直铃声不断,许多素不相识的人纷纷给陈静捐款,短短两天就定向捐款2.5万元。陈静的邻居也慷慨解囊,村民陈高亮为了救陈静把家里的3头猪卖掉了。

病榻上,她将捐款转赠病友

更让人感动的是,躺在病榻上的陈静仍未改她的"爱心天使"本色。前两天,陈静用手机拨打了盐城红十字会负责人的电话,作出了一个让人惊讶的决定:"我感谢那么多的好心人关心我,为我募捐,我是幸运的。请从别人给我的捐款中,划拨一部分转给盐城工学院的李振华!"21岁的李振华也是盐城人,今年5月初被确诊为慢性白细胞白血病,目前正在苏州接受治疗,家境贫困的他同样面临困境。得知陈静要转赠5000元的决定后,小李的同学们又兴奋又难过。为了感谢陈静并向她表示敬意,他们代表李振华前来看望,并送上全班同学签名的贺卡……

爱心女孩陈静的不幸遭遇和她的惊人义举感动了许多人,许多网民在网上发表了自己的看法,鼓励、赞扬、祝福陈静。

(《中国教育报》2006年6月9日)

添一片绿　献一句言　捐一批物
——江大学子毕业不忘"感恩"

【本报讯】 种一片"学子林",毕业生考研经验交流,为母校发展献一计,向贫困生捐献物品……毕业前夕,我校毕业生离校却不忘感恩,以不拘一格的方式回报母校,惠泽学弟学妹。

今年,我校在全体学生中开展了"感恩·责任·奉献"主题教育活动,以影视欣赏、算亲情账、写家书等各种形式,让学生学会感恩,明确责任,勇于奉献,收到了较好的效果。临近毕业,结合文明离校,毕业生们纷纷开展了"感恩母校"活动。食品学院毕业生向全校6840名毕业生发出"我们相约——文明离校"的倡议,倡议广大毕业生"强化奉献意识,做一件好事,留一份真情"。由32位"精英"毕业生出任"主角"的学生干部成长经历事迹交流会、考研、英语四六级经验交流会等"感恩母校,共享成功"系列活动,受到了数千名学弟学妹们的热情追捧。"成功在于坚持""面对现实,你就超越了自我""给学弟学妹赠言"等,凝结了毕业生们4年的生活感悟,让大学生们受益良多。通过座谈、电子邮件、网上论坛等形式,毕业生们还争相"为母校发展献一计"。

值得一提的是,今年占地1200亩的新校区即将建成,成片缺林少木的空地进入了毕业生们的视野。在校团委的组织下,毕业生们或以班级,或以宿舍,或以个人等名义栽种"学子林",争为母校添一片绿。目前,597棵寓意深远的桃树、李树等已陆续种下,每棵树上还挂上了栽种人的铭牌。

为了能"轻装上阵",毕业前夕把一些书籍、生活用品等处理成几个现钱,成了毕业生们的"习惯做法",然而笔者在采访时发现,今年江大毕业生的做法有点特别。校关工委刚刚开张没几天的"爱心超市",陆续收到了毕业生捐来的棉被800条、衣服1000余件、课本1万余册。在毕业生"跳蚤市场"上,往年的"倾情甩卖"变成了"爱心义卖",不少毕业生表示将把交易所得捐给贫困同学。在江大论坛上,记者看到了一个名为"玉蝴蝶"的毕业生写下的帖子:"大学四年,很快,很充实,成长了很多,学到了很多东西,认识了很多真挚的朋友,感谢这个学校和曾经帮助过我的人。希望母校越来越好,学弟学妹们越来越优秀。感谢我的大学! 敬个礼!"

(《镇江日报》2006年6月9日)

恪守承诺　回报社会

江苏大学593名毕业生倡议诚信还贷回馈社会

【本报讯】"我承诺:恪守承诺,自强自立,严守合约,按期还款……"21日下午,江苏大学2006届593名贷款的毕业生,在离校之际作出庄严承诺。同时,他们还向全省贷款的大学毕业生发出倡议:"诚信还贷,回馈社会。"

这593名毕业生,通过助学贷款资助顺利完成了学业。理学院的贝艳芳告诉记者,家庭的贫困给了她巨大的压力。她十分感激在自己迷茫绝望时给她鼓励、勇气、信心的学校和老师,同时也十分感激在她经济上最困难时,给予资助和贷款的银行。她动情地说:"社会帮助了我,今后,我一定会用实际行动来回报社会,奉献爱心!"

大学生的感恩并非仅仅停留在口头上。材料学院高分子专业的朱恩波家在灌云农村,先后两次贷款共8100元,才完成了学业。正是怀着一颗感恩的心,毕业前本已被保送读研的他却毅然参加了"西部计划",赴陕西做一名西部志愿者。

据介绍,江苏大学是我省最早开展国家助学贷款的高校之一,自2000年以来已有7000多名贫困生获得了助学贷款资助,贷款总额达3000余万元

(《扬子晚报》2006年6月23日)

江大外国留学生为农民送"西餐"

泰国农产品的生产及深加工、德国的农业和农村……操着英语、德语,夹着半生不熟的汉语,结合多媒体,在随行翻译的帮助下,虽然讲得不够流畅,但台下却听得兴趣盎然。这是日前发生在苏北赣榆县农技推广站的一幕场景。江苏大学食品与生物工程学院"三农"科技服务团给100多名农技人员送来了"农技套餐",令人新鲜的是,其中不仅有博导教授们奉上的"中餐",而且还有江大外国留学生带来的"西餐"。

今年暑期,江大食品学院结合专业特色,围绕农产品加工、保鲜、贮藏,保健食品、生物制药等专题,组织本科生开展"关注农村、塑造自我"调研实践活动。同时,组织博士生、硕士生到苏北农村去开展"两个率先"实践服务活动,为苏北新农村建设出谋划策。此次,经江苏省赣榆扶贫工作组联系,汇集了2名教授、4名博士生的江大"三农"科技服务团,专程来到赣榆开展为期两天的科技服务活动。在农技培训班上,结合赣榆的农业特色,江大的师生们为100多名乡镇主管副乡(镇)长、农技站长,举办了《花生的开发利用》《黑莓深加工技术》等讲座。来自泰国的江大首位外国博士留学生、农产品加工专业的孙龙,还为大家作了"泰国农产品的生产及深加工"的报告;前一天夜里,专程从青岛赶来的江大另

一名留学生托马斯,也兴致勃勃地向大家介绍了"德国的农业和农村",让大家倍感新鲜。听完讲座后,一位农技站长笑着说:"这回我们也算开了把'洋荤'了。"

在赣榆,两名留学生还同大家一起参观考察了欢墩镇黑莓种植基地、芦笋种植基地,以及全省第一大人工水库石梁河水库淡水养殖基地,一路上他们不时地与陪同人员做着交流,向农民们问这问那。临行前,孙龙说:"中国的农村大有天地。如果有机会,我还想到中国其他地区的农村去看看,做一点我的贡献。"

(《新华日报》2006 年 8 月 1 日)

一研究生新发明通过国家级鉴定

稻草秸秆"巧变"燃气

【本报讯】 将稻草、秸秆、稻壳等废弃的天然生物质资源与煤进行混合,经过高温汽化后就转化为可以燃烧的高效能混合气能源!这项由江苏大学研究生刘春生研发的"家用生物质气化技术"近日通过了国家级科技成果鉴定。

刘春生现为江苏大学能源与动力工程学院二年级研究生,曾先后申报了 30 项专利,已获批 10 项。刘春生此次研发的"家用生物质气化技术"项目,已申请了 5 项发明专利、4 项实用新型专利。该技术通过独特设计的小型家用生物质气化装置,将生物质原料加热,在缺氧燃烧的条件下,经干馏、热解、气化等反应气化为可燃性气体,可作为农村家庭使用的高效能源。该技术具有许多优异的性能:一切农作物秸秆、农林废弃物如木柴、树枝等都可以作为原料;燃气洁净卫生,气体燃烧时火力猛,几乎不排放烟雾和粉尘,自产自用,即开即用;制造成本低,应用广泛,各项性能均优于沼气,克服了沼气冬季不产气、夏季产气过多等诸多缺点。有关专家认为其具有很强的推广应用价值。

(《新华日报》2007 年 3 月 16 日)

江大学子当起"代理家长"

【本报讯】 昨天,江苏大学能源与动力工程学院的 4 名大学生来到金山街道京口闸社区流动人口子女爱心书屋,与来自四川绵阳灾区、现就读于中华路小学的邓宏宇、刘七一两名小朋友结对帮扶,成为他们的"代理家长",并给他们捎去了少儿读物。

京口闸社区流动人口子女爱心书屋,是一个专供辖区外来民工子弟节假日学习和文化活动的场所。去年暑期,江苏大学能源与动力工程学院的 15 名大学生受聘担任"外来娃"的"代理家长",并在此开设了"暑期课堂",他们走进爱心书屋,给这些孩子学习、生活和心理等方面的辅导,深受家长欢迎。

汶川大地震后,邓宏宇和刘七一两名四川绵阳的小朋友,来到社区内的中华路小学就读。江大学子们再次伸出友爱之手,开始了爱心接力活动。昨天,他们将这两名小朋友和社区部分外来民工子女带到江大校园参观,感受高校的现代气息;走进学校工业中心,让孩子们与机器人、模块化操作系统等科技设施"亲密"接触,增强他们学科学的兴趣;与孩子们一起做游戏、打篮球,为他们带来大家庭的欢乐……

"今天玩得真开心,我一定要好好学习,以优异的成绩报答大家的关心和帮助。"来自四川绵阳江油市文化街小学的邓宏宇小朋友脸上始终洋溢着幸福的笑容。

据了解,下一步,江苏大学能源与动力工程学院团委将与社区携手,通过"代理家长"活动的深入开展,传递好这一"爱心接力棒",将更多的人文关怀送给灾区小朋友和外来务工人员子女,为这些孩子的成长尽一份力。

(《新华日报》2007 年 7 月 15 日)

"岗位预习"感受"百味人生"

江苏大学工商学院学生走访千家店面调研市场

【本报讯】"统筹协调,坚持不懈,团队合作,谦虚亲和……这些态度、精神对于做任何事情来说都很重要……"谈起刚刚结束的"岗位预习"实践活动,江苏大学工商学院工商管理专业 05 级的蒋润东深有感触。

前不久,他们专业的 59 名同学一起组成了 22 个小组,给江苏一家知名啤酒生产厂家当了 10 天的"市场调研员",冒着酷暑,走访了镇江、溧阳两地的 1347 家店面,经历了一次前所未有的人生体验。

作为工商管理专业的学生,他们将来大都会从事市场营销、管理等工作,市场调研更是一项"基本功"。活动中,59 名大学生先按照地图上的标志,以马路为界划定了各自的"势力范围",每 2～3 人为一组,在各自领地上进行"拉网式"的"走访"调查,包括大酒店、小饮食店、商场、超市、零售店等所有店面。每天早上 7 点多从学校乘车赶往市区,晚上 6 点左右"收工"。对于这些青涩的大二学生来说,更难的是"访"之不易。"当你带着目的与陌生人交流的时候,才发现这不是一件简单的事情,对方会疑问:你是谁? 找我什么事? 我能相信你吗?"几乎每一组同学都碰过钉子、吃过闭门羹,都受过白眼。班主任王国栋老师说,一开始不少同学沮丧过,甚至流过泪,但没有一个人当逃兵,都坚持下来了。

10 天的时间,让大学生们不仅感受到了作为一名市场营销员的不易,同时也对生活、对人生有了更深的感悟。这些平日里来往不多、我行我素惯了的大学生们因为有着共同的目标,表现出了前所未有的团结。10 天的朝夕相处,大家结下了深厚的情谊,尤其对"团队"有了深刻的认识。

"对于这些习惯了书斋生活、从未深入接触过社会的青年学生来说,这次实践活动与其说是一次岗位认知的教育实习,不如说是他们了解社会、端正自我的一个'人生课堂'。"江苏大学工商管理学院党委副书记朱立新说,活动结束后,孩子们一个外在的变化是黑了、瘦了,"但更深层的变化是更成熟、更懂事了,进取心更强了,这对他们将来真正走上工作岗位都将大有益处。"

(《中国教育报》2007 年 8 月 23 日)

江苏大学千余名受助学生毕业前表示——

立身诚信　心怀感恩

"我们一定继承中华民族优秀的诚信传统,真诚待人,乐于助人,诚实当先,信誉为本……"6月11日下午,江苏大学讲堂报告厅内,响起了庄严有力的誓言,千余名在校期间受资助的毕业生郑重表示,将信誉传承,让爱心接力,以实际行动感谢母校、国家和社会各界的无私关爱。

江苏大学2007届毕业生共有7041人,其中贫困生约占15%。多年来,学校建立了奖、助、贷、补、减以及勤工助学等多元化、多层次的困难学生资助体系,确保学生顺利完成学业。在校期间,本届毕业生中有5664人次得到了国家、省、学校以及社会的各类奖助学金资助,另有610人获国家助学贷款,贷款总金额为917万余元。

当天,专门赶来参加会议的丹徒上会镇下会村农民何和荣告诉记者,4年前,他的儿子何叶飞作为家族第一人考取了江苏大学工商学院,全家人高兴的同时也犯愁,甚至有过让孩子放弃学业的念头。大学四年,何叶飞多次得到国家、学校和社会奖助学金的资助,并申请了两次共计11800元的国家助学贷款,顺利完成学业,还光荣地入了党。同样,化工0401班刘秀丽入校后"也曾自卑过、彷徨过,也曾觉得自己的天空一片灰暗"。在各方的关心和资助下,这个来自甘肃普通农民家庭的女孩不断成长,连续三年综合积分排名专业第一,先后三次获国家奖学金,并获全国优秀学生干部、江苏省三好学生等荣誉。她表示,"我们要尽自己的努力去帮助别人,将爱心之火传承下去,让我们身边的世界充满关爱和友善"。而江大学生处的老师告诉记者,就在前两天,刘秀丽从获得的国家奖学金中拿出2000元捐给了学院的"爱心基金",拿出3000元捐给了班级。此前,她也将两次国家奖学金总共8000元全部捐了"爱心款"。

截至11日,江苏大学的本届毕业生中,已有80人提前还清了贷款,金额近40万元。会议上,江大08届贷款毕业生还向全省贷款毕业生发出倡议:"诚信还贷,回馈社会",要恪守诚信之德,常怀感恩之心,自强自立,按期还款,认真书写良好的个人信用记录,"用实际行动感谢母校、感谢银行、感谢国家对我们的充分信任和无私关爱"。

(《新华日报》2008年6月18日)

下企业"蹲点"一个月　解决技术难题百余个

江苏大学 22 名研究生任镇长"科技助理"

"收获真是太大了! 不仅让我们学会了吃苦,而且学会了思考、学会了钻研。"回首过去的 1 个月,江苏大学材料学专业 2006 级研究生赵光伟颇为留恋。这个暑假,他同其他 21 名同学一起,受到江苏省东台市溱东镇的聘用,担任镇长"科技助理",分赴 7 个企业进行挂职,为企业解决 100 多个技术难题。

位于苏北革命老区的溱东镇是全国知名的不锈钢名镇,拥有不锈钢生产企业 1000 多家,然而作坊式生产、家庭化管理等乡镇企业的通病成为困扰他们进一步发展的瓶颈。去年,该镇与江苏大学初次携手,一下子就尝到了"甜头",10 名前来挂职实践的研究生,在 1 个月时间里为企业解决了 65 个难题,并申请了 3 项发明专利。今年,应溱东镇要求,江苏大学选派了材料、机械、工商管理等 4 个学院的 22 名研究生组队前往挂职锻炼,让诸多企业开心不已。对于深入到企业的 7 个小分队,江苏大学还配备了指导教师,以开展相关专业、技术方面的指导,接受学生和企业方面的咨询。

作为与溱东不锈钢产业开展产学研合作的核心力量之一,江苏大学材料学院此次选派了 5 名研究生,涉及材料学、材料加工、钢铁冶金等专业,几乎覆盖了不锈钢生产的所有流程。在江苏利达不锈钢有限公司,他们为企业成功申请了"新型低成本易切削不锈钢 303B 的生产工艺"等两项发明专利,促进了企业产品由低级向高端转化,品种由单一的电子行业覆盖到了汽车、重工业等行业,扩大了企业的客户群。企业老总董增武心里乐开了花,连声称赞:"江苏大学的研究生真是好样的!"

"深入了才会发现问题,投入了才会有所收获。"江苏大学研究生部负责人表示,组织学生到企业,尤其是乡镇中小企业挂职锻炼,一方面,能够实实在在地为企业解决一些技术和管理方面的难题,为新农村建设贡献力量;另一方面,对于学生增强实践经验、改善知识结构、加强合作精神等极为有益,是研究生培养措施的积极尝试。

(《中国教育报》2008 年 8 月 27 日)

江苏大学教授学生"面对面"

江苏大学日前在各个学院建立"学习中心",让教授深入到本科生中间,强化其对学生成长成才全方位的指导作用。

江苏大学副校长田立新教授介绍说,几年前学校推行了"百名教授上讲台"计划,规定所有教授、副教授必须给本科生上课。今年又实施了"核心课程教授主讲制度",学校的16门校级核心课程由教授挂牌授课,每个专业两门核心课程由教授主讲。此次在全校23个学院分别设立"大学生学习中心",其目的就是,"不仅要让教授们走上讲台,还要走到学生身边",进一步发挥其在学生成人成才中的核心作用,承担着对学生进行"思想引导、专业辅导、生活指导、心理疏导"的任务。

在京江学院"大学生学习中心",20位学术造诣深、人格魅力强的知名教授被聘为中心的"导师"。他们轮流到这里值班,对学生进行个人研究引航、个人生涯设计、个人心理咨询、个人困难解惑。

(《人民日报》2008年9月11日)

江苏大学百余学生当"见习村官"

协助处理村务　进行创业体验　感受基层苦辣

【本报讯】"这个暑假过得充实,有意义! 我感受到了农村发生的深刻变化,也体会到了基层工作的不易。"回首自己近一个月的经历,江苏大学化学化工学院学生陈健感慨颇多。暑假里,他与30多名同学一起到"中国农村改革第一村"——安徽凤阳县小岗村、"全国文明村"——江苏常熟市蒋巷村开展社会实践活动,受聘担任了那里的"见习村官",开展"三农"政策宣讲、新农村建设调研、农业科技推广、协助处理村务等活动。

据介绍,作为一所以农机起家、与"三农"一直有着天然情缘的综合性大学,今年暑期，江苏大学组织了多支小分队开赴农村。人文学院、能源与动力工程学院、化工学院等百余名学生分赴江苏丹阳、句容等村镇担任"见习村官"，切实感受中国农村发生的巨变。

"不了解中国农村，就不可能真正了解中国。"化学师范专业学生叶亚告诉笔者，在小岗村他们吃住在农家，七八个同学住一间屋子，"日出而作，日落而息"。其间，他们同小岗村的"当家人"沈浩书记进行了交流，随那里的大学生"村官"处理村务，寻访当年的"大包干户"，到田间地头、农家同农民谈心，并到大学生创业园里进行创业体验。在他们眼里，小岗村作为中国中西部农村的一个缩影，这些年发生了巨大的变化：修起了水泥路，一些农户盖起了小楼房，葡萄、双孢菇等生态种植业带动了当地的经济发展。在那里，学生们既为那里发生的深刻变化而欣喜，也为那里"一夜跨过温饱线，三十年没迈入致富门"而沉思。同时，他们还对那里新兴的所有 11 家"农家乐"进行调研，进行了前瞻性的思考，写出了翔实的产业分析报告，作为未来发展的参考。

"同小岗村相比，蒋巷村已是真正意义上的社会主义新农村。"从小岗村到蒋巷村，当了两任"村官"的荀苏杭说。地处"三不管"地带的常熟市蒋巷村，几十年来，在"领头人"常德盛的带领下，走过了农业起家、工业发家、旅游旺家的历程，彻底改变了交通闭塞、贫穷落后的面貌，一跃成为独具水乡特色的社会主义新农村。"中西部农村和东部社会主义新农村的差距，固然有地域和自然条件的因素，但根子还在观念。"荀苏杭说。

"人的成功取决于机遇、平台和个人的努力，重要的还是要实践。"今年 68 岁、干了一辈子"村官"的蒋巷村党委书记常德盛，同"村官"大学生们推心置腹，"要沉下去，同老百姓打成一片，善于发现问题，在解决问题中提高自己。"常德盛十分赞成大学生到农村锻炼和创业，"年轻人就应该到农村到艰苦的地方去锻炼和实践，将自己的所学应用到实际生产生活中，要有不怕吃苦的精神与决心，要有坚强的意志和拼搏精神。"

"改变中国农村，尤其是中西部农村的落后面貌，我们大学生责无旁贷，任重道远。"今年刚刚毕业的孙玉磊说。这个来自苏北农村，如今是连云港市一名"村官"的女生表示，"见习村官"的经历对她启发很大，"沈浩书记说，大学生到农村去，要当农民，但又要跳出'农民'，这将成为我今后工作的座右铭。"

（《中国教育报》2009 年 8 月 27 日）

招聘会开进校园 发挥飞信、手机报等新媒体优势

江苏大学六成毕业生足不出校定"婆家"

"本周六上午江苏大学泰州专场招聘会在江苏大学体育馆举办。欢迎广大毕业生前往。""江苏省建要招建筑的学生，男女不限，做工程预算的，感兴趣的请将简历投至……"这阵子，江苏大学理学院土木工程专业的王勐同学陆续收到了这样的短信。

为帮助毕业生顺利就业，江苏大学建立了综合性市场、"周三人才市场"、行业专场、地区专场等立体化的校内就业市场，同时注重发挥飞信、QQ群、手机报等新媒体的优势，实现就业信息"点对点"传递，让65%的毕业生足不出校就找到了"婆家"。

"每年11月、12月中旬和次年3月下旬，我们都要举行3场大型综合性供需洽谈会，每次均有300家左右用人单位前来招聘。"江苏大学党委副书记姚冠新介绍说，学校还着力打造"周三人才市场"品牌，将零散的招聘信息集中起来，在周三固定时间、固定地点举行小型洽谈会，方便用人单位和学生双选。同时，该校还依托在校外建立的50家就业工作站、500家就业基地，组织针对性很强的行业专场、地区专场、学院专场等招聘会，为毕业生就业架设"立交桥"。据统计，去年下半年以来，该校共举办了汽车、机械、医学、师范类等行业专场，泰州、镇江、常州等地区专场以及校友企业专场等30余场就业招聘会。

（《中国教育报》2010年5月31日）

离校前,受助大学生做饭谢恩人

6月12日中午,江苏大学教工住宅区一间寓所充满了欢声笑语,80岁老教师邵仲仪和他资助的4名大学生正在"家庭聚会",掌勺人是平时从不做菜的大学生。

邵仲仪在江苏大学被称为"爱心老头",他孤居一人,生活朴素而简单,至今还是租用单位50多平方米的公房。2007年,老人意外地收到一份来自海外的50万元报恩款,他却毫不犹豫地全部捐献给贫困大学生。5年多来他已经资助了200多名大学生。

受邵仲仪资助的大学生刘军营和张海波,分别考取了南方医科大学和华东师范大学的研究生。两人6月21日就将离校,临行前给爷爷送份什么礼物?他俩决定为爷爷做顿饭,感谢爷爷无私的资助和关爱。

"平时都是爷爷给我们做饭,让爷爷尝尝我们的手艺是表达感谢的一种方式,爷爷也容易接受。"张海波说。

做饭感恩的主意得到了其他两位受资助同学蒿拨廷和薛棋侠的赞同。4个人挤在厨房里现学现做,边做边问,忙得汗流浃背,8个菜花了整整两个多小时。餐桌上,学生们和邵爷爷边吃边聊。刘军营说:"爷爷,您的开朗和乐观对我影响最大。我刚进大学时喜欢抱怨,您常说快乐过是一天,不快乐过也是一天,我也变得开朗了很多。"邵仲仪则把自己常说的话再一次送给即将离别的毕业生们,"把报恩款用在你们身上,是我最大的欣慰。爷爷年龄大了,不图你们的任何回报,唯一的期望就是希望你们学有所成,将来能够回报社会和他人"。

(《中国教育报》2012年6月14日)

"汉语桥"展现中国魅力

7月8日至19日,江苏大学—奥地利格拉兹大学孔子学院中学生"汉语桥"夏令营成功举办。20名奥地利中学生和1名带队教师来到中国,体验了丰富多彩、意义深远的"汉语桥"夏令营活动,足迹遍及北京、镇江(江苏大学)和上海,以汉语为桥梁,感受了中国文化的独特魅力。

悠悠中国情

刚到北京,奥地利中学生就被北京国际机场的宏大规模和现代化气息所震撼。7月13日上午,原汁原味的中国文化体验系列活动拉开帷幕,江苏大学—奥地利格拉兹大学孔子学院中学生"汉语桥"夏令营的20名中学生参加了面塑和剪纸课程。从未体验过面塑和剪纸的奥地利中学生们充满了兴奋和好奇,他们一方面感叹于中国民间艺术的精巧细致,一方面迫不及待地拿起工具跃跃欲试。在老师的精心讲解和示范下,一张张美丽的窗花在奥地利中学生们的手中渐出雏形。他们纷纷拿起相机与自己的作品合影留念。

当晚,备受期盼的包饺子活动终于如约而至。奥地利中学生告诉老师,"饺子"在他们的印象中是中国美食的典型代表。当晚的包饺子活动,江苏大学的老师和志愿者们与奥地利中学生们分组而坐,在每一个细节上手把手地教,从和面、擀皮、包馅到煮饺子全程制作。

他们那股一丝不苟的认真劲儿既让人感动,又让人忍俊不禁。当他们尝到自己包的美味饺子时,那滋味,用他们的话说,是"永远也忘不了的中国味道!"

浓浓镇江意

来到历史文化名城镇江,奥地利中学生们自然要体验一回镇江文化。江苏大学为他们准备了丰盛的文化饕餮盛宴。镇江醋文化博物馆、西津渡、镇江博物馆、赛珍珠纪念馆、民间文化艺术馆……

在镇江醋文化博物馆,他们了解了醋的文化和发展历程、醋的制作过程、醋在饮食中的作用等知识,加深了对镇江醋文化的了解。奥地利中学生们对醋饮料兴趣浓厚，品尝了各种醋饮料之后，他们意犹未尽，主动要求将苹果醋带回奥地利，要让远在万里之外的亲朋好友也尝尝这"镇江美味"。

徜徉在西津渡的悠悠古道上，他们既兴奋又惊奇地触摸每一方青砖，踱步在博物馆的艺术珍品前，好奇又感慨地欣赏每一件文物。在赛珍珠纪念馆参观中，赛珍珠这位沟通中西的文化人桥唤起了奥地利中学生们的共鸣。他们了解了赛珍珠的成长及其作品。有学生说，他们也想成为中西文化交流的使者。

在最具镇江特色的民间文化艺术馆，奥地利中学生们了解了"白蛇传传说""古琴艺术（梅庵琴派）""镇江恒顺香醋酿造技艺"等一批国家级非物质文化遗产，并亲自体味了古琴音乐、扬剧演唱的艺术魅力。白蛇传民间艺术美术展展厅内的"邮票拼贴画""泥塑白蛇传人物"等白蛇传相关艺术作品，也让奥地利中学生赞叹不已。在戏曲老师的指导下，奥地利中学生们穿上戏服，画上戏妆。金发碧眼的他们唱起中国戏曲时，还真有板有眼、像模像样！

快乐学汉语

江苏大学—奥地利格拉兹大学孔子学院中学生"汉语桥"夏令营的 20 名学生镇江之行的一个重要目的就是学习汉语。江苏大学海外教育学院向来提倡"快乐学汉语"，此次为奥地利中学生们安排了愉快而又充实的汉语课。

汉语课以"中国节日""中国美食""中国风景"为主题，与文化体验活动互相配合、相得益彰。一开始，奥地利中学生们的发音不准而又羞于开口。在学会一些简单的生词后，汉语老师给他们讲解了基本的造句规则，很快，奥地利中学生们就发现，他们竟然能用刚学的生词造出很多句子，例如"我喜欢中国""我想吃中国菜""我去过镇江"等。他们学习的热情开始高涨，在课堂上，他们大声地、卖力地发音；课后，利用晚上休息的时间完成汉语作业、准备汉语表演。

短短三天时间，他们毫不费力地记住了上百个生词，甚至能流利地说出"俗话说'上有天堂、下有苏杭'，所以，我也想去中国看看"这样复杂的长句。他们告诉老师，在江苏大学，有老师的精心教学，有志愿者们不厌其烦的陪练，汉语再也不像他们所认为的"那么难""世界最难"了。

在结业典礼和欢送晚会上，奥地利中学生们自信又大胆地秀出了自己的汉语，他们围绕"我所知道的中国"这个主题，编排了五组演讲和对话，其内容之丰富、表达之流畅，让人难以相信这是仅仅在中国学习了 3 天汉语的水平，引得现场掌声雷动。

（《中国科学报》2013 年 8 月 22 日）

【琐思琐想】
RANDOM THOUGHTS

感恩，你学会了吗？

最近又有几则报道，看了后让人久久不能释怀。华南农业大学两周内，因为学业、感情不顺，有 4 人相继跳楼，却把深深的悲痛留给了父母和师友；广州某高校全家年收入不足 2000 元的一名贫困生，爱慕虚荣，逼着父母给他买手机、DVD、冰箱、彩电，以"支撑门面"；杭州警方破获一起特大网络卖淫案，牵出的 10 名卖淫女，竟然有一半是在校女大学生。

其实，类似大学生"不懂事"的事早已不鲜见，其中不乏就发生在我们校园内、我们身边的。姑且不说早两年，那些靠国家助学贷款完成学业的 47 名贫困大学生毕业后杳无音讯、欠贷不还，今年开学初，笔者就听说一学生拿着父母卖血凑来的 700 元生活费，因为与女友别后重逢、欢度情人节，一周不到竟然花去了大半，在网上找来诟声一片……

在此，笔者无意"妖魔化"象牙塔中的莘莘学子，更不愿诋毁当代大学生的光辉形象。因为，与此相对应的是，无论是带着妹妹上大学、"感动中国"的洪战辉，还是近日媒体热议的背着盲母边打工边求学的湖北荆门女大学生刘芳艳，抑或是割肝救母的 18 岁的成都女大学生钟颖，都让我们在泪眼婆娑中收获着感动、谛听着真情，感受着当代大学生的美好。然而遗憾的是，这种"美好"又不时被那些不期而遇的"不美好"所干扰、冲淡乃至颠覆，让我们的"美好"信念变得不再坚定，不敢坚持。

每每读罢这些"不美好"的报道、听罢这些"不美好"的传闻，痛心之余总不免疑惑：是什么让这些孩子如此不知好歹、没心没肺？

细细想想，也许，这同感恩意识的缺失不无关系吧！

因为感恩意识的缺失，他们不知道珍惜，不知道珍惜自己的生命、珍惜父母的辛劳、珍惜拥有的美好；因为感恩意识的缺失，他们不明白责任，不明白对自己的责任、对家人的责任、对集体的责任；因为感恩意识的缺失，他们不懂得奉献，不懂得奉献他人、奉献社会……一句话，因为感恩意识的缺失，导致他们的"自我"病态膨胀，他们的世界极端狭小，他们的信念"快乐至上"，他们的行为"我选择我喜欢"，随心所欲，一意孤行，任性固执。

早在两个世纪前，马克思就告诉我们，人是社会之中的人。言下之意，我们每个人都脱离不了别人而活,某种意义上也要为别人而活。我想,这当中连接我们彼此的,就是一些千丝万缕的情愫,这情中之一种便是恩情。恩情,不仅是人与人之间个体连结的一个纽带,而且还连结着家庭与家庭、地区与地区甚至国家与国家,进而支撑起一个社会。

我国是一个历史悠久的文明古国,我国的感恩教育也源远流长。不仅有"香九龄,能温席,孝于亲,所当执""羊有跪乳之恩,鸦有反哺之意"的名句,更有"受人滴水之恩,当以涌泉相报""吃水不忘打井人"的处世信条,还有孟宗"哭竹"、王祥"卧冰"、庾黔"尝秽"、"割股疗亲"之类的传说。当然,其极端化、绝对化做法中难免有糟粕夹杂,但其中的感恩意识确实令今人敬佩。

笔者在此不想去探讨"感恩意识"在我们身上流失的根源,只是想由衷地说一声:让我们学会感恩吧!因为正如我校正在开展的"感恩·奉献·责任"焦波"俺爹俺娘"摄影展的前言所说,对于我们大学生来讲,"有了感恩意识,才会有反哺他人和社会的责任意识,才会有勇于拼搏奉献的灵魂,才能用平和的心态去对待人世,用善良的目光去注视万物;才能勤奋学习,以实际行动孝敬父母、回报学校、关心社会、奉献祖国"。

学会感恩,就是要感谢父母,多体谅父母稼穑的艰辛,哪怕是回家摸一摸他们手上的老茧;学会感恩,就是要感谢老师,多体味老师"传道、授益、解惑"的不易,哪怕是课间帮老师擦一擦黑板;学会感恩,就是要感谢同学和朋友,多珍惜人海中相逢的美好,哪怕是同他们分享一次快乐、分担一份忧愁;学会感恩,就是要感谢每一缕阳光、每一寸空气,甚至每一片绿色、每一个微笑,感谢它们给了我们生存的基础、生命的色彩、生活的勇气……正如那首《感恩的心》歌中唱道:感恩的心,感谢有你,伴我一生,让我有勇气做我自己;感恩的心,感谢命运,花开花落,我一样会珍惜……

感恩,不仅是一种情感,也不仅是一种行动,有时还是一种心态、一种胸怀。感恩,弥足珍贵,但绝不难做到,有时就是一句温馨的话语,一个感激的眼神,一次不经意的举动。

扪心自问:感恩,你学会了吗?

(《江苏大学报》2006 年 4 月 15 日)

基层，有最美的风景

——写在"聚焦一线"开栏之际

今天，本报一版刊发了记者采写的《一项助推农业科技创新的专利》一文，报道了农业工程研究院李耀明教授领衔的团队矢志科研创新，投身为农服务的事迹。这也意味着本报今年着力打造的"聚焦一线"栏目正式开栏。

去年 8 月，根据中宣部、国家广电总局等五个部门的通知精神，全国所有新闻单位开展了声势浩大的"走基层，转作风，改文风"活动，半年多以来，新闻战线气象一新，受到了人民群众的交口称赞。有鉴于此，今年伊始，学校宣传部门审时度势，策划开展了"聚焦一线"新闻行动，组织校内媒体走基层，以校报为龙头，电视、广播、网络协同跟进，开设专题专栏，加强与校内各基层单位的对接，加大对教学、科研、管理、服务等基层一线的报道力度。

当然，这算不上是什么高明的创新之举，但对于高校新闻宣传工作而言，关注基层，聚焦一线，倒不失为一个顺应形势、合乎时宜、接地气、强底气、聚人气的务实之举。

关注基层，聚焦一线，才能接地气。基层进行着无数的实践和创造，蕴藏着无穷的智慧和活力，书写着无尽的感动和辉煌。对于宣传工作来说，基层也给予我们源源不断的养分和丰富鲜活的素材。高校的基层是教学的生产地、科研的策源地、文化思想的发源地、人才的集聚区。只有深入基层，才能了解各基层单位的所作所为，才能感受师生员工的所思所想，才能描绘学校建设发展的气象图景。只有走出去，沉下去，扎进去，新闻宣传工作才有根有魂，有地气、有灵气，才能最大范围地汲取师生智慧，最大可能地回应师生关切，最大程度地发挥好在引导校园舆论、凝聚师生力量和维护学校稳定、促进事业发展中的积极作用。

关注基层，聚焦一线，才能强底气。"手中有粮，心中不慌。"对于宣传工作而言，理亦同此。新闻宣传的素材哪里来？新闻作品的说服力哪里来？宣传思想工作的底气哪里来？所有这些问题的答案都只有一个：来自基层、来自一线、来自师生。深入一线、深入基层，不仅要"身"入，而且要"眼"入、"心"入。唯有如此，我们才能对各学院、各单位的情况了如指掌，对广大师生的所愿所盼了然于胸,才能做到"胸中有全局,手里有典型",准确把握宣传思想工作的节奏和脉搏,切实增强工作的主动性、针对性和实效性。对于新闻宣传而言,聚焦一线,关注平凡,我们才有源头活水,才会抓到"鲜鱼""活鱼",才能写出广大师生爱看、耐看、想看的作品,工作才能合时宜、顺民意、得人心,既和风细雨、润物无声,又理直气壮、义正辞严。

关注基层,聚焦一线,才能聚人气。基层单位、广大师生是我们新闻作品的受众、宣传工作的对象,也是我们服务的主体、工作的检验者。如果,我们的作品无人问津、我们的工作无人理睬、我们的号召无人响应,那么,我们的意图就无法实现,所有的努力都是白费。走基层,意味着我们的宣传工作重心下移、眼光向下,把更多的笔头、更多的镜头瞄向教学、科研、服务一线,将基层单位工作中的亮点特色、师生群体中的鲜活典型呈现于我们的校报、广播、电视、网络,用我们的身边事、身边人引导师生、教育师生、鼓舞师生。只要我们与基层一线同频共振,与广大师生休戚相关,把他们的心中所盼变为我们的工作所求,我们的作品又何愁不能为大家喜闻乐见? 各种典型和经验何愁不能得到有效推广? 方针政策何愁不能得到贯彻落实?

"最美的风景在基层,鲜活的经验在基层。"正如校党委书记范明在年初的宣传工作会议上所说,"越是走进基层,越是贴近实际、贴近生活、贴近群众,越能增强宣传思想工作的吸引力、感染力。"这,正是我们开展"聚焦一线"新闻行动的初衷,也是我们宣传工作要牢牢把握的准则。

(《江苏大学报》2012 年 3 月 30 日)

伟大的事业需要伟大的精神

有人说,一种精神具有多大的历史穿透力,就具有多大的时代价值和现实意义。半个世纪以来,雷锋精神被一代代人传承,并不断被赋予新的内涵,成为不同时代、不同国度、不同行业的人们都认可和信奉的"普世价值"。从这个意义上讲,雷锋无疑是当之无愧跨越时代的精神标杆。它所体现的服务人民、助人为乐的奉献精神,干一行爱一行、专一行精一行的敬业精神,锐意进取、自强不息的创新精神以及艰苦奋斗、勤俭节约的创业精神,是留给我们的最可宝贵的精神遗产。对承载着人才培养、科学研究、社会服务、文化传承功能的高校而言,对于身在其中的每一分子来说,无论是普通教师、机关干部,还是后勤员工,这种奉献、创新、敬业的精神更是不可或缺,甚或弥足珍贵。

如果说教育是一项在人的心灵播撒文明和善良之火的事业,那么教育工作者就是伟大而神圣的"播火者"。纵使世风日下、物欲横流,依然义无反顾地保持精神的高洁和内心的纯净,依然无怨无悔地用心血和汗水去耕耘和播撒。高校是青年学生走向社会的最后一站,也是学生进行"社会化"的重要场所。我们每位教职工只有本着对祖国和人民的高度责任感,才能以正确的态度对待人生、对待生活、对待学生,不为私心所扰,不为名利所累,不为世俗所惑,像雷锋一样"愿做高山岩石之松,不做湖岸河旁之柳"。"感动江大"人物、理学院徐民京教授,不图名利,退休十余载,仍坚持给学生上课;附属医院中医科主任、被病人称为"送子观音"的周亚平,医术精湛,医德高尚,对病人送的东西除了喜蛋一律退回;年逾八旬的"爱心老头"邵仲义老人出资50万元资助了数十名贫困大学生,自己却住着公房过着简朴的生活……"春蚕到死丝方尽,蜡炬成灰泪始干。"正是这些甘于奉献的教育人的辛勤付出,才换来了社会的昌明和时代的进步。

"敬仰事业,敬畏权力,敬重人民",这是我们党对领导干部的道德要求。其实,对于我们每一个人来说,"敬仰事业"何尝不是一个"普遍要求"呢?因为,工作对于我们每一个人来说,不仅是谋生的手段和生活的组成部分,也是发挥自身才能、实现人生价值的重要平台。敬仰事业,就要以严肃认真的态度对待工作,对职业充满着热爱、珍惜和敬重,不惜忘我地为之付出,从而获得荣誉感和成就感。用朱熹的话讲:"敬业者,专心致志以事其业也"。一个人把事业摆在什么位置,决定着他为追求事业付出多大努力。事实证明,凡有大作为者都视工作为事业,甚至视工作胜于生命,他们的人生也因此而精彩,而平淡无为者多因视工作为职业,心不在焉,敷衍了事,结果是误己误事更误人。首届师德标兵、机械学院戴立玲教授数十年如一日,勤勉敬业,坚守本科生讲台,用力用心用情上好每一堂课,深受学生爱戴;多年来关爱学生、情系社会的江大关工委群体,创造了"一盘棋,两围绕,三走近,十关爱"的工作模式,成为全国高校关心下一代工作的一面旗帜……他们都用实际行动证明了一个道理,那就是:"把简单的事做好就不简单,把平凡的事做好就不平凡。"

雷锋不仅是一个脚踏实地的实干家,而且是一个勇于探索的创造者。他在学习和工作上的永不满足、永不懈怠,锐意进取、自强不息的创新精神值得我们学习和弘扬。当今世界,科技和文化竞争成为综合国力竞争的焦点,谁在科技和文化创新方面占据优势,谁就能够掌握发展的主动权。高校是科技创新的重要源头和推动社会进步的重要力量,每一位教职工,无论是身处教学科研一线,还是在管理服务岗位,都需要具有突破陈规、勇于创造的思想观念,都需要有不甘落后、奋勇争先的目标追求,都需要有坚忍不拔、自强不息的精神状态。我校"何梁何利科技奖"获得者赵杰文教授矢志科技创新,倾注大半生心血从事农产品无损检测研究,取得一个个突破,开创了国内此项领域的先河;中文系退休教师、镇江市"大爱之星"提名奖获得者王骧老先生醉心研究,历时 26 年,倾尽毕生心血,97 岁高龄著述 100 万字的《梦溪笔谈注》……这种追求、攀登、坚守和韧劲,不正是我们江大人对雷锋精神的最好注解吗?

伟大的事业需要伟大的精神,伟大的精神创造伟大的事业。"如果你是一滴水,你是否滋润了一寸土地? 如果你是一线阳光,你是否照亮了一分黑暗? 如果你是一颗粮食,你是否哺育了有用的生命? 如果你是一颗最小的螺丝钉,你是否永远守在你生活的岗位上?"对于正行走在高水平大学建设征程上的我们每位教职工来说,雷锋的这些诘问应成为我们前行的动力和标尺。

(《江苏大学报》2013 年 3 月 20 日)

大义大爱　善暖人间

——追忆我校教工、"裸捐"老人邵仲义

邵仲义老人走了。

这两天,手头很忙,脑子很乱,心里也一直久久不能平静。

一位私交甚好的大学同学在飞信中说:这两天很忙吧! 看到你们的报道了,很感人!

是的。与其说是我们的报道感动人,不如说是邵老首先感动了我们。我们有责任有义务有必要把这份感动带给更多的人。

其实,这份感动源自 5 年多前。

2007 年 9 月,刚开学不久,一次偶然的机会,学校学工处资助科陈科长跟我提起,说学校一位退休多年的老同志向他们捐助了 50 万元,要设立贫困生助学金。50 万! 闻听这个数字,职业的敏感告诉我,这是一条大新闻! 于是,我就请

他带我去见见老人，做一下采访。没过几天，回复说：老人很低调，不想做宣传，采访就不用了！

这么一条难得的"大鱼"岂能眼睁睁看他溜掉？骨子里的那份执拗告诉我，不要轻言放弃。后来在我们的一再央求下，老人答应可以同我们聊聊，但前提是"不准提名字"。

就这样，同邵老有了一面之缘。还记得那是一个初秋的上午，天气晴好，我同陈科长去了位于二区家属区的老人的家。开门的是一位身材高大、皮肤白皙的老人，面容极为慈祥和蔼。落座后，墙上一幅彩色"英俊小生"的大照片吸引了我的目光。老人说，那是他年轻时候，唱京剧时候拍的。他喜欢程派。

交流中得知，50万元巨款是一笔来自海外的"报恩款"，拿到钱后，他就决定"要把它用到该用的地方去。"老人最见不得别人受苦受穷。早年在基建处，哪个民工家中有急难事，他就从微薄的工资里挤钱接济。退休后，他无意中听食堂师傅说，一些贫困生吃得很差，心里一酸，此后，便对贫困生多了一分留意。寒暑假他特别注意学校值班室，"别人都回家团聚了，值班的孩子肯定是贫困家庭的！"他总要掏个一两百元给值班的学生。

环顾老人简陋的房子、简单的陈设，听说58平方米的房子还是学校的公房、每月还要缴房租时，我惊诧地问："现在你有钱了，为什么不把房子买下来呢？"老人淡淡地一笑：我孤身一人，没有子女，买了房子日后处理不是太麻烦啊！采访结束时，老人再三恳请我千万不要提及他的名字，他说："我资助学生，自己也是受益者，不是想扬名，也从不希望他们回报我个人。我最大的心愿就是：受资助的学生，能够心怀感恩之心，发奋学习努力工作，学会感恩回报社会。"

那时，我就在想：世上竟真的有这么博爱善良、无私高尚的人啊！

就这样，我平生写了第一篇新闻要素不全的新闻稿。没过两天，《江大一老教工捐出50万元"报恩款"》刊发在扬子晚报、镇江日报等报纸的头条。（尽管如此，个别熟知邵老为人的同事，还是从报道中觉出了端倪，见着面向我求证：你写的就是那个老邵吧？为了信守诺言，我只是不置可否。）就是这篇要素不全的新闻，在后来的全国和全省的高校好新闻评比中都获了奖。时隔多年，一些媒体的朋友闲聊时，还记得我那篇要素不全的稿件，那位他们不知道名字的"老教工"。

有些人和事，想记起却又偏忘记；有些人和事，难忘记还会常记起。邵老就属后者。自从一次新闻"认识"了邵老之后，那位慈祥和蔼、仁厚善良的老人就深深地印在我的脑海里。2010年，学校组织了第二届"感动江大"人物评选活动，当时，我就在想：邵老应是当之无愧的！由于候选人要自下而上进行推选，一向行事低调的邵老自然"不感兴趣"。

去年,电视专题片"舌尖上的中国"风靡一时,5、6月毕业季,"舌尖上的母校"在高校盛行。一次,江苏电视台的朋友在QQ上说,央视新闻频道开设了一档毕业季的专栏,问我有没有合适的素材。听说邵老烧得一手好菜,经常邀学生在家小聚,资助的几名学生行将毕业,也有意要回报爷爷。经过交流,我们便"策划"了一次活动:受助毕业生做饭回馈爱心爷爷。后来,中国教育报、扬子晚报、江苏教育电视台等都进行了报道。

现在想想,亏得那次的"策划",使得老人生前的唯一视频资料得以保存。节目中,身穿红色T恤的邵老同"孙子"们围坐桌前,把盏小酌,谈笑风生,其乐融融。

就在上周三晚上,同一位媒体的朋友小聚。席间,我再次同他提起邵老:难得的好人,什么时候有机会想再做做他的稿子。

没想到的是,周五上午惊悉,老人已在前一天早上离世。永远地离开了他钟爱的江大校园,离开了他牵挂的"孙子"们。

斯人已去,一切宛在眼前。

(《江苏大学报》2013年3月30日)

"做最好的自己"

——江苏大学附属学校李爽老师事迹采访手记

惊闻噩耗

听说李爽老师突然去世的消息,我简直惊呆了!

11月22日那天中午,我刚到食堂,接到了妻子的电话。电话一接通,就听到妻在电话里失声痛哭,语气紧张,语速极快,语无伦次地说着什么。我预感到定是发生了什么紧急的事,便一边安抚妻子慢点说,一边迅疾冲到食堂外来接听电话。

"儿子的老师,李爽走掉了,在家里……"妻在电话里哭着告诉我,她也是刚刚接到电话,正同几个李爽生前要好的同事,还有学校领导一起往李爽家里赶……

泪水不知是哪里来的,瞬间模糊了我的双眼。

李爽是江苏大学附属学校(隶属于江苏大学,是我们的子弟学校)五(2)班的班主任,兼语文老师。从一年级开始,我儿子就一直在她班上。也正是因为如此,这么多年来,同她有了不少的接触,对她的教育教学、为人行事有了些了解。她是一个非常敬业、极有责任心的好老师。

就在一个星期前,期中考试后,学校例行召开家长会。一到教室,就看见李老师在忙活着,同早到的家长们在交流着什么。听说我要提前走,李爽便把我叫到一旁,跟我说了些儿子的情况。听与她同事的妻子说,我们家里在教育孩子问题上存在分歧,她还特地叮嘱我,对于孩子的教育,父母双方一定要形成统一的意见,即便有分歧也不能在孩子面前流露,不能让孩子"有空可钻"。她还说,我们小学老师事情琐碎、压力大,有时候在家里比较急躁,"你要多体谅点!"

言犹在耳。怎么突然就走了?!

就在 19 日晚上 9 点多,在我们孩子的家长群里,李爽发了一条信息,告知班上的一些事项,临了说:"最近,我身体不适,有些事关照不周,敬请谅解!"次日上午,我看到这条信息后,特地在群里留了个言:李老师你要多保重哦!

也就刚刚一两天的事,怎么会一下子就这么严重?!

回到办公室,我仍旧不敢相信这个事实。于是,又拨通了妻子的电话。妻子和同事们正在李老师家里,电话里她声音哽咽:李老师真的走了!!

闻听此言,泪水再次夺眶而出。

自发送别

"敬爱的李老师一路走好!!!"

22 日中午 12 点 51 分,我在家长群里发出了第一条李老师去世的消息。起初,很多人都莫名其妙,急着问:李老师怎么了?谁都不能接受前一天还给孩子上课的李老师已经永远离去了。"不敢相信,也不愿相信!晴天霹雳啊!""这是真的吗?中午听孩子回来说李老师要休息一个星期,我还想着要带孩子去看看呢,怎么会这样?"……沮丧,痛惜,哭泣,泪水,一时间,群里面"哀"声一片。

因为下午一、二节有课,我只能暂时收起自己的情绪。整个下午,心绪都很乱。晚上回家,从妻子那得到了更多的信息。李爽这两天感觉头疼,一向要强的她一直扛着,直到去世的前一天上午,她还强撑着病体上完了最后一节语文课,后来硬是在家人和同事的逼迫之下,下午请假去了医院检查,结论是"颈椎综合症",建议休息。第二天上午,她爱人代她向学校领导请假,让她在家休息,未曾想中午回家时,发觉她瘫坐在客厅的椅子上,已不省人事……儿子也说,昨天李老师最后一节语文课,上课声音极小,整个人有气没力的,感觉像换了一个人。

11月23日,是星期六,也是李爽去世的第二天。上午出门办事,我特地拐到学校,刚到办公室,就接到了一个同事、也是儿子同学妈妈的电话,说同我一起商量下悼念李老师的事情。早在前一天下午和晚上,家长群里就有很多家长提议:李老师生前对孩子们那么好,我们什么时候一起去李老师家里慰问,一起去告个别?最后大家商定,下午一点钟在学校集中,带着孩子一起前往。

尽管那时已临近中午,但一直在线等候消息的家长们,都纷纷表示:一定来!有的不在镇江的家长听说此事后,也马不停蹄地从外地赶回镇江。

下午一点不到,五(2)班37名学生除一人在加拿大外,36个孩子、40多位都早早地聚集在一起,一个个眼含泪水。前一天下午36个孩子一起动手扎的白色的花环摆放在讲台上。负责组织的一位家长,刚张口说话,就禁不住声音哽咽了,顿时下面一片呜咽之声……

印象李爽

在学校,李爽是出了名的"工作狂",是一位"全能型"的老师。敬业,认真,几乎是同事们对她的一致评价。每次上课,她都要刻苦钻研每一篇课文,精心设计每一份教案,形成了自己独特的教学风格,倍受学生喜爱。她每天最早到校、最晚离开。无论是中午还是下午,从一年级到五年级,她所带的班几乎是全校放得最晚的。大部分学生走了后,李老师还要对个别学生进行辅导,语文、数学、英语,样样兼顾。

李爽富有爱心,责任感强。小学生到了中高年级学校已不要求排"路队",可在我们家长印象中,李爽每天中午都要整好路队,把学生送出学校,交到每一个家长手里,然后才独自回家,多年来风雨无阻。学生在学校的情况,进步了、退步了,或者有意外了,她都会及时跟家长沟通交流。就在她离世前的几天,中午听说有孩子前一天割伤了手后,她还顾不上休息,急忙发了条信息:"紧急提醒:昨天下午美术课上,有部分同学用刀时不慎割伤了手,烦请各位家长赶紧询问检查一下,如伤口有不适症状,立刻先去医院处理。千万别耽误,24小时内最重要。"家长们同她交流也是"毫无顾忌",哪怕晚上再迟给她打电话,她总是那么热情热心。

"视讲台如生命,视同事如朋友,视学生如自己的孩子。"江大附校党支部书记卢金星这样评价李爽。作为学校分管德育的副校长,皮庆媛对李爽的印象非常深刻。在她眼里,李爽为人正直,做事踏实,平时埋头苦干,从不叫苦叫屈,也不争名争利。她对物质生活的要求很低,对自己的穿着打扮从来不讲究,十几年前的衣服还舍不得丢,至今还穿在身上。可是,对待她的学生,却慷慨大方。当她得知已经毕业的学生患病急需医疗费的时候,她二话不说,献上自己的爱心。

传递感动

熟悉我的朋友都说我是一个"感性"的人。对于一名新闻人,我不知道这是缺点还是优点。半年多前,我校"裸捐老人"邵仲义的突然离去,曾经给我的心灵带来了极大的震撼。他生前先后捐献100多万元资助贫困大学生,去世前立下遗嘱捐出遗体用于祖国的医学事业。当时,出于新闻人职责和敏感,更多的是感动于邵老的大仁大义、大爱大善,我们同媒体积极沟通,组织了多层次、全方位的报道,在社会上激起了强烈的反响。后来,邵老被省教育厅、省委宣传部确定为"最美基层干部"的宣传典型,当选"中国好人",荣获"江苏省道德模范"和"第十届全国道德模范提名奖"。

向来勤勤恳恳、兢兢业业,深受学生爱戴、家长喜欢的李爽猝然离世,在让我感到惊愕痛心的同时,同样也让我心生感动。这种感动倒不仅仅是作为家长才有,从事新闻工作职业的本能再次告诉我:有必要、有责任把这份感动带给更多的人!

22日上午,我同部门的吴奕老师分头与媒体的朋友沟通,向他们介绍了李爽老师生前身后的感人事迹。他们听了后也都很感动,纷纷表示要跟进报道,一起来传递这份感动。利用去李爽老师家里告别的机会,我们同家长、学生以及江大附校的领导和老师交流。他们也含着泪,断断续续地向我们讲述了令他们难忘的点点滴滴,令他们感动的琐琐碎碎。

23日早晨,是去殡仪馆同李爽老师告别的日子。天阴沉沉的,夹杂着些雨丝。36个孩子和40多位家长来了,附校的全体领导老师们来了,李爽的同学、朋友来了。扬子晚报、现代快报以及本地的镇江日报等媒体的记者也来了。

镇江殡仪馆最大的一个告别厅,挤得满满当当。松柏无语,哀乐低回。孩子们每人一朵白菊花,同敬爱的李老师告别。李爽的爱人、刚上初中的儿子分别致辞,声声含泪,句句泣血。现场抽泣声一片……

身后的"精彩"

24日一早,《扬子晚报》《现代快报》以及本地的《镇江日报》《京江晚报》等均以整版、半版、头条等，高规格报道了李爽老师的事迹，并有数十家网络媒体转载。李爽热爱教育事业、无私关怀学生的感人事迹在全社会引起了广泛的反响，在其生前工作的江大附校、在镇江梦溪论坛，李爽传递的爱心能量正在扩散。

我校党委书记范明看到报道后，在外地特地打电话给我们宣传部金部长，指示要进一步挖掘李爽老师的爱心事迹，弘扬她的爱心精神。

在镇江最有影响力的网站"名城镇江"论坛上，有热心的网友转发了报道，引来无数网友的跟帖。网友"大江南北"说："生前，你走在路上，身影匆忙，神采飞扬！如今，你走在路上，告诉我们学会坚强！尽管，你一直在路上，走得如此匆忙，但走过的地方，鲜花总会开满山岗！"网友"373963142"："李老师我们有13年没有见了，13年前你教我语文……我不是最出色的学生，但你一定是最出色的老师，你可能不记得我，我却一直记得你，一路走好！"

李爽热爱教育事业、无私关爱学生的事迹经媒体报道后，省教育厅厅长沈健专门做出批示，指示有关方面要做好李爽的事迹宣传和家属慰问工作。镇江市文明办还追授李爽为"镇江好人"荣誉称号。省文明办已决定，追授李爽"江苏好人"，并推荐参加"中国好人"评选。

"做最好的自己！"这是李爽生前在QQ上留下的最后一个签名。记者以为，这不仅是她当时心情的写照，更是她的人生的一大信条、生命的一种状态。

李爽是一个平凡的人，一名普普通通的小学教师。然而，她的突然离去，带给人的却"不平凡""不普通"。生前常为别人想，身后方让别人想。"天使老师"李爽的离去，让我们对生命和生命的意义有了新的认识。一个人的岗位、身份、能力也许有差别，但只要都能"做最好的自己"，尽心尽力、用心用情，那他书写的人生价值、留给社会的财富就没有差别。

一个人生前的精彩也许算不得什么，"身后"的精彩才是真正的精彩。

（《江苏教育宣传》2013年6月）

只因一路上有你

2002 年春节后,也就是江苏大学合并组建伊始,工作了六七年的我,受领导之命,专职从事学校的对外宣传工作。尽管是中文专业出身,但我没有一点新闻经验,而且自认为已过而立年无甚可塑性,一下子要担此"重任",当时的那种茫然和忐忑可想而知。

2002 年 3 月,我的第一篇关于我校成立全省首家独立建制的大学生心理健康教育中心的报道,在《镇江日报》一版的右下方位置见报。平生第一次看到自己名字变成铅字,让我体会到新闻的感觉原来可以这么好!那一刻的欣喜瞬间冲淡了我心头的"愁云"。也正是从那时起,懵懵懂懂的我开始与新闻打交道,与她朝夕相伴,对她朝思暮想,直至须臾不曾或缺。十年来,我在新闻这条路上蹒跚学步,先后在全国各级各类报纸媒体发表近两千篇稿件,有寥寥数十字的"小不点",也有洋洋近万言的"大块头",其中在《镇江日报》上发表的文章中有数百篇、数十篇稿件获全国、全省"高校校报好新闻奖"以及"江苏省报纸好新闻奖",被同事们戏称作"江大名记"。

如果说十年来我对新闻逐步有了点"感觉"的话,那么,其间伴随的是同《镇江日报》一帮报人的交往越来越多,感情也日渐笃厚。记得早几年,电子通讯已比较发达,网上投稿也很普遍,但我仍爱隔三岔五地往报社跑,有事没事地去新闻部、总编办串串,有时就在旁边看记者、编辑写稿子、改稿子。尽管当时的动机也许不够"单纯",想"混个脸熟",但坦率地说,正是同报社一大批记者、编辑们长期不断的接触,其间的耳濡目染、言传身教,使得我的新闻素养有了长进。

稿子投出后等待的焦虑,自鸣得意的稿子被毙的沮丧,想到的选题被别人捷足先登的懊恼,稿子发头条的狂喜……十年来,同《镇江日报》一起走过的日子五味杂陈。有时,为了完成报社的约稿或条口记者布置的选题,去不愿去的地方,找不敢找的领导专家,鼓足勇气采访、硬着头皮写作,不知不觉中也改变了我的性格脾性。

若要浓缩与《镇江日报》相伴十年的感觉,借用一句歌词,那就是:一路上有你,苦一点也愿意!

(《镇江日报》2012 年 2 月 29 日)

只是因为多看了你一眼

——我与《科学时报》的十载情缘

　　自认为是一个"随和"的人，就连在面对很多人生际遇时，也多顺其自然，少主动选择。与新闻结缘、走上准新闻之路，也是如此"被"的结果。2002年初，也就是我们江苏大学合并组建伊始，我不容分说地受命专职从事学校的对外宣传工作。尽管出身于中文专业的我在宣传部工作了六七年，但对新闻几乎是一无知晓，一下子要担此"重任"，心中的那份忐忑与惶恐可想而知。

　　为了"不辱使命"，正是从那时起，懵懵懂懂的我开始与新闻打交道，对新闻也从最初的只求大概的囫囵吞枣，变为探寻真意的细嚼慢咽；从以往"说了什么"的资讯需求，变为"怎么说"的方法体味。就这样，一个叫《科学时报》的媒体走进了我的生活。十年来，我在新闻这条路上蹒跚学步，先后在全国各级各类报纸媒体发表了近两千篇稿件，有寥寥数十字的"小不点"，也有洋洋近万言的"大块头"。《科学时报》在这条路上和我越走越近，是我的良师益友，与她朝夕相伴，对她"朝思暮想"，直至须臾不曾或缺。

　　坦率地说，刚入道时孤陋寡闻的我，并不知道还有一个叫"科学时报"的报纸存在，直到2002年下半年在一个兄弟高校的外宣汇编上见到了她的名字。之后，出于广种薄收、能"多发稿"的"不良动机"，设法联系上了《科学时报》江苏记者站，并通过他们在大学周刊上发了几篇小稿。次年，订阅了《科学时报》后，阅读《科学时报》，尤其是她的《大学周刊》，便成了我每周最大的享受之一。慢慢地熟悉了她的面孔，了解了她的风格，也懂得了她的需要。直到有一天，壮起胆子按照报纸上的号码，拨通了周刊编辑部的电话，并直接发过去一篇稿子。心中的那份激动啊，一如青涩的少年第一次约会一般。

　　2005年的4月，借到北京出差之际，我专门抽空去了一趟报社。还记得，那是一个周一的下午，推门进入大学周刊编辑部，时任主编的温新红正埋头编辑第二天要出版的报纸，那一期上恰巧有一篇我写的报道安排在二版的头条。聊天的间隙，一位面容和善、衣着朴素的中年男子进来，温主编把我介绍给他，并介绍说这是社长兼总编辑。刘社长走上前来亲切地同我握手招呼。彼时，他的热情随和给我留下了深刻的印象。不知不觉中,对《科学时报》的好感又增进了一层。

如果说十年来我对新闻逐步有了点"感觉"的话,那么,伴随其间的是同《科学时报》一帮报人的交往越来越多,感情也日渐笃厚。其间的耳濡目染、言传身教,使我的新闻素养有了长进。刘社长的文人情怀,陈社长的睿智大气,李副总的儒雅健谈,以及温新红的敬业温婉、崔雪芹的机灵爽直、钟华的干练大方……这些都让我受益多多。

随着了解的增多,彼此之间的交往也日渐加强,颇有点"一家人不说两家话"的感觉。2005年暑假里的一天,时任周刊主编突然打电话给我,说原本大学工作站年度会议定好在一个学校开的,那个学校却因故不能如期承办,恳请我们能否"救个场"。尽管学校当时正忙着一项创建工作,部门领导和校领导还是慨然应允,尽心尽力做好会议的承办工作。当然,这些年更多的是,学校很多应时、应景、应急的宣传,也都得到了《科学时报》的大力支持。

同许多高校同仁闲聊时,大家几乎都有一个共同的感受:《科学时报》虽然发行量并不是很大、覆盖面也不是很广,但她的高端性、权威性、学术性和影响力是无人能敌的,尤其是她的《大学周刊》更是我们的家园乐土。这里,可以感受高校改革的前沿动态,可以领略校园生活的千姿百态,可以聆听大师名家的真知灼见,可以窥见域外高教的点滴浪花。

从相识相知,到相依相守。回望与《科学时报》、与《大学周刊》的十年情缘,正如那首缠绵而又空灵的《传奇》所唱:"只是因为在人群之中多看了你一眼,再也没能忘掉你容颜……"

(中国科学报社内刊《见证》2012年4月)

公考培训"入课":大学教育莫陷"功利"泥淖

日前,2014年国家公务员考试报名资格审核工作全部结束,最终有152万人审查合格,平均每个岗位有77人竞争。其中37个招录职位的报名比例超过1000:1,最热岗位竞争比达7192:1。早在此前,为了能让"有志者"顺利"闯关",不少公考培训机构也大显身手,甚至有"好事"的高校,堂而皇之地开设了以公考应试为目的的"选修课",乃至"必修课"。

公考培训究竟可不可以"入课"、该不该"入课"？尽管,当事的学校声称:有助于学生就业,应该提倡。但笔者以为,大学当以培养学生"独立自由之精神"为己任,在人才培养、课程设置上过分讲求从现实需要出发,过度"工具理性",难免会陷入"功利主义"的泥淖,最终迷失对大学精神的坚守和追求。

存在有理,但未必合理。在就业形势趋紧的当下,跻身公务员行列、捧上"金饭碗"成了一些大学生的首要选择。倘若这种选择,纯属部分学生个体"下意识"的自主行为倒也无可厚非,如果是在"诱导"之下演变为一种流行趋势、"集体风潮",就值得深思乃至警惕了。

世界是丰富多彩的,社会的分工是形形色色的,每个大学生毕业后贡献社会的方式、各自的职业理想也应是千差万别的。现实的状况是,不论适合与否,众多学生都把考公务员作为就业道路上一种理想选择、甚或是必然选择,从表象上看这是现实就业压力下的一种屈从,实际上是对大学教育本质的一种背离。

作为大学,要有"超脱"气质,大学教育最终让学生获得的,不应是某些知识、某种技能,更不是某个岗位,而应是深植于学生内心和骨髓的理念、情怀和气质。占用有限的教育资源,开设公考培训选修课、必修课,岂不是对学生的职业选择进行"诱导"之嫌？此举之下营造出的"全民考公""考公为荣"的氛围,岂不是为已显畸形的"考公热潮"推波助澜？

对于大学的功能,英国数学家、教育家怀特海曾这样说过:大学是富有想象力的,否则就不是大学(至少毫无用处)……大学传授知识,但它是富有想象力地传授知识。笔者以为,大学正是由于无拘无束、气定神闲、超凡脱俗,才孕育了独特的精神气质,进而推动了人类社会的进步和发展。理想的大学,根本来说,需要理想,需要远离尘世的喧嚣,坚守象牙塔内的宁静。

毋庸讳言,大学教育不能脱离实际,而要关注现实、融入现实。但这种"实际"和"现实",应是各个学科最新的理论成果、最鲜的研究动态、最准的发展趋势,而不应是瞄准当下的某种流行、某个热门,进而急功近利教授学生某种谋生的技能。高校公考培训进入课堂,说到底是迎合现实的"短平快"行为,无论出于什么样的初衷,都难掩其背后的功利心态。

非功利性是最重要的大学理想之一。柏林大学的创办者德国教育家洪堡认为,寂寞与自由是高等学术机构范围内起支配作用的原则。面对强大世俗力量的挤压,大学不能一味"入乡随俗",相反更要经得起诱惑,耐得住寂寞,守得住底线。唯有如此,大学存在的意义才愈发彰显,人类文明的精神之光才愈发闪亮。

(《中国教育报》2013 年 11 月 3 日)

做好高校外宣工作需要把握好"五个度"①

提到《中国教育报》，我感到非常亲切。在传媒业竞争日益激烈的今天，她放眼全国，立足报纸特性，彰显教育特色，关注热点、聚焦难点、打造亮点，以独特的视角关注教育、诠释教育、引领教育，用教育界的主流声音引导社会舆论，切实承担起了教育报纸媒体应有的社会责任和历史使命，成为展示教育形象的一个重要窗口。

去年以来，《中国教育报》两次实行大力度、高强度、全方位的改版，强化了"方向性引领，专业化服务"的办报宗旨，尤其是大力倡导"开放办报，开门办报，民主办报"的办报方针，做法非常可取，成效显著。

多年来，《中国教育报》对我校进行了不少有高度、有深度、有力度的报道，为我校的事业发展提供了有力的支持。作为一所省属地方高校，我们感到这是一种极大的鼓励和鞭策。

我认为，要做好高校的外宣工作，需要注意把握好"五个度"：热度、角度、深度、温度、力度。

保持热度。就是平时的选题要关注大政方针，契合大势大事，回应热点焦点。比如说，去年年底以来，十八大精神的贯彻落实、中国梦的主题教育、教育规划纲要的实施、厉行节约的推广，等等，都是政策热点和社会热点。倘若我们能够就这些话题做文章，多半是能够得到权威媒体编辑的欢迎的。今年"七一"前夕，《中国教育报》的头版头条刊登了反映我校大学生党员素质工程的通讯稿件《青春与信仰同行》。这篇文章可以说是我们"蓄谋已久"的。早在5月份，我们就开始谋划了。当时，我们了解到，今年中央有精神，要大幅度缩减大学生党员的发展计划，其背景是因为高校大学生党员发展质量良莠不齐，今后将更加注重党员发展的素质和质量。而我们学校一直推进大学生党员素质工程，严把入口关、考察关、培养关和群众关，以增强党性、提高素质为重点，推动广大学生党员

① 本文为作者在2013年《中国教育报》主办的"全国高校新闻宣传工作研讨会"上的发言。

发挥先锋模范作用。在去年江苏的一项调查中,我校学生对学生党员发展的满意度和学生党员作用发挥的满意度高于全省平均数 10 个百分点。同时,我校在大学生党员发展过程、组织建设、作用发挥等方面,也积累了一些特色的做法,曾作为全省唯一一所高校代表参加过全国高校党建工作会议交流。据此,我们策划采写了这篇稿子,达到了很好的宣传效果。

选择角度。有了好的选题、好的题材,只能说是为好的稿件奠定了一个好的基础,还需要用好的角度来表现。比如,党建类题材的稿子往往容易写得生硬。因此,我们在构思前会提醒自己,要避免概念堆砌、经验罗列,采写时尽可能从人物和事件切入,用人物讲述经验,用事例诠释概念。

挖掘深度。不就事论事,不表面化、表象化,而要深挖、挖深,着力探究过程和真相。

体现温度。不能硬邦邦、冷冰冰,要温暖、温情,要可读、有用。把工作报道写软写实,把人物报道写活写特。怎样才能做到这些呢? 关键的一点,就是少用概念,多讲故事,形象化和具体化。故事永远比道理让人入耳、顺眼、动心。

强化力度。好的题材,可以多次做、连续做,做深做大,做透做亮。今年 4 月 3 日清明节那一天,《中国教育报》在头版头条位置发表了关于我校的一篇报道《"当代武训"邵仲义感动社会》。文章报道的是我校的一位年逾 80 岁的退休教工多年来一直默默资助贫困生,生前特别节俭却一次性捐助 50 万元,去世后捐出省吃俭用的所有积蓄将近 60 万元以及自己的遗体的爱心事迹。早在 2007 年,老人捐出 50 万元设立贫困生助学金的时候,我曾采访过他,给我留下了十分深刻的印象。可以说,对这么一位大仁、大善、大爱的老人,这么多年来我一直是念念不忘。去年,我们曾策划了一个毕业季的活动,《中国教育报》也曾对他的事迹做过报道。自从今年 3 月 28 日老人去世以后,直至目前,对校内校外的报道,我们进行了精心的策划。邵仲义入选 5 月份"中国好人榜",目前入围第四届全国道德模范正式候选人。对于这样的好题材、正能量,我们觉得有必要多次做、深入做,做透,做亮。

(中国教育新闻网,2013 年 8 月 7 日)

后记：在路上

60岁一甲子，12年为一纪。掐指算来，与新闻结缘，在新闻的路上行走已整整"一纪"了。

还记得，江苏大学合并组建伊始，宣传部高鸣部长找我谈话，说是打算让我从事学校的对外宣传工作。彼时的我，虽然在宣传部工作了近七年，但一直从事的是文秘工作，对新闻几乎没啥概念，一下子要从事如此"高大上"的新闻工作，其间的茫然、惶恐、忐忑可想而知。但高鸣部长主意已定，一句"你能行的！"把我的推脱给顶了回去。

就这样，我被"逼"走上了新闻之路。

回首12年，在新闻的路上，一路前行，不知不觉中，我已从刚过而立、满头乌发的小伙子，变成了一个已逾不惑、快要"聪明绝顶"的中年人。对我来说，这人生最美好的年华，与新闻做伴，从当初的惶恐排斥，到无奈地相依相守，直至后来对她渐生爱意，须臾不曾或缺。如此看来，新闻于我倒像一场婚恋，一场"父母之命，媒妁之言"的婚恋，虽不是以两情相悦开始，被人为"捆绑"后倒也互生情愫，过得还算凑合。

回首12年，在新闻的路上，劳心劳力，个中滋味一言难尽。

自认为是一个有自知之明的人，这种自知之明有时候让我自卑，但更多时候是自我加压。正是这种复杂的心理，在我走上新闻之路后，促使我加倍努力，不敢懈怠。读报纸看新闻，也由先前的信息获取，转为方法体味，不仅看人家"说了什么"，而且更看人家是"怎么说的"。后来，有了点积累和感觉之后，又斗胆面向全校开设了"新闻采访与写作"的校级公选课，也是逼着自己在新闻采写实践的同时，提升一些这方面的理论素养。那些年，选修的学生倒也不少，师生间交流也颇频繁，于我也有不小的收获，也算是"教学相长"吧！

"上路"之初，学校刚刚合并组建，自己也是初来乍到，人事两疏，真有点"四顾心茫然"。生性内敛的我，其实并不很热衷与生人接触，但使命和职责又迫使我必须要"走出去"，与熟悉或不熟悉、喜欢或不喜欢的人打交道、做交流。那时，白天忙着采访，晚上回家写稿子到深夜是常有的事。有时，碰到难啃的"硬骨头"，焦灼苦闷，寝食不安。休息日有活动，陪同媒体在学校采访更是家常便饭。早几年的除夕,学校领导都要与留校学生吃年夜饭,招呼好来报道的媒体、到办公室发完稿,每每赶回家,家人已准备好年夜饭在等我,温馨之余不免有些愧疚。

让人轻松不起来的,还有精神和心理。12年来,虽说是与新闻打交道,但严格意义上来讲,还是一直在做"宣传"。因为,真正的新闻"以正面报道为主",言下之意,可"以负面报道为辅"。但对于一个单位负责对外宣传的人来说,采写的报道不能只追求"新闻价值",更多要注重"宣传效应"、社会影响,出自自己之手的,是绝对完全的"正面报道"。如果,由于自己采写不严谨,或者由于被采访对象、媒体记者、编辑等方面的原因,最后的报道与事实有出入,或与自己的初衷相悖、领导的意图相左,那是相当尴尬和很不美好的事。这么多年来,在我个人,既有过对一些敏感题材由于把握得当,最后"逢凶化吉"、收到意想不到正面效果的愉悦和欣喜;也有过由于不可控的因素被断章取义,最后见报的稿子与本意大相径庭的不安和沮丧。记得,2004年底的一篇报道,同时发给了几家媒体,大都是合乎我本意的正面报道,唯有某晚报版面头条见报的稿子,原本在新闻背景中交代的一个小事例被无端放大,做成了大标题,一下子就成疑似"负面报道",害得部门领导被学校主要领导叫过去"问责"。原本香喷喷的一碗米饭,硬生生被人放了个苍蝇。其间的郁闷、不安、自责、沮丧,乃至惶恐的阴影,伴随了我很长一段时间。

回首12年,在新闻的路上,当然,更多的是欣喜、快乐和感动。

还记得,对新闻慢慢有了感觉后,渐渐地也写出了点能看看的东西了。每每作品被别人提及,或者偶尔出去开会、与兄弟高校交流,人家来一句"你就是谁谁啊,我看过你的文章",那种被别人认可的"虚荣"仿佛过电一般:新闻的感觉真好!不过,感觉更好的是,每每看到自己想报道、想关注的人或事,最终被报道、被关注了,尤其是被报道后,当事者的境况有了改变、甚或命运发生转折,身为"作嫁"者,内心也升腾起一种满足和自豪。时至今日,也许他们已将我淡忘,我也无意要他们记得我什么,但在他们的路上,我为见证过他们行走的身影、曾经的足迹而感到欣喜。

熟悉我的朋友都说我是一个感性的人。的确,在12年的新闻路上,不少报道因感动而起、因感动而作。正是源于这些让我感动的人、让我感动的事,我用力、用心、用情去采访、去体悟,去表达、去沟通,执着甚至固执地尽自己最大的可能把一份份感动传递给更多的人。这是性情使然,更是一名新闻人的职责所在。

最为显性的是,12年的新闻路上,或跟跟跄跄,或踽踽独行,或小步疾走,或大步流星,留下了一串或浅或深的脚印。粗略算来,这12年中,我在包括《人民日报》《光明日报》《中国教育报》《新华日报》等国家、省、市各级各类报纸媒体发表了近 2000 篇的新闻稿件,有寥寥数十字的短消息,也有洋洋近万言的长通讯,还偶见一点评论、感怀的文章,在报纸的头版头条刊发的稿件也不在少数,有的发表后还产生了不小的社会影响。在"全国全省高校校报好新闻""江苏省报纸好新闻""江苏教育好新闻""江苏省报纸副刊好作品"等评比中,有 60 余件作品获奖,其中一等奖近 20 件。12 年来,不能说、更不敢说自己对新闻已然如何如何,但一路在行走,一路在探索,一路在捡拾,对新闻也算是有了一些感觉和感悟,新闻也在伴随着我的成长,让我的人生变得丰满。

曾不止一次有朋友建议,将发表的报道收罗收罗出个集子,出于自卑,我一直都没有心动。这次逢"一纪"之际,将 12 年来发表的作品做了些梳理,从中选取了 200 余篇汇集成了这本集子,也绝无炫耀之意,相反却充满唯恐"露短"的不安。之所以这么做,一来算是对朋友好意的一种回应,二来也是对自己的新闻生涯做一个小结,对已步入中年的自己权且算是一个交代。回望 12 年的"来时路",也让自己此后的路走得更坦然和释然。

12 年的新闻路,如果说,这一路上我领略了一些风景,有了些许收获的话,那么,我要感谢逼我上路、为我探路、给我领路、催我赶路的,我的领导、我的师长、我的同事、我的家人,以及众多媒体的朋友们。正是他们的鼓励、鞭策、包容、协作、支持,在我懵懂的时候让我清醒,在我茫然的时候使我坚定,在我无助的时候予我力量,在我疲惫的时候给我温暖……

最后要说的是,收入集子的作品,有部分发表时有合作者共同署名,为编辑方便,恕不一一列出。在此,也向诸位合作者付出的努力和心血表示由衷的敬意和谢意。在这本书的出版过程中,江苏大学出版社给予了大力支持,责任编辑付出了大量的心血。在此,一并表示衷心的感谢!

2014 年 5 月 16 日草就于京口颐和家园